Tom Ripley I

Patricia Highsmith

Tom Ripley I

El talento de Mr. Ripley
La máscara de Ripley

EDITORIAL ANAGRAMA
BARCELONA

Títulos de las ediciones originales:
The Talented Mr. Ripley, © Diogenes Verlag AG, Zúrich, 2002
Ripley Under Ground, © Diogenes Verlag AG, Zúrich, 2002

El talento de Mr. Ripley, traducción de Jordi Beltrán
La máscara de Ripley, traducción de Jordi Beltrán

Diseño de la cubierta: Sergi Puyol
Ilustración: © Miguel Márquez Romero

Primera edición de «El talento de Mr. Ripley» en «Panorama de narrativas»: 1981
Primera edición de «La máscara de Ripley» en «Panorama de narrativas»: 1981
Primera edición en «Compendium»: noviembre 2020

Diseño de la colección: Ggómez, guille@guille01.com

© EDITORIAL ANAGRAMA, S. A., 2020
    Pedró de la Creu, 58
    08034 Barcelona

ISBN: 978-84-339-5969-0
Depósito Legal: B. 10936-2020

Printed in Spain

Liberdúplex, S. L. U., ctra. BV 2249, km 7,4 - Polígono Torrentfondo
08791 Sant Llorenç d'Hortons

El talento de Mr. Ripley

1

Tom echó una mirada por encima del hombro y vio que el individuo salía del Green Cage y se dirigía hacia donde él estaba. Tom apretó el paso. No había ninguna duda de que el hombre le estaba siguiendo. Había reparado en él cinco minutos antes cuando el otro le estaba observando desde su mesa, con expresión de no estar completamente seguro, aunque sí lo suficiente para que Tom apurase su vaso rápidamente y saliera del local.

Al llegar a la esquina, Tom inclinó el cuerpo hacia delante y cruzó la Quinta Avenida con paso vivo. Pasó frente al Raoul's y se preguntó si podía tentar a su suerte entrando a tomar otra copa, aunque tal vez lo mejor sería dirigirse a Park Avenue y tratar de despistar a su perseguidor escondiéndose en algún portal. Optó por entrar en el Raoul's.

Automáticamente, mientras buscaba un sitio en la barra, recorrió el establecimiento con la vista para ver si había algún conocido. Entre la clientela se hallaba el pelirrojo corpulento cuyo nombre siempre se le olvidaba a Tom. Estaba sentado a una mesa, acompañado por una rubia, y saludó a Tom con la mano. Tom le devolvió el saludo con un gesto desmayado. Se subió a uno de los taburetes y se quedó mirando la puerta en actitud de desafío, aunque con cierta indiferencia.

—Un gin-tonic, por favor —pidió al barman.

Tom se preguntó si era aquella la clase de tipo que mandarían tras él. Desde luego no tenía cara de policía, más bien parecía un hombre de negocios, bien vestido, bien alimentado, con las sienes plateadas y cierto aire de inseguridad en torno a su persona. Se dijo que, en un caso como el suyo, tal vez mandaban a tipos como aquel, capaces de entablar conversaciones en un bar y luego, en el momento más inesperado, una mano que se posa en tu hombro mientras la otra exhibe una placa de policía:

Tom Ripley, queda usted arrestado.

Siguió atento a la puerta y vio que el hombre entraba en el bar, miraba a su alrededor y, al verle, desviaba rápidamente la mirada. El hombre se quitó el sombrero de paja y buscó un sitio en la barra desde donde pudiera observar a Tom.

¡Dios mío, qué querría aquel tipo! Seguramente no era un *invertido*, pensó Tom por segunda vez, aunque solo ahora su mente inquieta había logrado dar con la palabra adecuada, como si esta pudiera protegerle de alguna forma, ya que hubiera preferido que le siguiese un invertido a que lo hiciera un policía. Al menos, a un invertido se lo hubiese podido quitar de encima fácilmente, diciéndole: «No, gracias», y alejándose tranquilamente.

El hombre hizo un gesto negativo al barman y echó a andar hacia Tom, que se quedó mirándole como hipnotizado, incapaz de moverse, pensando que no podrían echarle más de diez años, quince a lo sumo, aunque con buena conducta... En el instante en que el hombre abría los labios para hablar, Tom sintió una punzada de remordimiento.

—Perdone, pero ¿es usted Tom Ripley?

—Sí.

—Me llamo Herbert Greenleaf. Soy el padre de Richard Greenleaf.

La expresión de su rostro le resultaba más desconcertante a Tom que si le hubiese apuntado con una pistola. Era un rostro amistoso, sonriente y esperanzado.

—Usted es amigo de Richard, ¿no es así?

El nombre le sonaba a Tom, débilmente. Dickie Greenleaf, un muchacho alto y rubio que, según empezaba a recordar Tom, tenía bastante dinero.

—Oh, Dickie Greenleaf. Sí, lo conozco.

—Sea como fuere, sí conocerá a Charles y Marta Schriever. Fueron ellos quienes me hablaron de usted, diciéndome que tal vez pudiera... ¿Le parece que nos sentemos?

—Sí —respondió Tom de buen talante, cogiendo su copa y siguiendo al hombre hacia una mesa vacía situada al fondo del pequeño local.

Tom se sintió como si acabase de recibir un indulto. Seguía en libertad y nadie iba a detenerle. No era eso lo que pretendía su supuesto perseguidor. Fuese lo que fuese, no se trataba de robo o de violación de correspondencia, o como quisieran llamarlo. Tal vez Richard estaba en un aprieto y míster Greenleaf necesitaba ayuda, quizá consejo. Tom sabía perfectamente lo que había que decirle a un padre como míster Greenleaf.

—No estaba del todo seguro de que fuese usted Tom Ripley —dijo míster Greenleaf—. Me parece que solo le había visto una vez. ¿No estuvo una vez en casa con Richard?

—Creo que sí.

—Los Schriever me dieron una descripción de usted. Ellos también le han estado buscando. En realidad, querían que nos viésemos en su casa. Al parecer, alguien les dijo que de vez en cuando usted iba al Green Cage a tomar una copa. Esta noche ha sido mi primer intento de localizarle, así que tal vez deba considerarme con suerte.

Míster Greenleaf hizo una pausa y sonrió.

—Le escribí una carta la semana pasada, pero puede que no la recibiera.

—En efecto, no la he recibido —dijo Tom, mientras pensaba que Marc, el maldito Marc, no se ocupaba de reexpedirle las cartas, una de las cuales podía muy bien contener un cheque de la tía Dottie—. Me mudé hace más o menos una semana.

—Entiendo. No es que en la carta le dijese mucho, solo que deseaba verle y charlar un poco. Me pareció que los Schriever estaban convencidos de que usted conocía muy bien a Richard.

—Sí, me acuerdo de él.

—¿Pero no se cartean? —preguntó míster Greenleaf, desilusionado.

—No. Me parece que llevamos unos dos años sin vernos.

—Hace un par de años que está en Europa. Verá, los Schriever me hablaron muy bien de usted, y creí que quizá usted podría ejercer alguna influencia sobre Richard si le escribía. Quiero que regrese a casa. Aquí tiene ciertas obligaciones..., pero no hace ningún caso de lo que su madre y yo le decimos.

Tom se sentía intrigado.

–¿Qué fue lo que le dijeron los Schriever?

–Pues que..., bueno, seguramente exageraron un poco... Dijeron que usted y Richard eran muy buenos amigos. Supongo que eso les indujo a dar como cosa hecha el que se cartearían regularmente. Verá, conozco a tan pocos de los amigos que tiene ahora mi hijo...

Miró el vaso de Tom, como si pensara invitarle a otra copa, pero el vaso seguía casi lleno.

Tom recordó que en cierta ocasión Dickie Greenleaf y él habían asistido a un cóctel en casa de los Schriever. Tal vez los Greenleaf conocían a los Schriever mejor que él, y probablemente así era como habían dado con él, ya que en toda su vida apenas si habría visto a los Schriever más de cuatro veces. Y fue en la última ocasión cuando había ayudado a Charley Schriever con la declaración de la renta. Charley tenía un cargo directivo en una cadena de televisión, y se había hecho un lío tremendo con sus cuentas. Tom le había ayudado a resolverlo y a Charley le había parecido una genialidad el que lograse hacer una declaración incluso más baja que la que él había preparado, y, además, de un modo perfectamente legal. Tom pensó que tal vez esa era la razón de haber sido recomendado por Charley a míster Greenleaf. A juzgar por lo de aquella noche, era posible que Charley le hubiese dicho a míster Greenleaf que él, Tom, era un muchacho juicioso, inteligente, honrado a carta cabal y muy dispuesto a hacer favores. Estaba un poco equivocado.

–Supongo que usted no sabrá de nadie más que conozca a Richard lo bastante como para influir en él, ¿verdad? –preguntó míster Greenleaf con un tono bastante lastimero.

Tom pensó en Buddy Lankenau, pero no sentía deseos de cargar a Buddy con una tarea semejante.

–Me temo que no –respondió Tom, moviendo la cabeza negativamente–. Y Richard, ¿por qué no quiere volver a casa?

–Dice que prefiere vivir allí, en Europa. Pero su madre está muy enferma y... Bueno, eso son problemas familiares. Lamento molestarle con todo esto.

Míster Greenleaf se pasó una mano por el pelo, gris y bien peinado aunque un tanto escaso.

–Dice que está pintando. No es que eso sea malo, claro, pero no tiene talento para la pintura, aunque sí lo tiene para diseñar embarcaciones, cuando se pone a trabajar en serio.

Alzó los ojos para hablar con un camarero.

—Un scotch con soda, por favor. Que sea Dewar's. ¿Le apetece algo?

—No, gracias —dijo Tom.

Míster Greenleaf le miró como pidiéndole disculpas.

—Es usted el primer amigo de Richard que se ha dignado prestarme atención. Todos los demás parecen darme a entender que me estoy entrometiendo en la vida privada de mi hijo.

A Tom no le resultaba difícil comprenderlo.

—Sinceramente, desearía poder ayudarle —dijo cortésmente.

Recordaba perfectamente que el dinero de Dickie procedía de una empresa de construcciones navales. Embarcaciones a vela de poco calado. Sin duda, su padre deseaba que regresara a casa para hacerse cargo del negocio familiar. Tom sonrió ambiguamente a míster Greenleaf, luego apuró su bebida. Estaba ya dispuesto a levantarse para irse, pero la sensación de desengaño de su interlocutor era casi palpable.

—¿En qué lugar de Europa se encuentra? —preguntó Tom, sin que le importase un comino saberlo.

—En una ciudad llamada Mongibello, al sur de Nápoles. Según me dice, allí ni siquiera hay biblioteca pública. Divide su tiempo entre navegar a vela y pintar. Se ha comprado una casa. Richard dispone de sus propios ingresos..., nada extraordinario, pero, al parecer, suficiente para vivir en Italia. Bien, cada cual con sus gustos, pero en lo que a mí respecta, me resulta imposible ver qué atractivo puede ofrecerle ese lugar —dijo míster Greenleaf, sonriendo valientemente—. ¿Me permite ofrecerle una copa, míster Ripley? —añadió al aparecer el camarero con su scotch.

Tom tenía ganas de marcharse, pero odiaba la idea de dejarle solo con su bebida recién servida.

—Gracias, creo que me sentará bien —dijo, entregando al camarero su vaso vacío.

—Charley Schriever me dijo que se dedicaba usted a los seguros —dijo míster Greenleaf afablemente.

—De eso hace ya algún tiempo, ahora... —Se calló porque no quería decir que trabajaba en el Departamento de Impuestos Inte-

13

riores, especialmente en aquellos momentos–. Actualmente trabajo en el departamento de contabilidad de una agencia publicitaria.

–¿De veras?

Los dos permanecieron callados durante un minuto. Los ojos de míster Greenleaf le miraban fijamente, con una expresión patética y ansiosa. Tom se preguntaba qué demonios podía decirle y empezaba a lamentarse de haber aceptado la invitación.

–Por cierto, ¿qué edad tiene Dickie ahora? –preguntó.

–Veinticinco.

Igual que yo, pensó Tom, y probablemente se estará dando la gran vida en Italia. Con dinero, una casa y una embarcación, ¡cualquiera no se la daría! ¿Por qué demonios iba a regresar a casa?

El rostro de Dickie iba cobrando precisión en su memoria: sonrisa ancha, pelo ondulado, tirando a rubio; en suma, un rostro despreocupado.

Tom se dijo que Dickie era un tipo afortunado, preguntándose, al mismo tiempo, qué había hecho él hasta entonces, cuando contaba la misma edad que Dickie. La respuesta era que había estado viviendo a salto de mata, sin ahorrar un céntimo y ahora, por primera vez en su vida, se veía obligado a esquivar a la policía. Poseía una especial aptitud para las matemáticas, pero no había logrado hallar ningún sitio donde le pagasen por ella. Tom advirtió que todos sus músculos estaban en tensión, y que con los dedos había arrugado la cajita de cerillas que había sobre la mesa. Se aburría mortalmente y empezó a maldecir para sus adentros, deseando estar solo en la barra. Bebió un trago de su copa.

–Me encantará escribir a Dickie si me da usted su dirección. Supongo que no me habrá olvidado. Recuerdo que una vez fuimos a pasar un fin de semana con unos amigos, en Long Island. Dickie y yo salimos a recoger mejillones y nos los comimos para desayunar.

Tom hizo una pausa y sonrió.

–A algunos nos sentaron mal, y el fin de semana resultó más bien un fracaso. Pero recuerdo que Dickie me habló de irse a Europa. Seguramente se marchó poco después de...

–¡Lo recuerdo! –exclamó míster Greenleaf–. Fue el último fin de semana que Richard pasó aquí. Me parece que me contó lo de los mejillones.

Míster Greenleaf se rió de forma un tanto afectada.

—También subí unas cuantas veces al piso de ustedes —prosiguió Tom, decidido a dejarse llevar por la corriente de la charla—. Dickie me enseñó algunos de los buques en miniatura que guardaba en su habitación.

—¡Oh, aquellos no eran más que juguetes! —dijo míster Greenleaf, radiante de satisfacción—. ¿Alguna vez le enseñó sus planos y maquetas?

Dickie no se los había enseñado, pero Tom dijo:

—¡Sí! Claro que me los mostró. Trazados con pluma. Algunos resultaban fascinantes.

Pese a no haberlos visto nunca Tom se los imaginaba: unos planos minuciosos, dignos de un delineante profesional, con todas las líneas, tornillos y pernos cuidadosamente rotulados. También podía imaginarse a Dickie, sonriendo orgullosamente al mostrárselos. No le hubiese costado seguir describiéndole los dibujos a míster Greenleaf, pero se contuvo.

—En efecto, Richard tiene talento para esto —dijo míster Greenleaf con aire satisfecho.

—Eso opino yo —corroboró Tom.

Su anterior aburrimiento había dado paso a otra sensación que Tom conocía muy bien. Era algo que a veces experimentaba al asistir a alguna fiesta, pero, generalmente, le sucedía cuando cenaba con alguien cuya compañía no le resultaba grata y la velada se iba haciendo más y más larga. En aquellas ocasiones, era capaz de comportarse con una cortesía casi maniática durante toda una hora, hasta que llegaba un momento en que algo estallaba en su interior induciéndole a buscar apresuradamente la salida.

—Lamento no estar libre actualmente, de lo contrario con mucho gusto iría a Europa y vería de persuadir a Richard personalmente. Tal vez podría ejercer alguna influencia sobre él —dijo Tom, a sabiendas de que aquello era precisamente lo que míster Greenleaf esperaba que dijese.

—Si usted cree..., es decir, no sé si tiene planeado un viaje a Europa o no.

—Pues, no, no lo tengo.

—Richard se dejó influir siempre por sus amigos. Si usted o algún otro amigo suyo pudiera conseguir un permiso, yo estaría dispuesto a mandarle para que hablase con él. Creo que eso sería preferible a que fuese yo mismo. Supongo que le resultaría imposible lograr un permiso allí donde trabaja actualmente, ¿verdad?

De pronto, el corazón de Tom dio un brinco. Fingió estar sumido en profundas reflexiones. Era una posibilidad. Por alguna razón, aun sin ser consciente de ello, lo había presentido. Su empleo actual y nada eran la misma cosa. Además, era muy probable que de todos modos tuviera que marcharse de la ciudad al cabo de poco tiempo. Necesitaba esfumarse de Nueva York.

—Tal vez —dijo sin comprometerse ni abandonar su expresión reflexiva, como si siguiera pensando en los miles de pequeños compromisos y obligaciones susceptibles de impedírselo.

—Si fuese usted, me encantaría hacerme cargo de sus gastos, no hace falta decirlo. ¿Cree usted seriamente que hay alguna posibilidad de que pueda arreglarlo antes del otoño?

Estaban ya a mediados de septiembre. Tom miraba fijamente el anillo de oro que adornaba el dedo meñique de míster Greenleaf.

—Creo que sí podría. Me gustaría volver a ver a Richard..., especialmente si, como usted dice, puedo ayudarle en algo.

—¡Claro que puede ayudarle! Creo que a usted le escucharía. Además, está el hecho de que no le conoce muy bien... Ya sabe, él no creerá que lo hace por algún motivo oculto. Bastará con que le diga con firmeza las razones que, a juicio de usted, deberían moverle a regresar a casa.

Míster Greenleaf se recostó en su asiento, mirando a Tom con aprobación.

—Lo curioso es que Jim Burke y su esposa..., Jim es mi socio..., pasaron por Mongibello el año pasado, cuando iban de crucero. Richard les prometió que regresaría a principios de invierno. Es decir, el pasado invierno. Y lo ha dejado correr. ¿Qué muchacho de veinticinco años presta atención a un viejo de sesenta o más años? ¡Probablemente usted triunfará donde los demás hemos fracasado!

—Eso espero —dijo Tom, modestamente.

—¿Qué le parece si tomamos otra copa? ¿Le apetece un buen brandy?

2

Era ya más de medianoche cuando Tom emprendió el regreso a casa. Míster Greenleaf se había ofrecido a llevarle en taxi, pero Tom no quería que viese dónde vivía: un sórdido edificio de ladrillo rojizo con un letrero que decía SE ALQUILAN HABITACIONES colgado en la entrada. Tom llevaba dos semanas y media viviendo con Bob Delancey, un joven a quien apenas conocía, pero que había sido el único de sus amigos y conocidos en Nueva York que había querido alojarle en su casa. Tom no había invitado a ningún amigo a visitarle en casa de Bob, ni siquiera le había dicho a nadie dónde vivía. La principal ventaja que le reportaba vivir allí estribaba en que podía recibir la correspondencia dirigida a George McAlpin con un riesgo mínimo de ser descubierto. Pero le resultaba difícil soportar el maloliente retrete cuya puerta no cerraba; la sucia habitación que, a juzgar por su aspecto, parecía haber sido habitada por mil personas distintas, cada una de las cuales había dejado su propia clase de porquería sin levantar una mano para limpiarla; los ejemplares atrasados del *Vogue* y del *Harper's Bazaar,* precariamente amontonados en el suelo y cayendo cada dos por tres; y aquellos cursis recipientes de cristal ahumado que había por toda la casa, llenos de cordeles embrollados, lápices, colillas y fruta medio podrida. Bob se dedicaba a decorar escaparates por cuenta propia, en tiendas y grandes almacenes, pero a la sazón los únicos encargos que tenía los recibía de las tiendas de antigüedades de la Tercera Avenida, y en una de ellas le habían dado los recipientes de cristal en pago de algún servicio. A Tom le había horrorizado el ver que conocía a alguien capaz de vivir de aquella manera, pero sabía que no iba a estar mucho tiempo allí. Y ahora se había presentado míster Greenleaf. Siempre se presentaba algo. Esa era la filosofía de Tom.

Antes de empezar a subir los peldaños de ladrillo, Tom se detuvo y miró en ambas direcciones, pero solo se veía a una vieja que paseaba su perro y a un viejo que, con paso vacilante, doblaba la esquina de la Tercera Avenida. Si había alguna sensación que él odiase, era la de ser seguido, no importaba por quién. Y últimamente, aquello era lo que sentía constantemente. Subió corriendo los peldaños.

Al entrar en su habitación, Tom pensó que la sordidez del lugar sí le importaba ahora. Tan pronto le diesen el pasaporte, embarcaría rumbo a Europa, probablemente en un camarote de primera clase, donde le bastaría tocar un timbre para que acudiesen los camareros a servirle. Se vestiría de etiqueta para cenar y entraría majestuosamente en el comedor del buque, donde conversaría como un caballero con sus compañeros de mesa. Pensó que muy bien podía felicitarse por lo de aquella noche. Se había comportado justo como debía. Resultaba imposible que míster Greenleaf se hubiese llevado la impresión de que la invitación para ir a Europa la hubiese sacado Tom por medio de artimañas. Más bien todo lo contrario. Pensaba no defraudar a míster Greenleaf y hacer todo cuanto pudiera para convencer a Dickie. Míster Greenleaf era tan buena persona que daba por sentado que todos los demás seres humanos lo eran también. Tom casi se había olvidado de que existiera gente así.

Con movimientos lentos, Tom se quitó la chaqueta y se desanudó la corbata. Observaba cada uno de sus movimientos como si fueran los de otra persona. Se sorprendió al ver cuán distintos eran su porte y la expresión de su rostro comparados con los de unas pocas horas antes. Era una de las infrecuentes ocasiones de su vida en que se sentía contento consigo mismo. Metió la mano en el desordenado ropero de Bob y de un manotazo apartó las perchas en ambas direcciones, para dejar sitio donde colgar su traje. Luego entró en el cuarto de baño. De la ducha, llena de herrumbre, salieron dos chorros de agua, uno contra la cortina y otro, este en espiral, que apenas bastaba para mojarle, aunque, de todos modos, aquello era preferible a sentarse en la pringosa bañera.

Al despertarse a la mañana siguiente, Bob no estaba, y una ojeada a su cama bastaba para ver que no había dormido en casa. Tom saltó de la cama, encendió el fogón y se preparó un café, pensando en que era una suerte que Bob no estuviera en casa aquella mañana. No quería decirle nada del viaje a Europa. Lo único que el holgazán de Bob hubiera visto en ello era la oportunidad de viajar gratis. E igual sucedería con Ed Martin y Bert Visser, probablemente, y todos los demás gorrones que Tom conocía. No pensaba decírselo a ninguno de ellos: así evitaría que fuesen a despedirle al muelle. Tom se puso a silbar. Aquella noche estaba invitado a cenar con los Greenleaf en su piso de Park Avenue.

Al cabo de quince minutos, duchado, afeitado, y vestido con un traje y una corbata de rayas que pensaba iban a favorecerle en la foto del pasaporte, Tom paseaba por su habitación con una taza de café en la mano, esperando el correo de la mañana. Después de echar un vistazo a su correspondencia, pensaba ir a Radio City para ocuparse del pasaporte. Se preguntaba en qué podía emplear su tiempo por la tarde. No sabía si ir a alguna exposición, con lo que tendría tema de conversación para la cena de los Greenleaf, o bien dedicarse a reunir alguna información sobre la Burke-Greenleaf Watercraft Inc., con lo que míster Greenleaf sabría que él, Tom, se interesaba por su trabajo.

Por la ventana abierta entró el débil ruido del buzón al cerrarse. Tom bajó y estuvo esperando a que el cartero se hubiese perdido de vista. Entonces recogió la carta dirigida a George McAlpin, que el cartero había dejado sobre la hilera de buzones, y rasgó el sobre. Ahí estaba el cheque de ciento diecinueve dólares con cincuenta y cuatro centavos, pagadero al Recaudador de Impuestos Interiores.

¡La buena mistress Edith W. Superaugh!, pensó Tom. Paga sin ni siquiera hacer una simple llamada de comprobación por teléfono. ¡Eso es un buen presagio!

Volvió a subir las escaleras y después de romper el sobre en trocitos, echó estos en la bolsa de la basura.

Guardó el cheque en un sobre y lo depositó todo en el bolsillo interior de una de las americanas que tenía en el ropero. Mentalmente, calculó que con el que acababa de recibir, disponía de cheques por un valor de mil ochocientos sesenta y tres dólares con catorce centavos. La lástima era no poderlos cobrar, o que todavía no hubiese habido algún idiota que pagase en efectivo o extendiese su cheque a favor de George McAlpin. Tom tenía en su poder una tarjeta de identidad, ya caducada, a nombre de un empleado de banca. La había encontrado en alguna parte y hubiese podido cambiar la fecha, pero temía no poder cobrar los cheques impunemente, aunque utilizase una carta de autorización, naturalmente falsificada, por el importe que fuese. Así pues, el asunto de los cheques quedaba convertido en una simple broma pesada. Un juego limpio, casi, ya que no estaba robando a nadie. Decidió que antes de partir hacia Europa destruiría los cheques.

Todavía le quedaban siete nombres en la lista, y pensó si debía probar suerte con uno más en los diez días que faltaban para la partida. La noche anterior, al regresar caminando a casa después de la entrevista con míster Greenleaf, pensó que si mistress Superaugh y Carlos de Sevilla pagaban, daría el asunto por concluido. Míster De Sevilla todavía no lo había hecho y Tom pensó que convendría llamarle por teléfono para meter el temor de Dios en su cuerpo, pero lo de mistress Superaugh le había salido tan fácilmente, que se sentía tentado a probar una vez más, solo una.

De la maleta que guardaba en el ropero sacó una caja llena de sobres y papel de carta de color malva. Debajo de los sobres y el papel de carta había unos cuantos impresos que había robado de la oficina de Impuestos Interiores cuando trabajaba allí, en el almacén, unas semanas antes. En el fondo de la caja estaba su lista de posibles incautos, todos ellos cuidadosamente seleccionados entre los habitantes del Bronx y de Brooklyn; personas que no se sentirían excesivamente inclinadas a dejarse caer por la oficina que el Departamento tenía en Nueva York: artistas, escritores, gente, en suma, que no pagaban directamente su impuesto sobre la renta y que, por lo general, ganaban entre siete y doce mil dólares al año. Tom se figuraba que, probablemente, aquella clase de contribuyente no encargaba su declaración de impuestos a un profesional, si bien, por otra parte, ganaban lo suficiente como para poder acusarles tranquilamente de haber cometido un error de doscientos o trescientos dólares al calcular sus impuestos. En la lista se hallaban William J. Slatterer, periodista; Philip Robillard, músico; Frieda Moehn, ilustradora; Joseph J. Gennari, fotógrafo; Frederick Reddington, dibujante; Frances Karnegis... Tom tenía una corazonada sobre Reddington. Se trataba de un dibujante de historietas cómicas, y lo más seguro era que no diese pie con bola al hacer sus cálculos.

Escogió dos formularios encabezados con las palabras AVISO DE ERRORES DE CÁLCULO, colocó una hoja de papel carbón entre ellos, y empezó a copiar los datos que figuraban en su lista, debajo del nombre de Reddington:

«Ingresos. $11.250. Exenciones: 1. Deducciones: $600. Abonos: ninguno. Remesas: ninguna. Intereses –dudó unos segundos–: $2,16. Saldo pendiente: $233,76.»

Luego cogió una hoja de papel con el membrete del Departamento de Impuestos Interiores, y con la pluma tachó la dirección de Lexington Avenue, escribiendo debajo:

Debido a la acumulación de trabajo en nuestra oficina de Lexington Avenue, le rogamos que mande su respuesta a:
Departamento de Incidencias
A la atención de George McAlpin
187 E. 51 Street
Nueva York 22, Nueva York

Gracias.

Ralph F. Fischer
Director General del Departamento
de Incidencias

Firmó con una rúbrica rebuscada e ilegible. Guardó los demás impresos por si Bob llegaba inesperadamente, y descolgó el teléfono. Estaba decidido a pinchar un poco a míster Reddington para ponerle sobre aviso. Preguntó el número en información y llamó. Míster Reddington estaba en casa. Tom le explicó la situación brevemente, expresándole su sorpresa al ver que míster Reddington todavía no había recibido el aviso del Departamento de Incidencias.

–Tienen que habérselo mandado hace días –dijo Tom–. Sin duda lo recibirá mañana. Hemos estado muy atareados en el Departamento.

–Pero si ya he pagado mis impuestos –dijo el otro con voz alarmada–. Estaban todos...

–Bueno, estas cosas suceden a veces, ¿sabe?, cuando los ingresos no están sujetos a un impuesto directo, como en el caso de usted. Hemos examinado su declaración muy detenidamente, míster Reddington. Estamos seguros de no equivocarnos. Nos disgustaría tener que mandar un embargo preventivo a la oficina o al agente para quien usted trabaje...

Al llegar aquí, Tom soltó una risita entre dientes. Una risita amistosa, personal, solía obrar maravillas generalmente.

–... pero nos veremos obligados a hacerlo a menos que nos pague antes de cuarenta y ocho horas. Lamento que el aviso no haya llegado a sus manos con la debida antelación. Como ya le dije, hemos estado muy...

–Oiga, ¿hay alguien ahí con quien pudiera hablar personalmente? –preguntó míster Reddington ansiosamente–. ¡Comprenderá que se trata de una suma muy elevada!

–Oh, claro que sí.

Tom adoptaba siempre un tono campechano al llegar a aquel extremo, la voz de un sesentón amable y lleno de paciencia, pero nada dispuesto a aflojar un centavo por muchas explicaciones y lamentaciones que míster Reddington estuviese en situación de dar. George McAlpin representaba al Departamento de Impuestos de los Estados Unidos de América.

–Puede hablar conmigo, por supuesto –dijo Tom, arrastrando las palabras–, pero no hay absolutamente ninguna equivocación, míster Reddington. Mi único propósito era ahorrarle molestias y tiempo. Puede venir si lo desea, pero tengo todo su expediente aquí mismo, en la mano.

Silencio. Míster Reddington no iba a preguntarle nada sobre su expediente, porque probablemente no sabía por dónde empezar a preguntar. Pero en el caso de que le preguntase en qué consistía el error, Tom tenía ya preparada una complicada explicación acerca de los ingresos netos, contra los ingresos acumulados, el saldo pendiente contra el cómputo, el interés a un seis por ciento anual acumulado a partir de la fecha de vencimiento del pago de impuestos y vigente hasta su liquidación, aplicable a cualquier saldo impagado y que representaba el impuesto declarado en la contestación del contribuyente. Todo eso Tom sabía decirlo en voz calmosa, capaz de arrollar todos los obstáculos como haría un tanque Sherman. Hasta entonces, nadie había insistido en presentarse personalmente en el Departamento para seguir escuchando más explicaciones de aquella índole. También míster Reddington empezaba a echarse atrás. Tom lo advirtió por su silencio.

–De acuerdo –dijo míster Reddington con tono de derrota–. Ya leeré el aviso cuando lo reciba mañana.

–Muy bien, míster Reddington –dijo Tom, y colgó el aparato.

22

Tom permaneció sentado unos instantes, riéndose y juntando las manos entre las rodillas. Luego se puso en pie de un salto y guardó la máquina de escribir de Bob. Meticulosamente, se peinó delante del espejo y salió en dirección a Radio City.

3

—¡Hola, Tom, muchacho! —dijo míster Greenleaf con una voz que era una promesa de buenos martinis, una cena digna de un gourmet, y una cama donde pasar la noche si se sentía demasiado cansado para regresar a casa.

—Emily. ¡Este es Tom Ripley!

—¡Estoy tan contenta de conocerle! —dijo ella con voz cálida.

—Encantado, mistress Greenleaf.

Mistress Greenleaf era tal como Tom se había figurado: rubia, bastante alta y esbelta, con la suficiente dosis de convencionalismo para obligarle a comportarse como era debido, pero, al mismo tiempo, con un ingenuo deseo de complacer a todos, igual al que poseía su marido. Míster Greenleaf los acompañó a la sala de estar, Tom recordó que, en efecto, ya había estado allí con Dickie.

—Míster Ripley se dedica a los seguros —anunció míster Greenleaf.

Tom tuvo la sospecha de que se había tomado unas cuantas copas, o quizá aquella noche estaba muy nervioso, ya que la noche anterior Tom le había hecho una detallada descripción de la agencia de publicidad donde supuestamente trabajaba.

—No es un trabajo demasiado interesante, por cierto —dijo Tom modestamente, dirigiéndose a mistress Greenleaf.

Entró una doncella en la habitación con una bandeja de martinis y canapés.

—Míster Ripley ya ha estado aquí —dijo míster Greenleaf—. Vino algunas veces con Richard.

—¿De veras? Me parece que no nos hemos visto, sin embargo —dijo su esposa, con una sonrisa—. ¿Es usted de Nueva York?

—No, soy de Boston —dijo Tom, y era cierto.

Al cabo de unos treinta minutos y bastantes martinis, entraron en el comedor contiguo a la sala de estar. La mesa estaba puesta para tres y adornada con velas; había en ella unas enormes servilletas azul oscuro y una fuente con un pollo entero nadando en salsa. Pero antes tomaron *céleri rémoulade*. Tom sentía predilección por aquel plato, y así lo dijo.

—¡Pues Richard también! —exclamó mistress Greenleaf—. Le gusta mucho la forma en que lo prepara nuestra cocinera. Lástima que no pueda llevarle un poco a Europa.

—Oh, lo pondré con los calcetines —dijo Tom con una sonrisa.

Mistress Greenleaf se rió. Le había dicho a Tom que se llevase unos cuantos pares de calcetines de lana para Richard, negros y de la marca Brooks Brothers, como los que siempre usaba Richard.

La conversación resultó aburrida, pero la cena era soberbia. Contestando a una pregunta de mistress Greenleaf, Tom dijo que trabajaba en una agencia de publicidad llamada Rothenberg, Fleming y Barter. Más tarde, al volver a hablar de ella, premeditadamente cambió el nombre por el de Reddington, Fleming y Parker. Míster Greenleaf no dio muestras de advertir la diferencia. Tom citó el nombre por segunda vez cuando él y míster Greenleaf se hallaban a solas en la sala de estar, después de la cena.

—¿Estudió usted en Boston? —le preguntó míster Greenleaf.

—No, señor. Estuve en Princeton durante un tiempo, luego viví con una tía mía en Denver y estudié allí.

Tom hizo una pausa, confiando en que míster Greenleaf le preguntase algo sobre Princeton, pero no lo hizo. Hubiese podido discutir sobre la forma en que allí enseñaban historia, las normas disciplinarias del recinto universitario, el ambiente de los bailes de fin de semana, las tendencias políticas del cuerpo estudiantil, cualquier cosa. El verano anterior, Tom había entablado amistad con una estudiante de Princeton que no hablaba de otra cosa que no fuera la universidad, por lo que, al final, Tom había decidido sonsacarle tanta información como le fuera posible, con vistas a que algún día pudiera resultarle útil. Les había contado a los Greenleaf que se crió en Boston, con su tía Dottie. Ella le había llevado a Denver cuando Tom tenía dieciséis años. En realidad, lo único que había hecho en Denver era acabar su segunda enseñanza, pero en casa de su tía Bea se alojaba un joven llamado Don Mizell que estudiaba en la Universidad de Colorado. A Tom le parecía haber estudiado en ella también.

–¿Se especializó en algo concreto? –preguntó míster Green-leaf.

–No exactamente; dividí mis estudios entre la contabilidad y las letras –contestó sonriendo Tom, consciente de que la respuesta era tan poco interesante que a nadie le daría por seguir preguntando.

Mistress Greenleaf entró en la sala con un álbum de fotografías, y Tom se sentó a su lado, en el sofá, mientras ella iba pasando las páginas. Richard dando su primer paso, Richard en una horrible foto en color, a toda página, disfrazado de personaje de cuento infantil, con sus largos bucles rubios. El álbum no tuvo ningún interés para Tom hasta llegar a las fotos tomadas a partir de los dieciséis años de Richard, que salía en ellas piernilargo y con una incipiente onda en el pelo. Por lo que Tom pudo ver, poco había cambiado entre los dieciséis y los veintitrés o veinticuatro años, edad en la que se interrumpía la serie de fotos. Tom se sorprendió al comprobar lo poco que cambiaba la sonrisa ingenua y abierta de Richard, y no pudo evitar pensar que Richard no era demasiado inteligente, o, de no ser así, que le gustaba mucho salir en las fotos, creyendo que quedaría más favorecido si salía con la boca de oreja a oreja, lo cual, a decir verdad, tampoco era signo de una gran inteligencia.

–Todavía no he podido pegar estas –dijo mistress Greenleaf, entregándole una serie de fotos sueltas–. Todas son de Europa.

Esas resultaban más interesantes: Dickie en un lugar que seguramente era un café parisino; Dickie en la playa. En algunas, salía con el ceño fruncido.

–Esto es Mongibello, por cierto –dijo mistress Greenleaf, indicando una foto en la que Dickie aparecía arrastrando un bote de remos hacia la playa. Al fondo se veían unas montañas peladas y rocosas y una hilera de casas encaladas que seguían la costa–. Y aquí está la chica, el único súbdito americano, aparte de Richard, que vive allí.

–Marge Sherwood –apuntó míster Greenleaf.

Estaba sentado al otro lado de la estancia, pero seguía atentamente lo que hacían su mujer y Tom.

La muchacha iba en traje de baño y estaba sentada en la playa, con los brazos en torno a las rodillas. Su aspecto era saludable y sin artificios; tenía el pelo rubio, corto y enmarañado. Una buena chica, en suma. Había una buena foto en la que se veía a Richard, con pantalón corto, sentado en la baranda de una terraza. Sonreía, pero la sonrisa no era la misma que antes, según pudo ver Tom. En las fotos de Europa, Richard parecía tener más aplomo.

Tom se fijó en que mistress Greenleaf tenía los ojos bajos, clavados en la alfombra, y recordó que momentos antes, en la mesa, ella había exclamado:

—¡Ojalá nunca hubiese oído hablar de Europa!

La exclamación había motivado una mirada ansiosa por parte de míster Greenleaf, que le había sonreído a él, como para decir que ya estaba acostumbrado a aquellos arranques de genio. Pero en aquel momento, los ojos de mistress Greenleaf estaban llenos de lágrimas y su marido se disponía ya a acudir a su lado.

—Mistress Greenleaf —dijo Tom con voz suave—, quiero que sepa que haré cuanto pueda para que Richard regrese a casa.

—¡Bendito sea, Tom! ¡Bendito sea! —dijo ella, apretándole la mano que Tom tenía apoyada en el muslo.

—Emily, ¿no crees que ya es hora de que te acuestes? —preguntó míster Greenleaf, inclinándose solícitamente ante ella.

Tom se puso en pie al levantarse mistress Greenleaf.

—Espero que venga a visitarnos otra vez antes de irse, Tom —dijo ella—. Desde que Richard se fue, apenas vienen jóvenes a casa. Los echamos de menos.

—Me encantará volver —dijo Tom.

Míster Greenleaf salió de la habitación con su esposa, y Tom se quedó de pie, con las manos al costado y la cabeza erguida. En un gran espejo que había en la pared pudo verse a sí mismo: la imagen de un joven que acababa de recobrar su autoestima. Apartó la mirada rápidamente. Estaba haciendo lo que debía, comportándose correctamente, pero, pese a ello, se sentía culpable de algo. Tan solo hacía unos momentos, al decirle a mistress Greenleaf que haría cuanto pudiera, lo había dicho sinceramente, sin tratar de engañar a nadie.

Advirtió que empezaba a sudar e hizo un esfuerzo por calmarse, preguntándose qué era lo que tanto le preocupaba. Tan bien como se había sentido aquella noche. Cuando dijo aquello sobre la tía Dottie...

Se irguió de nuevo, mirando nerviosamente hacia la puerta,

pero esta seguía cerrada. Aquel había sido el único momento en que se había sentido incómodo, como en una situación irreal, igual que si hubiese estado mintiendo. Y lo cierto era que, prácticamente, aquella había sido la única verdad de toda la noche:

—Mis padres murieron cuando yo era muy pequeño. Me crié con mi tía en Boston.

Míster Greenleaf entró de nuevo en la sala de estar. Su figura parecía estar llena de vida, agigantándose por momentos. Tom parpadeó, súbitamente aterrorizado ante él, sintiendo el impulso de atacarle antes de que él le atacase.

—¿Y si tomamos un poco de coñac? —preguntó míster Greenleaf, al tiempo que corría un panel de madera al lado de la chimenea.

Igual que en las películas, pensó Tom. Dentro de un instante, míster Greenleaf u otra persona dirá «¡Corten!» y yo volveré a la realidad, acodado en la barra del Raoul's con el vaso de gin-tonic delante. No, mejor dicho, en el Green Cage.

—¿Ha bebido bastante ya? —preguntó míster Greenleaf—. Bueno, no tiene que beberse esto si no le apetece.

Tom asintió vagamente con la cabeza, y míster Greenleaf se quedó perplejo durante unos segundos, después sirvió dos coñacs.

Tom advirtió que un sudor frío bañaba su cuerpo. Pensaba en el incidente del drugstore la semana anterior, aunque aquello ya había terminado y no estaba realmente asustado, ya no. Había un drugstore en la Segunda Avenida cuyo número de teléfono solía indicar Tom a las personas que insistían en volver a llamarle en relación con sus impuestos. Tom les decía que era el número del Departamento de Incidencias, advirtiéndoles que solamente le encontrarían en su despacho entre las tres y media y las cuatro, los miércoles y viernes por la tarde. A tal hora, Tom acostumbraba a merodear cerca de la cabina telefónica del establecimiento, esperando que el teléfono sonase. La segunda vez que lo hacía, el encargado del drugstore le había mirado con ojos suspicaces, y Tom le había dicho que esperaba una llamada de su novia. El viernes de la semana anterior, al descolgar el aparato, una voz de hombre le había dicho:

—Ya sabe de lo que estamos hablando, ¿no? Sabemos dónde vive usted, si es que quiere que vayamos a su casa... Tenemos algo para usted, si usted tiene algo para nosotros, ¿eh?...

27

La voz era insistente y al mismo tiempo evasiva, así que Tom supuso que se trataba de algún truco y fue incapaz de responder.

–... Mire, iremos ahora mismo a su casa.

Al salir de la cabina, Tom tuvo la impresión de que sus piernas eran de gelatina, y en aquel instante se percató de que el propietario del establecimiento le estaba mirando fijamente, con los ojos muy abiertos y una expresión de pánico. Entonces la conversación que acababa de sostener se explicó por sí sola: el tipo vendía drogas en su comercio y temía que Tom fuese un inspector de policía que estuviese allí para pescarle con la mercancía encima. Tom se había echado a reír, y había salido del local soltando grandes carcajadas, tropezando al andar, ya que sus piernas seguían fallándole a causa del miedo que acababa de experimentar.

–¿Pensando en Europa? –oyó que decía la voz de míster Greenleaf.

Tom aceptó la copa que le ofrecía y respondió:

–Sí, en efecto.

–Espero que disfrute del viaje, Tom, y también que tenga éxito con Richard. A propósito, le ha caído usted muy bien a Emily. Me lo ha dicho. No fue necesario que se lo preguntase.

Míster Greenleaf hacía girar la copa de coñac entre las palmas de sus manos.

–Mi esposa padece leucemia, Tom.

–¡Oh! Eso es muy grave, ¿no?

–Sí. Puede que no viva otro año.

–Lo lamento mucho –dijo Tom.

Míster Greenleaf sacó un papel del bolsillo.

–Tengo una lista de las salidas de buques. Creo que lo más rápido será el acostumbrado viaje hasta Cherburgo, aparte de ser el más interesante. Allí cogería el tren hasta París, luego un coche cama que cruza los Alpes hasta llegar a Roma y desde allí a Nápoles.

–Me parece una buena idea.

El asunto empezaba a resultarle interesante.

–En Nápoles tendrá que coger un autobús hasta el pueblo donde está Richard. Yo le escribiré para anunciarle su llegada..., sin decirle que va de mi parte –añadió sonriendo–, aunque sí le diré que nos hemos visto. Seguramente Richard le dará alojamiento, pero si no puede, por lo que sea, en la ciudad hay hoteles. Espero que usted y Richard se lleven bien. Ahora, en lo que se refiere al dinero...

Míster Greenleaf sonrió paternalmente.

–Me propongo darle seiscientos dólares en cheques de viaje, aparte del pasaje de ida y vuelta. ¿Le parece bien? Con los seiscientos dólares le bastará para dos meses, pero si necesita más, no tiene más que ponerme un telegrama, muchacho. A decir verdad, no parece usted un joven capaz de despilfarrar el dinero en tonterías.

–Habrá más que suficiente con eso, señor.

A medida que iba tomándose el coñac, míster Greenleaf se ponía más blando y alegre, mientras que Tom, por el contrario, sentía acrecentarse su mal humor. Tenía ganas de salir del piso, y, pese a todo, deseaba ir a Europa y deseaba también causar buena impresión en míster Greenleaf. Allí, en el piso, le resultaba más difícil que la noche anterior en el bar, cuando se había aburrido tanto, porque no lograba cambiar su actitud. Tom se levantó varias veces con la copa en la mano, paseando hasta la chimenea y regresando junto a míster Greenleaf, y al pasar ante el espejo advirtió que en las comisuras de sus labios se dibujaba una expresión adusta.

Míster Greenleaf seguía hablando jovialmente de lo que él y Richard habían hecho en París, cuando su hijo contaba diez años. Resultaba terriblemente aburrido oírle. Tom pensó que si le ocurría algo con la policía antes de emprender el viaje, los Greenleaf le alojarían en su casa. Podría decirles que se había precipitado al realquilar su piso, y quedarse escondido allí. Tom se sentía mal, casi enfermo.

–Me parece que debería marcharme, míster Greenleaf.

–¿Ya? Pero si quería enseñarle... Bueno, no se preocupe. Otra vez será.

Tom sabía que debía haberle preguntado:

–¿Enseñarme qué?

Y quedarse allí pacientemente, mientras le enseñaba lo que fuese. Pero no podía.

–¡Quiero que visite el astillero, desde luego! –dijo animadamente míster Greenleaf–. ¿A qué hora le va bien? Supongo que tendrá que ser a la hora del almuerzo. Es que me parece que debería decirle a Richard cómo está el astillero actualmente.

–Pues sí..., podría hacerlo durante la hora del almuerzo.

–Llámeme cuando quiera, Tom. Ya tiene mi tarjeta con el número de teléfono. Deme media hora de tiempo y mandaré un empleado para que le traiga en coche desde su oficina. Nos comeremos un bocadillo mientras visitamos el astillero, y luego volverá a llevarle en coche.

–Le llamaré –dijo Tom.

Temió desmayarse si seguía un minuto más en la semipenumbra del recibidor, pero míster Greenleaf volvía a reírse entre dientes mientras le preguntaba si había leído determinado libro de Henry James.

–Siento decir que no, no he leído ese libro, señor –dijo Tom.

–Bueno, no importa –dijo míster Greenleaf con una sonrisa.

Entonces se estrecharon las manos y míster Greenleaf le estrujó la suya durante largo rato. Después se encontró libre al fin. Pero al bajar en el ascensor, Tom observó que la expresión de dolor y miedo no había desaparecido de su rostro. Ahogado, se apoyó en un rincón del ascensor, aunque sabía perfectamente que, tan pronto el ascensor llegase al vestíbulo, saldría volando de la cabina y apretaría a correr sin parar, hasta llegar a casa.

4

La atmósfera de la ciudad se hacía más extraña a medida que transcurrían los días. Era como si algo se hubiese marchado de Nueva York –su realidad o su importancia– y la ciudad estuviese montando un espectáculo para él solo, un espectáculo colosal de autobuses, taxis y gente que caminaba presurosa por las aceras, de televisores enchufados en todos los bares de la Tercera Avenida, de cines con el neón de las marquesinas encendido a plena luz del día, y de efectos sonoros compuestos por el sonar de millares de cláxones y voces humanas que parloteaban sin sentido. Parecía que el sábado, cuando su buque soltase amarras, toda la ciudad de Nueva York iba a desplomarse como una gigantesca tramoya de cartón piedra.

Tom pensó que quizá era que estaba asustado. Odiaba el mar. Nunca había viajado por mar, salvo un viaje de ida y vuelta desde

Nueva York hasta Nueva Orleans, pero a la sazón lo había hecho en un buque platanero, pasándose la mayor parte del viaje trabajando bajo cubierta, sin apenas darse cuenta de que navegaban por el mar. Las escasas veces que se había asomado a la cubierta, la vista del mar le había asustado al principio, luego le había hecho sentirse mareado, impulsándole a regresar corriendo a la bodega, donde, en contra de lo que decía la gente, se había sentido mejor. Sus padres habían perecido ahogados en el puerto de Boston, lo cual, según siempre había pensado Tom, tal vez tenía algo que ver con su aversión hacia el mar, ya que, desde que tenía uso de razón, el agua le infundía pavor, y nunca había conseguido aprender a nadar. Al pensar que en el plazo de menos de una semana iba a tener agua bajo sus pies, con muchos pies de profundidad, sufría una sensación de vacío en la boca del estómago, y aún más al pensar que pasaría la mayor parte de su tiempo contemplando el mar, ya que en los transatlánticos el pasaje pasaba casi todo el día en cubierta. Además, tenía la impresión de que marearse estaba muy mal visto. Nunca le había sucedido anteriormente, pero había estado muy cerca de marearse durante los últimos días, con solo pensar en el viaje a Cherburgo.

Bob Delancey ya estaba enterado de que Tom iba a marcharse en una semana, pero Tom no le había dicho adónde iba, aunque, de todos modos, Bob no pareció interesarse demasiado por la noticia. Se veían muy poco en el apartamento de la calle Cincuenta y uno. Tom se fue a casa de Marc Priminger, en la calle Cuarenta y cinco Este —conservaba las llaves todavía—, a buscar unas cuantas cosas que se había olvidado allí. Eligió una hora en que creía que Marc no estaría en casa, pero este regresó en compañía del nuevo huésped, Joel, un joven esquelético que trabajaba en una editorial. Con el fin de impresionar a Joel, Marc había adoptado su consabida actitud de condescendencia. De no haber estado presente Joel, Marc le hubiera maldecido con un lenguaje capaz de ruborizar a un marino. Marc, cuyo nombre de pila era Marcellus, era un tipo feo y desagradable que vivía de renta y era aficionado a prestar ayuda a jóvenes con dificultades económicas, a los que alojaba en su casa de dos pisos y tres dormitorios, aprovechando la ocasión para jugar a ser Dios, diciéndoles lo que podían y lo que les estaba prohibido hacer en la casa, y aconsejándoles sobre sus vidas

31

y sus empleos. Sus consejos, por lo general, resultaban desastrosos. Tom había pasado tres meses allí, aunque durante casi la mitad de ellos Marc estuvo en Florida, por lo que Tom había tenido la casa para él solo. Sin embargo, a su regreso, Marc le había armado la gran bronca debido a la rotura de unos pocos cacharros de vidrio, adoptando su acostumbrado aire de divina severidad. Por una vez, Tom se había puesto lo bastante furioso como para plantarle cara y responder a gritos. Inmediatamente, Marc le puso de patitas en la calle, no sin antes cobrarle sesenta y tres dólares, que, según dijo, era lo que valían los cacharros rotos. Tom le consideraba un individuo cicatero y mezquino, que debiera haber nacido mujer para acabar sus días de solterona al frente de una escuela de niñas. Lamentaba amargamente haber puesto los ojos en Marc Priminger, y pensaba que cuanto antes olvidase su expresión estúpida, sus abultadas mandíbulas y sus feas manos (siempre agitándose en el aire, ordenando esto y aquello a todo el mundo), más feliz se sentiría.

La única persona a quien conocía y a quien quería informar de su viaje a Europa era Cleo, así que el jueves antes de embarcar fue a verla. Cleo Dobelle era una muchacha alta y esbelta, de pelo negro, cuya edad podía haber sido cualquiera de las comprendidas entre los veintitrés y los treinta años; vivía con sus padres en Gracie Square y pintaba un poco, en realidad muy poco, ya que lo hacía en pedacitos de marfil que a duras penas eran mayores que un sello de correo. Había que recurrir a una lupa para verlos y, a decir verdad, así era como ella pintaba, ayudándose con una lupa.

—¡Pero piensa en lo cómodo que resulta poder llevar *todas* mis pinturas en una caja de puros! —solía decir Cleo—. ¡Los demás pintores no pueden pasarse sin varias habitaciones donde guardar sus obras!

Cleo vivía en su propio apartamento, que contaba con un baño y una cocina, situado en la parte trasera del piso de sus padres. Sus habitaciones permanecían a oscuras casi siempre, ya que la única salida al exterior era la ventana que daba a un minúsculo patio trasero en el que crecía una auténtica jungla de ailantos que impedían el paso de la luz. Cleo tenía encendida la luz —tenue, por supuesto— a todas horas, lo que daba al apartamento un ambiente de noche perpetua. Salvo la noche en que la había conoci-

32

do, Tom la había visto vestida siempre con pantalones de terciopelo muy ajustados y blusas de seda, con profusión de rayas de colores alegres. Habían simpatizado desde un buen principio, y Cleo le había invitado a cenar en su apartamento la noche siguiente. Cleo siempre le invitaba a subir a sus habitaciones, y, por algún motivo, no daba por sentado que Tom tuviese que llevarla a cenar o al teatro, o se comportase como hacían todos los muchachos con las chicas. No esperaba que Tom le trajese flores, libros o bombones cuando iba a su casa para cenar o tomar una copa, aunque de vez en cuando él le hacía algún pequeño obsequio que la llenaba de alegría. Cleo era la única persona a quien podía contarle que se iba a Europa y a qué iba. Así lo hizo.

Tal como esperaba, Cleo se mostró entusiasmada. Entreabrió sus rojos labios, que destacaban en la palidez del rostro, y dio unas palmadas en sus muslos, enfundados en terciopelo, exclamando:

–¡Tommy! ¡Es maravilloso! ¡Parece algo sacado de Shakespeare!

Era exactamente lo mismo que pensaba Tom, y lo que necesitaba oírle decir a alguien.

Cleo estuvo pendiente de él durante toda la velada, preguntándole si tenía esto y lo otro, si había comprado Kleenex y pastillas para el resfriado, calcetines de lana, etcétera; recordándole que en Europa las lluvias solían empezar con el otoño; indicándole que debía vacunarse antes de partir. Tom le dijo que creía estar bien preparado para el viaje.

–Pero, por favor, Cleo, no vengas a despedirme. No quiero que venga nadie.

–¡Claro que no! –dijo Cleo, comprendiéndole a la perfección–. ¡Oh Tommy, qué bien vas a pasarlo! ¿Me escribirás contándome todo lo que logres con Dickie? Eres la única persona entre las que conozco que se va a Europa por un motivo concreto.

Tom le contó la visita al astillero de míster Greenleaf, en Long Island, con las larguísimas mesas equipadas con máquinas que fabrican piezas de metal reluciente, que barnizaban y pulían la madera, los diques de carena donde se alzaban esqueletos de embarcaciones de todos los calados, deslumbrándola con los tecnicismos que míster Greenleaf había empleado durante la visita: brazolas, cintas, contraquillas... Le relató la segunda cena en casa de los Greenleaf, con motivo de la cual le habían regalado un reloj de pulsera. Se lo enseñó a Cleo. No era un reloj fabulosamente caro, pero no por ello dejaba de ser de excelente calidad, y su estilo era el que el mismo Tom hubiese escogido; la esfera era blanca y sin adornos, con cifras romanas de color negro, montada en oro y con una correa de piel de cocodrilo.

–Y solo porque unos días antes les había dicho que no tenía reloj –comentó Tom–. Realmente, puede decirse que me han adoptado como hijo suyo.

Cleo era también la única persona a quien podía decirle aquello. La muchacha suspiró.

–¡Hombres! Siempre estáis de suerte. A una chica no podría sucederle nada parecido. ¡Los hombres sois tan libres...!

Tom sonrió. Con frecuencia pensaba que las cosas eran precisamente al revés.

–Eso que estoy oliendo, ¿serán las chuletas que se están quemando?

Cleo se puso en pie de un salto, lanzando un chillido.

Después de cenar, ella le enseñó cinco o seis de sus últimas pinturas: un par de retratos románticos de un joven al que ambos conocían y que, en la pintura, llevaba una camisa blanca con el cuello abierto; tres paisajes imaginarios de un país cubierto por la jungla, inspirados en la espesura de ailantos que se divisaba desde su ventana. Tom pensó que el pelo de los monitos que salían en el cuadro estaba extraordinariamente bien resuelto. Cleo tenía muchos pinceles de un solo pelo, e incluso entre estos los había de diversos grosores: desde los más finos hasta otros relativamente gruesos. Se bebieron casi dos botellas de Medoc, sacadas de la alacena de los padres de ella, y a Tom le entró tal modorra que fácilmente hubiera pasado la noche allí mismo, tumbado en el suelo. A menudo habían dormido uno al lado del otro, en las dos voluminosas pieles de oso que había enfrente de la chimenea, y era otra de las cosas extraordinarias de Cleo: el que nunca deseaba, ni esperaba, que Tom se insinuase con ella, así que Tom nunca lo había hecho. Tom hizo un esfuerzo y sobre las doce menos cuarto se levantó y se marchó.

–No volveré a verte, ¿verdad? –dijo Cleo, con acento abatido, ya ante la puerta.

–Pero ¡si regresaré dentro de unas seis semanas...! –dijo Tom, aunque ni él mismo lo creía.

De pronto se inclinó y le plantó un beso firme, de hermano, en la pálida mejilla.

–Te echaré de menos, Cleo.

Ella le apretó un hombro, el único contacto físico que se había permitido con él desde que se conocían.

–Te echaré de menos también –dijo ella.

Al día siguiente se ocupó de los encargos hechos por mistress Greenleaf en Brooks Brothers, consistentes en doce pares de calcetines negros de lana y un albornoz. Mistress Greenleaf no había dejado nada dicho sobre el color del albornoz, solo que él se encargaría de elegirlo. Tom se decidió por uno de franela color marrón, con cinturón y solapas azul marino. A Tom no le parecía el más elegante del surtido de albornoces, pero creyó que era exactamente el que Dickie hubiese escogido y que, por tanto, no podía dejar de gustarle. Hizo que cargasen los calcetines y el albornoz en la cuenta de los Greenleaf. Se fijó en una camisa deportiva de grueso lino y botones de madera. La prenda le gustaba mucho y le hubiera sido fácil cargarla en la cuenta de los Greenleaf, junto con lo demás, pero no lo hizo. La compró con su propio dinero.

5

La mañana de su partida, la mañana que había estado esperando con gran excitación, empezó desastrosamente. Mientras seguía al camarero que le conducía a su camarote, Tom iba felicitándose por la firmeza con que le había prohibido a Bob que acudiese al puerto a despedirle, pero acababa de entrar en el camarote cuando oyó un aullido que le heló la sangre en las venas.

–¿Dónde está el champán, Tom? ¡Estamos esperando!

–¡Chico, qué porquería de camarote! ¿Por qué no les pides uno como es debido?

–¿Me llevas contigo, Tommy? –oyó decir a la novia de Ed Martin, una chica a la que Tom no podía ni ver.

Ahí estaban todos, los repulsivos amigos de Bob, en su mayor parte tumbados en su cama, en el suelo, en todas partes. Bob se había enterado de que iba a hacer el viaje en barco, pero Tom no le hubiese creído capaz de hacerle una cosa semejante. Tuvo que hacer acopio de autodominio para no decirles fríamente:

–No hay champán, ¿comprendéis?

Se esforzó por saludarlos a todos, tratando de sonreírles, aunque poco le hubiese costado echarse a llorar como un crío. Dedicó una larga mirada asesina a Bob, pero este, a causa de la bebida o de lo que fuese, no se enteró. Había muy pocas cosas capaces de sacarle de quicio, pero aquella era una de ellas. No podía soportar las sorpresas ruidosas como aquella, a cargo de una gentuza repugnante a la que creía haber dejado atrás para siempre en el momento de cruzar la pasarela, y que ahora ocupaban el camarote que iba a ser su morada durante los cinco días siguientes. Parecían desperdicios tirados por el suelo.

Tom se acercó a Paul Hubbard, la única persona respetable que había entre los presentes, y se sentó a su lado, en el pequeño sofá empotrado.

–¿Qué tal, Paul? –dijo con voz tranquila–. Lamento todo esto.

Paul soltó un gruñido de desprecio.

–¿Estarás ausente mucho tiempo? ¿Qué sucede, Tom? ¿Es que estás enfermo?

El barullo era enorme, risas, ruidos, las chicas palpando la cama y fisgoneando en el retrete. Tom se alegró de que los Greenleaf no hubiesen acudido a despedirle. Míster Greenleaf se había visto obligado a desplazarse a Nueva Orleans para un asunto de negocios y su esposa, al llamarla Tom por la mañana para decirle adiós, había dicho que no se encontraba con fuerzas suficientes para ir al puerto.

Finalmente Bob o alguno de sus acompañantes sacó una botella de whisky y todos empezaron a beber utilizando los dos vasos del lavabo, hasta que llegó el camarero con una bandeja llena de vasos. Tom se negó a beber. Sudaba tan copiosamente que tuvo que quitarse la chaqueta para no estropearla. Bob se le acercó y le puso un vaso en la mano, a la fuerza. Tom advirtió que no lo hacía en broma, sino que creía que Tom, por haber aceptado su hospitalidad durante un mes, estaba obligado, cuando menos, a ponerle buena cara; a Tom esto le resultaba tanto o más difícil que si su rostro estuviera hecho de granito. Se preguntó qué más daba que todos le odiasen después de aquello; en realidad no iba a perder gran cosa.

—Puedo acomodarme aquí, Tommy —le dijo la chica que parecía resuelta a acomodarse en algún sitio y hacer el viaje con él.

Se las había arreglado para encajonarse de lado en el ropero, que era tan exiguo que apenas podía moverse.

—¡Me gustaría que atrapasen a Tom con una chica en el camarote! —dijo Ed Martin, soltando una risotada.

Tom le miró echando chispas por los ojos.

—Salgamos de aquí, necesito respirar un poco de aire —dijo Tom en voz baja, dirigiéndose a Paul.

Los demás estaban armando tal estruendo que no se enteraron de su salida. Se acodaron en la barandilla, cerca de popa. El día estaba nublado y la ciudad, a su derecha, parecía una tierra gris y lejana divisada desde alta mar..., solo que aquellos cochinos seguían ocupando su camarote.

—¿Dónde has estado escondido? —le preguntó Paul—. Ed me llamó diciéndome que te ibas. Llevaba semanas sin verte.

Paul era una de las personas que creían que él trabajaba para la Associated Press. Tom se inventó la excusa de que le habían mandado a que hiciese un reportaje en el extranjero, posiblemente en Oriente Medio. Se las ingenió para dar a sus palabras un aire secreto.

—Además, últimamente he trabajado mucho por la noche —añadió Tom—. Por eso he estado algo alejado de todo. Has sido muy amable al venir a despedirme.

—Es que esta mañana no tenía clase —dijo Paul, sacándose la pipa de la boca y sonriendo—. Aunque esto no quiere decir que no hubiese venido de todos modos. ¡Con cualquier excusa!

Tom sonrió. Paul era profesor de música en una escuela de señoritas de Nueva York. Así se ganaba la vida, aunque lo suyo, lo que realmente le gustaba, era componer música. Tom ya había olvidado cuándo y cómo se conocieron, pero recordaba haber ido una vez al apartamento de Paul, en Riverside Drive, para el *brunch* del domingo, junto con otras personas; Paul aprovechó la ocasión para interpretar al piano unas cuantas composiciones suyas, que a Tom le agradaron muchísimo.

—Te invito a tomar una copa. ¿Quieres? A ver si damos con el bar —dijo Tom.

Pero justo en aquel momento apareció un camarero que hacía sonar un gong mientras iba gritando:

37

–¡Las visitas a tierra, por favor! ¡Todas las visitas a tierra!

–Eso va por mí –dijo Paul.

Se dieron la mano, golpeándose amistosamente la espalda y, tras prometerse que se mandarían postales, se despidieron.

Tom supuso que la pandilla de Bob se quedaría hasta el último minuto, y que probablemente iba a ser necesario sacarlos a patadas. De pronto, giró sobre sus talones y subió un estrecho tramo de escalones que recordaba una escalera de mano. Al llegar arriba se encontró frente a un letrero que decía RESERVADO PARA SEGUNDA CLASE y que estaba colgado de una cadena que cerraba el paso. Tom se dijo que probablemente a nadie le importaría que un pasajero de primera clase se colara en segunda, así que pasó la pierna por encima de la cadena y salió a la cubierta. No podía soportar la idea de volver a ver a Bob y sus amigotes. Le había pagado a Bob medio mes de alquiler y, además, le había regalado una camisa y una corbata de excelente calidad a modo de despedida.

¿Qué más quiere Bob?, se preguntó Tom.

El buque ya se movía cuando, finalmente, Tom se atrevió a bajar de nuevo a su camarote. Entró en él cautelosamente. Estaba vacío. El cubrecama azul volvía a estar perfectamente arreglado. Los ceniceros estaban limpios. No había ningún rastro de que allí hubiesen estado Bob y los suyos. Tom, sintiéndose tranquilo, sonrió.

¡Esto es un buen servicio! ¡La gran tradición de la Cunard Line, y de la marina británica y todo eso que suele decirse!, pensó.

En el suelo, al lado de la cama, había una enorme cesta llena de fruta. Ansiosamente, cogió el sobre blanco y leyó la tarjeta que había dentro:

Buen viaje y bendito seas, Tom. Nuestros mejores deseos te acompañan.

Emily y Herbert Greenleaf

La cesta tenía un asa muy larga y se hallaba completamente envuelta en celofán amarillo: contenía manzanas, peras, uva, un par de barras de caramelo y varios botellines de licor. Era la primera vez que Tom recibía una cesta de despedida. Hasta entonces solo las había visto en los escaparates de las floristerías, marcadas con unos precios desorbitados que le hacían reír. Pero en aquel momento advirtió que tenía los ojos llenos de lágrimas y, ocultando el rostro entre las manos, rompió en sollozos.

6

Su humor era tranquilo y benévolo, pero en modo alguno sociable. Necesitaba tiempo para pensar, y no tenía ganas de entablar amistad con los demás pasajeros, con ninguno de ellos, aunque cuando se cruzaba con alguno de sus compañeros de mesa les saludaba amablemente. Empezó a representar un papel en el buque: el de joven serio y formal al que esperaba una importante tarea al fin del viaje. Se mostraba cortés, serio y preocupado.

Inesperadamente, tuvo el capricho de llevar una gorra, y se compró una en la camisería del buque, un modelo muy conservador, confeccionado con suave lana inglesa de un gris azulado. La visera le servía para ocultar casi todo el rostro cuando deseaba echar un sueñecito en una silla de cubierta o cuando fingía estar durmiendo. La gorra era la más versátil de todas las prendas para la cabeza, y Tom se preguntó cómo no se le habría ocurrido comprarse una mucho antes. Con una gorra podía hacer el papel de propietario rural, de criminal, de súbdito inglés o francés, o, simplemente, de americano excéntrico; todo dependía del modo en que la llevase puesta. Pasaba buenos ratos probándosela de distintas formas ante el espejo del camarote. Siempre había creído que su rostro era el más inexpresivo del mundo, un rostro sumamente fácil de olvidar, con un aire de docilidad que no acababa de comprender, unido a una vaga expresión de temor que jamás había logrado borrar. Era, en resumen, el rostro de un verdadero conformista. Pero la gorra hacía que todo aquello cambiase, dándole un aire rural, de Greenwich, Connecticut... Ahora se había convertido en un joven que gozaba de una renta propia y que, tal vez, no hacía mucho que había salido de Princeton. Se compró una pipa para que hiciera juego con la gorra.

Estaba empezando una nueva vida. Se habían acabado todas las gentecillas de medio pelo entre las que se había movido durante los últimos tres años en Nueva York. Se sentía tal como él imaginaba que se sentían los emigrantes al dejarlo todo atrás –amigos, parientes, errores del pasado– y salir de su país rumbo a América. Era como hacer borrón y cuenta nueva. Cualesquiera que fuesen los resultados de su misión ante Dickie, pensaba salir airoso de ella y hacer que míster Greenleaf lo supiese, respetándole por ello. Tal vez no regresaría a América cuando se le acabase el dinero de míster Greenleaf. Tal vez encontraría un empleo interesante, en un hotel, por ejemplo, donde necesitasen una persona inteligente y desenvuelta que, además, hablase inglés. O quizá obtendría la representación de alguna compañía europea y viajaría por todo el mundo. O puede que surgiera alguien a quien le hiciese falta un joven exactamente como él, capaz de llevar un coche, hábil con las cifras, con suficiente gracia para entretener a la abuela de alguien o escoltar a una joven a fiestas y bailes. La versatilidad era lo suyo, y el mundo era muy ancho. Se juró a sí mismo que, tan pronto pescase un empleo, lo conservaría. ¡Paciencia y perseverancia! ¡Hacia arriba y adelante!

–¿Tiene usted un ejemplar de *Los embajadores* de Henry James? –preguntó al oficial encargado de la biblioteca de primera clase, al ver que el libro no estaba en la estantería.

–Lo siento señor, pero no lo tenemos –le respondió el oficial.

Tom se llevó un chasco. Se trataba del libro que míster Greenleaf le preguntó si había leído y por se sentía obligado a leerlo. Se dirigió a la biblioteca de segunda clase y encontró el libro, pero cuando dio el número de su camarote, el encargado le dijo que lo sentía mucho, pero los pasajeros de primera no estaban autorizados a sacar libros de la biblioteca de segunda. Tom ya se lo había temido. Dócilmente, volvió a colocar el libro en su sitio, aunque hubiese sido muy fácil, increíblemente fácil, escamotear el libro ocultándolo debajo de la chaqueta.

Por las mañanas daba varios paseos por cubierta, aunque muy despacio, tan despacio que, antes de completar una sola vuelta, pasaban por su lado dos o tres veces los pasajeros que, jadeando y sudando, hacían sus ejercicios matutinos. Luego se acomodaba en su silla de cubierta para tomarse una taza de caldo y seguir pensando en su destino. Después de almorzar, se entretenía en su camarote, gozando de su intimidad y comodidad, sin hacer absolutamente nada. A veces se sentaba en el salón, con aire pensativo, escribiendo cartas en papel que llevaba el membrete del buque. Escribía a

Marc Priminger, a Cleo, a los Greenleaf. La carta a los Greenleaf comenzaba con un cortés saludo y les agradecía la cesta que le habían mandado, así como la comodidad de que gozaba a bordo, pero, al mismo tiempo, se divertía imaginando una posdata en la que les contaba que había localizado a Dickie y vivía con él en su casa de Mongibello, extendiéndose en detalles de sus progresos, lentos, aunque seguros, para convencer a Dickie de que volviera a su casa; les hablaba también de los buenos ratos que pasaban nadando, pescando y frecuentando los cafés, y a veces se entusiasmaba tanto con lo que escribía que llenaba ocho o diez páginas. Sabía muy bien que nunca las mandaría, así que escribía acerca de Dickie y Marge, diciendo que él, Dickie, no sentía ninguna inclinación romántica por ella (hacía también un concienzudo análisis del carácter de la muchacha), de modo que no era Marge lo que retenía a Dickie en Europa, aunque mistress Greenleaf hubiese sospechado que sí, etcétera, etcétera, hasta que el escritorio quedaba cubierto de hojas escritas y se oía el primer aviso para la cena.

Una tarde, a primera hora, escribió una carta llena de cortesía a su tía Dottie:

Querida tiita (raramente la llamaba así al escribirle, y mucho menos cara a cara):

Como verás por el membrete del papel, estoy en alta mar. Se trata de una inesperada oportunidad de negocios de la que no puedo hablarte ahora. Tuve que partir un tanto precipitadamente, así que no me fue posible ir a Boston para despedirme, y lo siento porque puede que transcurran meses, incluso años, antes de que regrese.

Solo quería tranquilizarte, pedirte que no me mandes más cheques. Te agradezco mucho el último que me mandaste, hace uno o dos meses. Supongo que desde entonces no habrás mandado ningún otro. Estoy bien, muy feliz.

Besos,

Tom

De nada servía desearle buena salud, pues la tía Dottie era fuerte como un buey. Escribió una posdata:

P. D. No tengo la menor idea de cuál va a ser mi dirección, de modo que no puedo darte ninguna.

Aquello le hizo sentirse mejor, ya que le desligaba completamente de ella. Ni siquiera era necesario decirle dónde estaba. Se habían acabado las cartas llenas de mal disimulados reproches, las taimadas comparaciones con su padre, los insignificantes cheques por importes tan extravagantes como seis dólares con cuarenta y ocho centavos, o doce dólares con noventa y cinco, como si fueran el cambio sobrante tras pagar sus facturas mensuales, o como si hubiese devuelto algo a la tienda, arrojándole luego el importe, igual que si arrojase unas migajas a un perro vagabundo. Teniendo en cuenta lo que la tía Dottie, con sus rentas, hubiera podido mandarle, aquellos cheques eran un insulto. La tía Dottie decía siempre que su educación le había costado mucho más que el seguro dejado por su padre al morir, y tal vez así era, pero ¿qué sacaba con restregárselo constantemente por la cara? ¿Era propio de seres humanos echarle aquello en cara a un niño? Muchas tías, incluso personas ajenas a la familia, cuidaban de la educación de algún huérfano, y lo hacían gustosamente.

Concluida la carta a la tía Dottie, Tom se levantó y paseó a grandes zancadas por cubierta, para calmar su enojo. Siempre se ponía furioso cuando escribía a su tía, tal vez por tener que hacerlo cortésmente. Y, pese a ello, hasta entonces siempre había querido que ella supiese dónde estaba, porque siempre había necesitado sus mezquinos cheques. Numerosas veces había tenido que escribirle para comunicarle sus cambios de domicilio. Pero ya no necesitaba su dinero. Nunca más dependería de él.

De pronto se acordó de un verano, cuando tenía doce años, en que había salido de excursión con la tía Dottie y una amiga de esta. Se encontraron atrapados en un atasco de tráfico, con los coches casi pegados unos a otros, y, como hacía mucho calor, la tía Dottie le mandó a por agua. Mientras se encaminaba a la estación de servicio, el tráfico se reanudó inesperadamente. Tom recordaba cómo había corrido entre los enormes coches que avanzaban poquito a poco, siempre a punto de alcanzar la portezuela del de su tía, pero sin lograrlo en ningún momento, porque ella hacía avanzar el coche todo lo que podía, sin querer detenerse por él, chillándole:

–¡Venga! ¡Venga, gandul!

Finalmente, cuando consiguió subir al coche, con lágrimas de frustración y rabia corriéndole mejillas abajo, la tía Dottie le había dicho alegremente a su amiga:

–¡Es un mariquita! ¡Un mariquita de arriba abajo! ¡Igual que su padre!

Resultaba en verdad pasmoso que aquella forma de tratarle no le hubiese causado un trauma imborrable. Tom se preguntaba por qué su tía decía que su padre era un mariquita. Nunca había sido capaz de aducir nada que lo probase. Nunca.

Tumbado en su silla, fortalecido moralmente por el lujo que le rodeaba, e interiormente por la abundante y exquisita comida de a bordo, Tom trató de examinar objetivamente su pasado. Los últimos cuatro años habían sido, en su mayor parte, un desastre; eso era imposible negarlo. Una serie de empleos precarios, seguidos de peligrosos intervalos sin ningún empleo y con la consiguiente desmoralización producida por estar completamente sin blanca, y, además, teniendo que congeniar con estúpidos para no sentirse solo o porque podían ofrecerle alguna cosa con la que ir tirando, como había sucedido con Marc Priminger. No era un historial del que pudiera enorgullecerse, especialmente si tenía en cuenta las grandes aspiraciones que había sentido al llegar a Nueva York. Le había dado por ser actor, si bien a los veinte años no tenía ni la más leve idea de las dificultades que ello comportaba, de la necesidad de prepararse, incluso de que era preciso tener talento. Estaba convencido de que el talento ya lo tenía, y lo único que le hacía falta era encontrar un empresario dispuesto a presenciar alguno de sus monólogos satíricos –el de mistress Roosevelt, por ejemplo, escribiendo su diario después de visitar una clínica para madres solteras–, pero bastaron tres fracasos para dar al traste con su valor y sus esperanzas. No disponía de ningún ahorro, por lo que había tenido que aceptar un empleo en un buque platanero, con el cual, al menos, le había sido posible alejarse de Nueva York. Durante un tiempo había vivido con el temor de que la tía Dottie le hiciese buscar por la policía en Nueva York, aunque nada malo había hecho en Boston, solo escaparse para abrirse camino en el mundo, como millones de jóvenes habían hecho antes que él.

Tom opinaba que su principal equivocación estribaba en su sempiterna inconstancia, que le impedía echar raíces en los empleos que conseguía, como le había sucedido en el departamento de contabilidad de unos grandes almacenes. Aquel puesto tal vez le hubiera dado una oportunidad de ascender a cargos más importantes, pero le había desalentado por completo la lentitud con que se movía el escalafón de la firma. De todos modos, parte de la culpa la tenía la tía Dottie al no haber tomado en serio ninguna de las empresas que él había acometido, empezando por el puesto de repartidor de periódicos que había tenido a los trece años. Se había ganado una medalla de plata, concedida por el periódico en premio a su «cortesía, servicio y formalidad». Le parecía estar viendo a otra persona al recordar cómo era él por aquel entonces: un crío flaco y llorón, aquejado siempre por un resfriado de nariz, pero que, sin embargo, había logrado ganarse una medalla de plata por su cortesía, su espíritu servicial y su formalidad. La tía Dottie no podía ni verle cuando estaba resfriado, y solía sonarle la nariz con tanta fuerza que casi se la arrancaba.

Tom se estremeció al recordarlo, pero lo hizo con elegancia, aprovechando para arreglarse la raya de los pantalones.

Recordó que ya a los ocho años había hecho votos de escapar de su tía, imaginándose toda suerte de escenas violentas al tratar ella de impedírselo..., luchaban y él la derribaba a puñetazos, estrangulándola, y finalmente le arrancaba el broche que llevaba prendido en el vestido y se lo clavaba un millón de veces en la garganta. Se fugó a los diecisiete años, pero le habían llevado de vuelta a casa, donde siguió hasta los veinte. Entonces huyó otra vez, en esa ocasión con éxito. Resultaba asombroso ver cuán ingenuo había sido, cuán poco sabía del mundo y de sus cosas, como si el odio hacia la tía Dottie no le hubiera dejado tiempo para aprender y hacerse un hombre. Se acordaba de sus sentimientos al ser despedido del almacén donde había trabajado durante su primer mes en Nueva York. El empleo le había durado menos de dos semanas, porque no era lo bastante fuerte para pasarse ocho horas diarias levantando cajas de naranjas, pero se había esforzado tratando de conservar el trabajo, hasta casi caer enfermo; cuando le despidieron le había parecido una jugarreta monstruosamente injusta. No lo había olvidado. Entonces sacó la conclusión de que el mundo estaba lleno de gentes como Simon Legree,[1] y que uno tenía que convertirse en un animal, duro como los gorilas que trabajaban con él en el almacén, si no quería morirse de hambre. Recordó que acababa de ser despedido y entró en una tienda donde robó un pan, para llevárselo a casa y devorarlo, pensando que el mundo le debía un pan y mucho más.

—¿Míster Ripley?

Una de las inglesas que días antes había compartido con él el sofá del salón se inclinaba hacia él.

—Nos estábamos preguntando si accedería usted a jugar una partida de bridge con nosotras. Vamos a empezar dentro de unos quince minutos. ¿Qué le parece?

Tom se incorporó cortésmente en la silla de cubierta.

—¡Muchísimas gracias! Verá, prefiero quedarme disfrutando del aire libre. Además, soy bastante malo jugando al bridge.

—¡Oh, nosotras también! Como guste, otra vez será.

La inglesa se alejó tras dedicarle una sonrisa.

Tom volvió a hundirse en la silla, se echó la visera sobre los ojos y cruzó los brazos sobre la cintura. No ignoraba que su actitud de distanciamiento estaba provocando ciertas habladurías entre el pasaje. No había sacado a bailar a ninguna de las chicas tontas que, entre risitas y cuchicheos, le miraban con ojos esperanzados cada noche, durante el baile que se celebraba después de la cena. Se imaginaba las conjeturas de los demás pasajeros:

«Pero ¿de veras es americano?»

«Eso creo, querida, pero no lo parece por su forma de comportarse, ¿verdad? Casi todos son tan ruidosos.»

«Es terriblemente serio, ¿no crees? No parece tener más de veintitrés años. Seguro que tiene algún asunto importantísimo en la mente.»

Así era: el presente y el futuro de Tom Ripley.

---

1. Personaje de *La cabaña del tío Tom*, de H. B. Stowe, que destaca por su crueldad; por antonomasia: cualquier patrono despótico y cruel. *(N. del T.)*

7

París quedó reducido a la fachada de un café, iluminada y con la lluvia cayendo sobre su toldo y sus mesitas, apenas entrevista desde la estación del ferrocarril, como los carteles de las agencias de viajes. Tom recorrió andenes inacabables, siguiendo a los hombrecillos uniformados de azul que transportaban su equipaje. Finalmente llegó al coche cama que le llevaría hasta Roma. Se dijo que ya tendría tiempo de visitar París más adelante. Lo que ansiaba en aquellos momentos era llegar a Mongibello.

Cuando se despertó al día siguiente, se hallaba ya en Italia. Aquella misma mañana sucedió algo muy agradable. Tom se encontraba en su compartimiento, admirando el paisaje por la ventanilla, cuando oyó unas voces que hablaban en italiano, fuera en el pasillo. Decían algo sobre Pisa. El tren pasaba junto a una ciudad y Tom salió para verla mejor desde el otro lado. Automáticamente, buscó con la mirada la torre inclinada, aunque no estaba seguro de que la ciudad fuese Pisa y, de haberlo sido, no sabía si la torre era visible desde la vía. Pero sí lo era, y ahí estaba: una columna maciza y blanca que sobresalía de entre los tejados de las casas que formaban la ciudad, y se *inclinaba,* se inclinaba de un modo que parecía imposible. Siempre había creído que la gente exageraba mucho cuando hablaba de la torre inclinada de Pisa. Le pareció un buen presagio ver que no era así, un aviso de que Italia iba a ser exactamente tal como él se la había imaginado, y que las cosas le saldrían bien en el asunto de Dickie.

Llegó a Nápoles ya entrada la tarde. No había autobús para Mongibello hasta las once de la mañana siguiente. Un muchacho de unos dieciséis años, vestido con una sucia camisa y calzado con zapatos de soldado americano, se le pegó en la estación, cuando estaba cambiando un poco de dinero, ofreciéndole Dios sabe qué, tal vez chicas, tal vez drogas, y pese a las protestas de Tom, el muchacho logró meterse en el taxi con él, indicando al taxista adónde debía dirigirse, sin dejar de parlotear. Tom desistió de hacerle bajar del vehículo y se acomodó en un rincón, con los brazos cruzados y cara de pocos amigos. Al cabo de un rato, el coche se detuvo delante de un gran hotel que daba a la bahía, y Tom pensó que, de no haber corrido los gastos por cuenta de míster Greenleaf, el aspecto del hotel le hubiese asustado.

–*Santa Lucia* –exclamó el muchacho con aire triunfante y señalando hacia el mar.

Tom asintió con la cabeza. Al fin y al cabo, el muchacho parecía tener buenas intenciones. Tom pagó al taxista y le dio al muchacho un billete de cien liras, que, según sus cálculos, eran unos dieciséis centavos y pico, una buena propina tratándose de Italia según el artículo que había leído a bordo del buque. Al ver que el muchacho ponía cara de ofendido, le dio otro billete de cien, y viendo que su expresión de ultraje no se borraba, Tom agitó una mano en su dirección y entró en el hotel detrás de los botones que ya se habían hecho cargo del equipaje.

Por la noche cenó en un restaurante del puerto llamado Zi'Teresa y que le había recomendado el maître del hotel, que sabía inglés. Pasó grandes apuros para encargar la cena, y finalmente se halló frente a un plato de pulpos en miniatura, de un púrpura tan virulento que parecían cocidos con la misma tinta empleada para escribir el menú. Probó la punta de un tentáculo y le pareció algo desagradable, dura como un cartílago. El segundo plato también fue una equivocación: una fritada de pescado. El tercer plato –del que se había asegurado que fuese alguna clase de postre– resultó ser un par de pescados de color rojizo. Pero la comida no le importaba. Empezaba a sentirse ablandado por el vino. Lejos, a su izquierda, la luna iba a la deriva por encima del Vesubio. Tom la contempló como si la hubiese visto mil veces. Allí, más allá del Vesubio, se encontraba el pueblo de Richard.

A las once de la mañana siguiente, Tom subió al autobús. La carretera bordeaba el mar y atravesaba una serie de pueblecitos donde el autobús se detenía brevemente: Torre del Greco, Torre Annunziata, Castellammare, Sorrento. Tom escuchaba ansiosamente al conductor, que iba anunciando cada uno de los pueblecitos. A partir de Sorrento, la carretera se convertía en una especie de exiguo desfiladero cortado a pico en los acantilados rocosos que Tom había visto, en fotografía, en casa de los Greenleaf. De vez en cuando, se veían pueblecitos abajo, junto al mar, casitas que parecían migas de pan, puntitos que eran las cabezas de la gente que nadaba cerca de la playa. Tom vio que en mitad de la carretera había un enorme peñasco, sin duda desprendido de la pared rocosa. El conductor lo sorteó con un viraje sin darle más importancia.

–¡Mongibello!

Tom se levantó de un salto y de un tirón bajó la maleta de la red portaequipajes. Tenía otra maleta en el tejadillo del autobús. El ayudante del conductor se encargó de bajársela. Entonces el vehículo prosiguió su marcha, dejando a Tom solo al borde de la carretera, con el equipaje a sus pies. Por encima de su cabeza había casas que se encaramaban montaña arriba, y las había también abajo, con sus tejados recortándose sobre el mar azul. Sin quitar ojo de sus maletas, Tom entró en una casita al otro lado de la carretera, en la que había un letrero que decía POSTA, y preguntó al hombre de la ventanilla dónde estaba la casa de Richard Greenleaf. Sin pensarlo, habló en inglés, pero el hombre pareció entenderle, ya que salió con él y sin moverse de la puerta señaló carretera arriba, la misma carretera por la que Tom acababa de llegar. En italiano le dio una detallada explicación de cómo se llegaba allí.

–*Sempre sinistra, sinistra!*

Tom le dio las gracias y le preguntó si podía dejar las maletas en la estafeta durante un rato, y el hombre pareció comprenderle también, puesto que le ayudó a entrarlas.

Tuvo que preguntar a otras dos personas por la casa de Richard Greenleaf, pero todo el mundo parecía saber cuál era, y la tercera persona a quien se dirigió pudo señalársela: una gran casa de dos pisos, con una verja de hierro junto a la carretera, y una terraza que sobresalía del borde del acantilado. Tom hizo sonar la campana de metal que colgaba junto a la verja. De la casa salió una mujer, italiana, secándose las manos en el delantal.

–¿Míster Greenleaf? –preguntó Tom con voz esperanzada.

La mujer le dio una larga y sonriente respuesta en italiano, señalando hacia el mar.

–*Judío* –parecía decirle incesantemente–. *Judío.*

Tom asintió con la cabeza.

–*Grazie.*

Tom se preguntó si debía bajar a la playa tal como estaba o bien, adaptándose a las circunstancias, ponerse primero un bañador. También pensó que tal vez debería esperar hasta la hora del té, avisando antes por teléfono. No llevaba ningún bañador en la maleta y allí sin duda lo iba a necesitar. Entró en uno de los pequeños establecimientos cercanos a la estafeta y en cuyo escaparate había expuestas algunas camisas y bañadores. Tras probarse unos cuantos pares de pantalones cortos, ninguno de los cuales le sentaba bien, al menos para utilizarlo como bañador, se decidió por una minúscula prenda negra y amarilla. Envolvió su ropa cuidadosamente en el impermeable y salió descalzo a la calle. De un salto volvió a entrar en la tienda. La calzada quemaba como brasas.

–¿Zapatos? ¿Sandalias? –preguntó al vendedor.

En la tienda no vendían zapatos.

Tom volvió a calzarse los suyos y atravesó la calle en dirección a la estafeta, con el propósito de dejar la ropa con las maletas, pero el local estaba cerrado. Ya le habían dicho que en Europa algunos sitios cerraban desde el mediodía hasta las cuatro de la tarde. Dio media vuelta y emprendió el descenso por un sendero de guijarros que supuso llevaría hasta la playa. Tuvo que bajar una media docena de peldaños de piedra, muy empinados, luego otro trecho sin asfaltar a cuya vera se alzaban algunas tiendas y casas, después más peldaños, y finalmente llegó a una calzada amplia que discurría a un nivel ligeramente superior al de la playa, donde había un par de cafés y un restaurante con mesas al aire libre. Unos adolescentes italianos, sentados en un banco de madera, bronceándose, le inspeccionaron detenidamente al pasar delante de ellos. Se sintió algo avergonzado de sus enormes zapatos marrones y de la fantasmal palidez de su piel. No había estado en la playa en lo que llevaban de verano. Odiaba las playas. Se fijó en un entarimado que conducía hasta la mitad de la playa, y supuso que las tablas estarían tan calientes como el mismísimo infierno, ya que la gente estaba echada sobre una toalla. Sin embargo, se quitó los zapatos y permaneció unos instantes sobre el entarimado, soportando su quemadura, mientras inspeccionaba calmosamente los grupos cercanos a él. No había nadie que se pareciese a Richard, y las reverberaciones producidas por el calor le impedían distinguir a las personas que se hallaban más lejos. Tom puso un pie sobre la arena y lo retiró rápidamente. Entonces respiró hondo, hizo una carrera hasta el final del entarimado y luego un sprint por la arena, hasta que sus pies se hundieron en el delicioso frescor del agua. Entonces empezó a caminar.

Le vio a cierta distancia, era Dickie, sin duda, aunque estaba requemado por el sol y el pelo, rubio de por sí, parecía más claro de lo que Tom recordaba. Estaba con Marge.

—¿Dickie Greenleaf? —preguntó Tom con una sonrisa.

Dickie alzó los ojos.

—¿Sí?

—Soy Tom Ripley. Nos conocimos en los Estados Unidos hace algunos años. ¿Recuerdas?

Dickie le miraba sin dar muestras de reconocerle.

—Creo que tu padre pensaba escribirte sobre mí.

—¡Oh, claro! —dijo Dickie, dándose una palmada en la frente, como si se reprochase el no haber caído en la cuenta, y poniéndose en pie—. Tom ¿qué más?

—Ripley.

—Esta es Marge Sherwood —dijo—. Marge, te presento a Tom Ripley.

—Mucho gusto —dijo Tom.

—Encantada —respondió ella.

—¿Cuánto tiempo piensas pasar aquí? —le preguntó Dickie.

—Todavía no lo sé —dijo Tom—. Acabo de llegar. Tendré que echar un vistazo por ahí.

Dickie le estaba escrutando, y a Tom no le pareció que lo hiciese con total aprobación. Estaba cruzado de brazos y tenía los pies plantados en la arena caliente, sin que al parecer ello le causase la menor molestia. Tom había tenido que ponerse los zapatos otra vez.

—¿Alquilarás una casa? —preguntó Dickie.

—No lo sé —dijo Tom indeciso, como si hubiera estado pensando en ello.

—Esta es buena época para encontrar una casa, si es que la quieres para el invierno —dijo la muchacha—. El turismo de verano se ha ido ya, casi no queda nadie. No nos vendría mal tener aquí a unos cuantos americanos más durante el invierno.

Dickie no dijo nada. Se había vuelto a sentar en la enorme toalla de baño, al lado de la muchacha, y a Tom le dio la impresión de que estaba esperando que él se despidiera y siguiera su camino. Tom siguió allí, de pie, sintiéndose tan pálido y desnudo como un recién nacido. Odiaba los bañadores y el que llevaba puesto apenas cubría nada. Se las ingenió para sacar el paquete de cigarrillos del bolsillo de la chaqueta, envuelta en el impermeable, y lo ofreció a Dickie y a la muchacha. Dickie aceptó uno, y Tom se lo encendió con su encendedor.

–Me parece que no me recuerdas de Nueva York –dijo Tom.

–Así es, realmente –dijo Dickie–. ¿Dónde nos conocimos?

–Creo que en... ¿No fue en casa de Buddy Lankenau?

Sabía que no había sido allí, pero sabía también que Dickie conocía a Buddy Lankenau, y Buddy era un individuo muy respetable.

–¡Oh! –dijo Dickie ambiguamente–. Espero que me disculpes. Me falla la memoria cuando se trata de América.

–No hace falta que lo jures –dijo Marge, acudiendo al rescate de Tom–. ¡Cada vez está peor! ¿Cuándo has llegado, Tom?

–Hace solo una hora, más o menos. He dejado aparcadas mis maletas en la estafeta –dijo Tom, riéndose.

–¿Por qué no te sientas? Aquí tienes otra toalla.

La muchacha extendió junto a ella una toalla blanca, más pequeña, sobre la arena.

Tom la aceptó agradecido.

–Voy a darme un chapuzón para refrescarme –dijo Dickie, levantándose.

–¡Yo también! –exclamó Marge–. ¿Vienes, Tom?

Tom fue tras ellos. Dickie y la muchacha se adentraron mucho, ambos parecían ser excelentes nadadores, pero Tom se quedó cerca de la orilla y salió del agua antes que ellos. Cuando Dickie y la muchacha regresaron para sentarse en las toallas, Dickie, como si la muchacha se lo hubiese sugerido, dijo:

–Nos vamos. ¿Te gustaría subir a casa y almorzar con nosotros?

–Pues sí. Muchas gracias.

Tom les ayudó a recoger las toallas, las gafas de sol y los periódicos italianos.

Tom creyó que nunca iban a llegar. Dickie y Marge marchaban delante de él, subiendo de dos en dos los inacabables tramos de escalones, lentamente pero sin detenerse. El sol le había debilitado y, en los tramos llanos, notó que le temblaban los músculos de las piernas. Sus hombros ya estaban enrojecidos, y se había puesto la camisa para protegerse de los rayos del sol, pero sentía que este le quemaba el cuero cabelludo, produciéndole una sensación de mareo, de náusea.

—¿Estás bien, Tom? —le preguntó Marge, respirando de un modo enteramente normal—. Te acostumbrarás si te quedas aquí. Deberías haber visto este lugar durante la ola de calor que tuvimos en julio.

A Tom no le quedaba suficiente respiración para contestar.

Al cabo de un cuarto de hora ya se sentía mejor. Se había dado una ducha fría, y se encontraba cómodamente sentado en un sillón de mimbre, en la terraza de Dickie, con un martini en la mano. Siguiendo una indicación de Marge, se había vuelto a poner el bañador, con la camisa por encima. La mesa de la terraza estaba puesta para tres, y Marge se hallaba en la cocina, hablando en italiano con la doncella. Tom se preguntó si Marge viviría allí. La casa era sin duda lo bastante espaciosa. Estaba sobriamente amueblada, con una mezcla de muebles italianos antiguos y otros, más modernos, americanos. En el vestíbulo había visto dos dibujos originales de Picasso.

Marge salió a la terraza con su martini.

—Aquella es mi casa —dijo señalándola con una mano—. ¿La ves? Es aquella que parece cuadrada, blanca y con el techo de un rojo más oscuro que las de al lado.

Resultaba imposible distinguirla de entre las demás, pero Tom fingió verla.

—¿Llevas mucho tiempo aquí?

—Un año. Todo el invierno pasado... ¡y menudo invierno! ¡Llovió durante tres meses seguidos, todos los días salvo uno!

—¡Caramba!

—¡Hum!

Marge bebió un sorbo de martini y contempló el pueblecito con cara satisfecha. También ella se había vuelto a poner el bañador, color rojo tomate, y encima llevaba una camisa rayada. Tom se dijo que era bastante atractiva, incluso tenía buen tipo, si a uno le gustaban las chicas un poco llenitas. A él no, por supuesto.

—Según tengo entendido, Dickie posee una embarcación —dijo Tom.

—Así es, la *Pipi,* abreviación de *Pipistrello.* ¿Quieres verla?

Marge señaló otra cosa apenas distinguible que al parecer se hallaba en el pequeño embarcadero que se divisaba desde una esquina de la terraza. Las embarcaciones parecían todas iguales, pero según Marge, la de Dickie era de mayor calado que la mayoría de ellas y, además, tenía dos palos.

Dickie salió a la terraza y se sirvió un cóctel del recipiente que había sobre la mesa. Llevaba unos pantalones de dril, mal planchados, y una camiseta de lino color terracota, igual que su piel.

—Lamento no poder ofrecerte hielo, pero es que no tengo nevera.

Tom sonrió.

—Te he traído un albornoz. Según tu madre, se lo habías pedido. Y también unos cuantos calcetines.

—¿Conoces a mi madre?

—Casualmente conocí a tu padre poco antes de salir de Nueva York, y me invitó a cenar a su casa.

—¿De veras? ¿Cómo estaba mi madre?

—Aquella noche estaba bien, aunque diría que se cansa fácilmente.

Dickie asintió con la cabeza.

—Recibí carta esta semana, y dice que está algo mejor. Cuando menos, no pasa por ninguna crisis aguda en estos momentos, ¿verdad?

—No creo. Me parece que tu padre estaba más preocupado hace unas semanas.

Tom titubeó.

—... también está algo preocupado porque tú no quieres volver a casa.

—Herbert siempre está preocupado por alguna cosa —dijo Dickie.

Marge y la doncella salieron de la cocina con una humeante fuente de espaguetis, un enorme bol de ensalada y una cesta de pan. Dickie y Marge se pusieron a charlar sobre las ampliaciones que estaban haciendo en uno de los restaurantes de la playa. El propietario quería ampliar la terraza para que la gente pudiera bailar en ella. Hablaban despacio, con toda clase de detalles, igual que los habitantes de una ciudad pequeña, siempre interesados por los más insignificantes cambios que se hacen en el vecindario. A Tom le resultaba imposible participar en la conversación.

Se entretuvo examinando los anillos de Dickie. Le gustaban los dos: un voluminoso trozo de jade rectangular, engarzado en oro, que llevaba en el dedo anular de la mano derecha, y el que lucía en el meñique de la otra mano, y que era una versión más grande y más aparatosa del que llevaba su padre, míster Greenleaf. Las manos de Dickie eran largas y huesudas, y Tom se dijo que eran un poco como las suyas.

—A propósito, tu padre me enseñó el astillero Burke-Greenleaf antes de mi partida —dijo Tom—. Me dijo que habían hecho muchas reformas desde tu última visita. Quedé muy impresionado.

—Me imagino que te ofrecería un empleo también. Siempre está al tanto por si aparece algún joven prometedor.

Dickie daba vueltas y más vueltas a su tenedor y, finalmente, se llevó a la boca una abundante y pulcra porción de espaguetis.

—Pues no lo hizo.

Tom tenía la impresión de que el almuerzo no podía haberse desarrollado peor, y se preguntó si míster Greenleaf le habría dicho a su hijo que Tom iba a echarle un sermón para que regresara a casa, o si se trataba simplemente de que Dickie estaba de un humor de perros. Ciertamente, Dickie había cambiado desde la última vez que lo vio.

Dickie sacó una reluciente cafetera *espresso,* que mediría sus buenos sesenta centímetros, y la enchufó en la misma terraza. En cosa de unos momentos, tuvieron cuatro tacitas de café, una de las cuales se llevó Marge a la cocina, para la doncella.

—¿En qué hotel estás, Tom? —preguntó Marge.

Tom sonrió.

—Todavía no me he ocupado de eso. ¿Cuál me recomiendas?

—El Miramare es el mejor. Está a este lado del pueblo, antes de llegar al Giorgio, que, por cierto, es el único que hay aparte del Miramare, pero...

—Dicen que en el Giorgio hay *pulci* en las camas —dijo Dickie, interrumpiéndola.

—Quiere decir pulgas. Es que el Giorgio es barato —dijo Marge con voz seria—, pero el servicio es...

—Prácticamente inexistente —apuntó Dickie.

—De buen humor estás tú hoy, ¿eh? —dijo Marge, lanzándole una migaja de queso.

—Bueno, en tal caso me alojaré en el Miramare, a ver qué tal es —dijo Tom, levantándose—. Tengo que irme.

Ninguno de los dos trató de retenerle. Dickie le acompañó hasta la puerta principal. Marge se quedó en la casa, y Tom se preguntó si entre Dickie y la muchacha habría algo, una de aquellas aventurillas *faute de mieux* que a primera vista pasaban desapercibidas, ya que ninguna de las dos partes daba muestras de gran entusiasmo. Tom se figuró que Marge estaba enamorada de Dickie, pero este le demostraba tanta o más indiferencia que si se hubiese tratado de la cincuentona doncella italiana.

—Me gustaría ver algunos de tus cuadros cuando te vaya bien, Dickie —dijo Tom.

—Muy bien. Bueno, supongo que volveremos a verte si te quedas por aquí.

Y Tom pensó que lo había dicho al acordarse de que Tom le había traído el albornoz y los calcetines.

—El almuerzo estuvo muy bien. Adiós, Dickie.

—Adiós.

La verja del jardín se cerró con un ruido metálico.

8

Tom alquiló una habitación en el Miramare. Eran ya las cuatro cuando le trajeron las maletas desde la estafeta de correos, y se sentía demasiado cansado para colgar su mejor traje antes de echarse sobre la cama. Desde la calle se oían claramente las voces de unos chicos, tan claramente que parecían estar en la misma habitación, y Tom se puso nervioso al oír la risa insolente de uno de ellos. Se los imaginó discutiendo su expedición a casa del *signore* Greenleaf, haciendo conjeturas poco halagadoras sobre lo que sucedería a continuación.

Tom se preguntó qué estaba haciendo allí, sin amigos, sin hablar palabra de italiano. ¿Y si enfermaba? ¿Quién iba a cuidarle?

Se levantó, consciente de que iba a vomitar, pero moviéndose lentamente, porque sabía muy bien cuándo iba a hacerlo y le quedaba tiempo suficiente para llegar al cuarto de baño. En el baño devolvió el almuerzo y le pareció que también el pescado que había comido en Nápoles. Regresó a la cama y se quedó dormido inmediatamente.

Al despertarse, débil y semiatontado, el sol seguía brillando con fuerza y su reloj nuevo marcaba las cinco y media. Se asomó a la ventana, buscando automáticamente la casa de Dickie, que sobresalía de entre las otras casas, más pequeñas, que moteaban la ladera de rosa y blanco. Divisó la sólida balaustrada rojiza de la terraza, preguntándose si Marge seguiría allí, si estarían hablando de él. De entre el ruido de la calle surgió una risa, tensa y resonante, tan americana como una frase pronunciada con acento de Brooklyn. Vio fugazmente a Dickie y la muchacha al pasar por delante de un solar entre dos casas, en la calle Mayor. Doblaron la esquina y Tom se trasladó a la ventana lateral para verles mejor. Al lado del hotel, justo debajo de su ventana, había un callejón, y por él bajaban Dickie y Marge, él vestido con sus pantalones blancos y su camisa color terracota, y Marge con una falda y una blusa. Tom supuso que habría estado en su casa, a no ser que tuviera alguna ropa en casa de Dickie. En el embarcadero de madera, Dickie se detuvo para hablar con un italiano, al que dio algo de dinero. El hombre se llevó una mano a la gorra, luego soltó las amarras de la embarcación. Tom observó que Dickie ayudaba a Marge a subir a bordo. La blanca vela empezó a subir. Detrás de ellos, a la izquierda, el disco anaranjado del sol se hundía en el agua. Tom pudo oír las risas de Marge y a Dickie gritando algo en italiano hacia el embarcadero. Comprendió que estaba presenciando lo que constituía un día típico de la pareja: una siesta después del tardío almuerzo, probablemente, y más tarde, al ponerse el sol, un paseo en el velero de Dickie. Luego vendrían los aperitivos en alguno de los cafés de la playa. Estaban disfrutando de un día perfectamente normal, como si él no existiera. Tom se preguntó quién podía esperar que Dickie regresara a un mundo de metros y taxis, cuellos almidonados y ocho horas diarias de oficina, incluso contando con un coche con chófer y vacaciones en Florida y Maine. No resultaba un panorama tan atractivo como el vestirse con ropa vieja y navegar libremente, sin tener que responder ante nadie del modo en que empleaba el tiempo, disponiendo además de casa propia y una afable criada que probablemente se cuidaba de todas las tareas molestas. Aparte del dinero que le permitía hacer los viajes que le apetecieran. Tom le envidió intensamente, con un sentimiento mezcla de envidia y de piedad por sí mismo.

Pensó que probablemente la carta de míster Greenleaf decía exactamente lo que hacía falta para poner a Dickie en contra suya. Hubiera sido mucho mejor que se presentase sin avisar y trabase conocimiento con Dickie en uno de los cafés de la playa. Posiblemente, a la larga, hubiera podido convencerle de que se fuese a casa, pero tal como se habían desarrollado las cosas, eso resultaba imposible. Tom se maldijo por haberse comportado tan torpemente aquella mañana. Ninguna de las cosas que emprendía en serio le salía bien, esto lo sabía desde hacía años.

Decidió dejar que pasaran unos cuantos días. El primer paso consistiría en lograr caerle simpático a Dickie. Eso lo deseaba más que cualquier otra cosa en el mundo.

9

Transcurrieron tres días sin que Tom hiciese nada. Entonces, en la mañana del cuarto día, bajó a la playa sobre el mediodía y se encontró con Dickie, que estaba en el mismo lugar, a solas, contemplando las rocas grises que cruzaban la arena desde tierra.

—¡Hola! —exclamó Tom—. ¿Dónde está Marge?

—Buenos días. Probablemente estará trabajando. Bajará más tarde.

—¿Trabajando?

—Es escritora.

—¡Oh!

Dickie dio una chupada al cigarrillo italiano que colgaba de sus labios.

—¿Dónde te habías metido? Creí que te habías marchado.

—Estaba enfermo —dijo Tom sin darle importancia y dejando caer la toalla en la arena, pero sin hacerlo demasiado cerca de la de Dickie.

—Entiendo. El estómago, imagino.

—Sí, he estado luchando entre la vida y el cuarto de baño —dijo Tom con una sonrisa—. Pero ahora ya estoy bien.

Era cierto que había estado demasiado débil incluso para salir del hotel, pero había tomado el sol en su habitación, arrastrándose por el suelo conforme se movían los rayos que entraban por la ventana, para no estar tan blanco al volver a bajar a la playa. Y el resto de sus precarias fuerzas lo había empleado en estudiar un manual de conversación en italiano adquirido en el vestíbulo del hotel.

Tom se acercó al mar, se metió tranquilamente hasta que el agua le llegó a la cintura y allí se quedó, echándose agua por los hombros. Se agachó hasta que el agua le llegó a la barbilla y, tras pasar un rato flotando a la deriva, salió sin darse prisa.

–¿Puedo invitarte a una copa en el hotel antes de que te marches a casa, Dickie? –preguntó Tom–. Y a Marge también, si es que viene. Quería darte el albornoz y los calcetines, ¿recuerdas?

–Oh, sí. Muchas gracias, me vendría bien una copa –dijo Dickie, enfrascándose de nuevo en su periódico italiano.

Tom extendió su toalla. Oyó que el reloj del pueblo daba la una.

–No creo que Marge venga ya –dijo Dickie–. Me parece que empezaré a moverme.

Tom se levantó y los dos se encaminaron hacia el Miramare, prácticamente sin decir nada, salvo la invitación a comer que hizo Tom y Dickie rechazó porque, según dijo, la doncella ya le habría preparado el almuerzo en casa. Subieron a la habitación de Tom y Dickie se probó el albornoz y, sin ponérselos, dio una ojeada a los calcetines. Tanto el albornoz como los calcetines resultaron ser de la talla adecuada, y, como Tom esperaba, a Dickie le gustó muchísimo el albornoz.

–Y esto –dijo Tom, sacando del cajón del escritorio un paquete cuadrado envuelto con el papel de una farmacia–. Tu madre te manda también gotas para la nariz.

Dickie sonrió.

–Ya no las necesito. Se acabó la sinusitis. Pero te libraré de ellas.

Tom pensó que ahora Dickie lo tenía todo, todo lo que él podía ofrecerle, y supuso que también rechazaría la invitación a tomar una copa. Le siguió hasta la puerta.

–¿Sabes que tu padre está muy preocupado y quiere que vuelvas a casa? Me pidió que te echase un buen sermón, cosa que, por

58

supuesto, no pienso hacer, aunque, de todos modos, algo tendré que decirle. Prometí que le escribiría.

Dickie se volvió con la mano ya en el pomo de la puerta.

—No sé qué pensará mi padre que estoy haciendo aquí..., si emborrachándome día y noche o qué. Es probable que en invierno me vaya a casa a pasar unos días, pero no tengo intención de quedarme. Aquí soy más feliz. Si regresara allí para quedarme, mi padre no me dejaría en paz tratando de hacerme trabajar en Burke-Greenleaf. Me sería completamente imposible pintar, y sucede que a mí me gusta pintar, y creo que es asunto mío el modo como empleo mi vida.

—Lo comprendo. Pero me dijo que no trataría de hacerte trabajar en su negocio si regresabas, a no ser que quisieras hacerlo en el departamento de diseños, y me dijo que eso te gustaba.

—Bueno..., ya hemos hablado de eso varias veces. Gracias, de todos modos, Tom, por entregarme la ropa y el recado. Ha sido muy amable por tu parte.

Dickie le tendió la mano.

A Tom le era imposible estrechársela. Estaba a solo un paso del fracaso, tanto en lo que se refería a míster Greenleaf como al mismo Dickie.

—Creo que hay algo más que debería decirte —dijo Tom con una sonrisa—. Tu padre me envió aquí especialmente para que te hiciese volver a casa.

—¿Qué quieres decir? —preguntó Dickie, frunciendo el ceño—. ¿Que te pagó el viaje?

—En efecto.

Era su última oportunidad de congraciarse con Dickie, o de ponerle definitivamente en contra suya, de hacerle estallar en carcajadas o de inducirle a salir dando un portazo de indignación. Pero la sonrisa ya empezaba a dibujársele en la comisura de los labios, tal y como Tom la recordaba.

—¡Te pagó el viaje! ¡Vaya por Dios! Ya no puede aguantar más, ¿eh?

Dickie cerró la puerta de nuevo.

—Me abordó en un bar de Nueva York —dijo Tom—. Le dije que no tenía una amistad demasiado íntima contigo, pero insistió en que tal vez podía serle útil si venía aquí, así que le dije que lo intentaría.

–¿Cómo se las arregló para dar contigo?

–Por mediación de los Schriever. Yo apenas les conozco, ¡pero le salió bien! Le dijeron que yo era amigo tuyo y que podía hacerte mucho bien.

Se rieron.

–No me gustaría que sospechases que intenté aprovecharme de tu padre –dijo Tom–. Espero encontrar pronto un empleo en algún lugar de Europa y, con el tiempo, podré devolverle el dinero del pasaje. Me dio un pasaje de ida y vuelta.

–¡Oh, no te preocupes! Eso irá a parar a la cuenta de gastos de Burke-Greenleaf. ¡Ya me imagino a mi padre abordándote en un bar! ¿En cuál fue?

–En el Raoul's. De hecho, me estuvo siguiendo desde el Green Cage.

Tom observó el rostro de Dickie, esperando ver algún indicio de que conocía el Green Cage, establecimiento muy popular, pero no fue así.

Tomaron una copa en el bar del hotel. Bebieron a la salud de Herbert Richard Greenleaf.

–Ahora que me doy cuenta, hoy es domingo –dijo Dickie–. Marge habrá ido a la iglesia. Será mejor que vengas a comer con nosotros. Siempre hay pollo los domingos. Ya sabes que es una vieja costumbre americana, pollo los domingos.

Dickie quiso acercarse a casa de Marge para ver si ella seguía allí. Subieron una escalera que partía de la calle principal y se encaramaba pegada a un muro de piedra, cruzaron un jardín particular, y subieron más escalones. La casa de Marge era un edificio bastante destartalado, de una sola planta y con un jardín mal cuidado enfrente. Un par de cubos y una manguera de jardinero se hallaban tirados sobre el sendero que llevaba hasta la puerta, y el toque femenino se veía representado por el bañador color tomate y unos sujetadores, colgado todo ello en el antepecho de una ventana. Por una ventana abierta, Tom pudo ver una mesa muy desordenada en la que había una máquina de escribir.

–¡Hola! –exclamó ella al abrirles la puerta–. ¡Hola, Tom! ¿Dónde te has escondido todos estos días?

Les ofreció una copa, pero descubrió que quedaban solamente un par de dedos de ginebra en la botella de Gilbey's.

—No importa, iremos a mi casa —dijo Dickie.

Se movía por la alcoba de Marge, que hacía las veces de cuarto de estar, con gran familiaridad, como si él mismo viviera allí la mayor parte del tiempo. Se inclinó ante una maceta en la que crecía una diminuta planta de difícil clasificación y acarició sus hojas con el dedo índice.

—Tom tiene algo gracioso que contarte —dijo Dickie—. ¡Cuéntaselo, Tom!

Tom respiró hondo y empezó. Hizo que el relato fuese divertido y Marge se rió como alguien que llevase años sin tener nada gracioso de que reírse.

—Cuando vi que entraba en el Raoul's a por mí, ¡estuve a punto de escapar por una ventana!

Su lengua seguía parloteando casi independientemente de su cerebro, que en aquellos momentos estaba ocupado en calcular los progresos que estaría haciendo para ganarse el aprecio de Dickie y Marge. En sus rostros se veía que ganaba terreno rápidamente.

La subida hasta la casa de Dickie no le pareció tan larga como en la ocasión anterior. A la terraza llegaba el delicioso aroma del pollo en el asador. Dickie preparó unos martinis. Tom se duchó y luego lo hizo Dickie, que, al salir, se sirvió una copa, igual que la primera vez, pero el ambiente había cambiado radicalmente.

Dickie se sentó en un sillón de mimbre, con las piernas colgándole por encima de uno de los brazos.

—¡Cuéntame más cosas! —dijo sonriendo—. ¿A qué te dedicas? Dijiste que tal vez buscarías un empleo.

—¿Por qué lo dices? ¿Es que tienes algo para mí?

—Me temo que no.

—Pues puedo hacer varias cosas..., de mayordomo, cuidar niños, llevar una contabilidad... Por desgracia tengo aptitud para los números. Por borracho que esté, siempre me doy cuenta cuando el camarero intenta estafarme. Sé falsificar firmas, pilotar un helicóptero, defenderme con los dados en la mano, hacerme pasar prácticamente por cualquier otra persona, cocinar... y montar un espectáculo en un club nocturno yo solo cuando el animador de la casa está enfermo. ¿Hace falta que siga?

Tom tenía el cuerpo inclinado hacia delante e iba contando

sus habilidades con los dedos. No le hubiera resultado difícil seguir nombrándolas.

—¿A qué clase de espectáculo te refieres? —preguntó Dickie.

—Pues...

Tom se puso en pie de un salto.

—... a este, por ejemplo.

Hizo una pose con un pie adelantado y una mano en la cadera.

—Vean a Lady Assburden[1] probando las delicias de viajar en metro en Nueva York. Ni siquiera ha viajado en el metro de Londres, pero no quiere regresar a su país sin llevar consigo alguna experiencia de los Estados Unidos.

Tom lo hizo todo con gestos, fingiendo buscar una moneda, comprobando que no entraba en la ranura, comprando una ficha, mostrando perplejidad ante las diversas escalinatas que bajaban hasta los andenes, poniendo cara de alarma a causa del estruendo del metro, volviendo a mostrar perplejidad al tratar de salir al exterior...

En aquel momento Marge salió a la terraza y Dickie le dijo que se trataba de una inglesa en el metro, pero Marge no le entendió.

Tom siguió representando su pantomima, simulando entrar por una puerta que, a juzgar por su expresión de horror y dignidad ofendida ante el espectáculo, no podía ser otra cosa que la entrada de los urinarios para hombres. La expresión de horror fue en aumento hasta culminar en desmayo. Tom se desmayó grácilmente sobre el suelo de la terraza.

—¡Magnífico! —chilló Dickie, dando palmadas.

Marge no se reía. Seguía allí de pie, con cara de no comprender nada. Ninguno de los dos se molestó en explicarle la farsa. Tom pensó que, de todas formas, no parecía tener sentido del humor para apreciar aquella clase de parodia.

Tom bebió un sorbo de martini, inmensamente satisfecho consigo mismo.

—Algún día representaré otra para ti, Marge —dijo Tom, aunque en realidad lo que quería era darle a entender a Dickie que su repertorio no terminaba allí.

1. Literalmente: «Señora Pelmaza». (N. del T.)

—¿La comida está lista? —preguntó Dickie a la muchacha—. Me estoy muriendo de hambre.

—Estoy esperando que las malditas alcachofas estén en su punto. Ya sabes cómo es el fogón. Apenas sirve para hacer hervir el agua.

Marge sonrió a Tom.

—Para según qué cosas, Dickie es muy chapado a la antigua, Tom, sobre todo si son cosas que él no tiene que hacer. Aquí no sigue habiendo más que un fogón de leña y, además, se niega a comprar una nevera, aunque sea de las más sencillas.

—Aquí tienes uno de los motivos por los que huí de los Estados Unidos —dijo Dickie—. Esas cosas no son más que un modo de tirar el dinero en un país donde hay tantos sirvientes. ¿Qué haría Ermelinda si pudiera preparar la comida en media hora?

Dickie se levantó y añadió:

—Ven conmigo, Tom. Te enseñaré algunos de mis cuadros.

Dickie le condujo hasta la espaciosa habitación a la que Tom ya se había asomado un par de veces al dirigirse a la ducha, la habitación del largo diván debajo de las dos ventanas y el enorme caballete en medio de ella.

—Ahora estoy trabajando en este retrato de Marge —dijo Dickie, señalando el cuadro colocado en el caballete.

—¡Oh! —dijo Tom con interés.

A su modo de ver, probablemente también al de otras personas, el cuadro no era bueno. El entusiasmo de la sonrisa del retrato resultaba un tanto artificial, y la piel era tan rojiza como la de un comanche. De no haber sido porque Marge era la única rubia en varios kilómetros a la redonda, no hubiese advertido ni el más mínimo parecido.

—Y estos de aquí..., paisajes, muchos paisajes —dijo Dickie, soltando una carcajada de mofa, aunque era evidente que esperaba que Tom hiciese algún cumplido acerca de los cuadros, ya que no era difícil ver que se sentía orgulloso de ellos. Todos se parecían entre sí, y estaban pintados a toda prisa, de cualquier modo. La combinación de terracota y azul eléctrico salía en casi todos, tejados color terracota, igual que las montañas, y mar de un agresivo azul eléctrico. El mismo azul con que estaban pintados los ojos de Marge en el retrato.

—He aquí mis pinitos surrealistas —dijo Dickie, apoyando otra tela en sus rodillas.

Tom dio un respingo, avergonzado de un modo casi personal. Se trataba de Marge otra vez, sin duda, aunque ahora aparecía con una larga melena que semejaba estar formada por una familia de serpientes, y lo peor de todo eran sus ojos, en los que se reflejaba un paisaje en miniatura con las casas y montañas de Mongibello en uno y un nutrido grupo de seres humanos, diminutos y de color rojo, en el otro.

—Sí, me gusta —dijo Tom, pensando que míster Greenleaf tenía razón.

Supuso que, pese a todo, los cuadros entretenían a Dickie, impidiéndole meterse en líos, justamente como sucedía con miles y miles de pintores aficionados que pintaban sus abominables cuadros en todo el territorio de los Estados Unidos. Pero lamentaba que Dickie perteneciese a esa categoría, hubiese deseado que como pintor valiese mucho más.

—Ya sé que como pintor nunca causaré sensación —dijo Dickie—, pero la pintura me produce un gran placer.

—Sí.

Tom tenía ganas de olvidarse por completo de los cuadros, incluso de que Dickie pintaba.

—¿Puedo ver el resto de la casa?

—¡No faltaría más! No has visto el salón, ¿verdad?

Dickie abrió una puerta del vestíbulo que daba a una habitación muy grande, donde había una chimenea, varios sofás, anaqueles cargados de libros y tres salidas: una a la terraza, otra al terreno situado al otro lado de la casa, y una tercera al jardín de delante. Dickie le dijo que durante el verano no usaba aquella habitación, que prefería guardársela para el invierno, ya que así podía cambiar de escenario. En opinión de Tom la habitación parecía más la guarida de una rata de biblioteca que una sala de estar. Estaba sorprendido. No se había figurado a Dickie como un joven con inclinaciones especialmente intelectuales, sino más bien dedicado principalmente a los deportes. Tal vez se había equivocado. Pero no creía estar equivocado al presentir que Dickie se aburría y necesitaba de alguien que le enseñara a divertirse.

—¿Qué hay arriba? —preguntó Tom.

El piso de arriba resultó decepcionante. El dormitorio de Dickie, en una esquina de la casa que daba a la terraza, era austero y vacío —una cama, una cómoda y una mecedora constituían todo el mobiliario—. Los muebles parecían fuera de lugar debido a lo espacioso del dormitorio y, además, la cama era estrecha, apenas más ancha que una cama individual. Las tres habitaciones del segundo piso ni siquiera estaban amuebladas, o al menos no lo estaban del todo. En una no había más que leña y un montón de telas inservibles. No había ningún indicio de Marge por parte alguna, y mucho menos en la alcoba de Dickie.

—¿Qué te parece si un día de estos nos vamos los dos a Nápoles? —sugirió Tom—. No tuve ocasión de visitar la ciudad al venir hacia aquí.

—Muy bien —respondió Dickie—. Marge y yo iremos el sábado por la tarde. Casi todos los sábados cenamos allí, y luego nos damos el lujo de regresar en taxi o en *carrozza*. Vente con nosotros.

—Oh, me refería a ir algún día laborable, por la mañana. Así podría ver un poco más de la ciudad —dijo Tom, con la esperanza de que Marge no se uniera a la excursión—. ¿Es que pintas todo el día?

—No. Hay un autobús a las doce cada lunes, miércoles y viernes. Supongo que podríamos ir mañana mismo, si tienes ganas.

—Estupendo —dijo Tom, aunque seguía sin saber si Marge iría con ellos—. Marge, ¿es católica? —preguntó mientras bajaban las escaleras.

—¡Por venganza! Se convirtió hace seis meses más o menos a causa de un italiano por el que estaba loca. ¡Cómo hablaba el tío! Pasó unos cuantos meses aquí, reponiéndose de un accidente de esquí. Marge se consuela de la pérdida de Edoardo abrazando su religión.

—Me figuraba que estaba enamorada de ti.

—¿De mí? ¡No digas tonterías!

La comida ya estaba preparada al salir a la terraza. Había incluso galletas con mantequilla, acabadas de preparar por Marge.

—¿Conoces a Vic Simmons de Nueva York, Dickie? —preguntó Tom.

Vic tenía un salón donde se reunían muchos pintores, escritores y gente de ballet en Nueva York, pero Dickie no había oído hablar de él. Tom le preguntó sobre otras dos o tres personas, también sin éxito.

Tom confiaba en que Marge se marchase después del café, pero se quedó. Aprovechando un momento en que no estaba en la terraza, Tom dijo:

—Me gustaría invitarte a cenar en el hotel esta noche.

—Gracias, ¿a qué hora?

—A las siete y media, ¿te parece bien? Así nos quedará tiempo para tomar unos cócteles... Después de todo, el dinero es de tu padre —añadió con una sonrisa.

Dickie se echó a reír.

—Muy bien. ¡Cócteles y una buena botella de vino!

Marge regresaba en aquel mismo momento.

—¡Marge! ¡Esta noche cenamos en el Miramare, por cortesía de Greenleaf *père!*

Tom comprendió que Marge también iría, y que él no podía hacer nada por evitarlo. Al fin y al cabo, el dinero era del padre de Dickie.

La cena no fue del todo mal, pero la presencia de Marge le impidió hablar de cosas que le hubiera gustado comentar, ni siquiera tenía ganas de hacer alardes de ingenio ante la muchacha. Marge conocía a varias de las personas que se hallaban en el comedor, y, después de cenar, pidió permiso y se trasladó a otra mesa con su taza de café.

—¿Cuánto tiempo piensas quedarte aquí? —preguntó Dickie.

—Al menos una semana —contestó Tom.

—Es que...

Las mejillas de Dickie estaban algo encarnadas. El *chianti* le había puesto de buen humor.

—... es que si piensas quedarte un poco más aquí, podrías alojarte en casa. ¿No crees? No vale la pena que te quedes en el hotel, a no ser que lo prefieras.

—Muchas gracias, Dickie —dijo Tom.

—Hay una cama en la habitación de la doncella. Ermelinda no duerme en casa. Y estoy seguro de que nos las arreglaremos con los muebles que hay esparcidos por la casa, si es que decides mudarte, claro.

—Claro que me gustaría. A propósito, tu padre me dio seiscientos dólares para mis gastos, y todavía me quedan quinientos. Me parece que los dos deberíamos divertirnos un poco con ellos, ¿no crees?

–¡Quinientos! –exclamó Dickie, como si en toda su vida nunca hubiese visto tanto dinero junto–. ¡Con eso podríamos alquilar un pequeño turismo!

Tom no dijo nada en favor de aquella idea, que no era la que él tenía sobre cómo divertirse. Lo que quería era coger un avión para ir a París. Marge regresó a la mesa.

Al día siguiente, por la mañana, se mudó.

En una de las habitaciones de arriba, Dickie y Ermelinda habían instalado un armario junto con un par de sillas y, en las paredes, Dickie había clavado con chinchetas unas cuantas reproducciones de los mosaicos bizantinos de la catedral de San Marcos. Entre los dos subieron la estrecha cama de hierro de la habitación de la doncella. Terminaron antes de las doce, un tanto achispados a causa del *frascati* que habían estado bebiendo mientras trabajaban.

–¿Sigue en pie lo de ir a Nápoles? –preguntó Tom.

–Claro que sí –dijo Dickie, consultando su reloj–. Son solo las doce menos cuarto. Podemos coger el autobús de las doce.

Se llevaron solo las chaquetas y el talonario de cheques de viaje que tenía Tom. El autobús llegaba en el momento en que alcanzaron la estafeta. Tom y Dickie se colocaron junto a la portezuela, esperando que la gente terminara de apearse; entonces Dickie subió al vehículo y se encontró ante las mismas narices de un joven pelirrojo que llevaba una chillona chaqueta deportiva, un americano.

–¡Dickie!

–¡Freddie! –chilló Dickie–. ¿Qué haces aquí?

–¡He venido a verte! Y también a los Cecchi. Pasaré unos días en su casa.

–*Ch'elegante!* Me voy a Nápoles con un amigo. ¡Tom!

Llamó a Tom y los presentó.

El americano se llamaba Freddie Miles. A Tom le pareció horrible. No soportaba el pelo rojo, y el de Freddie era color rojo zanahoria. Además, tenía el cutis blanco y pecoso. Sus ojos eran grandes y de color castaño rojizo; daban la impresión de moverse constantemente de un lado para otro, como los de un bizco, aunque tal vez se trataba simplemente de una de aquellas personas que jamás miran directamente a su interlocutor. Por si fuera poco, también estaba demasiado gordo. Tom le volvió la espalda, esperando que Dickie acabase la conversación que, según advirtió Tom, estaba retrasando la salida del autobús. Dickie y Freddie hablaban de esquí y se citaron para diciembre en una ciudad de la que Tom nunca había oído hablar.

–Seremos unos quince en Cortina –dijo Freddie–. ¡Será una verdadera juerga, como la del año pasado! Tres semanas, ¡si el dinero nos dura tanto!

–¡O si duramos nosotros! –dijo Dickie–. ¡Te veré esta noche, Fred!

Tom subió al autobús después de Dickie. No había asientos libres y quedaron encajonados entre un hombre flaco y sudoroso que olía mal, y un par de viejas campesinas que olían peor. Justo en el momento que salían de la población, Dickie recordó que Marge iría a comer con ellos como de costumbre, ya que el día anterior, al invitar a Tom a trasladarse a casa, había creído que el viaje a Nápoles quedaba cancelado. Dickie gritó para que el autobús se detuviera, cosa que hizo el vehículo con gran chirriar de frenos y una sacudida que hizo perder el equilibrio a todos cuantos viajaban de pie. Dickie sacó la cabeza por la ventanilla y gritó:

–¡Gino! ¡Gino!

Un mocoso se acercó corriendo para coger el billete de cien liras que Dickie le ofrecía. Dickie le dijo algo en italiano y el mocoso le contestó:

–*Subito, signore!*

Tras lo cual se alejó corriendo carretera arriba, Dickie le dio las gracias al conductor y el autobús reemprendió la marcha.

–Le dije que avisara a Marge de que regresaríamos por la noche, pero probablemente tarde –dijo Dickie.

–Muy bien.

El autobús les dejó en una amplia y ajetreada plaza de Nápoles, y de pronto se vieron rodeados de carretillas cargadas de uva, higos, pasteles, sandías, al mismo tiempo que les acosaba un nutrido grupo de adolescentes vociferantes que trataban de venderles plumas estilográficas y juguetes mecánicos. La gente se apartaba para dejar paso a Dickie.

–Conozco un lugar muy bueno para almorzar –anunció Dickie–. Una auténtica pizzería napolitana. ¿Te gusta la pizza?

–Sí.

La pizzería se hallaba en una callejuela demasiado estrecha y empinada para los automóviles. En la entrada colgaba una cortina formada por sartas de cuentas, y en cada mesa había una garrafita de vino. En todo el establecimiento no había más de seis mesas. Era un lugar perfecto para pasar horas y horas tranquilamente, bebiendo vasos de vino. Estuvieron allí hasta las cinco de la tarde, y entonces Dickie dijo que era hora de ir al Galleria. Pidió disculpas por no llevarle al Museo de Arte, donde, según dijo, estaban expuestos algunos originales de Da Vinci y de El Greco, pero ya tendrían tiempo de visitarlo más adelante. Dickie se había pasado la mayor parte de la tarde hablando de Freddie Miles, y la conversación le parecía a Tom tan aburrida como el propio rostro de Freddie. Freddie Miles era hijo del propietario de una cadena de hoteles de los Estados Unidos, y además era dramaturgo; al menos eso decía él, ya que, por lo que Tom pudo deducir, su producción hasta la fecha quedaba limitada a dos obras, ninguna de las cuales se había representado en Broadway. Freddie poseía una casa en Cagnes-sur-Mer, donde Dickie había pasado unas cuantas semanas antes de trasladarse a Italia.

–¡Esto es lo que me gusta! –dijo expansivamente Dickie, ya en el Galleria–. Sentarme a una mesa y ver cómo pasa la gente. Te ayuda a ver la vida con ojos distintos. Los anglosajones estamos muy equivocados al no practicar la costumbre de ver pasar a la gente desde la mesa de un café.

Tom movió la cabeza afirmativamente. No era la primera vez que oía aquella historia. Esperaba que Dickie dijera algo profundo y original. Dickie era bien parecido, un muchacho nada vulgar gracias a los rasgos finos y alargados de su rostro, a sus ojos inteligentes y a la dignidad de su porte, completamente ajena a lo que llevara puesto. En aquel momento iba calzado con unas sandalias rotas y llevaba unos pantalones blancos bastante sucios, pero ahí estaba, sentado con el aire de ser propietario del Galleria, charlando en italiano con el camarero que acababa de servirles los *espressos*.

–*Ciao!* –exclamó al ver pasar a un joven italiano.

–*Ciao,* Dickie!

69

–Es el que cambia los cheques de viaje de Marge los sábados –explicó Dickie.

Un italiano bien vestido saludó a Dickie, apretándole efusivamente la mano, y se sentó con ellos. Tom se puso a escuchar su conversación en italiano, y de vez en cuando pescaba alguna palabra. Empezaba a sentirse cansado.

–¿Quieres ir a Roma? –le preguntó Dickie de sopetón.

–¡Claro! –contestó Tom–. ¿Ahora?

Se puso en pie, buscando en el bolsillo dinero para pagar las consumiciones, cuyo importe estaba marcado en el recibo de papel que el camarero había dejado debajo de las tazas de café.

El italiano tenía un largo Cadillac gris, equipado con cortinas, una bocina capaz de emitir cuatro notas distintas, y una estruendosa radio a la que él y Dickie no parecían prestar atención, charlando a voz en grito para poder oírse. En cosa de dos horas alcanzaron los suburbios de Roma. Tom se incorporó en el asiento cuando, especialmente en su honor, el coche enfiló la Via Appia. De vez en cuando encontraban un bache. Eran trechos empedrados con los adoquines originales y que, según dijo el italiano, habían sido dejados tal cual con el fin de que la gente tuviera una idea de qué sentían los romanos al viajar. A derecha e izquierda había campos de aspecto desolado bajo la luz del crepúsculo. Tom pensó que parecían cementerios abandonados, en los que solo quedaban en pie algunas escasas tumbas y las ruinas de las demás. El italiano les dejó en mitad de una calle de Roma y se despidió bruscamente.

–Tiene prisa –dijo Dickie–. Tiene que ver a su amiguita y esfumarse antes de que el marido de esta se presente en casa a las once. Ahí está el music hall que estaba buscando. ¡Vamos!

Compraron entradas para la función de la noche. Todavía les quedaba una hora antes de que diese comienzo el espectáculo, así que se encaminaron a la Via Veneto, ocuparon una mesa en la acera y encargaron *americanos*. Dickie no conocía a nadie en Roma, por lo que Tom pudo observar, al menos no conocía a ninguna de las personas que pasaban por allí, pese a que el ir y venir era constante, tanto de italianos como de americanos. Tom logró entender muy poco de lo que decían y cantaban en la función del music hall, aunque hizo un gran esfuerzo por comprender.

Dickie sugirió que abandonasen el local antes de que finalizara el espectáculo. Alquilaron una *carrozza* y dieron varias vueltas por la ciudad, viendo una fuente tras otra, el Foro y también el Coliseo, alrededor del cual dieron una vuelta. Había luna y Tom, a pesar de seguir sintiéndose cansado y soñoliento, estaba de buen humor a causa de la excitación que le producía el hecho de visitar Roma por primera vez. Iban cómodamente sentados en la *carrozza,* con un pie apoyado en la rodilla opuesta, y a Tom, cada vez que miraba la pierna y el pie de Dickie, le parecía estar contemplándose en un espejo. Eran de la misma estatura, y casi del mismo peso, aunque tal vez Dickie estaba algo más grueso, y usaban la misma talla de albornoz, calcetines y, probablemente, camisas.

Dickie al ver que Tom pagaba el viaje, llegó incluso a decir:

—¡Gracias, míster Greenleaf!

La escena tenía algo de irreal para Tom.

A la una de la madrugada, su humor había mejorado si cabe después de la botella y media de vino que se habían bebido entre ambos durante la cena. Caminaban cogidos por el hombro, cantando y, al doblar una esquina, se dieron de bruces con una muchacha a la que hicieron caer al suelo. La ayudaron a levantarse entre disculpas, ofreciéndose para acompañarla a casa. Sin hacer caso de sus protestas, insistieron en ir con ella, uno a cada lado. La muchacha les dijo que tenía que tomar determinado tranvía, pero Dickie no quiso saber nada de ello y, en su lugar, detuvo un taxi. Dickie y Tom se sentaron en los asientos plegables, muy formales, con los brazos cruzados, como un par de lacayos. Dickie se puso a charlar con la muchacha, haciéndola reír un par de veces. Tom pudo entender casi todo lo que decía Dickie. La ayudaron a apearse en una callejuela que les hizo pensar que volvían a estar en Nápoles.

—*Grazie tante!* —les dijo la muchacha.

Les estrechó la mano a los dos y luego desapareció en un portal donde reinaba la más absoluta oscuridad.

—¿Has oído lo que ha dicho? —preguntó Dickie—. Que éramos los americanos más simpáticos que había conocido en su vida.

—Ya sabes lo que hubiera hecho cualquier sinvergüenza americano en nuestro lugar...: violarla —dijo Tom.

—Vamos a ver... ¿dónde estamos? —preguntó Dickie, dando una vuelta en redondo.

Ninguno de los dos tenía la más ligera idea de dónde se encontraban. Anduvieron varias manzanas de casas sin encontrar nada conocido, ni siquiera una calle, que pudiera servirles de guía. Hicieron un alto para orinar al amparo de la oscuridad de una pared, luego echaron a andar otra vez.

—Cuando amanezca veremos dónde estamos —dijo alegremente Dickie, echando un vistazo a su reloj—. Solo quedan un par de horas.

—Magnífico.

—Es hermoso acompañar a una buena chica hasta su casa, ¿verdad? —preguntó Dickie, dando un traspié.

—Sí lo es —afirmó Tom—. Pero es una suerte que Marge no esté con nosotros. De lo contrario no hubiéramos podido acompañar a esa chica.

—Bueno..., no estoy muy seguro —dijo Dickie con tono pensativo, bajando la vista hacia sus zigzagueantes pies—. Marge no es...

—Lo único que quiero decir —aclaró Tom— es que, de estar Marge aquí, estaríamos preocupándonos por encontrar un hotel donde pasar la noche. Lo más probable, de hecho, es que estuviéramos ya en el maldito hotel. ¡No estaríamos viendo media Roma!

—¡Así es! —dijo Dickie pasándole el brazo por el hombro a Tom.

Dickie le sacudió bruscamente por un brazo, y Tom trató de zafarse y de cogerle la mano.

—¡Dickie! —exclamó.

Entonces abrió los ojos y se encontró ante la cara de un policía. Se incorporó. Estaba en un parque y amanecía. Dickie, sentado a su lado sobre la hierba, hablaba en italiano con el agente, sin dar muestras de nerviosismo alguno. Tom palpó su ropa, buscando el bulto rectangular del talonario de cheques. Seguía en su bolsillo.

—*Pasaporti!* —les espetaba el policía, una vez y otra.

Dickie volvía a lanzarse a dar explicaciones, sin perder la calma. Tom sabía perfectamente lo que Dickie decía al agente: que eran americanos y que no llevaban el pasaporte consigo porque, al salir, lo habían hecho con la sola intención de dar un paseíto y contemplar las estrellas. Sintió ganas de echarse a reír. Se levantó vacilante y sacudiéndose la ropa. Dickie estaba de pie también, y echaron a andar, alejándose del policía, aunque este seguía chillándoles. Dickie le respondió con tono cortés, como dándole más explicaciones. Al menos el agente no les siguió.

–¡Menuda facha tenemos! –dijo Dickie.

Tom asintió con la cabeza. Llevaba una larga rasgadura en la rodilla de los pantalones, probablemente debida a una caída. Sus ropas estaban arrugadas, manchadas por la hierba y sucias de polvo y sudor, aunque los dos temblaban de frío. Se metieron en el primer café que hallaron en su camino y se tomaron sendos *caffè latte* y unos bollos, luego varias copas de coñac italiano que sabía a diablos pero les calentó. Entonces estallaron en carcajadas. Todavía estaban borrachos.

A las once llegaron a Nápoles, con el tiempo justo para coger el autobús de Mongibello. Resultaba maravilloso pensar que volverían a Roma, vestidos de un modo más presentable, y visitarían todos los museos que no habían podido ver esta vez, y resultaba maravilloso pensar que aquella misma tarde podrían tumbarse en la playa de Mongibello, tostándose al sol. Pero se quedaron sin playa, porque al llegar se ducharon, luego se desplomaron sobre sus respectivas camas y se quedaron dormidos, hasta que Marge les despertó a las cuatro. Marge estaba enfadada porque Dickie no le había mandado un telegrama avisándola de su intención de pasar la noche en Roma.

–No es que me importase lo de pasar la noche en Roma, es solo que creí que estabais en Nápoles, y en Nápoles suceden muchas cosas.

–¡Uh, qué miedo! –exclamó Dickie, mirando de reojo a Tom.

Tom permanecía sumido en un enigmático mutismo, decidido a no contarle a Marge nada de lo que habían hecho. Se dijo que pensara lo que le viniera en gana. Con lo dicho por Dickie quedaba ya bien claro que se lo habían pasado en grande. Tom advirtió que la muchacha miraba a Dickie con cara severa debido a su resaca, a su rostro sin afeitar y al Bloody Mary que se estaba tomando en aquel momento. Había algo en los ojos de Marge, cuando estaba seria, que le daba aspecto de persona mayor pese a los vestidos ingenuos que usaba y a su aire de exploradora. Su forma de mirar en aquel instante era la propia de una madre o una

73

hermana mayor...; la inveterada aversión femenina hacia los juegos destructivos de los niños y los hombres. Tom se dijo que quizá se trataba de celos. Se diría que Marge sabía que Dickie y él se sentían más unidos de lo que ella jamás lograría estar con Dickie, solamente porque él, Tom, era hombre también, y lo mismo hubiese sucedido aunque Dickie la amase, cosa que no correspondía a la realidad. De todos modos, al cabo de un momento, pareció que la muchacha se calmaba, y la expresión desapareció de sus ojos. Dickie lo dejó a solas con Marge en la terraza. Tom le preguntó por el libro que estaba escribiendo, a lo que ella respondió que se trataba de un libro sobre Mongibello, con fotografías tomadas por ella misma. También le contó que procedía de Ohio, mostrándole una foto, que llevaba en el monedero, en la que se veía la casa de su familia.

—Es una casa sencilla, de tablones de madera, pero es mi hogar —dijo Marge, sonriendo.

Tom sonrió al oír la palabra «tablones», porque era la que Marge empleaba cuando quería decir que alguien estaba bebido, y hacía solo unos minutos que ella se la había echado en cara a Dickie:

—¡Llevas encima un tablón de miedo!

Tom pensó que su forma de hablar era abominable, tanto la pronunciación como las palabras que escogía para expresarse. Trató de mostrarse especialmente amable con ella, diciéndose que podía permitirse el lujo de hacerlo. La acompañó hasta la verja y se despidieron amistosamente, aunque ninguno de los dos sugirió que se reuniesen los tres más tarde o al día siguiente. No cabía ninguna duda, Marge estaba un poco enfadada con Dickie.

10

Durante tres o cuatro días Marge se dejó ver muy poco salvo en la playa, y aun entonces daba muestras evidentes de frialdad hacia ambos. Sonreía y charlaba tanto como siempre, o quizá más, pero en su tono se notaba cierta cortesía que lo hacía frío. Tom se dio cuenta de que Dickie estaba preocupado, pero no lo suficiente como para hablar con Marge a solas, ya que, desde que Tom estaba en su casa, Dickie no había estado solo con la muchacha. Tom había estado con él en todo momento desde su traslado.

Finalmente, para demostrar que no le había pasado por alto, Tom comentó que Marge se estaba comportando de una forma extraña.

—Oh, es que tiene accesos de malhumor a veces —dijo Dickie—. Tal vez está enfrascada en su trabajo. En esos casos no le gusta ver a nadie.

Tom sacó la conclusión de que la relación entre Dickie y Marge era justo tal como él había sospechado de buen principio. Marge estaba mucho más encariñada con Dickie que este con ella.

Tom, de todos modos, se las ingenió para distraer a Dickie. Disponía de un sinfín de anécdotas graciosas sobre gente que conocía en Nueva York, algunas eran ciertas, otras inventadas. Cada día daban un paseo en el bote de Dickie, y nunca mencionaron la fecha de la posible partida de Tom. Resultaba obvio que a Dickie le gustaba su compañía. Tom se mantenía apartado cuando a Dickie le daba por pintar, y siempre estaba dispuesto a dejar lo que hacía para salir a pasear con Dickie, en bote o a pie, o simplemente para sentarse y conversar. Asimismo, Dickie parecía estar complacido del interés que Tom ponía en aprender italiano. Cada día, Tom se pasaba un par de horas con su gramática y sus manuales de conversación.

Tom escribió a míster Greenleaf diciéndole que estaba en casa de Dickie y que este había hablado de coger un avión y pasar una temporada con sus padres el próximo invierno. Añadió que probablemente lograría persuadirle de que pase más tiempo con ellos. Aquella carta, estando en casa de Dickie, le pareció mejor que la primera, en la que decía que se encontraba hospedado en un hotel de Mongibello. Tom dijo también que cuando se le acabase el dinero tenía intención de buscar empleo, tal vez en uno de los hoteles de la localidad, y lo hizo como sin darle importancia, con una doble finalidad: recordarle a míster Greenleaf que los seiscientos dólares podían acabársele, y hacerle ver que estaba tratando con un joven muy bien dispuesto a ganarse la vida trabajando. Tom quiso causarle una impresión igualmente buena a Dickie, así que, una vez que la hubo escrito, le enseñó la carta antes de meterla en el sobre.

Transcurrió otra semana, con un tiempo ideal que inducía a la pereza. De hecho, el mayor esfuerzo físico que Tom realizaba cada día era el subir las escalinatas desde la playa por la tarde, y, en cuanto al mental, era el charlar en italiano con Fausto, el chico de veintitrés años que Dickie había contratado en el pueblo para que tres veces a la semana diese a Tom lecciones de italiano.

Un día fueron a Capri en el velero de Dickie. Capri estaba lo bastante lejos como para no ser visible desde Mongibello. Tom se sentía lleno de ansia por llegar, pero Dickie daba muestras de preocupación y de sentirse poco inclinado a entusiasmarse por nada. Discutió con el encargado del embarcadero donde amarraron el *Pipistrello,* y ni tan solo quiso dar un paseo por las maravillosas callejuelas que desde la plaza se extendían en todas direcciones. Se sentaron en un café de la plaza y bebieron un par de vasos de Fernet-Branca; después Dickie quiso emprender el regreso antes de que cayera la noche, aunque Tom hubiese pagado gustosamente la cuenta del hotel a cambio de quedarse en Capri hasta el día siguiente. Tom se dijo que ya tendría ocasión de volver a Capri, así que decidió tratar de olvidar el día que allí acababa de pasar.

Llegó una carta de míster Greenleaf que se había cruzado con la de Tom. En la carta, míster Greenleaf reiteraba sus razones para que Dickie regresara a los Estados Unidos, deseaba buena suerte a Tom y le pedía que le contestase pronto, comunicándole los resultados de sus buenos oficios. Una vez más, Tom cogió la pluma y sumisamente se aplicó a contestar la carta, pensando que la del padre de Dickie tenía un desagradable aire de carta comercial, como si la hubiera escrito a un proveedor preguntando por la situación de algún envío de piezas de repuesto o algo parecido. Así pues, Tom no tuvo ninguna dificultad en contestar con el mismo tono. Estaba un poco mareado al escribirla, ya que lo hizo después de comer y a esa hora siempre estaban un poco mareados debido al vino. Era una sensación deliciosa que fácilmente podía borrarse con un par de *espressos* y un breve paseo, o bien, si así lo preferían, podían prolongarla tomándose otro vaso de vino, a sorbitos, mientras iban haciendo las cosas que llenaban el ocio de sus tardes. Para divertirse, Tom procuró que en la carta se reflejase un leve sentimiento de esperanza. Siguiendo el estilo de míster Greenleaf, escribió:

76

... Si no me equivoco, Richard no está muy seguro de su decisión de permanecer aquí un invierno más. Tal como le prometí, haré cuanto esté en mi mano para disuadirle de ello, y con el tiempo —si bien puede que no sea hasta la Navidad— quizá consiga que se quede en los Estados Unidos cuando vaya a verles a ustedes.

Tom no pudo ocultar una sonrisa mientras escribía, porque él y Dickie llevaban días hablando sobre hacer un crucero por el mar Egeo cuando llegase el invierno, sin contar con que Dickie ya había desechado la idea de irse a los Estados Unidos, siquiera por unos días, a no ser que su madre estuviera grave para entonces. También habían hablado de pasar en Mallorca los meses de enero y febrero, que eran los peores del año en Mongibello. Además, Tom estaba seguro de que Marge no iría con ellos, ya que él y Dickie la habían excluido de sus planes siempre que hablaban de ellos, aunque Dickie había cometido la equivocación de decirle a la muchacha que posiblemente harían un crucero de invierno. A veces Dickie hablaba demasiado y aquellos días, aunque Tom sabía que se mantenía firme en su decisión de no llevarla con ellos, Dickie se mostraba más atento que de costumbre con la muchacha, simplemente porque comprendía que iba a sentirse sola sin ellos en el pueblo y porque no se le escapaba que, en realidad, era una grosería el no invitarla. Los dos trataron de disimular insistiendo en que querían viajar del modo más barato posible, utilizando barcos de ganado, durmiendo con los campesinos en cubierta y cosas por el estilo, es decir, viajando de un modo que no era nada apropiado para una señorita. Pero Marge no cejaba en su actitud de desaliento, ni Dickie dejaba de invitarla a menudo para hacerse perdonar. A veces, mientras paseaban, Dickie la cogía de la mano, aunque Marge no siempre se lo permitía. Otras veces, la muchacha retiraba su mano de un modo que a Tom le parecía estar implorando precisamente todo lo contrario, que Dickie la conservara en la suya.

Cuando la invitaron a acompañarles a Herculano, Marge dijo que no.

—Prefiero quedarme en casa. ¡Que os divirtáis! —dijo ella, haciendo un esfuerzo por sonreír alegremente.

—Pues si no quiere venir, que no venga —dijo Tom, entrando discretamente en la casa para que Marge y Dickie pudieran hablar a solas en la terraza si era eso lo que querían.

Tom entró en el estudio de Dickie y se sentó a contemplar el mar en el antepecho de la ventana, con sus tostados brazos cruzados sobre el pecho. Le encantaba contemplar el azul del Mediterráneo e imaginar que él y Dickie navegaban por donde les apetecía. Tánger, Sofía, El Cairo, Sebastopol... Pensaba que cuando se quedara sin dinero, Dickie le habría cobrado tanto afecto probablemente que le parecería lo más natural del mundo que siguieran viviendo juntos. Los dos podrían vivir sin apuros con los quinientos dólares mensuales que a Dickie le daban sus rentas.

Desde la terraza le llegaba la voz de Dickie, en la que se notaba cierto tono de súplica, y los monosílabos con que le respondía Marge. Después oyó la verja que se cerraba secamente. Marge se había ido, pese a que pensaba quedarse a comer. Bajó del antepecho y fue a reunirse con Dickie.

—¿Es que se ha enfadado por algo? —preguntó Tom.

—No. Supongo que se siente abandonada o algo así.

—No puede negarse que tratamos de hacerla venir con nosotros.

—No es eso solamente.

Dickie paseaba lentamente de un extremo a otro de la terraza.

—Ahora me sale con que ni siquiera tiene ganas de venir conmigo a Cortina.

—Bueno, seguramente cambiará de parecer de aquí a diciembre.

—Lo dudo —dijo Dickie.

Tom supuso que era porque él también iría a Cortina, ya que Dickie lo había invitado la semana anterior. Freddie Miles ya no estaba en el pueblo al regresar ellos de la excursión a Roma. Había tenido que marcharse apresuradamente a Londres, según les contó Marge. Pero Dickie pensaba escribirle anunciándole que le acompañaría un amigo.

—¿Quieres que me vaya, Dickie? —sugirió Tom, convencido de que Dickie diría que no—. Tengo la sensación de ser un estorbo entre tú y Marge.

—¡Claro que no! ¿Estorbo para qué?

—Bueno, al menos desde su punto de vista.

–No. Es solo que le debo algo. Y últimamente no he estado demasiado amable con ella. Mejor dicho, no *hemos* estado.

Tom comprendió a qué se refería: él y Marge se habían hecho compañía durante el largo y aburrido invierno, cuando ellos dos eran los únicos americanos que vivían en el pueblo, y que debido a eso Dickie se sentía obligado a no abandonarla ahora que tenía un nuevo compañero.

–¿Y si hablo con ella sobre el viaje a Cortina? –sugirió Tom.

–Entonces seguro que no irá –respondió concisamente Dickie, y entró luego en la casa.

Oyó que le decía a Ermenilda que no sirviera todavía el almuerzo porque él no tenía apetito aún. Pese a que hablaba en italiano, Tom pudo entender que Dickie hablaba con el tono propio del amo de la casa, recalcando que era él, Dickie, quien no estaba aún preparado para el almuerzo. Dickie volvió a salir a la terraza, protegiendo el encendedor con la mano para prender un pitillo. Poseía un bello encendedor de plata, pero la más ligera brisa bastaba para apagarlo. Finalmente, Tom sacó su feo encendedor, tan feo y eficaz como el equipo de campaña de un soldado, y le encendió el cigarrillo. Estuvo a punto de proponer que tomasen una copa, pero se contuvo, ya que no estaba en su casa, aunque daba la casualidad de que las tres botellas de Gilbey's que había en la cocina las había comprado él.

–Son más de las dos –dijo Tom–. ¿Damos un paseíto hasta correos?

A veces, Luigi abría la estafeta a las dos y media, otras veces no lo hacía hasta las cuatro, nunca se sabía.

Bajaron por la ladera sin hablar. Tom se preguntaba qué habría dicho Marge sobre él. De pronto, sintió que el sudor brotaba de su frente debido a un inesperado sentimiento de culpabilidad, amorfo pero muy intenso, como si Marge le hubiera dicho a Dickie que él, Tom, había robado algo o cometido algún acto vergonzoso. Estaba seguro de que Dickie no actuaría de aquel modo si Marge se hubiese limitado a comportarse fríamente con él. Dickie descendía la pendiente con el cuerpo inclinado hacia delante, de tal modo que sus huesudas rodillas parecían adelantarse al resto de su cuerpo; era un modo de andar que, inconscientemente, se había convertido en el de Tom también. Pero Tom advirtió que Dickie tenía la barbilla hundida en el pecho y las manos metidas hasta lo más hondo de los bolsillos de sus shorts. Dickie quebró su silencio solamente para saludar a Luigi y darle las gracias por la carta que le entregaba. No había correo para Tom. La carta de Dickie procedía de un banco napolitano y contenía un impreso en el que, escrita a máquina, Tom vio la cifra de 500 dólares. Dickie se la metió descuidadamente en el bolsillo y dejó caer el sobre en una papelera. Tom supuso que se trataba del aviso que cada mes recibía Dickie, comunicándole que su dinero había llegado a Nápoles. Dickie le había contado que su compañía fideicomisaria le mandaba el dinero a un banco de Nápoles. Siguieron caminando cuesta abajo, y Tom dio por sentado que luego subirían por la carretera principal hasta llegar a la curva que había al otro lado del pueblo, como habían hecho otras veces, pero Dickie se detuvo frente a los escalones que llevaban a la casa de Marge.

—Me parece que subiré a ver a Marge —dijo Dickie—. No tardaré, pero no hace falta que me esperes.

—De acuerdo —dijo Tom, sintiéndose repentinamente desolado.

Se quedó mirando cómo Dickie subía por los escalones labrados en la piedra del muro, luego dio bruscamente la vuelta y emprendió el regreso a casa.

A mitad de camino se detuvo con el impulso repentino de bajar a tomarse una copa en el bar de Giorgio (aunque los martinis que allí servían eran horribles), sintiendo al mismo tiempo otro impulso que le inducía a presentarse en casa de Marge, con el pretexto de pedirle disculpas y, de aquel modo, desahogarse al sorprenderles y molestarles. De pronto tuvo la seguridad de que en aquel preciso momento Dickie la estaría abrazando o, cuando menos, tocando, y en parte sintió ganas de verlo y, al mismo tiempo, cierta aversión al pensar en ello. Dio la vuelta y se encaminó hacia la verja de Marge. La cerró tras de sí con cuidado, aunque la casa quedaba tan alejada de la entrada que resultaba imposible que le hubiesen oído, entonces apretó a correr escaleras arriba, subiendo los escalones de dos en dos. Al llegar al último tramo aflojó el paso mientras pensaba en lo que diría:

—Mira, Marge, lo siento si he sido yo la causa de la tirantez de estos días. Te invitamos a ir con nosotros hoy, y lo hicimos en serio, incluyéndome a mí.

Tom se detuvo al divisar la ventana de Marge: Dickie la tenía enlazada por el talle y la estaba besando, ligeramente, en la mejilla, sonriéndole. Se hallaban a unos cuatro o cinco metros de donde Tom estaba, aunque la habitación parecía oscura en comparación con la brillante luz del exterior, por lo que tuvo que forzar la vista para verles. Marge tenía el rostro vuelto hacia Dickie, como si estuviera en éxtasis, y lo que molestó a Tom fue el convencimiento de que Dickie no iba en serio, que recurría a aquello solamente para conservar la amistad de la muchacha. Y le molestó también observar el voluminoso trasero de la muchacha, que llevaba falda de campesina, sobresaliendo debajo del brazo con que Dickie la enlazaba por el talle. Tom nunca lo hubiera creído de Dickie.

Les dio la espalda y bajó corriendo los escalones, sintiendo deseos de gritar. Cerró la verja de un portazo y siguió corriendo hasta llegar a casa, jadeando, apoyándose en la baranda después de cruzar la verja. Permaneció un rato sentado en el diván del estudio de Dickie, aturdido y con la mente en blanco. Aquel beso..., no le había parecido un primer beso. Se acercó al caballete de Dickie, evitando inconscientemente mirar el cuadro colocado en él, y, cogiendo la goma de borrar que había en la paleta, la arrojó violentamente por la ventana. Vio que la goma describía un arco y desaparecía en dirección al mar. Cogió más objetos del pupitre: gomas de borrar, plumillas, difuminos, carboncillos y pedazos de colores al pastel, y uno a uno los fue arrojando contra la pared o por la ventana. Sentía la curiosa sensación de que su cerebro actuaba con lógica y que su cuerpo se había desmandado. Salió corriendo a la terraza con la idea de subirse a la baranda de un salto o de hacer equilibrios cabeza abajo, pero se contuvo al ver el vacío que había al otro lado de la baranda.

Subió a la habitación de Dickie y estuvo paseándose por ella durante un rato, con las manos en los bolsillos, preguntándose cuándo volvería Dickie. Se dijo que tal vez se quedaría con Marge toda la tarde, que en realidad se acostaría con ella. Abrió el ropero de un tirón y miró dentro. Había un traje de franela gris, nuevo y bien planchado que nunca le había visto a Dickie. Tom lo sacó del armario. Se quitó sus propios pantalones, que solamente le cubrían hasta las rodillas, y se puso los pantalones del traje. Se calzó un par de zapatos de Dickie. Después abrió el último cajón de la cómoda y sacó una camisa limpia de rayas blancas y azules.

Escogió una corbata azul oscuro de seda y se la anudó meticulosamente. El traje le sentaba bien. Se peinó de nuevo, esta vez con la raya un poco más hacia un lado, tal como la llevaba Dickie.

—Marge, tienes que comprender que no estoy *enamorado* de ti —dijo Tom frente al espejo e imitando la voz de Dickie, más aguda al hacer énfasis en una palabra, y con aquella especie de ruido gutural, al terminar las frases, que podía resultar agradable o molesto, íntimo o distante, según el humor de Dickie—. ¡Marge, ya basta!

Tom se volvió bruscamente y levantó las manos en el aire, como si agarrase la garganta de la muchacha. La zarandeó, apretándola mientras ella iba desplomándose lentamente, hasta quedar tendida en el suelo, como un saco vacío. Tom jadeaba. Se secó la frente tal como lo hacía Dickie, buscó su pañuelo, y, al no encontrarlo, sacó uno de Dickie del primer cajón de la cómoda, luego siguió con su actuación delante del espejo. Entreabrió la boca y observó que hasta sus labios se parecían a los de Dickie cuando este se hallaba sin aliento después de nadar.

—Ya sabes por qué he tenido que hacerlo —dijo, sin dejar de jadear y dirigiéndose a Marge, pese a estar contemplándose a sí mismo en el espejo—. Te estabas interponiendo entre Tom y yo... ¡Te equivocas, no se trata de eso! ¡Pero sí hay un lazo entre nosotros!

Dio media vuelta y, sorteando el cadáver imaginario, se acercó sigilosamente a la ventana. Más allá de la curva de la carretera, podían verse los escalones que subían hasta el domicilio de Marge. Dickie no estaba allí ni en los tramos de carretera visibles desde la ventana.

Tal vez estén durmiendo juntos, pensó Tom, sintiendo un nudo de asco en la garganta.

Se imaginó el acto, torpe, chapucero, dejando insatisfecho a Dickie y maravilloso para Marge. Se dijo que a la muchacha le agradaría hasta que Dickie la torturase. Se acercó rápidamente al ropero y sacó un sombrero de la estantería de arriba. Era un pequeño sombrero tirolés, adornado con una pluma verde y blanca. Se lo encasquetó airosamente, sorprendiéndose al comprobar lo mucho que se parecía a Dickie con la parte superior de la cabeza oculta bajo el sombrero. De hecho, lo único que les diferenciaba era que su pelo era más oscuro. Por lo demás, la nariz..., al menos su forma en general..., la mandíbula enjuta, las cejas si les daba la expresión apropiada...

–¿Qué diablos estás haciendo?

Tom se volvió rápidamente. Dickie estaba en la puerta. Tom comprendió que debía de haber estado en la verja al asomarse él momentos antes, por eso no le había visto.

–Bueno..., solo trataba de divertirme –dijo Tom, con el tono grave de voz que en él era síntoma de embarazo–. Lo siento, Dickie.

La boca de Dickie se abrió levemente, luego se cerró otra vez, como si el enojo le impidiera pronunciar palabra, aunque, para Tom, el gesto fue tan desagradable como las propias palabras que pudiera haberle dicho. Dickie entró en la habitación.

–Dickie, lo siento si...

El portazo le cortó en seco. Dickie empezó a refunfuñar mientras se desabrochaba la camisa, como si Tom no estuviera allí: estaba en su habitación, donde Tom no tenía por qué entrar. Tom se quedó de pie, petrificado por el miedo.

–Estaría bien que te quitaras mi ropa –dijo Dickie.

Tom empezó a desnudarse, con dedos torpes debido a la turbación que le embargaba, pensando que hasta entonces Dickie siempre le había dicho que podía ponerse cualquier prenda suya que le apeteciera. Eso nunca se lo volvería a decir.

Dickie bajó la vista hacia los pies de Tom.

–¿Los zapatos también? ¿Es que estás loco?

–No.

Tom hacía esfuerzos para recuperar su aplomo. Colgó el traje en el ropero y entonces dijo:

–¿Te has reconciliado con Marge?

–No pasa nada entre Marge y yo –contestó Dickie secamente, tan secamente que Tom abandonó aquel tema–. Otra cosa que quiero decirte, y decírtelo claramente –dijo Dickie, mirándole–, es que no soy un invertido. No sé si se te ha metido esa idea en la cabeza o no.

–¿Invertido? –dijo Tom, haciendo un débil esfuerzo por sonreír–. Jamás me ha pasado por la cabeza que lo fueses.

Dickie iba a añadir algo, pero se calló. Se irguió y Tom advirtió que las costillas se marcaban bajo su piel morena.

–Pues Marge piensa que tú sí lo eres.

–¿Por qué?

Tom sintió que se quedaba sin sangre en las venas. Se quitó el segundo zapato agitando el pie débilmente, y lo dejó en el ropero junto a su pareja.

–¿Qué le hace pensar eso? ¿Qué he hecho para parecerlo, si es que he hecho algo?

Se sentía a punto de desmayarse. Nadie le había dicho aquello en la cara, no de aquel modo.

–Es solo por la forma en que actúas –dijo Dickie con un gruñido, saliendo de la habitación.

Tom se puso los shorts a toda prisa. Pese a llevar puesta la ropa interior, había tratado de ocultarse de Dickie detrás de la puerta del ropero. Se dijo que solo porque le caía bien a Dickie, Marge lanzaba sus sucias acusaciones contra él. Y Dickie no había tenido agallas suficientes para negarlo.

Al bajar se encontró a Dickie preparándose una copa en el bar de la terraza.

–Dickie, quiero que esto quede bien claro –empezó a decir Tom–. Tampoco yo soy un invertido, y no quiero que nadie piense que lo soy.

–Muy bien –gruñó Dickie.

El tono de su voz le recordó las respuestas de Dickie a sus preguntas sobre si conocía a fulanito o menganito de Nueva York. Algunas de las personas sobre las que le había preguntado a Dickie eran homosexuales, era cierto, y a menudo le había parecido que Dickie las conocía en realidad, pero, a propósito, negaba saber quiénes eran. Era Dickie, al fin y al cabo, quien estaba sacando el tema a colación, dándole una importancia exagerada. Tom titubeó mientras por su mente pasaban tumultuosamente muchas cosas que hubiese podido decir, algunas amargas, conciliadoras las otras. Su pensamiento retrocedió hacia ciertos grupos con los que había tenido relación en Nueva York, y a los que había dejado de frecuentar pasado un tiempo, a todos sin excepción, aunque en aquel momento lamentaba incluso haberlos conocido. Le habían aceptado porque les resultaba gracioso, pero él nunca había tenido nada que ver con ninguno de sus componentes. Un par de veces se le habían insinuado, y él les había rechazado, si bien recordaba que luego solía intentar hacer las paces con ellos, yendo a buscar hielo para sus copas, acompañándoles en taxi aunque vivieran en lugares muy alejados de su casa. Lo había hecho porque temía que empezaran a odiarle. Se había comportado como un imbécil, ahora lo comprendía. Recordó la humillación de aquella vez en que Vic Simmons le dijo:

–¡Por el amor de Dios, Tommy, cierra el pico!

Sucedió al decirle a un grupo de personas, por tercera o cuarta vez en presencia de Vic:

–No acabo de estar seguro de si me gustan los hombres o las mujeres, así que estoy pensando en dejarlos a todos.

Por aquellos días, Tom solía fingir que acudía a la consulta de un psicoanalista, ya que todo el mundo lo hacía, y acostumbraba a inventar anécdotas disparatadas sobre las sesiones en la consulta, anécdotas que luego contaba en las fiestas, y la broma sobre su supuesta indecisión siempre hacía reír a cuantos le escuchaban, especialmente por su modo de contarla, hasta que Vic le dijo que cerrase el pico; a partir de entonces, Tom nunca volvió a soltar aquella broma, ni volvió a hablar de su supuesto psicoanalista. A decir verdad, Tom pensaba que había mucho de cierto en ello, porque, en comparación con el resto de la gente, él era una de las personas más inocentes y de pensamiento más limpio que jamás conociera. Esa era la ironía de la situación que se le había planteado con respecto a Dickie.

–Tengo la impresión de... –empezó a decir Tom.

Pero Dickie ni siquiera le escuchaba. Le volvió la espalda con una expresión hosca en la boca y se fue con su ropa al otro extremo de la terraza. Tom se le acercó, un tanto temeroso, sin saber si Dickie iba a echarle por encima de la barandilla o si, simplemente, se volvería hacia él diciéndole que se largase de su casa. Con voz tranquila, Tom preguntó:

–¿Estás enamorado de Marge, Dickie?

–No, pero me da lástima. Siento afecto por ella, y ella se ha portado muy bien conmigo. Hemos pasado muy buenos ratos juntos. Parece que no seas capaz de comprender eso.

–Sí, lo comprendo. Eso fue lo que pensé cuando os vi por primera vez. Que se trataba de un asunto platónico en lo que a ti se refería, y que probablemente ella sí te amaba.

—Así es. Y uno siempre hace un gran esfuerzo por no herir a las personas que le quieren, ¿sabes?

—Claro.

Tom titubeó otra vez, tratando de escoger sus palabras. Seguía en un estado de temerosa agitación, aunque Dickie ya no estaba enfadado con él, y resultaba fácil ver que no iba a echarle de su casa. Con voz que denotaba mayor seguridad en sí mismo, Tom dijo:

—Me imagino que si estuvierais en Nueva York no os veríais tan a menudo, quizá nunca, pero aquí en el pueblo, con tan poca gente...

—Exactamente, esa es la verdad. Nunca me he acostado con ella, ni tengo intención de hacerlo, pero sí quiero conservar su amistad.

—Bien, pues, ¿acaso he hecho algo para impedírtelo? Ya te lo dije, Dickie, preferiría marcharme antes que hacer algo que rompiese tu amistad con Marge.

Dickie le miró de reojo.

—No, no has hecho nada... en concreto, pero resulta fácil observar que no te gusta que esté por aquí. Siempre que te esfuerzas en decirle algo amable, se nota el esfuerzo, esa es la verdad.

—Lo siento —dijo Tom con cara contrita.

Lamentaba no haberse esforzado más, según dijo, y haber causado problemas cuando su verdadera intención era muy otra.

—Bueno, dejémoslo ya. Marge y yo nos hemos reconciliado —dijo Dickie con voz desafiante.

Se volvió y se puso a contemplar el mar.

Tom entró en la cocina para prepararse un poco de café. No quiso utilizar la cafetera *espresso* porque a Dickie le molestaba que la usase alguien que no fuese él mismo. Tom decidió subir el café a su habitación y estudiar un poco antes de que llegara Fausto. Todavía no era el momento de hacer las paces con Dickie, ya que este tenía su orgullo. Sabía que Dickie no se dejaría ver durante casi toda la tarde, luego, sobre las cinco, después de haber pintado un poco, bajaría y todo sería igual que antes, como si el episodio del traje y los zapatos nunca hubiese sucedido. De una cosa estaba seguro Tom: Dickie se alegraba de tenerle allí. Dickie estaba aburrido de vivir solo, y aburrido de Marge también. Tom tenía aún trescientos dólares del dinero que le había dado míster Greenleaf, y pensaba gastarlo con Dickie corriéndose una juerga en París, sin Marge. Dickie se había quedado sorprendido al decirle Tom que lo único que conocía de París era lo que le había permitido entrever el ventanal de la estación del ferrocarril.

Mientras esperaba que el café estuviese listo, Tom se puso a guardar lo que hubiera tenido que ser su almuerzo. Dos de los recipientes llenos de comida los colocó en unas cacerolas de mayor tamaño, medio llenas de agua, con el fin de que las hormigas no llegaran hasta los alimentos. Había también un paquetito con mantequilla recién hecha, un par de huevos, y cuatro panecillos envueltos en un papel, que Ermelinda les había traído para el desayuno del día siguiente. Tenían que comprar la comida en pequeñas cantidades, diariamente, ya que no tenían refrigerador. Dickie quería comprar uno con parte del dinero de su padre. Lo había dicho un par de veces. Tom tenía la esperanza de que cambiase de parecer, ya que el refrigerador se hubiera comido el dinero reservado para viajar, y, además, Dickie tenía un presupuesto muy estricto para los quinientos dólares que recibía cada mes. Dickie, en cierto modo, era muy prudente con el dinero, aunque abajo, en el pueblo, repartía propinas generosas a diestra y siniestra, y solía dar un billete de quinientas liras a cualquier pordiosero que se le acercase.

Dickie ya había vuelto a la normalidad cuando dieron las cinco de la tarde. Tom supuso que la sesión de pintura no se le habría dado mal, ya que le había oído silbar la mayor parte del tiempo en el estudio.

Dickie salió a la terraza, donde Tom estaba dando un repaso a su gramática italiana, y le dio unos cuantos consejos sobre la pronunciación.

—No siempre dicen *voglio* tan claramente —apuntó Dickie—. A veces dicen *io vo'presentare mia amica Marge, per esempio.*

Dickie agitaba sus manazas en el aire, gesticulando como siempre que hablaba en italiano, de una forma graciosa, como si estuviera dirigiendo una orquesta en pleno *legato*.

—Será mejor que escuches más a Fausto y leas menos tu gramática. Yo mismo, sin ir más lejos, aprendí el italiano en la calle.

Dickie sonrió y empezó a recorrer el sendero del jardín al ver que Fausto estaba ya en la verja.

Tom prestó mucha atención a las bromas que los dos se hacían en italiano, aguzando el oído para entender todas sus palabras.

Fausto apareció sonriente en la terraza, se dejó caer sobre una silla y colocó los pies desnudos sobre la barandilla. Su rostro sonreía o estaba ceñudo, una y otra vez, y era capaz de cambiar de expresión en menos de un segundo. Según decía Dickie, era uno de los pocos habitantes del pueblo que no hablaban en el dialecto del sur. Fausto residía en Milán, y estaba en Mongibello de visita, pasando unos meses en casa de una tía suya. Acudía tres veces por semana, sin falta y puntualmente, entre las cinco y las cinco y media, y pasaban una hora charlando, sentados en la terraza y tomando vino o café. Tom se esforzaba en aprenderse de memoria todo lo que decía Fausto sobre las rocas, el mar, la política (Fausto era comunista, de los de carnet, y, según decía Dickie, muy propenso a enseñar su carnet a cualquier americano, ya que le hacía gracia ver lo sorprendidos que se quedaban al verlo), y la frenética vida sexual, más propia de gatos que de personas, que llevaban algunos habitantes del pueblo. A veces, a Fausto le resultaba difícil encontrar algo que decir, y entonces se quedaba mirando fijamente a Tom hasta que prorrumpía en carcajadas. Pero Tom estaba haciendo grandes progresos. El italiano era la única cosa que había estudiado que no le aburría, sino que más bien le gustaba. Deseaba hablarlo tan bien como Dickie, y creía que lo conseguiría al cabo de otro mes, si seguía estudiando tanto como hasta entonces.

11

Tom cruzó la terraza con paso enérgico y se metió en el estudio de Dickie.

—¿Quieres ir a París en un féretro? —preguntó.

—¿*Qué*?

Sorprendido, Dickie levantó la mirada de la acuarela en que estaba trabajando.

—He estado charlando con un italiano en el bar de Giorgio.

Partiríamos de Trieste, viajando en féretros en el vagón portaequipajes, escoltados por un francés, y nos ganaríamos cien mil liras por cabeza. Sospecho que se trata de un asunto de drogas.

–¿Drogas en los féretros? ¿No es un truco muy gastado ya?

–Bueno, estuvimos hablando en italiano, así que no lo entendí todo, pero dijo que serían tres ataúdes, y es probable que en el tercero vaya un cadáver de verdad y que hayan escondido la droga en el cadáver. Sea como sea, nos ganaríamos el viaje y una buena experiencia.

Se vació los bolsillos, hasta entonces llenos de paquetes de Lucky Strike escamoteados de algún buque. Acababa de comprárselos a un vendedor ambulante, para Dickie.

–¿Qué me dices?

–Me parece una idea maravillosa. ¡A París en un ataúd!

Tom observó una extraña sonrisa en el rostro de Dickie, como si estuviese tomándole el pelo fingiendo seguirle la corriente, cuando en realidad su intención era muy distinta.

–Lo digo en serio –protestó Tom–. El tipo estaba buscando a alguien, a un par de jóvenes dispuestos a encargarse del trabajo. No me cabe la menor duda. Simularán que en los ataúdes viajan los cadáveres de unos soldados franceses caídos en Indochina. El francés del que te he hablado se hará pasar por pariente de uno de ellos, o tal vez de los tres.

No era exactamente lo que le había dicho el italiano del bar, pero se aproximaba bastante. Además, doscientas mil liras eran más de trescientos dólares, al fin y al cabo, suficientes para una buena juerga en París. Dickie seguía mostrando cierta reticencia cuando le hablaba de París.

Dickie le miró con ojos inquisitivos y, apagando la colilla del Nazionale que estaba fumando, abrió uno de los paquetes de Lucky Strike.

–¿Estás seguro de que el tipo con quien has hablado no estaba bajo la influencia de la droga él mismo?

–¡Últimamente estás de un prudente que asusta! –dijo Tom, soltando una carcajada–. ¿Dónde está tu espíritu de aventura? ¡Casi diría que ni siquiera me crees! Ven conmigo y te presentaré al hombre. Sigue en el pueblo, esperándome. Se llama Carlo.

Dickie no daba muestras de moverse.

–Mira, un tipo con una proposición semejante no iría por ahí contándosela a cualquiera con todo lujo de pormenores. Lo que hacen es contratar a un par de gorilas para que hagan el viaje desde Trieste a París, tal vez, pero ni eso me parece verosímil.

–¿Me harás el favor de venir conmigo a hablar con el tipo? Si no me crees, lo menos que puedes hacer es echarle un vistazo.

–Claro –dijo Dickie, levantándose de pronto–. Por cien mil liras, puede que hasta fuese capaz de hacerlo.

Antes de salir con Tom, Dickie cerró un libro de poemas que estaba abierto boca abajo sobre el diván del estudio. Marge tenía muchos libros de poesía, y últimamente Dickie se los pedía prestados.

El hombre seguía sentado a una mesa apartada, en el bar de Giorgio, cuando llegaron allí. Tom le sonrió moviendo la cabeza afirmativamente.

–Hola, Carlo –dijo Tom–. *Posso sedermi?*

–*Sí, sí* –respondió el otro, señalando las sillas que quedaban desocupadas junto a la mesa.

–Este es mi amigo –dijo Tom, hablando cuidadosamente en italiano–. Quiere saber si lo del viaje en tren va en serio.

Tom se quedó a la expectativa, mientras el individuo examinaba a Dickie de pies a cabeza, sopesándolo, y se maravilló de que los ojos de Carlo, negros y despiadados, no dejasen ver más que un interés lleno de cortesía, que en una fracción de segundo fuese capaz de valorar la expresión sonriente y suspicaz de Dickie, su piel bronceada de un modo que solo era posible pasando meses y meses sin hacer otra cosa que tumbarse al sol, su raída ropa, hecha en Italia, y los anillos americanos que adornaban sus dedos.

Lentamente, en los pálidos labios de Carlo empezó a dibujarse una sonrisa; entonces desvió la mirada hacia Tom.

–*Allora?* –le acució este, lleno de impaciencia.

El hombre alzó su copa de martini dulce y bebió un trago.

–Lo del trabajo es cierto, pero no creo que tu amigo sea el hombre indicado para él.

Tom miró a Dickie. Estaba contemplando al hombre con mirada alerta, sin perder su ambigua sonrisa que, de pronto, a Tom le pareció cargada de desprecio.

–¡Bueno, al menos habrás visto que iba en serio! –dijo Tom.

–¡Hum! –exclamó Dickie, sin dejar de mirar fijamente a Carlo, como si se tratase de alguna especie de animal que le resultase interesante y al que pudiera matar si le venía en gana.

A Dickie no le habría costado nada ponerse a hablar en italiano con el hombre, pero no dijo ni una palabra. Tom se dijo que tres semanas antes, Dickie hubiera aceptado la oferta sin titubear. Y se preguntó qué necesidad tenía de quedarse allí con cara de soplón o de inspector de policía esperando refuerzos para detener al hombre.

—Y bien —dijo Tom finalmente—, ahora me crees, ¿no?

Dickie le miró.

—¿Sobre lo del trabajo? ¡Y yo qué sé!

Tom miró interrogativamente a Carlo, y este se encogió de hombros, preguntando en italiano:

—No hace falta hablar de ello, ¿verdad?

—No —dijo Tom.

Sintió que la sangre le hervía furiosamente, haciéndole temblar. Estaba furioso con Dickie, que estaba examinando al hombre, tomando nota mentalmente de sus sucias uñas, de la suciedad del cuello de la camisa, de su rostro moreno y feo, recién afeitado pero no recién lavado, de tal modo que por donde había pasado la navaja la piel se veía más clara que en el resto de su cara. Pero los ojos del italiano seguían siendo fríos y amigables, y más fuertes que los de Dickie. Tom sentía que se ahogaba, y se daba cuenta de que no podía expresarse en italiano. Quería hablar con ambos, con Dickie y el italiano.

—*Niente, grazie, Berto* —dijo Tom, sin perder la calma, al camarero que se les había acercado para preguntarles qué querían tomar.

Dickie miró a Tom.

—¿Nos vamos ya?

Tom se levantó bruscamente, tan bruscamente que derribó la silla. La levantó y se despidió de Carlo con una inclinación de cabeza. Tenía la impresión de deberle una disculpa y, con todo, no fue capaz ni de abrir la boca para pronunciar una despedida convencional. El italiano le devolvió la inclinación y sonrió. Tom echó a andar tras las largas piernas de Dickie, que ya se dirigía hacia la puerta del bar. Al salir a la acera, Tom dijo:

—Solo quería demostrarte que hablaba en serio. Espero que te hayas dado cuenta.

–Muy bien, hablabas en serio –dijo Dickie, sonriendo–. ¿Qué es lo que te pasa?

–¡Eso digo yo! ¿Qué diablos te pasa? –preguntó Tom con tono airado.

–Ese tipo es un bribón. ¿Es eso lo que quieres que reconozca? ¡Pues ya está!

–¿A qué vienen esos aires de superioridad? ¿Es que a ti te ha hecho algo?

–¿Acaso esperas que me arrodille ante él implorando su perdón? No es la primera vez que veo a un bribón. A este pueblo vienen muchos.

Dickie frunció sus rubias cejas.

–Pero, vamos a ver, ¿se puede saber qué diablos te ocurre? ¿Es que quieres aceptar su proposición? ¡Pues adelante!

–Ya no podría aunque quisiera. Después de haberte comportado de esa forma...

Dickie se paró en mitad de la calzada, mirándole. Discutían en voz tan alta que varias personas les estaban observando con curiosidad.

–Nos hubiéramos divertido, probablemente –dijo Tom–, pero no si te lo tomas así. Hace un mes, cuando fuimos a Roma, lo hubieses encontrado divertido.

–¡Oh, no! –dijo Dickie, negando con la cabeza–. Lo dudo.

Tom sintió que la frustración le estaba haciendo pasar por un verdadero calvario, sin contar el hecho de que la gente les estaba mirando. Se obligó a seguir caminando, primero lentamente, a pasitos, hasta que estuvo seguro de que Dickie iba con él. En el rostro de Dickie había aún una expresión de perplejidad, de suspicacia, y Tom comprendió que obedecía a su forma de reaccionar. Tom quería explicárselo, hacérselo comprender para que viese las cosas tal y como él las veía, como el mismo Dickie las hubiese visto un mes antes.

–Es la forma en que te comportaste –dijo Tom–. No tenías por qué hacerlo. El tipo no te estaba causando ningún daño.

–¡Tenía cara de ser un cochino delincuente! –contestó secamente Dickie–. Por el amor de Dios, vuelve si tanto te gusta. ¡No estás obligado a hacer lo mismo que yo!

Tom se paró. Sentía el impulso de desandar sus pasos, aunque no necesariamente para reunirse con el italiano del bar, simplemente para alejarse de Dickie. Entonces, de repente, notó que su tensión desaparecía. Sus hombros se relajaron, sin dejar de dolerle, y empezó a respirar aceleradamente por la boca. Necesitaba decir: «Como quieras, Dickie», y hacer las paces, tratar de que Dickie olvidase el asunto. Pero se le trababa la lengua. Miró a Dickie fijamente, a sus ojos azules y enojados todavía, sus cejas rubias, casi blancas a causa del sol, y pensó que aquellos ojos no eran más que unos pedacitos de gelatina azul, brillantes y vacíos, con una mancha negra en el centro, sin ningún sentido ni relación que a él se refiriese. Decían que los ojos eran el espejo del alma, que a través de ellos se veía el amor, que eran el único punto por donde podía contemplarse a una persona y ver lo que realmente ocurría en su interior, pero en los ojos de Dickie no pudo ver más de lo que hubiera visto de estar contemplando la superficie dura e inanimada de un espejo. Tom sintió una punzada de dolor en el pecho y se cubrió el rostro con las manos. Era como si, de pronto, le hubiesen arrebatado a Dickie. Ya no eran amigos. Ni siquiera se conocían. Era como una verdad, una horrible verdad, que le golpeaba como un mazazo y que no quedaba allí, sino que se extendía hacia toda la gente que había conocido en su vida y hacia la que conocería: todos habían pasado y pasarían ante él y, una y otra vez, él sabría que no lograría llegar a conocerles jamás, y lo peor de todo era que siempre, invariablemente, experimentaría una breve ilusión de que sí les conocía, de que él y ellos se hallaban en completa armonía, que eran iguales. Durante unos instantes, la conmoción que sentía al darse cuenta de aquello le pareció más de lo que podía soportar. Le parecía estar sufriendo un ataque, a punto de caer desplomado al suelo. Era demasiado: el hallarse rodeado de personas extranjeras, personas que hablaban un idioma que no era el suyo, su fracaso, el hecho de que Dickie le odiaba. Se sintió rodeado por un ambiente extraño y hostil. Notó que Dickie le apartaba violentamente las manos del rostro.

–¿Qué te pasa? –preguntó Dickie–. ¿Es que ese tipo te ha hecho tomar alguna droga?

–No.

–¿Estás seguro? Tal vez te la echó en el vaso...

Las primeras gotas de lluvia vespertina cayeron sobre su cabeza.

–No.

A lo lejos se oía tronar. Tom pensó que en lo alto también había hostilidad hacia él.

–Quiero morir –dijo casi sin voz.

Dickie le tiró del brazo, haciéndole tropezar al entrar en un local. Era el pequeño bar que había enfrente de la estafeta. Tom le oyó pedir un coñac, especificando que fuese italiano. Supuso que no era lo bastante bueno como para merecerse un coñac francés. Se lo bebió de un trago; el licor tenía un sabor ligeramente dulzón, casi medicinal. Se tomó otros dos, como si se tratase de una medicina mágica que tuviera la virtud de devolverle a lo que solía denominarse realidad: el olor del Nazionale que Dickie tenía en la mano, el tacto rugoso del mostrador del bar, el peso que sentía sobre el estómago, igual que si alguien se lo estuviese apretando con el puño, la imagen vívida del largo camino cuesta arriba que tendrían que recorrer para llegar a casa, el leve dolor que sentiría en los muslos a causa de la subida.

–Estoy bien –dijo Tom con voz tranquila y grave–. No sé qué habrá sido. Seguramente el calor me ha hecho desvariar.

Se rió, pensando que esa era la realidad, riéndose para quitarle importancia a algo que, de hecho, era lo más importante que le había sucedido en las cinco semanas transcurridas desde que conoció a Dickie, tal vez en toda su vida.

Dickie no dijo nada, limitándose a ponerse el cigarrillo en la boca y a sacar un par de billetes de cien liras del billetero negro, de piel de cocodrilo, y dejarlos sobre el mostrador. Tom se sintió herido por su silencio, herido como un niño que se hubiese sentido mal, probablemente causando molestias por ello, pero que esperase cuando menos una palabra amable. Pero Dickie se mostraba indiferente. Le había pagado los coñacs con la misma indiferencia con que hubiese podido pagárselos a un perfecto desconocido, enfermo y sin dinero. De pronto, Tom pensó: Dickie no quiere que vaya a Cortina con ellos.

No era la primera vez que la idea le pasaba por la mente. Marge había decidido ir. Ella y Dickie habían comprado un termo gigantesco durante su última visita a Nápoles, y pensaban llevárselo a Cortina. No le habían preguntado si a él le gustaba el termo. De una forma paulatina y callada, iban dejándole al margen de los preparativos. Tom tenía la impresión de que Dickie esperaba que se marchase antes del viaje a Cortina. Un par de semanas antes, Dickie le había dicho que deseaba enseñarle algunas de las pistas de esquí que tenía señaladas en un mapa. Unos días después, Dickie había consultado el mapa en su presencia, sin decirle nada a él.

—¿Listo? —dijo Dickie.

Tom salió del bar tras él, sumiso como un perro. Al llegar a la calle, Dickie le dijo:

—Si te sientes con fuerzas para ir solo, yo me quedaré en el pueblo. Quisiera ver a Marge.

—Me encuentro bien —contestó Tom.

—Estupendo.

Luego, al alejarse, volvió la cabeza y por encima del hombro añadió:

—¿Querrás recoger el correo? Podría olvidárseme.

Tom asintió con la cabeza. Entró en la estafeta. Había un par de cartas, una para él, del padre de Dickie, y otra para Dickie, de alguien de Nueva York a quien Tom no conocía. Se quedó ante la puerta y abrió la de míster Greenleaf, desdoblando respetuosamente la hoja mecanografiada y con el aparatoso membrete, incluyendo el dibujo de un tirón, de la Burke-Greenleaf Watercraft Inc.

10 de noviembre de 19...

Apreciado Tom:

En vista de que ya lleva más de un mes con Dickie y él no da signos de querer volver a casa, me veo obligado a sacar la conclusión de que no ha tenido usted éxito. Comprendo que con la mejor intención me dijese usted que mi hijo estaba pensando en el regreso, pero, francamente, esa intención no aparece por ningún lado en la carta que él me escribió el 26 de octubre. A decir verdad, parece más resuelto que nunca a quedarse donde está.

Quiero que sepa usted que tanto mi esposa como yo apreciamos cuantos esfuerzos haya hecho por nosotros, por él. No hace falta que siga sintiéndose obligado conmigo en modo alguno. Confío en que los esfuerzos del pasado mes no le hayan causado demasiadas molestias, y, a pesar de no haber logrado el principal

95

objetivo del viaje, espero sinceramente que este le haya resultado grato.

Reciba los saludos y el agradecimiento de mi esposa y míos.

Atentamente,

H. R. Greenleaf

Era el tiro de gracia. Con su tono frío —más frío si cabe que el habitual estilo comercial con que escribía sus cartas, ya que esta era de despido y había en ella una cortés nota de agradecimiento—, míster Greenleaf acababa de librarse de él, sencillamente.

«Confío en que los esfuerzos del pasado mes no le hayan causado demasiadas molestias...», repitió mentalmente Tom. «¡Vaya sarcasmo!»

Míster Greenleaf ni siquiera decía que le gustaría volver a verle cuando regresara a los Estados Unidos. Tom echó a andar mecánicamente cuesta arriba. Se imaginaba a Dickie en casa de Marge, contándole a la muchacha el encuentro en el bar con Carlo, y el extraño comportamiento de Tom en la calle, al salir del bar. Tom sabía lo que iba a decir Marge:

—¿Por qué no te libras de él, Dickie?

Se preguntó si debía volver sobre sus pasos y darles una explicación, obligándoles a escucharle. Dio media vuelta y miró la inescrutable fachada de la casa de Marge, allí arriba, con su ventana vacía y tenebrosa. La lluvia le estaba empapando la chaqueta. Se subió el cuello y empezó a subir la cuesta con paso rápido, hacia la casa de Dickie.

Al menos, pensó orgullosamente, no había probado a sacarle más dinero a míster Greenleaf, y hubiese podido hacerlo. Incluso con la ayuda de Dickie, de haber aprovechado los días en que este se hallaba de buen talante para con él. Cualquier otro lo hubiese hecho, cualquier otro, pero él no, y eso contaba *algo*.

Se quedó de pie en un ángulo de la terraza, contemplando absorto la línea borrosa y vacía del horizonte y sin pensar en nada, sin sentir nada salvo una extraña y débil sensación de soledad, de estar perdido. Incluso Dickie y Marge le parecían muy lejanos, hablando de algo que para él no tenía ninguna importancia. Estaba solo. Eso era lo único importante. Empezó a experimentar un cosquilleo de temor en el extremo del espinazo.

Se volvió al oír abrirse la verja. Dickie subía por el sendero, con cara sonriente, aunque a Tom le pareció que era una sonrisa forzada, de cortesía.

—¿Qué haces ahí de pie bajo la lluvia? —le preguntó Dickie, buscando refugio en el umbral.

—Es muy refrescante —contestó Tom con voz amable—. Aquí tienes una carta.

Le entregó la carta a Dickie y se metió la suya en el bolsillo. Tom colgó la chaqueta en el ropero del vestíbulo y cuando Dickie hubo terminado de leer su carta —que le había hecho soltar varias carcajadas a medida que la iba leyendo—, dijo:

—¿Crees que a Marge le haría gracia ir con nosotros a París cuando vayamos?

Dickie puso cara de sorpresa.

—Pues, creo que sí.

—Pregúntaselo —dijo alegremente Tom.

—No acabo de decidirme sobre ir a París —dijo Dickie—. No me importaría cambiar de aires durante unos días, pero París...

Hizo una pausa para encender un cigarrillo.

—Casi preferiría ir a San Remo, incluso a Génova. ¡Menuda ciudad esa!

—Pero París..., Génova no se le puede comparar, ¿no crees?

—Oh, por supuesto, pero está mucho más cerca.

—Pero, entonces, ¿cuándo iremos a París?

—Pues no lo sé. Cualquier día. París seguirá en su sitio.

Tom escuchó el eco de las palabras en su oído, tratando de ver cuál era el tono con que Dickie las había pronunciado. Un par de días antes, Dickie había recibido carta de su padre, y le había leído unas cuantas frases en voz alta, y los dos se habían reído, pero no le había leído toda la carta como en dos veces anteriores. Tom no albergaba la menor duda de que míster Greenleaf le decía a Dickie que ya estaba harto de Tom Ripley, y probablemente que sospechaba que Tom estaba utilizando su dinero para divertirse. Un mes antes, Dickie se hubiera reído de cualquier acusación como aquella, pero ahora no.

—Me parece que mientras me queda algo de dinero deberíamos hacer el viaje a París —insistió Tom.

—Ve tú. Yo no estoy de humor. Además, necesito reservar mis energías para Cortina.

—Bueno... Entonces será mejor que nos vayamos a San Remo —dijo Tom, esforzándose por dar a su voz un tono conciliador, aunque de hecho poco le hubiese costado echarse a llorar.

—Muy bien.

Tom salió apresuradamente del vestíbulo y entró en la cocina. La mole blanca del refrigerador pareció saltar sobre él desde un rincón. Quería tomarse una copa, con unos cubitos de hielo, pero no quiso ni tocar el mueble. Se había pasado un día entero en Nápoles, con Dickie y Marge, mirando refrigeradores, examinando las cubetas para el hielo, contando los distintos chismes de cada modelo, hasta que llegó un momento en que era incapaz de distinguir uno de otro; pero Dickie y la muchacha siguieron con ello, con el entusiasmo de unos recién casados. Más tarde se habían pasado varias horas en un café comentando los méritos respectivos de los refrigeradores que acababan de ver, hasta decidirse por uno de ellos. Desde entonces, Marge entraba y salía de la casa con mayor frecuencia que antes, ya que utilizaba el aparato para guardar sus alimentos, y porque con frecuencia les pedía un poco de hielo. De repente, Tom comprendió por qué odiaba tanto el refrigerador; porque era el culpable de que Dickie no se moviese; porque había echado por la borda sus esperanzas de hacer un crucero hasta Grecia cuando llegase el invierno; y eso no era todo, sino que, además, era probable que Dickie nunca se mudase a vivir a Roma o a París, como había comentado con Tom durante las primeras semanas de su estancia allí. Pero no iba a ser así, no con un refrigerador en casa que tenía el honor de ser uno de los tres o cuatro que había en el pueblo, un refrigerador con seis cubetas para hielo y con tantas estanterías en la puerta que, cada vez que alguien la abría, parecía un supermercado ambulante.

Tom se preparó una copa sin hielo. Le temblaban las manos. Sin ir más lejos, el día anterior Dickie le había dicho:

—¿Piensas irte a casa para las navidades?

Se lo había preguntado como sin darle importancia, en mitad de la conversación, pero lo cierto era que Dickie sabía perfectamente que no pensaba irse a casa para las navidades. Es más, Tom no tenía casa, y eso Dickie lo sabía muy bien. Tom le había hablado de la tía Dottie, la de Boston. En realidad, Dickie le había lanzado una indirecta, sin más. Marge tenía muchos planes para las fiestas navideñas. Guardaba una lata de pudin hecho en Inglaterra y pensaba encargar un pavo en el pueblo. Tom se la imaginaba vertiendo a raudales su empalagoso sentimentalismo. Casi podía ver la escena: el árbol navideño, probablemente recortado de un trozo de cartón, «Noche de Paz», golosinas, regalos para Dickie... Marge hacía calceta y a menudo se llevaba los calcetines de Dickie para remendárselos en casa. Y ambos, paulatinamente, sin perder las buenas costumbres, le dejarían en la calle. Todas las palabras amables que le dijesen serían a costa de un penoso esfuerzo. Tom no podía soportarlo por más tiempo. Decidió que sí, se iría. Cualquier cosa antes que aguantar unas navidades en su compañía.

12

Marge dijo que no tenía ganas de ir con ellos a San Remo. Estaba en plena «racha» y no quería interrumpir el libro. Marge trabajaba de un modo desordenado, sin método, pero siempre alegremente, aunque a Tom le parecía que la mayor parte del tiempo lo pasaba metida en un atolladero, como decía ella, soltando una risita. Tom sospechaba que el libro sería malísimo. Había conocido a varios escritores y sabía que un libro no se escribía de aquella manera, a la ligera, pasándose la mitad del día tumbada al sol en la playa, preguntándose qué habría para cenar. De todos modos, se alegró de que la «racha» de Marge le impidiera ir a San Remo.

—Te agradecería que me buscases aquella colonia, Dickie —dijo ella—. Ya sabes, la Stradivari que no pude encontrar en Nápoles. Por fuerza la tendrán en San Remo, hay tantas tiendas con productos franceses...

Tom ya se veía empleando un día entero en la búsqueda de la dichosa colonia, igual que se habían pasado gran parte de un sábado buscándola en Nápoles.

Se llevaron una sola maleta entre los dos, ya que pensaban estar fuera solo tres noches y cuatro días. El humor de Dickie parecía levemente mejor, pero no había desaparecido la desagradable impresión de que aquel iba a ser el último viaje que harían juntos. A los ojos de Tom, la cortés animación que Dickie mostró durante el viaje en tren le recordaba la del anfitrión que odia a su huésped y, al mismo tiempo, teme que este se dé cuenta, y que trata de arreglar las cosas en el último minuto. Nunca en la vida había sentido la impresión de ser un huésped pesado y mal recibido. En el tren, Dickie le habló de San Remo y de la semana que allí había pasado con Freddie Miles al poco de llegar a Italia. Le contó que San Remo era una población muy pequeña que, sin embargo, gozaba de una reputación internacional por la abundancia de comercios que en ella había; la gente cruzaba la frontera con Francia para hacer sus compras en San Remo. Le pasó por la mente que Dickie estaba tratando de encandilarle para que se quedase solo en San Remo en lugar de regresar con él a Mongibello. Empezó a sentir aversión por el sitio antes de llegar a él.

Entonces, cuando el tren ya entraba en la estación de San Remo, Dickie le dijo:

—A propósito, Tom... Detesto tener que decirte esto si va a molestarte, pero me gustaría ir a Cortina d'Ampezzo solo con Marge. Creo que ella lo preferiría así, y después de todo, estoy en deuda con ella; al menos le debo unas breves vacaciones. Además, no me parece que estés muy entusiasmado con la idea de esquiar.

Tom se quedó rígido y frío, pero trató de no mover un solo músculo pese a estar maldiciendo mentalmente a Marge.

—De acuerdo —dijo—. Claro.

Con gesto nervioso consultó el mapa que llevaba en la mano, buscando algún lugar cercano a San Remo al que pudiera marcharse, aunque Dickie ya estaba bajando la maleta de la red portaequipajes.

—No estamos muy lejos de Niza, ¿verdad? —preguntó Tom.

—En efecto.

—Ni de Cannes. Me gustaría ver Cannes ya que hemos llegado hasta aquí. Al menos Cannes está en Francia —añadió con voz de reproche.

—Pues supongo que podríamos ir. Habrás traído tu pasaporte, ¿no?

Tom lo llevaba consigo. Cogieron otro tren, con destino a Cannes, y llegaron allí sobre las once de aquella misma noche.

A Tom le pareció un lugar hermoso... La curva de la bahía, moteada de brillantes lucecitas, se extendía ante sus ojos hasta terminar en unas delgadas lenguas de tierra que penetraban en el mar; el bulevar principal, elegante y tropical a la vez, siguiendo la orilla con sus hileras de palmeras y de lujosos hoteles.

¡Francia!, pensó Tom.

Resultaba más sedante que Italia, y más elegante, se daba cuenta de ello incluso en la oscuridad. Entraron en un hotel del Gray d'Albion; era un establecimiento elegante pero que no iba a costarles hasta la camisa, según dijo Dickie, aunque Tom hubiese pagado cualquier precio por alojarse en el mejor hotel de los que se alzaban frente al mar. Dejaron el equipaje en el hotel y se dirigieron al bar del Hotel Carlton, que según Dickie era el bar más elegante del lugar. Como esperaba, no había mucha gente en el bar, ya que tampoco la había en Cannes en esa época del año. Tom propuso otra ronda, pero Dickie no quiso.

Por la mañana tomaron el desayuno en un café, luego bajaron paseando hasta la playa. Llevaban los trajes de baño puestos bajo los pantalones. El día era fresco, pero no hasta el punto de no hacer apetecible nadar un poco. En días más fríos habían nadado en Mongibello. La playa estaba prácticamente vacía, concurrida solamente por unas cuantas parejas aisladas y un grupo de hombres que jugaban a algo en lo alto del terraplén. Las olas se ensortijaban e iban a romper con violencia invernal sobre la arena. Tom pudo ver que el grupo de hombres se entretenía haciendo ejercicios acrobáticos.

–Seguramente son profesionales –dijo Tom–. Todos llevan la camiseta amarilla.

Observó interesado cómo una pirámide humana comenzaba a elevarse; pies que buscaban apoyo en los robustos muslos de los que estaban debajo, manos que se aferraban al antebrazo del compañero... Hasta él llegaban las voces:

–*Allez!... Un... deux!*

–¡Mira! –exclamó Tom–. ¡Ahí va la cúspide!

Vio al más pequeño de todos, un chico de unos diecisiete años, subir hasta los hombros del acróbata situado en el centro de los tres que formaban la cúspide. El chico se quedó en perfecto equilibrio, con los brazos abiertos como si estuviese recibiendo una ovación.

–¡Bravo! –gritó Tom.

El chico le sonrió antes de bajar de un salto, ágil como un tigre. Tom miró a Dickie y vio que estaba observando a un par de hombres sentados en la arena, cerca de ellos.

—«Diez mil vi de una mirada, moviendo la cabeza en su danza animada» —dijo Dickie con acento hosco.

Tom se sobresaltó, luego sintió una aguda punzada de vergüenza, como en Mongibello al decirle Dickie:

—Marge cree que eres...

¡De acuerdo!, pensó Tom, los acróbatas son unos maricas, ¿y qué? Tal vez Cannes esté lleno de maricas...

Tom apretó con fuerza los puños dentro de los bolsillos de los pantalones. Recordó el reproche de la tía Dottie:

—¡Mariquita! ¡Es un mariquita de la cabeza a los pies! ¡Igual que su padre!

Dickie tenía los brazos cruzados y miraba hacia el mar. Premeditadamente, Tom evitó mirar, siquiera a hurtadillas, hacia los acróbatas, aunque sin duda resultaban más divertidos que contemplar el mar.

—¿Vas a bañarte? —preguntó Tom, desabrochándose la camisa pese al frío aspecto del agua.

—Me parece que no —dijo Dickie—. ¿Por qué no te quedas a contemplar a los acróbatas? Yo me vuelvo.

Giró sobre sus talones y emprendió el regreso sin esperar la respuesta de Tom. Tom se abrochó apresuradamente, sin quitar los ojos de Dickie, que caminaba en diagonal, alejándose más y más de los acróbatas, aunque los escalones que subían hasta el paseo estaban el doble de lejos que el tramo próximo a los acróbatas.

Tom, furioso, se preguntaba por qué Dickie se comportaría siempre con semejantes aires de superioridad. Diríase que nunca había visto a un invertido. Aunque no era difícil adivinar qué le pasaba a Dickie y Tom se dijo que por una vez bien podía Dickie mostrarse un poco condescendiente, o acaso iba a perder algo importantísimo si lo hacía. Mientras corría tras él le vinieron a la mente varios improperios; entonces Dickie le miró por encima del hombro, con expresión fría y adusta, y el primer insulto se apagó antes de salir de sus labios.

Partieron hacia San Remo por la tarde, poco antes de las tres, para no tener que pagar otro día en el hotel. Dickie había propuesto marcharse antes de las tres, aunque fue Tom quien abonó la cuenta de tres mil cuatrocientos treinta francos..., diez dólares y ocho centavos por una sola noche. También fue Tom quien compró los billetes para San Remo, aunque Dickie iba forrado de francos. Dickie se había traído consigo el cheque mensual con la intención de hacerlo efectivo en Francia; pensaba que saldría ganando si luego cambiaba los francos por liras, debido a la reciente revalorización del franco.

Dickie permaneció totalmente callado durante todo el viaje. Fingiendo tener sueño, cruzó los brazos y cerró los ojos. Tom, sentado ante él, se puso a observar su rostro huesudo y arrogante, bien parecido, las manos adornadas con los dos anillos, el de la piedra verde y el de oro. Se le ocurrió robar el primero cuando se fuese. Resultaría tan fácil: Dickie se lo quitaba para nadar; a veces incluso lo hacía para ducharse en casa. Tom decidió hacerlo en el último momento. Clavó su mirada en los párpados de Dickie, sintiendo que en su interior hervía una mezcla de odio, afecto, impaciencia y frustración, impidiéndole respirar libremente. Sintió deseos de matar a Dickie. No era la primera vez que pensaba en ello. Antes, una o dos veces, lo había pensado impulsivamente, dejándose llevar por la ira o por algún chasco, pero luego, a los pocos instantes, el impulso desaparecía dejándole avergonzado. Pero ahora pensó en ello durante todo un minuto, dos minutos, ya que, de todas formas, iba a alejarse de Dickie y no tenía por qué seguir avergonzándose. Había fracasado con Dickie, en todos los sentidos. Odiaba a Dickie, y le odiaba porque, comoquiera que mirase lo sucedido, el fracaso no era culpa suya, ni se debía a ninguno de sus actos, sino a la inhumana terquedad de Dickie, a su escandalosa grosería. A Dickie le había ofrecido amistad, compañía, y respeto, todo lo que podía ofrecer, y Dickie se lo había pagado con ingratitud primero, ahora con hostilidad. Dickie, sencillamente, le estaba echando a empujones. Tom se dijo que si le mataba durante aquel viaje, le bastaría con decir que había sido víctima de un accidente.

De pronto, se le ocurrió una idea brillante: hacerse pasar por Dickie Greenleaf. Era capaz de hacer todo cuanto hacía Dickie. Podía, en primer lugar, regresar a Mongibello a recoger las cosas de Dickie, contarle a Marge cualquier historia, montar un apartamento en Roma o en París, donde cada mes recibiría el cheque de

Dickie. Le bastaría con falsificar su firma. No tenía más que meterse en la piel de Dickie. No le resultaría difícil manipular a míster Greenleaf a su antojo. Lo peligroso del plan, incluso lo que tenía inevitablemente de efímero y que comprendía vagamente, no hacía más que acrecentar su entusiasmo. Empezó a pensar en cómo ponerlo en práctica.

«El mar. Pero Dickie era tan buen nadador...», se dijo Tom. «El acantilado. Sería fácil precipitar a Dickie desde algún acantilado aprovechando uno de sus paseos por los alrededores.»

Pero se imaginaba a Dickie aferrándose a él y arrastrándole en su caída y sintió que su cuerpo se tensaba hasta que le dolieron los muslos y las uñas se le clavaron en las palmas de las manos. Pensó que tendría que hacerse con el otro anillo, y teñirse el pelo de un color un poco más claro. Aunque no viviría en un sitio donde viviesen también personas que conocían a Dickie. Lo único que tenía que hacer era tratar de parecerse a él lo suficiente para poder utilizar su pasaporte.

Dickie abrió los ojos, mirándole directamente, y Tom relajó el cuerpo, hundiéndose en el asiento con los ojos cerrados y la cabeza echada hacia atrás, con un gesto tan rápido que pareció que se hubiese desmayado.

–¿Te encuentras bien, Tom? –preguntó Dickie, zarandeándole una rodilla.

–Sí –respondió Tom, con una débil sonrisa.

Vio que Dickie volvía a acomodarse en su asiento, con cara de irritado, y no le costó comprender por qué: Dickie odiaba el haber tenido que prestarle atención, siquiera por unos segundos. Tom sonrió. Encontraba divertida la rapidez de sus reflejos al fingir un desmayo, la única forma de evitar que Dickie se percatase de la extraña expresión que se había dibujado en su rostro.

San Remo. Flores. Un nuevo paseo por la playa, tiendas y almacenes, y turistas franceses, ingleses e italianos. Otro hotel, con flores en los balcones.

¿Dónde?, se preguntó Tom. ¿En una de las callejuelas aquella misma noche?

Se dijo que la población estaría tranquila, a oscuras, a la una de la madrugada, suponiendo que pudiese mantener despierto a Dickie hasta esa hora. Estaba nublado, pero no hacía frío. Tom se estrujaba el cerebro. Resultaría fácil hacerlo en la misma habitación del hotel, pero ¿cómo se desembarazaría del cadáver? El cadáver tenía que desaparecer del todo. Eso le dejaba una sola posibilidad: el mar, y el mar era el elemento de Dickie. Abajo en la playa había barcas, de remos unas, a motor las otras, que podían alquilarse. Tom advirtió que en cada una de las motoras había un peso de cemento, atado al extremo de un cable, que servía para anclar la lancha.

—¿Qué te parece si alquilamos una embarcación, Dickie? —preguntó Tom, procurando que la ansiedad no se le notase en la voz.

Pero se le notó, y Dickie le miró atentamente porque era la primera vez, desde su llegada a San Remo, que mostraba interés por algo.

Las motoras eran pequeñas, pintadas de blanco y azul o verde, unas diez en total, amarradas en fila junto al embarcadero de madera, y el italiano que las cuidaba esperaba ansiosamente que se las alquilasen, porque la mañana era fría y bastante desapacible. Dickie dirigió la vista hacia el mar, sobre el que flotaba una tenue neblina aunque sin presagiar lluvia. Era un día gris, y lo sería hasta la noche. Seguramente el sol no brillaría en todo el día. Eran cerca de las diez y media..., esa hora perezosa después del desayuno en que la inacabable mañana italiana apenas acababa de empezar.

—Pues muy bien. Pero solo por una hora, sin salir del puerto —dijo Dickie, saltando a la motora casi inmediatamente.

Por su modo de sonreír, Tom comprendió que ya lo había hecho otras veces, y que le gustaba rememorar, sentimentalmente, otras mañanas pasadas allí, tal vez con Freddie, o con Marge. La botella de colonia encargada por Marge abultaba en el bolsillo de la chaqueta de pana que llevaba Dickie. Acababan de comprarla momentos antes, en una tienda del paseo principal que se parecía mucho a un drugstore americano.

El barquero puso el motor en marcha dando un violento tirón a un cable, mientras le preguntaba a Dickie si sabría llevar la lancha. Dickie le respondió que sí. En el fondo de la lancha había un remo, un solo remo. Dickie tomó el timón y zarparon alejándose directamente de la población. Dickie chillaba y sonreía, con el pelo alborozado por el viento.

Tom miró a derecha y a izquierda. A un lado había un acantilado vertical, muy parecido al de Mongibello, y al otro una extensión de terreno bastante llano que se perdía de vista en la neblina que flotaba sobre el mar. Sin detenerse a pensarlo, le resultaba imposible decidirse por una u otra dirección.

–¿Conoces la costa por estos alrededores? –gritó Tom para hacerse oír sobre el ruido del motor.

–¡No! –contestó alegremente Dickie.

Evidentemente, estaba gozando con el paseo.

–¿Es difícil de llevar el timón?

–¡Qué va! ¿Quieres probar?

Tom vaciló. Dickie seguía manteniendo el rumbo directamente hacia mar abierto.

–No, gracias.

Volvió a mirar a ambos lados. A babor se divisaba un velero.

–¿Adónde vamos? –gritó Tom.

–¿Qué más da? –respondió Dickie, sonriendo.

En efecto, ¿qué más daba?

Dickie viró a estribor bruscamente, tanto que los dos tuvieron que echarse a un lado para que la embarcación no volcase. Un muro de espuma blanca se alzó a la izquierda de Tom, luego, poco a poco, cayó dejando ver el horizonte. Seguían navegando a toda velocidad, hacia la nada. Dickie probaba la velocidad del motor, con los ojos azules sonriendo a la vacía inmensidad del mar.

–¡En las lanchas pequeñas siempre se tiene la sensación de correr más! –dijo Dickie a gritos.

Tom movió la cabeza asintiendo, dejando que su sonrisa hablase por él. En realidad, estaba aterrorizado. Solo Dios sabía la profundidad del mar por aquellos parajes. Si algo le sucedía a la lancha de repente, no habría forma humana de regresar al puerto, al menos no para él. Aunque tampoco había ninguna posibilidad de que alguien les viese allí. Dickie volvía a virar la lancha ligeramente hacia estribor, poniendo proa hacia la alargada lengua de tierra gris, pero hubiese podido golpear a Dickie, saltar sobre él, incluso besarle, o lanzarlo por la borda, sin que nadie se diese cuenta a causa de la distancia. Tom sudaba, sentía arder su cuerpo bajo la ropa, pero tenía la frente helada. Estaba aterrorizado, pero no por el mar, sino por Dickie. Sabía que iba a hacerlo, que ya nada podía detenerle, ni siquiera él mismo, y que tal vez no lo lograría.

106

—¿Me desafías a un chapuzón? —chilló Tom, desabrochándose la chaqueta.

Dickie se limitó a sonreír ante la idea, abriendo mucho la boca, sin apartar los ojos del horizonte. Tom siguió desnudándose. Ya se había quitado los zapatos y los calcetines, y debajo de los pantalones llevaba el bañador, igual que Dickie.

—¡Me tiraré si tú también lo haces! —dijo Tom gritando—. ¿A que no?

Quería que Dickie aflojase la marcha.

—¿Que no? ¡Ya verás!

Dickie aminoró la velocidad súbitamente. Soltó el timón y se quitó la chaqueta. La embarcación empezó a subir y a bajar, perdiendo el impulso.

—¡Venga! —dijo Dickie, señalando con la cabeza los pantalones que Tom todavía llevaba puestos.

Tom miró hacia la orilla. San Remo se divisaba como una borrosa mancha blanca y rosácea. Levantó el remo, como si se dispusiera a jugar con él y, en el momento en que Dickie se agachaba para quitarse los pantalones, se lo descargó sobre la cabeza.

Dickie soltó un grito y estuvo a punto de caer al suelo. Le miró con las cejas arqueadas por la sorpresa.

Tom se irguió y descargó un nuevo golpe, con violencia, concentrando en él toda su fuerza.

—¡Por el amor de Dios! —musitó Dickie, mirándole amenazadoramente.

Pero sus ojos empezaron a parpadear casi al instante y en unos segundos cayó al suelo sin conocimiento.

Sujetando el remo con la izquierda, Tom descargó un tercer golpe sobre el lado de la cabeza de Dickie. El borde del remo cortó la piel y la herida se llenó enseguida de sangre. Dickie quedó tumbado en el fondo de la lancha, retorciéndose. De sus labios salió un gruñido de protesta, tan fuerte que Tom se asustó al oírlo. Tom le golpeó en el cuello, tres veces, con el canto del remo, como si este fuese un hacha y el cuello de Dickie un árbol. La lancha se bamboleaba y el agua le estaba salpicando el pie que tenía apoyado en la borda. Hizo un corte en la frente de Dickie y la sangre empezó a manar por donde el remo había pasado. Tom experimentó una fugaz sensación de fatiga mientras seguía golpeando con el remo, y las manos de Dickie no cesaban de tenderse hacia él desde el fondo de la embarcación, y con sus largas piernas trataba de derribarle. Tom agarró el remo como si se tratase de una bayoneta y se lo hundió en un costado. Entonces, el cuerpo postrado se relajó y quedó quieto y fláccido. Tom se irguió, tratando de recobrar el aliento. Echó una ojeada a su alrededor. No había más embarcaciones, nada salvo lejos, muy lejos, una motora que navegaba raudamente hacia la orilla.

Se agachó para arrancar el anillo de Dickie y se lo guardó en el bolsillo. El otro anillo resultó más difícil de sacar, pero finalmente consiguió arrancárselo junto con un poco de piel. Buscó en los bolsillos de los pantalones. Había unas cuantas monedas francesas e italianas que dejó allí y se guardó un llavero con tres llaves que estaba junto a las monedas. Entonces cogió la chaqueta de Dickie y del bolsillo sacó el frasco de colonia de Marge, un paquete de cigarrillos, el encendedor de plata, un lápiz, el billetero de piel de cocodrilo y varias tarjetas. Se lo metió todo en los bolsillos de su propia chaqueta de pana. Luego cogió la cuerda tirada sobre el peso de cemento, con un cabo atado a la argolla de proa. Trató de deshacer el nudo, pero era muy difícil porque estaba completamente empapado, como si llevase años allí. Furioso, descargó varios puñetazos sobre el nudo, pensando que necesitaría un cuchillo.

Echó un vistazo al cuerpo, preguntándose si estaría muerto, y se puso en cuclillas para observar mejor si daba señales de vida. Tenía miedo de tocarlo, miedo de ponerle la mano en el pecho o en la muñeca y sentir sus latidos. Dio media vuelta y, con gestos frenéticos, se puso a tirar de la cuerda, hasta que se dio cuenta de que no hacía más que apretar el nudo.

De pronto se acordó de su propio encendedor. Lo buscó en los bolsillos de sus pantalones, en el fondo de la lancha. Lo encendió y acercó la llama a una parte de la cuerda que estaba seca. La cuerda medía unos cuatro centímetros de grueso, por lo que el procedimiento resultaba lento, muy lento. Los minutos iban pasando y Tom los aprovechó para otear a su alrededor. Se preguntó si el italiano encargado de las lanchas podría verle desde tan lejos. La cuerda se resistía a encenderse, limitándose a soltar volutas de humo mientras poco a poco, hebra por hebra, iba deshaciéndose. Tom dio un nuevo tirón y se le apagó el encendedor. Lo encendió otra vez sin dejar de tirar de la cuerda. Finalmente, cuando se partió, la ató a los tobillos de Dickie, dándole cuatro vueltas rápidamente, antes de que le entrase miedo de tocar el cuerpo; hizo un nudo enorme y chapucero, exagerándolo para tener la seguridad de que no se desharía, ya que no era muy diestro haciendo nudos. Calculó que la cuerda mediría unos diez o doce metros de largo. Empezaba a sentirse más calmado, más metódico en sus movimientos. Pensó que el peso de cemento bastaría para que el cuerpo no subiera a la superficie. Tal vez flotaría a la deriva bajo el agua, pero no emergería a la superficie.

Echó el peso por la borda. Oyó el ruido que hacía al chocar con el agua y empezar a hundirse dejando una estela de burbujas; el peso se hundía más y más en el agua cristalina hasta perderse de vista y hacer que la cuerda se tensara alrededor de los tobillos de Dickie. Tom los había apoyado sobre la borda y en aquel momento se esforzaba por levantar la parte más pesada del cuerpo, tirando de uno de los brazos hacia arriba. La mano del cadáver estaba caliente y fláccida. Los hombros no se movían del fondo de la embarcación y a cada tirón el brazo parecía estirarse como si fuera de caucho, sin que el cuerpo se levantara un solo milímetro. Tom se agachó sobre una rodilla y trató de alzarlo a pulso. Estuvo a punto de volcar la lancha. Se había olvidado de que estaba en el mar. Era lo único que le daba miedo. Iba a tener que arrojar el cuerpo por la popa, ya que esta era más baja que la proa. Empezó a arrastrarlo hacia popa, haciendo que la cuerda se deslizase a lo largo de la borda. Por los movimientos de la cuerda, sabía que el peso no había tocado el fondo y flotaba entre dos aguas. Probó suerte con la cabeza y los brazos primero, volviendo el cuerpo boca abajo y empujándolo poco a poco. La cabeza del muerto ya estaba sumergida y las manos se hallaban a la altura de la borda, pero ahora eran las piernas las que pesaban terriblemente y se resistían a los esfuerzos de Tom, como poco antes había sucedido con los hombros. Parecían clavadas en el fondo de la lancha. Tom respiró hondo e hizo un último intento. El cuerpo cayó al mar, pero Tom perdió el equilibrio y fue a caer sobre la caña del timón. El motor lanzó un inesperado rugido.

Tom se abalanzó hacia la palanca de mando, pero en aquel momento la lancha viró alocadamente y se ladeó. Tom tuvo una breve visión del agua por debajo de él, y de su propia mano que se alargaba hacia la superficie, ya que había tratado de aferrarse a la borda y esta ya no estaba donde antes.

Se encontró en el mar.

Soltó un respingo, contrayendo el cuerpo para dar un salto hacia arriba y asirse al costado de la lancha. Falló. La lancha había vuelto a girar. Tom saltó otra vez, luego se hundió hasta que el agua le cubrió la cabeza de nuevo, con una lentitud fatal que, sin embargo, a él le pareció demasiado rápida para poder respirar sin tragar agua por la nariz. La lancha se alejaba cada vez más. Ya había visto lanchas girando de aquella manera y sabía que la única solución era subir a bordo y parar el motor. Medio sumergido en el agua, empezó a experimentar por adelantado la sensación de morir, hundiéndose una y otra vez bajo la superficie, sin poder oír el ruido del motor debido al agua que le entraba por las orejas, escuchando solamente los ruidos que él mismo hacía por dentro al respirar, al tratar de subir a por aire. De nuevo alcanzó la superficie y empezó a nadar desesperadamente hacia la lancha, porque era la única cosa que flotaba, aunque seguía girando sobre sí misma y resultaba imposible agarrarse a ella. La afilada proa pasó varias veces a pocos centímetros de su cabeza.

Gritó pidiendo ayuda, sin lograr más que unas cuantas bocanadas de agua salada. Por debajo del agua, su mano tocó la motora y el impulso casi animal de la proa le apartó bruscamente. Buscó desesperadamente la popa, sin prestar atención a las palas de la hélice. Sus dedos palparon el timón. Agachó la cabeza pero era demasiado tarde. La quilla pasó rozándole el cuero cabelludo. La popa volvía a estar cerca de él y trató de sujetarse a ella. Los dedos le resbalaban por el timón y con la otra mano se aferraba a la borda, con el brazo bien alargado para hurtar el cuerpo a la hélice. Con una energía insospechada, se lanzó hacia una esquina de la popa y consiguió pasar un brazo por encima de la borda. Entonces estiró la mano y pudo coger la palanca.

El motor empezó a pararse.

Tom se asió a la borda con ambas manos y sintió que el cerebro se le nublaba a causa del alivio, de la incredulidad, hasta que, de pronto, advirtió el dolor que le atenazaba la garganta y la punzada que sentía en el pecho cada vez que tomaba aire. Descansó durante varios minutos, sin saber exactamente cuántos, concentrando su pensamiento en recobrar suficientes fuerzas para izarse a bordo y, finalmente, tras coger impulso en el agua y lanzarse hacia delante, se encontró tendido boca abajo en cubierta, con los pies colgándole por la borda. Permaneció así, casi sin darse cuenta de las manchas de sangre que había debajo de su cuerpo y que se mezclaban con el agua que fluía de su nariz y boca. Empezó a pensar antes de poder moverse, en la lancha ensangrentada que no podía devolver, en el motor que iba a tener que poner en marcha en cuestión de un momento, en el rumbo.

Pensó en los anillos de Dickie y los buscó a tientas en el bolsillo de la chaqueta. Seguían allí, como era de esperar. Le dio un acceso de tos y las lágrimas le empañaron la vista al esforzarse por ver si se acercaba alguna embarcación. Se frotó los ojos. No había más embarcación que la pequeña motora que había visto antes, a lo lejos, y que seguía describiendo círculos a gran velocidad, sin prestarle atención. Echó un vistazo al fondo de la lancha, preguntándose si podría limpiar todas las manchas de sangre, aunque siempre había oído decir que la sangre era muy difícil de borrar. Al principio su intención era devolver la lancha y, si le preguntaban, decir que su acompañante había desembarcado en otra parte. Pero eso ya no era posible.

Movió la palanca cautelosamente. El motor se puso en marcha ruidosamente, y Tom sintió miedo incluso del ruido, aunque el motor le parecía más humano y manejable que el mar y, por tanto, menos peligroso. Puso proa hacia la costa, en línea oblicua, más hacia el norte. Se dijo que tal vez hallaría algún lugar, alguna caleta solitaria donde podría dejar embarrancada la motora. Aunque existía el riesgo de que diesen con ella. El problema le parecía inmenso y trató de razonar consigo mismo para recuperar la calma. Su cerebro parecía incapaz de pensar el modo de librarse de la embarcación.

Empezaban a divisarse algunos pinos y un trecho de playa al parecer desierta y, un poco más lejos, la pincelada verdosa, difuminada, de un campo de olivos. Lentamente, Tom llevó la embarcación de un lado a otro, comprobando que la playa estuviera desocupada. No había nadie. Puso rumbo hacia ella, sujetando temerosamente los mandos, pues no estaba seguro de poder dominarlos. Entonces advirtió que la quilla rozaba el fondo y giró la palanca hasta las letras que decían *ferma,* accionando otra palanca para desconectar el motor. Metió cautelosamente los pies en el agua, que por allí tendría unos veinticinco centímetros de hondo, y arrastró la lancha todo lo que pudo; entonces sacó las dos chaquetas, sus sandalias y la colonia de Marge y lo dejó todo sobre la arena. La pequeña caleta donde se hallaba –tendría escasamente cinco metros de ancho– le daba sensación de estar a salvo. No había rastro alguno de que alguien hubiese estado allí jamás. Decidió barrenar la lancha.

Se puso a recoger piedras, casi todas grandes como una cabeza de persona, ya que sus fuerzas no daban para más, y a dejarlas caer una a una dentro de la embarcación, pero al cabo de un rato tuvo que hacerlo con piedras más pequeñas, pues no había más de las otras cerca de allí. Trabajaba sin parar, temiendo caer rendido si se permitía un descanso, por breve que fuese, y quedarse allí tendido hasta que alguien le encontrase. Cuando las piedras llegaron a la altura de la borda, empujó la lancha hacia dentro, balanceándola al mismo tiempo, más y más, hasta que el agua empezó a entrar por los lados. En el momento en que la lancha empezaba a hundirse, le dio otro empujón mar adentro, y otro, caminando a su lado hasta que el agua le llegó a la cintura y la lancha se hundió del todo. Entonces regresó trabajosamente a la orilla y se tumbó durante un rato, boca abajo sobre la arena. Empezó a trazar planes para el regreso al hotel, a inventarse una historia y a preparar lo que debía hacer a continuación: marcharse de San Remo antes de que anocheciera y regresar a Mongibello. Y allí contar su historia.

13

Al ponerse el sol, justo a la hora en que vecinos y forasteros, recién lavados y acicalados, se sentaban en las terrazas de los cafés para mirar todo y a todos cuantos pasaban, Tom entró en el pueblo, vestido solamente con el bañador, las sandalias y la chaqueta de Dickie. Llevaba su chaqueta y sus pantalones, ligeramente manchados de sangre, bajo el brazo. Caminaba con pasos lánguidos, vacilantes, sintiéndose agotado, aunque mantenía la cabeza bien alta para impresionar a los centenares de personas que le miraban con curiosidad al pasar delante de los cafés, el único camino que conducía hasta su hotel. Se había dado fuerzas con cinco *espressos* muy azucarados y tres coñacs en un bar de las afueras de San Remo. Y en aquellos momentos estaba representando el papel de joven atlético que acaba de pasarse la tarde entrando y saliendo del agua porque así le apetecía, ya que era tan buen nadador y tan insensible al frío que podía bañarse en el mar a la baja temperatura de aquel día. Llegó al hotel y, tras coger la llave en recepción, subió a su cuarto. Se dejó caer sobre la cama, decidido a descansar una hora, pero sin dormirse. Descansó, y al advertir que se estaba durmiendo se puso en pie para lavarse la cara en el baño. Volvió a echarse con una toalla húmeda en la mano que pensaba ir estrujando para no dormirse.

Finalmente se levantó y se puso a trabajar para borrar el rastro de sangre que manchaba una de las perneras de sus pantalones de pana. Fregó la mancha una y otra vez, con jabón y un cepillo de uñas, hasta que se cansó y lo dejó durante un rato, que empleó en hacer la maleta. Colocó los objetos de Dickie como este hacía siempre: el cepillo de dientes y el tubo de dentífrico en la bolsa de atrás. Luego reanudó la tarea con los pantalones. Su propia chaqueta estaba demasiado ensangrentada para volver a ponérsela, por lo que tendría que tirarla, pero pensaba ponerse la de Dickie, porque era del mismo color beige y casi de idéntica talla. El traje se lo habían hecho en Mongibello, copiándolo del de Dickie. Metió su chaqueta en la maleta, luego bajó con ella y pidió la cuenta.

El hombre del mostrador le preguntó dónde estaba su amigo, y Tom le respondió que habían quedado en reunirse en la estación. El empleado era amable y con una sonrisa le deseó *buon viaggio*.

Tom se detuvo en un restaurante, dos calles más allá del hotel, y se obligó a tomarse una minestrone para recuperar energías. Estaba alerta por si aparecía el encargado de las motoras. Lo principal era salir de San Remo aquella misma noche, cogiendo un taxi que le llevase a la población más cercana si no había ningún tren o autobús.

Había un tren a las diez y veinte que se dirigía al sur. En la estación le dijeron que llevaba coche cama. Por la mañana se despertaría en Roma y transbordaría con destino a Nápoles. De pronto, le pareció absurdamente sencillo y, dejándose llevar por una ráfaga de seguridad en sí mismo, pensó en irse a París por unos días.

—*Spetta un momento* —dijo al taquillero que ya le entregaba el billete.

Dio una vuelta en torno a su maleta, pensando en lo de París. Se dijo que haría una breve estancia, solo para ver la ciudad y que no tenía necesidad de avisar a Marge. Súbitamente, decidió no ir, convencido de que allí no iba a poder descansar. Se sentía demasiado impaciente por regresar a Mongibello y encargarse de las pertenencias de Dickie.

Las sábanas blancas y tersas de la litera, ya en el tren, le parecieron el lujo más maravilloso que había conocido en toda su vida. Las acarició con las manos antes de apagar la luz. Y las pulcras mantas color gris azulado, la eficiencia que denotaba la negra redecilla colocada en la cabecera... Tom pasó unos momentos de éxtasis al pensar en todos los placeres que iba a poder permitirse con el dinero de Dickie: otras literas, mesas, mares, buques, maletas, camisas, años de libertad, de placer. Entonces apagó la luz, recostó la cabeza en la almohada y se quedó dormido casi inmediatamente, lleno de una felicidad y una confianza como nunca había sentido anteriormente.

Al llegar a Nápoles, entró en el lavabo de la estación; sacó el cepillo de dientes y el dentífrico de Dickie e hizo un hatillo con el impermeable y los ensangrentados pantalones del muerto, sin olvidar su propia chaqueta de pana. Salió a la calle y metió el bulto en una bolsa para la basura que encontró apoyada en la pared de un callejón, delante mismo de la estación. Tras desayunar un *caffè latte* y un bollo en un café de la plaza donde estaba la parada de los autobuses de Mongibello, cogió el viejo carricoche de las once de la mañana.

Se apeó del autobús casi enfrente de donde vivía Marge, que en aquel momento salía hacia la playa vestida con el bañador y una holgada chaqueta blanca.

—¿Dónde está Dickie? —preguntó ella.

—En Roma.

Tom sonrió, totalmente tranquilo.

–Quiere pasar unos días allí. Yo he venido a por algunas de sus cosas.

–¿Está en casa de alguien?

–No, en un hotel.

Tom le dedicó una sonrisa de despedida y echó a andar cuesta arriba con la maleta. Al cabo de un momento oyó las suelas de corcho de Marge que le seguían con paso rápido y se detuvo a esperarla.

–¿Qué tal han ido las cosas en nuestro dulce hogar? –preguntó Tom.

–Aburridas, como siempre –dijo Marge, con una sonrisa.

Se la veía incómoda con él, pero así y todo entró también en la casa. La verja estaba abierta y Tom encontró la llave de la puerta de la terraza en su escondrijo habitual, detrás de la planta medio muerta que había en una vieja tina de madera casi podrida. Salieron los dos a la terraza. La mesa estaba un poco apartada de su sitio de siempre y sobre la hamaca había un libro. Tom supuso que Marge había ido por allí durante su ausencia. Había estado ausente tres días con sus noches solamente, pero le parecía haberlo estado durante un mes entero.

–¿Cómo está Skippy? –preguntó alegremente Tom mientras abría el refrigerador para sacar una cubeta de hielo.

Skippy era un perro vagabundo que Marge había recogido hacía poco, un animal feo, de raza indescifrable, que Marge, igual que una vieja solterona, mimaba y alimentaba.

–Se marchó, como era de esperar.

–Ya.

–Tienes aspecto de haberte divertido mucho –dijo Marge, un tanto pensativa.

–En efecto, lo pasamos bien –dijo Tom, sonriendo–. ¿Te preparo una copa?

–No, gracias. ¿Crees que Dickie tardará mucho en volver aquí?

–Pues... –Tom titubeó–... en realidad no lo sé. Dijo que quería ver muchas exposiciones. Me parece que lo que desea es cambiar de ambiente por unos días.

Tom se sirvió un generoso trago de ginebra al que añadió soda y una rodaja de limón.

—Supongo que volverá dentro de una semana. ¡A propósito!

Tom alcanzó la maleta y sacó el frasco de colonia, al que le faltaba el envoltorio porque había quedado manchado de sangre.

—Su Stradivari. La compramos en San Remo.

—Oh, gracias..., muchas gracias.

Marge cogió el frasco con expresión risueña y empezó a desenroscar el tapón cuidadosamente.

Tom se puso a pasear por la terraza con el vaso en la mano, sin decir nada a la muchacha, esperando que se marchase.

—Bueno... —dijo Marge finalmente, saliendo a la terraza—. ¿Cuánto tiempo piensas quedarte?

—¿Dónde?

—Aquí.

—Solo esta noche. Saldré para Roma mañana, probablemente después de comer —dijo Tom pensando que seguramente no recibiría el correo hasta después de las dos.

—Así pues, supongo que no volveré a verte a no ser que vayas mañana a la playa —dijo Marge, haciendo un esfuerzo por ser amable—. Bueno, que te diviertas. Y dile a Dickie que me mande una postal. ¿En qué hotel está?

—Pues... ¡Caramba! ¿Cómo se llamará? Es uno que está cerca de la Piazza di Spagna.

—¿El Inghilterra?

—¡Así es! Pero me parece que dijo que le escribieras a la American Express.

Tom pensó que Marge no trataría de hablar con Dickie por teléfono. Además, él estaría en el hotel por la mañana por si ella escribía alguna carta.

—Probablemente bajaré a la playa mañana por la mañana —dijo Tom.

—Muy bien. Bueno, gracias por la colonia.

—¡No hay de qué!

Marge cruzó el jardín y salió por la verja de hierro.

Tom recogió la maleta y subió corriendo al dormitorio de Dickie. Sacó el primer cajón de la cómoda: cartas, dos libretas de direcciones, un par de agendas, la cadena de un reloj, varias llaves sueltas, y una especie de póliza de seguros. Uno tras otro fue sacando los demás cajones. Camisas, shorts, jerséis cuidadosamente doblados, y calcetines en desorden. En un rincón de la habitación se amontonaban las carpetas y los blocs de dibujo. Había mucho por hacer. Tom se quitó toda la ropa, bajó desnudo al piso de abajo y se duchó apresuradamente con agua fría, luego se puso los viejos pantalones de dril de Dickie que encontró colgados en un clavo, dentro del ropero.

Empezó por el cajón de arriba, en primer lugar por si había alguna carta reciente que requiriese inmediatamente su atención, y también porque si Marge volvía por la tarde, así no parecería que estuviese desmantelando toda la casa de prisa y corriendo. Por la tarde tendría tiempo de poner los mejores trajes de Dickie en las maletas más grandes.

Al dar la medianoche Tom seguía yendo de un lado para otro en plena tarea. Las maletas de Dickie ya estaban preparadas, y en aquel momento estaba calculando mentalmente el valor de lo que había en la casa, decidiendo lo que dejaría para Marge y cómo se desharía del resto. Marge podía quedarse con el maldito refrigerador. Así estaría contenta. La voluminosa cómoda del recibidor, donde Dickie guardaba la ropa blanca, valdría varios centenares de dólares, según calculó Tom. Al preguntarle si el mueble era antiguo, Dickie le había dicho que tenía cuatrocientos años. Tom decidió hablar con el *signore* Pucci, el subdirector del Miramare, y pedirle que hiciese de intermediario en la venta de la casa y el mobiliario. Y también del velero. Dickie le había contado que el *signore* Pucci se encargaba de esa clase de operaciones por cuenta de los forasteros residentes en el pueblo.

Tenía pensado llevarse todas las cosas de Dickie directamente a Roma, sin esperar más, pero pensando en lo que probablemente diría Marge al verle llevarse tantas cosas para un viaje que, en apariencia, debía ser muy breve, decidió esperar y más adelante fingir que Dickie había tomado la decisión de instalarse en Roma.

Así pues, sobre las tres de la tarde del día siguiente, Tom bajó a correos y recogió una carta, que parecía interesante, enviada por un amigo de Dickie desde América. Para él no había nada. Mientras regresaba sin prisas a casa, Tom imaginó estar leyendo una carta que acabase de mandarle Dickie. Imaginó las palabras exactas de la carta, por si tenía que citárselas a Marge, e incluso se obligó a sentirse sorprendido tal como lo hubiera estado al enterarse del cambio de parecer de Dickie.

Tan pronto como llegó a casa, se puso a empaquetar los mejores dibujos y telas de Dickie, metiéndolos en la espaciosa caja de cartón que le había dado Aldo, el dueño del colmado donde solían comprar. Trabajaba con calma, metódicamente, esperando que Marge se presentara en cualquier momento, aunque no lo hizo hasta pasadas las cuatro.

—¿Todavía aquí? —preguntó ella al entrar en la habitación de Dickie.

—Sí. He recibido carta de Dickie hoy. Ha decidido instalarse en Roma.

Tom se irguió y sonrió levemente, como si también él se sintiera sorprendido.

—Quiere que recoja todas sus cosas, todas las que pueda llevar.

—¿Instalarse en Roma? ¿Para cuánto tiempo?

—No lo sé. Supongo que durante lo que queda de invierno.

Tom siguió empaquetando las telas.

—¿No piensa volver en todo el invierno?

La voz de Marge denotaba ya su abatimiento.

—Así es. Dijo que incluso era posible que vendiera la casa, aunque todavía no lo había decidido.

—¡Caramba!... ¿Y eso por qué?

Tom se encogió de hombros.

—Se conoce que quiere pasar el invierno en Roma. Dijo que te escribiría. De hecho, pensé que ya lo habría hecho.

—Pues no.

Se hizo un silencio. Tom siguió trabajando, pensando que todavía no había hecho sus propias maletas. Ni siquiera había entrado en su habitación.

—Todavía piensa ir a Cortina de todos modos, ¿verdad? —preguntó la muchacha.

—No, no irá. Dice que escribirá a Freddie para cancelar la cita, pero que eso no significa que tú no puedas ir.

Tom la observaba atentamente.

—A propósito, Dickie quiere que te quedes el refrigerador. Probablemente no te costará encontrar a alguien que te ayude a trasladarlo.

118

El regalo del refrigerador no surtió ningún efecto en el rostro atónito de Marge. Tom sabía que se estaba preguntando si él iba o no a vivir con Dickie, y que, probablemente, al verle tan animado, pensaba que sí. Casi podía ver la pregunta asomándole a los labios. Para él, Marge era tan transparente como un niño. Finalmente, la muchacha preguntó:

—¿Vas a quedarte con él en Roma?

—Puede que durante una temporada. Le ayudaré a instalarse. Luego quiero ir a París, antes de fin de mes, y después, supongo que, más o menos a mediados de diciembre, regresaré a los Estados Unidos.

Marge estaba alicaída, pensando sin duda en las semanas de soledad que la esperaban, aunque Dickie la visitase periódicamente en Mongibello; las vacías mañanas de domingo, las cenas sin compañía.

—¿Sabes qué planes tiene para las navidades? ¿Las pasará aquí o en Roma?

Con voz ligeramente irritada, Tom dijo:

—Bueno, no creo que sea aquí. Tengo la impresión de que quiere estar solo.

Las palabras la redujeron al silencio, un silencio aturdido y dolido.

«Espera a que recibas la carta que voy a escribirte desde Roma», se dijo Tom.

Tenía intención de ser amable con ella, tan amable como el mismo Dickie, por supuesto, pero dejaría bien claro que Dickie no quería volver a verla.

Al cabo de unos minutos, Marge se levantó y se despidió distraídamente. De pronto, a Tom se le ocurrió que tal vez pensaba llamar a Dickie aquella misma noche, incluso ir a verle a Roma. Pero se dijo que qué más daba. Nada le impedía a Dickie cambiar de hotel, y en Roma los había en número suficiente para tener a Marge ocupada varios días tratando de localizarle. Al no encontrarle, ya fuese por teléfono o trasladándose ella a Roma, supondría que se había marchado a París o a cualquier otro sitio con Tom Ripley.

Tom dio un vistazo a los periódicos de Nápoles, buscando la noticia del posible hallazgo de una lancha hundida cerca de San Remo.

Barca affondata vicino San Remo, diría probablemente el titular. Sin duda armarían un gran revuelo a causa de las manchas de sangre de la motora, suponiendo que siguieran allí. Era la clase de asunto que tanto gustaba a la prensa italiana, que en aquellas ocasiones daba a la noticia un aire muy melodramático:

> Giorgio di Stefani, un joven pescador de San Remo, ayer a las tres de la tarde hizo un terrible descubrimiento a dos metros bajo la superficie del mar. Una pequeña motora, cubierta por dentro de horribles manchas de sangre...

Pero Tom no encontró nada en el periódico. Ni tampoco en el del día anterior. Pensó que podían pasar meses antes de que encontrasen la lancha. Tal vez ni siquiera la encontrarían, aunque si daban con ella, ¿cómo iban a saber que Dickie Greenleaf y Tom Ripley habían navegado juntos en ella? No habían dicho sus nombres al barquero de San Remo, que se había limitado a darles un resguardo de papel color naranja. Tom lo había hecho desaparecer más tarde, al encontrárselo en el bolsillo.

Tom se fue de Mongibello en taxi sobre las seis de la tarde, después de tomarse un *espresso* en el bar de Giorgio, aprovechando para despedirse de este, de Fausto y de varios otros conocidos del pueblo, suyos y de Dickie. A todos les contó la misma historia: que el *signore* Greenleaf pasaría el invierno en Roma, y que les mandaba sus saludos hasta que volviera a verles. Tom les dijo que sin duda Dickie iría a visitarles al cabo de poco tiempo.

Hizo embalar las pinturas por la American Express aquella misma tarde, encargando que mandasen las cajas a Roma junto con el baúl de Dickie y dos maletas muy pesadas. Indicó que Dickie pasaría a recogerlas en Roma. Tom se llevó consigo sus dos maletas y otra de Dickie. Por la mañana había hablado con el *signore* Pucci del Miramare, diciéndole que posiblemente el *signore* Greenleaf desearía vender su casa y sus muebles. El *signore* Pucci le había dicho que gustosamente se encargaría de la venta. Después le había dicho a Pietro, el encargado del embarcadero, que estuviera al tanto por si aparecía algún posible comprador para el *Pipistrello,* ya que era muy posible que el *signore* Greenleaf decidiera desprenderse de él aquel invierno. Añadió que el *signore* Greenleaf

estaba dispuesto a venderlo por quinientas mil liras, apenas ochocientos dólares, lo que era toda una ganga tratándose de una embarcación con dos literas. Pietro le había contestado que a su juicio lo vendería en cuestión de pocas semanas.

En el tren, camino de Roma, Tom redactó mentalmente la carta
para Marge, tan cuidadosamente que acabó aprendiéndosela de memoria y, al llegar al Hotel Hassler, la escribió sin pérdida de tiempo.

Roma
28 de noviembre de 19...

Querida Marge:

He decidido alquilar un apartamento en Roma para todo el
invierno, simplemente para cambiar de ambiente y pasar una
temporada lejos de Mongibello. Siento unos terribles deseos de
estar solo. Siento que todo haya sido tan repentino y que no me
quedase tiempo para decirte adiós. De hecho, no estoy lejos del
todo y espero verte de vez en cuando. No tuve ganas de hacer el
equipaje, así que le colgué el muerto a Tom.

En cuanto a ti y a mí, no creo que pase nada malo, muy al
contrario, si no nos vemos durante un tiempo. Tuve la horrible
sospecha de que te estabas aburriendo, aunque no puedo decir
que tú me aburrieses a mí, y, por favor, no pienses que trato de
huir de algo. De hecho, espero que Roma me acerque más a la
realidad. Por supuesto, Mongibello no lo logró. Parte de mi desazón fue a causa tuya. Naturalmente, el que me vaya no va a resolver nada, pero me ayudará a ver claramente cuáles son mis
sentimientos hacia ti. Por ese motivo prefiero no verte durante
una temporada y espero que sepas comprenderme. Si no..., bueno, ¿qué le vamos a hacer? Es un riesgo que debo correr. Puede
que me vaya a París con Tom, a pasar un par de semanas allí. Él
se muere de ganas de ver la ciudad. Eso suponiendo que no me
ponga a pintar enseguida. He conocido a un pintor llamado Di
Massimo cuyos cuadros me gustan mucho. Se trata de un viejo
escaso de dinero al que parece agradarle mucho tenerme como
alumno si le pago las clases. Voy a pintar con él, en su estudio.

La ciudad tiene un aspecto magnífico con las fuentes funcionando toda la noche y las calles concurridísimas a todas horas,
en contraste con Mongibello. Estabas equivocada con respecto a

Tom. Pronto regresará a los Estados Unidos, y a mí no me importa, aunque no es mal chico, en realidad, y no le tengo antipatía. No tiene nada que ver con nosotros, de todos modos, y confío en que así lo comprendas.

Mándame tus cartas a la American Express, en Roma, hasta que me instale definitivamente. Ya te avisaré cuando encuentre un apartamento. Mientras tanto, procura que no se apague la chimenea ni el refrigerador, y tampoco tu máquina de escribir. Siento mucho estropearte las navidades, querida, pero me parece que será demasiado pronto para verte, así que puedes odiarme o no por eso.

Con todo mi cariño,

Dickie

Tom no se había quitado la gorra al entrar en el hotel, y en lugar del suyo, había entregado el pasaporte de Dickie en recepción, aunque los hoteles nunca se preocupaban por la foto de pasaporte y se limitaban a copiar el número impreso en la tapa. Había firmado el registro con la firma de Dickie. Al salir para echar la carta al correo, entró en una tienda cercana al hotel para comprar unos cuantos artículos de maquillaje que pudieran hacerle falta. Se divirtió con la dependienta, a la que hizo creer que los compraba para su esposa, que había perdido el estuche de maquillaje y en aquellos momentos se hallaba en el hotel, indispuesta del estómago como de costumbre.

Pasó la velada practicando la firma de Dickie para poder firmar los cheques bancarios. La remesa mensual de Dickie llegaría de América en menos de diez días.

14

Al día siguiente se mudó al Hotel Europa, un establecimiento de mediana categoría cercano a la Via Veneto, ya que el Hassler le parecía demasiado lujoso, la clase de hotel que frecuentaban los artista de cine de paso por la ciudad, y temía que Freddie Miles, o cualquier otra persona que conociera a Dickie, se alojase en él cuando estaba en Roma.

En la habitación del hotel, Tom se entretuvo imaginando que conversaba con Marge, con Fausto y con Freddie. Marge, a juicio de Tom, era la que mayores probabilidades de presentarse en Roma ofrecía. Tom le hablaba como si fuese Dickie, se imaginaba una conversación por teléfono, y con su propia voz cuando imaginaba una entrevista cara a cara. Podía suceder, por ejemplo, que se dejase caer inopinadamente en Roma y, tras localizar su hotel, insistiera en subir a su habitación, en cuyo caso se vería obligado a quitarse los anillos de Dickie y a cambiarse de ropa.

–No lo sé –le diría con su propia voz–. Ya sabes cómo es..., le gusta creer que se está alejando de todo el mundo. Me dijo que podía ocupar su habitación durante unos días, ya que da la casualidad de que en la mía la calefacción funciona muy mal... Oh, regresará dentro de un par de días, si no, recibiré una postal diciéndome que se encuentra bien. Se ha ido a una ciudad de provincias, no recuerdo cuál, con Di Massimo, para ver las pinturas que hay en una iglesia de allí.

–Pero ¿no sabes si se fue hacia el norte o hacia el sur?

–Francamente, no. Supongo que hacia el sur. ¿Pero de qué nos sirve saberlo?

–¡Qué mala suerte la mía! Al menos podía haber dicho adónde iba, ¿no crees?

–Sí. También yo se lo pregunté. He buscado algún mapa o cualquier otra cosa por la habitación, para ver si había alguna pista sobre adónde pensaba ir. Lo único que hizo fue llamarme hace tres días para decirme que podía utilizar su habitación si lo deseaba.

Resultaba una buena idea practicar aquellos cambios de personalidad, ya que podía llegar un momento en que tuviese que adoptar nuevamente la suya en cuestión de segundos, y era extraño constatar cuán fácilmente se olvidaba del timbre exacto de la voz de Tom Ripley. Siguió conversando con Marge hasta que el sonido de su propia voz fue exactamente el mismo que recordaban sus oídos.

Pero durante la mayor parte del tiempo, él era Dickie, discurseando en voz baja con Freddie y Marge, y a larga distancia, por teléfono, con la madre de Dickie, con Fausto; cambiando impresiones con un compañero de mesa al que desconocía, conversando en inglés y en italiano, con la radio portátil de Dickie encendida por si algún empleado del hotel pasaba por delante de su habitación y, sabiendo que estaba solo, le oía hablar, tomándole por un chiflado. A veces, si en la radio se oía alguna canción de su gusto, Tom se ponía a bailar a solas, pero lo hacía como si fuese Dickie bailando con una chica, dando pasos largos, pero con cierta rigidez de movimientos. Una vez había visto bailar a Dickie en la terraza del bar de Giorgio, con Marge, y también en el Giardino degli Orangi, en Nápoles. No era precisamente un buen bailarín. Tom disfrutaba de cada momento, a solas en la habitación o callejeando por Roma, alternando el turismo con la búsqueda de un apartamento. Le resultaba imposible sentirse solo o aburrido mientras fuese Dickie Greenleaf.

Al ir a por su correspondencia a la American Express, los empleados se dirigieron a él llamándole *signore* Greenleaf. La primera carta de Marge decía:

Dickie:
Bueno, quedé bastante sorprendida. Me pregunto qué te pasaría en Roma, en Nápoles o donde fuese. Tom estuvo muy misterioso y lo único que me dijo fue que pasaría una temporada contigo. No me creeré lo de que se vuelve a América hasta que lo vea. A riesgo de meter la pata, chico, te diré que no me gusta ese tipo. Desde mi punto de vista, o el de cualquier otra persona, te está utilizando en provecho propio. Si es verdad que necesitas un cambio de ambiente, ¿por qué no te alejas de él? De acuerdo, puede que no sea un invertido, pero es un don nadie, lo cual es peor. No es lo bastante normal para tener una vida sexual, de la clase que sea, ¿me entiendes? De todos modos, no es Tom quien me interesa, sino tú. Sí, soy capaz de soportar unas cuantas semanas sin verte, cariño, e incluso pasar sola las navidades, aunque prefiero no pensar en eso. Prefiero no pensar en ti y, como tú dices, dejar que los sentimientos hablen o se queden callados. Pero resulta imposible no pensar en ti aquí, porque cada centímetro del pueblo, en lo que a mí respecta, está embrujado por tu presencia, y en esta casa, en todos los sitios donde pongo los pies, hay algún rastro de ti, el seto que plantamos juntos, la valla que empezamos a reparar sin llegar a terminarla, dos libros que me prestaste y que nunca te devolví. Y tu silla ante la mesa, eso es lo peor.

124

Seguiré metiendo la pata: no pretendo decir que Tom vaya a causarte algún daño físico, pero sé que, de un modo sutil, ejerce una mala influencia sobre ti. Te comportas con cierto aire de sentirte avergonzado de estar con él cuando efectivamente estás con él, ¿no habías caído en ello? ¿Alguna vez has procurado analizarlo? Pensé que empezabas a darte cuenta durante las últimas semanas, pero ahora vuelves a estar con él y, francamente, chico, no sé cómo interpretarlo. Si es verdad que no te importa que se marche pronto, entonces, por el amor de Dios, ¡mándale a paseo! Nunca te ayudará a ti, o a quien sea, a que pongas algo en claro. De hecho, a él le interesa que sigas confundido y manejarte, al igual que a tu padre, como a él le convenga.

Un millón de gracias por la colonia, cariño. Me la guardaré —o al menos procuraré que me quede un poco— para cuando vuelva a verte. Todavía no me he hecho traer el refrigerador a casa. Puedes pedírmelo, por supuesto, cuando quieras.

Tal vez Tom te haya dicho que Skippy se escapó. Me pregunto si debo atrapar una lagartija y tenerla atada por el cuello. Tengo que ponerme a reparar la pared de la casa sin perder más tiempo, antes de que ceda y caiga sobre mí. ¡Ojalá estuvieras aquí, cariño..., por supuesto!

Un millón de besos y, por favor, ¡escríbeme!

Marge

A la atención de American Express
Roma
12 de diciembre de 19...

Queridos papá y mamá:
Estoy en Roma buscando piso, aunque todavía no he encontrado exactamente lo que deseo. Aquí los pisos son demasiado grandes o demasiado pequeños, y en el primer caso en invierno hay que tener cerradas todas las habitaciones menos una para no morirse de frío, así que de poco sirve que el piso sea grande. Lo que estoy buscando es un sitio ni demasiado grande ni demasiado pequeño, cuyo precio sea razonable y que pueda mantenerse caliente sin tener que gastarse una fortuna en ello.

Lamento que últimamente haya descuidado la correspondencia. Espero que esto mejore cuando lleve una vida más tranquila. Sentía la necesidad de un cambio de aires, de marcharme de Mongibello –como los dos llevabais tiempo diciéndome–, de modo que lié el petate y me vine para aquí. Incluso es posible que venda la casa y el velero. He trabado amistad con un pintor maravilloso que se llama Di Massimo y que me da clases en su estudio. Voy a pasar unos cuantos meses trabajando como un negro a ver qué pasa. Será una especie de período de prueba. Comprendo que esto no te interesará, papá, pero como siempre me estás preguntando en qué empleo el tiempo, te lo digo. Llevaré una vida muy tranquila y estudiosa hasta el próximo verano.

A propósito, me gustaría que mandases los últimos prospectos de Burke-Greenleaf. Me gusta estar al día de lo que hacéis, y ya hace mucho tiempo que no he visto nada.

Mamá, espero que no te hayas tomado demasiadas molestias por mí con vistas a las navidades. En realidad, no me hace falta ninguna cosa, que yo sepa. ¿Cómo te encuentras? ¿Puedes salir de casa muy a menudo? Ya sabes, al cine, al teatro... ¿Cómo está el tío Edward? Dadle recuerdos míos y no dejéis de escribirme.

Con cariño,

Dickie

Tom la leyó de cabo a rabo, se dijo que había probablemente un exceso de comas y, haciendo acopio de paciencia, la volvió a escribir y luego la firmó. En una ocasión había visto una carta de Dickie a sus padres, puesta en la máquina de escribir y sin terminar, y tenía una idea bastante exacta del estilo de Dickie. Sabía que Dickie nunca había empleado más de diez minutos en escribir. Tom pensó que si la de ahora era distinta lo sería solo por ser un tanto más personal y entusiástica que de costumbre. Al leerla por segunda vez, se sintió bastante contento. El tío Edward era hermano de mistress Greenleaf, y esta, en una de sus últimas cartas, decía que estaba en Chicago, en el hospital, aquejado de cáncer.

Al cabo de unos días cogió el avión para París. Antes de partir de Roma llamó al Inghilterra: no había cartas ni llamadas telefónicas para Richard Greenleaf. Aterrizó en Orly a las cinco de la tarde. Le sellaron el pasaporte sin que el funcionario se fijase apenas en él, pese a que Tom había tomado la precaución de aclararse un poco el pelo y ondulárselo y, para pasar la inspección, había adoptado la expresión seria, un tanto malhumorada, que Dickie tenía en la foto del pasaporte. Se instaló en el Hotel du Quai Voltaire, que unos americanos le habían recomendado al trabar amistad con ellos en un café de Roma; le habían dicho que estaba en un lugar bastante céntrico y en él no se alojaban demasiados americanos. Luego salió a pasear bajo la tarde fría y brumosa de diciembre. Caminaba con la cabeza bien alta y una sonrisa en los labios. El ambiente de la ciudad era lo que más le gustaba, el mismo ambiente del que tantas veces había oído hablar, con las calles llenas de animación, las casas de fachada gris rematadas por una claraboya, el estruendo de los bocinazos, y, por todas partes, urinarios públicos y columnas cubiertas por los anuncios multicolores de los teatros. Deseaba empaparse lentamente de aquel ambiente, tal vez durante varios días, antes de visitar el Louvre, subir a la torre Eiffel o hacer algo parecido. Compró *Le Figaro* y se instaló en una mesa del Dôme. Pidió un *fine à l'eau*, recordando que Dickie le había dicho que era lo que solía beber en Francia. El francés de Tom era más bien escaso, pero también lo era el de Dickie. Algunas personas de aspecto interesante le miraron fijamente a través de los ventanales del café, pero nadie entró para hablar con él. Tom estaba preparado por si, de un momento a otro, alguien se levantaba de su mesa y se le acercaba diciendo:

—¡Dickie Greenleaf! ¿Eres tú realmente?

No había cambiado su aspecto de un modo muy sensible, pero estaba convencido de que su expresión era igual a la de Dickie. Su sonrisa era peligrosamente acogedora para los desconocidos, una sonrisa más apropiada para saludar a un antiguo amigo o a una amante. Era la mejor sonrisa y la más típica de Dickie cuando estaba de buen humor. Tom estaba de buen humor, y se encontraba en París. Resultaba maravilloso sentarse en un famoso café y pensar en que seguiría siendo Dickie Greenleaf durante muchos días, usando sus gemelos, sus camisas blancas de seda, incluso las prendas un poco usadas ya: el cinturón de cuero marrón y hebilla de latón, del tipo que, según los anuncios de la revista *Punch,* duraba toda una vida, el viejo jersey color mostaza de bolsillos deformados, ahora eran todas suyas, y ello le hacía feliz. Y la estilográfica negra con iniciales de oro. Y el billetero de piel de co-

127

codrilo comprado en Gucci. Y además disponía de suficiente dinero para llenarlo.

Antes del mediodía siguiente, ya le habían invitado a una fiesta en la avenue Kléber. Había entablado conversación con una joven pareja, ella francesa, él americano, en un café-restaurante del boulevard Saint-Germain. En la fiesta había unas treinta o cuarenta personas, la mayoría de mediana edad, que permanecían de pie, con pose algo rígida, en un espacioso apartamento amueblado convencionalmente y bastante frío. Tom empezaba a comprender que, en Europa, lo elegante era que la calefacción no funcionase en invierno, del mismo modo que el martini sin hielo lo era en verano. Al cabo de unos días de estar en Roma, se había trasladado a un hotel más caro, solo por no pasar frío, encontrándose que el hotel más caro resultaba también más frío. Tom se dijo que la casa era elegante, de un modo lúgubre y chapado a la antigua. Un mayordomo y una doncella atendían a los invitados, había una larga mesa con *pâtés en croûte,* pavo cortado en rodajas, y *petits fours,* así como grandes cantidades de champán, aunque las cortinas y el tapizado del sofá estaban raídos, a punto de caer en pedazos de puro viejos. Además, al salir del ascensor, se había fijado en que en el vestíbulo había unos cuantos agujeros que indicaban muy a las claras que por allí había ratones. Cuando menos media docena de los invitados que le presentaron resultaron ser condes y condesas. Uno de los invitados, americano también, le indicó que el joven y la chica que le habían invitado estaban a punto de casarse, y que los padres de ella no estaban muy entusiasmados por el enlace. En la sala flotaba un aire de tensión, y Tom se esforzó en mostrarse tan amable como pudo con todo el mundo, incluyendo a los franceses de aspecto severo, pese a no poder decirles más que:

–*C'est très agréable, n'est-ce-pas?*

Hizo cuanto pudo y al menos se granjeó una sonrisa de la joven que le había invitado. Se consideraba afortunado por estar allí, preguntándose cuántos americanos podrían decir que les habían invitado a una fiesta particular al cabo de una semana escasa de llegar a París. Siempre le habían dicho que los franceses eran muy remisos en invitar a los desconocidos. Ni uno solo de los americanos parecía conocer su nombre. Tom se sentía completamente a gusto, como no recordaba haberse sentido jamás en ninguna fiesta. Se dijo que aquello era el borrón y cuenta nueva que había decidido hacer durante el viaje por mar, al venir de América. Era una verdadera aniquilación de su pasado y de él mismo, Tom Ripley, que ya pertenecía al pasado y renacía con una personalidad enteramente nueva. Una señora francesa y un par de americanos le invitaron a sus respectivas fiestas, pero Tom rechazó todas las invitaciones con la misma respuesta:

–Muchas gracias, pero me voy de París mañana.

Pensó que no debía mostrarse demasiado asequible con ninguna de aquellas personas. Cabía la posibilidad de que alguna de ellas conociese a alguien que a su vez conociese muy bien a Dickie, y Tom temía encontrarse a ese alguien en alguna de las otras fiestas.

A las once y cuarto, al despedirse de la anfitriona y de los padres de esta, los tres pusieron cara de lamentar mucho que se fuese. Pero Tom quería llegar a Notre-Dame antes de la medianoche. Era Nochebuena.

La madre le preguntó cómo se llamaba. Tom se lo repitió.

–Monsieur Greenleaf –repitió la muchacha, pronunciando muy mal el nombre–. Dickie Greenleaf. ¿Es así?

–En efecto –dijo Tom, sonriendo.

Al llegar al vestíbulo de abajo, recordó de pronto que Freddie Miles habría dado su fiesta en Cortina el día 2 de aquel mes. Ya habían pasado casi treinta días. Había pensado escribir a Freddie diciéndole que no asistiría a la fiesta. Se preguntó si Marge habría ido. Freddie se extrañaría mucho de que no le hubiese avisado, y confió en que al menos Marge se hubiese encargado de avisarle. Tenía que escribir a Freddie enseguida. En la libreta de direcciones de Dickie estaba la de Freddie, en Florencia. Tom se dijo que había cometido un desliz, aunque de poca importancia, y debía procurar que no volviese a sucederle.

Salió a la calle y encaminó sus pasos hacia el Arc de Triomphe, que estaba iluminado por los reflectores. Resultaba extraño sentirse tan solo y, al mismo tiempo, sentirse parte de todo cuanto le rodeaba, como acababa de sucederle en la fiesta. Volvió a experimentar la misma sensación entre la multitud que abarrotaba la plaza de Notre-Dame. Había tal gentío que resultaba imposible entrar en la catedral, aunque los amplificadores se encargaban de que la música llegase a todos los rincones de la plaza. Hubo villancicos franceses cuyo título le era desconocido; luego «Noche de paz», sencillo y solemne a la vez, seguido de otro muy bullanguero, cantado en francés. Unas voces masculinas entonaron una salmodia, y Tom observó que cerca de él los hombres se quitaban el sombrero. Se quitó el suyo también. Se quedó en posición de firmes, con el rostro serio, dispuesto a sonreír si alguien le dirigía la palabra. Su estado de ánimo era el mismo que había experimentado en el buque, solo que ahora era más intenso: lleno de buena voluntad, caballeroso, sin nada en el pasado que pudiese manchar su carácter. Era Dickie, el bueno e ingenuo Dickie, con su sonrisa para todo el mundo y mil francos listos para pasar a manos de quien se los pidiese. De hecho, un viejo le pidió dinero cuando se alejaba de la catedral, y Tom le dio un billete de mil francos, azul y crujiente. El rostro del viejo se iluminó con una amplia sonrisa, al mismo tiempo que su mano se tocaba el sombrero a guisa de saludo.

Tom tenía un poco de hambre, aunque le hacía gracia acostarse sin cenar aquella noche. Decidió pasar una hora con el manual de conversación en italiano y acostarse después. Entonces recordó que había hecho el propósito de engordar un poco, ya que la ropa de Dickie le venía holgada y, además, Dickie tenía el rostro más grueso que él. Entonces entró en un bar y pidió un emparedado de jamón y un vaso de leche caliente al ver que su vecino de mostrador lo estaba tomando. La leche apenas tenía sabor, era algo puro y a la vez purificador, tal como Tom imaginaba que debía de ser una oblea al tomarla en la iglesia.

Regresó sin prisas a Roma, haciendo escala en Lyon y también en Arles para admirar los lugares pintados por Van Gogh. Se las arregló para no perder su alegre ecuanimidad pese a lo atroz del tiempo. En Arles, la lluvia, impulsada por la violencia del mistral, le caló hasta los huesos mientras trataba de dar con los mismísimos sitios donde Van Gogh había colocado su caballete. Llevaba consigo un bello libro con reproducciones de Van Gogh, comprado en París, pero no podía sacarlo bajo la lluvia, viéndose forzado a ir y venir del hotel para cerciorarse del punto de vista del pintor. Hizo una visita a Marsella y la ciudad le pareció aburrida, a excepción de la Cannebière. Después prosiguió su viaje en tren, rumbo al este, deteniéndose en Saint-Tropez, Cannes, Niza, Montecarlo, los sitios sobre los que tanto había oído, y por los que sentía afinidad al verlos, aunque en invierno el cielo aparecía cubierto por grises nubarrones y no había ni rastro de gente bulliciosa por las calles, ni siquiera en Menton durante la Nochevieja. Tom hizo que su imaginación se encargase de poblar aquellos lugares con hombres y mujeres vestidos de etiqueta que descendían la amplia escalinata del Gran Casino de Montecarlo, de gentes ataviadas con alegres bañadores, como en una acuarela de Dufy, que paseaban bajo las palmeras del paseo de los Ingleses, en Niza. Gentes...: americanos, ingleses, franceses, alemanes, suecos, italianos. Amores, desengaños, peleas, reconciliaciones, asesinatos. La Costa Azul le excitaba como ningún otro lugar del mundo le había excitado al verlo. Y, de hecho, era tan exigua: una simple curva en la costa mediterránea cuajada de nombres maravillosos, engarzados como cuentas en un collar... Toulon, Fréjus, Saint-Raphaël, Cannes, Niza, Menton y, finalmente, San Remo.

Encontró dos cartas de Marge al regresar al hotel el 4 de enero. La muchacha decía que pensaba irse a su casa el primero de marzo. No había terminado del todo el primer borrador de su libro, pero iba a mandar las tres cuartas partes que tenía hechas, junto con todas las fotografías, al editor americano que estaba interesado por él. La carta decía:

¿Cuándo voy a verte? Detesto perderme un verano en Europa después de soportar otro invierno terrible, pero me parece que volveré a casa a primeros de marzo. Sí, siento nostalgia, de veras, ¡al cabo de tanto tiempo! Cariño, ¡sería tan maravilloso que pudiéramos regresar juntos en el mismo buque! ¿Hay alguna posibilidad? Me temo que no. ¿No piensas ir a los Estados Unidos, aunque sea para una breve visita, este invierno?

Estaba pensando en mandar mi equipaje (¡dos baúles, tres cajones llenos de libros, y varias cosas más!) en un buque de carga desde Nápoles, y pasar por Roma para, si estás de buen humor, hacer juntos un viaje por la costa y visitar Forte dei Marmi, Viareggio y los otros lugares que nos gustan..., ¡una última visita! No estoy de humor para preocuparme por el tiempo, que sé que será horrible. No me atrevería a pedirte que me acompañases hasta Marsella, donde debo embarcarme, pero ¿y a Génova? ¿Qué te parece?...

El tono de la otra carta era más reservado y Tom sabía por qué: porque no le había mandado ni una postal en todo un mes. La carta decía:

> He cambiado de parecer sobre lo de ir a la Riviera. Tal vez este tiempo tan húmedo me haya quitado las ganas, o tal vez haya sido el libro. Sea como fuere, me voy antes de lo que pensaba, desde Nápoles: el 28 de febrero, en el *Constitution*. ¡Figúrate..., estaré en América en el instante de pisar la cubierta! Comida americana, pasajeros americanos, dólares para pagar en el bar... Cariño, siento no poder verte, ya que por tu silencio comprendo que todavía no quieres que nos veamos, así que no te preocupes más. Considérame fuera de tu vida.
> Claro que tengo la esperanza de volver a verte alguna vez, en los Estados Unidos o en alguna otra parte. En el caso de que se te ocurra venir a Mongibello antes del 28, ya sabes dónde serás bien recibido.
> Tuya,
>
> Marge
>
> P. D. Ni siquiera estoy segura de que sigas en Roma.

Tom la veía llorando mientras escribía la carta y sintió el impulso de escribirle una carta muy amable, diciéndole que acababa de regresar de Grecia y preguntándole si había recibido sus postales. Pero le pareció mejor, más seguro, dejarla partir sin saber dónde estaba él.

Lo único que le intranquilizaba, aunque no mucho, era la posibilidad de que Marge se presentase en Roma antes de que estuviera instalado en su apartamento. Si le buscaba en los hoteles lograría dar con él, pero nunca lo conseguiría si él ya estaba en un apartamento. Los americanos acomodados no tenían que comunicar sus lugares de residencia a la policía, aunque, según lo estipulado en el *permesso di soggiorno,* era obligatorio informar a la policía de todos los cambios de residencia. Tom había hablado con un americano residente en Roma, y este le había dicho que no le diese importancia, que a él nunca le habían molestado. Por si Marge se presentaba inesperadamente en Roma, Tom tenía muchas de sus propias prendas dispuestas en el ropero, aparte de que el único cambio que había efectuado en su físico era el del color del pelo, siempre atribuible a los efectos del sol. No se sentía realmente preocupado. Al principio, se había divertido un poco retocándose las cejas con lápiz y aplicándose un poco de cosmético en la punta de la nariz, con el fin de que pareciese más larga y puntiaguda, como la de Dickie, pero lo dejó al darse cuenta de que con ello lo único que iba a lograr era llamar más la atención. Lo principal al hacerse pasar por otra persona era adoptar el temperamento y el carácter del otro, asumiendo las expresiones faciales que correspondieran a esas cualidades. Lo demás venía por sí solo.

El día 10 de enero escribió a Marge para comunicarle que acababa de llegar a Roma después de pasar tres semanas en París, solo, pues Tom se había marchado de Roma un mes antes, al parecer con destino a París y desde allí regresar a los Estados Unidos. No se habían visto en París ni había encontrado un apartamento en Roma aún, si bien seguía buscándolo y pensaba comunicarle la dirección tan pronto la conociera. Luego le agradecería efusivamente el paquete que le había mandado por Navidad y en el que había un suéter blanco con rayas rojas, tejido por la propia Marge, así como un libro sobre la pintura del *Quattrocento* y un estuche de piel para los utensilios de afeitar con sus iniciales en la tapa: H. R. G. El paquete no había llegado hasta el 6 de enero, y precisamente por eso le escribía, para evitar que Marge creyese que no lo había ido a buscar, que imaginase que se había desvanecido en el aire y empezase a buscarle. Le preguntó si había recibido su paquete, enviado desde París. Probablemente lo recibiría con retraso, por lo cual pedía disculpas. Luego escribió:

> Vuelvo a pintar con Di Massimo y estoy bastante satisfecho con el resultado. Te echo de menos, pero, si puedes seguir aguantando mi experimento, desearía dejar pasar unas cuantas semanas antes de verte (a no ser que, efectivamente, te marches a casa en febrero, cosa que no creo) y es posible que para entonces ya no tengas ganas de verme. Da recuerdos de mi parte a Giorgio y a su

mujer, y a Fausto, si es que sigue en Mongibello, y a Pietro, el del embarcadero...

La carta estaba escrita con el tono distraído y levemente lúgubre con que Dickie escribía todas sus cartas. Era imposible decir con certeza si estaba escrita con cariño o sin él, ya que, en esencia, no decía nada.

De hecho, Tom ya había encontrado un apartamento en una casa de pisos de la Via Imperiale, cerca del Arco de Pincio, y tenía firmado el contrato de arrendamiento para un año, aunque no pensaba pasar en Roma la mayor parte del tiempo, y mucho menos en invierno. Solo quería un hogar, tener una base en algún sitio, después de tantos años de no tenerla. Y Roma era elegante, parte de su nueva vida. Necesitaba poder decir en Mallorca, en Atenas, en El Cairo o donde fuese:

—Sí, vivo en Roma. Tengo un apartamento allí.

Y decirlo como sin darle importancia, igual que hacía la gente que se pasaba la vida viajando de un lado a otro. Se tenía un apartamento en Europa del mismo modo que otros tenían un garaje en el Bronx. Además, Tom quería que su apartamento fuese elegante, aunque no tenía intención de recibir muchas visitas y detestaba la idea de hacerse instalar teléfono, aunque no constase en la guía. De todos modos, decidió que el teléfono era antes una medida de seguridad que una amenaza. Así que se lo hizo instalar. El apartamento tenía una espaciosa sala de estar, un dormitorio, una especie de salón, cocina y baño. La decoración era un poco recargada, pero estaba en consonancia con la respetabilidad del barrio y de la vida que en él pensaba llevar Tom. El alquiler equivalía a ciento setenta y cinco dólares mensuales en invierno, calefacción incluida, y ciento veinticinco en verano.

Marge contestó con una carta que parecía escrita en pleno éxtasis. Decía que acababa de recibir el paquete con la maravillosa blusa de seda comprada en París, añadiendo que había sido una sorpresa y que le sentaba perfectamente. Según decía, Fausto y los Cecchi habían cenado en su casa la víspera de Navidad, y el pavo le había salido divino, y lo mismo las castañas confitadas y la salsa y el pudin y bla, bla, bla, y todo había resultado perfecto, solo que *él* no estaba allí. Y ¿en qué pensaba y qué hacía? ¿Y era más feliz? Y

Fausto iría a visitarle de camino a Milán si él le mandaba la dirección enseguida, y si no lo hacía, que dejase una nota para Fausto en la American Express, diciendo dónde podría encontrarle.

Tom supuso que el buen humor de Marge se debía a que pensaba que Tom se había marchado a América desde París. Junto con la carta de Marge recibió otra del *signore* Pucci anunciando que había vendido tres muebles en Nápoles, por ciento cincuenta mil liras, y que tenía un posible comprador para el velero, un tal Anastasio Martino, de Mongibello, que le había prometido hacerle el primer pago dentro de una semana, pero que probablemente no podría vender la casa hasta el verano, cuando los americanos empezaban a llegar de nuevo a Mongibello. Quitando el quince por ciento de comisión para el *signore* Pucci, la venta de los muebles ascendía a doscientos diez dólares, y Tom decidió celebrarlo yéndose a un club nocturno de Roma y encargando una cena principesca que tomó en elegante aislamiento, instalado en una mesa para dos, con velas y todo. Le era absolutamente indiferente cenar e ir al teatro solo. Así tenía ocasión de concentrarse en su papel de Dickie Greenleaf. Partía el pan exactamente como lo hacía Dickie, se llevaba el tenedor a la boca con la izquierda, igual que Dickie, y observaba las mesas colindantes y las parejas que bailaban en la pista con tal aire de estar inmerso en un profundo y benévolo trance que el camarero, en un par de ocasiones, tuvo que hablarle dos veces para hacerse oír. Los ocupantes de otra mesa le saludaron con la mano, y Tom advirtió que se trataba de una de las parejas americanas que había conocido en la fiesta de Nochebuena, en París. Les devolvió el gesto de saludo. Recordaba incluso cómo se llamaban. Eran los Souder. No volvió a dirigir la mirada hacia ellos en toda la noche, pero la pareja abandonó el local antes que él y se detuvo ante su mesa para saludarle.

–¿Solito? –preguntó el hombre, que parecía un poco achispado.

–Sí. Cada año tengo una cita conmigo mismo aquí –contestó Tom–. Celebro cierto aniversario.

El americano asintió con la cabeza, con cara de no saber qué más decir, y Tom comprendió que era incapaz de decir nada que fuese inteligente, que se sentía tan violento como cualquier americano de provincias que se encontrase cara a cara con la elegancia y la sobriedad, el dinero y los trajes de buen paño, aunque debajo de ese paño estuviese otro americano.

—Ya nos dijo que vivía en Roma, ¿verdad? —preguntó la mujer—. Me temo que hemos olvidado su nombre, pero lo recordamos muy bien de la fiesta de Nochebuena.

—Greenleaf —contestó Tom—. Richard Greenleaf.

—¡Oh, claro! —dijo la mujer, con tono de alivio—. ¿Tiene un apartamento aquí?

Se la veía dispuesta a tomar mentalmente nota de la dirección.

—De momento estoy en un hotel, pero tengo intención de mudarme a un apartamento cualquier día de estos, tan pronto como la decoración esté terminada. Estoy en el Elisio. ¿Por qué no me llaman algún día?

—Nos gustaría, pero nos vamos a Mallorca dentro de tres días, aunque eso es mucho tiempo.

—¡Me encantaría verles! —dijo Tom—. *Buona sera!*

Nuevamente solo, Tom reanudó sus propios sueños. Decidió abrir una cuenta bancaria a nombre de Tom Ripley, y de vez en cuando meter en ella unos cien dólares o alguna cantidad parecida. Dickie Greenleaf tenía dos bancos, uno en Nápoles y otro en Nueva York, con unos cinco mil dólares en cada cuenta. La cuenta de Ripley podría abrirla con un par de miles, añadiéndoles las ciento cincuenta mil liras procedentes de la venta de los muebles de Mongibello. Al fin y al cabo, tenía que mantener a dos personas.

15

Visitó el Capitolio y Villa Borghese, exploró minuciosamente el Foro y tomó seis lecciones de italiano de un viejo del barrio a quien Tom dio un nombre falso. Después de la sexta lección, Tom decidió que su italiano ya era igual que el de Dickie. Recordaba palabra por palabra varias frases dichas por Dickie en un momento u otro y ahora comprendía que no eran correctas. Por ejemplo:

—*Ho paura che non c'è arrivata, Giorgio.*

Dickie la había dicho una tarde, mientras esperaban a Marge en el bar de Giorgio. Dickie debería haber dicho «*sia arrivata*», empleando el subjuntivo después de una expresión que denotaba temor. Dickie nunca utilizaba el subjuntivo con la frecuencia propia del italiano. Voluntariamente, Tom se abstuvo de aprender la forma correcta de utilizar el subjuntivo.

Compró unos metros de terciopelo rojo para las cortinas de la sala de estar, ya que las cortinas que iban incluidas en el alquiler del apartamento le resultaban ofensivas a la vista. Al preguntarle a la *signora* Buffi, la esposa del portero, si sabía de alguna costurera que pudiera confeccionárselas, ella se había ofrecido para hacerlas por solo dos mil liras, poco más de tres dólares. Tom insistió para que aceptase cinco mil. Luego compró también unos cuantos objetos para embellecer el apartamento, aunque nunca recibía a nadie en casa, a excepción de un joven americano, simpático pero no muy inteligente, a quien había conocido en el Café Greco, cuando el otro le preguntó cómo se llegaba al Hotel Excelsior desde allí. El Excelsior estaba cerca de su casa, de manera que Tom le invitó a subir y tomar una copa. Lo único que pretendía era impresionarle durante una hora y después decirle adiós, para siempre, y así lo hizo, tras pasarse una hora discurseando sobre los placeres de vivir en Roma y servirle un poco de su mejor coñac. El joven partía para Múnich al día siguiente.

Tom cuidaba mucho de no encontrarse con los miembros de la colonia americana en Roma, pues deseaba evitar que le invitasen a sus reuniones y que él correspondiera invitándoles a las suyas. De todos modos, le encantaba charlar con los americanos y las gentes del país en el Café Greco y en los restaurantes estudiantiles de la Via Margutta. La única persona a quien dijo su nombre era un pintor italiano llamado Carlino, con quien se había encontrado en una taberna de dicha calle. Le dijo también que se dedicaba a pintar y que estaba estudiando con un pintor llamado Di Massimo. Si alguna vez la policía investigaba las actividades de Dickie en Roma, tal vez cuando Tom ya llevase mucho tiempo viviendo bajo su propio nombre, el pintor le serviría para demostrar que Dickie Greenleaf había estado pintando en Roma durante el mes de enero. El nombre Di Massimo no le sonaba a Carlino, pero Tom le hizo una descripción tan detallada que probablemente Carlino nunca se olvidaría.

Se sentía solo, pero en modo alguno triste. Era una sensación muy parecida a la que había experimentado en París, la víspera de Navidad, la sensación de que toda la gente le estuviera observando, como si el mundo entero fuese su público, una sensación que le hacía estar constantemente en guardia, ya que una equivocación hubiera sido catastrófica. Y, con todo, estaba absolutamente seguro de que no cometería ninguna equivocación, y ello sumergía su existencia en una atmósfera peculiar y deliciosa de pureza, igual que la que probablemente sentiría un gran actor al salir al escenario a interpretar un papel importante con la convicción de que nadie podía interpretarlo mejor que él. Era él mismo y, sin embargo, no lo era. Se sentía inocente y libre, pese a que, de un modo consciente, planeaba cada uno de sus actos. Pero ya no sentía cansancio después de varias horas de fingir, como le había sucedido al principio. No tenía necesidad de relajarse cuando estaba a solas. Desde que se levantaba y entraba a cepillarse los dientes en el baño, él era Dickie, cepillándose los dientes con el brazo derecho doblado en ángulo recto, Dickie haciendo girar con la cucharilla los restos del huevo pasado por agua que tomaba para desayunar. Dickie, que, invariablemente, volvía a guardar en el armario la primera corbata que había sacado, poniéndose otra en su lugar. Incluso había pintado un cuadro al estilo de Dickie.

Al finalizar enero, Tom dio por sentado que Fausto habría pasado por Roma sin detenerse, aunque las cartas de Marge no decían nada al respecto. Marge le escribía una vez por semana, a la dirección de la American Express. Solía preguntarle si necesitaba calcetines o una bufanda, diciéndole que le sobraba mucho tiempo y podía confeccionárselos ella misma, sin dejar por ello de trabajar en su libro. Siempre le relataba alguna anécdota graciosa sobre algún conocido del pueblo, solo para que Dickie no creyese que se estaba muriendo de pena por su causa, aunque resultaba evidente que así era, tan evidente como su propósito de no marcharse a América en febrero sin antes hacer otro intento desesperado para atraparle, y esta vez en persona. Tom se decía que por eso le escribía tan a menudo y tan extensamente, por eso los calcetines y la bufanda probablemente estaban ya en camino, aunque nunca contestaba a sus cartas. Las cartas de Marge le repelían. Le disgustaba incluso tocarlas y, después de mirarlas muy por encima, las hacía pedazos y las tiraba a la basura.

Finalmente, Tom escribió:

He desechado la idea del apartamento en Roma de momento. Di Massimo se va a pasar unos cuantos meses en Sicilia, y puede que vaya con él y desde allí a alguna otra parte. Mis planes son muy poco concretos, pero tienen la virtud de ofrecerme libertad y adaptarse a mi actual estado de ánimo.

No me mandes calcetines, Marge. A decir verdad, no necesito nada. Te deseo mucho éxito para tu libro.

Tom tenía ya el billete para ir a Mallorca: primero en tren hasta Nápoles, después en barco hasta Palma, la noche del 31 de enero al 1 de febrero. Se había comprado dos maletas nuevas en Gucci, la mejor tienda de artículos de piel que había en Roma. Una de las maletas era grande, de suave piel de antílope, la otra era de lona color canela, con correajes de cuero marrón. Ambas llevaban las iniciales de Dickie. Tom se deshizo de la más estropeada de sus propias maletas, y la otra la tenía guardada en un trastero del apartamento, llena de su propia ropa por si se presentaba alguna emergencia. Pero no esperaba que así fuese. La embarcación hundida cerca de San Remo nunca había sido encontrada. Tom hojeaba los periódicos cada día para ver si decían algo al respecto.

Una mañana, mientras hacía las maletas, llamaron a la puerta. Supuso que sería alguien que se equivocaba o que iba pidiendo de puerta en puerta. Su nombre no constaba en la escalera, donde estaban los timbres, y le había dicho al portero que no deseaba que constase, pues quería evitar visitas inoportunas. El timbre sonó por segunda vez, y Tom no hizo caso, continuando con su tarea. Le gustaba hacer las maletas y se entretenía mucho con ello, uno o dos días enteros. Con gestos afectuosos, colocaba la ropa de Dickie en las maletas, probándose alguna que otra camisa de seda o chaqueta delante del espejo. Así estaba, abrochándose una camisa azul adornada con caballitos de mar de color blanco, cuando empezaron a golpear la puerta.

Se le ocurrió que tal vez era Fausto, que hubiese sido muy propio de Fausto buscarle por toda Roma para darle una sorpresa. Trató de tranquilizarse diciéndose que era una tontería, pero sus manos estaban bañadas en un sudor frío al dirigirse hacia la puerta. Se sentía débil, y lo absurdo de aquella sensación, unido al peligro de desmayarse y que le encontrasen tendido en el suelo, le hizo agarrarse al pomo de la puerta con ambas manos, aunque solamente la entreabrió unos centímetros.

–¡Hola! –dijo una voz con acento americano, desde la semipenumbra del rellano–. ¿Eres tú, Dickie? ¡Soy Freddie!

Tom dio un paso hacia atrás, abriendo la puerta del todo.

–Dickie está... Pero pasa, pasa. No está aquí en este momento. Volverá dentro de un rato, seguramente.

Freddie Miles entró con cara de curiosidad, mirando en todas direcciones. Tom se preguntó cómo diablos habría dado con la dirección. Rápidamente, se quitó los anillos de los dedos y los ocultó en el bolsillo. Luego miró a su alrededor, tratando de recordar si había algo más que ocultar.

–¿Te alojas en su casa? –preguntó Freddie, mirándole con su expresión estúpida y atemorizada.

–Oh, no. Solo estaré aquí unas horas –dijo Tom, quitándose la camisa de los caballitos de mar, debajo de la cual llevaba otra–. Dickie se ha ido a almorzar, me parece que dijo al Otelo. Seguramente volverá sobre las tres, a lo sumo.

Tom supuso que el portero o su esposa le habían dicho cuál era el timbre de su piso, y que el *signore* Greenleaf estaba en su casa. Probablemente, Freddie habría dicho que era un viejo amigo de Dickie. Tom se dijo que iba a tener que sacarlo de la casa sin cruzarse con la *signora* Buffi en la planta baja, ya que ella siempre le saludaba diciéndole:

–*Buongiorno, signore Greenleaf!*

–Te vi en Mongibello, ¿no es verdad? –preguntó Freddie–. ¿No te llamas Tom? Creí que ibas a venir a Cortina.

–Me fue imposible, gracias. ¿Qué tal fue por allí?

–Oh, muy bien. ¿Qué le pasó a Dickie?

–¿Es que no te escribió? Pues verás..., decidió pasar el invierno en Roma. Me dijo que ya te había escrito.

–Ni una palabra..., a no ser que escribiese a Florencia. Pero yo estaba en Salzburgo y él sabía mi dirección.

Freddie se sentó a medias sobre la mesa, arrugando el tapete de seda verde. Sonrió.

—Marge me dijo que se había trasladado a Roma, pero ella solamente sabía la dirección de la American Express. Ha sido una verdadera casualidad que encontrase el lugar. Anoche me topé con alguien en el Greco que sabía su dirección. ¿Qué pretende Dickie?

—¿Quién era? —preguntó Tom—. ¿Un americano?

—No, un italiano. Un simple crío.

Freddie miraba los zapatos de Tom.

—¿Sabes que tus zapatos son como los de Dickie y los míos? Duran como el hierro, ¿verdad? Los míos los compré en Londres hace ya ocho años.

Eran los zapatos de piel curtida, sin teñir, que habían pertenecido a Dickie.

—Estos los compré en América —dijo Tom—. ¿Te apetece una copa o prefieres ir al Otelo a ver si encuentras a Dickie? ¿Sabes dónde cae eso? No vale la pena que esperes, porque normalmente no acaba de almorzar hasta las tres. Y yo no tardaré en irme.

Freddie se había acercado al dormitorio y estaba de pie ante la puerta, mirando las maletas que había sobre la cama.

—¿Es que Dickie se va o es que acaba de regresar? —preguntó Freddie, volviéndose.

—Se marcha. ¿No te lo dijo Marge? Se va a Sicilia a pasar una temporada.

—¿Cuándo?

—Mañana. Quizá hoy a última hora, no estoy seguro.

—Oye, ¿qué le pasa a Dickie últimamente? —preguntó Freddie, frunciendo el ceño—. ¿Qué pretende recluyéndose así?

—Dice que ha trabajado mucho este invierno —contestó Tom con naturalidad—. Me parece que busca un poco de soledad, aunque, por lo que yo sé, sigue en buenas relaciones con todo el mundo, incluyendo a Marge.

Freddie sonrió otra vez y empezó a desabrocharse el abrigo.

—Pues no va a estarlo conmigo si vuelve a darme un plantón. ¿Estás seguro de que él y Marge siguen siendo amigos? Cuando la vi me pareció que se habían peleado. Llegué a pensar que tal vez por eso no vinieron a Cortina.

Freddie se le quedó mirando a la expectativa.

—Pues no que yo sepa.

Tom se acercó al ropero para coger su chaqueta, para que

141

Freddie comprendiese que quería marcharse, y entonces, justo a tiempo, comprendió que posiblemente Freddie reconocería la chaqueta de franela gris que hacía juego con los pantalones que llevaba puestos y que era de Dickie. Del extremo izquierdo del ropero descolgó una chaqueta y una gabardina que eran suyas. Los hombros de la gabardina daban la impresión de que la prenda había pasado varias semanas en el colgador, y así era. Al volverse, observó que Freddie tenía clavados los ojos en la pulsera de plata que llevaba en la muñeca izquierda. Era de Dickie. Tom no se la había visto nunca, pero la encontró en la caja donde guardaba las joyas. Freddie la estaba mirando como si la conociese. Tom se puso la gabardina sin perder la calma.

Freddie le estaba observando con una expresión distinta, algo sorprendida. Tom sabía lo que estaba pensando y, presintiendo el peligro, su cuerpo se tensó.

—¿Listo para irte? —preguntó Tom.

—Sí que vives aquí, ¿no es verdad?

—¡No! —protestó Tom, sonriendo.

El rostro feo y pecoso le estaba mirando fijamente bajo la mata de pelo rojo.

«¡Ojalá podamos salir de aquí sin tropezarnos con la *signora* Buffi!», se dijo Tom.

—Vámonos.

—Por lo que veo, Dickie te ha cubierto de joyas, las suyas.

A Tom no se le ocurrió nada que decir, ninguna broma para despistar.

—Oh..., es solo un préstamo —dijo Tom con voz grave—. Dickie se cansó de llevarla, de manera que me dijo que la llevara yo durante una temporada.

Tom se refería a la pulsera, pero recordó que también llevaba el sujetacorbatas de plata con una «G» bien visible. Él mismo lo había comprado. Se daba cuenta de que en Freddie Miles la animosidad hacia él aumentaba por segundos. Se notaba tan claramente como si de su corpachón estuviera saliendo una especie de vapor que inundase toda la habitación. Freddie pertenecía a la clase de tipos que eran capaces de dar una paliza a quien tomasen por un afeminado, especialmente si las circunstancias les eran tan propicias como en aquellos momentos. Su mirada infundía terror.

142

–Sí, estoy listo para irme –dijo Freddie con tono amenazador, levantándose.

Al llegar a la puerta se volvió.

–¿Es el Otelo que está cerca del Inghilterra?

–Sí –dijo Tom–. Suele llegar allí sobre la una.

Freddie movió la cabeza afirmativamente.

–Me alegra haber vuelto a verte –dijo con voz desagradable.

Se fue cerrando la puerta.

Tom lanzó una maldición en voz baja. Abrió ligeramente la puerta y escuchó los pasos de Freddie que se alejaban escaleras abajo. Necesitaba asegurarse de que Freddie salía a la calle sin cruzar palabra con alguno de los Buffi. Entonces oyó la voz de Freddie que decía:

–*Buongiorno, signora!*

Tom se asomó al hueco de la escalera. Tres pisos más abajo se veía parte de una de las mangas del abrigo que llevaba Freddie. Estaba hablando en italiano con la *signora* Buffi. La voz de la mujer le llegaba con mayor claridad.

–... solo el *signore* Greenleaf –decía la mujer–. No, solo uno... *signore chi?*... No, *signore*... No creo que haya salido en todo el día, ¡claro que puedo estar equivocada!

La mujer soltó una carcajada.

Tom apretaba la barandilla como si fuese el cuello de Freddie. Entonces oyó los pasos de Freddie que subían la escalera corriendo. Entró en el apartamento y cerró la puerta. Podía insistir en que no vivía allí, que Dickie estaba en el Otelo, o bien que no sabía dónde estaba, pero sabía que Freddie ya no iba a cejar hasta dar con Dickie. Además, cabía la posibilidad de que Freddie le arrastrara a la planta baja para preguntarle a la *signora* Buffi quién era él.

Freddie llamó a la puerta. Luego giró el pestillo, pero la llave estaba echada. Tom cogió un pesado cenicero de cristal. Tuvo que agarrarlo por un borde, ya que era demasiado ancho para que la mano lo abarcase. Trató de pensar un poco más sobre si había alguna otra salida. Con la mano izquierda abrió la puerta; tenía la otra mano y el cenicero ocultos tras la espalda.

Freddie entró en la habitación.

–Escucha, ¿te importaría decirme...?

El borde del cenicero le dio en plena frente. Freddie se quedó atónito. Entonces se le doblaron las rodillas y cayó como un buey derribado por un mazazo entre los ojos. Tom cerró la puerta de un puntapié. Con el cenicero descargó un fuerte golpe en la nuca de Freddie. Luego otro, y otro, temiendo que Freddie estuviera simplemente fingiendo y que, de pronto, sus brazos le atenazasen las piernas y le derribasen. Descargó otro golpe, esta vez de refilón y sobre el cráneo, y la sangre empezó a manar. Tom se puso a maldecir. Corriendo, fue al cuarto de baño y regresó con una toalla que colocó debajo de la cabeza de Freddie. Luego le cogió la muñeca para tomarle el pulso. Advirtió que todavía le latía, débilmente, cada vez más débilmente, como si el contacto de sus dedos lo estuviera haciendo desaparecer del todo. Al cabo de un segundo, el pulso se esfumó. Tom aguzó el oído hacia la escalera, imaginándose a la *signora* Buffi ante la puerta, con la sonrisa que empleaba cuando tenía la impresión de estar entrometiéndose. Pero ni los golpes con el cenicero ni la caída de Freddie habían armado demasiado ruido, al menos así se lo parecía a Tom. Bajó la vista hacia la mole de Freddie y sintió una súbita sensación de asco e impotencia.

Era solamente la una menos veinte, y faltaban horas para que oscureciese. Se preguntó si a Freddie le estarían esperando en alguna parte, tal vez en un coche, abajo en la calle. Le registró los bolsillos: un billetero, el pasaporte americano en un bolsillo interior del abrigo, un poco de calderilla italiana y de otro país que no pudo reconocer, un estuche-llavero. Había dos llaves en una anilla que decía FIAT. Buscó el carnet de conducir en el billetero. Lo encontró. En él constaban todos los datos: FIAT 1400 *nero* - descapotable - 1955. Le sería fácil localizarlo si había venido en él. Registró todos los bolsillos, sin olvidar los del chaleco, tratando de encontrar el ticket de un garaje, pero no lo halló. Se acercó a la ventana de la calle y estuvo a punto de sonreír al mirar afuera: allí estaba el descapotable negro, aparcado junto a la acera de enfrente, casi delante mismo de la casa. No podía decirlo con certeza, pero le pareció que no había nadie en el coche.

De repente supo lo que iba a hacer. Se puso a arreglar la habitación, sacando las botellas de ginebra y vermut del aparador, y, pensándolo mejor, también la de Pernod, ya que su olor era mu-

144

cho más fuerte. Dejó las botellas sobre la mesa y preparó un martini en un vaso alto, añadiéndole un par de cubitos de hielo. Bebió un poco para que el vaso quedase sucio, luego vertió un poco en otro vaso y se acercó con él al cuerpo de Freddie. Cogió la mano fláccida de Freddie y apretó los dedos en torno al vaso, que seguidamente volvió a llevar a la mesa. Echó una mirada a la herida y comprobó que ya no sangraba o que estaba dejando de hacerlo; la sangre no había traspasado la toalla manchando el suelo. Apoyó el cuerpo de Freddie en la pared y vertió un poco de ginebra sola en su garganta, directamente de la botella. La mayor parte del líquido se le derramó por la pechera de la camisa, aunque Tom supuso que la policía italiana no haría ningún análisis de sangre para comprobar si Freddie había estado muy borracho o solo un poco. Tom dejó que sus ojos se posaran inquietos en el rostro de Freddie, y su estómago se contrajo de tal modo que apartó la mirada rápidamente. La cabeza le daba vueltas y se dijo que no debía volver a hacerlo.

«¡Lo que faltaba!», se dijo Tom acercándose a la ventana con pasos vacilantes. «¡Mira que si me desmayo ahora...!»

Abrió la ventana y respiró profundamente el aire fresco, mirando ceñudamente el coche negro aparcado al otro lado de la calle. Se dijo que no debía desmayarse, que sabía exactamente lo que haría: un Pernod para los dos en el último minuto. Otros dos vasos con sus huellas dactilares y las de Freddie, más restos de licor. Luego habría que llenar los ceniceros. Freddie fumaba Chesterfield. Luego la Via Appia, en uno de los rincones oscuros que había detrás de las tumbas. En la Via Appia había largos trechos sin ningún farol. El billetero de Freddie habría desaparecido. Motivo: robo.

Le quedaban bastantes horas, pero no se detuvo hasta haber dejado preparada la habitación: una docena de cigarrillos Chesterfield, y otra de Lucky Strike, quemados y aplastados en los ceniceros; un vaso de Pernod hecho añicos en el cuarto de baño, sin terminar de barrer los cristales, que seguían sobre las baldosas. Resultaba curioso que, mientras preparaba tan minuciosamente la escena, iba pensando que tendría horas de sobra para volverlo a dejar todo en orden —tal vez entre las nueve de aquella misma noche, hora en que quizá la policía creería interesante someterle a interrogatorio, ya que quizá alguien sabía que Freddie Miles pensaba visitar a Dickie Greenleaf aquel día– y Tom supo con certeza que así sería, que tendría el piso perfectamente arreglado para las ocho de la noche, ya que, según la historia que pensaba contar, Freddie habría salido de su casa a las siete (como, de hecho, iba a suceder), y Dickie Greenleaf era un joven pulcro y ordenado, incluso cuando llevaba unas cuantas copas en el cuerpo. Pero el motivo del desorden era que le servía de justificación de la historia ante sí mismo, que le obligaba a creérsela él también.

Además, pensaba emprender el viaje a Palma vía Nápoles por la mañana, a las diez y media, a no ser que, por alguna razón, la policía le retuviera en Roma. Si el hallazgo del cuerpo salía en los periódicos de la mañana, y la policía no se ponía en contacto con él, lo natural sería que él se presentase voluntariamente para decirles que Freddie Miles había estado en su casa a última hora de la tarde, aunque, de repente, se le ocurrió que tal vez el forense averiguaría que Freddie llevaba muerto desde el mediodía. En aquellos momentos le era imposible sacar a Freddie, imposible a plena luz del día. No. Su única esperanza estribaba en que tardasen tantas horas en hallar el cadáver que el forense no pudiese establecer con certeza la hora exacta del fallecimiento. Además, tenía que sacarlo de la casa sin ser visto por nadie, absolutamente nadie –tanto si lograba bajarlo como si se tratase de un borracho, como si no lo lograba–, para que, si tenía que prestar declaración, pudiese decir que Freddie se había ido sobre las cuatro o las cinco de la tarde.

Temía tanto las cinco o seis horas que faltaban para el anochecer, que durante unos instantes temió también no ser capaz de esperar. Tom temblaba, pensando que no había tenido ninguna intención de matarle, que había sido una muerte estúpida, pero Freddie, con sus malditas sospechas, le había obligado a ello. Tom sentía deseos de salir a dar un paseo, pero no se atrevía a dejar el cadáver allí. Además, era necesario hacer ruido, si es que tenía que hacer ver que él y Freddie se habían pasado toda la tarde charlando y bebiendo. Puso la radio y buscó una emisora que transmitía música de baile. Decidió que, al menos, podía tomarse una copa. Formaba parte de la comedia. Se preparó otro par de martinis con hielo. Ni siquiera aquello le apetecía, pero se lo bebió.

La ginebra no hizo más que intensificar sus dudas y temores. Se quedó contemplando el largo y pesado cuerpo de Freddie, con el abrigo hecho una pelota debajo del mismo, sin que él, Tom, se atreviera o tuviera fuerzas suficientes para enderezarlo, aunque le molestaba verlo. Una y otra vez, pensaba en lo triste, estúpida, peligrosa e innecesaria que era aquella muerte, y cuán brutalmente injusta para el propio Freddie. Por supuesto, no resultaba imposible odiar a Freddie: un cochino y un egoísta que se había atrevido a despreciar a uno de sus mejores amigos (porque sin duda Dickie era uno de sus mejores amigos) solamente porque sospechaba que era culpable de desviación sexual. Tom se echó a reír al pensar en aquellas palabras: desviación sexual.

¿Dónde está el sexo?, se preguntó. ¿Y dónde está la desviación?

Bajó la vista hacia Freddie y con voz baja y llena de resentimiento dijo:

—Freddie Miles, has sido víctima de tu propia mente retorcida.

16

Finalmente, esperó hasta que dieron las ocho, ya que sobre las siete las entradas y salidas de la casa eran más numerosas que durante el resto del día. A las ocho menos diez bajó a la planta baja para asegurarse de que la *signora* Buffi no estuviese trajinando por allí y tuviese cerrada la puerta; además, quería estar completamente seguro de que no hubiese nadie en el coche de Freddie, aunque, horas antes, ya había bajado a comprobar que efectivamente el coche fuera el de Freddie. Arrojó el abrigo del muerto sobre el asiento de atrás. Volvió a subir al apartamento y, arrodillándose, colocó uno de los brazos del cadáver alrededor de su cuello, apretó los dientes, y tiró hacia arriba. Dio varios traspiés al intentar apoyarse mejor en la espalda el cuerpo inerte de Freddie. También horas antes había ensayado la operación del traslado, sin apenas lograr dar un paso debido al peso del cadáver, y en aquellos momentos el cadáver pesaba exactamente lo mismo que antes, pero había una diferencia: ahora tenía que sacarlo. Dejó que los pies de Freddie se arrastrasen, y de este modo consiguió aligerar un poco el peso, y se las arregló para cerrar la puerta con el codo. Luego empezó a bajar las escaleras. A mitad del primer tramo, se detuvo al oír que alguien salía de un apartamento del segundo piso. Se quedó esperando a que quien fuese hubiera salido a la calle, y entonces reanudó su lento y vacilante descenso. Había encasquetado uno de los sombreros de Dickie en la cabeza del muerto, para ocultar el pelo sucio de sangre. Durante la última hora, había estado bebiendo una mezcla de ginebra y Pernod con el fin de alcanzar un estado de ebriedad perfectamente calculado y que le permitiera convencerse a sí mismo de que era capaz de moverse con cierto aire de indiferencia y, al mismo tiempo, conservar el valor, incluso la temeridad, suficiente para arriesgarse sin pestañear. El primer riesgo, lo peor que podía pasarle, era que el peso de Freddie le hiciese caer antes de llegar al coche y meter el cadáver dentro. Tom cumplió lo que se había jurado a sí mismo: no detenerse a descansar mientras bajaba las escaleras. Tampoco salió nadie más de ninguno de los pisos, ni entró ningún vecino procedente de la calle. Durante las horas pasadas en el piso, Tom se había estado imaginando los posibles contratiempos que se encontraría al salir: la *signora* Buffi o su esposo saliendo de su vivienda en el preciso instante en que él llegaba al final de las escaleras; un desmayo que haría que le encontrasen tumbado en el suelo junto al cadáver; la posibilidad de que, habiendo dejado el cuerpo en el suelo para descansar, luego no pudiera volver a alzarlo. Se lo había imaginado todo con tal intensidad, que ahora el simple hecho de haber llegado abajo sin que se confirmara uno solo de sus temores le daba la sensación de estar protegido por alguna fuerza mágica que le hacía olvidarse del enorme peso que transportaba en el hombro.

Echó una ojeada a través de las cristaleras de la puerta. La calle parecía normal. Un hombre pasaba por la acera de enfrente, aunque siempre pasaba alguien por una de las aceras. Abrió la primera puerta con el pie y la cruzó arrastrando a Freddie. Antes de cruzar la otra puerta, cambió el peso de hombro, agachando la cabeza bajo el cadáver, y sintiéndose orgulloso de su propia fuerza, hasta que el dolor del brazo que había quedado libre le hizo volver a la realidad. Tenía el brazo demasiado cansado siquiera para rodear la cintura de Freddie. Apretó más los dientes y dando tumbos bajó los cuatro peldaños que daban a la acera, no sin golpearse una cadera contra la columna de piedra del final de la balaustrada.

Un hombre que venía por la acera aflojó el paso como si fuera a detenerse, pero prosiguió su camino sin hacerlo.

Tom decidió que si alguien se le acercaba, le arrojaría tal vaharada de Pernod al rostro que no necesitarían preguntarle qué le pasaba. Mentalmente, Tom iba soltando maldiciones contra los transeúntes que cruzaban por su lado. Pasaron cuatro personas, pero solo dos le miraron. Se detuvo un momento para que pasara un coche, luego, dando unos pasos rápidos y empujando, metió la cabeza de Freddie por la ventanilla del coche y empujó lo bastante para que le bastara apoyar el cuerpo en el cadáver a fin de que no cayera mientras tomaba un respiro. Miró alrededor, bajo la luz del farol al otro lado de la calle, hacia las sombras que había frente a su casa.

En aquel instante, el más pequeño de los hijos del portero salió corriendo a la acera y siguió calle abajo sin mirar hacia Tom. Entonces, un hombre que cruzaba la calle, pasó cerca del coche sin apenas una mirada de sorpresa hacia el cuerpo doblado, con la cabeza metida dentro del vehículo, que casi parecía estar en una pose natural. Tom pensó que, en realidad, era como si Freddie estuviese hablando con alguien que estaba dentro del coche, aunque él, Tom, sabía perfectamente que la pose no era exactamente natural. Pero esa era la ventaja de hallarse en Europa, donde nadie ayudaba a nadie, ni nadie se entrometía. De haber estado en América...

—¿Necesita ayuda? —le dijo una voz en italiano.

—*Oh, no, no, grazie* —contestó Tom, con una voz alegre de borracho—. Ya sé dónde vive este —añadió en inglés, mascullando las palabras.

El hombre movió la cabeza comprensivamente, sonrió y siguió su camino. Era un hombre alto y delgado, vestido con una gabardina ligera, sin sombrero, y llevaba bigote. Tom confió en que no se acordase de él ni del coche.

Tom dio la vuelta al coche y tiró de Freddie para colocarlo en el asiento al lado del conductor. Entonces se puso los guantes de piel que llevaba en el bolsillo de su gabardina y metió la llave de Freddie en el contacto. El coche arrancó obedientemente. Bajaron hasta la Via Veneto, pasaron por delante de la Biblioteca Americana, por la Piazza Venecia, desde uno de cuyos balcones Mussolini solía soltar sus discursos; dejaron atrás el gigantesco monumento a Víctor Manuel y cruzaron el Foro, pasando luego por delante del Coliseo.

Fue, en resumen, una gira muy completa por Roma, aunque a Freddie le era totalmente imposible gozarla. Parecía haberse dormido en el asiento de al lado, como a veces le sucedía a la gente cuando uno deseaba mostrarles el paisaje.

La Via Appia Antica se abría ante él, gris y antigua bajo la tenue luz de los escasos faroles. A ambos lados de la calzada, recortadas sobre el cielo aún no del todo oscurecido, se advertían las ruinas de las tumbas. La oscuridad iba avanzando, ganándole terreno a la luz. No se veía más que un coche, que se acercaba de frente, en dirección a Roma. Eran pocas las personas que se sentían inclinadas a viajar por aquella carretera llena de baches y mal iluminada, especialmente en el mes de enero, con la posible excepción de las parejas de enamorados. El coche pasó por su lado. Tom empezó a mirar a su alrededor, buscando un lugar propicio. Se dijo que Freddie se merecía yacer detrás de una tumba presentable. Observó un grupo de árboles que crecían junto a la carretera y detrás de los cuales sin duda habría una tumba o los restos de una. Tom se desvió de la calzada al llegar junto a los árboles y apagó los faros. Aguardó un momento, mirando hacia ambos extremos de la vacía y recta carretera.

El cuerpo de Freddie seguía tan fláccido como una muñeca de caucho. Tom se preguntó dónde estaría el *rigor mortis* consabido. Arrastró el cuerpo, ahora sin demasiadas contemplaciones, dejando que la cara rozase el polvo del camino, hasta el último árbol del grupo, y luego lo ocultó detrás de las ruinas de una tumba. Se trataba de un arco que debía de haber sido la tumba de un patricio, pese a que apenas quedaba un metro de pared en pie. Tom se dijo que bastaba para el cerdo de Freddie. Se puso a maldecir el pesado cuerpo y, de pronto, descargó un puntapié en la barbilla del cadáver. Se sentía cansado, cansado hasta el punto de llorar, asqueado de ver el cuerpo de Freddie Miles, y le parecía que nunca iba a llegar el momento en que podría volverle la espalda definitivamente. Todavía quedaba el abrigo, y Tom regresó al coche en su busca. Al volver con la prenda, advirtió que el terreno era seco y duro, por lo que seguramente no quedarían huellas de sus pasos. Arrojó el abrigo junto al cadáver y, girando vivamente sobre sus talones, emprendió el regreso hacia el coche, sin apenas sentir sus propias piernas a causa del agotamiento.

150

Mientras conducía hacia Roma, frotó la parte exterior de la portezuela con su mano enguantada, para borrar las huellas dactilares. Aquel era el único sitio del coche donde había puesto las manos antes de enfundarse los guantes. Al llegar a la calle a cuyo extremo se hallaba la American Express, dejó el coche aparcado delante del Florida, un club nocturno, y salió de él dejando la llave de contacto puesta. Conservaba en su bolsillo el billetero de Freddie, aunque ya había trasladado al suyo propio el dinero italiano que llevaba encima Freddie. Las otras divisas, francos suizos y schillings austríacos, las había quemado antes, en el apartamento. Se sacó el billetero del bolsillo y, al pasar junto a una cloaca, se agachó levemente y lo arrojó dentro.

Mientras regresaba andando a casa, Tom pensó que solo había dos cosas que estaban mal: los ladrones, en buena lógica, se hubieran llevado el abrigo, ya que la prenda era de calidad, y, además, el pasaporte, que seguía en un bolsillo del abrigo. Pero se dijo que no todos los ladrones actuaban de acuerdo con la lógica, especialmente si eran italianos. Y tampoco todos los asesinos actuaban con lógica. Su mente retrocedió a la conversación sostenida con Freddie:

–... *No, un italiano. Un simple crío.*

Así que alguien le había seguido hasta casa alguna vez, ya que él no le había dicho a nadie, absolutamente a nadie, su dirección. Se sentía avergonzado, pensando que quizá dos o tres mozos de reparto sabían dónde vivía, aunque los mozos de reparto no solían frecuentar el Greco. Le avergonzaba y al mismo tiempo le hacía encogerse dentro de la gabardina. Se imaginaba una cara morena y jadeante siguiéndole hasta su casa, observando atentamente la fachada para ver qué luz se encendía después de entrar él en la escalera. Tom se encorvó aún más y apretó el paso, como si estuviera huyendo de un perseguidor maniático y apasionado.

17

Tom salió a por los periódicos antes de las ocho de la mañana siguiente. No traían nada. Supuso que tal vez no encontrarían el cuerpo hasta pasados varios días. Al fin y al cabo, la tumba donde lo había ocultado no era muy importante, sino más bien todo lo contrario, y era poco probable que a alguien se le ocurriese acercarse a ella para admirarla. Tom se sentía seguro, a salvo, pero físicamente se encontraba fatal. Tenía una fuerte resaca que le hacía detenerse en mitad de todo lo que empezaba. Incluso, al cepillarse los dientes, se detuvo un momento para comprobar si su tren salía efectivamente a las diez y media o bien a las diez cuarenta y cinco. Salía a las diez y media.

A las nueve ya estaba preparado, incluso había hablado con la *signora* Buffi para avisarla de que iba a permanecer ausente unas tres semanas, posiblemente más. No advirtió ningún cambio en el comportamiento de la *signora* Buffi, que, además, no hizo ningún comentario sobre el visitante americano del día anterior. Tom trató de pensar en algo que pudiera preguntarle a la portera, algo que pareciese normal a la vista de las preguntas que el día antes había hecho Freddie, y que, al mismo tiempo, le indicase qué pensaba realmente la *signora* Buffi, pero no se le ocurrió nada, y decidió no menear el asunto. Tom trataba de tranquilizarse diciéndose que todo iba bien, que no tenía motivos para preocuparse y que la resaca que le aquejaba no tenía razón de ser, ya que, después de todo, solamente se había tomado tres martinis y tres Pernods a lo sumo. Sabía que era cosa de sugestión mental, y que tenía una resaca porque había decidido, el día antes, fingir que él y Freddie habían estado bebiendo mucho. Y en aquel momento, cuando ya no le hacía ninguna falta, seguía fingiendo, sin poder remediarlo.

Sonó el teléfono. Tom lo descolgó y con voz taciturna dijo:

–*Pronto?*

–¿El *signore* Greenleaf? –preguntó la voz, en italiano.

–*Sì.*

–*Qui parla la stazione polizia numero ottantatrè. Lei è un amico di un americano chi se chiama Frederick Miller?*

–¿Se refiere a Frederick Miles? Pues sí.

La voz, con tono rápido y tenso, le informó que el cadáver de Frederick Miller había sido hallado aquella misma mañana en la Via Appia Antica, y que el *signore* Miller le había visitado a él el día anterior, ¿o acaso no era así?

–En efecto, así fue.

–¿A qué hora exactamente?

152

—Sería cerca del mediodía cuando llegó y se fue... quizá a las cinco o a las seis de la tarde, no estoy del todo seguro.

—¿Tendría usted la amabilidad de respondernos a unas cuantas preguntas?... No, no hace falta que se moleste en venir a la comisaría. El investigador irá a verle. ¿Le parece bien esta mañana a las once?

—Tendré mucho gusto en ayudarles si me es posible —dijo Tom, dando a su voz el tono de excitación apropiado a las circunstancias—. Pero ¿no podría ser ahora mismo? Debo salir de casa antes de las diez.

La voz soltó una especie de quejido y dijo que lo dudaba, pero que procurarían complacerle. Si no les era posible ir antes de las diez, era muy importante que él permaneciese en su casa hasta que llegasen.

—*Va bene* —contestó sumisamente Tom, y colgó el aparato.

«¡Malditos sean!», se dijo, pensando que iba a perder el tren y, además, por si fuera poco, el barco. Lo único que deseaba era salir, marcharse de Roma, y del apartamento. Empezó a repasar lo que tenía que decir a la policía. Resultaba tan sencillo que casi le aburría. No era ni más ni menos que la verdad absoluta. Habían estado bebiendo unas copas, Freddie le había contado cosas de Cortina, habían charlado mucho y finalmente Freddie se había ido, tal vez algo achispado pero de muy buen humor. «No, no tenía idea de adónde podía haber ido Freddie, aunque suponía que tenía alguna cita para la noche.»

Tom entró en el dormitorio y colocó en el caballete una tela que había comenzado unos días antes. La pintura seguía húmeda en la paleta, ya que la había dejado en un recipiente lleno de agua en la cocina. Mezcló un poco de azul y blanco y empezó a añadir pinceladas al cielo gris azulado. En el cuadro predominaban los tonos rojizos y blancos empleados por Dickie y que Tom utilizaba para pintar los tejados y las paredes que se divisaban desde su ventana. El cielo era lo único que se apartaba del estilo de Dickie, ya que el cielo invernal de Roma era tan lúgubre que Tom suponía que el mismo Dickie lo hubiese pintado de gris azulado en lugar de azul. Tom pintaba con el ceño fruncido, igual que hacía Dickie al pintar.

El teléfono volvió a sonar.

—¡Maldita sea! —farfulló Tom, descolgando el aparato—. *Pronto!*

153

—*Pronto!* ¡Fausto! —dijo la voz al otro lado—. *Come sta?*

Tom oyó la conocida risa juvenil y burbujeante de Fausto.

—¡Ah, Fausto! *Bene, grazie!* Un momento —dijo Tom en italiano, imitando la voz distraída de Dickie—. He estado tratando de pintar..., solo tratando...

Sus palabras estaban calculadas para que pareciesen dichas por Dickie después de haber perdido a un amigo como Freddie, pero dichas en una mañana normal de trabajo absorbente.

—¿Puedes venir a almorzar? —preguntó Fausto—. Mi tren sale para Milán a las cuatro y cuarto.

Tom lanzó un gruñido, igual que Dickie.

—Pues estoy a punto de salir para Nápoles. Sí, inmediatamente, ¡dentro de veinte minutos!

Pensó que si lograba librarse de Fausto, entonces no habría necesidad de decirle que la policía le había llamado. Las noticias sobre la muerte de Freddie no saldrían hasta la tarde, en la prensa vespertina.

—¡Pero si estoy aquí, en Roma! ¿Dónde está tu casa? Te hablo desde la estación —dijo alegremente Fausto, entre carcajadas.

—¿De dónde has sacado mi número de teléfono? —preguntó Tom.

—¡Ah! *Allora,* llamando a información. Me dijeron que querías que tu número permaneciese en secreto, pero le conté a la chica un cuento larguísimo sobre un sorteo de la lotería que habías ganado en Mongibello. No sé si me creyó, pero hice que pareciese algo muy importante..., ¡una casa, una vaca, un pozo e incluso un refrigerador! Tuve que llamar tres veces, pero finalmente la chica me dio el número. *Allora*, Dickie, ¿dónde estás?

—No es eso, es simplemente que tengo que tomar ese tren, de lo contrario me encantaría almorzar contigo, pero...

—¡*Va bene,* te ayudaré a llevar el equipaje! Dime dónde estás y pasaré a buscarte en un taxi.

—No hay tiempo. ¿Por qué no nos vemos en la estación dentro de media hora? Mi tren sale a las diez y media, para Nápoles.

—Muy bien.

—¿Cómo está Marge?

—*Ah...! Inamorata di te* —dijo Fausto, soltando una carcajada—. ¿Vas a verla en Nápoles?

–Me parece que no. Bueno, Fausto hasta dentro de unos minutos. Tengo que darme prisa. *Arrivederci.*

– 'Rivederci, Dickie. *Addio!*

Fausto colgó.

Cuando Fausto viese los periódicos de la tarde comprendería por qué no se había presentado en la estación, de lo contrario Fausto seguiría creyendo que él no le había encontrado debido a la gente que había en la estación. Pero Tom se dijo que lo más probable era que Fausto viese los periódicos, ya que la prensa iba a dar mucha importancia a la noticia..., nada menos que el asesinato de un americano en la Via Appia. Decidió que, una vez que se hubiese entrevistado con la policía, cogería otro tren con destino a Nápoles, a ser posible después de las cuatro por si Fausto seguía en la estación. En Nápoles esperaría el siguiente buque para Mallorca.

Deseó que Fausto no lograse arrancarle su dirección a la telefonista también. Temía que se presentase allí antes de las cuatro, especialmente cuando la policía estuviese en el apartamento.

Tom metió dos de las maletas debajo de la cama y escondió la otra en el ropero, cerrándolo con llave. Quería evitar que la policía sospechase que estaba a punto de marcharse de la ciudad. De todos modos, no había motivo para ponerse nervioso. Probablemente, la policía no tenía ninguna pista, y la llamada se redujese a que algún amigo de Freddie estaba enterado de su intención de visitarle el día anterior. Tom cogió un pincel y lo mojó en el recipiente de trementina. Quería que la policía viese que la noticia de la muerte de Freddie no le había trastornado hasta el punto de impedirle pintar mientras les esperaba, aunque estaba vestido para salir, ya que así se lo había comunicado a la policía. Iba a representar el papel de amigo de Freddie, pero no el de amigo íntimo.

A las diez y media, la *signora* Buffi abrió la puerta de la calle a la policía. Tom se asomó al hueco de la escalera y les vio subir directamente, sin detenerse a interrogar a la portera. Tom volvió a entrar en el apartamento, donde flotaba el olor picante de la trementina.

Eran dos, uno de cierta edad, con uniforme de oficial, y otro, más joven, vestido con un uniforme de simple agente. El oficial le saludó cortésmente y pidió ver su pasaporte. Tom se lo entregó y el policía miró atentamente la foto de Dickie, luego el rostro de Tom, que se dispuso a ver puesta en duda su verdadera identidad, pero sus temores no llegaron a confirmarse. El policía hizo una leve inclinación de cabeza, sonrió y le devolvió el documento. Era un hombre bajito, de mediana edad, parecido a muchos miles de italianos de su misma edad; tenía las cejas negras, un tanto grisáceas y espesas, y usaba bigote, también grisáceo y espeso. No parecía una persona notablemente inteligente ni estúpida.

—¿Cómo le mataron? —preguntó Tom.

—Le golpearon en la cabeza y en el cuello con un objeto contundente —contestó el oficial—, y le robaron. Sospechamos que estaba bebido. ¿Lo estaba cuando salió de aquí ayer por la tarde?

—Pues... un poco. Los dos estuvimos bebiendo... martinis y Pernod.

El oficial lo anotó en su bloc, junto con la hora de llegada y salida que le dijo Tom: alrededor de las doce y de las seis, respectivamente.

El más joven de los dos policías, bien parecido e inexpresivo, paseaba por el apartamento, con las manos en la espalda. Se inclinó ante el caballete con el aire de estar contemplando un cuadro en algún museo.

—¿Sabe adónde fue al marcharse de aquí? —preguntó el oficial.

—No.

—Pero le pareció que estaba en condiciones de conducir, ¿no es así?

—Sí. De haber estado demasiado bebido para llevar el coche, yo le hubiera acompañado.

El oficial le hizo otra pregunta que Tom fingió no acabar de comprender. El policía se la hizo por segunda vez, escogiendo palabras distintas y cambiando una sonrisa con su compañero. Tom les miró a los dos, con cierto resentimiento. El policía quería saber cuál era su relación con Freddie.

—Éramos amigos —dijo Tom—. Aunque no muy íntimos. Llevaba casi dos meses sin verle ni tener noticias suyas. Me llevé un gran disgusto esta mañana, al enterarme del suceso.

Tom dejó que su expresión de ansiedad compensase las deficiencias de su elemental vocabulario italiano. Le pareció que lo conseguía. Al parecer, se trataba de un interrogatorio puramente rutinario y supuso que los agentes se irían al cabo de un par de minutos más.

–¿A qué hora le mataron, exactamente? –preguntó Tom.

El oficial seguía escribiendo y al oírle alzó sus espesas cejas.

–Evidentemente, justo después de que el *signore* saliera de su casa, ya que el forense dijo que llevaba como mínimo doce horas muerto, tal vez más.

–¿A qué hora le encontraron?

–Al amanecer. Fueron unos obreros que pasaban por la carretera.

–*Dio mio!* –murmuró Tom.

–¿Le dijo algo sobre si pensaba ir a la Via Appia ayer, al salir de aquí?

–No –contestó Tom.

–¿Qué hizo usted cuando se hubo marchado el *signore* Miles?

–Me quedé en casa –dijo Tom, abriendo los brazos como hubiese hecho Dickie–, luego dormí un poco y sobre las ocho o las ocho y media salí a dar una vuelta.

Al regresar sobre las nueve y cuarto Tom se había cruzado con un vecino cuyo nombre ignoraba, aunque se habían saludado.

–¿Fue a pasear usted solo?

–Sí.

–¿Y el *signore* Miles salió de aquí solo? ¿No iba a reunirse con nadie, que usted sepa?

–No. No dijo nada al respecto.

Tom se preguntó si Freddie se habría alojado con algún amigo en el hotel. Tenía la esperanza de que la policía no le sometiese a un careo con alguno de los amigos de Freddie, ya que posiblemente lo eran también de Dickie. Comprendió que su nombre –Richard Greenleaf– ya estaría en todos los periódicos, junto con su dirección, así que iba a tener que poner tierra por medio. Soltó una maldición en voz baja. El policía se percató de ello, pero debió de pensar que iba dirigida al triste destino que había caído sobre Freddie. Al menos, eso pensó Tom.

–Y bien... –dijo el oficial, sonriendo y guardándose el bloc.

–¿Creen ustedes que fue... –Tom trató de dar con la palabra equivalente a «maleante», pero no pudo y en su lugar dijo–: ... algún muchacho violento? ¿Tienen alguna pista?

–Estamos examinando el coche para ver si hay huellas dactilares. Es posible que el asesino sea alguien a quien recogiera en la carretera, algún autoestopista. El coche fue hallado esta mañana en los alrededores de la Piazza di Spagna. Si todo va bien, tendremos alguna pista antes de esta noche. Muchísimas gracias por todo, *signore* Greenleaf.

–*Di niente!* Si les puedo ayudar en algo más...

El policía se volvió al llegar a la puerta.

–¿Estará usted aquí durante los próximos días? Es por si tenemos que hacerle más preguntas.

Tom titubeó.

–Pensaba irme a Mallorca mañana.

–Verá, es que la pregunta puede ser sobre quién es tal o cual persona, comprenda, algún sospechoso –le explicó el policía–. Puede que usted pueda identificarla y decirnos cuál era su relación con el finado.

–De acuerdo, aunque no crean que conocía al *signore* Miles tanto como eso. Probablemente tenía amigos más íntimos en la ciudad.

–¿Quiénes?

El policía cerró la puerta y volvió a sacar su bloc.

–No lo sé –dijo Tom–. Lo único que sé es que debe de haber tenido varios amigos aquí, gente que le conocía mejor que yo.

–Lo siento, pero debo pedirle que siga usted disponible durante unos dos días más –repitió el policía con voz tranquila, como indicando que no había forma de oponerse a ello, aunque Tom fuese americano–. Ya le avisaremos tan pronto como pueda marcharse. Lamento que tuviese pensado salir de viaje. Tal vez aún esté a tiempo de cancelarlo. Buenos días, *signore* Greenleaf.

–Buenos días.

Tom se quedó inmóvil cuando los dos policías salieron y cerraron la puerta. Pensó que, si avisaba antes a la policía, podía mudarse a un hotel. No quería que empezasen a visitarle los amigos de Freddie, o los de Dickie, ahora que los periódicos habían dado su dirección. Trató de hacerse una idea de su comportamiento observado desde el punto de vista de la *polizia*. Ninguna de sus afirmaciones había sido puesta en duda, ni había dado muestras de estar horrorizado ante la noticia de la muerte de Freddie, por eso concordaba con lo que había dicho acerca de que no le unía al muerto una amistad muy íntima. Finalmente, sacó la conclusión de que las cosas no le habían ido mal, pese a tener que quedarse unos días más en la ciudad.

Sonó el teléfono sin que Tom le hiciera caso. Presentía que era Fausto llamándole desde la estación. Eran las once y cinco y el tren de Nápoles ya debía de haber salido. Cuando el aparato enmudeció, Tom llamó al Inghilterra y reservó una habitación, diciendo que llegaría en media hora aproximadamente. Luego llamó a la comisaría —recordaba que era la número 83— y perdió casi diez minutos tratando de hablar con alguien que supiese o quisiera saber quién era Richard Greenleaf. Al fin consiguió dejar recado de que el *signore* Richard Greenleaf estaría disponible en el Albergo Inghilterra, en caso de que la policía deseara hablar con él.

Llegó al Inghilterra antes de que transcurriera una hora. Llevaba tres maletas, dos de Dickie y una suya, y al verlas y pensar cuán distinta había sido su intención al prepararlas se sintió deprimido.

Al mediodía salió a buscar la prensa. La noticia estaba en todos los periódicos:

AMERICANO ASESINADO EN LA VIA APPIA ANTICA...
HORRIBLE ASESINATO DEL MILLONARIO AMERICANO
FREDERICK MILES ANOCHE EN LA VIA APPIA...
EL ASESINATO DEL AMERICANO EN LA VIA APPIA
SIN NINGUNA PISTA...

Tom la leyó sin perderse ni una palabra. Era cierto que no había ninguna pista, al menos todavía, ni huellas dactilares, ni sospechosos. Pero en todos los periódicos salía el nombre de Herbert Richard Greenleaf y se decía que en su casa, cuya dirección también se detallaba, era donde Freddie había sido visto vivo por última vez. Ninguno de los periódicos daba a entender, sin embargo, que Herbert Richard Greenleaf fuese sospechoso. Los periódicos decían que Miles, al parecer, se había tomado unas cuantas copas y, siguiendo el típico estilo periodístico italiano, el contenido de las copas aparecía cuidadosamente enumerado e iba desde *americanos* hasta el scotch, pasando por el coñac, el champán, incluso la grappa. Solamente la ginebra y el Pernod quedaban fuera de la lista.

Tom se quedó en su habitación a la hora de almuerzo, paseando de un lado a otro, sintiéndose deprimido y atrapado. Llamó a la agencia de viajes donde había comprado el pasaje para Palma y trató de anularlo. Le dijeron que recuperaría un veinte por ciento del importe. No había otro buque con destino a Palma hasta pasados cinco días.

Sobre las dos del mediodía el teléfono empezó a sonar con insistencia.

—Diga —dijo Tom imitando la voz nerviosa e irritable de Dickie.

—Hola, Dick. Aquí Van Houston.

—¡Oh! —exclamó Tom, como si supiese quién era, aunque procurando que el tono de su voz no denotase un exceso de sorpresa o de alegría.

—¿Qué tal estás? ¡Cuánto tiempo!, ¿verdad? —le dijo la voz de tono áspero y forzado.

—En efecto, mucho. ¿Dónde estás?

—En el Hassler. He estado repasando el equipaje de Freddie junto con la policía. Óyeme, necesito verte. ¿Qué pasó con Freddie ayer? Me pasé la tarde intentando localizarte, ¿sabes?, porque Freddie tenía que regresar al hotel antes de las seis. No tenía tu dirección. ¿Qué pasó ayer?

—¡Ojalá lo supiera! Freddie se fue de mi casa alrededor de las seis. Los dos nos habíamos bebido unos cuantos martinis, bastantes, pero parecía capaz de conducir, ya que, de lo contrario, no le hubiese dejado salir, naturalmente. Dijo que tenía el coche abajo. No me imagino lo que pudo pasarle... como no fuera que recogió a alguien por el camino y le amenazaron con una pistola o algo por el estilo.

—Pero si no le mataron de un tiro. Estoy de acuerdo contigo en que alguien debió de obligarle a ir hasta allí, si no quería que le hiciesen daño, ya que tuvo que atravesar toda la ciudad para llegar a la Via Appia. El Hassler está solo a unas cuantas travesías de tu casa. Tal vez perdió la noción de lo que estaba haciendo.

—¿Le había sucedido alguna vez? Quiero decir si había perdido el conocimiento mientras estaba al volante.

—Escucha, Dickie, ¿puedo verte? Estoy libre en este momento, aunque no debo salir del hotel en lo que queda de día.

–Yo tampoco.

–Oh, vamos. Deja un recado y vente para aquí.

–No puedo, Van. La policía va a venir dentro de una hora y debo estar presente. ¿Por qué no me llamas más tarde? Tal vez pueda verte esta noche.

–De acuerdo. ¿A qué hora?

–Llámame sobre las seis.

–De acuerdo. ¡Arriba ese ánimo, Dickie!

–Lo mismo digo.

–Hasta luego –dijo débilmente la voz.

Tom colgó pensando que Van, a juzgar por su voz, estaba a punto de echarse a llorar.

–*Pronto?* –dijo Tom dando unos golpecitos a la horquilla para atraer la atención de la telefonista del hotel.

Dejó el recado de que no estaba para nadie a excepción de la policía, y que no debían permitir que nadie subiese a verle. Nadie en absoluto.

Después de eso, el teléfono no sonó en toda la tarde. Alrededor de las ocho, ya de noche, Tom bajó a comprar la prensa vespertina. Echó un vistazo al reducido vestíbulo del hotel (y también al bar, cuya puerta daba al vestíbulo). Buscaba a alguien que pudiera ser Van. Estaba preparado para cualquier cosa, incluso para encontrarse a Marge sentada allí, esperándole, pero no vio a nadie que siquiera pareciese ser agente de policía. Compró los periódicos de la tarde y se sentó en un pequeño restaurante unas calles más allá. Todavía no había ninguna pista. Se enteró de que Van Houston era amigo íntimo de Freddie, que tenía veintiocho años y que se hallaba en Roma de paso, procedente de Austria y, al menos antes, con la intención de proseguir viaje hasta Florencia, donde él y Miles residían. La policía había interrogado a tres mozalbetes italianos, dos de dieciocho años y el otro de dieciséis, sospechosos de haber cometido el «horrible acto», pero más tarde los había puesto en libertad. Tom se sintió aliviado al leer que no se habían encontrado huellas dactilares recientes ni aprovechables en el *bellissimo* Fiat 1400 descapotable de Miles.

Tom se comió su *costoletta di vitello* lentamente, bebiendo sorbitos de vino y repasando todas las páginas de los periódicos, columna tras columna, buscando las noticias de última hora que la prensa italiana incluía a veces justo antes de pasar a la imprenta. No encontró nada más sobre el caso Miles, pero en la última página del último periódico leyó:

Barca affondata con macchie di sangue trovata nell' acqua poco fondo vicino San Remo.

Leyó la noticia ávidamente, con el corazón más aterrado que al llevar el cuerpo de Freddie sobre el hombro, o al ser interrogado por la policía. Le parecía estar leyendo su sentencia, igual que una pesadilla hecha realidad, incluso en la forma en que estaba redactado el titular. Había una descripción detallada de la lancha y, al leerla, Tom revivió la escena: Dickie sentado con la caña del timón entre las manos; Dickie sonriéndole; el cuerpo de Dickie hundiéndose en el agua dejando una estela de burbujas tras de sí. El texto de la noticia decía que, según se creía, las manchas eran de sangre, sin afirmar a ciencia cierta que lo fuesen. No decía lo que la policía o quien fuese pensaba hacer en relación con ellas. Pero Tom supuso que la policía haría algo. Probablemente el barquero podría informar a la policía del día exacto en que se había perdido la lancha. Entonces la policía podría hacer indagaciones en los hoteles. Incluso era posible que el barquero recordase que la lancha se la habían alquilado dos americanos que luego no habían regresado. Si la policía se tomaba la molestia de comprobar el registro de los hoteles correspondiente a aquellas fechas, el nombre de Richard Greenleaf iba a destacarse como una bandera roja. En tal caso, por supuesto, el desaparecido sería Tom Ripley, probablemente asesinado aquel mismo día. La imaginación de Tom se lanzó por distintos senderos:

«¿Y si se ponen a buscar el cuerpo de Dickie y lo encuentran? Darían por sentado que se trataba del cuerpo de Tom Ripley. Sospecharían que Dickie es el asesino. Ergo, Dickie sería sospechoso del asesinato de Freddie Miles también. De la noche a la mañana, Dickie pasaría a ser "un tipo peligroso, un asesino". Por el contrario, puede que el barquero no recuerde qué día desapareció una de sus lanchas. Incluso, suponiendo que sí lo recuerde, tal vez no indaguen en los hoteles. Tal vez a la policía italiana no le interesase tanto el caso. Tal vez, tal vez, tal vez no.»

162

Tom dobló los periódicos, pagó la cuenta y salió.

Al llegar al hotel, preguntó si había algún recado para él.

—*Sì, signore. Questo e questo e questo...*

El recepcionista los fue colocando sobre el mostrador con el aire triunfal de un jugador de póquer mostrando una escalera.

Había dos de Van, uno de Robert Gilberston (a Tom le parecía haber visto ese nombre en la libreta de direcciones de Dickie. Decidió comprobarlo luego). Uno de Marge. Tom lo recogió y leyó cuidadosamente el mensaje escrito en italiano:

«La *signorina* Sherwood llamó a las tres y cinco y volverá a llamar. Era una conferencia desde Mongibello.»

Tom asintió con la cabeza y recogió las notas.

—Muchas gracias.

No le gustó la forma en que le miraba el recepcionista y se dijo que los italianos eran un hatajo de fisgones.

Ya en su habitación, se sentó en un sillón con el cuerpo echado hacia delante, fumando y pensando. Trataba de imaginar lo que lógicamente iba a suceder si no hacía nada, y lo que podía suceder si él lo provocaba con sus actos. Era muy probable que Marge viniese hasta Roma. Era obvio que había llamado a la policía de Roma para preguntarles su dirección. Si venía, tendría que recibirla sin hacerse pasar por Dickie, tratando de convencerla de que este se había ausentado unos momentos, como había tenido que hacer con Freddie. Y si no lo lograba... Tom se frotó las manos nerviosamente. Decidió que no había otra salida que no ver a Marge. Especialmente cuando el asunto de la lancha empezaba a fraguarse. Todo se desbarataría si llegaba a verla. Sería el fin de todo. Pero si se quedaba sentado sin hacer nada, nada sucedería. Trató de tranquilizarse diciéndose que era la coincidencia del asunto de la lancha con el asesinato, todavía por resolver, de Freddie Miles lo que hacía que las cosas se pusieran difíciles. Pero que nada, absolutamente nada, iba a pasarle a él, si era capaz de seguir diciendo lo que debía decir y comportándose como debía comportarse. Después, las cosas volverían a ir como una seda. Se iría a un lugar lejano, muy lejano... Grecia, o la India, tal vez Ceilán, donde ningún antiguo conocido pudiera llamar a su puerta. ¡Qué imbécil había sido al pensar que podría quedarse en Roma!

Llamó a la Stazione Termini para preguntar sobre los trenes

que salían hacia Nápoles al día siguiente. Había cuatro o cinco. Tomó nota de la hora en que salía cada uno de ellos. El buque de Mallorca no saldría hasta cinco días más tarde, y Tom se dijo que lo esperaría en Nápoles. Todo lo que le hacía falta era el permiso de la policía, y si todo iba bien, se lo darían al día siguiente. No podían retenerle para siempre, sin ni siquiera tener motivos para sospechar, solo por si se les ocurría hacerle alguna que otra pregunta. Empezó a dar por seguro que le dejarían en libertad de acción al día siguiente, que sería absolutamente lógico que así fuese.

Volvió a descolgar el teléfono para decirle al recepcionista que, si miss Marjorie Sherwood llamaba otra vez, le pasase la llamada. Tom pensó que si Marge volvía a telefonear, en dos minutos la convencería de que todo iba bien, que el asesinato de Freddie no le incumbía en lo más mínimo y que, si estaba en un hotel, era para evitar llamadas anónimas y, al mismo tiempo, estar a disposición de la policía por si le necesitaban para la identificación de algún posible sospechoso. Le diría que salía en avión con destino a Grecia el día siguiente, por lo que no hacía falta que ella se desplazara a Roma. Entonces se le ocurrió que, de hecho, podía coger el avión de Palma en la misma Roma. No había caído en la cuenta antes.

Se tumbó en la cama, cansado pero sin querer acostarse aún, ya que tenía el presentimiento de que algo iba a suceder aquella misma noche. Procuró concentrar sus pensamientos en Marge, a la que se imaginaba en el bar de Giorgio en aquel preciso momento, quizá tomándose un Tom Collins en el bar del Miramare, con parsimonia, dudando entre si debía volver a llamarle o no. Tom podía imaginársela con la preocupación asomándole al rostro, pensando en lo que estaba sucediendo en Roma. Estaría sola en una mesa, sin hablar con nadie. La vio levantarse y regresar a casa, donde prepararía la maleta para coger el autobús a la mañana siguiente. Él estaba allí también, de pie en la calzada ante la estafeta de correos, pidiéndole a gritos que no fuese, tratando de detener el autobús, sin conseguirlo...

La imagen se disolvió en un torbellino de grises y amarillos, el color que tenía la arena de Mongibello. Tom vio a Dickie, vestido con el traje de pana que llevaba en San Remo y sonriéndole. El traje estaba empapado y la corbata no era más que un colgajo que chorreaba agua. Dickie se inclinaba hacia él y le zarandeaba.

–¡Me salvé! –decía–. ¡Despiértate, Tom! ¡Me salvé nadando! ¡Estoy vivo!

Tom trató de zafarse del contacto de sus manos y oyó que Dickie se reía de él, con su risa profunda y alegre.

–¡Tom!

El timbre de su voz era más profundo y más melodioso, mejor en suma que el conseguido por Tom al imitar a Dickie. Tom intentó ponerse en pie. El cuerpo le pesaba como si fuera de plomo y sus movimientos eran lentos, como los de una persona que tratase de salir a la superficie desde lo más profundo del mar.

–¡Me salvé! –gritaba la voz de Dickie, resonándole una y otra vez en los oídos, como si le llegase a través de un túnel larguísimo.

Tom miró a su alrededor, buscando a Dickie bajo la luz amarillenta de la lámpara, en las sombras de la habitación, junto al armario. Sintió que los ojos se le abrían desmesuradamente, aterrorizados, y aun sabiendo que su miedo era infundado, siguió buscando a Dickie por todos lados, debajo de la persiana semicerrada, en el suelo al otro lado de la cama. Finalmente, logró levantarse y, andando con paso vacilante, llegó hasta la ventana y la abrió. Después abrió la otra. Se sentía bajo los efectos de alguna droga. De pronto, pensó que alguien le había echado algo en el vino. Se arrodilló junto a la ventana, aspirando ansiosamente el aire frío, luchando contra la sensación de mareo como si se tratase de algo que, si cedía unos segundos, acabaría dominándole del todo. Al cabo de un rato, entró en el baño y se mojó la cara en el lavabo. El mareo empezaba a desaparecer. Sabía que no le habían drogado. Solo que se había dejado llevar por la imaginación y había perdido el control de sí mismo.

Se irguió y con gestos pausados se quitó la corbata. Moviéndose como lo hubiera hecho Dickie, se desnudó para bañarse, y luego se puso el pijama y se tendió en el lecho. Trató de imaginarse en qué hubiese pensado Dickie y se dijo que probablemente en su madre. Recordó que en su última carta, mistress Greenleaf había incluido unas fotos de ella y su marido tomando café en la sala de estar, igual que lo habían hecho con Tom después de cenar. Ella le decía en la carta que las fotos eran obra de Herbert, su marido. Tom empezó a redactar mentalmente la siguiente carta que les escribiría. Los señores Greenleaf estaban contentos de que últimamente les hubiese escrito más a menudo. Tom decidió que era necesario que les tranquilizase sobre el asunto de Freddie, ya que ambos lo conocían. En una de sus cartas, mistress Greenleaf le había preguntado por Freddie Miles. Pero mientras se esforzaba en redactar la carta, Tom tenía el oído atento por si sonaba el teléfono y le resultó imposible concentrarse.

18

Lo primero que le vino en mente al despertarse fue Marge. Cogió el teléfono y preguntó si la muchacha había llamado durante la noche. Le dijeron que no. Le asaltó la inquietante sospecha de que Marge ya se hallaba camino de Roma. Se levantó de un salto de la cama y luego, mientras se aseaba, la sospecha se esfumó y empezó a preguntarse por qué se preocupaba tanto por Marge, a la que siempre había sabido manejar. De todos modos, era imposible que llegase antes de las cinco o de las seis de la tarde, porque el primer autobús de Mongibello no partía hasta el mediodía y era muy poco probable que la muchacha alquilase un taxi para ir a Nápoles.

Pensó que quizá podría salir de Roma aquella misma mañana. A las diez llamaría a la policía para saberlo.

Encargó que le subieran *caffè latte* y bollos a la habitación, junto con los periódicos de la mañana. Resultaba raro, pero en ninguno de ellos se hablaba del caso Miles y de la lancha encontrada en San Remo y la ausencia de noticias le hizo sentir miedo, un miedo igual al de la noche anterior, cuando imaginó ver a Dickie en la habitación. Arrojó los periódicos lejos de sí.

Sonó el teléfono y, obedientemente, Tom se dirigió a contestarlo, convencido de que sería Marge o la policía.

—*Pronto?*

—*Pronto*. Hay dos *signori* de la policía que preguntan por usted, *signore*. Están en el vestíbulo.

—Muy bien. Haga el favor de decirles que suban.

Al cabo de un minuto oyó pasos sobre la alfombra del pasillo. Era el mismo oficial del día anterior, pero esta vez le acompañaba otro subordinado, también más joven que él.

—*Buon' giorno* —dijo el oficial, con su acostumbrada inclinación de cabeza.

—*Buon' giorno* —contestó Tom—. ¿Han averiguado algo nuevo?

—No —contestó el policía, con cierto tono de interrogación.

Aceptó la silla que le acercó Tom y abrió su cartera de cuero marrón.

—Ha surgido otro asunto. Usted es también amigo del americano llamado Thomas Ripley, ¿verdad?

—Sí —dijo Tom.

—¿Sabe dónde se encuentra?

—Creo que regresó a América hará cosa de un mes.

El oficial consultó su papel.

—Entiendo. Eso tendrá que confirmárnoslo el Departamento de Información de los Estados Unidos. Verá, es que estamos intentando localizar al tal Thomas Ripley. Sospechamos que puede haber muerto.

—¿Muerto? ¿Por qué?

El policía apretaba suavemente los labios, semiocultos bajo su espeso bigote, entre una frase y la siguiente, lo que le daba el aspecto de estar sonriendo. El gesto ya había desconcertado a Tom el día antes.

—Estuvo usted con él en San Remo, el pasado mes de noviembre, ¿no es así?

Comprendió que habían indagado en los hoteles.

—En efecto.

—¿Dónde le vio por última vez? ¿Fue en San Remo?

—No. Volví a verle en Roma.

Tom acababa de acordarse de que Marge sabía que él había regresado a Roma al irse de Mongibello definitivamente. Él le había dicho que se iba a Roma para ayudar a Dickie a instalarse.

—¿Cuándo le vio por última vez?

—No sé si podré darle la fecha exacta. Me parece que fue hace dos meses, más o menos. Creo que luego me mandó una postal desde Génova... Sí, creo que fue desde Génova. Me decía que regresaba a los Estados Unidos.

—¿No está seguro?

—Sé que la recibí, sí —dijo Tom—. ¿Qué les hace sospechar que haya muerto?

167

El policía contempló su papel con cara de duda. Tom miró de reojo al más joven de los dos agentes, que estaba apoyado en el escritorio con los brazos cruzados mirándole de una manera fija e impersonal.

—Cuando estuvo en San Remo con Thomas Ripley, ¿alquilaron una lancha juntos?

—¿Una lancha? ¿Dónde?

—En el puerto. ¿Acaso fue para dar un paseo por el mismo puerto? —preguntó el policía con voz sosegada, mirando a Tom.

—Me parece que sí. Sí, ahora me acuerdo. ¿Por qué?

—Pues porque se ha encontrado una lancha hundida y con unas manchas que podrían ser de sangre. Se dio por perdida el 25 de noviembre. Es decir, no fue devuelta al embarcadero donde la alquilaron. El 25 de noviembre fue el día en que usted estuvo en San Remo con el *signore* Ripley.

Los ojos de los dos policías estaban clavados en él, sin apartarse, con una expresión que ofendió a Tom por su misma falta de malicia. Le pareció falsa. Pero hizo un tremendo esfuerzo para comportarse como debía. Se veía a sí mismo igual que si se tratara de otra persona que estuviese contemplando la escena. Rectificó incluso su postura, apoyando una mano en el poste de la cama para darle un aire más despreocupado.

—Pero si no sucedió nada en la lancha. No tuvimos ningún accidente.

—¿Y devolvieron la lancha?

—¡Por supuesto!

El policía seguía observándole atentamente.

—No hemos encontrado el nombre del *signore* Ripley inscrito en ningún hotel después del 25 de noviembre.

—¿De veras?... ¿Cuánto llevan buscándole?

—No lo bastante para haber investigado en todos los pueblos y pueblecitos del país, pero hemos hecho indagaciones en los hoteles de las principales ciudades. Sabemos que se inscribió usted en el Hassler del 28 al 30 de noviembre, y luego...

—Tom no vino conmigo a Roma... Me refiero al *signore* Ripley. Se fue a Mongibello por aquellas fechas y pasó allí un par de días.

—¿Dónde se alojó cuando vino a Roma?

—En algún hotel de segunda, pero no recuerdo exactamente en cuál. No fui a visitarle.

—Y usted, ¿dónde estaba?

—¿Cuándo?

—Los días 26 y 27 de noviembre. Es decir, al abandonar San Remo.

—En Forte dei Marmi —contestó Tom—. Hice alto allí al regresar. Me alojé en una pensión.

—¿En cuál?

Tom movió la cabeza negativamente.

—No recuerdo el nombre. Era un establecimiento muy pequeño.

Después de todo, pensó, gracias a Marge podré demostrar que Tom estuvo en Mongibello, vivito y coleando, después de salir de San Remo. Así que, ¿por qué se empeñan en investigar en qué pensión se alojó Dickie Greenleaf el 26 y el 27 de noviembre?

Tom se sentó en el borde de la cama.

—Todavía no acabo de comprender qué les induce a pensar que Tom Ripley ha muerto.

—Creemos que ha muerto *alguien* —contestó el oficial— en San Remo. Alguien murió en esa lancha, mejor dicho, fue asesinado. Por eso la hundieron..., para borrar las manchas de sangre.

Tom frunció el entrecejo.

—¿Están seguros de que las manchas son de sangre?

El oficial encogió los hombros, y Tom hizo lo mismo.

—Me figuro que habría centenares de personas navegando en lanchas de alquiler en San Remo y en aquel mismo día.

—No tantas. Solo unas treinta. Tiene mucha razón, pudo haber sido cualquiera de esas treinta personas... o cualquier pareja de las quince, lo que viene a ser igual —añadió el policía con una sonrisa—. Ni siquiera sabemos el nombre de cada una de ellas. Pero empezamos a creer que Thomas Ripley ha desaparecido.

El policía desvió la mirada hacia un rincón de la habitación y, a juzgar por su expresión, parecía estar pensando en cualquier otra cosa. Tom se dijo que tal vez estaba simplemente disfrutando del calorcillo que se desprendía del radiador junto al que estaba su silla.

Tom volvió a cruzar las piernas con gesto de impaciencia. Resultaba fácil de ver lo que estaba pasando por la cabeza del policía: Dickie Greenleaf había estado dos veces en la escena del crimen, o cuando menos bastante cerca. Thomas Ripley, el desaparecido, había dado un paseo en lancha con Dickie Greenleaf el 25 de noviembre. Ergo...

Tom enderezó el cuerpo con cara de enojo.

–¿Me está usted diciendo que no me cree cuando afirmo haber visto a Tom Ripley aquí, en Roma, alrededor del día 1 de diciembre?

–¡Oh, no! Yo no he dicho nada de eso. ¡Claro que no!

El oficial gesticulaba tratando de aplacarle.

–Es que quería oír lo que usted podía decirnos sobre su... su viaje con el *signore* Ripley al marcharse de San Remo, puesto que no logramos dar con él.

El policía volvió a sonreír conciliadoramente, mostrando unos dientes amarillentos.

Tom se encogió de hombros con gesto de exasperación. Resultaba obvio que, de buenas a primeras, la policía italiana no quería acusar de asesinato a un ciudadano norteamericano.

–Lamento no poder decirles exactamente dónde se encuentra ahora. ¿Por qué no intentan localizarle en París? ¿O en Génova? Tom prefiere alojarse siempre en hoteles de segunda.

–¿Tiene usted la postal que le envió desde Génova?

–Pues no –dijo Tom.

Se pasó los dedos por el pelo, como solía hacer Dickie cuando estaba irritado. Se sintió mejor tras pasar unos segundos concentrándose en su papel de Dickie Greenleaf y dar un par de vueltas por la habitación.

–¿Conoce usted a algunas de las amistades de Thomas Ripley?

Tom dijo que no con un movimiento de cabeza.

–No, ni tan solo le conozco bien a él, al menos no le conozco desde hace mucho tiempo. No sé si tiene muchas amistades en Europa. Me parece que una vez dijo que conocía a alguien en Faenza, y también en Florencia. Pero he olvidado sus nombres.

Tom pensó que si el policía sospechaba que estaba tratando de proteger de la policía a los amigos de Tom, tanto peor para él.

–*Va bene,* lo investigaremos –dijo el oficial.

Guardó los papeles en la cartera. Por lo menos había anotado una docena de cosas en ellos.

–Antes de que se marchen –dijo Tom, con el mismo tono de

franqueza y nerviosismo–, quiero preguntarles cuándo puedo salir de la ciudad. Tenía pensado hacer un viaje a Sicilia. Me gustaría mucho irme hoy mismo, si puede ser. Tengo intención de hospedarme en el Hotel Palma, en Palermo, y allí les será muy fácil encontrarme si me necesitan.

–Palermo –repitió el oficial–. *Ebbene,* puede que no haya ningún inconveniente. ¿Me permite usar su teléfono?

Tom encendió un cigarrillo y se puso a escuchar al oficial, que preguntó por el *capitano* Anlicino y luego, con voz impasible, manifestó que el *signore* Greenleaf no tenía idea de dónde estaba el *signore* Ripley, y que, según decía el *signore* Greenleaf, era probable que hubiese regresado a América, o que estuviese en Florencia o en Faenza.

–*Faenza* –repitió espaciando las sílabas–. *Vicino Bologna.*

Cuando el otro lo hubo comprendido, el oficial dijo que el *signore* Greenleaf deseaba irse a Palermo aquel mismo día.

–*Va bene. Benone.*

Luego se volvió sonriendo hacia Tom.

–Sí, puede usted irse a Palermo hoy.

–*Benone. Grazie.*

Tom los acompañó hasta la puerta.

–Si averiguan dónde se halla Tom Ripley, me gustaría que me lo comunicaran –dijo Tom con voz de sinceridad.

–¡No faltaría más! Le tendremos al corriente, *signore. Buon' giorno!*

Una vez a solas, Tom se puso a silbar mientras volvía a meter en las maletas los escasos objetos que de ellas había sacado. Se sentía orgulloso de sí mismo por haber dicho Sicilia en lugar de Palma de Mallorca, ya que Sicilia seguía siendo Italia, cosa que no sucedía con Palma, y, naturalmente, la policía italiana siempre iba a mostrarse mejor dispuesta a dejarle partir si se quedaba dentro de su jurisdicción. Había tenido la idea al pensar que el pasaporte de Tom Ripley no mostraba ningún visado francés posterior a la excursión San Remo-Capri. Recordó haberle dicho a Marge que Tom Ripley, según sus propias palabras, pensaba viajar hasta París y desde allí volver a los Estados Unidos. Si alguna vez llegaban a interrogar a la muchacha sobre si Tom Ripley había estado en Mongibello después de visitar San Remo, era probable que ella les dijera también que más tarde Tom Ripley se había ido a París. Y si él mismo tenía que volver a ser Tom Ripley alguna vez, y la policía le pedía el pasaporte, se fijarían en que no había estado en Francia después de visitar Cannes. Lo único que podría decirles era que había cambiado de parecer después de decírselo a Dickie y que había decidido quedarse en Italia, aunque eso no tenía importancia en absoluto.

De pronto, Tom se irguió. Acababa de ocurrírsele que tal vez se trataba de un ardid, que le estaban dando un poco más de cuerda al permitirle el viaje de Sicilia, libre, al parecer, de toda sospecha. El oficial parecía un tipo bastante astuto, aunque no acababa de ver qué podían sacar con darle un poco más de cuerda. Les había dicho exactamente adónde se iba. No tenía la menor intención de escapar de nada. Lo único que deseaba era alejarse de Roma, lo deseaba desesperadamente. Metió los últimos objetos en la maleta y cerró la tapa de golpe, echando luego la llave.

El teléfono sonó una vez más. Tom lo descolgó bruscamente.

—*Pronto?*

—¡Oh, Dickie! —dijo una voz femenina, casi sin aliento.

Era Marge y estaba abajo, según se veía por el sonido del aparato. Tom se quedó confuso y con su propia voz dijo:

—¿Quién habla?

—¿Eres Tom?

—¡Marge! ¡Caramba, qué sorpresa! ¿Dónde estás?

—En el vestíbulo. ¿Está Dickie contigo? ¿Puedo subir?

—Puedes subir dentro de unos cinco minutos —dijo Tom, soltando una carcajada—. No estoy vestido del todo.

Los de recepción siempre indicaban a los visitantes que hablasen desde una de las cabinas de abajo, así que no era probable que les estuviesen escuchando.

—¿Está Dickie contigo?

—Pues en este momento no. Salió hace cosa de media hora, pero regresará en cualquier momento. Sé dónde está, si es que quieres ir a su encuentro.

—¿Dónde?

—En la comisaría número ochenta y tres. No, perdona, en la ochenta y siete.

—¿Es que se ha metido en algún lío?

—No, es solo que quieren hacerle algunas preguntas. Tenía que presentarse allí a las diez. ¿Quieres que te dé la dirección?

Tom deseó no haber empezado la conversación con su voz verdadera. Le hubiera resultado muy fácil fingirse un sirviente, algún amigo de Dickie, quien fuese, y decirle a Marge que este no regresaría hasta muy tarde.

La muchacha empezaba a dar muestras de impaciencia.

—No, no. Le esperaré.

—¡Aquí está! —dijo Tom como si acabase de encontrarla—. Via Perugia número veintiuno. ¿Sabes dónde cae eso?

Tom no lo sabía, pero pensaba mandarla en dirección contraria a la American Express, donde quería ir a recoger la correspondencia antes de salir de Roma.

—No quiero ir ahí —dijo Marge—. Subiré y le esperaré contigo, si no te importa.

—Bueno, verás...

Tom soltó una de sus inconfundibles carcajadas que Marge conocía muy bien.

—Sucede que... estoy esperando una visita de un momento a otro. Es una entrevista para un empleo. Lo creas o no, el bala perdida de Ripley está buscando trabajo.

—Ah —dijo Marge sin demostrar el menor interés—. Bueno, oye, ¿cómo está Dickie? ¿Por qué tiene que hablar con la policía?

—Oh, es solo porque tomó algunas copas con Freddie aquel día. Habrás visto los periódicos, ¿no? La prensa le está dando al asunto una importancia muy superior a la que realmente tiene, y lo hace solo porque los muy cretinos no tienen la menor pista.

—¿Hace mucho que Dickie vive aquí?

—¿Aquí? Pues solo desde anoche. Yo acabo de volver del norte. Cuando me enteré de lo de Freddie vine corriendo a Roma para ver a Dickie. De no haber sido por la policía, ¡nunca hubiese dado con él!

—¡A mí me lo vas a decir! ¡Acudí a la policía por desesperación! He estado tan preocupada, Tom. Al menos hubiese podido telefonearme... al bar de Giorgio o donde sea...

—Me alegro mucho de que hayas venido, Marge. Dickie también estará contentísimo. Parece preocupado por lo que puedas pensar al ver lo que dicen los periódicos.

—Oh, ¿de veras? —dijo Marge con acento de incredulidad, aunque parecía contenta.

—¿Por qué no me esperas en el Angelo? Es ese bar que hay delante del hotel, yendo hacia la Piazza di Spagna. Veré si puedo escabullirme y tomar algo contigo dentro de unos cinco minutos, ¿de acuerdo?

—De acuerdo. Pero hay un bar aquí mismo, en el hotel.

—No quiero que mi futuro jefe me vea en un bar.

—Ya. Muy bien, entonces en el Angelo.

—No hay pérdida posible. En esta misma calle, delante del hotel. Hasta luego.

Tom se puso a terminar de hacer las maletas. En realidad, ya casi estaban hechas y solo faltaban los abrigos que había en el ropero. Cogió el teléfono y pidió que le preparasen la cuenta, y que le mandasen a alguien para ayudarle a bajar el equipaje. Luego colocó el equipaje en un sitio donde el botones pudiera verlo sin dificultad y bajó por la escalera. Quería comprobar si Marge seguía en el vestíbulo, esperándole, o tal vez llamando de nuevo por teléfono. Tom pensó que no era posible que ya estuviese allí mientras él hablaba con la policía. Entre la salida de los agentes y la llamada de Marge habían transcurrido unos cinco minutos. Tom llevaba puesto un sombrero para ocultar el tono más claro de su pelo, una gabardina que era nueva y, además, en su rostro se dibujaba la expresión tímida, algo atemorizada, propia de Tom Ripley.

La muchacha no estaba en el vestíbulo. Tom liquidó su cuenta. El empleado de recepción le entregó otro mensaje: Van Houston había estado allí. El mensaje estaba escrito de su propio puño y letra, unos diez minutos antes.

Te he estado esperando diez minutos. ¿Es que nunca sales a dar una vuelta? No me permiten subir a verte. Llámame al Hassler.

Van

Tal vez Marge y Van se habían encontrado, suponiendo que se conociesen, y en aquellos instantes estaban en el Angelo, tomando algo juntos.

174

—Si pregunta alguien más por mí, haga el favor de decir que me he ido de la ciudad —dijo Tom en recepción.

—*Va bene, signore.*

Tom salió a la calle, donde ya le estaba esperando un taxi.

—¿Querrá detenerse un momento en la American Express, por favor? —preguntó al taxista.

El taxista no pasó por delante del Angelo, sino que enfiló otra calle. Tom se alegró al darse cuenta y se felicitó a sí mismo, sobre todo porque el día anterior, sintiéndose demasiado nervioso para quedarse en su apartamento, había decidido trasladarse a un hotel. En el apartamento le hubiera resultado totalmente imposible zafarse de Marge, que conocía la dirección gracias a los periódicos. De haber tratado de burlarla con la misma estratagema, ella hubiese insistido en subir para esperar a Dickie en el apartamento. ¡La suerte estaba de su parte!

Había algo para él en la American Express: tres cartas, una de ellas de míster Greenleaf.

—¿Qué tal van las cosas? —le preguntó la muchacha italiana que acababa de entregarle su correspondencia.

Tom supuso que la muchacha también leía la prensa. Observó su rostro invadido de ingenua curiosidad y le devolvió la sonrisa.

—Muy bien, gracias, ¿y a usted?

Al darse la vuelta para salir, le cruzó por la mente que jamás podría utilizar la American Express como dirección de Tom Ripley en Roma. Dos o tres empleados ya le conocían de vista. Para la correspondencia de Tom Ripley empleaba la American Express de Nápoles, aunque nunca había estado allí, ni siquiera había escrito pidiéndoles que le reexpidieran alguna carta, ya que, de hecho, no esperaba nada importante a nombre de Tom Ripley, ni siquiera otra carta de míster Greenleaf. Cuando las cosas se calmasen un poco, iría a la American Express de Nápoles y, mostrando el pasaporte de Tom Ripley, recogería lo que tuvieran para él.

No podría utilizar la American Express de Roma para la correspondencia de Tom Ripley, cierto, pero tenía que conservar a Tom Ripley cerca de él, es decir, su pasaporte y la ropa, por si surgía algún imprevisto como la llamada de Marge aquella misma mañana. Marge había estado peligrosamente a punto de subir a la habitación. Mientras la inocencia de Dickie Greenleaf despertase algunas dudas en la mente de la policía, resultaría un suicidio intentar salir del país bajo la identidad de Dickie, ya que si súbitamente tenía que recuperar la personalidad de Tom Ripley, el pasaporte de este no indicaría su salida de Italia. Si quería salir de Italia, para alejar a Dickie Greenleaf definitivamente de la policía, tendría que hacerlo bajo el nombre de Tom Ripley, y, más tarde, volver a entrar con el mismo nombre para, una vez finalizadas las investigaciones policiales, adoptar de nuevo la personalidad de Dickie. Cabía esa posibilidad.

La cosa parecía sencilla y sin riesgo alguno. Lo único que faltaba era capear las dificultades de los próximos días.

19

El buque se acercaba al puerto de Palermo lentamente, metiendo suavemente su blanca proa entre los desperdicios que flotaban en el mar, como si tantease el camino que debía seguir. A Tom le pareció ver en ello cierta similitud con su propia forma de llegar a Palermo. Acababa de pasar dos días en Nápoles sin que la prensa hubiera dicho nada de interés sobre el caso Miles, aparte de guardar un absoluto silencio acerca de la lancha hallada en San Remo. Que él supiese, tampoco la policía había tratado de ponerse en contacto con él, aunque no descartaba la posibilidad de que le estuvieran esperando en el hotel de Palermo, creyendo que no había necesidad de molestarse en buscarle en Nápoles.

De todos modos, en el puerto no le estaba esperando ningún agente de policía, según pudo comprobar. Compró un par de periódicos y seguidamente cogió un taxi hasta el Hotel Palma. Tampoco había policías en el vestíbulo del hotel. El vestíbulo era viejo y su decoración muy recargada, con enormes columnas de mármol y gran profusión de macetas de respetable tamaño donde crecían palmas. Un empleado le indicó el número de su habitación, entregando las llaves a un botones para que le acompañase. Tom experimentó tal alivio que se acercó al mostrador de la correspondencia y atrevidamente preguntó si había algo para el *signore* Richard Greenleaf. El empleado le dijo que no.

Entonces se sintió aún más tranquilo. Aquello significaba que ni tan solo Marge había preguntado por él. No había duda de que la muchacha habría visitado a la policía para averiguar el paradero de Dickie. Durante el viaje, Tom se había imaginado cosas horribles: que Marge cogía el avión y llegaba a Palermo antes que él; que encontraría un recado suyo en el Hotel Palma, anunciándole que llegaría en el siguiente buque. Incluso había buscado a Marge entre los pasajeros al subir a bordo en Nápoles.

Empezaba a pensar en la posibilidad de que Marge hubiese desistido de ver a Dickie después del último episodio. Tal vez se había imaginado que Dickie la rehuía y que lo único que deseaba era estar con Tom, a solas. Era posible que la idea incluso hubiese logrado penetrar en su dura mollera. Tom estudió la posibilidad de escribirle en aquel sentido mientras se bañaba en el hotel aquella misma tarde. Decidió que la carta tenía que escribirla Tom Ripley. Pensaba decirle que hasta el momento había procurado actuar con mucho tacto, que no había querido decírselo por teléfono en Roma, pero que le parecía que Marge ya se había hecho cargo de la situación. Él y Dickie eran muy felices juntos y sanseacabó. Tom rompió a reír alegremente, sin poderse controlar, y finalmente se sumergió por completo en la bañera, tapándose la nariz con los dedos.

«Querida Marge», diría, «te escribo esta carta porque sospecho que Dickie nunca lo hará, aunque se lo he pedido muchas veces. Tú eres una buena persona y no te mereces ser engañada de este modo durante tanto tiempo...»

Volvió a acometerle el ataque de risa y, para serenarse, concentró su atención en el pequeño problema que estaba todavía por resolver: probablemente Marge habría dicho a la policía italiana que había hablado con Tom Ripley en el Inghilterra. La policía forzosamente empezaría a hacerse preguntas sobre su paradero, hasta era posible que ya le estuviesen buscando en Roma. Sin duda, la policía buscaría a Tom Ripley allí donde estuviese Dickie Greenleaf, lo cual representaba un nuevo peligro si, por ejemplo, ateniéndose a la descripción de Marge, le tomaban por Tom Ripley y descubrían en su poder los dos pasaportes, el suyo y el de Dickie. Pero, como él decía siempre, el riesgo era lo que daba interés al asunto. Se puso a cantar despreocupadamente:

Babbo non vuole, Mamma nemeno,
come faremo a fare l'amor?

Siguió cantando a grito pelado mientras se secaba, con voz de barítono, tal y como, pese a no habérsela oído nunca, suponía que debió de ser la de Dickie. Se dijo que a Dickie le hubiese gustado el tono de su voz.

Se puso uno de sus trajes que no se arrugaban, y que usaba siempre cuando viajaba, y salió a la calle, sumergiéndose en el crepúsculo de Palermo. Allí, al otro lado de la plaza, se alzaba la gran catedral en la que se advertía la influencia normanda, ya que, según decía la guía de viaje, la había erigido el arzobispo inglés Walter-of-the-Mill. Luego, hacia el sur, se hallaba Siracusa, escenario de la terrible batalla naval entre los latinos y los griegos. Y Taormina. Y el Etna. La isla era grande y nueva para él. ¡Sicilia! ¡Baluarte de Giuliano! ¡Colonizada por los antiguos griegos, invadida por normandos y sarracenos! Tom se propuso empezar su visita turística al día siguiente, pero antes quería disfrutar de aquellos momentos, deteniéndose a admirar la alta catedral que se alzaba ante él. Resultaba maravilloso contemplar los arcos cubiertos de polvo de la fachada, pensando que al día siguiente entraría en el templo, en cuyo interior imaginaba que se respiraría un olor dulzón, mezcla de incienso y de la cera de los innumerables cirios que en la catedral habían ardido desde hacía siglos y siglos. Se le ocurrió que las cosas siempre le eran más gratas al experimentarlas de antemano que al convertirse en realidad, y se preguntó si siempre iba a ser de aquella manera, si, cuando pasaba a solas una velada, acariciando los objetos que habían sido de Dickie o mirando simplemente los anillos que llevaba en la mano, lo que hacía en realidad era experimentar o gozar por anticipado.

Más allá de Sicilia estaba Grecia. Estaba completamente decidido a ver Grecia, a verla con los ojos de Dickie Greenleaf, con el dinero de Dickie, con su ropa y el modo de comportarse de Dickie ante los desconocidos. Temió no poder realizar su sueño, que una cosa tras otra viniera a impedírselo...: el asesinato, la sospecha, la gente. No había sido su intención asesinar, sino que las necesidades del momento le habían forzado a ello. La idea de ir a Grecia y saltar de ruina en ruina en la Acrópolis, bajo su verdadera personalidad, la de Tom Ripley, un turista americano, no le seducía en absoluto. Antes prefería no ir. Al alzar la mirada hacia el campanario de la catedral, se le llenaron los ojos de lágrimas, entonces giró bruscamente sobre sus talones y echó a andar por otra calle.

Por la mañana recibió un sobre voluminoso, con una carta de Marge. Tom sonrió al palparla con los dedos. Estaba seguro de que diría lo que él ya esperaba, pues de lo contrario no hubiese abultado tanto. La leyó mientras desayunaba, saboreando cada una de las líneas del mismo modo que saboreaba los bollos recién hechos y el café sazonado con canela. La carta decía todo lo que cabía esperar, y más.

... Si realmente no supiste que estuve en tu hotel, la única explicación es que Tom no te lo dijera, lo cual no permite sacar más que una sola conclusión. Se ve claramente que huyes de mí, que no te atreves a enfrentarte conmigo. ¿Por qué no reconoces que te es imposible vivir sin tu compañerito? Lo siento, chico, no puedo decirte más. Siento que no tuvieras suficiente valor para decírmelo antes y sin ambages. ¿Por quién me has tomado, por una tonta provinciana que ignora que existen semejantes cosas? ¡Pues tú eres el único que actúa como tal! No importa; espero que el hecho de decirte yo lo que tú no tuviste valor de confesarme te alivie un poquito la conciencia y te permita ir por ahí con la cabeza alta. No hay nada como sentirse orgulloso de la persona a quien se ama, ¿verdad? Me parece que una vez hablamos de esto, ¿no?

La mayor hazaña de mis vacaciones en Roma ha sido informar a la policía de que Tom Ripley está contigo. Andaban locos tras sus pasos. (Me pregunto por qué. ¿Qué habrá hecho ahora?) Asimismo, con mi mejor italiano, les puse al corriente de que tú y Tom sois inseparables y les dije que no podía comprender cómo habían podido dar contigo sin dar con Tom.

He cambiado mis planes y embarcaré rumbo a los Estados Unidos hacia fines de marzo, después de una breve visita a Kate en Múnich. Supongo que, después, nuestros pasos nunca volverán a cruzarse. No te guardo rencor, Dickie. Solo que te había creído más valiente.

Gracias por todos los buenos recuerdos. Ya han pasado a ser

piezas de museo, algo irreales, tal como siempre te habrá parecido tu relación conmigo. Mis mejores votos para el futuro.

Marge

Tom lanzó un bufido al leer el final de la carta, luego la dobló y se la guardó en un bolsillo de la chaqueta. Con un gesto automático, miró hacia la entrada del hotel, buscando a la policía. Si la policía pensaba que Dickie Greenleaf y Tom Ripley estaban viajando juntos, lo lógico era que ya hubiesen indagado en los hoteles de Palermo para localizar a Tom Ripley. Pero no había señales de que le estuviesen vigilando, aunque bien podía ser que, sabiendo que Tom Ripley seguía con vida, hubieran dado carpetazo al asunto de la lancha. Era lo más natural que podían hacer. Además, quizá ya se habían disipado las sospechas en torno a Dickie por lo de San Remo y el caso Miles. Era posible.

Subió a su habitación y con la Hermes portátil de Dickie empezó una carta para míster Greenleaf. La empezó con una explicación sobria y lógica del asunto Miles, pensando que probablemente míster Greenleaf se sentía bastante alarmado ya. Le dijo que los interrogatorios de la policía ya habían concluido y que lo único que seguramente le pedirían era que identificase a los posibles sospechosos, ya que podía ser que se sospechase de algún conocido que él y Freddie tuvieran en común.

Sonó el teléfono mientras estaba escribiendo. Una voz de hombre le dijo que era el *tenente* Fulano de Tal de la policía de Palermo.

—Estamos buscando a Thomas Phelps Ripley. ¿Por casualidad está en el mismo hotel que usted? —preguntó cortésmente.

—Pues, no —contestó Tom.

—¿Sabe dónde se halla?

—Me parece que en Roma. Hace solo dos o tres días que le vi en Roma.

—No ha sido localizado en Roma. ¿No sabe adónde puede haber ido al marcharse de Roma?

—Lo siento, pero no tengo ni la más ligera idea —dijo Tom.

—*Peccato* —dijo la voz, soltando un suspiro de desaliento—. *Grazie tante, signore.*

—*Di niente.*

180

Tom colgó y regresó a la máquina de escribir.

La aburrida prosa de Dickie le estaba saliendo con mayor soltura de lo que jamás le había salido la suya propia. La mayor parte de la carta la dirigió a la madre de Dickie, a la que puso al corriente del estado de su guardarropa, que era bueno, y de su salud, que era igualmente buena, preguntándole, además, si había recibido el tríptico pintado al esmalte que para ella había comprado en una tienda de antigüedades romana hacía un par de semanas. Mientras escribía iba pensando en lo que tenía que hacer con respecto a Thomas Ripley. Se dijo que no debía correr riesgos. Aunque lo guardase bien envuelto en papeles que habían sido de Dickie, era una imprudencia tener el pasaporte de Tom en la maleta, aunque tal como estaba no era probable que algún inspector de aduanas diese con él. El forro de la maleta nueva, de piel de antílope, le ofrecía un escondrijo más seguro. Allí no podrían verlo aunque le vaciasen la maleta, y seguiría estando a su alcance en caso de apuro. Algún día podía necesitarlo. Podía llegar un día en que fuese más peligroso ser Dickie Greenleaf que Tom Ripley.

Empleó media mañana en escribir la carta a los Greenleaf. Una corazonada le dijo que míster Greenleaf se estaba impacientando con Dickie, no con la misma impaciencia que Tom había presenciado en Nueva York, sino que se trataba de algo mucho más serio. Míster Greenleaf sospechaba que el traslado desde Mongibello a Roma era un simple capricho. De nada habían servido sus esfuerzos por convencerle de que realmente quería estudiar y pintar en Roma. Míster Greenleaf los había descartado con un simple comentario, diciéndole algo en el sentido de que era una tontería que siguiera atormentándose a sí mismo con lo de querer pintar, ya que a aquellas alturas ya debiera saber que para ser pintor hacía falta algo más que un bello paisaje o un cambio de aires. Míster Greenleaf tampoco había dado grandes muestras de entusiasmo ante el interés de Tom por el catálogo de la Burke-Greenleaf. Las cosas distaban mucho de ser como Tom esperaba que fuesen, es decir, míster Greenleaf no parecía dispuesto a dejarse llevar a su antojo ni a pasar por alto el descuido en que Dickie había tenido a sus padres en el pasado. Tal como estaba todo, Tom no se atrevía a pedirle más dinero como tenía pensado hacer.

Cuídate mucho, mamá, escribió. *Cuidado con los resfriados* (mistress Greenleaf le había dicho que ya se había resfriado cuatro veces en lo que llevaban de invierno, y que había tenido que pasar las navidades en cama, abrigada con el chal que él le había regalado). *Si te hubieses puesto un par de esos calcetines de lana que me mandaste, no te habrías resfriado. Yo no he pillado ninguno este invierno, lo cual es una verdadera proeza si se piensa en cómo es el invierno en Europa... ¿Quieres que te mande alguna cosa desde aquí? Me gusta comprarte cosas...*

20

Pasaron cinco días, tranquilos y solitarios pero muy agradables. Tom se dedicó a callejear, deteniéndose aquí y allí para pasarse una hora en un café o en un restaurante, leyendo sus guías de viaje y los periódicos. Un día muy desapacible alquiló una *carrozza* y se trasladó a Monte Pellegrino para visitar la fantástica tumba de Santa Rosalía, la patrona de Palermo. Había una famosa estatua de la santa —de la que, en Roma, Tom había visto algunas reproducciones— en pleno éxtasis, aunque seguramente un psiquiatra lo hubiese llamado de otro modo. La tumba le hizo una gracia tremenda, sin poder apenas contener la risa al ver la estatua: el cuerpo recostado, exuberante y femenino, las manos en actitud de buscar algo a tientas, los ojos en blanco, la boca entreabierta. Solo faltaban los efectos sonoros que imitasen un jadeo. Pensó en Marge. Visitó un palacio bizantino, la biblioteca de Palermo, con sus pinturas y sus antiquísimos manuscritos conservados en vitrinas, y después estudió la formación del puerto, que su guía de viaje mostraba mediante un meticuloso diagrama. Trazó un boceto de una pintura de Guido Reni, sin ningún propósito concreto, y se aprendió de memoria una larga cita de Tasso que aparecía en la fachada de un edificio público. Escribió a Bob Delancey y a Cleo, en Nueva York, a esta una larga carta describiéndole sus viajes, sus diversiones y sus variopintos conocidos con el mismo ardor de un Marco Polo describiendo sus viajes por China.

Pero se sentía solo. No era la sensación de estar solo y a la vez no estarlo, como en París. Se había imaginado que iba a hacerse con un amplio círculo de nuevos amigos, con los que empezaría una nueva vida, llena de costumbres, pensamientos y sensaciones distintas a las de antes, y, por supuesto, mejores. Pero empezaba a comprender que eso no era posible, que siempre tendría que mantenerse alejado de la gente. Tal vez las costumbres y las sensaciones nuevas las conseguiría, pero jamás lograría forjarse un nuevo círculo de amistades..., a no ser que se marchase a Estambul o a Ceilán, aunque no se sentía muy atraído por la clase de gente que en tales ciudades podía frecuentar. Estaba solo y jugando a algo para lo que la soledad era necesaria. Precisamente, el peligro, la mayor parte del peligro, lo constituían las personas con quienes podía entablar amistad. Si se veía obligado a vagar por el mundo completamente solo, tanto mejor, ya que menores serían las posibilidades de ser descubierto. Eso no dejaba de ser una forma optimista de enfocar el asunto, de modo que se sintió mejor por haberlo pensado.

Modificó ligeramente su modo de comportarse, para que estuviese más en consonancia con alguien que observaba la vida desde cierta distancia. Todavía se mostraba cortés y sonreía a todo el mundo, a la gente que le pedía prestado el periódico en el restaurante, a los empleados del hotel..., pero adoptaba una actitud un tanto más altanera, y cuando hablaba no lo hacía con la locuacidad de antaño. El cambio le gustaba porque le permitía hacerse la idea de que era un joven que acababa de sufrir un serio desengaño sentimental o cualquier otra clase de desastre emocional y que trataba de reponerse como correspondía a una persona civilizada: visitando uno de los parajes más bellos de la tierra.

Eso le hizo pensar en Capri. El tiempo seguía siendo atroz, pero Capri era Italia y lo poco que de él había visto, en compañía de Dickie, no había servido sino para estimularle el apetito. Se preguntó si debía esperar hasta el verano y mientras mantener a la policía lejos de sí. Pero más que Grecia con su Acrópolis, lo que le hacía falta era pasar unas buenas vacaciones en Capri y, por una vez, mandar la cultura a paseo. Recordaba haber leído algo sobre el invierno en Capri: viento, lluvia y soledad. Pero seguía siendo Capri pese a todo, el mismo Capri donde había residido Tiberio. La plaza seguía siendo la misma, sin gente, pero sin que hubiese cambiado uno solo de los guijarros del empedrado. Se le ocurrió que podía ir allí aquel mismo día y apretó el paso en dirección al hotel. La ausencia de turistas no menguaba las posibilidades de la Costa Azul y probablemente habría servicio aéreo con Capri. Había oído decir que había una línea de hidroaviones entre Nápoles y Capri, y se dijo que, si el servicio no funcionaba en febrero, fletaría uno para él solo. Al fin y al cabo, el dinero de algo servía.

–*Buon' giorno! Come sta?* –dijo al empleado del mostrador, sonriéndole.

–Hay carta para usted, *signore. Urgentissimo* –dijo el empleado, devolviéndole la sonrisa.

Era del banco de Dickie en Nápoles. Dentro del sobre había otro, más pequeño, remitido por la compañía fideicomisaria de Nueva York. Tom leyó primero la carta del banco napolitano:

10 de febrero de 19...

Muy señor nuestro:

Nos llama la atención la Wendell Trust Company de Nueva York sobre ciertas dudas con respecto a su firma en el recibo de la remesa de quinientos dólares correspondiente al pasado mes de enero. Según parece, las dudas son acerca de la autenticidad de dicha firma. Nos apresuramos a ponerlo en su conocimiento con el fin de poder dar los pasos necesarios en este sentido.

Nos ha parecido conveniente informar del hecho a la policía, pero esperamos que usted se sirva confirmarnos la opinión de nuestro Inspector de Firmas, del Inspector de Firmas de la Wendell Trust Company de Nueva York. Le estaremos muy agradecidos por cuanta información pueda facilitarnos y le rogamos que se ponga en contacto con nosotros lo antes posible.

Suyo respetuosa y obedientemente,

Emilio di Braganzi
Segretario Generale della banca di Napoli

P. D. En caso de que su firma sea auténtica, le rogamos que, pese a ello, se presente en nuestras oficinas de Nápoles cuanto antes para firmar otra vez en nuestra ficha. Le adjuntamos una carta que por mediación nuestra le ha enviado la Wendell Trust Company.

Tom rasgó el sobre de la compañía de Nueva York.

Apreciado míster Greenleaf:

Nuestro Departamento de Firmas nos comunica que, a su juicio, la firma que aparece en el recibo de la remesa mensual, núm. 8747, correspondiente al pasado mes de enero, no es válida. En la creencia de que por algún motivo este hecho ha escapado a su atención, nos apresuramos a comunicárselo, con el fin de que pueda usted confirmarnos el haber firmado el cheque en cuestión o, por el contrario, corrobore nuestra opinión en el sentido de que dicho recibo ha sido falsificado. Hemos llamado la atención del banco de Nápoles sobre este particular.

Le adjuntamos una ficha de nuestro archivo permanente de firmas rogándole se sirva firmarla y devolvérnosla.

Le agradeceremos sus noticias a la mayor brevedad posible.

Atentamente,

Edward T. Cavanach
Secretario

Tom se humedeció los labios. Escribiría a los dos bancos diciéndoles que no echaba a faltar ninguna cantidad. Pero dudaba que eso les dejase satisfechos durante mucho tiempo. Ya había firmado tres recibos, empezando por el de diciembre. Se preguntó si examinarían los recibos anteriores para comprobar la firma. Era probable que un experto se diese cuenta de que las tres firmas eran falsas.

Subió a su habitación y, sin perder un segundo, se sentó ante la máquina de escribir. Tras colocar en ella una hoja de papel con el membrete del hotel, se quedó mirándola fijamente durante unos instantes, pensando que no conseguiría tranquilizar a los bancos con lo que iba a escribir. Si disponían de un grupo de expertos que examinaran las firmas con lupa y toda clase de medios, lo más probable era que descubriesen que las tres firmas eran falsas. De todos modos, sabía muy bien que las falsificaciones eran excelentes; tal vez la de enero la había hecho demasiado deprisa, pero aun así era una buena falsificación, pues de no serlo no la hubiera enviado al banco. Les hubiese dicho que había perdido el recibo y que hicieran el favor de mandarle uno nuevo. En la mayoría de los casos de falsificación, transcurrían meses antes de que alguien se diese cuenta. Era extraño que en su propio caso lo hubiesen hecho tan pronto, en cuestión de cuatro semanas. Probablemente le tenían bien vigilado, sin omitir ninguna de las facetas de su vida, a raíz del asesinato de Freddie Miles y del hallazgo de la motora hundida cerca de San Remo. Lo cierto era que querían verle personalmente en el banco de Nápoles. Quizá algún empleado conocía a Dickie de vista. Tom sintió que el pánico se apoderaba de él y le dejaba momentáneamente paralizado. Se veía ante una docena de policías, italianos y americanos, que le preguntaban sobre el paradero de Dickie Greenleaf, sin que él pudiera decirles dónde estaba ni demostrarles que existía. Se imaginó a sí mismo tratando de firmar con el nombre de H. Richard Greenleaf ante la mirada de una docena de grafólogos, desmoronándose de golpe sin poder pergeñar una sola letra. Hizo un esfuerzo y empezó a golpear el teclado de la máquina. Dirigió la carta a la Wendell Trust Company de Nueva York.

12 de febrero de 19...

Muy señores míos:

En contestación a su carta referente a la remesa del mes de enero, debo comunicarles que yo mismo firmé el cheque al recibir la cantidad, de la que no faltaba un solo céntimo. En caso de haber extraviado el cheque, como es natural les hubiese avisado inmediatamente.

Les adjunto la ficha debidamente firmada tal como me piden.

Atentamente,

H. Richard Greenleaf

Probó la firma de Dickie varias veces, en el sobre de la compañía fideicomisaria, antes de firmar en la ficha y en la carta. Luego escribió una carta parecida al banco de Nápoles, prometiéndoles personarse en sus oficinas al cabo de breves días para volver a registrar su firma. Escribió la palabra «*Urgentissimo*» en ambos sobres y bajó al vestíbulo. El conserje le vendió unos sellos y Tom echó las cartas al correo.

A continuación salió a dar una vuelta. De su deseo de visitar Capri ya no quedaba ni rastro. Eran las cuatro y cuarto de la tarde. Tom anduvo sin rumbo fijo durante mucho rato. Finalmente, se detuvo ante el escaparate de un anticuario y pasó varios minutos con los ojos clavados en un tétrico cuadro al óleo en el que se veían dos santos barbudos que bajaban por la ladera de una colina a la luz de la luna. Entró en la tienda y compró el cuadro sin regatear. Ni siquiera estaba enmarcado, así que se lo llevó al hotel enrollado bajo el brazo.

21

83 Stazione Polizia
Roma
14 de febrero de 19...

Distinguido *signore* Greenleaf:

Le rogamos que se presente en Roma con toda urgencia con el fin de responder a algunas preguntas importantísimas referentes a Thomas Ripley. Le agradeceríamos mucho su presencia y nos será de gran utilidad para acelerar nuestras investigaciones.

En caso de no presentarse antes de una semana, nos veremos obligados a tomar ciertas medidas con las consiguientes molestias para nosotros y para usted.

Respetuosamente,

Cap. Enrico Farrara

Tom comprendió que seguían buscando a Thomas Ripley, si bien podría tratarse de algo nuevo relacionado con el caso Miles. Los italianos no solían emplazar a un americano con términos semejantes a aquellos. El último párrafo era una amenaza apenas disimulada. Además, ya estaban enterados del asunto del cheque falsificado.

Se quedó con la carta en la mano, mirando a su alrededor sin ver nada, hasta que reparó en su propia imagen reflejada en el espejo. Las comisuras de la boca mostraban un rictus de preocupación y en sus ojos se advertía la ansiedad y el miedo. Daba la impresión de querer expresar las sensaciones que le invadían mediante el gesto y la expresión del rostro y, al advertir que ambos eran auténticos, sintió que, de pronto, sus temores se hacían más intensos aún. Dobló la carta y se la guardó en el bolsillo, luego la volvió a sacar y la rompió en pedazos.

La pregunta no se respondió por sí sola, pero, de pronto, supo lo que tenía que hacer, lo que iba a hacer cuando regresara al continente. No iría a Roma ni a ningún lugar cercano a ella, sino que podía ir hasta Milán o Turín, o quizá hasta algún sitio próximo a Venecia; allí compraría un coche de segunda mano, que hubiese hecho muchos kilómetros, y diría que se había pasado los últimos dos o tres meses viajando por Italia, sin enterarse de que estaban buscando a Thomas Ripley.

Siguió haciendo las maletas, decidido a que aquel fuese el fin de Dickie Greenleaf. Odiaba tener que convertirse de nuevo en Thomas Ripley, un don nadie, odiaba volver a sus viejos hábitos, a experimentar otra vez la sensación de que la gente le despreciaba y le encontraba aburrido a menos que hiciera algo especial para divertir a los demás, como un payaso, sintiéndose incompetente e incapaz de hacer algo que no fuese divertir a la gente durante unos minutos. Odiaba volver a su auténtica personalidad del mismo modo que hubiese odiado tener que ponerse un traje viejo, manchado y sin planchar, un traje que ni cuando era nuevo valía nada. Sus lágrimas cayeron sobre la camisa de Dickie, de rayas azules y blancas, colocada encima de las demás prendas que había en la maleta, limpia y almidonada y con aspecto de ser tan nueva como al sacarla de la cómoda de Dickie en Mongibello. Pero, sobre el bolsillo del pecho, estaban las iniciales de Dickie, bordadas con diminutas letras rojas. Mientras hacía la maleta iba pasando lista a las cosas de Dickie que le sería posible conservar porque no llevaban sus iniciales, o porque nadie recordaría que pertenecían a Dickie, no a él. Solo quizá Marge recordara algunas de ellas, como la libreta de direcciones con tapas de cuero azul y que Dickie había utilizado un par de veces solamente. Probablemente se la había regalado Marge. De todas formas, no tenía intención de ver a Marge otra vez.

Pagó la cuenta del hotel, pero tuvo que esperar hasta el día siguiente para tomar un buque que le llevase al continente. Hizo la reserva del pasaje a nombre de Greenleaf, pensando que era la última vez que reservaba un pasaje a nombre de Greenleaf, aunque no estaba del todo seguro. No lograba deshacerse de la idea de que todo se olvidaría con el paso del tiempo y que, por esa razón, no había que desanimarse. A decir verdad, tampoco había que desanimarse por volver a ser Tom Ripley. Tom nunca se había sentido verdaderamente descorazonado, aunque a veces lo pareciese. Además, algo había aprendido durante los últimos meses. Si uno deseaba ser alegre, melancólico, pensativo, cortés, bastaba con actuar como tal en todo momento.

Un pensamiento muy alegre acudió a su mente en el momento de despertarse por última vez en Palermo: dejar las ropas de Dickie en la consigna de la American Express de Venecia, bajo un nombre diferente, y reclamarlas en el futuro, si las quería o las necesitaba, o simplemente no reclamarlas jamás. Se sintió mucho mejor al pensar que las camisas de Dickie, junto con los gemelos, la pulsera con su nombre y el reloj, quedarían guardadas a buen recaudo en alguna parte en vez de terminar en el fondo del mar Tirreno o en algún cubo de basura de Sicilia.

Así pues, borró las iniciales de las maletas rascándolas y, bien cerradas, las facturó desde Nápoles a la American Express Company, en Venecia, junto con las dos telas que había empezado a pintar en Palermo. Las mandó a nombre de Robert S. Fanshaw, diciendo que pasarían a buscarlas. Los únicos objetos comprometedores que conservó consigo fueron los anillos de Dickie, que guardó en el fondo de un estuche de piel, feo y pequeño, perteneciente a Thomas Ripley y que, por alguna razón ya olvidada, llevaba consigo en todos sus viajes desde hacía muchos años. Normalmente guardaba en él los gemelos para la camisa, algunos botones sueltos, un par de plumines de estilográfica y un carrete de hilo blanco con una aguja de coser clavada en él.

Salió de Nápoles en un tren que pasó por Roma, Florencia, Bolonia y Verona, donde se apeó y cogió un autobús hasta Trento, a unos sesenta kilómetros. No quiso comprar un coche en una ciudad de la importancia de Verona, ya que había la posibilidad de que su nombre llamase la atención de la policía al pedir la matrícula. En Trento adquirió un Lancia de segunda mano que le costó en liras el equivalente de unos ochocientos dólares. Hizo la operación con su propio nombre, Thomas Ripley, tal como constaba en el pasaporte. Luego se instaló en un hotel y se dispuso a esperar las veinticuatro horas que tardaría en serle concedida la matrícula. Pasaron seis horas sin ninguna novedad. Al principio, Tom había temido que su nombre fuese conocido incluso en aquel pequeño hotel y que también en el departamento encargado de matricular los automóviles supieran quién era él. Pero llegó el mediodía del día siguiente y el coche ya estaba matriculado, sin que hubiese tenido ningún percance. Tampoco los periódicos hablaban de la búsqueda de Thomas Ripley, del caso Miles ni de la lancha de San Remo. La ausencia de noticias le producía una extraña sensación de felicidad y seguridad; una sensación en la que había algo de irreal. Empezó a sentirse a gusto en su papel de Thomas Ripley y a exagerar la vieja reticencia de Tom Ripley para con los desconocidos, la vieja actitud de inferioridad que se manifestaba cada vez que agachaba la cabeza o lanzaba una de sus miradas tristonas y furtivas. Se preguntaba si, después de todo, habría alguien capaz de creer que un tipo como él hubiese cometido un asesinato. Además, el único asesinato del que podían creerle sospechoso era el de Dickie, en San Remo, y no había indicios de que estuvieran adelantando mucho en aquel sentido. El hecho de ser Tom Ripley tenía una compensación, al menos: le libraba del sentimiento de culpabilidad producido por la estúpida e innecesaria muerte de Freddie Miles.

Deseaba irse directamente a Venecia, pero pensó que era mejor quedarse una noche y hacer lo que pensaba decirle a la policía que había estado haciendo durante meses: dormir en el coche, en un camino vecinal. Pasó una incómoda noche en el asiento posterior del Lancia, en algún paraje cercano a Brescia. Al amanecer se acomodó en el asiento del conductor, entumecido hasta el punto de apenas poder volver la cabeza para conducir. Pero de aquel modo podría dar un aire de autenticidad a su coartada. Compró una guía del norte de Italia y la llenó de fechas y señales, doblando el ángulo de algunas páginas y pisoteándola con el fin de romper el lomo del librito y lograr que quedase abierto por las páginas correspondientes a Pisa.

La noche siguiente la pasó en Venecia. En un arrebato infantil, había evitado ir a Venecia solamente por el temor de llevarse una desilusión al verla, pensando que solo los sentimentales y los turistas americanos eran capaces de entusiasmarse con Venecia, y que, en el mejor de los casos, la ciudad era poco más que un lugar para parejas en luna de miel, a las que atraía la incomodidad de no poder ir a ninguna parte como no fuera en góndola, moviéndose muy lentamente por los canales. Se encontró con una ciudad mucho mayor de lo que suponía, llena de italianos parecidos a los que había en las demás ciudades. Comprobó que podía recorrerse la ciudad de cabo a rabo por una serie de callejuelas y puentes, sin poner el pie en una góndola, y que en los canales principales había un servicio de transporte a cargo de motoras que era igual de rápido y eficiente que el metro; advirtió también que los canales no olían mal. Había multitud de hoteles entre los que podía elegir, desde el Gritti y el Danieli, que conocía de oídas, hasta sórdidos hoteles y pensiones en las callejuelas poco concurridas, tan distintos del mundo de los policías y los turistas americanos, que a Tom no le costaba imaginarse a sí mismo viviendo en uno de ellos durante meses y más meses sin que nadie se fijase en él. Se decidió por un hotel llamado Costanza, cerca del puente Rialto; el hotel era de una categoría intermedia entre los famosos establecimientos de lujo y las pequeñas pensiones de mala muerte. Era limpio, barato y cercano a los lugares de interés. Era justo el hotel que le hacía falta a Tom Ripley.

Pasó un par de horas deshaciendo lentamente su equipaje y asomándose a la ventana para contemplar con ojos de ensueño el crepúsculo que iba descubriendo el Gran Canal. Se imaginaba la conversación que sostendría con la policía antes de que pasase mucho tiempo:

—Pues no tengo la menor idea. Le vi en Roma. Si no me creen pueden preguntárselo a miss Marjorie Sherwood... ¡Pues claro que soy Tom Ripley! —Aquí soltaría una carcajada—. No acabo de ver a qué viene todo esto... ¿San Remo? Sí, me acuerdo. Devolvimos la lancha al cabo de una hora... Sí, regresé a Roma después de ir a Mongibello, pero me quedé solo un par de noches. He estado recorriendo el norte de Italia... Me temo que no tengo ninguna idea de dónde está, aunque le vi hará cosa de tres semanas...

Tom se apartó de la ventana con una sonrisa en los labios, se cambió de camisa y corbata y salió en busca de un restaurante tranquilo para cenar. Tenía que ser un buen restaurante, pues Tom Ripley podía darse el gusto de cenar en un sitio caro por una vez. Llevaba el billetero tan lleno de billetes de diez mil y veinte mil liras que resultaba imposible doblarlo. Había hecho efectivos mil dólares en cheques de viaje, a nombre de Dickie, antes de salir de Palermo.

Compró dos periódicos de la tarde, que se puso bajo el brazo, y siguió andando. Cruzó un puente pequeño y arqueado y se metió en una calle muy larga y estrecha llena de tiendas de artículos de cuero y camiserías. Vio escaparates relucientes de joyería que parecía salida de los libros de cuentos leídos en sus años infantiles. Le gustaba que en Venecia no hubiese automóviles. Eso daba a la ciudad un aire más humano. Las calles eran sus venas y la gente que iba y venía constantemente era la sangre. Emprendió la vuelta por otra calle y cruzó el amplio cuadrilátero de San Marcos por segunda vez. Había palomas por doquier, en el aire, en los espacios iluminados por la luz de los escaparates, caminando entre los pies de los viandantes, como si ellas mismas fuesen turistas en su propia ciudad. Las mesas y sillas de los cafés salían de los soportales e irrumpían en plena plaza, forzando a transeúntes y palomas a abrirse paso por los pocos espacios que quedaban libres. A cada extremo de la plaza, los altavoces atronaban el aire con sus sones. Tom trató de imaginarse cómo sería la plaza en verano, llena de sol y de gente echando puñados de grano a las palomas, que bajaban a picotearlo en el suelo. Entró en otro túnel iluminado que hacía las veces de calle y que estaba lleno de restaurantes. Optó por un establecimiento de aspecto respetable, con manteles blancos y paredes recubiertas de madera. Tom sabía por experiencia que en esa clase de restaurantes daban más importancia a la gastronomía que a hacerse una clientela de turistas de paso. Se instaló en una mesa y abrió uno de los periódicos.

Y ahí lo tenía, en una pequeña noticia de la segunda página:

LA POLICÍA BUSCA A UN AMERICANO DESAPARECIDO.
Se trata de Dickie Greenleaf, amigo del asesinado Freddie Miles, y desaparecido tras unas vacaciones en Sicilia.

Tom acercó más la vista al periódico, olvidándose de todo cuanto le rodeaba, pero, al mismo tiempo, consciente de la desazón que iba apoderándose de él a medida que leía; desazón que iba dirigida hacia la policía por ser tan estúpidos e incompetentes, y a los periódicos por malgastar espacio con semejantes noticias. El texto decía que Richard, llamado Dickie Greenleaf, amigo íntimo del finado Freddie Miles, el americano asesinado en Roma tres semanas antes, había desaparecido tras, según se creía, embarcar en Palermo con destino a Nápoles. Tanto la policía de Sicilia como la de Roma había sido puesta en estado de alerta y le buscaba. En el último párrafo se decía que, precisamente, la policía romana acababa de pedirle a Greenleaf que respondiese a ciertas preguntas referentes a la desaparición de Thomas Ripley, que también era amigo íntimo de Greenleaf. Según el periódico, nada se sabía de Ripley desde hacía tres meses aproximadamente.

Tom dejó el periódico e inconscientemente puso la cara de sorpresa propia de alguien que acaba de leer en la prensa la noticia de su propia desaparición. Fingió tan bien sentirse atónito que no se dio cuenta de que el camarero había acudido a su mesa hasta que el hombre tuvo que ponerle el menú en la mano. Tom se dijo que había llegado el momento de presentarse a la policía. Si no tenían nada en contra suya, como era lo más probable, no investigarían la fecha de compra del automóvil. La noticia del periódico fue un alivio para él, ya que era un claro indicio de que su nombre no había llegado a la policía a través de la oficina de matrículas de Trento.

Cenó pausadamente, saboreando la comida, y después pidió un *espresso* y se fumó dos cigarrillos mientras hojeaba la guía del norte de Italia. Al terminar, pensaba de otro modo:

No había razón alguna por la que debiera haber leído la noticia en el periódico, y más tratándose de una noticia tan breve. Además, estaba en un solo periódico. No, no había necesidad de presentarse a la policía hasta haber leído dos o tres noticias parecidas, o una sola pero lo bastante destacada como para llamarle la atención. Probablemente no tardarían en publicar algo más importante. En cuanto pasaran unos días más y Dickie Greenleaf siguiera sin dar muestras de vida, empezarían a sospechar que se ocultaba en alguna parte porque había asesinado a su amigo Freddie Miles, y, posiblemente, a Tom Ripley también. Tal vez Marge había hablado con la policía sobre la conversación sostenida con Tom Ripley en Roma dos semanas antes. De todos modos, la policía no le había visto en persona todavía...

Siguió hojeando distraídamente la guía mientras su cerebro iba pensando.

Se figuró que Marge estaría en Mongibello, ultimando los pre-

193

parativos para regresar a América. La muchacha leería en la prensa la noticia de la desaparición de Dickie, de la que seguramente culparía a Tom, y escribiría al padre de Dickie diciéndole que Tom Ripley ejercía una pésima influencia sobre su hijo, eso en el mejor de los casos. Cabía la posibilidad de que míster Greenleaf decidiera trasladarse a Europa.

«¡La lástima es no poder presentarse ante ellos, primero como Tom y luego como Dickie, para dejar los dos asuntos bien aclarados!»

Decidió poner un poco más de realismo en la interpretación de su propio papel, encorvándose un poco más, mostrándose más tímido que nunca, e incluso comprándose unas gafas con montura de concha y dando a su boca un rictus más triste que contrastase con la de Dickie. Era posible que tuviera que hablar con algún policía que hubiese visto su caracterización de Dickie.

«¿Cómo se llamaba aquel que me vio en Roma? ¿Rovassini?»

Finalmente decidió teñirse otra vez el pelo, dándole un tono más oscuro que el de su color natural.

Dio un tercer vistazo a los periódicos buscando algo sobre el caso Miles. No había nada.

22

Por la mañana, el periódico más importante traía un largo informe sobre el caso. Solo en un breve párrafo se hablaba de la desaparición de Thomas Ripley, pero, en cambio, el artículo decía claramente que Richard Greenleaf «se exponía a ser considerado sospechoso de participación» en el asesinato de Miles, y que, a menos que se presentase para aclarar toda sospecha, era evidente que trataba de rehuir el «problema». También se hablaba de los cheques falsificados, diciendo que la última noticia que se tenía de Richard Greenleaf era la carta dirigida al banco de Nápoles manifestando que no había sido víctima de ninguna falsificación. Pero dos de los tres expertos que se encargaban del asunto afirmaban su creencia de que los cheques correspondientes a enero y febrero eran falsos, coincidiendo con la opinión del banco del *signore* Greenleaf en América, que había mandado a Nápoles fotocopias de las firmas. El periódico terminaba en un tono algo jocoso:

«¿Es posible que alguien cometa una falsificación en contra de sí mismo? ¿O es que el acaudalado americano protege a algún amigo suyo?»

Tom pensó que podían irse todos al diablo. La letra de Dickie era muy variable y él mismo había tenido ocasión de verlo en una póliza de seguros que Dickie guardaba entre sus papeles. Si empezaban a comprobar todo lo que había firmado durante los últimos tres meses, se iban a armar un buen lío. Al parecer, no habían caído en la cuenta de que también la firma de la carta enviada desde Palermo era falsa.

Lo único que verdaderamente le interesaba era averiguar si la policía tenía alguna prueba que, sin ningún género de duda, incriminase a Dickie en la muerte de Freddie Miles. Y, desde el punto de vista personal, eso le afectaría poco. Compró un ejemplar de *Oggi* y otro de *Epoca* en la plaza de San Marcos. Las dos revistas llevaban profusión de fotografías y se ocupaban de todo lo espectacular y sensacional que ocurría en el mundo, desde un asesinato hasta los campeonatos de permanencia en el mástil de una bandera. No había nada en ellas sobre Dickie Greenleaf. Tal vez lo habría la semana siguiente. Aunque, de todas formas, no podrían publicar ninguna foto de él, Tom. En Mongibello, Marge había fotografiado a Dickie varias veces, pero nunca a él.

En su deambular por la ciudad aquella mañana, Tom compró unas gafas de gruesa montura en una tienda donde vendían juguetes y artículos para gastar bromas pesadas. Los cristales eran de vidrio normal y corriente. Luego visitó la catedral de San Marcos y la recorrió toda por dentro sin ver nada, aunque no por culpa de las gafas. Iba pensando en que debía identificarse sin perder más tiempo, ya que cuanto más lo aplazase, peor sería para él. Al abandonar el templo se acercó a un policía y le preguntó dónde estaba la comisaría más próxima. Se sentía triste. No tenía miedo, pero presentía que el acto de identificarse como Thomas Ripley iba a ser una de las cosas más tristes que había hecho en toda su vida.

–¿Que usted es Thomas Ripley? –preguntó el capitán de la policía, sin mostrar mayor interés que el que Tom le hubiera inspirado de haber sido un perro perdido y finalmente encontrado–. ¿Me permite ver su pasaporte?

Tom se lo entregó.

195

–No sé exactamente qué sucede, pero al ver en la prensa que se me da por desaparecido...

Los agentes le contemplaban con rostro inexpresivo, haciéndole pensar que la cosa resultaba tan desagradable como había previsto.

–¿Qué sucede? –preguntó Tom.

–Llamaré a Roma –le respondió el capitán mientras descolgaba el teléfono.

La comunicación tardó unos minutos y luego, con voz impersonal, el policía informó a alguien en Roma que el americano, Thomas Ripley, se hallaba en Venecia; luego hizo unos comentarios sin importancia y finalmente se dirigió a Tom.

–Quisieran verle en Roma. ¿Puede ir allí hoy mismo?

Tom arrugó la frente y dijo:

–No tenía ninguna intención de ir a Roma.

–Veré qué puedo hacer –dijo amablemente el capitán, cogiendo de nuevo el aparato.

Tom le oyó pedir que mandasen algún miembro de la policía de Roma para entrevistarse con él en Venecia, y se dijo que, al parecer, el hecho de ser ciudadano americano todavía conllevaba ciertos privilegios.

–¿En qué hotel se aloja usted? –preguntó el policía.

–En el Costanza.

El policía transmitió la información a la sede de Roma. Luego colgó y, cortésmente, informó a Tom de que aquella misma tarde, después de las ocho, se personaría en Venecia un representante de la policía de Roma para hablar con él.

–Gracias –dijo Tom.

Salió dejando tras de sí al capitán, que con aire sombrío rellenaba un formulario. Tom pensó que la escena había sido corta y aburrida.

Pasó el resto del día en su habitación, reflexionando, leyendo y dando los últimos toques a su nueva caracterización. Le parecía muy probable que mandasen al mismo individuo con quien había hablado en Roma, el *tenente* Rovassini o como se llamase. Se retocó las cejas para que quedasen algo más oscuras. Sin quitarse el traje de tweed marrón, pasó toda la tarde tumbado, e incluso se arrancó un botón de la chaqueta. Dickie siempre había sido pulcro y ordenado, así que Tom Ripley iba a ser todo lo contrario, para aumentar el contraste. No comió nada para almorzar, aunque en realidad no tenía apetito, pero lo hizo para no dejar de perder los kilos que deliberadamente había engordado para el papel de Dickie Greenleaf. Estaba dispuesto a ser más delgado de lo que jamás había sido. En su pasaporte constaba con un peso de setenta kilos, mientras que Dickie pesaba unos setenta y seis. Ambos, sin embargo, tenían la misma estatura: cerca de un metro ochenta.

A las ocho y media de la tarde sonó el teléfono y la telefonista le anunció que el *tenente* Roverini le esperaba abajo.

–¿Quiere decirle que suba, por favor? –dijo Tom.

Se acercó a la silla donde tenía pensado sentarse y la arrastró aún más lejos del círculo de luz proyectado por la lámpara de pie. La habitación estaba arreglada de modo que se notase que había estado leyendo y matando el tiempo durante las últimas horas: la lámpara de pie estaba encendida, al igual que la pequeña lámpara para leer, el cubrecamas estaba algo arrugado y sobre él había un par de libros abiertos y dejados boca abajo; incluso había empezado a escribir una carta a la tía Dottie.

El *tenente* llamó a la puerta. Tom le abrió sin darse prisa.

–*Buona sera.*

–*Buona sera. Tenente Roverini della Polizia Romana.*

En el rostro sonriente del *tenente* no se advertía ningún signo de sorpresa o suspicacia. Detrás de él entró otro policía, alto, más joven y silencioso. Tom le reconoció: era el mismo que había acompañado a Roverini al interrogarle en el apartamento de Roma. El teniente se sentó en la silla que Tom le ofrecía.

–¿Es usted amigo del *signore* Richard Greenleaf? –preguntó.

–Sí.

Tom estaba sentado en la otra silla, un sillón, para ser exactos, lo cual le permitía adoptar una postura negligente.

–¿Cuándo y dónde le vio usted por última vez?

–Le vi brevemente en Roma, justo antes de que se marchase a Sicilia.

–¿Tuvo noticias suyas desde Sicilia?

El teniente iba tomando nota de sus respuestas en la libreta que había extraído de la cartera marrón.

–Pues no. No supe nada de él.

–¡Ajá! –exclamó el teniente.

Parecía dedicar más atención a sus papeles que al propio Tom. Al fin, levantó la mirada con expresión amistosa e interesada.

–Durante su estancia en Roma, ¿no se enteró usted de que la policía le andaba buscando?

–No. No sabía nada de eso. Ni acabo de comprender por qué se dice que he desaparecido.

Tom se ajustó las gafas y miró al policía con ojos inquisitivos.

–Se lo explicaré más tarde. Siguiendo con Roma, ¿no le dijo el *signore* Greenleaf que la policía deseaba hablar con usted?

–No.

–Es raro –comentó el teniente en voz baja, haciendo otra anotación en la libreta–. El *signore* Greenleaf sabía que queríamos entrevistarnos con usted. El *signore* Greenleaf no se muestra demasiado dispuesto a colaborar, que digamos.

Sonrió a Tom, y este no cambio su expresión seria y atenta.

–*Signore* Ripley, ¿dónde ha estado usted desde fines de noviembre?

–Viajando. Principalmente por el norte de Italia.

Premeditadamente, Tom deslizó alguna que otra falta en su italiano, procurando que las palabras fluyeran con un ritmo muy distinto del de Dickie.

–¿Por dónde? –preguntó el teniente, empuñando de nuevo la pluma.

–Milán, Turín, Faenza..., Pisa...

–Hemos hecho indagaciones en los hoteles de Milán y Faenza, sin ir más lejos, ¿acaso se alojó siempre con amigos suyos?

–No..., es que casi siempre dormía en mi coche.

Tom pensó que resultaba claro que no disponía de mucho dinero, y también que él era un joven de los que preferían dormir de cualquier forma en vez de hospedarse en un lujoso hotel.

–Lamento no haber renovado mi *permiso di soggiorno* –dijo Tom, poniendo cara contrita–. No sabía que se tratase de un asunto muy importante.

Lo cierto era que no ignoraba que los turistas casi nunca se tomaban las molestias de renovar el permiso de estancia y que se quedaban allí meses y meses pese a haber declarado al entrar que su visita duraría solamente unas semanas.

198

—Se dice *permesso de soggiorno* no *permiso* —le corrigió el teniente con aire paternal.

—*Grazie.*

—¿Me permite ver su pasaporte?

Tom lo sacó del bolsillo interior de la americana. El teniente se puso a estudiar atentamente la fotografía, mientras Tom asumía la expresión vagamente ansiosa que tenía en la foto. En ella no usaba gafas, pero llevaba el pelo con la raya en el mismo lado, y la corbata anudada del mismo modo, con un nudo triangular. El teniente echó una ojeada a los diversos visados de entrada que llenaban parcialmente las primeras dos páginas del pasaporte.

—Salvo la breve excursión a Francia con el *signore* Greenleaf, lleva usted en Italia desde el 2 de octubre, ¿verdad?

—En efecto.

El teniente sonrió y echó el cuerpo hacia delante.

—*Ebbene,* con esto se aclara un asunto importante..., el misterio de la lancha de San Remo.

Tom arrugó el entrecejo.

—¿Y eso qué es?

—Se encontró una lancha hundida cerca de San Remo, y en ella había unas manchas que parecían de sangre. Naturalmente, eso fue cuando le dábamos por desaparecido; inmediatamente después de eso... —El policía abrió las manos y soltó una carcajada—... creímos oportuno interrogar al *signore* Greenleaf para saber qué le había sucedido a usted. Así lo hicimos. ¡La embarcación se dio por perdida el mismo día de la visita de ustedes dos a San Remo!

Se rió otra vez.

Tom fingió no darse por enterado de la coincidencia.

—Pero ¿es que el *signore* Greenleaf no les dijo que yo me fui a Mongibello al partir de San Remo? Fui a hacer algunos —hizo una pausa para buscar la palabra exacta—... recados por cuenta suya.

—*Benone!* —exclamó el teniente Roverini, sonriendo.

Se aflojó los botones de la guerrera para estar más cómodo y se acarició el bigote con un dedo.

—¿Conocía usted también a Freddie Miles? —preguntó.

Tom soltó un suspiro involuntario, comprendiendo que el asunto de la lancha quedaba definitivamente archivado.

–No. Solo le vi una vez, cuando se apeaba del autobús en Mongibello. Nunca volví a verle.

–¡Ajá! –exclamó el teniente, tomando nota de ello.

Permaneció callado durante un minuto, como si se le hubiesen terminado las preguntas, luego sonrió.

–¡Ah, Mongibello! ¡Bonito pueblo! ¿No cree? Mi esposa es de allí.

–¿De veras? –preguntó amablemente Tom.

–Sí. Mi esposa y yo pasamos allí nuestra luna de miel.

–En efecto, es un pueblo muy hermoso –dijo Tom–. *Grazie*.

Aceptó el Nazionale que le ofrecía el teniente, pensando que tal vez se trataba de una pausa cortés, a la italiana, una especie de descanso entre dos asaltos. Estaba seguro de que la vida privada de Dickie iba a salir en la conversación, incluyendo el asunto de los cheques falsificados, y todo lo demás. Con voz seria y empleando su vacilante italiano, Tom dijo:

–Según he leído en un periódico, la policía sospecha que el *signore* Greenleaf fue el autor del asesinato de Freddie Miles, a menos que él mismo se presente a las autoridades. ¿Es cierto que le creen culpable?

–¡Ah, no, no, no! –protestó el teniente–. ¡Pero es imprescindible que se presente! ¿Por qué se estará escondiendo de nosotros?

–No lo sé. Como dice usted..., no parece muy dispuesto a colaborar –comentó Tom solemnemente–. Ni siquiera se molestó en avisarme que la policía me estaba buscando para hablar conmigo, en Roma. Pero, pese a todo..., me cuesta creerle culpable de asesinar a Freddie Miles.

–¡Pero!... Verá, un hombre declaró en Roma que había visto a dos hombres junto al coche del *signore* Miles, delante de donde vivía el *signore* Greenleaf, y que ambos estaban bebidos o... –hizo una pausa para que sus palabras tuvieran mayor efecto– quizá uno de ellos estaba muerto, ya que el otro le sostenía junto al coche. Por supuesto, nos es imposible afirmar que el hombre que no se tenía en pie fuese el *signore* Miles o el *signore* Greenleaf, pero si pudiéramos encontrar a este último, podríamos preguntarle si estaba tan borracho que el *signore* Miles se vio obligado a sostenerle en pie.

El teniente se rió.

–Se trata de un asunto muy serio.

–Sí, me doy cuenta.

–Así que ¿no tiene ni la más mínima idea de dónde puede estar el *signore* Greenleaf a estas horas?

–No, absolutamente ninguna.

El teniente reflexionó.

–Que usted sepa, ¿se pelearon el *signore* Greenleaf y el *signore* Miles?

–No, pero...

–¿Pero qué?

Lentamente, sabiendo perfectamente lo que tenía que decir, Tom prosiguió:

–Sé que Dickie no fue a esquiar con Freddie Miles, que le había invitado. Recuerdo que me sorprendió que no fuese, aunque él no me dijo por qué.

–Estoy enterado de eso. Era en Cortina d'Ampezzo. ¿Está seguro de que no había ninguna mujer de por medio?

Tom advirtió que su sentido del humor le instaba a aprovechar aquella observación del teniente, pero prefirió fingir que meditaba cuidadosamente la pregunta.

–No lo creo.

–¿Qué me dice de la muchacha, de Marjorie Sherwood?

–Supongo que sería posible –dijo Tom–, pero no creo que sea probable. Tal vez no sea la persona más indicada para contestar a esas preguntas sobre la vida del *signore* Greenleaf.

–¿El *signore* Greenleaf nunca le hablaba de sus asuntos sentimentales? –preguntó el teniente, presa de un asombro latino.

Tom reflexionó que estaba en su mano seguir el asunto indefinidamente y que Marge confirmaría sus palabras, simplemente por el modo en que reaccionaría ante las preguntas sobre Dickie. La policía italiana nunca lograría llegar al fondo de la vida amorosa del *signore* Greenleaf. Ni el mismo Tom lo había logrado.

–No –dijo Tom–. No puedo decir que me hablase de sus cosas más personales. Lo que sé es que sentía mucho afecto por Marjorie. Por cierto, ella también conocía a Freddie Miles.

–¿Le conocía muy bien?

–Pues...

Tom procuraba dar a entender que sabía más de lo que decía. El teniente se inclinó hacia él.

–Puesto que durante un tiempo vivió usted con el *signore* Greenleaf, en Mongibello, a lo mejor puede contarnos algo sobre los afectos del *signore* Greenleaf en general. Es algo que para nosotros tiene muchísima importancia.

–¿Por qué no habla con la *signorina* Sherwood? –sugirió Tom.

–Ya hemos hablado con ella en Roma..., antes de que el *signore* Greenleaf se esfumara. He tomado medidas para volver a hablar con ella cuando llegue a Génova para embarcarse hacia su país. Actualmente está en Múnich.

Tom guardó silencio, consciente de que el teniente estaba esperando que añadiera algo más a su declaración. Tom se sentía tranquilo. Las cosas estaban saliendo tal y como había esperado en sus momentos de mayor optimismo: la policía no tenía nada en contra suya, nada en absoluto, ni albergaba ninguna sospecha sobre él. De pronto, se sintió inocente y fuerte, tan libre de culpa como su vieja maleta, de la que había tenido la precaución de arrancar la etiqueta de la consigna de equipajes de Palermo. Con su modo de hablar prudente, sincero, a lo Tom Ripley, dijo:

–Recuerdo que en Mongibello, Marge se pasó unos días diciendo que no iría a Cortina, pero luego cambió de parecer. De todos modos, no sé a qué fue debido. Si eso le sirve de algo...

–Pero nunca llegó a ir a Cortina.

–En efecto, pero eso se debió solamente a que tampoco fue el *signore* Greenleaf, supongo. Al menos, la *signorina* Sherwood siente tanto cariño por él como para no ir sola a donde pensaba ir con él.

–¿Cree usted que se pelearon, el *signore* Miles y el *signore* Greenleaf, a causa de la *signorina* Sherwood?

–No puedo decirle. Es posible. Sé que el *signore* Miles sentía mucho afecto por ella también.

–¡Ajá!

El teniente frunció el entrecejo tratando de poner en orden sus ideas sobre todo aquello. Levantó la vista hacia su joven compañero, que a todas luces estaba atento a la conversación, aunque, a juzgar por su rostro impasible, no tenía ningún comentario que hacer.

Tom se dijo que acababa de dejar a Dickie retratado como el típico enamorado celoso, negándose a que Marge fuese a Cortina y se divirtiese un poco, solo porque, a su modo de ver, a la muchacha le gustaba demasiado Freddie Miles. Resultaba gracioso pensar que alguien, especialmente Marge, sintiese mayor atracción por Freddie, aquella especie de buey con ojos de besugo, que por Dickie. Tom sonrió, luego transformó su sonrisa en una expresión de no entender nada.

–¿Cree realmente que Dickie huye de algo, o bien cree que es pura casualidad que no puedan dar con él?

–¡Oh, no! Esto es demasiado. Primero el asunto de los cheques, del que tal vez se haya enterado usted por los periódicos.

–No acabo de entender este asunto de los cheques.

El policía se lo explicó. Estaba al corriente de las fechas de los cheques y de cuántas eran las personas convencidas de que se trataba de una falsificación. Añadió que el *signore* Greenleaf había negado que hubiese tal falsificación.

–Pero, cuando el banco desea volver a entrevistarle en relación con la falsificación de que ha sido víctima, y cuando la policía de Roma quiere volver a interrogarle en relación con el asesinato de su amigo, y él desaparece tan repentinamente... –el teniente hizo un gesto muy expresivo con las manos–... la única explicación posible es que huye de nosotros.

–¿Y no se le ocurre pensar que tal vez alguien le haya asesinado? –preguntó Tom suavemente.

El teniente se encogió de hombros y no los volvió a bajar hasta haber transcurrido casi un cuarto de minuto.

–No lo creo. Los hechos no lo hacen suponer. No del todo. *Ebbene...*, hemos mandado radiogramas a todos los buques que tomaron pasaje en Italia, sin reparar en su calado. O bien se ha ido en una embarcación de pesca, o sigue en Italia, escondido en alguna parte. Sin descartar, claro está, la posibilidad de que se haya ocultado en algún otro país europeo, ya que no tenemos por norma anotar los nombres de las personas que salen de nuestro país, y el *signore* Greenleaf dispuso de varios días para hacerlo. Sea como sea, está escondido, y obra como si fuese culpable. Eso quiere decir que *algo* hay.

Tom le miró fijamente, con expresión grave.

–¿Vio usted alguna vez cómo firmaba los cheques, especialmente los correspondientes a enero y febrero?

–Le vi firmar uno de ellos –dijo Tom–. Pero me temo que eso

fue en diciembre. No estaba con él en enero y febrero. ¿Es en serio que sospecha de él por el asesinato del *signore* Miles? –volvió a preguntar Tom con voz de incredulidad.

–Lo cierto es que no tiene una buena coartada –contestó el policía–. Según él, estuvo paseando cuando se hubo marchado el *signore* Miles, pero nadie le vio pasear.

Inesperadamente, el policía señaló a Tom con el dedo.

–Y además..., a través del amigo del *signore* Miles, el *signore* Van Houston, hemos sabido que al *signore* Miles le costó mucho trabajo encontrar al *signore* Greenleaf en Roma..., casi parecía que quisiera darle esquinazo. Puede ser que el *signore* Greenleaf estuviera enojado con el *signore* Miles, aunque, según el *signore* Van Houston, ¡el *signore* Miles no estaba enojado en absoluto con el *signore* Greenleaf!

–Entiendo –dijo Tom.

–*Ecco* –dijo el teniente con tono concluyente, mirando fijamente las manos de Tom.

Aunque tal vez eran figuraciones de Tom. Volvía a llevar su propio anillo, pero quizá el teniente había advertido cierto parecido con el otro. Haciendo un alarde de osadía, Tom adelantó la mano hacia el cenicero para apagar su cigarrillo.

–*Ebbene* –dijo el teniente, levantándose–. Muchísimas gracias por su ayuda, *signore* Ripley. Es usted una de las pocas personas de las que podemos sacar algo sobre la vida del *signore* Greenleaf. En Mongibello, las personas que le conocían son muy calladas. ¡Un rasgo muy italiano, por desgracia! Ya sabe, el miedo a la policía. –Se rió entre dientes–. Espero que podamos encontrarle más fácilmente la próxima vez que necesitemos preguntarle algo. Quédese un poco más en las ciudades y un poco menos en el campo. A no ser, claro, que le apasionen nuestros paisajes.

–¡Me apasionan, sí! –exclamó Tom calurosamente–. A mí me parece que Italia es el país más hermoso de Europa. Pero si quiere, me mantendré en contacto con usted para que en todo momento sepa dónde estoy. Tengo tanto interés como ustedes en encontrar a mi amigo.

Lo dijo como si su mente inocente ya hubiese olvidado la posibilidad de que Dickie fuese un asesino.

El teniente le entregó una tarjeta con su nombre y con la di-

204

rección de su despacho en la jefatura de Roma. Luego inclinó la cabeza cortésmente.

–*Grazie tante, signore Ripley. Buona sera!*

–*Buona sera* –dijo Tom.

El otro policía le saludó militarmente al salir y Tom le correspondió con una inclinación de cabeza. Luego cerró la puerta.

Le hubiese gustado salir volando por la ventana. ¡Los muy idiotas! Habían estado tan cerca de la verdad sin llegar a adivinarla... Ni por un momento se les había ocurrido que Dickie estaba huyendo de las preguntas sobre las falsificaciones porque, en primer lugar, no era el verdadero Dickie Greenleaf. La única cosa en la que habían dado en el clavo era la posibilidad de que Dickie Greenleaf fuera el asesino de Freddie Miles. Pero Dickie Greenleaf estaba muerto, más muerto que una piedra y él, Tom Ripley, estaba a salvo. Descolgó el teléfono.

–¿Quiere ponerme con el Grand Hotel, por favor? –dijo en italiano, con su propia voz–. *Il ristorante, per piacere...* Quisiera reservar mesa para una persona, a las nueve y media. Gracias. A nombre de Ripley. R-i-p-l-e-y.

Aquella noche iba a cenar espléndidamente. Y contemplaría la luna reflejándose en el Gran Canal, con sus góndolas perezosas transportando a los recién casados y la silueta de los gondoleros y los remos recortándose sobre las aguas bañadas por la luz de la luna. De pronto, le entró un apetito voraz y se dijo que pediría algo exquisito y caro para cenar..., lo que fuese la especialidad del Grand Hotel, pechuga de faisán o *petto di pollo* y, para empezar, tal vez *canelloni* con una cremosa salsa por encima de la pasta y un buen *valpolicella* para ir bebiendo a sorbitos, pausadamente, mientras soñaba en el porvenir y trazaba planes sobre lo que haría en el futuro.

Tuvo una idea brillante mientras se cambiaba de ropa: escribiría un testamento, firmado por Dickie, legándole a él todo su dinero y sus rentas y lo guardaría en un sobre con la indicación de que no se abriera hasta pasados unos meses. Era una idea excelente.

23

Venecia
28 de febrero de 19...

Apreciado míster Greenleaf:

He creído que en estas circunstancias no se tomaría usted a mal que le escriba para darle cuanta información personal tengo sobre Richard, ya que yo, según parece, soy una de las últimas personas que le vieron.

Fue en Roma, sobre el 2 de febrero y en el Hotel Inghilterra. Como usted sabe, eso fue solamente dos o tres días después de la muerte de Freddie Miles. Encontré a Dickie muy trastornado y nervioso. Dijo que pensaba irse a Palermo tan pronto como la policía dejara de interrogarle sobre la muerte de Freddie, y parecía ansioso por marcharse, lo cual es muy comprensible. Pero quería decirle a usted que debajo de todo se advertían síntomas de depresión, síntomas que me causaron una preocupación mucho más fuerte que el nerviosismo que visiblemente se había adueñado de él. Me dio la impresión de que iba a hacer algo violento..., tal vez contra sí mismo. Supe también que no quería volver a ver a su amiga Marjorie Sherwood, y me dijo que trataría de evitar encontrársela si ella iba a verle desde Mongibello al enterarse del asunto Miles. Procuré convencerle de que la viese. Ignoro si lo hizo. Marge posee la virtud de calmar a la gente, como tal vez usted ya sabe.

Bueno, lo que estoy tratando de decirle es que sospecho que Richard se haya suicidado. En el momento de escribirle la presente, no ha sido encontrado y, naturalmente, confío en que lo sea antes de que lea usted esto. Huelga decir que no me cabe ninguna duda de que Richard no tuvo nada que ver, directa o indirectamente, con la muerte de Freddie, pero temo que el shock que le produjo la noticia y los subsiguientes interrogatorios le trastornaron profundamente. Sé que esta carta va a entristecerle y, créame, lamento tener que escribírsela. Puede que no fuese necesario y que Dickie esté simplemente oculto esperando que las cosas se calmen, cosa que, conociendo su temperamento, resulta comprensible también. Pero a medida que va pasando el tiempo, siento que aumenta mi preocupación. Pensé que era mi deber escribirle para hacerle saber...

Múnich
3 de marzo de 19...

Apreciado Tom:

Gracias por tu carta. Fue muy amable de tu parte. He contestado a la policía por escrito y uno de ellos vino a verme. No pasaré por Venecia, pero, de todos modos, te agradezco la invitación. Salgo para Roma pasado mañana, a fin de reunirme con el padre de Dickie, que llegará en avión. Sí, estoy de acuerdo contigo en que hiciste bien en escribirle.

Me siento tan abrumada por todo esto que me parece que me ha dado algo parecido a la fiebre de Malta o, si lo prefieres, lo que los alemanes llaman *Foehn,* pero con un virus de más para acabar de arreglarlo. Me ha sido literalmente imposible levantarme durante cuatro días, de lo contrario hubiese ido a Roma antes. Te ruego, pues, que disculpes la incoherencia de estas líneas, que no son más que una pobre respuesta a tu amable carta. Pero necesitaba decirte que no estoy de acuerdo en lo del posible suicidio de Dickie. Simplemente, no sería propio de él, aunque sé que vas a decirme que nunca se notan las intenciones del futuro suicida, etcétera. No, cualquier cosa menos esta, en el caso de Dickie. Puede que le asesinaran en alguna calleja de Nápoles..., incluso de Roma, porque quién sabe si llegó a Roma o no al salir de Sicilia. También creo en la posibilidad de que se metiera en algún lío y ahora esté simplemente *escondido.* Creo que esta es la verdad.

Me alegra que pienses que lo de las falsificaciones es una equivocación (por parte del banco, entiéndeme). Soy del mismo parecer. Dickie ha cambiado tanto desde noviembre que nada me extrañaría que se notase hasta en su letra. Esperemos que se sepa algo de aquí a que recibas mi carta. He recibido un telegrama de míster Greenleaf citándome en Roma..., así que será mejor que reserve mis energías para ese mal trago.

Me alegra saber cuál es tu dirección por fin. Gracias otra vez por tu carta, tus consejos y tu invitación.

Marge

P. D. Me olvidaba de la buena noticia. ¡Hay un editor interesado por *Mongibello!* Dice que antes de hablar de un contrato quiere examinar el libro, pero ¡es un buen indicio! ¡Ahora solo me falta terminarlo!

M.

La carta indicaba bastante a las claras que Marge estaba decidida a mantenerse en buenas relaciones con Tom y que, probablemente, su actitud hacia él también había cambiado en lo que se refería a la policía.

La prensa italiana estaba levantando un gran revuelo en torno a la desaparición de Dickie. De algún modo, tal vez a través de Marge, se las habían arreglado para conseguir algunas fotos. En *Epoca* las había de Dickie navegando en su velero, y en las de *Oggi* Dickie aparecía tomando el sol en la playa y el aperitivo en el bar de Giorgio; en otra foto Freddie estaba con Marge (que, según la revista, mantenía relaciones sentimentales con ambos, *il sparito* Dickie e *il assassinato* Freddie), sonrientes y en actitud cariñosa los dos; incluso habían publicado una foto del padre de Dickie en la que míster Greenleaf salía con la expresión circunspecta de un hombre de negocios. La dirección de Marge en Múnich la había encontrado Tom en un periódico. *Oggi* llevaba dos semanas publicando una especie de biografía novelada de Dickie según la cual el muchacho había destacado por su carácter «rebelde» durante sus años de estudiante. Su vida social en los Estados Unidos y su huida a Europa en pos del arte aparecían tan adornadas que daba la impresión de que estuvieran refiriéndose a una combinación de Errol Flynn y Paul Gauguin. Los semanarios ilustrados daban siempre los últimos informes facilitados por la policía, informes que prácticamente no decían nada, hinchados por la imaginación del periodista de turno. Una de las hipótesis favoritas era la de que se había escapado con otra muchacha, posible autora de las falsificaciones, y que se lo estaba pasando en grande, de incógnito, en Tahití, en México o en algún país sudamericano. La policía seguía rastreando en Roma, Nápoles y París. No había ninguna pista sobre el asesino de Freddie Miles, ni se decía nada sobre el hecho de que se hubiese visto a Dickie Greenleaf transportando el cuerpo de Freddie Miles, o viceversa, en las cercanías de donde vivía el primero. A Tom le intrigó que se ocultase aquello a la prensa, y supuso que lo hacían para evitar una denuncia por difamación por parte de Dickie. Le agradó que se refiriesen a él, Tom, con las palabras «un leal amigo» del desaparecido Dickie Greenleaf, que gustosamente había declarado cuanto sabía sobre el carácter y los hábitos de Dickie, y que estaba tan perplejo por su desaparición como lo estaba todo el mundo.

«El *signore* Ripley, uno de los jóvenes americanos de buena posición que visitan Italia», decía *Oggi,* «vive actualmente en un *palazzo* veneciano con vistas a San Marcos.»

Eso fue lo que más agradó a Tom, hasta el punto de recortarlo de la revista.

Nunca se le había ocurrido que estaba viviendo en un «palacio», aunque, por supuesto, se trataba de lo que los italianos denominaban *«palazzo»,* es decir, una casa de dos pisos, dotada de cierto empaque y con más de dos siglos de antigüedad, con una entrada principal sobre el Gran Canal, a la que solo podía llegarse en góndola, de la que una amplia escalinata descendía hasta el agua, y con unos portalones de hierro que tenían que abrirse utilizando una llave de veinte centímetros de largo, sin contar las puertas normales, situadas detrás de la de hierro, que también requerían una enorme llave. Por lo general, Tom se servía de la puerta de atrás, mucho menos impresionante, para sus entradas y salidas, salvo cuando deseaba impresionar a sus invitados llevándoles hasta su domicilio en góndola. La puerta de atrás, que al igual que la pared de la casa medía sus buenos cuatro metros de alto, daba a un jardín bastante mal cuidado, aunque de abundante vegetación; en el jardín había un par de olivos retorcidos y un baño para los pájaros que consistía en la estatua de un muchacho desnudo sosteniendo una taza ancha y poco profunda. El jardín parecía hecho a la medida de un palacio veneciano: un tanto ruinoso, necesitado de unas reparaciones que nunca iban a efectuarse, pero bello pese a todo, porque su belleza había nacido dos siglos antes. El interior de la casa estaba a tono con la idea que Tom tenía sobre lo que debía ser el hogar de un joven soltero y civilizado, al menos en Venecia: en la planta baja el suelo era de mármol blanco y negro, parecido a un tablero de ajedrez, y desde la entrada conducía hasta cada una de las habitaciones; en el piso de arriba, el mármol era blanco y rosado, los muebles más que tales daban la impresión de ser la encarnación de la música del *Cinque-*

cento interpretada por un conjunto de oboes, flautas dulces y violas *da gamba*. Tenía servicio, Anna y Ugo, un joven matrimonio italiano que ya antes habían servido en casa de un americano, en la misma Venecia, por lo que conocían la diferencia entre un Bloody Mary y una *crème de menthe frappé*, aparte de sacar brillo al mobiliario de madera tallada, hasta hacer que pareciese dotado de vida propia por los cambiantes reflejos que se advertían al pasar junto a él. Lo único con cierto aspecto de modernidad, aunque relativa, era el cuarto de baño. En el dormitorio de Tom había una cama gigantesca, más ancha que larga. Tom decoró la alcoba con una serie de vistas panorámicas de Nápoles desde 1540 hasta los alrededores de 1880, que había encontrado en un anticuario. Durante una semana no se había ocupado de otra cosa que de decorar la casa. Era consciente de una firmeza en sus gustos que antes, en Roma, no había sentido ni se había reflejado en la decoración de su apartamento. Se sentía más seguro de sí mismo en todos los sentidos.

Esa confianza en sí mismo le llevó incluso a escribir a la tía Dottie, empleando un tono afectuoso e indulgente que nunca había querido, o tal vez podido, emplear antes. En la carta se interesaba por su salud y le preguntaba por el pequeño círculo de viejas chismosas que la tía Dottie frecuentaba en Boston; también le explicaba por qué le gustaba Europa y por qué pensaba vivir en ella durante una temporada, se lo explicaba con tanta elocuencia que copió ese pasaje de su carta y lo guardó en el escritorio. Escribió la inspirada carta una mañana después del desayuno, tranquilamente sentado en su dormitorio, enfundado en una bata de seda recién estrenada y que le habían hecho a medida en Venecia, deteniéndose de vez en cuando para contemplar el Gran Canal y la Torre del Reloj de la plaza de San Marcos. Después de escribirla, se preparó un poco más de café y con la Hermes de Dickie se puso a escribir el testamento de este, legándose a sí mismo todo el dinero que tenía Dickie en diversos bancos así como su renta mensual. Lo firmó con el nombre de Herbert Richard Greenleaf, Jr. Juzgó más prudente no añadir la firma de un testigo, ya que, si los bancos o míster Greenleaf ponían el testamento en duda, cabía la posibilidad de que quisieran saber quién era el testigo. Al principio había pensado en inventarse un nombre italiano para el supuesto testigo, que hubiese sido alguien a quien Dickie habría hecho firmar el testamento en Roma. Pero descartó la idea pensando que era mejor arriesgarse con un testamento no testificado y, por otra parte, la máquina de Dickie estaba tan estropeada que resultaba facilísimo identificar sus rasgos, casi tanto como los de su escritura. Además, tenía entendido que los testamentos ológrafos no requerían testigos. Pero la firma era perfecta, exactamente igual a la que había en el pasaporte de Dickie. Tom se pasó media hora practicándola antes de firmar el testamento, luego descansó unos segundos, firmó en un pedazo de papel y, sin esperar más, firmó el documento. Se dijo que nadie iba a ser capaz de demostrar que no era auténtico. Colocó un sobre en la máquina y lo dirigió «a quien pueda interesar», anotando asimismo que no debía abrirse hasta el mes de junio de aquel mismo año. Lo guardó en un compartimiento de la maleta, como si lo hubiese estado llevando allí durante cierto tiempo y sin saberlo. Luego bajó con la máquina y su estuche y los arrojó al pequeño brazo del canal, demasiado estrecho para permitir el paso de una embarcación, que iba desde una de las esquinas delanteras de la casa hasta el muro del jardín. Se alegró de haberse librado de la máquina de escribir, aunque hasta entonces no había sentido deseos de desprenderse de ella. Pensó que en su subconsciente habría pensado utilizarla para escribir el testamento o alguna otra cosa de gran importancia, y que por eso la había conservado.

Tom iba siguiendo las noticias sobre los casos Greenleaf y Miles en la prensa italiana y en la edición parisiense del *Herald Tribune,* con la preocupación propia de quien era amigo de ambos. A fines de marzo, los periódicos apuntaban la posibilidad de que Dickie hubiera sido asesinado por el mismo individuo o individuos que habían estado aprovechándose de la falsificación de su firma. Un periódico de Roma dijo que en Nápoles había un individuo que afirmaba que la firma de la carta recibida desde Palermo, declarando no haber sido víctima de ninguna falsificación, era igualmente falsa. Otros, sin embargo, discrepaban. Alguien de la policía, aunque no se trataba de Roverini, opinaba que el culpable, o culpables, era alguien íntimamente relacionado con Greenleaf, alguien que había dado con la carta del banco y que, con toda la desfachatez, había optado por contestarla personalmente. Según la prensa, el policía había dicho:

«El misterio estriba no solo en quién falsificó la carta, sino en cómo la misma fue a caer en sus manos, ya que el portero del hotel de Palermo recuerda que se la entregó personalmente a Greenleaf y que la carta era certificada. Además, el portero recuerda que Greenleaf iba siempre solo durante su estancia en Palermo...»

Tom se estremeció al leer la noticia, aunque esta no hacía más que confirmar que la policía seguía dando palos de ciego en torno a la verdad de lo sucedido, sin llegar nunca a dar en el blanco. Pero ya solo bastaba que diesen un paso, y parecía probable que alguien lo diese sin tardar. Tom se preguntó si sabrían ya la respuesta, pero la ocultaban con el fin de cogerle desprevenido. El teniente Roverini, por ejemplo, le ponía al corriente de las investigaciones con cierta frecuencia. Tom temía que, cuando menos lo esperase, cayesen sobre él con todas las pruebas que habían logrado reunir.

Empezó a creer que le vigilaban, especialmente cuando caminaba por la calle estrecha y larga que conducía a la puerta de atrás. La Viale San Spiridone era una simple hendidura entre los muros de las casas, abierta para permitir el paso de la gente; en ella no había ninguna tienda y la luz era apenas suficiente para que Tom pudiera ver adónde iban sus pasos; no había nada excepto una sucesión ininterrumpida de fachadas con sus correspondientes puertas, firmemente cerradas con llave, a ras con la misma fachada. En caso de ser atacado, no había adónde huir, ni ningún portal en el que esconderse. Tom no pensaba específicamente en la policía al imaginar un ataque contra su persona, sino que sus atacantes eran cosas o seres sin nombre, sin forma, rondando constantemente su cerebro como las furias. Solamente se sentía tranquilo al transitar por la Viale San Spiridone cuando llevaba unas cuantas copas de más; entonces recorría la calle con paso arrogante y silbando.

A menudo le invitaban a reuniones y fiestas, aunque solo asistió a dos de ellas durante las primeras dos semanas después de instalarse en su nuevo domicilio. Contaba también con un círculo de amistades bastante amplio gracias a un pequeño incidente que le ocurrió al empezar a buscar casa. Un corredor de fincas le llevó a visitar cierta casa de la parroquia de San Stefano. Al llegar se encontraron con que no solo no estaba deshabitada como creían, sino que, además, sus ocupantes estaban celebrando una reunión. La anfitriona les rogó que se quedasen a tomar una copa para compensarles la molestia de haberse desplazado hasta allí inútilmente, y también para que le perdonasen su descuido, ya que un mes antes había decidido alquilar la casa, cambiando de parecer algo más tarde sin acordarse de avisar al corredor de fincas. Tom aceptó la invitación y se quedó, comportándose con su habitual reserva y cortesía. Le fueron presentando a cada uno de los invitados, que él supuso miembros de la colonia de gentes acomodadas que pasaban el invierno en Venecia. A juzgar por la calurosa acogida que le dispensaron, anhelaban ver caras nuevas, e incluso se brindaron para ayudarle a buscar casa. Naturalmente, su nombre no les era desconocido y el hecho de conocer a Dickie Greenleaf hizo que su cotización social subiera hasta extremos que a él mismo le sorprendieron. Resultaba obvio que empezarían a lloverle invitaciones de todas partes y que, para aliviar un poco el aburrimiento en que transcurrían sus vidas, tratarían de sonsacarle cuanto pudieran sobre el suceso. Tom adoptó una actitud reservada y amistosa a la vez, como era de rigor en un joven de su posición, sensible, y nada acostumbrado a verse envuelto en asuntos desagradables y que, con respecto a Dickie, su principal emoción era la ansiedad que su posible suerte le inspiraba.

Al abandonar la primera fiesta, llevaba en el bolsillo las direcciones de tres casas más (en una de las cuales se instaló) y varias invitaciones para asistir a otras fiestas. Asistió a la que daba la condesa Roberta (Titi) della Latta-Cacciaguerra. Tom no estaba de humor para fiestas. Le parecía ver a la gente a través de una espesa niebla y la conversación le resultaba difícil. A menudo tenía que hacerse repetir lo que acababan de decirle y se aburría mortalmente. Pero creyó que aquellas personas le servirían para practicar. Las ingenuas preguntas que le hacían (si Dickie bebía; si estaba enamorado de Marge; si él tenía alguna idea de su paradero) eran un buen entrenamiento para las preguntas, más concretas, que le haría míster Greenleaf cuando le viera, suponiendo que llegase a verle. Transcurrieron diez días desde la llegada de la carta de Marge, y Tom empezó a sentirse inquieto al ver que míster Greenleaf no le escribía ni telefoneaba desde Roma. A veces, dejándose llevar por el miedo, Tom se imaginaba que la policía le había dicho a míster Greenleaf que estaban jugando con Tom Ripley y que hiciera el favor de no hablar con él.

Cada día examinaba ansiosamente el buzón para ver si había carta de Marge o de míster Greenleaf. Tenía la casa preparada para su llegada y las respuestas a sus preguntas se hallaban dispuestas en su cabeza. Era igual que esperar a que se alzase el telón y diese comienzo el espectáculo, y la espera se le hacía interminable. De todas formas, también era posible que míster Greenleaf estuviera enojado con él (por no decir que sospechaba de él) y que pensase prescindir de él por completo, alentado por Marge. Lo cierto era que no podía emprender ninguna acción en tanto no sucediera algo, fuese lo que fuese. Tom tenía deseos de irse de viaje, de hacer su famoso viaje a Grecia. Se había comprado una guía de Grecia y ya tenía trazado el itinerario por las islas.

Entonces, el día 4 de abril por la mañana, recibió una llamada telefónica de Marge. Estaba en Venecia y le llamaba desde la estación.

—¡Iré a recogerte! —le dijo alegremente Tom—. ¿Míster Greenleaf está contigo?

—No, se ha quedado en Roma. Vengo sola. No te molestes en venir a buscarme. Solo traigo lo justo para una noche.

—¡Tonterías! —dijo Tom, muriéndose de ganas de hacer algo—. Tú sola nunca encontrarás la casa.

—Claro que la encontraré. Está al lado *della Salute,* ¿verdad? Cogeré el *motoscafo* hasta San Marcos, y luego alquilaré una góndola.

—Si insistes...

A Tom acababa de ocurrírsele que era mejor dar un buen repaso a la casa antes de que ella llegase.

—¿Has almorzado?

—No.

—¡Excelente! Almorzaremos juntos por ahí. ¡Ten cuidado en el *motoscafo!*

Una vez que hubieron colgado, Tom recorrió la casa lentamente, examinando minuciosamente las habitaciones de arriba y de abajo. No había nada que perteneciese a Dickie. Esperaba que la casa no tuviese un aire excesivamente fastuoso. En la sala de estar había una cajita de plata para cigarrillos, con sus iniciales grabadas en la tapa. Tom la cogió y la guardó en el último cajón de la cómoda.

Anna estaba en la cocina, preparando el almuerzo.

—Anna, habrá uno más para el almuerzo —dijo Tom—, una joven.

El rostro de Anna se iluminó ante la perspectiva de tener un huésped.

—¿Una joven americana?

—Sí. Es una vieja amiga. Cuando el almuerzo esté preparado, usted y Ugo pueden tomarse libre el resto del día. Ya nos serviremos nosotros mismos.

—*Va bene* —dijo Anna.

Por lo general, Anna y Ugo llegaban a las diez y se marchaban a las dos, pero Tom no quería que estuvieran presentes mientras hablaba con Marge. Los dos comprendían el inglés, aunque no lo suficiente para seguir una conversación sin perder palabra. Pero Tom estaba convencido de que ambos aguzarían el oído en cuanto oyesen el nombre de Dickie, y eso le irritaba.

Tom preparó unos martinis y los colocó en una bandeja, junto con un plato de canapés. Cuando llamaron a la puerta, la abrió de un tirón.

—¡Marge! ¡Qué alegría verte! ¡Pasa!

Cogió la maleta que llevaba la muchacha.

—¿Cómo estás, Tom? ¡Caramba!... ¿Todo esto es tuyo?

Marge miró a su alrededor y levantó la vista hacia el alto y artesonado techo.

—Lo alquilé... por una miseria —dijo Tom modestamente—. Ven a tomar una copa y cuéntame qué hay de nuevo. ¿Has hablado con la policía en Roma?

Dejó sobre una silla el abrigo y el impermeable de plástico de la muchacha.

—Sí, y también con míster Greenleaf. Está muy trastornado..., naturalmente.

Marge se sentó en el sofá, y Tom se instaló en una silla enfrente de ella.

—¿Han averiguado algo nuevo? Uno de ellos me ha tenido al corriente por correo, pero sin decirme nada que importase realmente.

—Verás, averiguaron que, antes de salir de Palermo, Dickie hizo efectivos más de mil dólares en cheques de viaje. Justo antes de salir. Así que debe de haberlos utilizado para irse a alguna parte..., a Grecia o África, por ejemplo. De todos modos, no es de esperar que sacase mil dólares para suicidarse.

–En efecto –asintió Tom–. Bueno, eso parece esperanzador. No recuerdo haberlo leído en la prensa.

–Supongo que no lo publicaron.

–Claro, estaban demasiado ocupados en publicar tonterías..., lo que Dickie tomaba para desayunar en Mongibello... –dijo Tom, sirviendo los martinis.

–¡Es increíble! Parece que la situación ha mejorado un poco, pero al llegar míster Greenleaf los periódicos estaban en el momento más insoportable. ¡Oh, gracias!

Aceptó el martini, agradecida.

–¿Cómo está él?

Marge meneó la cabeza.

–Me da tanta lástima. Se pasa el día diciendo que la policía americana lo haría mucho mejor y todo eso, y, por si fuera poco, no sabe ni jota de italiano, lo cual hace que las cosas sean doblemente malas.

–¿Qué estás haciendo en Roma?

–Esperar. ¿Qué otra cosa podemos hacer todos? He vuelto a aplazar mi viaje de retorno... Míster Greenleaf y yo fuimos a Mongibello, y tuve que interrogar a casi todo el mundo, casi siempre a instancias de míster Greenleaf, por supuesto, pero nadie pudo decirnos nada. Dickie no ha vuelto por allí desde noviembre.

Tom bebió unos sorbos con rostro pensativo. Resultaba fácil ver que Marge se sentía optimista. Incluso en aquellos momentos se la veía llena de energía, como la típica exploradora que a Tom le recordaba la muchacha, con sus movimientos bruscos, su cuerpo robusto y rebosando salud, su aspecto vagamente desaliñado. De pronto, se dio cuenta de que Marge le irritaba intensamente, pero aun así representó su comedia a la perfección, levantándose para darle unos golpecitos en la espalda y un pellizco afectuoso en la mejilla.

–A lo mejor se está dando la gran vida en Tánger o en cualquier otra parte, esperando que las cosas se calmen.

–¡Pues menudo rostro tiene si eso es cierto! –exclamó Marge, echándose a reír.

–Puedes creer que no fue mi intención alarmar a nadie cuan-

216

do dije que estaba deprimido. Me pareció que tenía el deber de contárselo a míster Greenleaf y a ti.

–Lo comprendo. Creo que hiciste bien en contárnoslo. Es solo que no creo que sea cierto.

Sonrió y en sus ojos brilló un optimismo que a Tom le pareció completamente demencial.

Empezó a hacerle preguntas sobre lo que opinaba la policía de Roma, las pistas que tenían (ninguna que valiese la pena mencionar) y lo que ella había oído decir acerca del caso Miles. Tampoco había novedades en ese caso, aunque Marge estaba al corriente de que Freddie y Dickie habían sido vistos cerca de donde vivía Dickie, alrededor de las ocho de la noche. Dijo que a ella le parecía que estaban exagerando el asunto.

–Puede que Freddie estuviera simplemente borracho, o que Dickie le hubiese rodeado los hombros con el brazo en señal de afecto. ¿Cómo pueden estar seguros si era de noche? ¡No me digas que Dickie le asesinó!

–Pero dime, ¿tienen algún indicio concreto que les haga creer que Dickie le mató?

–¡Claro que no!

–Entonces, ¿por qué esos... no tratan de averiguar de una vez por todas quién le mató en realidad? Y también dónde está Dickie.

–*Ecco!* –exclamó Marge con énfasis–. De todos modos, la policía ya está segura de que Dickie, cuando menos, fue de Palermo a Nápoles. Uno de los camareros del buque recuerda que llevó su equipaje desde el camarote hasta el muelle de Nápoles.

–¿De veras? –dijo Tom, recordando al camarero, un idiota a quien se le había caído su maleta al intentar llevarla bajo el brazo–. ¿Es que a Freddie no le mataron hasta horas después de salir de casa de Dickie? –preguntó Tom súbitamente.

–No. Los médicos no pueden precisar la hora con exactitud. Y parece ser que Dickie no tenía coartada, por supuesto, ya que no hay duda de que estaba solo.

–Pero no creerán realmente que Dickie le matara, ¿verdad?

–No han dicho nada de eso, claro. Pero la sospecha está en el aire. Naturalmente, no se pondrán a lanzar acusaciones a diestro y siniestro tratándose de un ciudadano americano, pero en tanto no haya otros sospechosos y Dickie siga sin dar señales de vida... Luego, la portera de donde vivía Dickie dijo también algo sobre Freddie... que había bajado para preguntarle quién vivía en el apartamento de Dickie o algo parecido. Dijo que Freddie parecía furioso, como si hubiese estado discutiendo, y que le preguntó si Dickie vivía solo.

Tom frunció el entrecejo.

—¿Y eso por qué?

—No tengo ni idea. Freddie no hablaba el italiano demasiado bien que digamos, y puede que la portera no le entendiese. Aunque, sea como sea, el simple hecho de que Freddie estuviera furioso por algo no augura nada bueno para Dickie.

Tom enarcó las cejas.

—Yo diría que en todo caso el mal augurio era para Freddie. Puede que Dickie no estuviera furioso en absoluto.

Tom se sentía perfectamente tranquilo, ya que veía claramente que Marge no sospechaba nada.

—Yo no me preocuparía por eso a no ser que haya algo concreto. Y a mí me parece que no lo hay.

Tom volvió a llenar la copa de la muchacha.

—Hablando de África, ¿han hecho indagaciones en Tánger? Dickie solía hablar de ir allí.

—Me parece que han puesto sobre aviso a la policía de todas partes. Y creo que deberían llamar a la policía francesa en su ayuda. Los franceses se las pintan solos en asuntos de esta clase. Pero, por supuesto, no pueden hacerlo. Esto es Italia —dijo ella con una voz en la que, por vez primera, se advertía cierto temblor de nerviosismo.

—¿Quieres que almorcemos aquí? —preguntó Tom—. La doncella ya lo ha preparado y vale la pena que lo aprovechemos.

En aquel momento apareció Anna para anunciar que el almuerzo ya estaba preparado.

—¡Estupendo! —exclamó Marge—. En cualquier caso, está lloviendo.

—*Pronta la collazione, signore* —anunció Anna, sonriendo y mirando fijamente a Marge.

Tom comprendió que la había reconocido por los periódicos.

—Usted y Ugo ya pueden irse si lo desean, Anna. Gracias.

Anna regresó a la cocina, en la que se hallaba la puerta del servicio, pero Tom la oyó hacer ruido con la cafetera, esperando sin duda otra oportunidad de fisgonear.

—¿Ugo también? —dijo Marge—. ¿Dos sirvientes, nada menos?

—Es que aquí van siempre por parejas. Puede que no me creas, pero este lugar me cuesta solo cincuenta dólares al mes, sin contar la calefacción.

—¡Claro que no te creo! ¡Pero si eso es prácticamente lo mismo que se paga en Mongibello!

—Pues es cierto. La calefacción es algo fantástico, ni que decir tiene, pero no pienso utilizarla en ninguna habitación salvo mi dormitorio.

—Pues aquí se está muy bien.

—Oh, es que he abierto toda la espita porque venías tú —dijo Tom con una sonrisa.

—¿Qué ha sucedido? ¿Es que ha muerto alguna de tus tías dejándote una fortuna? —preguntó Marge, fingiendo estar deslumbrada.

—No. Es que he tomado una decisión: disfrutar de lo que tengo hasta que se me termine. Ya te dije que aquel empleo que buscaba en Roma no me salió bien, así que me encontré sin trabajo y con solo dos mil dólares. Entonces decidí darme la gran vida y luego, cuando esté sin blanca, volveré a casa para empezar de nuevo.

Tom le había contado por carta que el empleo resultó ser para vender aparatos para sordos por cuenta de una compañía americana, y que ni él se había sentido con ánimos para aceptarlo ni el entrevistador le había considerado el hombre adecuado para ello. Según Tom, el entrevistador había aparecido un minuto después de haberse marchado ella, impidiéndole acudir a la cita en el Angelo.

—Dos mil dólares no te durarán a este paso.

Tom comprendió que Marge trataba de averiguar si Dickie le había dado algo.

—Durarán hasta el verano —dijo Tom, como sin darle importancia—. Y, de todas formas, creo que me lo merezco. Me pasé casi todo el invierno vagabundeando por Italia como un gitano, casi sin dinero, y ya tengo bastante de eso.

—¿Dónde estuviste este invierno?

—Pues no con Tom, quiero decir no con Dickie —dijo Tom, riendo y sintiéndose confundido al percatarse de su equivocación–. Sé que probablemente eso es lo que pensabas. Pero lo cierto es que a Dickie le vi tanto como le viste tú.

–¡Oh, vamos, vamos! –dijo Marge, arrastrando las palabras.

Parecía como si la bebida empezase a surtir efecto en ella. Tom preparó dos o tres martinis más en la mezcladora.

–A excepción del viaje a Cannes y los dos días que estuvimos en Roma, en febrero, no he visto a Dickie.

No era del todo cierto, ya que le había dicho por carta que Tom había estado con Dickie en Roma durante varios días después del viaje a Cannes, pero en aquel momento, delante de Marge, sintió vergüenza de que ella supiese, o sospechase, que había pasado mucho tiempo con Dickie, y que les creyese culpables de lo que había motivado la cuestión lanzada por ella contra Dickie en una de sus cartas. Tom se mordió la lengua mientras servía las copas odiándose a sí mismo por cobarde.

Durante el almuerzo (Tom lamentó que el primer plato fuese un rosbif frío, ya que eso resultaba desorbitadamente caro en Italia) Marge se puso a interrogarle sobre el estado mental de Dickie durante su estancia en Roma. La muchacha daba muestras de mayor sagacidad que cualquier policía. Logró hacerle confesar que había pasado diez días en Roma, con Dickie, después del viaje a Cannes. Le hizo preguntas sobre todo: desde Di Massimo, el pintor con quien Dickie solía trabajar, hasta el apetito de Dickie y la hora a que se levantaba por la mañana.

–¿Qué crees que sentía por mí? Dímelo honradamente, sabré soportar lo que sea.

–Creo que estaba preocupado por ti –dijo Tom con vehemencia–. Creo..., bueno, era una de esas situaciones tan frecuentes, un hombre que tiene miedo al matrimonio...

–¡Pero si nunca le pedí que se casase conmigo! –protestó Marge.

–Ya lo sé, pero...

Tom hizo un esfuerzo por continuar, aunque el tema le escocía como si fuese vinagre en la boca.

–Digamos que no se vio capaz de afrontar la responsabilidad de que tú le tuvieses tanto cariño. Creo que lo que deseaba era tener contigo una relación más superficial.

Con eso se lo decía todo y no le decía nada.

Marge le dirigió una de sus miradas de niña desvalida, pero fue solo un momento; luego se repuso valientemente y dijo:

—Bueno, todo eso es agua pasada. Lo único que me interesa es lo que pueda haberle pasado a Dickie.

Tom pensó que la furia de Marge contra él, por haber pasado todo el invierno con Dickie, era agua pasada también, porque, desde el principio, ella se había resistido a creerlo y ahora ya no tenía necesidad de hacerlo. Con mucho cuidado le preguntó:

—¿Por casualidad no te escribiría desde Palermo?

Marge movió la cabeza negativamente.

—No. ¿Por qué?

—Quería saber qué opinabas tú sobre su estado de ánimo de aquellos días. ¿Le escribiste tú?

Ella vaciló.

—Sí..., de hecho lo hice.

—¿En qué tono? Te lo pregunto solo porque pienso que una carta poco amistosa pudo haberle sentado muy mal entonces.

—Verás..., resulta difícil decirlo. Le escribí en un tono bastante amistoso, diciéndole que regresaba a los Estados Unidos.

Marge le miró con los ojos muy abiertos. Tom disfrutaba viendo su rostro, viendo cómo otra persona titubeaba al mentir. Aquella era la carta malintencionada que ella había escrito diciéndole que le había contado a la policía que él y Dickie estaban siempre juntos.

—Entonces no creo que tenga importancia —dijo Tom con voz suave.

Transcurrieron unos instantes en silencio, entonces Tom le preguntó por su libro, por el nombre del editor y por sus planes para el futuro. Marge le contestó dando muestras de entusiasmo y a Tom le dio la impresión de que si Dickie volvía junto a ella y le publicaban el libro antes del siguiente invierno, la muchacha estallaría de felicidad, explotaría como una bomba y nunca más se sabría de ella.

—¿Crees que debo hablar con míster Greenleaf? —preguntó Tom—. Gustosamente iría a Roma.

Mentalmente se dijo que no iría tan gustosamente, ya que en Roma había demasiada gente que le había visto interpretar el papel de Dickie Greenleaf.

–¿O acaso él preferiría venir aquí? Podría instalarse en mi casa. ¿Dónde se aloja en Roma?

–Con unos amigos americanos que viven en un piso muy grande. Se llaman Northup y viven en la Via Quattro Novembre. Me parece que quedarías muy bien si lo hicieses. Te anotaré la dirección.

–Buena idea. No le caigo simpático, ¿verdad?

–Pues, para serte franca, no. Bien mirado, creo que es un poco duro contigo. Probablemente cree que estuviste viviendo a costa de Dickie.

–Pues no es verdad. Lamento que no diera resultado lo de hacer que Dickie regresara a casa, pero eso ya se lo expliqué. Le escribí cuando me enteré de la desaparición de Dickie, esforzándome por ser amable, por tranquilizarle. ¿Es que no sirvió de nada?

–Creo que sí, pero... ¡Oh, cuánto lo siento, Tom! ¡Con lo bonito que es este mantel!

Marge acababa de verter su copa sobre la mesa y se puso a limpiarla torpemente con la servilleta. Tom regresó corriendo de la cocina con un trapo mojado.

–No tiene ninguna importancia –dijo; mirando cómo la madera iba perdiendo color pese a sus esfuerzos.

No era el mantel lo que le importaba, sino la hermosa mesa que había debajo.

–Lo siento muchísimo –seguía diciendo Marge.

Tom la odiaba. Inesperadamente, se acordó de los sujetadores de la muchacha colgados en el antepecho de la ventana, en Mongibello, y pensó que aquella noche, si la invitaba a quedarse, colocaría toda su ropa interior sobre una de sus sillas. La idea le repelía. Deliberadamente, le lanzó una sonrisa desde el otro lado de la mesa.

–Confío en que me harás el honor de aceptar una cama para esta noche –dijo Tom–. No la mía –añadió soltando una carcajada–, pero tengo dos habitaciones arriba y puedes escoger la que más te guste.

–Muchas gracias. Lo haré –dijo ella, sonriéndole alegremente.

Tom la instaló en su propia habitación, ya que la cama que había en la otra no era más que un diván muy grande y no era tan cómodo como su propia cama de matrimonio. Marge cerró la puerta para echar una siestecita después de comer.

Tom se puso a pasear inquieto por el resto de la casa, preguntándose si en su habitación habría algo de Dickie que fuese necesario sacar. El pasaporte de Dickie había estado escondido en el forro de una maleta que estaba en el armario, recordó, pero ahora se hallaba con el resto de las posesiones de Dickie. No se le ocurría que hubiera nada en la habitación que pudiera incriminarle, y trató de tranquilizarse.

Más tarde, enseñó toda la casa a la muchacha, mostrándole la librería llena de volúmenes encuadernados en piel que había en la habitación contigua a la suya. Le dijo que los libros ya estaban en la casa, pero lo cierto era que los había comprado él mismo, en Roma, Palermo y Venecia. Advirtió que diez de ellos ya los tenía en Roma, y que los jóvenes agentes que acompañaban a Roverini los habían mirado de cerca, en apariencia para examinar los títulos. Pero no había por qué preocuparse, aunque volviesen los mismos agentes a su casa. Le enseñó a Marge la entrada principal de la casa, con su amplia escalinata de piedra. La marea estaba baja y dejaba al descubierto cuatro escalones, los dos más bajos cubiertos de musgo, espeso y mojado. El musgo era resbaladizo, de largos filamentos, y colgaba sobre el borde de los escalones como una mata de pelo verde oscuro. A Tom le repelían aquellos escalones, pero Marge dijo que eran muy románticos, y se inclinó para contemplar fijamente las profundas aguas del canal. Tom sintió el impulso de arrojarla al agua de un empujón.

–¿Podremos coger una góndola y regresar por este lado esta noche? –preguntó ella.

–Claro.

Aquella noche iban a cenar fuera y Tom aborrecía la larga velada que le esperaba, ya que no cenarían hasta las diez y luego probablemente Marge le pediría que se sentasen en la plaza de San Marcos, para tomarse un *espresso,* hasta las dos de la madrugada.

Tom alzó los ojos hacia el cielo brumoso de Venecia, y vio una gaviota que planeaba hasta posarse en la escalinata de una de las casas al otro lado del canal. Trataba de decidir a cuál de sus nuevas amistades podía llamar para presentarse con Marge en su casa sobre las cinco de la tarde, para tomar una copa. Naturalmente, a todas les encantaría recibirla. Finalmente eligió a un inglés llamado Peter Smith-Kingsley. Peter era dueño de un cubrecama de punto, un piano y un bar muy bien surtido. Tom se dijo que Peter era el más conveniente, ya que siempre insistía para que sus invitados se quedasen un rato más. Allí permanecerían hasta que llegase la hora de irse a cenar.

24

Tom llamó a míster Greenleaf desde la casa de Peter Smith-Kingsley, sobre las siete de la tarde. La voz de míster Greenleaf sonaba más amistosa de lo que Tom había esperado y daba lástima oír la avidez con que escuchaba lo poco que Tom le dijo sobre Dickie. Peter, Marge y los Franchetti –unos hermanos de Trieste a los que Tom había conocido poco tiempo antes– se hallaban en la habitación de al lado y podían oír casi todas sus palabras, así que Tom procuró esmerarse para hacerlo mejor que si hubiese estado solo.

–Le he contado a Marge todo cuanto sé –dijo–, así que ella podrá decirle lo que se me haya olvidado ahora. Lo que más lamento es no poder dar a la policía ninguna pista realmente importante.

–¡Estos policías! –dijo míster Greenleaf con voz malhumorada–. Empiezo a sospechar que Richard ha muerto. Pero por alguna razón que se me escapa, los italianos no quieren reconocer esa posibilidad. Actúan como unos aficionados... o como unas viejas solteronas jugando a detectives.

Tom se quedó de una pieza al oír la brusquedad con que míster Greenleaf hablaba de la posible muerte de Dickie.

–¿Cree usted en la posibilidad de un suicidio, míster Greenleaf? –preguntó con voz tranquila.

Míster Greenleaf suspiró.

–No lo sé. Creo que es posible, sí. Nunca tuve una gran opinión de la estabilidad de mi hijo, Tom.

–Me temo que pienso como usted –dijo Tom–. Marge está en la habitación contigua, ¿quiere hablar con ella?

–No, no, gracias. ¿Cuándo piensa volver?

–Me parece que mañana. Si le apetece venir a Venecia, aunque sea para tomarse un breve descanso, míster Greenleaf, me honrará alojándose en mi casa.

Pero míster Greenleaf declinó la invitación. Tom reflexionó y se dijo que se estaba buscando problemas a propósito, como si no pudiera evitarlo. Míster Greenleaf le dio las gracias por haberle llamado y se despidió muy cortésmente.

Tom regresó a la otra habitación y, dirigiéndose al grupo, dijo:

—No hay novedades de Roma.

Peter soltó una exclamación que expresaba su desengaño ante la falta de noticias.

—Aquí tienes, por la llamada —dijo Tom, colocando mil doscientas liras sobre el piano—. Muchas gracias.

—Se me ocurre una idea —empezó a decir Pietro Franchetti, hablando en inglés con acento británico—. Dickie habrá cambiado su pasaporte por el de un pescador napolitano, tal vez por alguno de esos vendedores ambulantes que venden cigarrillos en Roma, pensando que así podría llevar la vida tranquila que tanto ansiaba. Pero sucede que la persona que ahora tiene el pasaporte de Dickie Greenleaf no sabe hacer falsificaciones tan bien como creía, de manera que tuvo que desaparecer precipitadamente. A la policía no debería costarle mucho trabajo dar con un hombre que no pueda presentar su verdadera carta *d'identità,* averiguar entonces de quién se trata, y luego buscar a quien esté viviendo bajo su nombre, ¡que no será otro que Dickie Greenleaf!

Todos se echaron a reír, y Tom con mayor fuerza que los demás.

—Lo malo de esa idea —dijo Tom— es que muchas personas que le conocían vieron a Dickie en enero y febrero...

—¿Quiénes? —preguntó Pietro interrumpiéndole.

En su voz se advertía un tono beligerante muy propio de los italianos al conversar, que resultaba doblemente irritante al hablar en inglés.

—Pues yo mismo, sin ir más lejos. De todas formas, como iba a decir, las falsificaciones datan de diciembre, según dice el banco.

—No deja de ser una idea —apuntó Marge.

Marge hablaba con un tono algo eufórico, debido, sin duda, a que se estaba bebiendo la tercera copa de la velada, repantigada en el cómodo diván de Peter.

—La idea sería muy propia de Dickie y probablemente la habría puesto en práctica justo al regresar de Palermo, cuando el asunto de las falsificaciones de cheques le cayó encima por si no tenía bastante. No creo nada de esas falsificaciones. Dickie ha cambiado tanto que no es de extrañar que también haya cambiado su letra.

—También yo lo creo así —dijo Tom—. Los del banco no están todos de acuerdo en que los cheques sean falsos. En América también hay disparidad de opiniones al respecto, y lo mismo sucede en Nápoles. En Nápoles jamás hubieran caído en la cuenta de no haberles avisado el banco de los Estados Unidos.

—Me pregunto qué traerá hoy la prensa —dijo Peter animadamente, poniéndose el zapato que se había quitado, probablemente porque le apretaba—. ¿Qué os parece si salgo a buscarla?

Pero uno de los Franchetti se ofreció para ir él y salió corriendo de la habitación. Lorenzo Franchetti llevaba un chaleco rosa con bordados, *all'inglese*, un traje cortado en Inglaterra y zapatos de gruesa suela, ingleses también; su hermano vestía de un modo muy parecido. Peter, por el contrario, iba vestido con prendas italianas de la cabeza a los pies. Tom ya se había fijado, en las reuniones y al ir al teatro, que si un hombre iba vestido con prendas inglesas se trataba forzosamente de un italiano, y viceversa.

Llegaron unas cuantas personas más —dos italianos y dos americanos— en el mismo momento en que Lorenzo volvía con los periódicos, que pasaron de mano en mano. Hubo más comentarios, nuevos intercambios de conjeturas estúpidas, más excitación ante las noticias del día: la casa de Dickie en Mongibello había sido vendida a un americano por el doble de lo que él había pedido al principio. El dinero iba a quedar depositado en un banco de Nápoles hasta que Greenleaf lo reclamase.

En el mismo periódico había una caricatura en la que se veía a un hombre arrodillado y buscando algo debajo de su escritorio. Su esposa le preguntaba:

—¿Un botón del cuello?

Y el hombre respondía:

—No, estoy buscando a Dickie Greenleaf.

Tom tenía noticia de que en los teatrillos de variedades se representaban también parodias de la búsqueda de Dickie.

Uno de los americanos que acaban de llegar, un tal Rudy, invitó a Tom y a Marge a un cóctel que daría en su hotel el día siguiente. Tom estuvo a punto de decirle que no, pero Marge se le adelantó diciendo que iría encantada. Tom se quedó sorprendido al ver que ella seguiría en Venecia el día siguiente, ya que le había parecido oírle decir que se iría por la mañana. La fiesta iba a resultar pesadísima. Rudy era un tipo que hablaba por los codos, vestía de un modo chillón y, según él mismo dijo, se dedicaba al negocio de las antigüedades. Tom se las arregló para sacar a Marge de allí antes de que aceptase nuevas invitaciones que la hiciesen quedarse más tiempo.

Durante la larga cena de cinco platos, Marge estuvo de un humor atolondrado que irritaba a Tom, aunque hizo un esfuerzo supremo y le siguió la corriente, y cuando ella dejaba caer la pelota, Tom la recogía y la driblaba durante un rato, soltando majaderías como:

−Puede que Dickie, de pronto, se haya encontrado a sí mismo como pintor y, al igual que Gauguin, se haya retirado a alguna isla de los mares del Sur.

Le ponía enfermo oírse decir eso. Entonces Marge empezaba a fantasear sobre Dickie en los mares del Sur, acompañándose con lánguidos movimientos de las manos. Pero Tom no ignoraba que aún faltaba lo peor: el paseo en góndola. Si la muchacha metía las manos en el agua, Tom deseó que un tiburón se las arrancase de una dentellada. Encargó un postre que apenas iba a caberle en el estómago, pero Marge se lo comió.

Como era de esperar, Marge quiso alquilar una góndola para ellos dos, en vez de coger una de las que hacían el servicio regular de pasajeros de diez en diez, desde San Marcos hasta la escalinata de Santa Maria della Salute. Así pues, alquilaron una góndola para ellos solos. Era la una y media de la madrugada y Tom tenía un sabor amargo en la boca a causa de haber tomado demasiados *espressos,* el corazón parecía querer saltarle del pecho y daba por seguro que no lograría pegar ojo hasta el amanecer. Sintiéndose agotado, se recostó en la góndola, tan lánguidamente como la misma Marge, procurando que su muslo no tocase el de ella. Marge seguía de un humor efervescente y en aquel momento se entretenía recitando un monólogo sobre el amanecer veneciano, amanecer que, según los indicios, había tenido ocasión de ver en una visita anterior. El suave balanceo de la góndola y los movimientos rítmicos del remo hicieron que Tom se sintiese algo mareado. La extensión de agua que mediaba entre el embarcadero de San Marcos y la escalinata se le estaba haciendo interminable.

Los escalones estaban sumergidos, salvo los dos de arriba, y el agua lamía la superficie del tercero, agitando el musgo de un modo muy desagradable. Tom pagó al gondolero mecánicamente, y estaba ya delante de la puerta de casa cuando advirtió que se había olvidado las llaves. Echó una mirada a su alrededor, tratando de encontrar algún punto por donde pudiera trepar, pero desde los escalones no se alcanzaba ni la repisa de las ventanas. Antes de que pudiera decir algo, Marge estalló en carcajadas.

—¡Te has dejado la llave! ¡Rodeados por las aguas embravecidas y... sin llave!

Tom procuró sonreír, preguntándose por qué diablos tenía la obligación de no olvidarse un par de llaves que medían casi treinta centímetros y pesaban tanto como un par de revólveres. Se volvió y empezó a chillarle al gondolero para que regresase.

—*Ah!* —dijo el hombre, riendo entre dientes—. *Mi dispiace, signore! Deb'ritornare a San Marco! Ho un appuntamento!*

El hombre siguió remando.

—¡No tenemos llave! —le dijo Tom en italiano y a grito pelado.

—*Mi dispiace, signore* —le contestó el gondolero—. *Mandarò un altro gondoliere!*

Marge se rió otra vez.

—Oh, nos recogerá otro gondolero. ¡Qué emocionante!

La noche estaba muy lejos de ser agradable. Hacía frío y empezaba a caer una llovizna muy molesta. Tom pensó que podía atraer a la góndola del servicio público, pero no se la veía por ninguna parte. Solo se veía el *motoscafo* acercándose al muelle de San Marcos. Resultaba muy improbable que el *motoscafo* se molestase en ir a recogerles, pero, pese a ello, Tom lo llamó a pleno pulmón. El *motoscafo*, lleno de luces y de gente, pasó ante ellos sin detenerse y puso proa hacia el embarcadero de madera, al otro lado del canal. Marge estaba sentada en el último escalón, con los brazos en torno a las rodillas y sin hacer nada. Al fin, una motora, que a juzgar por sus trazas sería de pesca, aminoró la marcha y desde ella alguien les preguntó en italiano:

—¿Se han quedado bloqueados?

228

–¡Nos hemos olvidado las llaves! –explicó alegremente Marge. Pero no quiso subir a la embarcación, diciendo que esperaría hasta que Tom entrase por detrás y le abriese la puerta. Tom le dijo que probablemente tardaría quince minutos o más y que iba a pillar un resfriado si se quedaba en los escalones, así que, finalmente, ella accedió a subir a bordo. El italiano les llevó hasta el desembarcadero más cercano, el de la iglesia de Santa Maria della Salute. No quiso aceptar dinero por la molestia, pero sí el paquete de cigarrillos americanos, ya casi vacío, que Tom le dio. Tom no sabía exactamente por qué, pero aquella noche, al atravesar la calle San Spiridone, sintió más miedo que de haberlo hecho a solas. Marge, por supuesto, no dio muestras de que la calle la cohibiese y la recorrió charlando por los codos.

25

Tom se despertó muy de mañana a causa de los fuertes golpes que alguien estaba dando con el picaporte. Se puso la bata y bajó apresuradamente. Era un telegrama y Tom tuvo que subir corriendo otra vez en busca de una propina para el repartidor. De pie en la fría sala de estar, Tom lo leyó:

He cambiado de idea, quisiera verle. Llego a las 11.45

H. Greenleaf

Tom se estremeció, aunque ya se lo esperaba, mejor dicho, se lo temía. El alba apenas empezaba a despuntar y la luz daba a la sala de estar un aspecto gris y horrible. Tom se preguntó qué hubiera sentido si, en lugar de la «H», los de telégrafos hubiesen escrito una «R» o una «D» por equivocación. Regresó a toda prisa a su habitación y se metió en la cama, todavía caliente, para tratar de dormir un poco más. No podía apartar de la cabeza la idea de que Marge había oído los golpes y aparecería en su habitación de un momento a otro, para ver de qué se trataba. Finalmente, al ver que no lo hacía, supuso que no se había despertado. Se imaginó a sí mismo recibiendo a míster Greenleaf en la puerta, estrechándole

229

firmemente la mano, e hizo un esfuerzo por adivinar cuáles iban a ser sus preguntas; pero el cansancio le nublaba la mente y le hacía experimentar una sensación de miedo e inquietud. Tenía demasiado sueño para poder formular las preguntas y sus correspondientes respuestas, pero, al mismo tiempo, los nervios no le dejaban conciliar el sueño. Necesitaba prepararse un poco de café y despertar a Marge, para tener a alguien con quien hablar, pero le repelía la idea de entrar en la habitación y encontrarse con la ropa interior y las ligas de la muchacha desparramadas por el suelo.

Fue Marge la que le despertó y, según dijo, ya tenía el café preparado en la planta baja.

–¡Figúrate! –dijo Tom con una amplia sonrisa–. Esta mañana he recibido un telegrama de míster Greenleaf. Llegará al mediodía.

–¿En serio? ¿Cuándo lo recibiste?

–Esta mañana, a primera hora. A no ser que lo haya soñado –añadió Tom, buscando el telegrama–. Aquí está.

Marge lo leyó.

–Conque quiere verte... Le hará bien, al menos eso espero. ¿Vas a bajar o prefieres que te suba el café?

–Ya bajaré yo –dijo Tom, poniéndose la bata.

Marge ya llevaba puestos unos pantalones deportivos y un suéter. Los pantalones eran de pana negra, bien cortados y Tom supuso que estaban hechos a la medida, ya que se ajustaban a la figura de la muchacha todo lo bien que cabía esperar. Siguieron bebiendo café hasta que, a las diez, llegaron Anna y Ugo, con la prensa de la mañana y leche y panecillos para el desayuno. Entonces hicieron más café y calentaron la leche, luego se instalaron en la sala de estar. Aquella era una de las mañanas en que la prensa no decía nada del caso Dickie ni del caso Miles. A veces los periódicos no traían nada por la mañana y luego, por la tarde, volvían a ocuparse del asunto, aunque no hubiese en realidad nada nuevo que decir; lo hacían simplemente para que la gente no olvidase que Dickie seguía sin aparecer y que el asesinato de Miles todavía estaba por esclarecer.

Marge y Tom se fueron a la estación del ferrocarril para recibir a míster Greenleaf, a las doce menos cuarto. Llovía nuevamente y hacía tanto frío que el viento lanzaba la lluvia, fría como aguanieve, al rostro de los transeúntes. Se cobijaron en la estación, observando a los pasajeros que salían del andén, y finalmente apareció míster Greenleaf, solemne y con el rostro ceniciento. Marge se adelantó para saludarle con un beso en la mejilla y él sonrió.

—¡Hola, Tom! —dijo cordialmente, tendiéndole la mano—. ¿Cómo está?

—Muy bien, señor. ¿Y usted?

Míster Greenleaf traía una maleta pequeña por todo equipaje, pero se la llevaba uno de los mozos de la estación, que incluso les acompañó en el *motoscafo,* aunque Tom se ofreció a llevarla él. Tom sugirió que fuesen directamente a su casa, pero míster Greenleaf insistió en que antes quería instalarse en un hotel.

—Iré a su casa tan pronto como me haya inscrito. Tenía pensado alojarme en el Gritti. ¿Cae cerca de su casa? —preguntó míster Greenleaf.

—No demasiado, pero puede ir andando hasta San Marcos y allí coger una góndola —dijo Tom—. Le acompañaremos, si se trata solo de firmar en el registro. Podríamos comer los tres juntos..., a no ser que quiera usted estar a solas con Marge un rato.

Volvía a ser el modesto Ripley de antes.

—¡He venido para hablar con usted, más que nada! —dijo míster Greenleaf.

—¿Hay alguna noticia? —preguntó Marge.

Míster Greenleaf movió la cabeza negativamente. Iba mirando distraídamente por la ventanilla del *motoscafo,* como si su mirada se sintiese cautivada por la visión de una ciudad desconocida, aunque nada de lo que veía se le quedaba grabado. La pregunta de Tom sobre el almuerzo se había quedado sin respuesta. Tom cruzó los brazos y, dando a su rostro una expresión complacida, se dispuso a no abrir la boca en lo que quedaba de viaje. De todos modos, el motor de la embarcación ya hacía suficiente ruido. Míster Greenleaf y Marge estaban sosteniendo una conversación trivial sobre algunas personas que conocían en Roma. Tom dedujo que los dos se llevaban bien, aunque sabía que Marge no conocía a míster Greenleaf antes de su llegada a Roma.

Almorzaron en un modesto restaurante a medio camino entre el Gritti y el Rialto. La especialidad de la casa era el pescado, del que había siempre un amplio muestrario sobre una larga mesa interior. En una de las bandejas había unos pulpitos de color oscuro que a Dickie solían gustarle mucho y, al pasar, Tom los señaló con la cabeza, diciéndole a Marge:

—¡Lástima que Dickie no esté aquí para comerse unos cuantos!

Marge sonrió alegremente. Siempre estaba de buen humor cuando se acercaba la hora de comer.

Míster Greenleaf se mostró algo más locuaz durante el almuerzo, pero en su rostro seguía reflejándose su expresión pétrea y no dejaba de lanzar miradas furtivas a su alrededor mientras hablaba, como si esperase que Dickie se presentara en cualquier momento. Dijo que la policía no había encontrado nada que se pareciese, siquiera remotamente, a una pista, por lo que él había contratado los servicios de un detective privado de los Estados Unidos que debía trasladarse a Italia y poner en claro el misterio.

La noticia dio que pensar a Tom. Supuso que también él sospechaba, de un modo inconsciente, que los detectives americanos eran mejores que sus colegas de Italia, pero luego la inutilidad de semejante medida se le hizo evidente igual que, a juzgar por su cara, se le hacía a Marge.

—Puede que sea una excelente idea —dijo Tom.

—¿Tiene usted buena opinión de la policía italiana? —preguntó míster Greenleaf.

—Pues..., de hecho, sí —contestó Tom—. Además, tienen la ventaja de hablar italiano y de moverse en su propio terreno, pudiendo interrogar a cuantos sospechosos encuentren. Supongo que la persona que usted ha contratado sabe hablar italiano, ¿no es así?

—No lo sé, en realidad lo ignoro —dijo míster Greenleaf.

Parecía desconcertado, igual que si acabase de darse cuenta de que le había pasado por alto este detalle.

—Se trata de un tal McCarron. Dicen que es muy bueno.

Tom se dijo que probablemente no hablaría italiano.

—¿Cuándo va a llegar?

—Mañana o pasado mañana. Mañana estaré en Roma para recibirle, si es que llega.

Míster Greenleaf ya había terminado su *vitello alla parmigiana,* aunque no había comido mucho.

—¡Tom tiene una casa preciosa! —dijo Marge, atacando un voluminoso pastel de siete pisos.

Tom transformó en una débil sonrisa la mirada asesina que le

232

estaba dirigiendo. Supuso que las preguntas se harían en casa, probablemente cuando él y míster Greenleaf estuviesen solos. Sabía que míster Greenleaf quería hablar a solas con él, así que encargó el café en el mismo restaurante, antes de que Marge propusiera tomarlo en casa. A ella le gustaba el de la cafetera de filtro que Tom tenía. Aun así, al llegar a casa, Marge estuvo con ellos en la sala de estar durante una media hora. Tom decidió que la muchacha era incapaz de darse cuenta de nada y finalmente, mirándola con fingido enfado, le indicó la escalera con los ojos. La muchacha captó la indirecta, se llevó la mano a la boca y dijo que iba a echar una siestecita. Como de costumbre, resultaba imposible vencer su buen humor. A decir verdad, durante el almuerzo se había referido a Dickie como si estuviese segura de que vivía, diciéndole a míster Greenleaf que no se preocupase, que eso no era bueno para la digestión. Daba la impresión de no haber perdido aún la esperanza de llegar a ser su nuera algún día.

Míster Greenleaf se puso en pie y empezó a recorrer la estancia con las manos en los bolsillos de la americana, con el aire de un ejecutivo dispuesto a dictarle una carta a su secretaria. Tom advirtió que no hacía ningún comentario sobre la suntuosidad de la casa y que, de hecho, ni siquiera parecía interesarle.

–Bueno, Tom –empezó a decir, soltando un suspiro–, es una extraña forma de terminar, ¿verdad?

–¿De terminar?

–Quiero decir que ahora usted vive en Europa, mientras que Richard...

–Ninguno de nosotros ha insinuado que haya vuelto a los Estados Unidos –dijo Tom con voz agradable.

–Eso sería imposible. Las autoridades de inmigración lo hubiesen sabido.

Míster Greenleaf siguió su paseo, sin mirar a Tom.

–Sinceramente, ¿dónde cree que puede estar?

–Verá, míster Greenleaf, podría estar escondido en Italia..., eso es muy fácil si no se aloja en un hotel donde sea obligatorio firmar el libro de registro.

–¿Es que aquí hay hoteles donde eso sea posible?

–No, es decir, oficialmente no los hay. Pero cualquiera que hable italiano tan bien como Dickie podría hacerlo sin demasiadas dificultades. Para serle franco, si Dickie sobornó al propietario de alguna fonda de poca importancia, en el sur del país, pongamos por caso, podría muy bien seguir allí sin que le denunciasen, aunque el fondista supiera que se trataba de Richard Greenleaf.

–¿Y es esto lo que, a su juicio, puede que esté haciendo ahora?

Míster Greenleaf le miró de repente y Tom vio la misma expresión de tristeza que había observado en Nueva York, al verle por primera vez.

–No..., bueno, es posible. Es lo único que puedo decir.

Hizo una pausa.

–Siento tener que decirle esto, míster Greenleaf, pero creo que hay una posibilidad de que Dickie esté muerto.

El rostro de míster Greenleaf no se inmutó.

–¿A causa de aquella depresión de que me hablaba en su carta? ¿Qué fue exactamente lo que él le dijo?

Tom arrugó la frente.

–Nada. Fue por su estado general de ánimo. Resultaba fácil ver lo mucho que le había afectado el asunto Miles. Dickie es un muchacho que detesta todo tipo de publicidad, toda violencia, los detesta con toda su alma.

Tom se pasó la lengua por los labios. La agonía que estaba pasando al tratar de expresarse era sincera.

–Algo sí me dijo: que si sucedía alguna cosa más, se volaría la tapa de los sesos... o haría alguna barbaridad semejante. Además, por primera vez me pareció que había perdido su interés por la pintura, su pintura. Tal vez fuese algo transitorio, pero hasta entonces había creído que, pasase lo que pasase, a Dickie siempre le quedaría el refugio de sus cuadros.

–¿Tan en serio se toma la pintura?

–Sí, en efecto –dijo Tom con firmeza.

Míster Greenleaf volvió a levantar los ojos hacia el techo, con las manos en la espalda.

–Lástima que no podamos localizar al tal Di Massimo. Quizá podría decirnos algo. Tengo entendido que él y Richard pensaban irse juntos a Sicilia.

–No lo sabía –dijo Tom, pensando que míster Greenleaf se habría enterado a través de Marge.

–Di Massimo se ha esfumado también, eso si es que alguna

vez ha existido. Me inclino a pensar que Richard se lo inventó para convencerme de que estaba pintando. La policía no encuentra a ningún pintor llamado Di Massimo en sus... listas de identidad o como se llamen.

–Nunca llegué a conocerle personalmente –dijo Tom–. Dickie mencionó su nombre un par de veces y yo nunca puse en duda su identidad... o la realidad de su existencia.

Tom se rió brevemente.

–¿Qué es eso que ha dicho antes acerca de «si le sucedía alguna cosa más»? ¿Qué más le sucedió?

–Bueno, no lo supe entonces, en Roma, pero creo que ahora sé a qué se refería. Le habían interrogado sobre la embarcación hundida cerca de San Remo. ¿No le han hablado de eso?

–No.

–Encontraron una lancha cerca de San Remo. La habían hundido adrede. Al parecer, echaron de menos esa embarcación el mismo día en que él y yo estuvimos en San Remo y dimos un paseo en una lancha parecida. Son esas motoras de poco calado que alquilan a los turistas. Bueno, sea como sea, la habían echado a pique y encontraron unas manchas que parecían de sangre. Dio la casualidad de que el hallazgo tuvo lugar poco después del asesinato de Miles, y no pudieron encontrarme a mí por aquellas fechas. Esto fue debido a que yo me hallaba viajando por el país, así que preguntaron a Dickie dónde estaba yo. ¡Imagino que en un primer momento Dickie creyó que le consideraban sospechoso de mi asesinato!

Tom se rió.

–¡Cielo santo!

–Eso lo sé porque hace unas pocas semanas me interrogó un inspector de policía aquí, en Venecia. Según me dijo, antes le había hecho a Dickie algunas preguntas sobre eso. Lo raro es que yo no tenía ni idea de que me andaban buscando..., no con gran ahínco, pero buscándome al fin y al cabo..., hasta que vi la noticia en el periódico, ya en Venecia. Entonces me presenté en la comisaría.

Tom seguía sonriendo. Desde hacía días tenía pensado contarle todo esto a míster Greenleaf, si llegaba a verle, tanto si estaba enterado del asunto de la lancha como si no lo estaba. Era mejor que dejar que se enterase por la policía y que le dijesen que él, Tom, estaba en Roma con Dickie en un momento en que por fuerza debería haberse enterado de que la policía andaba buscándole. Además, la historia encajaba con lo que acababa de decir sobre la depresión de Dickie en aquellos días.

—No entiendo del todo este asunto —dijo míster Greenleaf, que estaba sentado en el sofá y escuchaba atentamente a Tom.

—Bueno, eso ha pasado al olvido, ya que tanto Dickie como yo estamos vivos. El motivo de que lo saque a colación es simplemente porque Dickie sabía que la policía me buscaba, ya que le preguntaron dónde me hallaba yo. Es probable que, la primera vez que le interrogaron, no supiese con exactitud cuál era mi paradero, pero, cuando menos, sabía que todavía me encontraba en Italia. Pero ni siquiera cuando estuve en Roma y nos vimos, se lo comunicó a la policía. No estaba de humor para colaborar con ellos. Lo sé porque en el mismo momento en que Marge estaba hablando conmigo en el hotel, en Roma, Dickie había salido a entrevistarse con la policía. Su actitud podría resumirse en que la policía se las apañase para dar conmigo, que él no pensaba decirles dónde estaba yo.

Míster Greenleaf meneó la cabeza con un gesto entre paternal e impaciente que parecía querer decir que no le sorprendía saber aquello de Dickie.

—Me parece que fue esa noche cuando dijo lo de «si le sucedía alguna otra cosa...». Eso me ocasionó ciertas complicaciones cuando llegué a Venecia. Probablemente la policía me tomó por un imbécil por no haberme enterado antes de que me estaban buscando. Aunque lo cierto es que así fue.

—¡Hum! —exclamó míster Greenleaf con tono de indiferencia.

Tom se levantó para ir a buscar el coñac.

—Me temo que no estoy de acuerdo con usted en lo del suicidio de Richard —dijo míster Greenleaf.

—Bueno, tampoco lo está Marge. Lo único que dije es que había una posibilidad. Ni siquiera creo que sea lo más probable.

—¿Ah, no? Entonces, ¿qué le parece más probable?

—Que esté escondido —dijo Tom—. ¿Puedo ofrecerle un poco de coñac, señor? Me imagino que, viniendo de América, esta casa le parecerá un poco fría.

—Así es, francamente.

Míster Greenleaf aceptó la copa.

–Mire, podría ser que Dickie estuviera en algún otro país en vez de aquí –dijo Tom–. A lo mejor se marchó a Grecia..., a Francia o a cualquier otro sitio al regresar de Nápoles, ya que nadie se puso a buscarle hasta unos días más tarde.

–Lo sé, lo sé –dijo míster Greenleaf con voz de cansancio.

26

Tom albergaba la esperanza de que Marge se hubiese olvidado de la invitación al cóctel que daba el anticuario en el Danieli, pero no fue así. Sobre las cuatro de la tarde, míster Greenleaf se retiró a su hotel para descansar; tan pronto se hubo ido, Marge le recordó que el cóctel era a las cinco.

–¿De veras tienes ganas de ir? –preguntó Tom–. Ni siquiera recuerdo cómo se llama ese hombre.

–Maloof. M-a-l-o-o-f –dijo Marge–. Sí, me gustaría ir. No hace falta que nos quedemos allí mucho rato.

Y dio el asunto por concluido. Lo que Tom más aborrecía era el espectáculo en que se convirtieron ellos dos, nada menos que dos de los principales protagonistas del caso Greenleaf, moviéndose entre los invitados con igual disimulo que dos acróbatas en la pista de un circo, bajo la luz de los focos. Tom sabía que no eran más que un par de nombres que míster Maloof había atrapado para mayor gloria suya, una especie de invitados de honor. No le cabía la menor duda de que míster Maloof habría estado diciendo a todo el mundo que Marge Sherwood y Tom Ripley iban a asistir a su recepción. A Tom le parecía indecente, igual que la forma en que Marge trataba de justificar su mareo diciendo sencillamente que no estaba en absoluto preocupada por la desaparición de Dickie Greenleaf. Tom llegó incluso a pensar que la muchacha engullía un martini tras otro por el simple hecho de que eran gratis, como si Tom no pudiera darle cuantos le apetecieran en su propia casa, o no pensase invitarla a unos cuantos más, por la noche, al ir a cenar con míster Greenleaf.

Tom se bebió una sola copa, a sorbitos, y logró permanecer todo el rato en el extremo opuesto de la sala a donde se hallaba

Marge. Reconocía ser amigo de Dickie Greenleaf, cuando alguien iniciaba la conversación preguntándole si lo era, pero a Marge la conocía solo superficialmente.

—Miss Sherwood está invitada en mi casa —decía con una sonrisa preocupada.

—¿Dónde está míster Greenleaf? ¡Qué lástima que no haya venido con ustedes! —dijo míster Maloof acercándose tan furtivamente como un elefante.

Llevaba en la mano un Manhattan en una enorme copa de champán. Llevaba también un traje de tweed de cuadros, muy chillón, hecho en Inglaterra. Tom supuso que los ingleses fabricaban aquella clase de paño a regañadientes, solo para vendérselo a los americanos como Rudy Maloof.

—Creo que míster Greenleaf está descansando —dijo Tom—. Le veremos más tarde para cenar.

—¡Oh! —exclamó el señor Maloof—. ¿Han visto los periódicos de la tarde?

La pregunta la hizo cortésmente, poniendo cara de respeto y solemnidad.

—Sí —contestó Tom.

Míster Maloof movió la cabeza afirmativamente y no dijo nada más. Tom se preguntó qué noticia estúpida le hubiera comunicado de no haberle dicho que ya los había leído. La prensa de la tarde decía que míster Greenleaf había llegado a Venecia y se alojaba en el Gritti Palace. No decían nada de que un detective americano debiera llegar a Roma aquel mismo día, o cualquier otro día, y eso hizo que Tom pusiera en duda lo que míster Greenleaf había dicho al respecto. Supuso que se trataba de una historia cualquiera, parecida a las que contaban muchas personas y que no guardaban ni la más mínima relación con la verdad, igual que a él le sucedía con sus temores imaginarios, que no le servían más que para avergonzarse de sí mismo, al cabo de un par de semanas, por haber creído en ellos. Uno de ellos era, por ejemplo, el haber creído que Marge y Dickie tenían una aventura amorosa, o estaban a punto de tenerla, en Mongibello; de modo parecido, en febrero había creído que el asunto de los cheques falsos iba a echarlo todo a perder si él seguía haciéndose pasar por Dickie Greenleaf. Lo cierto era que el asunto ya estaba olvidado; lo último que sabía Tom era que siete de los diez grafólogos americanos defendían la autenticidad de la firma. De no ser por sus temores infundados, Tom hubiese podido firmar una remesa más y seguir representando indefinidamente el papel de Dickie Greenleaf. Tom apretó las mandíbulas y frunció el entrecejo, escuchando a medias lo que decía el anfitrión. Míster Maloof trataba desesperadamente de dar la impresión de ser una persona seria e inteligente describiendo su expedición a las islas de Murano y Burano aquella mañana, mientras Tom, inmerso en sus propios pensamientos, se decía que tal vez era cierta la historia del detective privado que le había contado míster Greenleaf, o al menos lo era hasta que se demostrase lo contrario. Se hizo el propósito de que ni el más leve parpadeo revelase sus temores.

Distraídamente, contestó a algo que míster Maloof acababa de decirle y el otro se echó a reír neciamente y se alejó de él. Tom siguió sus amplias espaldas con ojos cargados de desprecio, consciente de que se estaba comportando groseramente y de que debía hacer un esfuerzo por recobrar la compostura, ya que la cortesía, incluso delante de semejante hatajo de anticuarios de segunda categoría y compradores de quincallería (había tenido oportunidad de verlo al dejar su abrigo junto a los de los demás), formaba parte de su interpretación del perfecto caballero. Pero aquella gente le recordaba demasiado a la que había dejado atrás, en Nueva York, y por eso le ponían de mal humor, haciéndole sentir ganas de huir a toda prisa.

Marge era la causa de que estuviese allí, después de todo, la única causa, y a ella le echaba la culpa. Bebió un sorbo de su martini y, alzando los ojos hacia el techo, pensó que solo en cuestión de unos meses sus nervios y su paciencia se habituarían a tratar con gente como aquella, suponiendo que volviera a encontrarse rodeado de semejantes cretinos. Al menos, algo había adelantado desde su marcha de Nueva York, y seguiría haciéndolo. Sin apartar la vista del techo, Tom pensó en hacer un viaje hasta Grecia partiendo de Venecia, para bajar por el Adriático hasta llegar al mar Jónico y Creta. Decidió hacerlo en verano, en junio. La palabra «junio» evocaba multitud de cosas agradables: descanso, tranquilidad, sol a raudales... Pero su ensueño duró solamente unos segundos. Las voces chillonas, con acento americano, nuevamente se abrieron paso en sus oídos y se le clavaron como garras en los nervios de sus hombros y espalda. Involuntariamente, se apartó de donde estaba, dirigiéndose hacia Marge. Solo había otras dos mujeres en la estancia, las horribles esposas de los no menos horribles hombres de negocios, y Marge, forzoso era reconocerlo, era mejor parecida que ellas, aunque su voz era peor; como la de las otras dos, solo que peor.

Estuvo en un tris de indicar a Marge que era hora de marcharse, pero, como era inconcebible que fuese el hombre quien hiciese tal proposición, no dijo nada y se limitó a unirse al grupo de Marge con cara sonriente. Alguien le llenó de nuevo la copa. Marge estaba hablando de Mongibello, de su libro, y los tres hombres calvos, canosos y con la cara llena de arrugas la escuchaban como si estuvieran en trance.

Cuando la misma Marge, minutos más tarde, sugirió que se fuesen, les costó horrores librarse de Maloof y su cohorte, que ya estaban algo más borrachos que antes e insistían en que todos, míster Greenleaf incluido, cenasen juntos.

—¡Para eso está Venecia..., para pasarlo bien! —repetía míster Maloof, como un imbécil, aprovechando para enlazar su brazo con el de Marge y magullarla un poco al tratar de retenerla.

Tom pensó que era una suerte que todavía no hubiese cenado, ya que lo hubiese vomitado todo allí mismo.

—¿Qué número tiene míster Greenleaf? ¡Vamos a llamarle!

—Será mejor que nos larguemos —dijo Tom susurrando al oído de la muchacha.

La cogió del brazo y empezó a conducirla hacia la puerta. Los dos repartían gestos y sonrisas de despedida a diestra y siniestra.

—Pero... ¿puede saberse qué te pasa? —preguntó ella al llegar al pasillo.

—Nada. Solo que esto se estaba desbocando —dijo Tom, sonriendo para quitar importancia a sus palabras.

Marge estaba un poco bebida, pero no lo bastante para no poder ver que algo le sucedía a él. Tom advirtió que estaba sudando y se secó la frente.

—Esa clase de gente me saca de quicio —dijo Tom—. Apenas nos conocen, ni falta que nos hace, y se pasan el rato hablando de Dickie. ¡Me ponen enfermo!

—Pues es raro. A mí nadie me ha hablado de él, ni siquiera han sacado a relucir su nombre. Creí que las cosas iban mucho mejor que ayer, en casa de Peter.

Tom siguió caminando, sin decir nada. Despreciaba a la gente como aquella, pero no podía decírselo a Marge porque, al fin y al cabo, la muchacha era una de ellos.

Recogieron a míster Greenleaf en el hotel. Todavía era temprano para cenar, de manera que se sentaron en un café para tomar el aperitivo. Durante la cena, Tom se esforzó en ser amable y llevar una conversación animada; pretendía así borrar la mala impresión causada por su estallido de nervios al salir de la fiesta. Míster Greenleaf estaba de buen humor. Acababa de llamar a su esposa y la había encontrado muy animosa. El médico que la atendía llevaba diez días probando unas nuevas inyecciones y, al parecer, ella respondía a aquel tratamiento mucho mejor que a los anteriores.

La cena transcurrió tranquilamente. Tom contó un chiste inocente y moderadamente divertido que hizo reír a Marge bulliciosamente. Míster Greenleaf se empeñó en pagar la cuenta y luego, al salir, dijo que quería regresar al hotel porque no se encontraba bien del todo. Al verle escoger cuidadosamente un plato de pasta, prescindiendo de la ensalada, Tom supuso que su mal era el de casi todos los turistas. Estuvo a punto de aconsejarle un remedio excelente que podía adquirirse en cualquier farmacia, pero míster Greenleaf no era de la clase de hombres a quien podía hablarse de aquello, aun estando a solas.

Míster Greenleaf anunció que se iba a Roma el día siguiente, y Tom prometió telefonearle alrededor de las nueve de la mañana para enterarse de en qué tren se iba. Marge se iba con él a Roma y le era indiferente salir a una hora o a otra. Regresaron caminando al Gritti. Míster Greenleaf, con su severo rostro de industrial asomando debajo del sombrero, parecía un pedazo de Madison Avenue recorriendo las estrechas y zigzagueantes callejuelas.

—Siento muchísimo no haber podido estar con usted más tiempo —dijo Tom, ya ante el hotel.

—Lo mismo digo, muchacho. Puede que otra vez...

Míster Greenleaf le dio unos golpecitos en la espalda. Mientras regresaba caminando a casa con Marge, Tom se sentía invadido por una alegría desbordante, consciente de que todo había salido a pedir de boca. Marge charlaba de cosas sin importancia y soltaba risitas de colegiala traviesa, pues se le había roto una tira del sujetador y tenía que sostenerlo con la mano. Tom iba pensando en la carta recibida aquella tarde, la primera que recibía de Bob Delancey –exceptuando una postal de mucho tiempo antes–, en la que este le decía que la policía había estado haciendo indagaciones en su casa sobre un supuesto fraude en la declaración de la renta. Al parecer, el autor del fraude se había valido de la dirección de Bob para recibir los cheques, que había recogido por el sencillo procedimiento de sacarlos del buzón donde el cartero los dejaba. También había interrogado al cartero, que dijo recordar que en los sobres constaba el nombre de un tal George McAlpin. Bob parecía tomárselo a broma a juzgar por lo que decía al describir la reacción de los que estaban en su casa al ser interrogados por la policía. El misterio consistía en quién había cogido las cartas dirigidas a George McAlpin. La noticia había tranquilizado a Tom, porque el episodio de sus fraudes con la declaración de la renta llevaba tiempo rondándole por la cabeza, y estaba convencido de que tarde o temprano se abriría una investigación sobre el mismo. Se alegró de que la cosa no hubiese ido a más. Le costaba imaginarse de qué modo la policía lograría relacionar los nombres de Tom Ripley y George McAlpin. Además, como decía Bob en su carta, el estafador ni tan solo había tratado de cobrar los cheques.

Se sentó en la sala de estar con la intención de leer nuevamente la carta de Bob. Marge se fue a su habitación para hacer la maleta y acostarse. También Tom se sentía cansado, pero la idea de que recobraría la libertad al día siguiente, cuando Marge y míster Greenleaf se hubiesen ido, le resultaba tan grata que no le hubiera importado quedarse velando toda la noche, pensando una y otra vez en ella. Se quitó los zapatos para poner los pies sobre el sofá y, recostándose en un cojín, siguió leyendo la carta de Bob:

«... La policía cree que se trata de un extraño que venía a recoger las cartas, ya que ninguno de los vagos que hay en la casa tiene trazas de delincuente...»

Resultaba extraño leer cosas sobre la gente que conocía en Nueva York: Ed y Lorraine, la tonta que había intentado colarse de polizón en su camarote el día de su salida de Nueva York. Resultaba extraño y nada atractivo. Tom reflexionó sobre lo tristes que eran sus vidas en Nueva York, entrando y saliendo del metro, como hormigas, frecuentando algún sórdido bar de la Tercera Avenida para distraerse, viendo la televisión. Aunque tuvieran dinero suficiente para ir de vez en cuando a algún bar de Madison Avenue, o a un buen restaurante, todo resultaba sórdido al compararlo con la más mísera de las *trattorias* de Venecia, con sus mesas con platos de ensalada, bandejas de quesos maravillosos, con sus amables camareros que servían el mejor vino del mundo.

«¡Créeme que te envidio al pensar que te encuentras cómodamente instalado en un viejo *palazzo* veneciano!», le escribía Bob. «¿Das muchos paseos en góndola? ¿Cómo son las chicas? ¿Es que estás haciendo tanta cultura que al volver no querrás dirigirnos la palabra? Por cierto, ¿cuánto tiempo estarás ahí?»

Eternamente, pensó Tom, diciéndose que tal vez nunca regresaría a los Estados Unidos. No era el simple hecho de estar en Europa lo que le hacía pensar de aquella manera, sino las veladas que había pasado solo, en Venecia y en Roma, tumbado en un sofá haciendo planes sobre los mapas u hojeando una guía de viaje; veladas dedicadas a contemplar sus trajes –suyos y de Dickie–, a acariciar los anillos de Dickie que llevaba en los dedos y a pasar la mano, amorosamente, por la maleta de piel de antílope comprada en Gucci. Había limpiado la maleta con un producto especial fabricado en Inglaterra, y no es que la maleta estuviese sucia, ya que la cuidaba muy bien, sino que lo hacía para protegerla. Amaba poseer cosas, no en gran cantidad, sino unas pocas y escogidas, de las que no quería desprenderse, pensando que eran ellas lo que infundía respeto hacia uno mismo. Sus bienes le recordaban que existía y le hacían disfrutar de esa existencia. No había que darle más vueltas. ¿Y acaso eso no valía mucho? Existía. No había en el mundo mucha gente que supiera hacerlo, aun contando con el dinero necesario. En realidad no hacía falta disponer de grandes sumas de dinero, bastaba con cierta seguridad. Él ya había estado cerca de ella, incluso en sus días con Marc Priminger. Eran las cosas que poseía Marc lo que le había atraído a su casa, pero no eran suyas, de Tom, y resultaba imposible empezar a comprarse cosas para uno mismo cuando se ganaban solamente cuarenta dólares semanales. Aun economizando al máximo, le hubiese costado los mejores años de su vida el llegar a poder comprarse las cosas que le gustaban. El dinero de Dickie le servía solo para cobrar cierto empuje en el camino que llevaba recorriendo desde hacía tiempo. Le serviría para visitar Grecia, para coleccionar cerámica etrusca si le apetecía (acababa de leer un interesante libro sobre el tema, escrito por un americano residente en Roma), para hacerse socio de alguna sociedad artística e incluso hacer alguna donación a la misma. Le permitía disponer de tiempo libre para, por ejemplo, quedarse leyendo a Malraux hasta tarde, como pensaba hacer aquella misma noche, sin preocuparse por tener que levantarse temprano por la mañana, para ir al trabajo. Acababa de comprarse los dos volúmenes de la *Psychologie de l'Art,* de Malraux, y los estaba leyendo con gran placer, directamente del francés, con la ayuda de un diccionario. Se le ocurrió que podía echar un sueñecito y luego, sin importar la hora que fuese, leer un poco más. A pesar de los *espressos,* experimentaba una sensación de agradable sopor. La curva de la esquina del sofá se adaptaba a sus hombros como el brazo de otra persona, mejor dicho, mejor que el brazo de otra persona. Decidió pasar la noche allí mismo. Era más cómodo que el sofá de arriba. Subiría a por una manta y luego volvería a bajar.

–¿Tom?

Abrió los ojos. Marge bajaba por la escalera, descalza. Tom se incorporó. Marge llevaba en la mano el estuche donde él guardaba los anillos de Dickie.

–Acabo de encontrar los anillos de Dickie aquí dentro –dijo la muchacha, casi sin aliento.

–Oh, es que me los dio... para que se los cuidase.

Tom se puso en pie.

–¿Cuándo?

–Me parece que fue en Roma.

Tom dio un paso atrás y tropezó con un zapato. Se agachó para recogerlo, y más que nada lo hizo para aparentar serenidad.

–Y él, ¿qué pensaba hacer? ¿Por qué te los dio a ti?

Tom dedujo que ella había estado buscando un poco de hilo con que coserse el sujetador, y se maldijo por no haber escondido los anillos en un sitio más seguro, en el forro de la maleta, por ejemplo.

244

—No lo sé, verás —dijo Tom—. Puede que fuese por capricho o por algo parecido. Ya sabes cómo es. Me dijo que si alguna vez le sucedía algo, quería que yo conservase los anillos.

Marge puso cara de perplejidad.

—¿Adónde iba?

—A Palermo, en Sicilia.

Tom sostenía el zapato con ambas manos, como si pensara utilizar el tacón de madera a guisa de arma. De pronto, por su mente cruzó fugazmente el modo como iba a hacerlo: golpeándola con el zapato y luego, tras sacarla a rastras por la puerta principal, la arrojaría al canal. Diría que ella se había caído al resbalar en el musgo y que, como era tan buena nadadora, él la había creído capaz de mantenerse a flote.

Marge clavó la mirada en el estuche.

—Entonces, es que realmente pensaba suicidarse.

—Sí..., si es así como prefieres mirarlo. Los anillos... hacen que tal posibilidad sea mayor.

—¿Por qué no dijiste nada de esto antes?

—Me olvidé por completo de los anillos. Los guardé para no perderlos, el mismo día en que me los dio, y nunca se me ocurrió mirarlos otra vez.

—Así que... se suicidó o cambió de identidad..., ¿no es eso?

—En efecto.

Tom hablaba con acento triste y firme a la vez.

—Será mejor que se lo digas a míster Greenleaf.

—Sí, lo haré. A míster Greenleaf y a la policía.

—Prácticamente, esto lo aclara todo —dijo Marge.

Tom retorcía el zapato entre sus manos, como si fuese un par de guantes, pero sin variar su posición porque Marge le estaba mirando fijamente, con una extraña mirada, sin dejar de pensar. Tom se preguntó si ella ya lo sabría y simplemente le estaba engañando.

—Ni siquiera puedo imaginarme a Dickie sin sus anillos —dijo Marge seriamente.

Tom comprendió que ella no acertaba con la respuesta, que su mente distaba mucho de acercarse a la verdad. Entonces se tranquilizó y, hundiéndose en el sofá, fingió estar atareado poniéndose los zapatos.

–Yo tampoco –dijo automáticamente.

–Si no fuese tan tarde, llamaría ahora mismo a míster Green-leaf. Es probable que ya esté en la cama y, si se lo dijera, no dormiría en toda la noche, me consta.

Tom intentaba meter el pie en el otro zapato, pero hasta sus dedos estaban como muertos, sin fuerza. Se estrujó el cerebro en busca de algo sensato que decir.

–Siento no haberlo dicho antes –dijo Tom con voz grave–. Fue una de esas...

–Entiendo. Parece una tontería que míster Greenleaf haya contratado a un detective ahora, ¿no crees?

A Marge le temblaba la voz. Tom la miró y se dio cuenta de que estaba al borde del llanto. Enseguida comprendió que era la primera vez que ella admitía la posibilidad de que Dickie estuviera muerto, que probablemente lo estuviera. Tom se le acercó lentamente.

–Lo siento, Marge. Sobre todo siento no haberte dicho antes lo de los anillos.

La rodeó con un brazo, aunque apenas hacía falta porque ella se apoyaba en él. Olió el perfume y pensó que probablemente era el Stradivari.

–Esa es una de las razones de que estuviera seguro de que se había suicidado..., al menos de que era probable.

–Sí –dijo ella con un quejido.

En realidad no estaba llorando, solo se apoyaba en Tom con la cabeza rígidamente inclinada hacia abajo. Parecía alguien que acabase de conocer la noticia de alguna defunción. Lo cual era cierto.

–¿Quieres un coñac? –preguntó tiernamente.

–No.

–Ven, sentémonos en el sofá.

Marge se sentó y Tom fue a por el coñac que guardaba en el otro extremo de la habitación. Llenó las copas y, al volverse, la muchacha no estaba. Tuvo el tiempo justo de ver cómo el borde de la bata y los pies desnudos desaparecían en lo alto de la escalera.

Supuso que prefería estar sola y decidió subirle el coñac, pero luego lo pensó mejor. Probablemente el coñac no iba a servirle de nada. Tom comprendía cómo se sentía ella. Con movimientos solemnes, volvió a dejar las copas en el mueble bar. Tenía pensado verter en la botella el contenido de una copa solamente, pero vertió las dos y luego guardó la botella entre las otras.

De nuevo se dejó caer en el sofá, con un pie colgando hacia fuera, demasiado cansado incluso para quitarse los zapatos. Tan cansado como después de matar a Freddie Miles, o a Dickie en San Remo. Había estado tan cerca de volver a matar... Empezó a recordar la frialdad con que había pensado golpearla con el zapato, procurando no levantarle la piel por ninguna parte, y luego, con las luces apagadas para que nadie pudiese verles, arrastrarla por el vestíbulo hacia la puerta principal: la rapidez con que su mente había improvisado una explicación, que ella había resbalado por culpa del musgo y que, creyéndola capaz de regresar nadando, él no se había lanzado al agua para rescatarla ni había gritado pidiendo ayuda hasta que... En cierto modo, incluso había llegado a imaginar las palabras exactas que él y míster Greenleaf, consternados por el accidente, hubiesen dicho después; en su caso, la consternación hubiera sido pura apariencia. En su interior se hubiese sentido tan tranquilo y seguro de sí mismo como después del asesinato de Freddie, porque su historia hubiese sido perfecta, igual que la de San Remo. Sus historias eran buenas porque siempre las imaginaba intensamente, tanto que él mismo llegaba a creérselas. Durante un momento oyó su propia voz que decía:

—... yo estaba allí, en los escalones, llamándola, convencido de que regresaría en cuestión de segundos, incluso sospechando que me estaba gastando una bromita... Pero no estaba seguro de que se hubiese hecho daño y ella estaba de tan buen humor allí en los escalones, junto a mí, escasos segundos antes...

Tom se puso tenso. Era como un gramófono que estuviese sonando dentro de su cabeza, como un pequeño drama que se estuviera representando allí mismo, en la sala de estar, sin que él pudiera hacer nada para interrumpirlo. Podía verse a sí mismo de pie, junto a las enormes puertas que se abrían al vestíbulo principal, hablando con la policía y con míster Greenleaf. Podía oír su propia voz y ver que le creían.

Pero lo que parecía aterrorizarle no era aquel diálogo, ni la alucinante creencia de haberlo hecho (porque sabía que no era así), sino el recordarse a sí mismo de pie ante Marge, con el zapato en la mano e imaginándose todo aquello de un modo frío y metódico. Y el hecho de que hubiese sido la tercera vez. Las otras dos veces eran hechos, no frutos de su imaginación. Podía decirse que no había querido hacerlo, pero lo había hecho, esa era la verdad. No quería ser un asesino. A veces llegaba a olvidarse por completo de que había asesinado. Pero a veces, como le estaba sucediendo en aquellos momentos, le resultaba imposible olvidar. Sin duda, aquella noche lo había conseguido durante un rato, al pensar sobre el significado de las posesiones y sobre por qué le gustaba vivir en Europa.

Con un gesto brusco, se volvió sobre un costado, y apoyó los dos pies en el sofá, sudando y temblando, preguntándose qué le estaba pasando, qué le había pasado; si al día siguiente, al ver a míster Greenleaf, empezaría a soltar una serie de incoherencias sobre Marge cayéndose en el canal y él gritando para pedir ayuda, luego tirándose al agua sin poder encontrarla. Aunque Marge estuviera allí con ellos, temía perder el control de sí mismo y delatarse como un maníaco.

Recordó que se veía obligado a hablar de los anillos con míster Greenleaf por la mañana, repitiendo la historia que había contado a Marge, añadiendo algunos detalles para hacerla más plausible. Empezó a inventárselos. Su cerebro recobró la serenidad. Se estaba imaginando la habitación de un hotel de Roma, Dickie y él de pie en ella, hablando, y Dickie quitándose ambos anillos para dárselos diciéndole:

—Será mejor que no le cuentes a nadie esto...

27

Marge llamó a míster Greenleaf a las ocho y media de la mañana, para preguntarle a qué hora podían pasar a recogerle en el hotel. Pero míster Greenleaf debió de darse cuenta de que algo le pasaba. Tom la oyó empezar a contarle el asunto de los anillos, empleando las mismas palabras que había pronunciado él la noche anterior, señal indudable de que ella le creía, aunque no pudo ver cuál era la reacción de míster Greenleaf. Tenía miedo de que la noticia fuera la última pieza que le faltase al padre de Dickie para completar el rompecabezas, y que más tarde, al reunirse con él, le encontraría acompañado por un policía dispuesto a detener a Tom Ripley. Esta posibilidad destruía en parte la ventaja de no estar presente al enterarse míster Greenleaf de lo referente a los anillos.

–¿Qué te ha dicho? –preguntó Tom cuando Marge hubo colgado.

Marge se sentó en una silla con gesto cansado.

–Al parecer piensa como yo. Él mismo me lo ha dicho. Da la impresión de que Dickie pensaba seriamente en matarse.

Tom pensó que, de todos modos, míster Greenleaf dispondría de un poco de tiempo para pensárselo antes de que ellos llegasen.

–¿A qué hora nos espera? –preguntó Tom.

–Le dije que pasaríamos sobre las nueve y media, tal vez un poco antes. Tan pronto como nos hayamos tomado el café, que, por cierto, en breve estará preparado.

Marge se levantó y entró en la cocina. Ya iba vestida para salir y llevaba el mismo conjunto de viaje que a su llegada.

Tom se sentó indeciso al borde del sofá y se aflojó el nudo de la corbata. Había pasado la noche en el sofá, vestido, sin despertarse hasta hacía escasos minutos, al bajar Marge, y estaba sorprendido de haber dormido allí pese al frío de la estancia. También Marge se había llevado una sorpresa al encontrarle en el sofá. Tom sentía calambres en el cuello, en la espalda y en el hombro derecho. Rápidamente, se puso de pie.

–Voy a lavarme arriba –dijo en voz alta para que Marge le oyese desde la cocina.

Echó un vistazo a su habitación y observó que la maleta de Marge ya estaba hecha y permanecía en mitad de la habitación, cerrada. Confiaba en que ni ella ni míster Greenleaf decidiesen no marcharse aquella misma mañana. Pero lo más probable era que tomasen el tren antes de mediodía, ya que míster Greenleaf tenía que entrevistarse en Roma con el detective llegado de América.

Tom se desnudó en la habitación contigua a la de Marge, luego entró en el cuarto de baño y abrió la ducha. Después de mirarse brevemente en el espejo, decidió afeitarse primero y regresó a su habitación a por la maquinilla eléctrica que, sin ninguna razón especial, había sacado del baño al llegar Marge. Al dirigirse de nuevo al cuarto de baño oyó sonar el teléfono y a Marge que contestaba. Tom se asomó al hueco de la escalera, aguzando el oído.

–Oh, muy bien –dijo ella–. No, eso no importa si no... Sí, ya se lo diré... De acuerdo, nos daremos prisa. En este momento Tom se está aseando... Pues, menos de una hora. Adiós.

La oyó caminar hacia la escalera y se echó hacia atrás porque iba desnudo.

–¡Tom! –gritó ella por el hueco–. ¡Acaba de llegar el detective americano! Hace un momento que ha llamado a míster Greenleaf y ahora viene para aquí desde el aeropuerto.

–¡Muy bien! –respondió gritando Tom.

Enojado, entró en su alcoba y cerró la ducha. Luego enchufó la maquinilla, preguntándose qué hubiese sucedido de haber estado bajo la ducha. Lo más probable hubiese sido que Marge gritase de todos modos, dando por sentado que él la oiría. Se alegraría cuando la viese partir, y esperaba que lo hiciese aquella misma mañana, a no ser que ella y míster Greenleaf optasen por quedarse para ver lo que el detective pensaba hacer con él. Tom no ignoraba que el detective estaba en Venecia especialmente para verle, pues de lo contrario se hubiese quedado en Roma, esperando a míster Greenleaf. Entonces se preguntó si Marge también habría reparado en ello. Se dijo que seguramente no, que para ello hacía falta un mínimo de capacidad de deducción.

Después de ponerse un traje y una corbata discretos, Tom bajó a tomarse el café con Marge. Se había duchado con agua tan caliente como podía soportar y ya se sentía mucho mejor. Marge no dijo palabra mientras tomaban el café salvo que los anillos iban a despertar el interés de míster Greenleaf y del detective, con lo que pretendía decir que también el detective pensaría que Dickie se había suicidado. Tom esperaba que no se equivocase. Todo dependía de la clase de individuo que fuese el detective, de la primera impresión que de él, Tom, sacase el sabueso.

Era otro día gris, pegajoso de humedad, y a las nueve no llovía, aunque había llovido antes y volvería a hacerlo, probablemente sobre el mediodía. Marge y Tom cogieron la góndola en la escalinata de la iglesia y desembarcaron en San Marcos; desde allí fueron andando hasta el Gritti. Al llegar avisaron por teléfono a míster Greenleaf y este, una vez que les hubo anunciado la llegada de míster McCarron, dijo que subiesen a su habitación.

Él mismo les abrió la puerta.

—Buenos días —dijo, cogiendo con gesto paternal un brazo de Marge—. Tom...

Tom entró a la zaga de Marge. El detective estaba de pie, junto a la ventana. Era un hombre bajito y rechoncho, de unos treinta y cinco años. Tenía cara de amable y avispado. Inteligente, pero moderadamente, fue la primera impresión de Tom.

—Les presento a Alvin McCarron —dijo míster Greenleaf—. Miss Sherwood y míster Tom Ripley.

Tom advirtió que sobre la cama había una cartera nueva, flamante, y en torno a la misma unos cuantos papeles y fotografías... McCarron le estaba examinando de pies a cabeza.

—Tengo entendido que es usted amigo de Richard, ¿no es así? —preguntó.

—Los dos lo somos —contestó Tom.

Se vieron momentáneamente interrumpidos por míster Greenleaf, que se cuidó de que todos se sentaran. La habitación era espaciosa, excesivamente amueblada y sus ventanas daban al canal. Tom se sentó en una silla tapizada con cuero rojo. McCarron se instaló en la cama y estaba examinando sus papeles. Tom vio que entre ellos había unas cuantas fotocopias que parecían ser de los cheques de Dickie. Había también unas cuantas fotos sueltas de Dickie.

—¿Tienen ustedes los anillos? —preguntó McCarron, mirándoles a los dos.

—Sí —afirmó solemnemente Marge.

Se levantó para sacar los anillos de su bolso y dárselos a McCarron.

McCarron se los mostró a míster Greenleaf, sosteniéndolos en la palma de la mano.

—¿Son estos los anillos?

Míster Greenleaf asintió con la cabeza después de echarles un breve vistazo. Marge puso cara de sentirse un tanto ofendida, como si estuviera a punto de decir:

—Conozco estos anillos tan bien como pueda conocerlos míster Greenleaf, y probablemente mejor aún.

McCarron se volvió hacia Tom.

—¿Cuándo se los dio?

—En Roma. Que yo recuerde fue aproximadamente el 3 de febrero, pocos días después de que asesinasen a Freddie Miles –contestó Tom.

El detective le estaba escrutando con sus inquisitivos ojos castaño claro. Sus cejas alzadas dibujaban un par de arrugas en la gruesa piel de su frente. Tenía el pelo castaño, ondulado y lo llevaba corto en las sienes y peinado con una gran onda sobre la frente que le daba el aspecto de un estudiante un poco presumido. Tom se dijo que resultaba imposible adivinar su pensamiento mirándole a la cara, entrenada en la impasibilidad.

–¿Qué le dijo al darle los anillos?

–Pues que si le pasaba alguna cosa, quería que yo los conservase. Entonces yo le pregunté qué podía pasarle, y me dijo que no lo sabía, pero que algo podría sucederle.

Premeditadamente, Tom hizo una pausa.

–No me pareció que en aquel momento estuviese más deprimido que en otras ocasiones que hablé con él, así que ni se me ocurrió pensar que quisiera suicidarse. Sabía que tenía pensado marcharse, pero nada más.

–¿Adónde? –preguntó el detective.

–Dijo que a Palermo.

Tom se dirigió a Marge.

–Seguramente me los dio el mismo día que tú y yo hablamos en Roma..., en el Inghilterra. Ese día o el día anterior. ¿Te acuerdas de la fecha?

–El 2 de febrero –contestó Marge con voz apagada.

McCarron iba tomando notas.

–¿Qué más? –preguntó a Tom–. ¿A qué hora fue? ¿Sabe si había estado bebiendo?

–No. Dickie bebe muy poco. Y creo que eso fue a primera hora de la tarde. Me dijo que haría bien en no hablar de los anillos con nadie y, por supuesto, me mostré de acuerdo. Los guardé y me olvidé completamente de ellos, tal y como le conté a miss Sherwood... Supongo que fue debido a haberme tomado tan en serio lo de no mencionárselo a nadie.

Tom hablaba con acento de sinceridad, tartamudeando levemente, sin darse cuenta, como hubiese hecho cualquier otro en las mismas circunstancias, según él mismo reflexionó.

–¿Qué hizo con los anillos?

–Los puse en una caja vieja que tengo..., un estuche que utilizo para guardar botones sueltos.

McCarron le contempló en silencio, y Tom aprovechó para afianzar sus posiciones, pensando que de aquel rostro plácido y avispado de irlandés podía esperarse cualquier cosa, desde una pregunta formulada a modo de desafío hasta una afirmación categórica de que él, Tom, estaba mintiendo. Mentalmente, se aferró con mayor fuerza aún a los hechos, sus hechos, dispuesto a defenderlos hasta la muerte. En medio del silencio casi podía oír la respiración de Marge. Se sobresaltó al oír la tos de míster Greenleaf, que parecía poseído de una notable serenidad, casi aburrimiento. Tom se preguntó si entre él y McCarron habrían montado algún ardid en contra suya, basándose en lo de los anillos.

–¿Le parece propio de él confiarle los anillos durante un corto tiempo? ¿Alguna vez había hecho algo parecido? –preguntó McCarron.

–No –contestó Marge, adelantándose a Tom.

Tom empezó a respirar con mayor facilidad, comprendiendo que McCarron aún no sabía a qué atenerse. El detective seguía esperando su respuesta.

–Sí, me había prestado ciertas cosas anteriormente –dijo Tom–. De vez en cuando me daba permiso para usar sus corbatas y sus chaquetas. Pero, desde luego, eso es muy distinto a los anillos.

Había experimentado un impulso de confesar lo de la ropa, ya que sin duda Marge estaba enterada de que Dickie le había sorprendido una vez vestido con su ropa.

–Me cuesta imaginarme a Dickie sin sus anillos –dijo Marge, dirigiéndose a McCarron–. Se quitaba el de la piedra verde cuando nadaba, pero nunca se olvidaba de volver a ponérselo en cuanto salía del agua. Se diría que formaban parte de su indumentaria. Por eso sospecho que tenía intención de suicidarse o de cambiar su identidad.

McCarron movió la cabeza afirmativamente.

–¿Sabe si tenía algún enemigo o enemigos?

–Absolutamente ninguno –dijo Tom–. Ya se me ha ocurrido antes.

–¿Se le ocurre también algún motivo que le impulsara a disfrazarse o a hacerse pasar por otra persona?

Con mucho cuidado en sus palabras, Tom respondió:

–Tal vez..., pero eso es casi imposible en Europa. Hubiese necesitado otro pasaporte. En cualquier país adonde se hubiese dirigido, le hubieran pedido el pasaporte al entrar. Incluso para alquilar una habitación en los hoteles hubiese necesitado el pasaporte.

–Pero si usted me dijo que tal vez no le fue necesario el pasaporte... –dijo míster Greenleaf.

–Sí, en efecto, pero me refería a los hoteles de poca monta de aquí. Se trata de una posibilidad muy remota, desde luego. Pero después de tanta publicidad como se ha dado a su desaparición, veo difícil que pudiese conservar el anonimato –dijo Tom–. Seguramente, a estas alturas alguien ya le hubiese traicionado.

–Bueno. Resulta evidente que se marchó llevándose su pasaporte –dijo McCarron–, ya que lo utilizó para entrar en Sicilia y alojarse en un hotel de categoría.

–Así es –dijo Tom.

McCarron dejó pasar unos instantes mientras tomaba notas, luego alzó la mirada hacia Tom.

–Bueno, ¿qué opina usted, míster Ripley?

Tom comprendió que McCarron distaba mucho de darse por vencido, y que, más tarde, querría verle a solas.

–Me temo que estoy de acuerdo con miss Sherwood, es decir, que todos los indicios apuntan hacia la posibilidad de un suicidio, pensado desde hacía ya mucho tiempo. Ya se lo he dicho a míster Greenleaf.

McCarron miró a míster Greenleaf, pero este permaneció callado, limitándose a devolverle la mirada. Tom tuvo la impresión de que McCarron también se inclinaba a creer en la muerte de Dickie y en que había perdido tiempo y dinero al venir desde los Estados Unidos.

–Quisiera volver a comprobar algunos extremos –dijo McCarron, sin desanimarse, cogiendo de nuevo sus papeles–. Vamos a ver. La última vez que alguien vio a Richard fue el día 15 de febrero, al desembarcar en Nápoles procedente de Palermo.

–Eso es –dijo míster Greenleaf–. Un camarero del buque recuerda haberle visto.

–Pero después de eso no hay rastro de él en ningún hotel, ni se puso en contacto con nadie.

254

McCarron iba mirando alternativamente a míster Greenleaf y a Tom.

—Así es —dijo Tom.

McCarron desvió la mirada hacia Marge.

—Es cierto —dijo la muchacha.

—Y usted, miss Sherwood, ¿cuándo lo vio por última vez?

—El 23 de noviembre, cuando se fue a San Remo —contestó ella prestamente.

—Usted estaba en Mongibello a la sazón, ¿no? —preguntó Mc-Carron, pronunciando la «g» de un modo gutural, como si no supiese nada de italiano, al menos cómo pronunciarlo.

—Sí —dijo Marge—. Estuve en un tris de verle en Roma, en febrero, pero la última vez que llegué a verle fue en Mongibello.

Tom casi experimentó una oleada de afecto por Marge. Ya había empezado a sentirla por la mañana, pese a que ella le había irritado.

—Durante su estancia en Roma se esforzó en no encontrarse con nadie —terció Tom—. Por eso, cuando me dio los anillos, al principio creí que se le había metido en la cabeza la idea de alejarse de todos cuantos le conocían, yéndose a vivir a otra ciudad, esfumándose durante una temporada, por decirlo así.

—¿Y por qué, según usted?

Tom se puso a explicarlo con profusión de detalles, citando el asesinato de Freddie Miles y el efecto que a Dickie le había causado.

—¿Cree usted que Richard sabía quién había matado a Freddie Miles?

—No, claro que no.

McCarron esperó a oír la opinión de Marge.

—No —dijo ella, moviendo la cabeza negativamente.

—Piénselo un poco —dijo McCarron a Tom—. ¿Cree que eso podría explicar su comportamiento? ¿Cree que se está ocultando para no tener que responder a las preguntas de la policía?

Tom reflexionó un instante.

—No hizo ni dijo nada que me hiciese pensar en eso.

—¿Cree que tenía miedo de algo?

—No me imagino de qué —contestó Tom.

McCarron siguió preguntándole si Dickie y Freddie Miles eran muy amigos, si conocía a alguien más que fuese amigo común de Dickie y de Freddie, si sabía de alguna deuda o de algún asunto de faldas...

–Que yo sepa, solamente Marge.

Marge protestó diciendo que ella no tenía nada que ver con Freddie, por lo que quedaba descartada toda posibilidad de que rivalizasen por ella, y McCarron le preguntó a Tom si podía afirmar con seguridad que él era el mejor amigo de Dickie en Europa.

–No diría tanto –contestó Tom–. Creo que su mejor amigo o amiga es Marge Sherwood. Apenas conozco a los amigos que Dickie tiene en Europa.

McCarron estudió el rostro de Tom nuevamente.

–¿Qué opina de esas falsificaciones?

–¿Pero lo son efectivamente? A mí me pareció que nadie estaba seguro del todo.

–No creo que lo sean –dijo Marge.

–Al parecer las opiniones están divididas –dijo McCarron–. Los peritos creen que la carta que escribió al Banco de Nápoles era auténtica, lo cual solo significa una cosa: que si ha habido alguna falsificación, él está encubriendo a alguien. Supongamos que se trata de un caso de falsificación, ¿tienen alguna idea de a quién trata de encubrir?

Tom titubeó un momento, y Marge dijo:

–Conociéndole, no le creo capaz de estar encubriendo a nadie. ¿Por qué iba a hacerlo?

McCarron tenía los ojos clavados en Tom, pero resultaba imposible adivinar si estaba calibrando su honradez o simplemente rumiando todo lo que acababan de decirle. El detective tenía todo el aspecto de un típico vendedor de coches americano, o vendedor de cualquier otra cosa; era alegre, presentable, de mediana inteligencia, capaz de charlar de béisbol con un hombre o de hacer algún cumplido tonto a una mujer. Tom no se había formado una gran opinión de él, pero, por otro lado, se decía que no era prudente menospreciar al contrario. Mientras Tom le estaba mirando, McCarron abrió su boca pequeña y blanda para decir:

–Míster Ripley, ¿le importaría bajar conmigo unos minutos, si dispone de ellos?

–No faltaría más –dijo Tom, poniéndose en pie.

256

–No tardaremos –dijo McCarron, dirigiéndose a Marge y a míster Greenleaf.

Al llegar a la puerta, Tom volvió la cabeza hacia atrás, porque míster Greenleaf se había puesto en pie y estaba diciendo algo, aunque no le prestó atención. De pronto, Tom notó que estaba lloviendo, que sobre los cristales de la ventana caían cortinas de lluvia gris, y tuvo la sensación de estar presenciando la última escena de su vida, una escena borrosa y fugaz en la que la figura de Marge, al otro lado de la espaciosa habitación, quedaba empequeñecida y míster Greenleaf, de pie y con el cuerpo inclinado hacia delante, hacía pensar en un anciano que anduviese con pasos vacilantes. Pero era por la cómoda habitación que estaba dejando atrás, y por la casa al otro lado del canal, invisible a causa de la lluvia, que tal vez nunca volvería a ver.

Míster Greenleaf estaba preguntando algo:

–¿Van a... a volver dentro de unos minutos?

–Oh, claro –contestó McCarron con la firmeza impersonal de un verdugo.

Echaron a andar hacia el ascensor. Tom iba preguntándose si era de aquel modo como solían hacerlo: unas palabras apenas susurradas en el vestíbulo y luego la entrega del culpable a la policía italiana, tras lo cual McCarron regresaría a la habitación como había prometido. McCarron llevaba consigo un par de papeles que había sacado de su cartera. Tom miraba fijamente la moldura que adornaba la pared del ascensor, al lado del indicador de pisos; era una figura geométrica parecida a un huevo y enmarcada por cuatro diminutas circunferencias en relieve.

«Piensa en algo sensato y normal que decir sobre míster Greenleaf», se dijo Tom a sí mismo, apretando los dientes. «¡Ojalá no empiece a sudar a mares precisamente ahora!»

Todavía no había empezado a sudar, pero temía hacerlo en cuanto llegasen al vestíbulo. McCarron apenas le llegaba a los hombros y, en el momento en que el ascensor se detuvo, Tom se volvió hacia él y, sonriendo torvamente, le dijo:

–¿Es este su primer viaje a Venecia?

–Sí –contestó McCarron, encaminándose hacia el otro lado del vestíbulo y, señalando la cafetería del hotel, añadió–: ¿Nos sentamos allí?

Su tono era cortés y Tom accedió a su proposición. La cafetería no estaba demasiado concurrida, pero no había ninguna mesa que quedase aislada de las demás lo suficiente para que su conversación no pudiera ser oída. Tom se preguntó si McCarron se proponía acusarle allí mismo, colocando tranquilamente las pruebas sobre la mesa, una tras otra. Aceptó la silla que el detective le ofrecía. McCarron se sentó de espaldas a la pared. Un camarero se les acercó.

–*Signori?*

–Café –dijo McCarron.

–*Cappuccino* –pidió Tom–. ¿Prefiere un *cappuccino* o un *espresso?*

–¿Cuál de los dos es con leche? ¿El *cappuccino?*

–Así es.

–Entonces tomaré uno.

Tom se lo pidió al camarero.

McCarron le miró, sonriendo aviesamente. Tom se imaginó tres o cuatro formas de empezar la acusación:

«Usted mató a Richard, ¿no es cierto? Lo de los anillos es ya demasiado, ¿no le parece?», o bien: «Hábleme de la lancha de San Remo, míster Ripley, sin omitir ningún detalle»; o tal vez se limitaría a ir exponiendo sus conclusiones tranquilamente: «¿Dónde estaba usted el 15 de febrero, cuando Richard desembarcó en... Nápoles? De acuerdo, pero ¿dónde vivía usted por aquel entonces? ¿Dónde vivía en enero, por ejemplo?... ¿Puede probarlo?»

McCarron no decía absolutamente nada, solo se miraba las manos regordetas, sonriendo débilmente, como si le hubiese sido tan absurdamente fácil descifrar el embrollo que casi le daba vergüenza expresar sus conclusiones de palabra.

En una mesa cercana, cuatro italianos parloteaban como loros y soltaban grandes risotadas. Tom sintió deseos de alejarse de ellos, pero permaneció inmóvil en su silla, preparándose para lo que iba a venir hasta que la tensión a que se estaba sometiendo a sí mismo se convirtió en una actitud de desafío. Se oyó decir a sí mismo, con una voz que reflejaba una tranquilidad increíble:

–¿Tuvo suficiente tiempo para hablar con el *tenente* Roverini al pasar por Roma?

Y mientras formulaba la pregunta comprendió que lo hacía con un motivo concreto: averiguar si McCarron estaba al corriente del asunto de la lancha de San Remo.

—No, no me fue posible —contestó McCarron—. Me pasaron recado de que míster Greenleaf iría a Roma hoy, pero llegué tan anticipadamente que decidí venir aquí para verle... y, de paso, hablar con usted también.

McCarron bajó la vista hacia sus papeles.

—¿Qué clase de hombre es Richard? ¿Cómo le describiría usted, refiriéndose a su personalidad?

Tal vez McCarron ya había empezado a recorrer la senda que le llevaría a formular su acusación, y trataba de hacerse con más pruebas basándose en las palabras que Tom utilizase para describir a Richard. O tal vez lo único que pretendía era obtener la opinión objetiva que los padres de Dickie no podían proporcionarle.

—Quería ser pintor —empezó a decir Tom—, aunque sabía que nunca llegaría a ser un buen pintor. Se esforzaba en aparentar que eso no le importaba, que su vida era feliz y que la vivía exactamente tal como la tenía planeada...

Tom se humedeció los labios.

—Pero creo que la vida que llevaba estaba empezando a pesarle. Su padre no la aprobaba, como probablemente ya sabrá usted. Además, Dickie se había metido en una situación embarazosa con respecto a Marge.

—¿Qué quiere decir?

—Marge estaba enamorada de él, pero él no lo estaba de la muchacha, aunque la veía tan asiduamente en Mongibello que ella no podía más que darse falsas esperanzas...

Tom se daba cuenta de que empezaba a pisar tierra firme, pero siguió fingiendo que le costaba expresarse.

—A decir verdad, nunca llegó a hablar de ello conmigo. Siempre hablaba en términos muy elogiosos con respecto a Marge. Sentía un gran afecto por ella, pero cualquiera podía ver..., Marge incluida..., que nunca llegaría a casarse con ella. Pero Marge jamás abandonó la esperanza. Creo que fue por eso principalmente por lo que Dickie se fue de Mongibello.

McCarron parecía estar escuchándole paciente y comprensivamente.

–¿Qué quiere decir con eso de que nunca abandonó la esperanza? ¿Qué hizo ella?

Tom aguardó a que el camarero dejase las dos espumosas tazas de *cappuccino* y colocase la nota del importe debajo del azucarero.

–Pues no dejó de escribirle, pidiéndole verse, pero al mismo tiempo con mucho tacto, de eso estoy seguro, para no entrometerse en su ansiada soledad. Todo esto me lo contó él en Roma. Me dijo que, tras el asesinato de Miles, no estaba de humor para ver a Marge y que se temía que ella, al enterarse del lío en que Dickie andaba metido, se presentara en Roma.

–Según usted, ¿por qué estaba inquieto después del asesinato de Miles?

McCarron bebió un sorbo e hizo una mueca porque la bebida quemaba o tenía un sabor demasiado amargo. Metió la cucharilla en la taza y empezó a darle vueltas. Tom le explicó que Dickie y Freddie habían sido muy buenos amigos y que el asesinato de Freddie fue poco después de salir de casa de Dickie, escasos minutos después.

–¿Cree que tal vez fue Richard quien mató a Freddie? –preguntó McCarron en voz baja.

–No, no lo creo.

–¿Por qué?

–Porque no tenía ningún motivo para matarle..., al menos ningún motivo que yo sepa.

–La gente suele decir que Fulanito o Menganito no era capaz de matar a nadie –comentó McCarron–. ¿A usted le parece que Richard era el tipo de hombre capaz de convertirse en un asesino?

Tom titubeó, buscando sinceramente la verdad.

–Nunca pensé en ello. No sé cómo son las personas capaces de matar a alguien. Le he visto furioso...

–¿Cuándo?

Tom le describió los dos días en Roma, cuando, según dijo, Dickie estaba furioso y decepcionado a causa de las preguntas que le estaba haciendo la policía, llegando a irse de su apartamento para no recibir llamadas telefónicas de sus amigos y de desconocidos. Tom lo relacionó con la creciente frustración que se estaba apoderando de Dickie a causa de sus escasos progresos en la pintura. Tom pintó a Dickie como un muchacho tozudo y orgulloso, temeroso de su padre y, por ende, empeñado en llevarle la contraria; un muchacho inestable que se mostraba generoso con los desconocidos y también con sus amigos, pero que era presa de frecuentes cambios de humor que le hacían pasar de la sociabilidad al retraimiento más exagerado. Resumió su descripción del carácter de Dickie diciendo que era un muchacho de lo más corriente a quien le gustaba creerse extraordinario.

—Si se suicidó —dijo finalmente Tom—, creo que fue por haberse dado cuenta de sus propios fracasos y limitaciones. Me resulta mucho más fácil imaginármelo como suicida que como asesino.

—Pero yo no estoy completamente seguro de que no asesinase a Freddie Miles, ¿y usted?

McCarron era sincero, de eso Tom estaba seguro. Incluso esperaba que Tom defendiera a Dickie, porque habían sido amigos. Tom se sintió libre del terror que le atenazaba, pero solo libre en parte, igual que si se tratase de algo que iba derritiéndose lentamente en su interior.

—No puedo decirlo con certeza —dijo Tom—, pero no creo que lo hiciese.

—Tampoco yo estoy seguro. Pero sin duda eso explicaría muchas cosas, ¿no le parece?

—Sí —contestó Tom—. Lo explicaría todo.

—Bueno, hoy ha sido mi primer día de trabajo —dijo McCarron, con una sonrisa de optimismo—. Ni siquiera he examinado el informe de Roma. Es probable que necesite hablar nuevamente con usted cuando haya estado en Roma.

Tom le miraba fijamente, pensando que la charla terminaba allí.

—¿Habla usted italiano?

—No, no muy bien, pero sé leerlo. Me defiendo mejor con el francés, pero ya me las arreglaré —dijo McCarron, como si el asunto no tuviese mucha importancia.

Pero sí la tenía, y mucha. A Tom le resultaba imposible imaginarse a McCarron enterándose de todo lo que sobre el caso Greenleaf sabía Roverini, valiéndose exclusivamente de un intérprete. Además, McCarron tampoco podría indagar por ahí, preguntando a la gente como la portera de Dickie Greenleaf en Roma. Y eso era muy importante.

–Hablé con Roverini aquí, en Venecia, hace unas pocas semanas –dijo Tom–. Salúdele de mi parte.

–Lo haré.

McCarron terminó su café.

–Conociendo a Dickie, ¿dónde cree usted que iría si quisiera ocultarse?

Tom se movió inquieto en la silla, pensando que McCarron estaba apurando todas sus posibilidades.

–Pues, sé que Italia es lo que más le gusta. No apostaría por Francia. También le gusta Grecia. Y me habló de hacer un viaje a Mallorca alguna vez. Supongo que España en general es una posibilidad.

–Entiendo –dijo McCarron, suspirando.

–¿Regresará a Roma hoy mismo?

McCarron alzó las cejas.

–Me figuro que sí, depende de que pueda dormir unas cuantas horas aquí. No he visto una cama desde hace dos días.

Tom se dijo que lo soportaba muy bien.

–Me parece que míster Greenleaf quería saber los horarios del ferrocarril. Hay dos trenes esta mañana y es probable que alguno más por la tarde. Tenía pensado marcharse hoy.

–Pues podemos marcharnos hoy –dijo McCarron, alargando la mano hacia la cuenta–. Le agradezco mucho su ayuda, míster Ripley. Ya tengo su dirección y el número de teléfono, en caso de que tenga que verle otra vez.

Se levantaron.

–¿Le importa que suba a despedirme de Marge y míster Greenleaf?

A McCarron no le importaba. Volvieron a subir en el ascensor, y Tom tuvo que hacer un esfuerzo para no ponerse a silbar. La tonadilla de «Babbo non vuole» le daba vueltas en la cabeza.

Al entrar, examinó cuidadosamente a Marge, buscando algún síntoma de enemistad. Pero la muchacha solamente parecía un poco trágica, como si hubiese enviudado recientemente.

–Quisiera hacerle unas cuantas preguntas a solas, miss Sherwood –dijo McCarron–. Si a usted no le importa, míster Greenleaf.

–No faltaría más. Precisamente estaba a punto de bajar a comprar algunos periódicos –dijo míster Greenleaf.

McCarron no se daba por vencido. Tom se despidió de Marge y de míster Greenleaf por si se iban a Roma aquel mismo día y él no volvía a verles. A McCarron le dijo:

—Si puedo serle útil, tendré mucho gusto en desplazarme a Roma cuando usted lo crea oportuno. Bueno, aquí me encontrará hasta fines de mayo.

—Para entonces ya sabremos algo —dijo McCarron, con su sonrisa confiada de irlandés.

Tom acompañó a míster Greenleaf al vestíbulo.

—Me hizo otra vez las mismas preguntas —dijo Tom—, y también me pidió mi opinión sobre el carácter de Dickie.

—¿De veras? ¿Y cuál es su opinión? —preguntó míster Greenleaf con voz desesperanzada.

Tom se daba cuenta de que, tanto si se había suicidado como si estaba escondido, la conducta de Dickie resultaría igualmente reprensible a los ojos de su padre.

—Le dije lo que me parece que es la verdad —dijo Tom—. Que es capaz de huir y también de suicidarse.

Míster Greenleaf no hizo ningún comentario y se limitó a dar unas palmadas en el brazo de Tom.

—Adiós, Tom.

—Adiós —dijo Tom—. Espero tener noticias suyas.

Tom se dijo que todo iba bien entre él y míster Greenleaf, y lo mismo pasaría con Marge. La muchacha se había tragado la explicación basada en el suicidio, y a partir de aquel momento todos sus pensamientos partirían de ahí.

Tom pasó la tarde en casa, esperando una llamada telefónica, siquiera una de McCarron, aunque no fuese nada importante. Pero no recibió ninguna, a excepción de la de Titi, la condesa, que le invitó a tomar unos cócteles por la tarde. Tom aceptó.

Tom se preguntó por qué iba a esperar que Marge le causara problemas. Nunca lo había hecho. Lo del suicidio era una *idée fixe,* y, con su escasa imaginación, la misma Marge se encargaría de que sus propios pensamientos se ajustasen a ella.

28

McCarron telefoneó desde Roma al día siguiente, preguntando los nombres de todas las personas que Dickie conocía en Mongibello. Al parecer eso era todo lo que quería saber, ya que se tomó mucho tiempo para ir anotándolos todos y cotejarlos con la lista que Marge le había dado. La lista de Marge era muy completa, pero Tom repitió todos los nombres, junto con las complicadas direcciones en que vivían. Estaba Giorgio, por supuesto; Pietro, el barquero; Maria, la tía de Fausto, cuyo apellido Tom no sabía, aunque le explicó a McCarron, de manera premeditadamente complicada, qué debía hacer para dar con su domicilio; Aldo, el de la tienda de comestibles; los Cecchi; e incluso el viejo Stevenson, el solitario pintor que vivía en las afueras del pueblo y a quien Tom nunca había visto. Tom tardó varios minutos en darle la relación completa, y lo más probable era que McCarron tardase varios días en localizarles. No dejó fuera a nadie, salvo al *signore* Pucci, el hombre que se había encargado de vender la casa y el velero de Dickie y que, sin duda, le diría al detective, si este no lo sabía ya por Marge, que Tom Ripley estuvo en Mongibello para poner en orden los asuntos de Dickie. De todas formas, tanto si se enteraba de uno u otro modo, a Tom no le pareció nada grave que McCarron supiese que él se había encargado de arreglar los asuntos de Dickie. En cuanto a las personas como Aldo y Stevenson, le daba igual que McCarron obtuviese de ellos tanta información como pudiesen darle.

–¿Alguien más en Nápoles? –preguntó McCarron.

–No, que yo sepa.

–¿En Roma?

–Lo lamento, pero nunca le vi acompañado en Roma.

–¿No llegó a conocer a ese pintor..., a... Di Massimo?

–No. Le vi una vez –dijo Tom–. Pero no me lo presentó.

–¿Qué aspecto tiene?

–Pues no pude verle muy bien. Fue desde lejos, al despedirme de Dickie. Me pareció de mediana estatura, cincuentón y con el pelo negro, algo canoso... Eso es todo lo que recuerdo. Ah, sí..., era de complexión más bien robusta y llevaba un traje gris claro.

–¡Hum!... De acuerdo –dijo McCarron distraídamente, como

si estuviese ocupado en tomar nota de todo–. Bien, creo que eso es todo. Muchas gracias, míster Ripley.

–No hay de qué. ¡Buena suerte!

Luego Tom se quedó en casa esperando durante varios días, igual que hubiese hecho cualquier persona al alcanzar su punto culminante la búsqueda de un amigo desaparecido. Rechazó dos o tres invitaciones. La prensa mostraba un interés renovado por la desaparición de Dickie, interés que, sin duda, se inspiraba en la presencia de un detective americano, contratado por el padre de Dickie, en Italia. Cuando se presentaron unos fotógrafos del *Europeo* y de *Oggi* para fotografiarle a él y a su casa, Tom les dijo firmemente que se fuesen, y tuvo que coger por el brazo a un joven demasiado insistente y llevarlo hasta la puerta. Pero nada de importancia acaeció durante cinco días. No hubo llamadas telefónicas ni cartas, ni siquiera del teniente Roverini. A veces, especialmente al anochecer, Tom se imaginaba lo peor, presa como de una depresión más fuerte que en cualquier otro momento del día. Se imaginaba a Roverini y a McCarron uniendo sus esfuerzos y desarrollando la teoría de que Dickie pudiera haber desaparecido en noviembre; entonces se imaginaba a McCarron verificando la fecha en que Tom había comprado el coche y oliéndose algo al averiguar que Dickie no había regresado del viaje a San Remo y que Tom lo había hecho para cuidarse de la enajenación de los bienes de Dickie. Tom estudiaba y volvía a estudiar el adiós cansado e indiferente que le había dicho míster Greenleaf al irse de Venecia, interpretándolo como señal de hostilidad e imaginándose a míster Greenleaf poniéndose furioso en Roma, al no dar resultado todos los esfuerzos para encontrar a Dickie y, de pronto, exigiendo una minuciosa investigación en torno a Tom Ripley, ese granuja a quien él había costeado el viaje a Europa para que le devolviese a su hijo.

Pero cada mañana Tom recobraba el optimismo. En el lado positivo se hallaba el hecho de que Marge creía a pie juntillas que Dickie había pasado aquellos meses en Roma, y probablemente ella conservaba todas sus cartas y se las enseñaría a McCarron. Las cartas eran excelentes. Tom se alegraba de haberles dedicado tanto tiempo. Marge era una ventaja más que un riesgo. Realmente era una suerte que no la hubiese matado la noche en que ella encontró los anillos.

Cada mañana, desde la ventana de su dormitorio, Tom veía salir el sol, abriéndose paso entre neblinas invernales, alzándose trabajosamente sobre la ciudad dormida hasta que, finalmente, antes del mediodía, conseguía brillar sin trabas durante un par de horas. Para Tom, el despuntar sereno de cada nuevo día era como una promesa de paz para el futuro. Los días iban siendo más cálidos, con menos lluvia y mayor claridad. La primavera estaba casi al llegar, y Tom se decía que una de aquellas mañanas saldría de casa y embarcaría con destino a Grecia.

Hacía seis días que míster Greenleaf y McCarron se habían ido, y por la tarde, Tom telefoneó al primero en Roma. Míster Greenleaf no pudo darle ninguna noticia, aunque Tom ya se lo esperaba. Marge ya había partido para los Estados Unidos. Tom supuso que mientras míster Greenleaf permaneciera en Italia, los periódicos publicarían algo sobre el caso cada día. Pero a la prensa ya se le estaban acabando las noticias sensacionalistas sobre el caso Greenleaf.

—¿Y cómo está su esposa? —preguntó Tom.

—Bastante bien, aunque me temo que la tensión empieza a hacerse sentir en ella. Anoche la llamé por teléfono.

—Lo siento —dijo Tom, pensando que debería escribirle una carta amistosa, solo unas palabras que la animasen un poco durante la ausencia de su marido. Y deseó que se le hubiese ocurrido antes.

Míster Greenleaf anunció que pensaba irse a finales de aquella misma semana, pasando por París, donde la policía francesa se hallaba investigando también. McCarron le acompañaría, y, si en París no surgía ninguna novedad, los dos regresarían juntos a casa.

—Me parece evidente, y creo que a todo el mundo le pasa igual —dijo míster Greenleaf—, que mi hijo ha muerto o se está escondiendo deliberadamente. No queda ningún rincón del mundo donde no se haya oído hablar de la búsqueda..., salvo Rusia, tal vez. ¡Cielos! Supongo que no habrá mostrado deseos de irse allí, ¿eh?

—¿A Rusia? No, no que yo sepa.

Al parecer, míster Greenleaf había decidido que, suponiendo que contra todo indicio Dickie no hubiese muerto, podía irse a paseo. Durante la conversación que sostuvo con Tom por teléfono, ese sentimiento de indiferencia predominaba sobre cualquier otro.

Aquella misma tarde, Tom se fue a casa de Peter Smith-Kingsley. Peter tenía un par de periódicos ingleses que le habían enviado sus amigos de Inglaterra, y en uno de ellos salía la foto de Tom expulsando de su casa al fotógrafo del *Oggi*. Tom ya la había visto en la prensa italiana. Hasta América habían llegado fotos en las que se le veía en las calles de Venecia, junto con otras de su domicilio. Tanto Bob como Cleo le habían mandado por correo aéreo algunas de las fotos y recortes de la prensa sensacionalista donde se hablaba del caso, que a los dos les parecía terriblemente emocionante.

—¡Estoy más que harto! —dijo Tom—. Si sigo aquí es por cortesía y para ayudar si puedo. Si algún otro periodista intenta colárseme en casa, le voy a recibir a escopetazos en cuanto cruce la puerta.

Tom se sentía verdaderamente irritado y asqueado, y ello se le notaba en la voz.

—Te entiendo muy bien —dijo Peter—. Ya sabes que regreso a casa a finales de mayo, así que si te apetece pasar una temporada en mi refugio de Irlanda, serás más que bienvenido. Puedo asegurarte que allí se está más tranquilo que en la mismísima tumba.

Tom le miró. Peter ya le había hablado de su viejo castillo de Irlanda, enseñándole incluso algunas fotos. De pronto, por su cerebro cruzó fugazmente el recuerdo de su relación con Dickie. Fue como revivir una vieja pesadilla, como un fantasma pálido y malévolo que le amenazase con la posibilidad de que lo mismo se repitiese con Peter, el recto, confiado, ingenuo y generoso Peter. Lo único distinto era que no se parecía lo suficiente a Peter. Pero una velada, para divertirle, Tom había imitado el acento británico y los modales amanerados de Peter, sin olvidar su forma de echar la cabeza hacia un lado al hablar. Y Peter se había reído como nunca al verle. Tom pensó que no debería haberlo hecho y se sintió avergonzado, por haberlo hecho y por haber pensado, hacía un momento, que lo mismo que le había ocurrido con Dickie podía ocurrirle con Peter.

—Gracias —dijo Tom—, pero creo que me irá bien seguir solo durante una temporada. Echo de menos a mi amigo Dickie, ¿sabes?, le echo mucho de menos.

Inopinadamente se encontró con los ojos llenos de lágrimas, recordando la sonrisa de Dickie el día en que habían empezado a congeniar, al confesarle Tom que su padre le había enviado. Recordaba el primer viaje a Roma y la media hora que habían pasado en el bar del Carlton, en Cannes, cuando Dickie se mostró tan aburrido y silencioso, y con razón, porque fue él quien le arrastró a Cannes, sabiendo que a Dickie no le decía nada la Costa Azul. Nada de todo aquello hubiese sucedido si él se hubiese dedicado a viajar solo, si no hubiese sido tan ambicioso e impaciente, si no hubiese malinterpretado como un estúpido la relación entre Dickie y Marge, esperando simplemente a que se separasen por propia voluntad. Hubiera podido seguir viviendo con Dickie el resto de su vida, viajando y disfrutando de la vida hasta el fin de sus días. Si aquel día no le hubiera dado por ponerse las ropas de Dickie...

–Te entiendo, Tommie –dijo Peter, dándole unas palmaditas en la espalda–. De veras que te entiendo, muchacho.

Tom le miró con los ojos bañados en lágrimas. Se imaginaba estar de viaje con Dickie, en un transatlántico que les llevaba a América para pasar las navidades con los padres de Dickie, que le tratarían como a otro hijo.

–Gracias –dijo Tom.

La palabra le salió como un balbuceo infantil.

–Me temo que hubieras reventado de no desahogarte de este modo –dijo comprensivamente Peter.

29

Venecia
3 de junio de 19...

Apreciado míster Greenleaf:

Al hacer hoy una maleta, me he encontrado un sobre que Richard me dio en Roma y que inexplicablemente había olvidado hasta ahora. El sobre llevaba escrito «No abrir hasta junio» y da la casualidad de que ya estamos en junio. Dentro del sobre encontré el testamento de Richard dejándome a mí su renta y sus bienes. Me siento tan atónito como probablemente se sentirá usted y, sin embargo, por el modo en que está redactado el testamento (escrito a máquina) parece escrito por alguien en posesión de sus facultades mentales.

Lo que más siento es no poder haber recordado antes que el sobre se hallaba en mi poder, ya que hubiésemos sabido mucho antes que tenía la intención de quitarse la vida. Lo guardé en un compartimiento de la maleta y luego se me fue de la cabeza. Me lo dio la última vez que le vi, en Roma, cuando se encontraba tan deprimido.

Pensándolo mejor, le adjunto una fotocopia del testamento para que pueda comprobarlo con sus propios ojos. Es el primer testamento que veo en mi vida, por lo que desconozco por completo qué pasos hay que dar seguidamente. ¿Me lo puede indicar usted?

Le ruego que transmita mis mejores deseos a mistress Greenleaf y sepa que los dos pueden contar con mi más sentida simpatía y que me pesa tener que escribirle la presente. Le ruego que me conteste cuanto antes. Mi próxima dirección será:

A la atención de la American Express
Atenas, Grecia.

Muy atentamente,

Tom Ripley

Tom no ignoraba que en cierto modo estaba jugando con fuego, ya que la carta podía dar pie a que se abriese una nueva investigación de las firmas, tanto en el testamento como en los cheques, una de aquellas investigaciones implacables que las compañías de seguros, y probablemente también las compañías fideicomisarias, ponían en marcha cuando veían en peligro el dinero de sus propios bolsillos. Pero no estaba de humor para seguir esperando. Tenía el pasaje para Grecia desde mediados de mayo, y el tiempo había ido mejorando día a día, mientras él sentía aumentar su desasosiego. Había sacado el coche del garaje de la Fiat en Venecia, para ir al Brennero, Salzburgo y Múnich, bajando luego hasta Trieste y Bolzano. En todas partes el tiempo era espléndido, salvo un leve aguacero primaveral que le había sorprendido en Múnich, cuando paseaba por el Englischer Garten. Tom ni siquiera se había guarecido de la lluvia, limitándose a proseguir su paseo, presa de una excitación infantil al pensar que era la primera lluvia alemana que caía sobre él. Tenía solamente dos mil dólares, transferidos de la cuenta bancaria de Dickie y ahorrados de la renta mensual. No se había atrevido a sacar más dinero habiendo transcurrido solamente tres meses. El mismo riesgo que corría al tratar de hacerse con todo el dinero de Dickie le resultaba irresistible. No podía más de aburrimiento tras las monótonas semanas en Venecia, cuando cada día que pasaba parecía confirmarle su seguridad personal y poner de relieve lo aburrido de su existencia. Roverini ya había dejado de escribirle. Alvin McCarron había regresado a Estados Unidos (sin haber dado más señales de vida que una llamada sin importancia desde Roma), por lo que Tom daba por hecho que él y míster Greenleaf habían llegado a la conclusión de que Dickie estaba muerto o escondido voluntariamente, así que no valía la pena seguir buscándole. Los periódicos ya no publicaban nada sobre Dickie, ya que nada tenían que pudiera publicarse. Tom experimentaba una sensación de vacío e inactividad que, de no haber hecho el viaje en coche a Múnich, hubiese acabado por volverle loco. Al regresar a Venecia para hacer el equipaje con vistas al viaje a Grecia, la sensación se había agudizado: estaba a punto de irse a Grecia, de visitar aquellas islas milenarias y heroicas, e iba a hacerlo en calidad de Tom Ripley, el pequeño e insignificante Tom Ripley, sin más que dos mil dólares que ya empezaban a menguar en el banco. Tanto era así que iba a tener que pensárselo antes de comprarse cualquier cosa, siquiera fuese un libro sobre el arte griego. La idea le resultaba intolerable.

Todavía en Venecia, había tomado la decisión de hacer de su viaje a Grecia un acto heroico, enfrentándose a las islas como correspondía a un individuo valiente, que vivía y respiraba, y no como un don nadie de Boston. Si al desembarcar en El Pireo caía en manos de la policía, nadie podría quitarle los días vividos antes, de pie en la proa de un navío, desafiando al viento y cruzando las aguas oscuras como el vino, como Jasón o Ulises reencarnados en su persona. Así que había escrito la carta a míster Greenleaf y la había echado al correo tres días antes de zarpar de Venecia. Probablemente, la carta tardaría cuatro o cinco días en llegar a manos de míster Greenleaf, así que no le daría tiempo a retenerle en Venecia y hacerle perder el buque. Además, desde todos los puntos de vista, era mejor no aparentar demasiado interés por el asunto, pasando un par de semanas incomunicado, hasta llegar a Grecia, como si le diese lo mismo cobrar o no la herencia, y no pudiera permitir que un asunto semejante le obligase a aplazar un viaje que tenía pensado hacer.

Dos días antes de la partida, fue a tomar el té en casa de Titi della Latta-Cacciaguerra, la condesa que había conocido al empezar a buscar casa en Venecia. La doncella le acompañó hasta la sala de estar, donde Titi le saludó con unas palabras que llevaba semanas sin oír.

–*Ah, ciao, Tomaso!* ¿Has visto el periódico de la tarde? ¡Han encontrado las maletas de Dickie! ¡Y sus cuadros! Aquí mismo, en la American Express de Venecia.

Los pendientes de oro de la condesa vibraban a causa de su agitación.

–*¿Qué?*

Tom no había visto la prensa porque se había pasado toda la tarde haciendo el equipaje.

–¡Léelo! ¡Aquí! ¡Dice que la ropa la depositaron en febrero! La mandaron desde Nápoles. ¡A lo mejor está en Venecia!

Tom leyó la noticia. El periódico decía que al recibirse el rollo de telas, el cordel estaba desatado y un empleado, al volver a atarlo, había reparado en la firma R. Greenleaf que llevaban las pinturas. A Tom empezaron a temblarle las manos de tal modo que tuvo que coger el periódico por ambos lados para poder leerlo. El periódico decía también que la policía estaba examinándolo todo minuciosamente para encontrar huellas dactilares.

–¡A lo mejor está vivo! –gritó Titi.

–No lo creo... No veo de qué modo esto prueba que lo esté. Pudo suicidarse o ser asesinado después de mandar las maletas. El hecho de que vayan bajo otro nombre... Fanshaw...

Tuvo la impresión de que la condesa, que, sentada en el sofá, le estaba mirando atentamente, parecía sorprendida por su nerviosismo, así que, serenándose rápidamente y haciendo acopio de valor, dijo:

–¿Lo ves? Lo están examinando todo para encontrar huellas dactilares. No lo harían si estuvieran seguros de que fue Dickie quien mandó las maletas. ¿Por qué iba a depositarlas bajo el nombre de Fanshaw si esperaba recogerlas él mismo? Hasta han encontrado su pasaporte, junto con lo demás.

–¡Quizá esté escondido bajo el nombre de Fanshaw! *¡Oh, caro mío,* te hará bien un poco de té!

Titi se puso en pie.

–*Giustina! Il te, per piacere, subitissimo!*

Tom se dejó caer sobre el sofá, con gesto desfallecido, sin apartar el periódico de sus ojos. Pensaba si también se desharía el nudo que ataba el cadáver de Dickie.

–Ah, *carissimo,* eres tan pesimista –dijo Titi, dándole unos golpecitos en la rodilla–. ¡Es una buena noticia! ¿Y si todas las huellas son suyas? ¿No te alegrarías entonces? Supón que mañana, al pasar por alguna callejuela de Venecia, ¡te encuentras cara a cara con Dickie Greenleaf, alias *signore* Fanshaw!

La condesa dejó oír su risa aguda y agradable, en ella tan natural como el mismo respirar.

–Aquí dice que en las maletas estaba todo: los útiles para afeitarse, el cepillo de dientes, los zapatos, el abrigo, el equipo completo –dijo Tom, ocultando su terror tras la fachada del pesimismo–. No es posible que esté vivo y haya dejado todo eso. Seguramente el asesino desnudó el cadáver y depositó allí sus ropas porque era la forma más fácil de librarse de ellas.

Titi reflexionó brevemente, luego dijo:

–¿Me harás el favor de no desanimarte así hasta que sepas de quién son las huellas dactilares? Al fin y al cabo, mañana emprendes un viaje de placer, ¿no? *Ecco il te!*

Mañana no, pasado mañana, pensó Tom. Roverini tendrá tiempo suficiente para cotejar mis huellas con las de los cuadros y maletas.

Tom procuró recordar si en los cuadros y en las maletas había superficies lisas en las que pudieran hallarse huellas dactilares. No había muchas, salvo en los útiles para el afeitado, pero encontrarían lo suficiente aquí y allá para lograr reconstruir diez huellas perfectas si se lo proponían. El único hecho que le permitía conservar cierto optimismo era que todavía no tenían sus huellas, y que quizá no se las tomasen porque aún no sospechaban de él. Pero quizá tenían ya las de Dickie, y, en caso contrario, lo primero que haría míster Greenleaf sería mandarlas desde América, para cerciorarse. Había muchos sitios donde Dickie habría dejado sus huellas: en algunas de sus cosas en América, en la casa de Mongibello...

–¡Tomaso! ¡Tómate el té! –dijo Titi, volviéndole a apretar suavemente la rodilla.

–Gracias.

–Ya verás. Cuando menos esto es un paso hacia la verdad, hacia lo que pasó *realmente*. Bueno, ahora hablemos de otras cosas, ¡si vas a ponerte tan triste! ¿Adónde irás desde Atenas?

Tom procuró volver su atención hacia Grecia. A sus ojos, Grecia estaba recubierta de oro, el oro de las armaduras que llevaban los guerreros, y bañada por la luz del sol, su famosa luz. Vio estatuas de piedra con rostros serenos y fuertes, como las mujeres del porche del Erecteón. No deseaba irse a Grecia dejando atrás, en Venecia, la amenaza de las huellas colgando sobre su cabeza. Le degradaría, le haría sentirse tan rastrero como la más inmunda de las ratas que correteaban por las callejas de Atenas, más bajo que el más sucio de los mendigos que le abordasen en las calles de Salónica. Tom se ocultó el rostro con las manos y rompió a llorar. Grecia se había acabado, había explotado como un globo dorado.

Titi le rodeó con uno de sus brazos firmes y rollizos.

–¡Tomaso! ¡Arriba esos ánimos! ¡Espera a tener un motivo para desesperarte!

–¡No comprendo cómo no te das cuenta de que esto es un mal síntoma! –dijo desesperadamente Tom–. ¡De veras que no lo comprendo!

30

El peor síntoma de todos era que Roverini, que hasta entonces le había estado escribiendo en tono amistoso y explícito, no le comunicó absolutamente nada acerca del hallazgo de las maletas y las telas en Venecia. Tom pasó una noche en vela y luego, durante el día, estuvo yendo de un lado para otro, ocupándose de los inacabables preparativos del viaje, pagando a Anna y a Ugo, así como a los diversos tenderos que le abastecían. Esperaba que la policía se presentase en cualquier momento, de día o de noche. El contraste entre la tranquilidad y confianza que había sentido tan solo cinco días antes y la aprensión que ahora le embargaba resultaba casi insoportable. No podía dormir ni comer ni estarse en un mismo sitio durante varios minutos seguidos. Otra cosa que apenas podía soportar era la ironía de verse compadecido por Anna y Ugo, de recibir las llamadas de sus amigos preguntándole si, en vista del hallazgo de las maletas, tenía alguna idea sobre lo que podía haber sucedido. También resultaba irónico que él pudiera decirles que estaba consternado, incluso desesperado, sin que ellos comprendiesen el verdadero alcance de sus palabras. Lo consideraban algo perfectamente natural, ya que, al fin y al cabo, cabía la posibilidad de que Dickie hubiese sido asesinado. A todos les parecía muy significativo que en las maletas se hubiesen encontrado todas las pertenencias de Dickie, hasta los útiles de afeitar y el peine.

Luego estaba la cuestión del testamento. Míster Greenleaf lo recibiría dos días más tarde, y para entonces era posible que ya se supiera que las huellas dactilares no eran las de Dickie, y que hubiesen interceptado al *Hellene* para comprobar las suyas. Si se descubría que también el testamento era falso, no tendrían piedad con él. Ambos asesinatos saldrían a la luz, con tanta naturalidad como la noche sigue al día.

Al embarcar en el *Hellene* Tom experimentaba la sensación de ser un fantasma andante. Hacía días que no dormía ni comía, y se mantenía en pie solamente gracias a los innumerables *espressos* que consumía y al impulso de sus crispados nervios. Quería preguntar si el buque llevaba radio, pero no hacía falta, por fuerza tenía que llevarla. Era un buque de calado más que respetable, con tres cubiertas y capacidad para cuarenta y ocho pasajeros. Tom se desmayó unos cinco minutos después que los camareros dejasen su equipaje en el camarote. Recordaba haber permanecido boca abajo en el camarote, con un brazo debajo del cuerpo, y haberse sentido demasiado fatigado para cambiar de postura y luego, al recobrar el conocimiento, el buque ya se movía, no solo se movía sino que se balanceaba suavemente, con un agradable ritmo que infundía una sensación de tremendas reservas de potencia, que era como una promesa de avance ininterrumpido por ningún obstáculo. Tom se sentía mejor, a no ser por el brazo sobre el que había yacido y que ahora colgaba a un costado, como muerto, moviéndose de un lado a otro cuando caminaba hasta el punto de tener que sujetárselo con la otra mano. Su reloj marcaba las diez menos cuarto y fuera reinaba la más absoluta oscuridad.

A la izquierda, muy a lo lejos, se divisaba tierra, probablemente Yugoslavia, cinco o seis lucecitas blancas y débiles, pero nada más salvo el mar y el cielo, negros los dos, tan negros que no había ni rastro de horizonte. Parecía que el buque navegase con la proa pegada a una gigantesca pantalla negra, solo que no se notaba ninguna dificultad en la regular marcha del navío y, además, el viento azotaba su frente sin traba alguna, como si procediese de la infinidad del espacio. No se veía un alma en cubierta, y Tom dedujo que todos estarían abajo, cenando. Se alegró de estar solo. El brazo empezaba a recobrar la sensibilidad. Tom se asió a la proa, en el mismo sitio por donde se separaba formando una V y aspiró profundamente. Sintió que en él nacía un nuevo espíritu combativo, desafiante. Se dijo que qué más daba que en aquel preciso momento pudiera estar recibiéndose un cable ordenando la detención de Tom Ripley. Afrontaría lo que fuese valientemente, con la misma firmeza con que en aquel momento afrontaba el viento. Tal vez saltaría por la borda, lo cual, para él, representaría un acto de supremo valor además de la salvación. Desde donde se hallaba podía oír el sonido de la radio del buque, instalada en lo más alto de la superestructura. No tenía miedo. Su estado de ánimo era tal y como había esperado que fuese durante el viaje a Grecia. El hecho de contemplar sin miedo las negras aguas que le rodeaban era tan agradable como ver aparecer en el horizonte las islas griegas. En la oscuridad que se abría ante sus ojos podía ver mentalmente las islitas, las colinas de Atenas salpicadas de edificios, y la Acrópolis.

Entre los pasajeros había una inglesa de edad avanzada que viajaba en compañía de su hija, ya cuarentona, soltera y tan nerviosa que ni tan solo podía disfrutar del sol durante quince minutos seguidos, tumbada en una hamaca de cubierta, y se veía impulsada a levantarse y anunciar con su vozarrón que iba a dar una vuelta. La madre, por el contrario, era una mujer sumamente tranquila y lenta, al parecer debido a cierta parálisis de la pierna derecha, que era más corta que la otra y la obligaba a llevar un grueso tacón en el zapato, así como a ayudarse con un bastón al caminar. Era exactamente la clase de persona que, en Nueva York, hubiese vuelto loco a Tom con su lentitud y su invariable cortesía; pero allí, a bordo del buque, Tom se sentía impulsado a pasar largas horas con ella, contándole cosas y oyéndola hablar de su vida en Inglaterra, y de Grecia, donde no había estado desde 1926. Tom la acompañaba a dar breves paseos por cubierta y ella se apoyaba en su brazo, sin dejar de disculparse por las molestias que le estaba causando, aunque resultaba fácil ver que le encantaban tantas atenciones. Y la hija se mostraba visiblemente contenta de que alguien la librase de su madre.

Tom se decía que tal vez mistress Cartwright había sido una verdadera arpía en su juventud, que quizá era ella la culpable de todas las neurosis de su hija, a la que había absorbido hasta el punto de impedirle llevar una vida normal y casarse. Tom se decía que tal vez se mereciese que la echasen a patadas por la borda, en vez de llevarla a pasear por cubierta, escuchando sus historias durante horas y horas. Pero daba igual. El mundo no siempre daba a cada cual su merecido. Él mismo era un buen ejemplo de ello. Se consideraba afortunado hasta extremos inimaginables por haber escapado sano y salvo pese a haber cometido dos asesinatos, afortunado desde el momento de adoptar la identidad de Dickie hasta entonces. Durante la primera parte de su vida, la suerte se había mostrado tremendamente injusta con él, pero después de haber conocido a Dickie, se había sentido más que suficientemente compensado. Pero presentía que algo iba a suceder en Grecia, algo que no podía ser bueno. Hacía demasiado tiempo que duraba la buena racha. Si le atrapaban gracias a las huellas dactilares y al testamento, y le sentenciaban a la silla eléctrica, Tom pensaba que, por muy dolorosa que fuese semejante muerte, por muy trágico que fuese morir a los veinticinco años, todo quedaría compensado por los meses vividos desde noviembre.

Lo único que le dolía era no haber visto todo el mundo aún. Deseaba ver Australia. Y la India. Visitar el Japón. Después Sudamérica. Se decía que el simple hecho de ir de país en país, admirando sus obras de arte, bastaba para llenar agradablemente toda una vida. Había aprendido mucho sobre la pintura, incluso al tratar de copiar los mediocres cuadros de Dickie. En las galerías de arte de París y Roma había descubierto en sí mismo un interés por el arte que era nuevo en él, insospechado. No es que quisiera pintar, pero, de tener dinero, su mayor placer hubiera sido coleccionar cuadros que le gustasen y ayudar a los pintores jóvenes con talento y sin dinero.

Su mente se iba por tales tangentes mientras paseaba con lady Cartwright por cubierta, o cuando escuchaba los monólogos, no siempre interesantes, de la buena señora. Lady Cartwright le consideraba encantador. Días antes de llegar a Grecia, le dijo varias veces lo mucho que había hecho él para que el viaje le resultase agradable, y se pusieron a hacer planes para encontrarse en cierto hotel de Creta, el día 2 de julio, ya que Creta era el único sitio donde se cruzaban sus respectivos itinerarios. Lady Cartwright viajaría en autobús. Tom asentía a todas sus sugerencias, aunque no esperaba volver a verla una vez que hubieran desembarcado. Se imaginaba la escena de su arresto y traslado a otro buque, o tal vez a un avión, para ser devuelto a Italia. Que él supiese, no se había recibido ningún mensaje por radio relacionado con él, aunque estaba claro que, de haberse recibido, no iban a informarle forzosamente a él. El periódico del buque –una simple hojita ciclostilada que cada noche, a la hora de la cena, todos los pasajeros hallaban junto a su cubierto– no hablaba más que de política internacional, y no era de esperar que publicase noticia alguna sobre el caso Greenleaf, aun suponiendo que se hubiese producido algún acontecimiento importante. Durante los diez días del viaje, Tom vivió inmerso en una extraña atmósfera de predestinación y de valor heroico y desinteresado. Se imaginaba cosas muy extrañas: a la hija de lady Cartwright cayéndose por la borda y a él lanzándose al mar para salvarla; o soportando la fuerza del agua que penetraba por una brecha del casco para taponarla con su propio cuerpo. Se sentía poseído de una fuerza y un valor sobrenaturales.

Cuando el buque puso proa hacia tierra, al llegar a Grecia, Tom se hallaba apoyado en la barandilla, junto a lady Cartwright, que le estaba contando lo muy cambiado que se veía el puerto de El Pireo desde la última vez que allí había estado. A Tom los cambios no le interesaban en lo más mínimo. El Pireo existía, y eso era lo único que le importaba. No era un espejismo que surgiese ante sus ojos, sino tierra firme, tierra por la que él podría caminar, en la que se alzaban edificaciones que podría tocar con sus propias manos..., si llegaba hasta ellas.

La policía estaba esperando en el muelle. Tom vio a cuatro agentes, de pie con los brazos cruzados, con la vista alzada hacia el buque. Tom estuvo ayudando a lady Cartwright hasta el último minuto, alzándola suavemente para salvar el último peldaño de la escalerilla. Luego se despidió sonriendo de ella y de su hija. Tuvieron que ponerse a hacer cola en sitios distintos para recibir su equipaje y, además, las dos Cartwright salían enseguida para Atenas en su autobús especial.

Con el calor y la leve humedad del beso de lady Cartwright todavía en la mejilla, Tom dio media vuelta y lentamente se acercó a los policías. No pensaba dar ningún escándalo, sino limitarse a decirles quién era él. Detrás de los agentes había un quiosco, y a Tom se le ocurrió comprar un periódico. Quizá se lo permitirían. Los agentes observaron cómo se les acercaba. Iban uniformados de negro y llevaban gorra con visera. Tom les sonrió débilmente. Uno de ellos se llevó la mano a la visera y se echó a un lado, pero ninguno de los otros hizo ademán de ocupar su puesto. Tom ya se encontraba prácticamente entre dos de ellos, delante mismo del quiosco, y los policías seguían mirando fijamente al frente, sin prestarle ninguna atención a él.

Tom echó un vistazo a los numerosos periódicos que tenía delante, sintiéndose aturdido y al borde del desmayo. Su mano se dirigió automáticamente hacia un periódico de Roma, que databa solamente de tres días antes. Se sacó unas liras del bolsillo y entonces, de pronto, advirtió que no llevaba divisas griegas; pero el hombre del quiosco cogió las liras con tanta naturalidad como si estuvieran en la propia Italia, e incluso le devolvió el cambio en liras.

—Me llevaré estos también —dijo Tom en italiano, cogiendo otros tres periódicos italianos y el *Herald Tribune* de París.

Lanzó una mirada furtiva hacia los agentes de policía. No le estaban mirando.

Entonces regresó al tinglado donde los pasajeros del buque se hallaban aguardando el equipaje. Oyó que lady Cartwright le saludaba alegremente al pasar, pero fingió no haberla oído. Al llegar a su cola, abrió el más viejo de los periódicos italianos, que databa de cuatro días antes. En la segunda página del titular decía:

SIGUE SIN APARECER ROBERT S. FANSHAW,
EL HOMBRE QUE DEPOSITÓ EL EQUIPAJE DE GREENLEAF

Tom leyó el resto de la larga columna, pero solamente le interesó el quinto párrafo:

Hace unos días la policía comprobó que las huellas dactilares que aparecen en las maletas y en los cuadros son las mismas huellas que se hallaron en el piso que Greenleaf dejó abandonado en Roma. Así pues, se da por seguro que fue el mismo Greenleaf quien depositó las maletas y los cuadros...

Con dedos torpes por la ansiedad, Tom abrió otro periódico. Allí estaba también:

... En vista de que las huellas dactilares encontradas en los objetos que había dentro de la maleta son idénticas a las que hay en el apartamento del *signore* Greenleaf en Roma, la policía ha sacado la conclusión de que el *signore* en persona hizo las maletas y las despachó a Venecia. Se especula sobre la posibilidad de que se suicidase, quizá en el mar y en estado de total desnudez. Otra conjetura apunta hacia la posibilidad de que esté viviendo bajo el nombre de Robert S. Fanshaw u otro nombre falso. Una tercera posibilidad es la de que fuese asesinado, después de hacer las maletas o ser obligado a hacerlas, quizá con el propósito de confundir a la policía mediante las huellas dactilares.
En todo caso, es inútil proseguir la búsqueda de Richard Greenleaf, ya que, aun suponiendo que esté vivo, no tiene en su poder el pasaporte de Richard Greenleaf...

Tom se dio cuenta de que estaba temblando y la cabeza le daba vueltas. La fuerte luz del sol, filtrándose por el borde de la techumbre, le dañaba los ojos. Como un autómata, siguió al mozo que llevaba su equipaje hacia el mostrador de la aduana. Mientras el aduanero examinaba las maletas, Tom, sin quitar la vista de las manos del aduanero, trataba de comprender el significado exacto de las noticias que acababa de leer. Significaban que no había ni la más leve sospecha sobre él, que las huellas dactilares habían garantizado su inocencia; significaban, en resumen, que no solo no iría a la cárcel ni a la silla eléctrica, sino que, además quedaba libre de toda sospecha. Estaba libre. Fuera del asunto del testamento.

Cogió el autobús que se dirigía a Atenas. Uno de sus compañeros de mesa ocupaba el asiento de al lado, pero no hizo ademán de saludarle, y, aunque le hubiese hablado, Tom no hubiera podido contestarle. Estaba seguro de que en la American Express de Atenas le estaría esperando una carta relativa al testamento. Míster Greenleaf había tenido tiempo suficiente para contestarle. Quizá habría pasado el asunto a sus abogados, y la carta, de uno de estos, no sería más que una respuesta cortés y negativa. Y quizá el siguiente mensaje de América se lo mandaría la policía, anunciándole que era responsable de falsificación. Tal vez los dos mensajes ya le estaban aguardando en la American Express. El testamento podía echarlo todo a rodar. Tom contempló el paisaje reseco y primitivo que se deslizaba junto a la ventanilla. Nada de lo que veía se le quedaba grabado. Cabía la posibilidad de que la policía griega le estuviese esperando en la American Express, que los cuatro hombres del muelle no fuesen agentes de policía, sino soldados o algo por el estilo.

El autobús se detuvo. Tom se apeó y, tras reunir su equipaje, se puso a buscar un taxi.

—¿Querrá parar un momento en la American Express? —dijo Tom en italiano, y al parecer el taxista le entendió.

Tom recordó que las mismas palabras se las había dicho una vez a un taxista italiano, en Roma, al pasar por allí camino de Palermo, y pensó en lo muy seguro de sí mismo que se había sentido aquella vez, poco después de darle esquinazo a Marge, en el Inghilterra.

Se incorporó al ver el rótulo de la American Express. Echó una ojeada en torno al edificio, buscando a la policía, aunque era posible que estuvieran dentro. Le dijo al taxista que le esperase, otra vez en italiano, y el hombre pareció entenderle también, llevándose la mano a la gorra. Todo estaba saliendo de un modo engañosamente fácil, igual que segundos antes de que todo salte por los aires. Tom lanzó un vistazo al vestíbulo de la American Express. No se veía nada anormal. Tal vez en cuanto pronunciase su nombre...

—¿Tiene alguna carta a nombre de Thomas Ripley? —preguntó en inglés, hablando en voz baja.

—¿Ripley? ¿Quiere deletreármelo, por favor?

Tom lo deletreó.

La muchacha le dio la espalda y sacó unas cuantas cartas de un casillero.

Nada estaba sucediendo.

—Tres cartas —dijo ella, en inglés y sonriendo.

Una de míster Greenleaf. Una de Titi, desde Venecia. Una de Cleo, reexpedida. Abrió la carta de míster Greenleaf.

9 de junio de 19...

Apreciado Tom:

Su carta del 3 de junio llegó ayer.

Para mi esposa y para mí no fue una sorpresa tan grande como usted habrá probablemente imaginado. Ambos sabíamos el gran afecto que Richard sentía por usted, pese a que nunca se molestó en decírnoslo al escribirnos. Como usted dice, este testamento parece indicar, por desgracia, que Richard se ha quitado la vida. Se trata de una conclusión que nosotros hemos acabado por aceptar, ya que la única explicación, aparte de esta, sería que Richard, por motivos que él sabrá, ha decidido volverle la espalda a su familia.

Mi esposa comparte conmigo la opinión de que, prescindiendo de lo que Richard haya hecho consigo mismo, debe llevarse a cabo su voluntad. Así pues, en lo que al testamento se refiere, sepa que cuenta usted con mi apoyo personal. He puesto la fotocopia en manos de mis abogados, quienes le tendrán al corriente de la marcha de cuantas gestiones efectúen para traspasarle a usted los fondos y demás bienes de Richard.

Una vez más, gracias por la ayuda que me prestó durante mi estancia en el extranjero. Esperamos que nos escriba.

Con mis mejores deseos,

Herbert Greenleaf

Tom se preguntó si sería una broma. Pero el papel con el membrete de Burke-Greenleaf parecía auténtico, y, además, míster Greenleaf no era la clase de hombre capaz de gastar bromas semejantes, ni que viviese un millón de años. Tom se dirigió al taxi que le estaba esperando. No era una broma. El dinero era suyo. El dinero y la libertad de Dickie. Y esta libertad, como todo lo demás, parecía una combinación de la suya y la de Dickie. Podría tener una casa en Europa y otra en América, si le apetecía. El dinero obtenido de la casa de Mongibello seguía esperando que lo retirase. Tom lo recordó de repente, y supuso que debería mandárselo a los Greenleaf, ya que Dickie había puesto la casa en venta antes de redactar el testamento. Pensó en lady Cartwright y sonrió. Le mandaría una enorme caja de orquídeas en Creta, si es que en Creta había orquídeas.

Trató de imaginarse la llegada a Creta: la alargada isla, coronada por los cráteres de volcanes apagados, el bullicio del puerto cuando el barco enfilase la bocana, los mozalbetes que hacían de mozo de equipajes y que, ávidamente, tratarían de hacerse con el suyo para pegársela, dinero para todo y para todos. Vio cuatro figuras inmóviles de pie en el muelle imaginario, las figuras de los policías de Creta que le estaban aguardando, pacientemente, con los brazos cruzados. De pronto, se puso rígido y la visión se desvaneció.

«¿Acaso iba a ver policías esperándole en todos los puertos en que desembarcase? ¿En Alejandría? ¿En Estambul? ¿En Bombay? ¿En Río?»

Se dijo que de nada servía pensar en eso, ni echar a perder el viaje preocupándose por unos imaginarios policías. Aunque los hubiese en el muelle, su presencia no significaría por fuerza que...

–*A donda, a donda?* –preguntaba el taxista, tratando de hablar con él en italiano.

–A un hotel, por favor –dijo Tom–. *Il meglio albergo. Il meglio, il meglio!*

La máscara de Ripley

A mis vecinos polacos,
Agnès y Georges Barylski,
mis amigos de Francia, 1977

Me parece que moriría más fácilmente por las cosas en las que no creo, que por las cosas en las que creo... A veces pienso que la vida del artista es un largo y maravilloso suicidio, y no me sabe mal que sea así.

OSCAR WILDE, en sus cartas personales

1

Tom se hallaba en el jardín cuando sonó el teléfono. Dejó que madame Annette, el ama de llaves, lo contestase y siguió raspando el húmedo musgo que se adhería a los lados de los peldaños de piedra. El mes, octubre, se había presentado lluvioso.

—*M'sieur Tome!* —oyó decir a madame Annette con su voz de soprano—. ¡Londres al aparato!

—Ya voy —respondió Tom.

Tiró la paleta al suelo y subió los peldaños.

El teléfono de la planta baja estaba en la sala de estar. Tom no se sentó en el sofá de raso amarillo porque llevaba los pantalones sucios.

—Hola, Tom. Aquí Jeff Constant. ¿Recibiste...? —Se oyó un ruido.

—¿Puedes hablar más alto? La comunicación es muy mala.

—¿Está mejor así? Yo te oigo muy bien.

El teléfono siempre se oía bien en Londres.

—Un poco.

—¿Recibiste mi carta?

—No —dijo Tom.

—¡Oh! Tenemos problemas. Quería ponerte al tanto. Hay un...

Se oyó crepitar el aparato, luego un zumbido seguido de un chasquido sordo y la comunicación quedó cortada.

—¡Maldita sea! —musitó Tom.

¿Al tanto de qué?, se preguntó. ¿Es que algo iba mal en la galería? ¿Se trataba de Derwatt Ltd.? Y ¿por qué tenían que advertirle a él precisamente?

Tom apenas estaba involucrado. Ciertamente él había dado con la idea de Derwatt Ltd., y ello le proporcionaba algunos ingresos, pero... Tom miraba el teléfono, esperando que volviese a sonar de un momento a otro.

Quizá debiera llamar a Jeff, pensó.

Desechó la idea. No sabía si Jeff estaba en su estudio o en la galería. Jeff Constant era fotógrafo.

Tom se dirigió hacia la puerta vidriera que comunicaba con el jardín posterior.

«Rasparé un poco más de musgo», decidió.

Tom cuidaba el jardín para pasar el rato. Le gustaba dedicar una hora diaria a esa tarea. Cortaba el césped con la segadora manual, pasaba el rastrillo, quemaba ramitas y arrancaba las malas hierbas. Era un buen ejercicio que, además, le permitía soñar despierto. Apenas llevaba unos instantes trabajando con la paleta, cuando el teléfono volvió a sonar.

Madame Annette estaba entrando en la sala de estar con un plumero para quitar el polvo. Era una mujer de escasa estatura y cuerpo robusto, de unos sesenta años y más bien alegre. No conocía ni una sola palabra de inglés y parecía incapaz de aprender incluso a decir «buenos días», lo cual convenía perfectamente a Tom.

–Yo responderé, madame –dijo Tom, tomando el aparato.

–*Allô!* –se oyó decir a Jeff–. Escucha, Tom, me pregunto si puedes venir a Londres. A Londres, yo...

–Tú, ¿qué?

La comunicación era deficiente otra vez, aunque no tanto como la anterior.

–Decía que... Te lo he explicado en mi carta. Ahora no puedo darte detalles. Pero se trata de algo importante, Tom.

–¿Es que alguien ha metido la pata? ¿Bernard, quizá?

–En cierto modo. Un hombre está en camino desde Nueva York, probablemente llegará mañana.

–¿Quién es?

–Te lo explicaba en mi carta. Ya sabes que la exposición de Derwatt se inaugura el martes. Intentaré mantenerlo alejado hasta entonces. Ed y yo estaremos demasiado ocupados para recibir visitas.

La voz de Jeff denotaba ansiedad.

–¿Estás libre, Tom?

—Pues... sí, lo estoy.

Pero Tom no tenía el menor deseo de ir a Londres.

—Intenta ocultárselo a Heloise. Me refiero a tu viaje a Londres.

—Heloise está en Grecia.

—¡Oh, magnífico!

Por primera vez el tono de Jeff reflejaba cierto alivio.

Aquella tarde, a las cinco, llegó la carta de Jeff, por correo urgente y certificada.

104 Charles Place
N. W. 8

Apreciado Tom:

La nueva exposición de Derwatt se inaugura el martes día 15. Es la primera en dos años. Bernard tiene diecinueve telas nuevas y contamos con que nos presten otras. Ahora vamos a por las malas noticias.

Se trata de un americano llamado Thomas Murchison; no es un marchante, sino un coleccionista retirado y podrido de dinero. Hace tres años nos compró un Derwatt. Lo ha comparado con un Derwatt de una época anterior que acaba de ver en Nueva York, y ahora dice que se trata de una falsificación. Es cierto, desde luego, ya que es uno de los que pintó Bernard. Me escribió una carta a la Buckmaster Gallery diciendo que, en su opinión, el cuadro que le vendimos no es auténtico, porque la técnica y los colores corresponden a una época cinco o seis años anterior en la obra de Derwatt. Tengo un claro presentimiento de que Murchison viene con la intención de armar jaleo. ¿Qué podemos hacer al respecto? A ti siempre se te ocurren buenas ideas, Tom.

¿Puedes venir para hablar con nosotros? Todos los gastos irán a cargo de la Buckmaster Gallery. Más que nada necesitamos una inyección de confianza. No creo que Bernard haya metido la pata en ninguna de las nuevas telas. Pero se le ve muy excitado y no queremos tenerle aquí durante la inauguración, especialmente durante la inauguración.

Por favor, ¡ven enseguida si puedes!

Saludos,

Jeff

P. D. La carta de Murchison era cortés, pero supongamos que sea la clase de individuo capaz de insistir en entrevistarse con Derwatt en México para asegurarse, etc.

Esta última observación era muy acertada, pensó Tom, porque Derwatt no existía. El cuento (inventado por Tom) hecho público por la Buckmaster Gallery y por la pequeña banda de leales amigos de Derwatt era que este se había retirado a un pueblecito de México y no recibía a nadie, carecía de teléfono y había prohibido a la galería dar cuenta de su dirección. Bien, si Murchison se trasladaba a México iba a cansarse de tanto buscar y tendría trabajo para toda una vida.

Lo que Tom veía como si ya estuviese sucediendo es que Murchison, que probablemente se traería el cuadro de Derwatt, empezaría a hablar con otros marchantes y finalmente con la prensa. Ello podría levantar sospechas y traer consigo el final del mito Derwatt. ¿Se vería metido en el asunto por el *gang*?, pensó Tom. (Tom empleaba siempre la palabra *gang* cuando pensaba en el grupo de habituales de la galería, los viejos amigos de Derwatt, a pesar de que odiaba este término siempre que lo empleaba.) Además, se temía Tom, Bernard podía citar el nombre de Tom Ripley, no con mala intención sino a causa de su insensata, casi divina, honradez.

Tom había mantenido su nombre y su reputación intachables, sorprendentemente intachables si se tenía en cuenta todo cuanto había hecho. Resultaría muy embarazoso que los periódicos franceses publicasen que Thomas Ripley, de Villeperce-sur-Seine, casado con Heloise Plisson, hija de Jacques Plisson, millonario y dueño de la empresa Pharmaceutiques Plisson, era el cerebro creador del lucrativo fraude llamado Derwatt Ltd., y llevaba años percibiendo un porcentaje del mismo, aunque se tratase solamente de un diez por ciento. El asunto resultaría excesivamente vil. Incluso Heloise, cuyo sentido de la moralidad era, en opinión de Tom, prácticamente inexistente, reaccionaría ante el hecho, con toda probabilidad. Su padre, por supuesto, ejercería presión sobre ella (suprimiéndole su asignación) para que se divorciase.

Derwatt Ltd. era ya una empresa de envergadura y su caída

292

provocaría repercusiones. Con ella se derrumbaría el provechoso negocio de materiales para artistas que se vendían con la marca Derwatt y que proporcionaba también un porcentaje, en concepto de derechos de explotación, a Tom y al *gang*. Luego estaba la Escuela de Arte Derwatt en Perusa, destinada a acoger principalmente a viejecitas simpáticas y a jóvenes americanas de vacaciones en Europa pero, así y todo, una buena fuente de ingresos. Las ganancias de la escuela no eran, en su mayoría, producto de las enseñanzas de arte que en ella se impartían ni de la venta de los productos Derwatt, sino que procedían principalmente de su labor de intermediaria en la búsqueda de alojamiento en casas y apartamentos amueblados, siempre los más caros, para los turistas-estudiantes de bolsillos forrados de dinero que a ella acudían. La escuela percibía una parte del dinero del alquiler. Su dirección estaba a cargo de dos «locas» inglesas que no tenían conocimiento del fraude Derwatt.

Tom no acababa de decidirse sobre si debía o no ir a Londres. ¿Qué podía decir a los demás? Por otro lado, no acababa de comprender el problema. ¿Acaso un pintor no podía volver a emplear una técnica ya superada en uno de sus cuadros?

—¿*M'sieur* prefiere chuletas de cordero o jamón frío esta noche? —preguntó madame Annette a Tom.

—Chuletas de cordero, creo. Gracias. Por cierto, ¿cómo está su muela?

Aquella mañana madame Annette había visitado al dentista del pueblo, en quien tenía depositada una confianza inmensa, para que le examinase una muela que no la había dejado dormir en toda la noche.

—Ya no duele. ¡Es tan simpático, el doctor Grenier! Me dijo que se trataba de un absceso, pero abrió la muela y me dijo que el nervio caería solo.

Tom asintió con la cabeza y se preguntó cómo diablos el nervio podía caer por sí solo. Seguramente por la fuerza de la gravedad. Una vez le habían tenido que extraer un nervio, también de una muela superior, con gran esfuerzo.

—¿Eran buenas las noticias de Londres?

—No, es decir... Era simplemente la llamada de un amigo.

—¿Hay noticias de madame Heloise?

–Hoy no.

–¡Ah, imagínese el sol! ¡Grecia!

Madame Annette estaba frotando la superficie ya rutilante de una gran cómoda de roble colocada al lado de la chimenea.

–¡Fíjese! No hay sol en Villeperce. Ya tenemos el invierno encima.

–En efecto.

Madame Annette llevaba ya varios días diciendo lo mismo cada tarde.

Tom no esperaba ver a Heloise hasta cerca de Navidad. Aunque, por otro lado, era capaz de presentarse repentinamente, sin avisar, por haber tenido una riña, intrascendente pero irreparable, con sus amigos, o sencillamente por haber cambiado de parecer sobre los largos cruceros marítimos. Heloise era muy impulsiva.

Tom puso un disco de los Beatles para levantarse el ánimo; luego, con las manos en los bolsillos, paseó de un lado a otro por el espacioso cuarto de estar. Le gustaba la casa. Era un edificio de dos plantas, de forma más bien cuadrada y construido de piedra gris, con cuatro torreones sobre otras cuatro habitaciones circulares, situadas en las esquinas de la planta alta, que daban a la casa el aspecto de un pequeño castillo. El jardín era inmenso y la finca había costado una fortuna, incluso para un americano. El padre de Heloise la había entregado como regalo de boda hacía tres años. Antes de casarse, Tom había estado necesitado de dinero, ya que el de Greenleaf no le bastaba para disfrutar del tipo de vida que le gustaba, y ello le había inducido a aceptar una parte en el asunto Derwatt. Ahora se arrepentía de ello. Se había conformado con un diez por ciento incluso cuando este porcentaje representaba muy poco. Ni él se había percatado de que el asunto Derwatt florecería de modo semejante.

Tom pasó la velada del mismo modo que la mayoría de sus veladas, tranquilo y solo, pero sus pensamientos estaban agitados. Puso el tocadiscos estereofónico a poco volumen, mientras comía, y leyó a Servan-Schreiber en francés. Se encontró con dos palabras que desconocía. Las buscaría por la noche en el *Harrap's* que tenía en la mesita de noche. Tenía una memoria muy buena para retener palabras que luego buscaba en el diccionario.

Después de cenar se puso un impermeable, aunque no llovía,

y se dirigió a pie al pequeño café-bar situado a unos doscientos metros de distancia. Allí tomaba café algunas tardes, de pie ante la barra. Invariablemente, Georges, el propietario, le hacía preguntas sobre Heloise, y se lamentaba de que Tom tuviese que pasar tanto tiempo solo. Aquella noche Tom dijo alegremente:

–Oh, no estoy seguro de que permanezca en ese yate un par de meses más. Se aburrirá.

–*Quel luxe!* –murmuró Georges con expresión soñadora.

Era un individuo barrigudo y carirredondo.

Tom desconfiaba de su sempiterno buen humor. La esposa, Marie, una morena robusta y enérgica que usaba lápiz de labios de un tono rojo chillón, era una mujer decididamente dura, pero tenía una forma de reír estrepitosa y feliz que la hacía simpática. El bar era de los que frecuentan los obreros y ello le traía sin cuidado a Tom, pero no era su bar favorito. Simplemente era el que caía más cerca. Al menos Georges y Marie nunca habían mencionado a Dickie Greenleaf. En París, algunos conocidos suyos o de Heloise sí lo habían hecho, y lo mismo había sucedido con el propietario del Hotel St. Pierre, el único que había en Villeperce. El propietario le había preguntado:

–¿A lo mejor es usted el míster Ripley que tenía amistad con el americano Greenleaf?

Tom había admitido que así era. Pero eso había sucedido tres años antes, y semejante pregunta, siempre y cuando se detuviese en aquel punto, no le ponía nervioso. De todos modos, prefería evitar el tema. Según los periódicos, había recibido una importante suma de dinero, unos ingresos regulares a decir de algunos, en el testamento de Dickie, lo cual era cierto. Al menos ningún periódico había hecho la menor insinuación en el sentido de que el mismo Tom había redactado el testamento, lo cual era igualmente cierto. Los franceses tenían siempre buena memoria para los detalles financieros.

Tras tomarse el café, Tom regresó a pie a casa, diciendo *«bonsoir»* a uno o dos habitantes del pueblo que se encontró por el camino y resbalando de vez en cuando, por culpa de las hojas empapadas que cubrían el borde del camino. No había acera propiamente dicha. Llevaba consigo una linterna pequeña porque los faroles distaban demasiado entre sí. Vislumbró algunas familias cómodamente reunidas en la cocina, viendo la televisión y sentadas en torno a la mesa cubierta con un hule. En algunos patios se oía ladrar a los perros, sujetos con una cadena. Finalmente abrió la verja de hierro, de tres metros de altura, de su propia casa, y la grava crujió bajo sus zapatos. La luz de la habitación de madame Annette permanecía encendida. Madame Annette tenía su propio televisor. A menudo, Tom pintaba por la noche, solamente para distraerse. Sabía que como pintor era muy malo, peor que Dickie. Pero esa noche no estaba de humor. En lugar de pintar, escribió una carta a un amigo de Hamburgo, un americano llamado Reeves Minot, preguntándole cuándo iba a necesitar de sus servicios. Reeves tenía que colocar un microfilm o algo así a cierto conde Bertolozzi, italiano, sin que este se diese cuenta. El conde pasaría luego uno o dos días con Tom en Villeperce, y Tom aprovecharía la ocasión para extraer el objeto del equipaje o de donde estuviese –ya se lo indicaría Reeves–, para mandarlo seguidamente a París, a un individuo del que no sabía absolutamente nada. Tom solía prestar estos servicios de intermediario, a veces con motivo de algún robo de joyas. Resultaba más fácil que Tom sacase la mercancía del equipaje de sus invitados en vez de que alguien intentase hacerlo en un hotel de París, aprovechando la ausencia del portador. Tom conocía superficialmente al conde Bertolozzi de resultas de un reciente viaje a Milán, donde Reeves, que vivía en Hamburgo, se hallaba también a la sazón. Tom y el conde habían hablado de pintura. Por lo general, a Tom le resultaba fácil convencer a quienes disponían de tiempo libre para que pasasen un par de días en su casa de Villeperce y, al mismo tiempo, admirasen sus cuadros. Aparte de los Derwatt, Tom poseía un Soutine, pintor por cuya obra sentía una especial predilección, un Van Gogh, dos Magrittes, dibujos de Cocteau, de Picasso, y de muchos otros autores no tan famosos pero que él consideraba igual de buenos o incluso mejores. Villeperce estaba cerca de París, y a los huéspedes les agradaba pasar unos días en el campo antes de proseguir viaje hacia la ciudad. De hecho, Tom iba con frecuencia a buscarlos en coche a Orly, ya que Villeperce distaba solo unos sesenta y pico kilómetros del aeropuerto. Solo una vez había fracasado Tom, cuando un huésped americano cayó enfermo inmediatamente después de llegar a casa de Tom debido, probablemente, a algo que había comido por el camino. Tom no había logrado acercarse a la maleta del invitado porque este se pasó todo el tiempo en cama y despierto. El objeto –otro microfilm– lo había recuperado otro agente de Reeves en París, no sin cierta dificultad. Tom no lograba comprender el valor que podían tener algunas de estas cosas, aunque, a decir verdad, lo mismo le sucedía al leer novelas de espionaje. Además, Reeves no era más que otro intermediario que cobraba un porcentaje como él. Tom se trasladaba siempre a otra población, utilizando el coche, para reexpedir los objetos, cosa que hacía siempre utilizando un nombre y una dirección falsos en el remite.

Aquella noche Tom no podía conciliar el sueño, por lo que se levantó, se puso su bata de lana color carmesí –una bata nueva y gruesa, adornada con colgantes de estilo militar, regalo de Heloise en uno de sus cumpleaños– y bajó a la cocina. Había ido con intención de coger una botella de cerveza Super Valstar y subirla a su habitación, pero decidió prepararse un poco de té. Casi nunca tomaba té, por lo que ahora le parecía en cierto modo apropiado hacerlo, ya que tenía la sensación de que la noche estaba resultando algo extraña. Caminó de puntillas por la cocina para no despertar a madame Annette. El té le salió de un color rojo oscuro. Se le había ido la mano al echar té en la tetera. Se llevó una bandeja al cuarto de estar, se sirvió una taza y empezó a dar vueltas por la estancia, sin hacer ruido porque iba calzado con zapatillas de fieltro.

¿Por qué no hacerse pasar por Derwatt?, pensó. ¡Claro! He aquí la solución, la perfecta y única solución.

Derwatt y Tom tenían más o menos la misma edad. Tom contaba treinta y un años y Derwatt tendría unos treinta y cinco. Ojos color gris azulado, según recordaba Tom que le había dicho Cynthia, la novia de Bernard, o este mismo, en una de sus exuberantes descripciones del Intachable Derwatt, quien, además, lucía una corta barba, lo que era o sería de gran ayuda para Tom.

A Jeff Constant seguramente le encantaría la idea. Una entrevista con la prensa. Tom tenía que preparar la respuesta adecuada a las preguntas que probablemente le harían y repasar las anécdotas que seguramente tendría que contar. ¿Tenían él y Derwatt la misma estatura? ¡Qué más daba! Ningún periodista se fijaría en este punto. El pelo de Derwatt era más oscuro que el suyo, pensó Tom, pero eso tenía arreglo. Bebió más té. Siguió paseando por la habitación. Su aparición iba a ser una sorpresa, probablemente incluso para Jeff y Ed, así como para Bernard, por supuesto. Al menos así se lo dirían a la prensa.

Tom trató de imaginarse una confrontación con míster Thomas Murchison. Calma, confianza en uno mismo, eso era lo esencial. Si Derwatt decía que un cuadro era suyo, que él lo había pintado, ¿quién era Murchison para llevarle la contraria?

Embargado por el entusiasmo, Tom se dirigió al teléfono. No era raro que las operadoras de la compañía telefónica estuviesen dormidas a esta hora –las dos de la madrugada– y no tuvo respuesta hasta diez minutos después. Tom se armó de paciencia y se sentó en el borde del sofá amarillo. Pensaba en que Jeff o alguien más tendría que procurarse un buen maquillaje para realizar su plan. Tom deseaba poder contar con una chica, Cynthia por ejemplo, que hiciese de supervisora, pero Cynthia y Bernard habían roto hacía ya dos o tres años. Cynthia estaba enterada de la farsa de Derwatt y de las falsificaciones que hacía Bernard y no quería saber nada del asunto, ni tocar un solo penique de los beneficios, recordaba Tom.

–*Allô, j'écoute!* –dijo la operadora con un tono de enfado en su voz, como si Tom la hubiese arrancado de la cama para pedirle un favor.

Tom le dio el número del estudio de Jeff, que tenía apuntado en una libreta de direcciones colocada al lado del teléfono. Tuvo bastante suerte y le pusieron la comunicación al cabo de cinco minutos. Acercó al teléfono la tercera taza de té inmundo.

–Hola, Jeff. Tom al habla. ¿Cómo van las cosas?

–No han mejorado. Ed está aquí. Justamente estábamos pensando en llamarte. ¿Vas a venir?

–Sí, y tengo una idea mejor. ¿Qué os parece si me hago pasar por nuestro desaparecido amigo, al menos durante unas horas?

Jeff tardó un instante en comprender.

–¡Oh, Tom, magnífico! ¿Puedes estar aquí el martes?

–Sí, por supuesto.

–¿Te parece bien el lunes, pasado mañana?

–No creo que pueda. Pero el martes, sí. Ahora escúchame, Jeff, el maquillaje... tiene que ser del mejor.

–No te preocupes. ¡Espera un segundo!

Se apartó del aparato para hablar con Ed y luego regresó.

–Ed dice que cuenta con una fuente... de suministro.

–No lo hagáis público –repuso Tom, manteniendo el tono tranquilo de su voz, ya que el de Jeff sonaba como si este estuviese pegando saltos de alegría–. Y otra cosa, si no sale bien, si fallo, debemos decir que se trata de una broma pensada por un amigo vuestro, es decir, por mí. Que no tiene nada que ver con... ya sabes.

Tom se refería a un intento de demostrar la autenticidad de la falsificación propiedad de Murchison, pero Jeff lo comprendió enseguida.

–Ed quiere decirte algo.

–Hola, Tom. –La voz de Ed era más profunda–. Estamos encantados de que vengas. Es una idea maravillosa. Por cierto, ¿sabes que Bernard conserva algunas prendas y objetos de Derwatt?

–Eso lo dejo en tus manos.

Tom se sintió súbitamente alarmado.

–La ropa es lo de menos. Lo importante es la cara. Ponte manos a la obra, ¿de acuerdo?

–De acuerdo. ¡Bendito seas!

Colgaron. Luego Tom se dejó caer en el sofá y se tumbó, casi en horizontal. No, no iría a Londres tan pronto. Reservaría su entrada en escena para el último minuto, para el momento más oportuno. Un exceso de preparativos y ensayos podría resultar perjudicial.

Tom se levantó con la taza de té frío en la mano. Sería curioso y divertido que el asunto le saliese bien, pensó, mientras miraba fijamente el cuadro de Derwatt colgado sobre la chimenea en el que aparecía un hombre con múltiples perfiles, lo que daba la impresión de estar mirándolo con las gafas de otra persona. Había gente que afirmaba que los cuadros de Derwatt le hacían daño en los ojos. Pero a unos tres o cuatro metros de distancia no era así. No se trataba de un Derwatt original, sino de una de las primeras falsificaciones de Bernard Tufts. Al otro lado de la habitación sí había un Derwatt auténtico, *Las sillas rojas*. Dos niñas pequeñas, con expresión aterrorizada, se hallaban sentadas una al lado de la otra, como si fuese su primer día en la escuela, o estuviesen en la iglesia, escuchando un sermón terrorífico. *Las sillas rojas* databa de ocho o nueve años antes. Detrás de las niñas, sentadas dondequiera que estuviesen, todo ardía. Llamas rojas y amarillas, anubladas por unos toques de blanco, que impedían percatarse del incendio al principio. Pero cuando el espectador reparaba en ello el efecto era devastador. A Tom le entusiasmaban ambos cuadros. Casi había llegado a olvidar, cuando los contemplaba, que uno era falso y el otro auténtico.

Se acordó de los primeros tiempos, ya lejanos, de lo que había llegado a ser ahora Derwatt Ltd. Tom había conocido a Jeff Constant y Bernard Tufts en Londres, poco tiempo después de que Derwatt se ahogase en Grecia, seguramente de modo deliberado. El mismo Tom acababa de regresar de Grecia; no había transcurrido mucho tiempo desde la muerte de Dickie Greenleaf. El cadáver de Derwatt no había sido hallado jamás, pero algunos de los pescadores del pueblo dijeron haberle visto adentrarse nadando una mañana, y nunca había regresado. Los amigos de Derwatt –y Tom había conocido a Cynthia Gradnor durante la misma visita– sufrieron una impresión tremenda; quedaron afectados de una manera que Tom jamás había presenciado después de un fallecimiento, ni siquiera en una familia. Jeff, Ed, Cynthia, Bernard, todos parecían estar aturdidos. Hablaban como en sueños, apasionadamente, no solo de Derwatt el artista, sino del amigo, del ser humano. Había vivido sencillamente en Islington, malcomiendo a veces, pero siempre se había comportado generosamente con los demás. Los chiquillos del vecindario le adoraban y posaban para él sin esperar que les pagase por ello. Pero Derwatt siempre metía la mano en el bolsillo y les daba unos peniques, quizá los últimos que le quedaban. Más adelante, justo antes de marcharse a Grecia, Derwatt había sufrido un chasco. Por encargo del Gobierno pintó un mural para la oficina de correos de una ciudad del norte de Inglaterra. El boceto había sido aprobado, pero la obra fue rechazada una vez terminada: en ella aparecía alguien desnudo, o semidesnudo, y Derwatt se había negado a modificarla. (Con razón, por supuesto, según sus fieles amigos dijeron a Tom.) El caso es que se habían esfumado las mil libras con las que ya contaba el pintor. Al parecer, esto había sido el golpe de gracia en una serie de desengaños de cuya importancia los amigos del pintor no se habían dado cuenta, lo cual se reprochaban ahora. También había habido una mujer, según Tom recordaba vagamente, que le había causado otro desengaño. Pero al parecer este no había sido tan doloroso para Derwatt como sus frustraciones profesionales. Todos sus amigos eran profesionales también, independientes casi todos, y estaban muy ocupados. En los últimos días, cuando Derwatt se dirigió a ellos, no en busca de dinero, sino de compañía, le habían dicho que no disponían de suficiente tiempo para verle. Sin que ellos lo supiesen, Derwatt había vendido el mobiliario que le quedaba en el estudio y se fue a Grecia, desde donde escribió una larga y deprimente carta a Bernard. (Tom nunca había llegado a verla.) Entonces llegó la noticia de su desaparición o muerte.

Lo primero que hicieron los amigos de Derwatt, incluyendo a Cynthia, fue reunir todos sus cuadros y dibujos e intentar venderlos. Deseaban mantener vivo su nombre y que el mundo conociese y valorase su obra. Derwatt no tenía parientes y, recordaba Tom, era un expósito de cuyos padres no se sabía absolutamente nada. La leyenda de su trágica muerte resultó ser una ventaja en lugar de un obstáculo; generalmente, las galerías de arte no mostraban ningún interés por las obras de un artista joven y desconocido que ya había muerto, pero Edmund Banbury, un periodista independiente, había recurrido a sus contactos y a su talento para escribir artículos sobre Derwatt destinados a los periódicos, suplementos dominicales en color y revistas de arte, y Jeffrey Constant se había encargado de ilustrarlos con sus fotografías en color de los cuadros del desaparecido. Al cabo de pocos meses de la muerte de Derwatt encontraron una galería, la Buckmaster (que además estaba en Bond Street, nada menos), dispuesta a encargarse de su obra y los lienzos de Derwatt no tardaron en venderse por seiscientas u ochocientas libras.

Entonces sucedió lo inevitable. Todas, o casi todas, las pinturas fueron vendidas. A la sazón, Tom se hallaba viviendo en Londres desde hacía dos años, en un piso cercano a Eaton Square, y una noche tropezó con Jeff, Ed y Bernard en un pub, el Salisbury. Los tres volvían a estar tristes pues las obras de Derwatt se les estaban terminando.

—La cosa marcha tan bien que es una vergüenza que tenga que acabarse. ¿Es que Bernard no es capaz de sacarse de la manga unos cuantos cuadros pintados al estilo de los de Derwatt? —preguntó Tom.

Tom lo había dicho en broma, o medio en broma. Apenas conocía al trío y lo único que sabía era que Bernard era pintor. Pero Jeff, que era un tipo práctico como Ed Banbury (y que en nada se parecía a Bernard), se había vuelto hacia Bernard para decirle:

–También yo he pensado en eso. ¿Qué opinas tú, Bernard?

Tom había olvidado la respuesta exacta de Bernard, pero recordaba que este había bajado la cabeza, como si estuviese avergonzado o simplemente asustado ante la idea de falsificar la obra de su ídolo, Derwatt. Meses después, Tom se había encontrado con Ed Banbury en una calle de Londres y Ed le había dicho, con júbilo, que a Bernard le habían salido dos «Derwatts» excelentes, uno de los cuales habían vendido a la Buckmaster como si fuese auténtico.

Luego, transcurridos unos meses más, poco después de casarse Tom con Heloise y dejar de vivir en Londres, él, Heloise y Jeff habían coincidido en una fiesta, uno de esos cócteles multitudinarios en los que uno no conoce, ni siquiera llega a ver, al anfitrión. Jeff le había hecho señas para que se acercase a un rincón.

–¿Podríamos vernos en algún sitio después? –preguntó Jeff–. Esta es mi dirección –dijo, entregándole una tarjeta–. ¿Puedes venir sobre las once esta noche?

Así pues, Tom había visitado a Jeff solo, lo cual resultó fácil porque Heloise, que todavía no hablaba el inglés con soltura, estaba cansada después de la fiesta y había preferido quedarse en el hotel. A Heloise le encantaba Londres –los jerséis ingleses y Carnaby Street, y las tiendas donde vendían papeleras decoradas con la Union Jack y letreros que decían cosas como «Vete a la m...», por ejemplo, cosas que a menudo Tom se veía obligado a traducirle–, pero aquella noche dijo que le dolía la cabeza de tanto intentar hablar en inglés durante toda una hora.

–Nuestro problema es –le había dicho Jeff aquella noche– que no podemos mantener la farsa de que hemos dado con un nuevo cuadro de Derwatt olvidado en algún sitio. Bernard lo está haciendo muy bien pero... ¿Crees que podemos arriesgarnos a fingir el hallazgo de un buen puñado de Derwatts en alguna parte, Irlanda por ejemplo, donde hubiese pasado una temporada pintando? Podríamos venderlos y luego dejar el asunto. ¿Qué te parece? Bernard no se muestra demasiado entusiasmado con la idea de seguir adelante. Cree que, en cierto modo, lo que está haciendo es traicionar a Derwatt.

Tom reflexionó un momento, luego dijo:

—¿Y por qué no decimos que Derwatt no ha muerto, que sigue con vida, recluido en algún lugar y enviando sus cuadros a Londres? Es decir, suponiendo que Bernard pueda seguir trabajando.

—¡Hum! Pues... Sí. Grecia, quizá. ¡Es una magnífica idea, Tom! ¡Nos puede servir eternamente!

—¿Qué te parece México? Creo que será más seguro que Grecia. Digamos que Derwatt está viviendo en algún pueblecito cuyo nombre no desea que sea conocido, excepto, quizá, por ti, Ed y Cynthia.

—Cynthia no. Ella no... Bueno, Bernard ya no la ve tan a menudo y, por tanto, nosotros tampoco. Es mejor que no sepa demasiado de todo esto.

Tom recordaba que aquella noche Jeff había despertado a Ed para ponerle al corriente de la idea.

—Es solamente una idea —había dicho Tom—. No sé si saldrá bien.

Pero sí, había salido bien. Habían empezado a llegar cuadros de Derwatt desde México, se decía, y la dramática historia de la «resurrección» de Derwatt había sido convenientemente explotada por Ed Banbury y Jeff Constant en más artículos de revista, ilustrados con fotografías del pintor y de sus obras (las de Bernard) más recientes, aunque en ninguna fotografía aparecía Derwatt en México, porque el artista no permitía que le entrevistasen ni fotografiasen los periodistas. Los cuadros eran enviados desde Veracruz y ni Jeff ni Ed conocían el nombre del pueblecito. Probablemente Derwatt estaba mal de la cabeza al mantenerse tan aislado. Sus obras eran las de un enfermo; y deprimentes, según algunos críticos. Pero se encontraban entre las de los artistas no fallecidos más cotizados de Inglaterra, el Continente y América. Ed Banbury escribió a Tom en Francia ofreciéndole un diez por ciento de los beneficios. El pequeño grupo de fieles (ahora lo formaban solamente tres: Bernard, Jeff y Ed) eran los únicos beneficiarios de las ventas de Derwatt. Tom había aceptado, principalmente porque consideraba que ello, su aceptación, era una especie de garantía de que mantendría la boca cerrada sobre el engaño. Pero Bernard seguía pintando como un demonio.

Jeff y Ed compraron la Buckmaster Gallery. Tom no sabía con certeza si Bernard poseía también una parte. La galería tenía siempre una pequeña exposición permanente de «Derwatts», aparte de obras de otros artistas que, desde luego, también eran expuestas. De esto se encargaba más Jeff que Ed. Jeff había contratado un ayudante, una especie de gerente, para la galería. Sin embargo, este paso, la adquisición de la Buckmaster Gallery, no lo habían dado hasta después de que un fabricante de material para pintores llamado George Janopolos o algo así, les hubiera comunicado su deseo de lanzar al mercado una serie de productos con la marca Derwatt, entre los que habría de todo, desde gomas de borrar hasta equipos para pintar al óleo, y por los que ofrecía a Derwatt el uno por ciento en concepto de derechos de explotación. Ed y Jeff habían decidido aceptar la oferta en nombre de Derwatt (al parecer con el consentimiento de este). Entonces se había constituido una sociedad comercial bajo el nombre de Derwatt Ltd.

Todo esto venía a la memoria de Tom a las cuatro de la madrugada, mientras tiritaba un poco a causa del frío pese a llevar su principesca bata. Madame Annette, siempre ahorrativa, tenía la costumbre de bajar la calefacción central por la noche. Sostenía la taza de té frío y dulce entre las dos manos y contemplaba fijamente, sin verla, una fotografía de Heloise —pelo largo y rubio enmarcando un rostro fino que, para Tom, ahora era una imagen agradable y sin significado, nada más que un rostro— y pensó en Bernard trabajando en secreto, falsificando nuevos cuadros en su estudio, posiblemente cerrado con llave. El apartamento de Bernard estaba en desorden, como de costumbre. Tom jamás había visto el sanctasanctórum donde Bernard pintaba sus obras maestras, los «Derwatts» que tantos miles de libras les producían. Si uno pintaba más falsificaciones que cuadros propios, ¿no se convertirían las primeras en algo más natural, más real y auténtico, incluso para uno mismo, que las propias obras? Acaso, a la larga, el hacerlo dejase de representar un esfuerzo y el trabajo se convirtiese en una segunda naturaleza del pintor.

Finalmente, Tom se acurrucó en el sofá amarillo, con los pies, descalzos ahora, escondidos debajo de la bata, y se durmió. No llevaba mucho tiempo dormido cuando madame Annette entró en la habitación y le despertó al dar un chillido, o un grito sofocado, de sorpresa.

–Debo de haberme dormido mientras leía –dijo Tom sonriendo al incorporarse.

Madame Annette se alejó apresuradamente para prepararle el café.

2

Tom reservó una plaza para Londres en el avión del martes a mediodía. Le quedarían escasamente un par de horas para maquillarse y recibir las últimas instrucciones. No habría tiempo suficiente para ponerse nervioso. Se fue en coche a Melun para sacar del banco un poco de dinero en efectivo, francos.

Eran las doce menos diez y el banco cerraba a las doce. Había solamente dos personas delante de él en la cola de la ventanilla de pagos, pero, por desgracia, una mujer estaba cambiando dinero, probablemente para pagar alguna nómina, en aquella ventanilla. Levantaba del suelo saquitos llenos de monedas mientras que con los pies sujetaba los saquitos que aún quedaban allí. Detrás de la rejilla un empleado, con el pulgar humedecido, contaba fajos de billetes con toda la rapidez de que era capaz, anotando las cantidades en dos hojas de papel. Tom se preguntó cuánto tiempo duraría aquello mientras las manecillas del reloj iban acercándose a las doce. Observó divertido cómo se deshacía la cola. Tres hombres y dos mujeres se apretujaban ahora cerca de la rejilla, clavando sus miradas vidriosas, como serpientes hipnotizadas, en toda aquella pasta, como si se tratase de la herencia que les hubiese dejado un pariente tras trabajar toda una vida para ganarla. Tom desistió de su propósito y salió del banco. Se las arreglaría sin el dinero en efectivo, pensó, y, de hecho, su única intención había sido darlo o venderlo a algunos de sus amigos ingleses que tuviesen planeado un viaje a Francia.

El martes por la mañana, mientras estaba haciendo el equipaje, madame Annette llamó a la puerta de su dormitorio.

–Me voy a Múnich –dijo alegremente Tom–. Hay un concierto.

–*Ah, Munich! Bavière!* Tiene usted que llevarse ropa de abrigo.

Madame Annette ya estaba acostumbrada a sus viajes improvisados.

–¿Cuánto tiempo estará usted ausente, *m'sieur Tome?*

–Dos días, puede que tres. No se preocupe si llega algún mensaje. Es posible que llame por teléfono para ver si hay algo.

Tom recordó entonces algo que podría resultar útil, un anillo mexicano que tenía guardado –al menos eso creía– en la cajita de los gemelos. En efecto, ahí estaba, entre gemelos y botones, un grueso anillo de plata diseñado en forma de dos serpientes enroscadas. Tom lo detestaba y se había olvidado de cómo había llegado a su poder, pero al fin y al cabo, se trataba de algo mexicano. Echó aliento sobre el anillo, lo frotó contra una de las perneras de sus pantalones y se lo metió en el bolsillo.

Con el correo de las diez y media llegaron tres cosas: una factura de la compañía telefónica en un sobre abultado, ya que cada llamada a larga distancia constaba en un recibo aparte; una carta de Heloise; y una carta aérea desde los Estados Unidos, con la dirección escrita con una letra que a Tom le era desconocida. Dio vuelta al sobre y se llevó una sorpresa al ver que el remitente era un tal Christopher Greenleaf de San Francisco. ¿Quién sería ese Christopher Greenleaf? Abrió la carta de Heloise primero.

11 de octubre de 19...

Chéri:

Me siento feliz y muy tranquila *(la carta estaba escrita en un inglés abominable).* Cogemos peces desde la barca. La comida es muy buena. Zeppo manda sus recuerdos. *(Zeppo era un griego moreno que la había invitado, y a Tom le hubiera gustado decirle lo que podía hacer con sus recuerdos.)*

Estoy aprendiendo a montar en bicicleta. Hemos hecho muchas excursiones por el interior, que es muy seco. Zeppo hace fotos. ¿Cómo van las cosas en Belle Ombre? Te echo de menos. ¿Eres feliz? ¿Muchos invitados? *(A lo mejor quería decir invitaciones, pensó Tom.)*

¿Estás pintando? No he recibido ni una palabra de papá.

Besos para Mme. A. y un abrazo para ti.

El resto estaba en francés. Le pedía que le enviase un bañador rojo que encontraría en la pequeña *commode* que había en el cuarto de baño de ella. Tenía que mandárselo por correo aéreo. El yate tenía una piscina climatizada. Tom subió inmediatamente al piso de arriba, donde madame Annette todavía no había terminado de arreglarle la habitación, y le confió a ella este encargo. Le dio un billete de cien francos porque creyó que madame Annette posiblemente se escandalizaría del precio de mandarlo por correo aéreo y podría caer en la tentación de hacerlo por correo normal.

Luego bajó y abrió la carta de Greenleaf apresuradamente, pues solo le quedaban unos minutos antes de salir para Orly.

12 de octubre de 19...

Apreciado míster Ripley:

Soy primo de Dickie e iré a Europa la semana próxima, probablemente a Londres primero, aunque no acabo de decidirme sobre si ir a París antes. Sea como fuere, me pareció que resultaría agradable que pudiéramos vernos. Mi tío Herbert me dio su dirección y dice que usted no vive lejos de París. No tengo su número de teléfono, pero puedo buscarlo en el listín.

Para que sepa algo de mí, le diré que tengo veinte años y estudio en la Universidad de Stanford. Pasé un año en el servicio militar, durante el cual tuve que interrumpir mis estudios. Regresaré a Stanford para obtener el título de ingeniero, pero mientras tanto voy a tomarme un año de vacaciones para ver Europa y descansar. Muchos chicos hacen esto hoy día. La vida resulta un tanto agobiante en todas partes. Me refiero a América, pero puede que usted lleve en Europa tanto tiempo que no sepa a qué me refiero.

Mi tío me ha contado muchas cosas sobre usted. Me dijo que era muy amigo de Dickie. Conocí a Dickie cuando yo tenía once años y él veintiuno. Me acuerdo de un muchacho alto y rubio. Él visitaba a mi familia en California.

Le ruego que me diga si estará en Villeperce a finales de octubre y principios de noviembre. Espero que nos veamos.

Atentamente,

Chris Greenleaf

Se libraría de esto cortésmente, pensó Tom. No le interesaba estrechar sus relaciones con la familia Greenleaf. Herbert Greenleaf le escribía alguna carta de Pascuas a Ramos, y Tom contestaba siempre con una carta cortés, de compromiso.

—Madame Annette, no deje que se apague la llama del hogar —dijo Tom al partir.

—¿Cómo dice?

Se lo tradujo al francés como mejor supo.

—*Au revoir, m'sieur Tome! Bon voyage!*

Madame Annette agitaba la mano en señal de despedida desde la puerta de la calle.

Tom cogió el Alfa Romeo de color rojo, uno de los dos coches que había en el garaje. En Orly dejó el vehículo en el aparcamiento cubierto, diciendo que era por dos o tres días. Luego compró una botella de whisky para regalársela al *gang*. Llevaba ya una botella grande de Pernod en la maleta (solo estaba permitida una botella al llegar a Londres), ya que sabía por experiencia que si al pasar por la aduana enseñaba una botella, la que llevaba en la mano, el vista no le pediría que abriese la maleta. En el avión compró cigarrillos Gauloises sin filtro, siempre bien acogidos en Londres.

Lloviznaba al llegar a Inglaterra. El autobús se deslizaba por la izquierda de la carretera, dejando atrás viviendas familiares cuyos nombres siempre divertían a Tom, aunque ahora apenas podía leerlos debido a la escasa luz. «Bide-a-wee», «Milford Haven», «Dun Wandering». Parecía increíble. Los nombres estaban colgados en pequeños letreros. «Inglenook», «Sit-Ye-Doon». ¡Santo cielo! Luego venía un trecho atestado de casas victorianas que habían sido transformadas en hotelitos bautizados con nombres pomposos que podían leerse en las luces de neón colocadas entre las columnas dóricas del porche: «Manchester Arms», «King Alfred», «Cheshire House». Tom sabía que detrás de la refinada respetabilidad de aquellos estrechos vestíbulos buscaban refugio por una o varias noches algunos de los asesinos más eficaces (y de apariencia no menos respetable) de la actualidad. Inglaterra era Inglaterra, ¡y que Dios la bendiga!

Seguidamente a Tom le llamó la atención un cartel pegado en uno de los faroles de la izquierda de la carretera. DERWATT, decía con letras negras y gruesas, en cursiva, ligeramente inclinadas. Era la firma de Derwatt y la ilustración, reproducida en color, parecía púrpura oscuro o negro a causa de la poca iluminación y hacía pensar en la tapa levantada de un piano de cola. Una nueva falsificación de Bernard Tufts, sin duda. Había otro cartel igual unos metros más allá. Resultaba extraño sentirse tan «anunciado» por todo Londres y llegar tan inadvertidamente, pensó Tom al bajar del autobús en la West Kensington Terminal sin que nadie le reconociese.

Desde la terminal llamó por teléfono a Jeff Constant a su estudio. Contestó Ed Banbury.

—Métete en un taxi y ven directamente aquí —dijo Ed, en un tono de voz que indicaba una gran alegría.

El estudio de Jeff estaba en St. John's Wood. Segundo piso —primero para los ingleses— a la izquierda. La casa era pequeña y agradable, ni muy llamativa ni muy miserable.

Ed abrió la puerta de un tirón.

—Dios mío, Tom, ¡qué contento estoy de verte!

Se dieron un vigoroso apretón de manos. Ed era más alto que Tom y tenía el pelo lacio y rubio, con tendencia a cubrirle las orejas, por lo que constantemente se lo echaba a un lado. Tendría unos treinta y cinco años.

—¿Dónde está Jeff? —preguntó Tom.

Extrajo los Gauloises y el whisky de la bolsa de malla roja, luego la botella de Pernod pasada de matute en la maleta.

—Para la familia —dijo.

—¡Oh, estupendo! Jeff está en la galería. Oye, Tom, ¿lo harás? Tengo aquí todo lo que hace falta y no nos queda demasiado tiempo.

—Lo intentaré —dijo Tom.

—Bernard está al llegar. Nos ayudará a preparar los detalles.

Ed miraba ansiosamente su reloj de pulsera.

Tom se había quitado el gabán y la chaqueta.

—¿Es que Derwatt no puede retrasarse un poco? La inauguración es a las cinco, ¿verdad?

—Oh, claro. No hace falta que llegues hasta las cinco, pero quisiera probar el maquillaje. Jeff dijo que te recordara que no eres mucho más bajo que Derwatt y, además, ¿quién va a acordarse de esos detalles? Suponiendo que alguna vez los mencionase en alguno de mis artículos. Por otro lado, los ojos de Derwatt eran de un gris azulado. Pero los tuyos servirán.

Ed se rió.

—¿Quieres un poco de té?

—No, gracias.

Tom estaba mirando el traje azul oscuro sobre el lecho de Jeff. Parecía demasiado ancho y no estaba planchado. En el suelo, al lado de la cama, había un par de horribles zapatos negros.

—¿Por qué no te tomas una copa? —sugirió Tom a Ed, en vista de que este estaba sobre ascuas.

Como de costumbre, el nerviosismo del otro hacía que Tom se sintiese tranquilo.

Sonó el timbre de la puerta.

Ed la abrió para que entrase Bernard Tufts.

Tom tendió la mano y dijo:

—¿Cómo estás, Bernard?

—Muy bien, gracias —respondió Bernard con acento triste.

Bernard era delgado y su piel tenía un color aceitunado; su pelo era lacio y negro y sus ojos pardos tenían una expresión amable.

Tom pensó que lo mejor era no intentar hablar con Bernard enseguida y limitarse a poner manos a la obra con diligencia.

Ed llenó una jofaina con agua en el diminuto, aunque moderno, cuarto de baño de Jeff, y Tom se sometió a la operación de teñirse el pelo de un color más oscuro. Bernard empezó a hablar, pero solo después de que Ed le incitase a ello, primero sin demasiada insistencia pero luego con cierta impertinencia.

—Caminaba ligeramente encogido —dijo Bernard—. Su voz... Era un poco tímido en público. Hablaba con cierta monotonía, supongo. Así. No sé si sabré imitarla —dijo Bernard con voz monótona—. De vez en cuando se reía.

—¿Acaso no lo hacemos todos? —repuso Tom, riendo también nerviosamente.

Tom estaba ahora sentado en una silla recta mientras Ed le peinaba. A su derecha había una bandeja con algo semejante a las barreduras de una barbería, pero al agitarlas Ed resultó ser una barba pegada a una gasa color carne.

—¡Santo Dios —murmuró Tom—, espero que haya poca luz!

—Ya nos cuidaremos de eso —dijo Ed.

310

Mientras Ed trabajaba en el bigote, Tom se quitó los dos anillos, el de boda y el de Dickie Greenleaf, y se los metió en el bolsillo. Le pidió a Bernard que le trajese el otro anillo que guardaba en el bolsillo izquierdo de sus pantalones, y así lo hizo este. Los delgados dedos del pintor estaban fríos y temblorosos. Tom quería preguntarle cómo estaba Cynthia, pero recordó que ya habían dejado de verse. Habían estado a punto de casarse, recordó Tom. Ed estaba dando tijeretazos al pelo de Tom, creando una especie de flequillo sobre la frente.

—Y Derwatt... —Bernard se interrumpió al quebrársele la voz.

—¡Oh, cierra el pico, Bernard! —dijo Ed, riéndose histéricamente.

Bernard se echó a reír también.

—Lo siento. Lo siento de verdad.

La voz de Bernard parecía arrepentida, sincera.

Ed estaba colocando ahora la barba en su sitio con un poco de cola.

—Quiero que des unas cuantas vueltas por aquí —dijo Ed—. Tienes que acostumbrarte a andar como Derwatt. En la galería... No tendrás que entrar junto con los demás. Ya hemos decidido eso. Hay una puerta trasera y Jeff nos la abrirá. Invitaremos a algunos periodistas a la oficina, y allí pondremos solo una lámpara, en el otro extremo de la habitación. Hemos quitado la lámpara pequeña y la bombilla del techo, así que eso no debe preocuparnos.

Tom sentía el frío contacto de la barba pegajosa en el rostro. Al mirarse en el espejo del lavabo de Jeff pensó que se parecía un poco a D. H. Lawrence. Su boca estaba rodeada de pelo. A Tom no le gustaba esta sensación. Debajo del espejo, en una pequeña estantería, había tres instantáneas de Derwatt apoyadas contra la pared. En una de ellas se veía al pintor en mangas de camisa y leyendo un libro, sentado en una silla extensible; en otra, Derwatt permanecía en pie, mirando hacia la cámara, junto a un hombre a quien Tom no conocía. Derwatt llevaba gafas en todas las fotos.

—Las gafas —dijo Ed, como si leyese los pensamientos de Tom.

Tom cogió las gafas de montura redonda que Ed le entregaba y se las puso. Eso estaba mejor. Tom sonrió, suavemente para no echar a perder el efecto de la barba, que ya se estaba secando. Las gafas, al parecer, eran de vidrio normal y corriente. Tom volvió a entrar en el estudio andando con el cuerpo inclinado y con una voz que esperaba que se pareciese a la de Derwatt, dijo:

–Bueno, ahora contadme lo de ese tal Murchison...

–Más encorvado –dijo Bernard, agitando furiosamente sus manos descarnadas.

–Ese tal Murchison –repitió Tom.

–Murchison, según Jeff, piensa –dijo Bernard– que Derwatt ha dado marcha atrás y emplea una técnica antigua. En su pintura *El reloj,* ¿comprendes? No sé lo que quiere decir exactamente, para serte franco.

Bernard agitó la cabeza vivamente, se sacó un pañuelo de algún sitio y se sonó la nariz.

–Precisamente estaba mirando una de las fotografías que hizo Jeff de *El reloj.* No la he visto desde hace tres años, ¿sabes? Me refiero a la obra original.

Bernard hablaba quedamente, como si las paredes le estuviesen espiando.

–¿Es un experto ese Murchison? –preguntó Tom, mientras se preguntaba a sí mismo: «¿Qué es un experto?»

–No, es simplemente un hombre de negocios americano –dijo Ed–. Es un coleccionista y se le ha metido esa idea en la cabeza.

Era más que eso, pensó Tom, de lo contrario no estarían todos tan preocupados.

–¿Debo prepararme para algo en especial?

–No –repuso Ed–, ¿verdad, Bernard?

Bernard casi dio un respingo, luego intentó reír, y por un instante se pareció al Bernard de años atrás, más joven y cándido. Tom se fijó en que Bernard estaba más delgado que la última vez que le había visto, tres o cuatro años antes.

–¡Ojalá lo supiese! –dijo Bernard–. Debes limitarte a defender que el cuadro, *El reloj,* es de Derwatt.

–Confía en mí –dijo Tom.

Daba vueltas por la habitación, ensayando la inclinación del cuerpo y adoptando un ritmo más lento que esperaba se pareciese más al modo de andar de Derwatt.

–Pero –prosiguió Bernard– si Murchison quiere continuar haciendo pesquisas, cualesquiera que sean..., tú tienes *El hombre de la silla*, Tom y...

Otra falsificación.

—No hay ninguna necesidad de que vea esa —dijo Tom—. A mí mismo me gusta mucho.

—*La bañera* —añadió Bernard—. Está en la exposición.

—¿Estás preocupado por esa? —preguntó Tom.

—Es la misma técnica —contestó Bernard—. Quizá.

—¿Entonces sabes de qué técnica está hablando Murchison? ¿Por qué no sacas *La bañera* de la exposición si tanto te preocupa?

—Está anunciada en el programa —aclaró Ed—. Nos temimos que si no la exponíamos, Murchison insistiría en verla, preguntaría quién la ha adquirido y todo eso.

La conversación no llevaba a ninguna parte, ya que Tom no lograba arrancarles una explicación clara de a qué se referían ellos y Murchison al hablar de la técnica de aquellos cuadros en especial.

—No llegarás a encontrarte personalmente con Murchison, conque deja de preocuparte —dijo Ed a Bernard.

—¿Le conoces tú? —preguntó Tom.

—No, solamente Jeff le conoce. Le vio esta mañana.

—¿Y qué tal es?

—Jeff dijo que aparentaba una cincuentena, un tipo muy americano. Cortés, desde luego, pero tozudo. ¿No llevabas cinturón en esos pantalones?

Tom se apretó el cinturón de sus pantalones. Olfateó la manga de su chaqueta. Olía débilmente a naftalina, lo cual probablemente pasaría desapercibido a causa del humo de los cigarrillos. Y, de todos modos, Derwatt pudo haber usado ropas mexicanas durante los últimos años, y haber guardado sus trajes europeos. Tom se miró en un espejo largo que estaba colocado debajo de uno de los focos cromados que Ed había encendido, y de repente se dobló sobre sí mismo riéndose.

Se volvió y dijo:

—Lo siento. Es que estaba pensando que, a pesar de lo mucho que gana, Derwatt tiene apego a sus trajes viejos.

—No importa, es una especie de eremita —dijo Ed.

El teléfono sonó. Ed lo cogió y Tom oyó cómo tranquilizaba

a alguien, Jeff sin duda, diciendo que Tom ya había llegado y estaba listo para partir.

Tom no acababa de sentirse preparado. Se dio cuenta de que el nerviosismo le hacía sudar. Esforzándose por parecer alegre, le dijo a Bernard:

—¿Cómo está Cynthia? ¿La ves alguna vez?

—Ya no la veo, al menos tan a menudo como antes.

Bernard lanzó una mirada hacia Tom, luego volvió a dirigir la vista hacia el suelo.

—¿Qué va a decir ella cuando se entere de que Derwatt ha regresado a Londres por unos días? —preguntó Tom.

—No creo que vaya a decir nada —replicó Bernard apagadamente—. Ella no va a... echar nada a perder, estoy seguro.

Ed terminó su conversación telefónica.

—Cynthia no dirá nada, Tom. Ella es así. Te acuerdas de ella, ¿verdad, Tom?

—Sí, ligeramente —dijo Tom.

—Si a estas alturas no ha dicho nada, ya no lo hará —dijo Ed.

La forma en que lo decía hacía que ello pareciese probable.

—No es una mala chica ni una charlatana.

—Es una chica maravillosa —dijo Bernard con expresión de ensueño, sin dirigirse concretamente a nadie. Súbitamente se levantó y salió disparado hacia el cuarto de baño, quizá porque necesitaba ir allí, aunque puede que fuese para vomitar.

—No te apures por Cynthia, Tom —dijo Ed con voz suave—. Vivimos con ella, ¿comprendes? Quiero decir que vivimos en Londres, igual que ella. Se ha portado bien durante los tres últimos años aproximadamente. Bueno, sabes, desde que rompió con Bernard. O desde que él rompió con ella.

—¿Es feliz? ¿Sale con algún otro hombre?

—Oh, sí, tiene novio, creo.

Bernard volvía del lavabo.

Tom se tomó un whisky escocés, Bernard un Pernod y Ed no bebió nada. Tenía miedo de hacerlo, dijo, porque se había tomado un sedante. Al dar las cinco, Tom ya había sido informado de diversos detalles: la ciudad de Grecia donde Derwatt había sido visto oficialmente por última vez, hacía ya casi seis años. En caso de que le hiciesen preguntas, Tom debía decir que había salido de

Grecia bajo un nombre falso en un petrolero griego con rumbo a Veracruz, trabajando de engrasador y pintor a bordo.

Cogieron el gabán de Bernard, más viejo que el de Tom o que cualquiera de los que Jeff tenía guardados en el armario. Luego Tom y Ed salieron, dejando a Bernard en el estudio de Jeff, donde todos se reunirían más tarde.

—Caramba, ¡qué alicaído está! –dijo Tom al llegar a la acera. Caminaba con el cuerpo inclinado hacia delante–. ¿Cuánto tiempo le puede durar esto?

—No juzgues por lo de hoy. Ya se le pasará. Siempre está así cuando hay una exposición.

Bernard era el caballo de tiro, supuso Tom. Ed y Jeff se estaban dando la gran vida con todo aquel dinero que parecía caído del cielo, disfrutando de buena comida, etcétera. Bernard se limitaba a producir los cuadros que les permitían llevar aquel tren de vida.

Tom se echó atrás rápidamente para esquivar un taxi que, inesperadamente, había aparecido por la izquierda de la calle.

—Así está bien. ¡Sigue con ello! –dijo Ed sonriendo.

Llegaron a una parada de taxis y se metieron en uno.

—Y ese gerente... o director de la galería, ¿cómo se llama? –preguntó Tom.

—Leonard Hayward –respondió Ed–. Tiene unos veintiséis años y es tan afeminado como el que más; deberían exhibirlo en una boutique de King's Road. Pero es un buen tipo. Jeff y yo le pusimos al tanto del asunto. Tuvimos que hacerlo. En realidad, así estamos más seguros, porque no nos puede hacer chantaje si ha firmado un contrato por el que se compromete a cuidar del establecimiento, como en efecto hizo. Le pagamos bastante bien y se divierte. Además, nos manda algunos buenos compradores.

Ed miró a Tom y sonrió.

—No te olvides de hablar con acento de clase trabajadora. Por lo que recuerdo lo sabes hacer muy bien.

3

Ed Banbury tocó el timbre de una puerta de color rojo oscuro situada en la parte posterior de un edificio. Tom oyó girar una llave en la cerradura, luego la puerta se abrió y ante ellos estaba Jeff, con una radiante sonrisa.

—¡Tom! ¡Es magnífico! —susurró Jeff.

Bajaron por un pasillo corto y entraron en una agradable oficina donde había un escritorio, una máquina de escribir, libros y una alfombra color crema que iba de una pared a otra. Apoyados en la pared había lienzos y carpetas llenas de dibujos.

—Ni te imaginas lo bien que lo has hecho... ¡Derwatt!

Jeff daba palmadas en el hombro de Tom.

—Espero que no se te caiga la barba.

—Ni un huracán la haría caer —dijo Ed, interviniendo en la conversación.

Jeff Constant había engordado, y su rostro estaba encendido, debido, quizá, a una lámpara bronceadora. Los puños de su camisa se adornaban con unos gemelos de oro cuadrados y su traje, de rayas blancas sobre fondo azul, parecía nuevo, flamante. Tom observó que utilizaba un bisoñé, lo que antes llamaban una peluca, para disimular su calvicie, que, por lo que él sabía, debía de ser total a esas alturas. A través de la puerta cerrada que daba a la galería se oía un murmullo de voces, muchas voces, entre las cuales la de una mujer destacaba como un delfín que saltase por encima de un mar de olas embravecidas, pensó Tom, aunque en aquel momento no estaba de humor para poesías.

—Las seis —anunció Jeff, exhibiendo aún más sus gemelos al consultar el reloj—. Ahora, sin llamar demasiado la atención, les diré a unos cuantos de la prensa que Derwatt ha llegado. Como estamos en Inglaterra, no habrá una...

—¡Ja, ja! ¿No habrá qué? —le interrumpió Ed.

—No habrá una estampida —dijo Jeff firmemente—. Yo me cuidaré de que así sea.

—Tú te sientas aquí detrás. O quédate de pie, como gustes —dijo Ed, indicando el escritorio que estaba en diagonal, con una silla detrás.

—¿Está aquí el tal Murchison? —preguntó Tom imitando la voz de Derwatt.

La invariable sonrisa de Jeff se hizo aún más amplia, aunque un poco forzada.

—Oh, claro. Deberías verle, por supuesto. Pero, antes, la prensa.

Jeff estaba nervioso, con ansias de acabar de una vez, y aunque parecía que deseaba añadir algo más, salió del despacho. La llave giró en la cerradura.

–¿Hay agua en alguna parte? –preguntó Tom.

Ed le mostró un pequeño lavabo que quedaba oculto por una parte de la librería que podía hacerse girar. Tom bebió rápidamente y en el instante en que salía del lavabo dos caballeros de la prensa hacían su entrada en compañía de Jeff, con la sorpresa y la curiosidad pintadas en el rostro. Uno de ellos tendría alrededor de los cincuenta años, el otro unos veinte, pero su expresión era muy parecida.

–Me permito presentarte a míster Gardiner del *Telegraph* –dijo Jeff– y míster...

–Perkins –indicó el más joven–, del *Sunday*...

–Este es míster Derwatt –añadió Jeff.

Sonó un golpe en la puerta antes de que pudieran intercambiar las fórmulas de rigor. Tom caminaba con el cuerpo encorvado, casi como un reumático, hacia el escritorio. La única lámpara de la habitación estaba cerca de la puerta de la galería, a unos buenos tres metros de donde se encontraba él. Pero Tom se había percatado de que Perkins llevaba una cámara con flash.

Otros cuatro hombres y una mujer entraron en el despacho. En semejantes circunstancias, Tom temía a los ojos de una mujer más que a cualquier otra cosa. Se la presentaron como una tal miss Eleanor No Sé Qué, del *Manchester Tal o Cual.*

Entonces empezaron a volar las preguntas, aunque Jeff había sugerido que cada periodista hiciese la suya por turno. La propuesta resultó inútil, pues todos los periodistas estaban ansiosos por recibir respuesta a su propia pregunta.

–¿Tiene usted intención de vivir en México indefinidamente, míster Derwatt?

–Míster Derwatt, estamos tan sorprendidos de verle aquí. ¿Qué le impulsó a venir a Londres?

–No me llamen míster Derwatt –dijo Tom con brusquedad–, basta con Derwatt.

–¿Le gusta el último grupo de lienzos que ha pintado? ¿Cree que son sus mejores cuadros?

–Derwatt..., ¿vive usted solo en México? –preguntó Eleanor No Sé Qué.

317

—Sí.

—¿Nos podría decir el nombre del pueblo donde vive?

Entraron tres hombres más y Tom se dio cuenta de que Jeff instaba a uno de ellos a que esperase fuera.

—No pienso decirles el nombre del pueblo —dijo Tom, hablando lentamente—. Sería injusto para quienes viven allí.

—Derwatt, ejem...

—Derwatt, ciertos críticos han dicho que...

Alguien estaba aporreando la puerta con los puños.

Jeff contestó golpeándola también y chilló:

—Nadie más de momento, ¡por favor!

—Ciertos críticos han dicho...

La puerta hacía ahora un ruido como si fuese a resquebrajarse y Jeff se apoyaba con el hombro contra ella. La puerta no cedía, observó Tom, y apartó de ella su tranquila mirada dirigiéndola hacia quien le estaba interrogando.

—... han dicho que su obra se parece a una época de Picasso relacionada con su período cubista, cuando empezó a partir los rostros y las formas.

—Yo no tengo épocas —dijo Tom—. Picasso tiene épocas. Por eso nadie puede ponerle el dedo en la llaga, si es que hay alguien que desee hacerlo. Es imposible decir «me gusta Picasso», porque ninguna época nos viene a la memoria. Picasso juega. Eso está muy bien. Pero al hacerlo destruye lo que podría ser una..., una personalidad auténtica e integrada. ¿En qué consiste la personalidad de Picasso?

Los periodistas emborronaban cuartillas diligentemente.

—¿Cuál de las pinturas de esta exposición es la que usted prefiere? ¿Cuál es la que le gusta más?

—No tengo ninguna... No, no puedo decir que tenga un cuadro favorito en esta exposición. Gracias.

¿Fumaba Derwatt?, se preguntó Tom mentalmente. ¡Qué diablos!

Alargó la mano hacia el paquete de Craven A, de Jeff, y encendió uno con el encendedor de mesa sin dar tiempo a que dos de los periodistas pudiesen encenderle el pitillo. Tom se echó hacia atrás para protegerse la barba de la lumbre que le ofrecían.

318

–Puede que tenga preferencia por los más antiguos, *Las sillas rojas, La mujer que cae,* quizá. Pero ¡ay!, ya están vendidos.

El segundo título lo había recordado de repente. Existía en realidad.

–¿Dónde está? No lo conozco, pero recuerdo el título –dijo alguien.

Tímidamente, con gesto propio de un solitario, Tom mantenía los ojos clavados en el secante forrado de cuero sobre la mesa de Jeff.

–No me acuerdo. *La mujer que cae.* Se lo vendí a un americano, me parece.

Los periodistas volvieron a la carga:

–¿Está usted contento de las ventas, Derwatt?

(¿Quién no lo estaría?)

–¿Le inspira a usted México? Me he fijado en que ninguna de las telas expuestas parece pintada en México.

(Un ligero tropiezo, pero Tom lo superó. Siempre había pintado lo que la imaginación le dictaba.)

–¿Puede al menos describirnos su casa de México, Derwatt? –preguntó Eleanor.

(Eso lo podía hacer. Una casa de una sola planta con cuatro habitaciones. Un platanero delante de la casa. Una muchacha venía cada mañana a las diez a hacer la limpieza, y por la tarde le hacía algunas compras, trayéndole tortillas recién sacadas del horno que él comía acompañadas de frijoles para almorzar. Sí, la carne era escasa, pero la había de cabra. ¿El nombre de la muchacha?: Juana.)

–¿Le llaman Derwatt en el pueblo?

–Solían hacerlo, y lo pronunciaban de un modo muy peculiar, se lo puedo asegurar. Ahora me llaman Filipo. No hace falta que utilicen ningún otro nombre; basta con don Filipo.

–¿Así que no tienen idea de que es usted Derwatt?

Tom volvió a reírse un poco.

–No creo que les interesen mucho el *Times, Arts Review,* o cosas por el estilo.

–¿Ha echado de menos Londres? ¿Qué impresión le ha causado?

–¿Fue simplemente un capricho lo que le impulsó a regresar ahora? –preguntó el joven Perkins.

–Sí. Un simple capricho.

Tom sonrió con el gesto gastado y filosófico del hombre que durante años ha estado solo, dedicado a la contemplación de las montañas mexicanas.

–¿Viene alguna vez a Europa, de incógnito? Sabemos que le gusta la soledad...

–Derwatt, le agradecería infinitamente que mañana pudiera dedicarme diez minutos. Me permito preguntarle dónde se...

–Lo siento, aún no he decidido dónde me hospedaré –dijo Tom.

Amablemente, Jeff instaba a los periodistas para que se fuesen, y las cámaras empezaron a relampaguear. Tom miraba hacia el suelo, luego, a petición, hacia arriba para que le tomasen una o dos fotografías. Jeff franqueó la entrada a un camarero de chaqueta blanca que portaba una bandeja con bebidas. La bandeja se vació en un santiamén.

Tom alzó una mano en señal de tímida y afable despedida.

–Gracias a todos.

–No más preguntas, por favor –dijo Jeff desde la puerta.

–Pero si yo...

–Ah, aquí está usted, míster Murchison. Pase, por favor –dijo Jeff.

Se volvió hacia Tom.

–Derwatt, este es míster Murchison, de América.

Míster Murchison era robusto y de rostro agradable.

–Mucho gusto, míster Derwatt –dijo sonriente–. Qué suerte tan inesperada encontrarle en Londres.

Se dieron la mano.

–Mucho gusto –dijo Tom.

–Y este es Edmund Banbury –añadió Jeff–, míster Murchison.

Ed y Murchison se saludaron.

–Tengo uno de sus cuadros, *El reloj*. A decir verdad, lo he traído conmigo.

La sonrisa de míster Murchison era ahora muy amplia, y miraba fijamente, con fascinación y respeto, a Tom, quien esperaba que la causa de ello fuese la sorpresa de haberle conocido personalmente.

–Oh, sí –dijo Tom.

Jeff cerró nuevamente la puerta sin hacer ruido.

320

—¿No quiere usted sentarse, míster Murchison?

—Sí, gracias.

Murchison se sentó en una silla recta.

Jeff empezó a recoger vasos vacíos de los bordes de los anaqueles y del escritorio, sin decir palabra.

—Bueno, para ir al grano, míster Derwatt, me..., me interesa cierto cambio de técnica que he observado en *El reloj*. Sabe, por supuesto, a qué cuadro me refiero, ¿verdad? —preguntó Murchison.

¿Era esa una pregunta fortuita o intencionada?, se preguntó Tom.

—Claro —respondió.

—¿Me lo puede describir?

Tom seguía de pie y notó un escalofrío por todo el cuerpo. Sonrió.

—Nunca puedo describir mis pinturas. No me sorprendería nada que en esa no hubiese ningún reloj. ¿Sabía usted, míster Murchison, que no siempre soy yo quien titula mis cuadros? No acabo de comprender, por ejemplo, a quién pudo ocurrírsele llamar a ese cuadro *Mediodía de domingo*.

(Tom había echado un vistazo al programa de la galería con los veintiocho Derwatts que se exponían, programa que Jeff o alguien más había tenido la previsión de dejar abierto sobre el escritorio, apoyado en el secante.)

—¿Hay que agradecértelo a ti, Jeff?

Jeff se rió.

—No, me parece que fue Ed. ¿Quiere usted tomar algo, míster Murchison? Le traeré una copa del bar.

—No, gracias, estoy bien.

Entonces Murchison se dirigió a Tom.

—Se trata de un reloj de color azulado sostenido por... ¿Se acuerda usted?

Sonreía como si estuviese preguntando un acertijo inocente.

—Me parece que por una niña pequeña, vuelta hacia el espectador, ¿no?

—¡Hum...! Así es —dijo Murchison—. Aunque, claro, usted nunca pinta niños, ¿verdad?

Tom se rió entre dientes, aliviado al ver que había dado en el clavo.

—Supongo que es porque prefiero las niñas.

321

Murchison encendió un Chester. Tenía los ojos castaños, el pelo castaño claro, ondulado, y una mandíbula poderosa cubierta con un mínimo de carne superflua, igual que el resto de su persona.

—Me gustaría que viese mi cuadro. Tengo un motivo para ello. ¿Me disculpa un minuto? Lo he dejado con los abrigos.

Jeff le abrió la puerta para que saliese y luego la volvió a cerrar con llave.

Jeff y Tom se miraron. Ed estaba de pie, apoyado en una pared llena de libros, sin decir nada. Tom dijo con un susurro:

—Realmente, muchachos, si la maldita tela ha estado en el guardarropa durante todo este rato, ¿no podía uno de vosotros escamotearla y quemarla?

—¡Ja, ja! —rió Ed, nerviosamente.

La gordezuela sonrisa de Jeff había dado paso ahora a un rictus nervioso, aunque conservaba su aplomo, como si Murchison siguiese en la habitación.

—Bueno, dejémosle acabar —dijo Tom empleando el tono lento y tranquilo de Derwatt.

Intentó abrocharse los gemelos, pero no lo consiguió.

Murchison regresó con un cuadro envuelto en papel marrón bajo el brazo. Era un Derwatt de formato mediano, quizá sesenta por noventa centímetros.

—Me costó diez mil dólares —dijo sonriendo—. Puede que les parezca un descuido haberlo dejado en el guardarropa, pero me inclino a confiar en la gente.

Estaba deshaciendo el envoltorio ayudándose con un cortaplumas.

—¿Conoce usted este cuadro? —preguntó a Tom.

Tom sonrió al verlo.

—Por supuesto que sí.

—¿Recuerda haberlo pintado?

—Es una de mis obras —repuso Tom.

—Son los púrpuras lo que me interesa en él. El color púrpura. Esto es un puro violeta cobalto, como puede ver, probablemente mejor que yo.

Míster Murchison sonrió un instante, como pidiendo disculpas.

—El cuadro tiene como mínimo tres años, pues hace tres años que lo compré. Pero, si no me equivoco, hace ya cinco o seis años

322

que dejó usted de utilizar el violeta cobalto en favor de una mezcla de rojo cadmio y ultramar. No me acuerdo exactamente de la fecha.

Tom permanecía en silencio. En la obra que poseía Murchison el reloj era negro y púrpura. Las pinceladas y el color se asemejaban a los de *El hombre de la silla* (pintado por Bernard) que tenía en casa. Tom no acababa de ver qué pretendía Murchison con el cuento del color púrpura. Una niña pequeña ataviada con un vestido rosa y verde manzana sostenía el reloj, mejor dicho apoyaba su mano en él, ya que el reloj era grande y estaba colocado sobre una mesa.

—A decir verdad, lo he olvidado —dijo Tom—. Puede que en este usase un violeta cobalto puro.

—Y también en *La bañera,* que está ahí fuera —dijo Murchison, indicando la galería con un gesto de cabeza—. Pero en ninguno de los demás. Me parece curioso. Un pintor no suele volver a utilizar un color que ya ha desechado. La combinación de rojo cadmio y ultramar resulta mucho más interesante, a mi juicio. La que emplea ahora.

Tom estaba tranquilo. ¿Debería estar más preocupado?, se preguntó. Se encogió de hombros ligeramente.

Jeff se había ido al pequeño lavabo y estaba ajetreado con vasos y ceniceros.

—¿Cuántos años hace que pintó *El reloj?* —preguntó Murchison.

—Eso me temo que no se lo puedo decir —dijo Tom con acento de franqueza. Había visto por dónde iba Murchison, al menos cuando hablaba de fechas, y añadió—: Puede que cuatro o cinco años. Es un cuadro antiguo.

—No me lo vendieron como tal. ¿Y *La bañera?* Ese es reciente, del año pasado, y tiene el mismo violeta cobalto puro.

El cobalto para las sombras, cabía decir, no predominaba en *El reloj.* Murchison tenía una vista de águila. Tom pensó que *Las sillas rojas,* el Derwatt antiguo y original, tenía el mismo cobalto puro, y se preguntó si su fecha estaba indicada. Si pudiese decir que *Las sillas rojas* databa de tres años solamente, y lograse demostrarlo de algún modo, Murchison podía simplemente irse al infierno. Lo comprobaré con Jeff y con Ed más tarde, pensó.

—¿Así que recuerda claramente haber pintado *El reloj?* —interrogó Murchison.

—Sé que es uno de mis cuadros —dijo Tom—. Es posible que estuviese en Grecia, o incluso en Irlanda, cuando lo pinté, porque no me acuerdo de las fechas, y las que puedan constar en la galería no son siempre las de los días en que pinto mis cuadros.

—No creo que *El reloj* sea obra suya —dijo Murchison con su bonachona convicción americana.

—¡Cielo santo! ¿Y por qué no?

El tono afable de Tom no tenía nada que envidiar al de Murchison.

—Es posible que me haya hecho un lío, ya lo sé. Pero he visto parte de su obra anterior en un museo de Filadelfia. Si me permite decirlo, míster Derwatt, usted es...

—Llámeme simplemente Derwatt. Lo prefiero.

—Derwatt. Es usted tan prolífico... Me parece natural que se olvide... Quizá sea mejor decir que no recuerde un cuadro. Demos por sentado que *El reloj* se ajusta a su estilo y que el tema es típico de su...

Jeff, al igual que Ed, escuchaba atentamente y, aprovechando esta pausa, dijo:

—Pero, al fin y al cabo, este cuadro vino de México junto con unos cuantos más de Derwatt. Siempre nos manda dos o tres de una vez.

—Sí. *El reloj* está fechado al dorso. Es de hace tres años y la fecha está escrita con la misma pintura negra de la firma de Derwatt —dijo Murchison, pasando el cuadro a los demás para que todos pudiesen verlo—. Hice analizar la firma y la fecha en los Estados Unidos. Para que vean lo meticuloso que he sido en mis pesquisas —indicó Murchison con una sonrisa.

—No alcanzo a comprender cuál es el problema —señaló Tom—. Lo pinté en México, si la fecha es de hace tres años y está escrita por mí mismo.

Murchison miró a Jeff.

—Míster Constant, usted afirma haber recibido *El reloj* junto con otros dos cuadros, quizá, en un mismo envío.

—Sí. Ahora que me acuerdo..., creo que los otros dos están ahora aquí, cedidos por sus propietarios de Londres. *El granero anaranjado* y..., ¿te acuerdas del otro, Ed?

—Me parece que se trata del *Pájaro espectro,* probablemente. ¿No es así?

324

Por la señal de asentimiento de la cabeza de Jeff, Tom comprendió que así era, de lo contrario, Jeff sabía fingir muy bien.

–En efecto –dijo Jeff.

–La técnica no es la de este. En ellos hay púrpura, pero hecho con una mezcla de colores. Los dos cuadros de que están hablando son auténticos, al menos obras auténticas de una época posterior.

Murchison se equivocaba ligeramente, pues eran falsos también. Tom se rascó la barba, aunque con mucha suavidad. Su aire era tranquilo, un poco divertido.

Murchison miraba alternativamente a Jeff y a Tom.

–Puede que me tome por un engreído, pero si me permite, Derwatt, me temo que ha sido objeto de una falsificación. Me arriesgaré aún más, apuesto mi vida a que *El reloj* no es suyo.

–Pero, míster Murchison –dijo Jeff–, eso es sencillamente cuestión de...

–¿De enseñarme el recibo por cierto número de cuadros de un año determinado? ¿Cuadros mandados desde México que posiblemente ni siquiera llevasen título? ¿Y qué pasa si Derwatt no los titula?

–La Buckmaster Gallery es el único marchante autorizado a encargarse de la obra de Derwatt. Y usted nos compró ese cuadro a nosotros.

–Lo tengo presente –dijo Murchison–. Y no les estoy acusando a ustedes... ni a Derwatt. Lo único que les digo es que me parece que este no es un Derwatt auténtico. No puedo decirles qué sucedió en realidad.

Murchison les iba mirando a todos por turno, un poco abochornado por su arranque, pero animado todavía por su convicción.

–Mi teoría estriba en que ningún pintor vuelve a emplear un color o una combinación de colores que solía usar una vez que los ha cambiado por otro tan sutil y, sin embargo, tan importante como el color de lavándula resulta en las pinturas de Derwatt. ¿Está usted de acuerdo, Derwatt?

Tom suspiró y se tocó el bigote con el dedo índice.

–No sé qué decirle. No tengo tanto de teórico como usted, al parecer.

Una pausa.

–Muy bien, míster Murchison, ¿qué desea usted que hagamos con *El reloj*? ¿Reembolsarle su dinero? –inquirió Jeff–. Nos complacería hacerlo porque Derwatt acaba de verificarlo y, francamente, el cuadro vale mucho más de diez mil dólares ahora.

Tom tenía la esperanza de que Murchison aceptase, pero este no era de los que actúan así.

Murchison se tomó su tiempo, hundió las manos en los bolsillos de los pantalones y miró a Jeff.

–Gracias, pero me interesa más mi teoría, mi opinión, que el dinero. Y ya que estoy en Londres, ciudad donde hay peritos en pintura tan buenos como en cualquier otro sitio, quizá los mejores, tengo la intención de hacer examinar *El reloj* por uno de ellos y cotejarlo con... ciertos Derwatt de indiscutible autenticidad.

–Muy bien –dijo Tom amablemente.

–Muchísimas gracias por recibirme, Derwatt. Ha sido un placer conocerle.

Murchison le tendía la mano. Tom la estrechó con firmeza.

–El placer ha sido mío, míster Murchison.

Ed ayudó a Murchison a envolver su cuadro, y trajo más cordel, ya que el de Murchison ya no servía para atarlo.

–¿Puedo ponerme en contacto con usted a través de la galería? –dijo Murchison a Tom–. ¿Digamos mañana?

–Oh, sí –replicó Tom–. Ellos sabrán dónde encontrarme.

Tan pronto como Murchison hubo abandonado la habitación Jeff y Ed lanzaron fuertes suspiros de alivio.

–Bien... ¿Es mucha la gravedad del asunto? –preguntó Tom.

Jeff entendía más de pintura. Habló primero, con dificultad:

–La cosa será grave si mete a un perito en el asunto, me imagino. Y lo hará. Puede que tenga algo a que agarrarse con eso de los púrpuras. Digamos una pista que empeore las cosas.

Tom dijo:

–¿Por qué no volvemos a tu estudio, Jeff? ¿Puedes volver a sacarme por la puerta de atrás, sin que nadie me vea..., como una Cenicienta?

–Sí, pero quiero hablar con Leonard. –Jeff hizo una mueca–. Me lo llevaré a rastras para que te conozca.

Salió.

El murmullo en la galería había disminuido en intensidad.

Tom miró a Ed, cuyo rostro estaba algo pálido. Yo puedo desaparecer, pero tú no, pensó Tom. Enderezó los hombros e hizo una V con dos dedos alzados, en señal de victoria.

—Levanta esa cara, Banbury. Nos las arreglaremos para salir de esta.

—O quizá sean ellos quienes nos hagan esto a nosotros —replicó Ed, con un gesto más vulgar.

Jeff regresó con Leonard, un joven pulcro y de escasa estatura vestido con un traje de la época eduardiana, lleno de botones y guarniciones de terciopelo. Leonard lanzó una risotada al ver el aspecto de Derwatt, pero Jeff le hizo signos de que se callase.

—Es maravilloso, ¡maravilloso! —exclamó Leonard, examinando a Tom de pies a cabeza con admiración sincera—. He visto tantísimas fotos, ¿sabe? Pero no había visto algo tan bien hecho desde que me disfracé de Toulouse-Lautrec con los pies atados a la espalda. Eso fue el año pasado. ¿Quién es usted en realidad?

—Eso —dijo Jeff— no lo sabrá usted. Basta con decir que...

—Basta con decir —apuntó Ed— que Derwatt acaba de celebrar una brillante entrevista con la prensa.

—Y mañana desaparecerá. Porque regresará a México —dijo Jeff, cuchicheando—. Ahora regresa a tus obligaciones, Leonard.

—*Ciao* —dijo Tom, alzando una mano.

—*Hommage* —contestó Leonard con una reverencia. Retrocedió hacia la puerta y añadió—: Ha desaparecido casi toda la pandilla. Igual que la bebida.

Salió deslizándose.

Tom no estaba tan alegre. Ansiaba librarse de su disfraz. La situación constituía un problema aún sin resolver.

De vuelta en el estudio de Jeff se encontraron con que Bernard Tufts se había marchado. Ed y Jeff parecían sorprendidos. Y Tom se sentía un poco intranquilo, porque Bernard debería estar al corriente de los acontecimientos.

—¡Sabes dónde encontrarle, desde luego! —dijo Tom.

—Oh, claro —respondió Ed.

Se estaba preparando un poco de té en la cocina de Jeff.

—Bernard está siempre *chez lui*. Tiene teléfono.

Por la mente de Tom cruzó la sospecha de que quizá ni el teléfono resultase ya seguro.

—Probablemente míster Murchison querrá verte otra vez —dijo Jeff—. Con el experto. Conque tienes que esfumarte. Partirás para México mañana..., oficialmente. Puede que esta misma noche.

Jeff sorbía un Pernod. Parecía más confiado, quizá debido a que la entrevista con la prensa, incluso con el mismo Murchison, había resultado razonablemente bien.

—México, ¡tus narices! —dijo Ed, entrando con su taza de té.

—Derwatt estará en algún lugar de Inglaterra, hospedándose con unos amigos, y ni siquiera nosotros sabremos dónde. Dejemos pasar unos días. Y entonces sí que se marchará a México. ¿Cómo? ¿Quién sabe?

Tom se quitó la holgada americana.

—¿Tenemos una fecha para *Las sillas rojas?*

—Sí —replicó Jeff—. Es de hace seis años.

—¿Y la fecha estará impresa en muchos documentos, supongo? —preguntó Tom—. Estaba pensando en hacerla más reciente..., para librarnos de esa lata del púrpura.

Ed y Jeff se miraron, y Ed dijo rápidamente:

—No. Lo dice en demasiados catálogos.

—Hay una salida. Que Bernard haga varios cuadros, al menos dos, con el violeta cobalto puro. Una especie de demostración de que emplea ambos tipos de púrpura.

Pero Tom iba sintiéndose desanimado mientras hablaba, y sabía por qué. Tenía la impresión de que probablemente fuese Bernard quien les fallase. Apartó la mirada de Jeff y Ed. Ambos estaban indecisos. Intentó levantarse, erguido, sintiéndose seguro de su disfraz de Derwatt.

—¿Os conté alguna vez lo de mi luna de miel? —preguntó Tom con la voz monótona de Derwatt.

—No, ¡cuéntanoslo! —pidió Jeff, dispuesto a reírse y, de hecho, sonriente ya.

Tom adoptó de nuevo el gesto encogido de Derwatt.

—El ambiente, en España, era terriblemente pacato. Habíamos tomado una suite en el hotel, sabéis, y allí estaba yo con Heloise, y abajo, en el patio, un loro cantaba *Carmen,* pésimamente. Y cada vez que nosotros... Pues ahí estaba:

«¡Ay-ay-ay-ay-aaaaaay! ¡Ay-ay-ay-ay-aaaaaay!»

La gente se asomaba a las ventanas y chillaba en español:

–¡Que se calle ese cochino loro! ¿Quién le enseñó a ese... a cantar *Carmen?* ¡Matadlo! ¡Que lo aspen!

–Resulta imposible hacer el amor mientras uno se está riendo. ¿Lo habéis intentado alguna vez? Bueno..., dicen que es la risa lo que distingue a los seres humanos de los animales. Y... lo otro ciertamente no. Ed, ¿puedes ayudarme a salir de esta maraña?

Ed se reía y Jeff se estaba revolcando en el sofá, aliviados (aunque Tom sabía que solo por unos instantes) después de la tensión por la que acababan de pasar.

–Ven al lavabo.

Ed abrió el grifo del agua caliente.

Tom se puso sus propios pantalones y su camisa. Si de algún modo podía atraer a Murchison a su casa antes de que este hablase con un perito como era su intención, quizá pudiera hacerse algo –aunque Tom no sabía qué– para remediar la situación.

–¿Dónde está hospedado Murchison en Londres?

–En algún hotel –repuso Jeff–. No nos dijo en cuál.

–¿Puedes llamar a unos cuantos y ver si por casualidad se encuentra allí?

Antes de que Jeff llegase al teléfono, el aparato sonó. Tom oyó que Jeff le decía a alguien que Derwatt había tomado un tren para el norte, y que él, Jeff no sabía adónde había ido.

–Tiene mucho de solitario –decía Jeff–. Otro caballero de la prensa –dijo Jeff al colgar– que quería una entrevista personal.

Abrió el listín de teléfonos.

–Primero probaré en el Dorchester. Me parece un tipo de los que se alojan en el Dorchester.

–O en el Westbury –apuntó Ed.

Hizo falta mucha agua, y mucho cuidado al aplicarla, para despegar la gasa con la barba. Luego le tocó el turno a un buen lavado de cabeza para librarse del tinte. Finalmente, Tom oyó que Jeff decía con tono alegre:

–No, gracias. Llamaré más tarde.

Luego Jeff dijo:

–Está en el Mandeville. Eso cae cerca de Wigmore Street.

Tom se puso la camisa rosa comprada en Venecia. Luego se acercó al teléfono y reservó una habitación en el Mandeville con el

nombre de Thomas Ripley. Llegaría sobre las ocho de la tarde
–dijo.

–¿Qué vas a hacer? –preguntó Ed.

Tom sonrió un poco.

–Todavía no lo sé –dijo. Y era cierto.

4

El Hotel Mandeville era un lugar con ciertas ínfulas de grandeza, si bien no era ni mucho menos tan caro como el Dorchester.
Tom llegó a las ocho y cuarto y se inscribió, indicando su dirección en Villeperce-sur-Seine. Le había cruzado por la imaginación
dar un nombre falso y una dirección cualquiera en la campiña inglesa, pues cabía la posibilidad de que tuviera muchas dificultades
con míster Murchison y se viera obligado a desaparecer rápidamente. Pero cabía también la posibilidad de invitar a Murchison a
Francia, y, en tal caso, probablemente necesitaría su nombre verdadero. Tom indicó a un botones que le subiese la maleta a la habitación y luego se asomó al bar, esperando que míster Murchison
estuviese allí. Míster Murchison no estaba en el bar, pero Tom
decidió esperarle durante un rato mientras se tomaba una cerveza
lager.

Diez minutos de espera con su cerveza y un ejemplar del *Eve-
ning Standard* no hicieron que míster Murchison se materializase.
Tom sabía que el barrio estaba lleno de restaurantes, pero le resultaría difícil acercarse a la mesa de Murchison y entablar conversación con él con la excusa de haberle visto aquel mismo día en la
exposición Derwatt. ¿O acaso sí podía hacerlo, diciendo que también había observado que Murchison entraba en la habitación de
atrás para conocer a Derwatt? Sí. Tom estaba a punto de aventu-
rarse a explorar los restaurantes del lugar cuando vio que Murchison entraba en el bar, haciendo gestos a alguien para que le siguiese.

Sorprendido, horrorizado incluso, vio que la otra persona era
Bernard Tufts. Tom se escabulló rápidamente por la puerta del
otro lado del bar, que daba a la acera. Bernard no le había visto,
de eso estaba casi seguro. Miró en torno buscando una cabina te-

lefónica u otro hotel desde donde pudiese llamar por teléfono y, al no encontrar ninguno, regresó al Mandeville por la puerta principal y pidió la llave de su habitación, la cuatrocientos once.

Ya en su habitación, Tom llamó por teléfono al estudio de Jeff. El timbre sonó tres, cuatro, cinco veces y entonces, para alivio de Tom, Jeff contestó.

—¡Hola, Tom! Justamente me iba con Ed cuando oí el teléfono desde la escalera. ¿Qué pasa?

—¿Sabes por casualidad dónde está Bernard en estos momentos?

—Oh, esta noche le dejaremos en paz. Está trastornado.

—Lo que está haciendo es tomarse una copa con Murchison en el bar del Mandeville.

—¿Qué...?

—Te estoy llamando desde mi habitación. Ahora, hagas lo que hagas, Jeff..., ¿me escuchas?

—Sí, sí.

—No le digas a Bernard que le he visto. No le digas que estoy en el Mandeville. Y no te pongas nervioso por nada. Es decir, siempre y cuando Bernard no esté descubriendo el pastel en este preciso momento, no sé.

—Oh, Dios mío —gimió Jeff—. No, no. Bernard no daría el chivatazo. No creo que lo hiciese.

—¿Estarás en casa más tarde?

—Sí, sobre las... Bueno, antes de medianoche, sea como sea.

—Intentaré llamarte. Pero no te inquietes si no lo hago. No trates de llamarme tú porque, bueno, porque es posible que esté con alguien en mi habitación —dijo Tom riéndose súbitamente.

Jeff se rió, pero sin demasiadas ganas.

—De acuerdo, Tom.

Tom colgó.

Decididamente, quería ver a Murchison esta noche. ¿Estarían cenando Murchison y Bernard? Sería una lata tener que esperar fuera. Tom colgó uno de sus trajes y metió de cualquier modo un par de camisas en un cajón. Se salpicó el rostro con un poco más de agua y se miró al espejo para asegurarse de que no quedaban restos de cola.

Presa de desasosiego, salió de la habitación, con el gabán al brazo. Daría un paseo, quizá hasta el Soho, y buscaría un lugar donde cenar. Al llegar al vestíbulo echó una mirada a través de la puerta cristalera del bar.

Estaba de suerte. Murchison estaba solo, firmando la cuenta, y la puerta de la calle se estaba cerrando en aquel preciso instante, acaso porque Bernard acababa de salir. Pese a todo, Tom echó un vistazo al vestíbulo no fuese que Bernard saliera del lavabo y le pillase espiando. No vio a Bernard. Tom esperó que Murchison se levantase para entrar en el bar. Tom parecía deprimido y pensativo y, de hecho, así se sentía. Miró un par de veces a Murchison, cuyos ojos se cruzaron con los suyos una vez, como si Murchison le resultase conocido de algún lugar.

Luego Tom se acercó a él.

—Perdone, pero me parece que le he visto esta tarde en la exposición Derwatt.

Tom hablaba con acento americano, de los estados centrales, marcando mucho la «r» de Derwatt.

—¡Caramba! Pues sí, estaba allí –dijo Murchison.

—Me pareció que era usted americano, como yo. ¿Le gusta a usted Derwatt?

Tom se comportaba con tanta ingenuidad y franqueza como era posible hacerlo sin parecer estúpido.

—Sí, ciertamente me gusta.

—Poseo un par de sus lienzos –dijo Tom con orgullo–. Puede que compre alguno de los de la exposición, si no los han vendido ya. No estoy decidido del todo. *La bañera.*

—¿Ah, sí? También yo tengo uno –afirmó Murchison con igual candor.

—¿De veras? ¿Cuál?

—¿Por qué no se sienta?

Murchison estaba de pie, pero señalaba la silla delante de él.

—¿Le apetece una copa?

—Gracias, no me vendría mal.

Murchison se sentó.

—*El reloj.*

—Me parece estupendo haber dado con alguien que posee un Derwatt también, ¡o quizá un par!

Se acercó un camarero.

—Whisky escocés para mí, por favor. ¿Y usted? –preguntó a Tom.

332

–Un gin-tonic –dijo Tom, y añadió–: Estoy alojado aquí en el Mandeville, así que la bebida corre de mi cuenta.

–Ya hablaremos de eso más tarde. Dígame qué cuadros son los que tiene.

–*Las sillas rojas* –repuso Tom– y...

–¿En serio? ¡Vaya joya! *Las sillas rojas.* ¿Vive usted en Londres?

–No, en Francia.

–Oh. –En su voz había desencanto.

–¿Y el otro cuadro cuál es?

–*El hombre de la silla.*

–No lo conozco –dijo Murchison.

Durante unos pocos minutos hablaron de la extraña personalidad de Derwatt, y Tom dijo haber visto a Murchison entrar en la habitación posterior de la galería donde, según tenía oído, se encontraba Derwatt.

–Solo dejaban entrar a la prensa, pero derribé la valla –le dijo Murchison–. Verá usted, tengo un motivo algo especial para estar aquí justamente ahora, y cuando me enteré de que Derwatt iba a estar presente en la galería esta tarde, bueno, no podía permitir que se me escapase la ocasión.

–¿Ah, sí? ¿Y cuál es su motivo? –preguntó Tom.

Murchison se explicó. Habló de sus motivos para creer que alguien estaba falsificando Derwatts, y Tom le escuchaba atentamente, absorto. El asunto consistía en que Derwatt solía utilizar una mezcla de rojo cadmio y ultramar durante los últimos cinco años, aproximadamente (es decir, pensó Tom, desde antes de su muerte. Así que era el mismo Derwatt, y no Tufts, quien había empezado), y ahora, en *La bañera* y *El reloj*, había vuelto a emplear su anterior violeta cobalto puro. El mismo Murchison, según dijo a Tom, pintaba; era su hobby.

–No soy ningún experto, créame, pero he leído casi todos los libros sobre pintores y pintura que existen. No es necesario un experto ni un microscopio para darse cuenta de la diferencia entre un color simple y una mezcla, pero lo que quiero decir es que jamás ha existido ni existirá un pintor que vuelva a usar un color que ya haya desechado, consciente o inconscientemente. Digo que inconscientemente porque cuando un pintor elige un color o unos colores nuevos suele hacerlo porque así se lo dicta su subconsciente. No es que Derwatt utilice el color lavándula en todos sus cuadros, claro que no. Pero la conclusión que he sacado es que mi *Reloj* y puede que algunos otros cuadros, incluyendo el que le interesa a usted, *La bañera,* por cierto, no son de Derwatt.

–Eso es interesante, muy interesante. Porque da la casualidad de que mi *Hombre de la silla* coincide más o menos con lo que me está usted diciendo, me parece. Y ese cuadro tiene ya unos cuatro años. Me gustaría mucho que usted lo viese. Bueno, ¿qué tiene pensado hacer con respecto a su *Reloj?*

Murchison prendió uno de sus Chesters.

–Todavía no he acabado la historia. Acabo de tomar una copa con un inglés llamado Bernard Tufts, pintor también, y parece que él sospecha lo mismo de Derwatt.

Tom frunció el ceño marcadamente.

–¿De veras? El asunto tendría importancia si hay alguien que está falsificando Derwatts. ¿Qué le dijo ese hombre?

–Me da en la nariz que sabe más de lo que dice. Dudo que esté metido en el engaño. No da la impresión de ser un estafador, ni de nadar en la abundancia. Pero parece conocer el mundillo artístico de Londres. Se limitó a prevenirme: «No compre usted más Derwatts, míster Murchison», me dijo. ¿Qué me dice de eso?

–Hum... Pero ¿en qué se basa?

–Como le digo, no lo sé. No pude sacarle nada. Pero lo cierto es que se tomó la molestia de buscarme y, según me dijo, llamó a ocho de los hoteles de la ciudad antes de localizarme. Le pregunté cómo se había enterado de mi nombre, y me dijo: «Oh, las noticias vuelan.» Es muy extraño –prosiguió Murchison–, ya que la gente de la Buckmaster Gallery son las únicas personas con las que he hablado. ¿No le parece raro? Mañana tengo una cita con alguien de la Tate Gallery, pero ni él sabe que se trata de algo relacionado con un Derwatt. –Murchison bebió un poco más de whisky y dijo–: Cuando empiecen a llegar Derwatts de México... ¿Sabe lo que voy a hacer mañana aparte de enseñar *El reloj* a míster Riemer de la Tate Gallery? Pues voy a preguntarle si yo o él tenemos derecho a consultar los libros de la Buckmaster Gallery para ver qué dicen de los cuadros de Derwatt enviados desde México. No son los títulos lo que me interesa tanto, aparte de que Derwatt me dijo que no siempre pone título a sus cuadros, sino que quiero saber cuántos cuadros se han recibido. Por fuerza tienen que pasar por la Aduana o por donde sea, y si algunos no constan allí, bueno, ya tenemos una pista. Sería realmente divertido que estuviesen embaucando al mismísimo Derwatt y algunos de sus cuadros..., bueno, algunos cuadros que se pretendiese hacer pasar por suyos, de los de hace cuatro o cinco años, por ejemplo..., los estuviesen pintando aquí mismo, en Londres.

Sí, pensó Tom, divertido.

—Pero, según me dijo, usted habló con él sobre su cuadro, ¿no es cierto?

—Hice algo más, ¡se lo enseñé! Dijo que era de los suyos, pero, a mi juicio, no estaba del todo seguro. Pero no dijo: «Cielos, ese es mío.» Se limitó a contemplarlo durante un par de minutos y luego dijo: «Por supuesto que es mío.» Puede que me pasase de listo, pero le dije a Derwatt que me parecía posible que se hubiese olvidado de uno o dos lienzos, de los que no llevaban título y había pintado años antes.

Tom arrugó la frente como si dudase de ello, y así era en realidad. Incluso un pintor que no titulase sus cuadros se acordaría de uno de ellos, pensó Tom, quizá no de un dibujo. Pero dejó que Murchison prosiguiese.

—Y, además, no me acaban de gustar los encargados de la Buckmaster Gallery. Jeffrey Constant. Y Ed Banbury, el periodista que, a todas luces, es amigo íntimo del primero. Todos ellos son viejos amigos de Derwatt, lo tengo presente. A Long Island, donde vivo, llegan las revistas *The Listener* y *Arts Review,* y también el *Sunday Times.* He leído los artículos de Banbury bastante a menudo, y suelen romper una lanza en favor de Derwatt, eso cuando todo el artículo no gira en torno a él. ¿Y sabe lo que me pasó por la cabeza?

—¿Qué? —preguntó Tom.

—Pues que quizá Constant y Banbury estén haciendo la vista gorda en algunos casos de falsificación con el objeto de vender más Derwatts de los que el pintor es capaz de producir. No llegaré al extremo de acusar al mismo Derwatt. ¡Pero tendría gracia que Derwatt fuese tan despistado que ni siquiera pudiese recordar cuántos cuadros ha pintado! —rió Murchison.

Era gracioso, pensó Tom, pero no tanto como para partirse de risa. Aunque no tan gracioso como la misma verdad, míster Murchison. En voz alta dijo:

—¿Así que mañana le va a enseñar su cuadro al experto?

—Venga conmigo y se lo enseñaré a usted —dijo Murchison. Tom intentó coger la cuenta, pero Murchison insistió en firmarla él.

Subieron juntos en el ascensor. El cuadro estaba guardado en un rincón del armario, envuelto tal como lo había envuelto Ed aquella tarde. Tom lo miró con interés.

—Es un hermoso cuadro —dijo.

—En efecto, nadie puede negarlo.

Tom lo había apoyado contra el escritorio y ahora lo estaba mirando desde el otro lado de la habitación, con todas las luces encendidas.

—¿Sabe usted...? —dijo—. Tiene cierto parecido con el mío, *El hombre de la silla*. ¿Por qué no viene a mi casa y se lo enseñaré? Estoy muy cerca de París. Si le parece que tampoco el mío es auténtico, se lo dejaré para que lo haga examinar en Londres.

—Hum —dijo Murchison pensativo—. Puede.

—Si a usted le han tomado el pelo, también me lo han tomado a mí.

Murchison podría ofenderse si se ofreciese a pagarle el viaje, pensó Tom, así que no lo hizo.

—Mi casa es bastante grande y actualmente estoy solo, a excepción del ama de llaves.

—De acuerdo. Lo haré —dijo Murchison, que ahora estaba sentado.

—Tengo intención de regresar mañana a primera hora de la tarde.

—Muy bien, aplazaré mi entrevista con la Tate Gallery.

—Tengo muchos cuadros más, aunque no soy coleccionista.

Tom se sentó en la silla más grande.

—Me gustaría que les echase un vistazo. Un Soutine. Dos Magrittes.

—¿En serio?

Los ojos de Murchison empezaban a tomar una expresión soñadora.

—¿Qué distancia hay de París a su casa?

Diez minutos después Tom estaba en su propia habitación,

336

un piso más abajo. Murchison le había propuesto cenar juntos, pero Tom había preferido excusarse pretextando una cita a las diez en Belgravia, así que casi no quedaba tiempo. Murchison le había confiado la tarea de reservar plazas en el avión del día siguiente con destino a París, un billete para Murchison. Tom cogió el teléfono y reservó dos plazas para el avión del día siguiente, miércoles, a las dos del mediodía, con destino a Orly. Tom tenía su propio billete de vuelta. Dejó un recado referente al vuelo, destinado a Murchison, en la conserjería. Luego encargó un bocadillo y media botella de Médoc. Después de esto descabezó un sueño hasta las once y puso una conferencia a Reeves Minot, en Hamburgo. Esta se demoró casi media hora.

Reeves no estaba en casa, le informó una voz de hombre con acento alemán.

Tom decidió arriesgarse, porque ya empezaba a estar harto de Reeves, y dijo:

—Soy Tom Ripley. ¿Ha dejado Reeves algún recado para mí?

—Sí. El mensaje es «el miércoles». El conde llegará a Milán mañana. ¿Puede usted ir a Milán mañana?

—No, no puedo ir a Milán mañana. *Es tut mir leid.*

Tom no deseaba, al menos de momento, decirle a ese hombre, no importaba quién fuese, que el conde ya había recibido una invitación para visitarle la próxima vez que fuese a Francia. Reeves no iba a pretender que estuviese siempre dispuesto a dejarlo todo, como había hecho en dos ocasiones anteriores, para volar hasta Hamburgo o Roma (por mucho que le gustasen aquellas breves excursiones), que fingiese estar de paso por casualidad en esas ciudades, y que invitase al «huésped», como solía llamar al portador, a su casa de Villeperce.

—Me parece que no hay problema —dijo Tom—. ¿Me puede dar la dirección del conde en Milán?

—El Grand Hotel —le informó la voz con brusquedad.

—Dígale a Reeves, por favor, que ya me pondré en contacto con él, probablemente mañana. ¿Dónde puedo localizarle?

—Mañana por la mañana en el Grand Hotel de Milán. Esta noche tomará el tren para allí. No le gustan los aviones, ¿sabe usted?

Tom no lo sabía. Era curioso, un tipo como Reeves a quien no le agradaban los aviones.

–Le llamaré. Por cierto, no estoy en Múnich; estoy en París.

–¿En París? –La voz reflejaba sorpresa–. Sé que Reeves trató de hablar con usted en el Vierjahreszeiten de Múnich.

–¡Qué pena! –dijo Tom cortésmente.

Y colgó.

Las agujas de su reloj iban acercándose a la medianoche, Tom se sentía desconcertado sobre lo que debía decirle a Jeff Constant y sobre lo que había que hacer con respecto a Bernard. Se le ocurrió, súbitamente, todo un discurso tranquilizador. Además, habría tiempo de ver a Bernard antes de tomar el avión. Sin embargo, Tom temía que Bernard se pusiese más nervioso y se mostrase reacio a colaborar si alguien hacía un esfuerzo indisimulado para tranquilizarle. Si Bernard le había dicho a Murchison que no comprase más Derwatts, ello indicaba, al parecer, que no quería seguir pintando Derwatts y eso, desde luego, iba a perjudicar mucho al negocio. Cabía una posibilidad aún peor: que Bernard estuviera a punto de confesar a la policía o a uno o varios de los poseedores de Derwatts falsos.

¿Cuál sería el verdadero estado de ánimo de Bernard, y qué estaría tramando?

Tom decidió que lo mejor era no decirle nada a Bernard. Este sabía que era él, Tom, quien había ideado el asunto de las falsificaciones. Tom se duchó y empezó a cantar:

> *Babbo non vuole,*
> *mamma nemmeno,*
> *come faremo*
> *a fare all'amor...*

Las paredes del Mandeville daban sensación, quizá ilusión, de ser a prueba de sonido. Hacía mucho tiempo que Tom no cantaba esa canción. Se alegró de haberse acordado de ella inesperadamente, porque era una canción optimista y Tom la asociaba con la buena suerte.

Se puso el pijama y llamó al estudio de Jeff.

Jeff contestó enseguida:

–Hola, ¿qué pasa?

–Hablé con míster M. esta noche y nos llevamos bien. Va a

venir conmigo a Francia mañana. Así que eso retrasará los acontecimientos, ¿comprendes?

–Y... tratarás de persuadirle o algo así, ¿no es eso?

–Sí. Algo por el estilo.

–¿Quieres que vaya al hotel, Tom? Probablemente estarás demasiado cansado para dejarte caer por aquí, ¿me equivoco?

–No, no estoy cansado, pero no hace falta que vengas. Además, podrías tropezarte con míster M. si vinieses aquí, y eso no nos conviene.

–En efecto.

–¿Has tenido noticias de Bernard? –preguntó Tom.

–No.

–Por favor, dile... –Tom se esforzaba por dar con las palabras adecuadas–. Dile que tú, no yo, te has enterado por casualidad de que míster M. va a esperar unos cuantos días antes de hacer algo con su cuadro. Lo que más me interesa es que Bernard no se vaya de la lengua. ¿Te cuidarás de esto?

–¿Por qué no hablas tú con Bernard?

–Pues porque sería lo peor –respondió Tom algo irritado.

Hay gente que no tiene ni el más leve sentido de la psicología, pensó.

–Tom, has hecho tu papel maravillosamente bien –dijo Jeff–. Gracias.

Tom sonrió, halagado por el tono arrebatador del elogio.

–Cuida de Bernard. Te llamaré antes de despegar.

–Espero estar en el estudio toda la mañana.

Se dieron las buenas noches.

Si le hubiera dicho a Jeff que Murchison pretendía pedir los recibos, los comprobantes de las pinturas enviadas desde México, a Jeff le habría dado un ataque, pensó Tom. Lo haría a la mañana siguiente, desde una cabina telefónica o desde una oficina de correos. Tom desconfiaba de las telefonistas de los hoteles. Esperaba, naturalmente, convencer a Murchison de la falsedad de su teoría, pero si no lo lograba, no estaría de más que la Buckmaster Gallery hiciese unos comprobantes que pareciesen auténticos.

5

A la mañana siguiente, mientras desayunaba en la cama (privilegio libertino que en Inglaterra debía pagarse con unos chelines de más en la cuenta), Tom telefoneó a madame Annette. Eran solo las ocho, pero Tom sabía que la mujer llevaría levantada casi una hora, cantando mientras cumplía su tarea de subir la calefacción (con el pequeño manómetro de la cocina), prepararse su delicada «infusión» (es decir, té), ya que el café por la mañana le producía palpitaciones, y arreglar las macetas de las diversas ventanas para que les diese tanto sol como fuese posible. Además, a la buena señora la complacería muchísimo recibir un *coup de fil* suyo desde Londres.

—*Allô!*...

—*Allô!*... *Allô, allô!* —La telefonista parecía furiosa.

—*Allô?* —esta, inquisitiva.

—*Allô!*...

Tres telefonistas francesas al aparato al mismo tiempo, sin contar la mujer de la centralita del Mandeville.

Al fin se oyó a madame Annette:

—La mañana es muy hermosa. ¡Hay sol!

Tom sonrió. Necesitaba desesperadamente oír una voz optimista.

—Madame Annette... Sí, estoy muy bien, gracias. ¿Cómo va la muela?... ¡Estupendo! La llamo para decirle que llegaré a casa este mediodía, sobre las cuatro, con un señor americano.

—¡Ah! —dijo madame Annette, complacida.

—Será nuestro huésped esta noche, puede que dos noches, ¿quién sabe? ¿Me hará el favor de arreglar bien el cuarto de los invitados? Ponga algunas flores. Y para cenar *tournedos,* quizá, con esa deliciosa *béarnaise* que prepara usted.

Madame Annette parecía delirar de alegría ante la noticia de que Tom traería un invitado y, por tanto, ella tendría algo concreto que hacer.

Luego Tom llamó a míster Murchison y quedaron en reunirse en el vestíbulo del hotel, para ir juntos en taxi a Heathrow.

Tom salió con la intención de ir andando hasta Berkeley Square, en cuyos alrededores había una camisería donde compró un pijama de seda, pequeño rito este con el que cumplía cada vez que iba a Londres. Era probable, además, que esta fuese su última oportunidad, durante su estancia, de coger el metro. El metro formaba parte de su concepto de la vida en Londres. Además, Tom era muy aficionado a leer las inscripciones que adornaban las paredes del metro. El sol se debatía, sin mucha esperanza, por atravesar la capa de húmeda niebla que cubría la ciudad, aunque no llovía. Se metió rápidamente en la estación de Bond Street junto con los últimos rezagados de, quizá, la hora punta de la mañana. Lo que más admiraba Tom era la habilidad que tenían algunas personas para hacer inscripciones en la pared desde las escaleras mecánicas en movimiento. Los anuncios de prendas íntimas abundaban a lo largo de las escaleras, chicas y nada más que chicas, ataviadas con fajas y bragas, y decoradas con detalles anatómicos, tanto masculinos como femeninos, a veces con frases enteras: «¡ME GUSTA SER HERMAFRODITA!» ¿Cómo se las arreglaban para escribirlas? ¿Puede que andando en sentido contrario a la escalera mientras escribían? «¡FUERA LOS NEGROS!» parecía ser una de las inscripciones favoritas. Abajo, en el andén, Tom reparó en un anuncio de *Romeo y Julieta*, la película de Zeffirelli, en el que Romeo aparecía tumbado de espaldas, desnudo, y Julieta, trepando sobre su cuerpo, le hacía una proposición realmente escandalosa. La respuesta de Romeo, escrita en una especie de globo que salía de su boca, rezaba: «Muy bien, ¿y por qué no?»

A las once y media ya tenía su pijama. Compró uno amarillo. Había pensado comprarlo de color púrpura, pero ya empezaba a estar harto de ese color últimamente. Tomó un taxi hasta Carnaby Street. Para él se compró un par de pantalones que parecían de raso, estrechos, ya que no le gustaban demasiado los acampanados. Y para Heloise compró otro pijama, este acampanado, de lana negra, talla treinta y ocho. El cubículo donde se probó los pantalones era tan estrecho que no pudo alejarse del espejo para ver si le caían bien de largo, aunque a madame Annette le encantaba hacer pequeños ajustes en sus prendas y en las de Heloise. Por si fuese poco, dos italianos que no dejaban de exclamar *Bellissimo!* corrían la cortina a cada instante, presurosos por entrar y probarse sus adquisiciones. Mientras Tom estaba pagando, entraron dos griegos que se pusieron a calcular los precios, en dracmas, en voz alta. La tienda mediría metro ochenta por tres metros sesenta, aproximadamente, y no era de extrañar que hubiese un solo dependiente; dos no hubieran cabido en ella.

Con sus compras en una bolsa de papel, Tom se dirigió a una cabina telefónica para llamar a Jeff Constant.

—Hablé con Bernard —dijo Jeff—, y está absolutamente aterrorizado por lo de Murchison. Le pregunté qué le había dicho a Murchison, ya que me había confesado que había hablado con él, ¿sabes? Me dijo que había aconsejado a Murchison que no comprase más pinturas. Eso ya es malo de por sí, ¿no es cierto?

—Sí —respondió Tom—. ¿Y qué más?

—Bueno, traté de decirle a Bernard que eso había sido todo lo que podía o debía decir. Es difícil explicártelo porque tú no conoces bien a Bernard, pero ¡se siente tan culpable!... por el recuerdo de Derwatt y todo eso. Me esforcé en convencerle de que lo que había dicho a Murchison ya bastaba para tranquilizarle la conciencia y que por qué no le dejaba en paz.

—¿Qué te respondió sobre eso?

—Está tan alicaído que es difícil repetir lo que me dijo. La exposición resultó un éxito total, ¿sabes?, y se vendió todo con una sola excepción. ¡Imagínate! Bernard se siente culpable también por eso. —Jeff se rió—. *La bañera;* uno de los cuadros que Murchison ha escogido para fastidiarnos.

—Si Bernard no quiere seguir pintando de momento, no le fuerces a ello —dijo Tom.

—Eso es exactamente lo que hago. Tienes mucha razón, Tom. Pero creo que en un par de semanas ya se habrá repuesto y volverá a sus pinceles. Es el nerviosismo de la exposición, y de verte a ti disfrazado de Derwatt. Piensa más en Derwatt de lo que la mayoría de la gente piensa en Jesucristo.

A Tom no le hacía falta que se lo dijesen.

—Hay un pequeño detalle, Jeff. Es posible que Murchison quiera examinar los libros de la galería para ver qué dicen de los cuadros pintados en México. ¿Llevas alguna clase de registro?

—No de lo de México.

—¿Puedes inventar algo? Solo por si no consigo persuadirle de que desista de todo el asunto.

—Lo intentaré, Tom.

Jeff parecía un poco inquieto. Y Tom se estaba impacientando.

–Inventa algo. Haz que parezca auténtico, de hace tiempo. Dejando aparte a Murchison, ¿no sería conveniente tener unos cuantos libros que justificasen...?

Tom se interrumpió. Había gente que no sabía cómo llevar un negocio, ni siquiera un negocio próspero como el de Derwatt Ltd.

–De acuerdo, Tom.

Tom hizo un alto en Burlington Arcade, donde entró en una joyería para comprar un broche de oro (un pequeño mono agachado) para Heloise. Lo pagó con cheques de viaje americanos. Heloise cumpliría años el mes siguiente. Luego se fue andando, por Oxford Street, hasta su hotel. Como de costumbre, Oxford Street estaba atestada de gente que iba de compras, mujeres con bolsas y cajas repletas, niños que iban a remolque de ellas. Un hombre-anuncio, cartelón delante y detrás, anunciaba un fotógrafo especializado en pasaportes, servicio rápido y económico. El pobre diablo llevaba un abrigo viejísimo, un sombrero de formas irreconocibles y de sus labios pendía un sucio cigarrillo sin encender. ¡Hágase su pasaporte para su crucero a las islas del Egeo!, pensó Tom. Pero aquel desgraciado nunca iría a ninguna parte. Tom le quitó el cigarrillo y en su lugar le puso un Gauloises.

–Fúmese un cigarrillo –le dijo–. Aquí tiene lumbre.

Encendió rápidamente el cigarrillo con sus propias cerillas.

–¡Chas! –dijo el hombre a través de su barba.

Tom metió lo que quedaba de su paquete de Gauloises y su caja de cerillas en el bolsillo rasgado del abrigo, y se alejó velozmente, con la cabeza gacha, esperando que nadie le hubiese visto.

Llamó a Murchison desde su cuarto, y se reunieron abajo con sus equipajes.

–He estado haciendo unas cuantas compras para mi mujer esta mañana –dijo Murchison, una vez en el taxi.

Parecía estar de buen humor.

–¿De veras? Yo también. Un par de pantalones de Carnaby Street.

–Para Harriet. Son siempre jerséis de Marks and Spencer. Pañuelos para el cuello de Liberty. Y a veces algunas madejas de lana. Hace calceta y le gusta saber que la lana procede de la vieja Inglaterra, ¿sabe?

–¿Anuló la cita que tenía para esta mañana?

–Sí, la aplacé para el viernes por la mañana. En casa del perito.

En el aeropuerto almorzaron bastante bien, con una botella de clarete. Murchison insistió en pagar él. Durante la comida le había hablado a Tom de su hijo, que era inventor y trabajaba en un laboratorio de California. Su hijo y su nuera acababan de tener el primer bebé. Le enseñó a Tom una fotografía de la niña, riéndose de sus chocheces de abuelo, pero se trataba de su primera nieta, a la que habían puesto el nombre de Karen, como su abuela materna. Respondiendo a las preguntas de Murchison, Tom dijo que había decidido vivir en Francia porque tres años antes se había casado con una muchacha francesa. Murchison no era tan torpe como para preguntar a Tom qué hacía para ganarse la vida, pero sí le preguntó cómo pasaba el tiempo.

–Leo libros de historia –dijo Tom sin darse importancia–. Estudio alemán. Aparte de que mi francés dista mucho de ser perfecto. Y la jardinería. Tengo un jardín bastante grande en Villeperce. Además pinto –añadió–, aunque solo para pasar el rato.

Llegaron a Orly a las tres, y Tom se fue en el pequeño autobús GASO a sacar su coche del garaje. Luego recogió a Murchison y las maletas cerca de la parada de taxis. El sol brillaba y no hacía tanto frío como en Inglaterra. Fueron hasta Fontainebleau y pasaron por delante del *château* para que Murchison pudiese verlo. Murchison dijo que hacía quince años que no lo veía. Llegaron a Villeperce alrededor de las cuatro y media de la tarde.

–Allí compramos casi todos los comestibles –dijo Tom, señalando una tienda situada a la izquierda de la calle Mayor del pueblo.

–Muy bonito. Bien conservado –dijo Murchison.

Cuando llegaron a casa de Tom, Murchison dijo:

–¡Caramba! Esto es magnífico. ¡Realmente hermoso!

–Tendría que verlo en verano –dijo Tom, modestamente.

Al oír el coche madame Annette salió a recibirles y a echarles una mano con el equipaje, pero Murchison no podía soportar el ver a una mujer acarreando las cosas pesadas, solo le dejó coger las bolsas, más pequeñas, de los cigarrillos y los licores.

–¿Va todo bien, madame Annette? –preguntó Tom.

–Todo. Hasta vino el fontanero a arreglar el retrete.

«Uno de los retretes goteaba», recordó Tom.

344

Tom y madame Annette acompañaron a Murchison a su habitación, junto a la cual había un cuarto de baño. De hecho, se trataba del baño de Heloise, cuyo dormitorio era contiguo a este. Tom explicó que su esposa estaba en Grecia, con unos amigos. Dejó solo a Murchison para que pudiese refrescarse y deshacer las maletas, y dijo que le esperaría abajo, en el cuarto de estar. Murchison ya había empezado a mirar con interés algunos de los dibujos que adornaban las paredes.

Tom bajó y pidió a madame Annette que preparase un poco de té. Le regaló un frasco de agua de colonia inglesa (Lake Mist) que había comprado en Heathrow.

—*Oh, m'sieur Tome, comme vous êtes gentil!*

Tom sonrió. La gratitud de madame Annette le hacía sentirse siempre agradecido él mismo.

—¿Buenos *tournedos* para la cena?

—*Ah, oui!* Y de postre *mousse au chocolat.*

Tom entró en el cuarto de estar. Había flores y madame Annette se había cuidado de subir la calefacción. En la habitación había un hogar. A Tom le gustaba mucho un buen fuego encendido, pero se quedaba absorto contemplando las llamas y le costaba apartarse de la chimenea, así que decidió no encenderla ahora. Se puso a contemplar *El hombre de la silla,* colgado sobre la chimenea, mientras se balanceaba sobre los talones, satisfecho del cuadro, de su familiaridad con él y de su gran calidad. Bernard era bueno. Solo que había cometido un par de errores al confundir las épocas, las condenadas épocas. Lógicamente, *Las sillas rojas,* un Derwatt auténtico, debería ocupar el lugar de honor sobre la chimenea del cuarto de estar. Era típico en él el haber colocado la falsificación en el sitio de honor, pensó. Heloise no sabía que *El hombre de la silla* no era auténtico, como tampoco sabía nada, de hecho, acerca de las falsificaciones. Su interés por la pintura no iba muy lejos. Suponiendo que tuviese alguna pasión, esta sería por los viajes, los manjares exóticos y desconocidos, y los trapos. El contenido de los dos armarios roperos que había en su habitación parecía un museo internacional del vestir, solo que sin los maniquíes. Poseía chalecos de Túnez, chaquetillas sin mangas y con flecos de México, bombachos cortos como los de la guardia real griega que, por cierto, le sentaban muy bien, y túnicas chinas llenas de bordados que había comprado en alguna parte de Londres.

Entonces, súbitamente, Tom se acordó del conde Bertolozzi, y cogió el teléfono. Hubiese preferido que Murchison no oyese mencionar el nombre del conde, pero, por otro lado, no tenía ninguna intención de hacer daño al conde y, al fin y al cabo, quizá fuese mejor actuar con toda naturalidad, sin hacer nada a escondidas. Preguntó en Información el número de teléfono del conde en Milán, se lo dieron y puso una conferencia. La telefonista le indicó que habría probablemente media hora de demora.

Míster Murchison acababa de bajar. Se había cambiado de ropa y llevaba unos pantalones de franela gris y una chaqueta de tweed, color verde y negro.

–¡Ah, la vida en el campo! –dijo, con una amplia sonrisa–. ¡Ah! –repitió al fijarse en *Las sillas rojas,* colgado en la pared delante de él, al otro lado de la habitación. Se acercó al cuadro para examinarlo mejor.

–Esto es una obra de arte. ¡Esto es lo auténtico!

De eso no hay duda, pensó Tom, y sintió que un escalofrío de orgullo le recorría el cuerpo y le hacía sentirse como un tonto.

–En efecto. Me gusta.

–Me parece que he oído hablar de él. Recuerdo el título. Le felicito, Tom.

–Y ahí está mi *Hombre de la silla* –dijo Tom, señalando la chimenea con un gesto de la cabeza.

–¡Ah! –dijo Murchison con distinto tono.

Se acercó al cuadro y Tom observó que su figura, alta y sólida, se ponía tensa debido a su concentración.

–¿Cuántos años tiene este? –preguntó Murchison.

–Unos cuatro –dijo Tom, sin mentir.

–¿Cuánto pagó por él, si me permite la indiscreción?

–Cuatro mil libras. Antes de la devaluación. Unos once mil doscientos dólares –dijo Tom, calculando la libra a dos dólares ochenta centavos.

–Me encanta haberlo visto –dijo Murchison, asintiendo con la cabeza–. Verá, aquí vuelve a salir el mismo color púrpura. Hay muy poco, pero mire.

Señaló el borde inferior de la silla. Debido a la altura del cuadro y a lo ancho de la chimenea, el dedo de Murchison estaba a unos cuantos centímetros del lienzo, pero Tom sabía a qué trazo de pintura se refería.

–Violeta cobalto puro.

Murchison cruzó la habitación y de nuevo miró el cuadro, examinándolo a unos veinticinco centímetros de distancia.

–Y este es uno de los antiguos. Violeta cobalto puro, también.

–¿Cree usted realmente que *El hombre de la silla* es falso?

–Así es, en efecto. Al igual que mi *Reloj*. La calidad es distinta, inferior a *Las sillas rojas*. La calidad es algo que no puede medirse con un microscopio. Pero puedo verla aquí. Y... también estoy seguro del violeta cobalto puro que hay aquí.

–Entonces –dijo Tom, imperturbable– puede que Derwatt esté utilizando alternativamente este color puro y la mezcla que mencionó usted.

Murchison frunció el ceño y agitó la cabeza.

–No es así como yo lo veo.

Madame Annette entró con el servicio de té colocado en un carrito. Una de las ruedas chirriaba ligeramente.

–*Voilà le thé, m'sieur Tome.*

Había preparado unas galletas de forma plana y bordes color marrón y de ellas se desprendía un agradable aroma de vainilla. Tom sirvió el té.

Murchison estaba sentado en el sofá. Probablemente no había visto entrar y salir a madame Annette. Miraba fijamente *El hombre de la silla,* como si estuviese deslumbrado o fascinado. Luego pestañeó mirando a Tom, sonrió y su cara recobró la expresión cordial.

–Usted no me cree, me parece. Está en su derecho.

–No sé qué decirle. No veo la diferencia de calidad, no. Puede que sea un obtuso. Si, como dice, hará que un perito examine su cuadro, entonces me atendré a lo que el perito diga. Y, a propósito, *El hombre de la silla* es el cuadro que puede llevarse consigo a Londres, si así lo desea.

–Me gustaría mucho, desde luego. Le extenderé un recibo e incluso se lo aseguraré –dijo Murchison riendo entre dientes.

–Ya está asegurado. No se preocupe.

En el lapso en que se bebió dos tazas de té, Murchison se interesó por Heloise, por lo que estaba haciendo. ¿Tenían hijos? No. Heloise tenía veinticinco años. No, a Tom no le parecía que las francesas fuesen más difíciles que las demás mujeres, pero, eso sí, tenían ideas propias acerca del respeto con que debían ser tratadas. La conversación sobre este tema empezó a decaer, porque a toda mujer le gustaba que la respetasen y, aunque Tom sabía muy bien cómo era Heloise, le resultaba absolutamente imposible expresarlo con palabras.

Se oyó el timbre del teléfono y Tom dijo:

—Perdóneme, responderé desde mi habitación.

Subió las escaleras corriendo. Al fin y al cabo, Murchison supondría que se trataba de Heloise y que él quería hablar con ella a solas.

—*Allô!* –dijo Tom–. ¡Edoardo! ¿Cómo estás? Es una suerte haberte encontrado..., me lo dijo un pajarito. Un amigo de ambos en París me llamó hoy y me dijo que estabas en Milán... Pues bien. ¿Puedes hacerme una visita? Después de todo, me lo prometiste.

El conde, un *bon vivant* siempre dispuesto a que le apartasen de sus obligaciones como hombre de negocios (importación-exportación), se mostró primero algo remiso a cambiar sus planes de ir a París, pero luego aceptó de muy buen grado la invitación de Tom.

—Pero esta noche no. Mañana. ¿De acuerdo?

A Tom le resultaba incluso un poco precipitado, ya que no estaba seguro de qué problemas podía acarrearle Murchison.

—Sí, incluso el viernes sería...

—¡El jueves! –dijo el conde con firmeza, sin pescar la indirecta.

—Muy bien. Te recogeré en Orly. ¿A qué hora?

—Mi avión llega a las..., un segundo.

El conde tardó bastante en encontrar lo que buscaba, entonces volvió al teléfono y dijo:

—Llegada a las cinco y cuarto. Vuelo tres cero seis de Alitalia.

Tom tomó nota.

—Allí estaré. Me alegro mucho de que puedas venir, Edoardo.

Entonces Tom regresó a la planta baja para reunirse con Murchison. Ya habían empezado a llamarse Tom el uno al otro, si bien Murchison le había dicho que su mujer le llamaba Tommy. Luego había añadido que era ingeniero hidráulico y trabajaba para

348

una compañía dedicada a la instalación de tuberías, con oficina principal en Nueva York. Murchison era uno de los directores.

Dieron un paseo por el jardín posterior, que se confundía con los bosques del lugar. Murchison le caía bastante bien a Tom. Sin duda lograría convencerle, persuadirle, pensó Tom, pero ¿qué debería hacer para ello?

Durante la cena, mientras Murchison hablaba de algo muy nuevo que tenía en la fábrica, algo que servía para transportar cualquier cosa mediante un sistema de tuberías y envases del tamaño de una lata de conservas, Tom se preguntaba si debía tomarse la molestia de pedirles a Jeff y a Ed que se procurasen documentos de embarque de alguna naviera mexicana para confeccionar una lista de los cuadros de Derwatt. ¿Era posible hacerlo con rapidez? Ed era periodista y seguramente sabría cómo hacer ese trabajo burocrático; entonces, Leonard, el gerente de la galería, y Jeff podrían manosear los papeles concienzudamente para que pareciesen ser de cinco o seis años atrás. La cena resultó excelente y Murchison se deshizo en alabanzas a madame Annette, en un francés bastante pasable, a su *mousse* y hasta al brie.

–Tomaremos el café en la sala de estar –indicó Tom a la mujer–. ¿Nos puede traer el coñac?

Madame Annette había encendido la chimenea. Tom y Murchison se acomodaron en el gran sofá amarillo.

–Es curioso –empezó a decir Tom–. *El hombre de la silla* me gusta tanto como *Las sillas rojas*. Aunque fuese falso. Es gracioso, ¿no? –Tom seguía hablando con acento del medio oeste americano–. Se habrá dado cuenta de que ocupa el sitio de honor de la casa.

–Bueno, ¡usted no sabía que no era auténtico! –Murchison se rió un poco–. Sería muy interesante, mucho, saber quién es el estafador.

Tom estiró las piernas por delante de él y dio unas chupadas al cigarro.

–Qué gracioso sería –empezó, jugando su última y mejor baza– que un estafador estuviese falsificando todos los Derwatts que hay en la Buckmaster Gallery, todos los que vimos ayer. Alguien que, por decirlo de otro modo, fuese tan bueno como Derwatt.

Murchison sonrió.

–Entonces, ¿qué hace Derwatt? ¿Sentarse tranquilamente mientras otro le suplanta? No sea ridículo. Derwatt resultó ser como me esperaba. Retraído y más bien anticuado.

–¿Se le ha ocurrido alguna vez coleccionar falsificaciones? Conozco a un hombre en Italia que lo hace. Primero lo hacía por afición, y ahora las vende a otros coleccionistas a precios bastante elevados.

–Oh, ya he oído hablar de eso. Sí. Pero a mí me gusta saber que estoy comprando una imitación cuando compro un cuadro.

A Tom le dio en la nariz que estaba llegando a un punto peligroso y desagradable. Lo intentó otra vez.

–Me gusta soñar despierto, soñar en cosas absurdas como esa. En cierto modo, ¿por qué molestar a un tramposo que lo está haciendo tan bien? Tengo la intención de conservar en mi poder *El hombre de la silla*.

Murchison no parecía haberle oído.

–Y ¿sabe usted? –dijo Murchison, con la mirada clavada aún en el cuadro que Tom acababa de citar–, no se trata solamente del color lavándula, es el espíritu del cuadro. Se lo diría de otro modo si no fuese por lo bien que he comido y bebido en su casa.

Habían dado buena cuenta de una botella de delicioso Margaux, lo mejor de la bodega de Tom.

–¿Cree usted que es posible que los de la Buckmaster Gallery sean una pandilla de bribones? –preguntó Murchison–. ¡Tienen que serlo por fuerza! ¿Por qué, si no, iban a aguantar a un estafador? ¿Metiendo falsificaciones entre los cuadros auténticos?

Tom se dio cuenta de que Murchison pensaba que los demás Derwatts nuevos, todos los que había en la exposición actual, a excepción de *La bañera*, eran auténticos.

–Eso si estos son realmente falsos..., su *Reloj*, etcétera. Supongo que no acabo de estar convencido.

Murchison sonrió de buen humor.

–Es solo porque le gusta su *Hombre de la silla*. Si su cuadro tiene cuatro años y el mío tiene tres como mínimo, entonces lo de las falsificaciones ha estado funcionando durante bastante tiempo. Puede que haya más en Londres y sus propietarios no los hayan cedido para la exposición. Francamente, es de Derwatt de quien sospecho. Sospecho que trabaja en combinación con los de la

Buckmaster para ganar más dinero. Otra cosa, hace años que no se ha visto ningún dibujo de Derwatt. Eso es extraño.

—¿De veras? —preguntó Tom con fingida sorpresa.

Sabía eso y sabía también adónde se dirigían los tiros de Murchison.

—Los dibujos revelan la personalidad del artista —dijo Murchison—. Lo averigüé por mí mismo, y luego lo leí en alguna parte..., simplemente para asegurarme. —Se rió—. Parece que por el simple hecho de ser fabricante de tuberías, nadie quiera creer en mi sensibilidad. Pero un dibujo viene a ser como la firma del pintor, una firma muy complicada, por añadidura. Casi puede decirse que es más fácil falsificar una firma o un cuadro que un dibujo.

—Nunca se me ocurrió pensarlo —dijo Tom, haciendo girar la punta de su cigarro sobre el cenicero—. ¿Así que el sábado hablará con el hombre de la Tate Gallery?

—Sí. Hay un par de Derwatts antiguos en la Tate, como seguramente sabrá. Luego hablaré con los de la Buckmaster sin prevenirles... Si Riemer corrobora mis sospechas.

El cerebro de Tom empezó a funcionar desesperadamente. Faltaban tres días para el sábado. Puede que Riemer quisiese comparar *El reloj* y *El hombre de la silla* con los Derwatts de la Tate Gallery y los de la exposición. ¿Resistirían la prueba los cuadros de Bernard Tufts? ¿Y si no era así? Sirvió más coñac a Murchison y un poco para él mismo, aunque no le apetecía. Luego cruzó las manos sobre el pecho.

—¿Sabe?, no creo que presente una demanda ni nada parecido si resulta que efectivamente hay una estafa.

—¡Ah! Yo soy algo más ortodoxo. Acaso anticuado. Mi actitud... Suponga que Derwatt está metido en ello.

—Derwatt es una especie de santo, según tengo oído.

—Esa es la leyenda. Puede que así fuese cuando era más joven y más pobre. Ha permanecido aislado. Sus amigos de Londres le han puesto en circulación, eso está claro. A un hombre pueden sucederle muchas cosas si se hace rico de la noche a la mañana.

Tom no sacó nada más en claro durante la velada. Murchison quiso acostarse temprano porque estaba cansado.

—Me cuidaré del pasaje de vuelta mañana. Tendría que haber hecho la reserva en Londres. Fue una estupidez no hacerlo.

–¡Oh, por la mañana no, espero! –dijo Tom.

–Haré la reserva por la mañana y me iré al mediodía, si eso le parece bien.

Tom acompañó a su huésped a la habitación y se aseguró de que tuviese todo lo necesario.

Le cruzó por la imaginación llamar a Jeff o a Ed. ¿Pero qué noticias podía darles, aparte de que no lograba su propósito de convencer a Murchison para que no viese al hombre de la Tate Gallery? Además, no quería que el número de teléfono de Jeff apareciese con demasiada frecuencia en su factura de teléfono.

6

Tom empezó la mañana con resuelto optimismo. Se puso ropa vieja y cómoda después de haberse tomado, en la cama, el delicioso café de madame Annette, una taza bien cargada para despertarse. Luego bajó a ver si Murchison ya daba señales de vida. Eran las nueve menos cuarto.

–*Le m'sieur* desayuna en su habitación –le informó madame Annette.

Mientras el ama de llaves le arreglaba la habitación, Tom se afeitó en el cuarto de baño.

–Míster Murchison se va este mediodía, creo –dijo respondiendo a la pregunta de madame Annette sobre el menú para la cena–. Pero hoy es jueves. ¿Cree que podrá hacerse con un buen par de lenguados para el almuerzo?

Dos veces por semana una camioneta de pescado visitaba el pueblo, demasiado pequeño para tener pescadería propia.

Madame Annette se inspiró ante esa sugerencia.

–En la frutería tienen unas uvas estupendas –dijo–. Le costaría creerlo...

–Compre algunas –dijo Tom sin apenas escucharla.

A las once, Tom y Murchison estaban paseando por el bosque, detrás de la finca. Tom notaba que su humor, o su estado mental, no era el de siempre. Dejándose llevar por un arrebato de cordialidad, honradez (o como pudiera llamársele) no disimulada, le había mostrado a Murchison el resultado de sus esfuerzos en

352

materia de arte que guardaba en la habitación del piso superior donde pintaba. Tom se dedicaba a paisajes y retratos principalmente. Trataba en todo momento de simplificar su estilo, tener presente el ejemplo de Matisse, pero sin ningún éxito, pensaba. Un retrato de Heloise, posiblemente el que hacía el número doce de los pintados por Tom, no estaba mal y Murchison lo había elogiado.

Dios mío, pensó Tom, le descubriré los secretos de mi alma, le enseñaré los poemas que he escrito para Heloise, me quitaré la ropa y bailaré la danza del sable, si con ello logro que vea las cosas a mi modo.

No sirvió de nada.

El avión de Murchison partía para Londres a las cuatro de la tarde. Quedaba tiempo para almorzar en casa como Dios manda, ya que Orly estaba cerca, a una hora de coche si todo iba bien. Mientras Murchison se cambiaba de zapatos para salir a dar un corto paseo, Tom había envuelto cuidadosamente *El hombre de la silla* con papel ondulado, cordel, papel de embalar y más cordel. Murchison le había dicho que llevaría consigo el cuadro en el avión y que ya había reservado habitación en el Mandeville para aquella noche.

—Pero recuerde, por mi parte no quiero presentar una denuncia —dijo Tom— con respecto a *El hombre de la silla.*

—Lo cual no significa que vaya a negar su falsedad —respondió Murchison con una sonrisa—. ¿Supongo que no pretenderá insistir en que es auténtico?

—No —dijo Tom—. *Touché.* Me inclinaré ante los expertos.

A Tom le parecía que aquel lugar, en pleno bosque, no era el más adecuado para sostener una conversación que exigía andar con pies de plomo, matizando mucho. ¿O acaso debía dejar que el asunto terminase de una manera tormentosa? Tom no estaba tranquilo, sea como fuere, hablando con Murchison en el bosque.

Le dijo a madame Annette que tuviese el almuerzo listo un poco antes, debido a la partida de Murchison, y se sentaron a la mesa a la una menos cuarto.

Estaba decidido a que la conversación siguiese girando en torno al mismo tema, pues no quería abandonar toda esperanza. Se las compuso para que Van Meegeren saliese en la conversación, ya que Murchison estaba muy enterado de la carrera de dicho pintor. Van Meegeren había hecho unas falsificaciones de obras de Vermeer que, a la larga, habían logrado cotizarse bastante por mérito propio. Puede que Van Meegeren lo hubiese hecho primero para defenderse, para demostrar su valor, pero lo cierto era que, desde el punto de vista estético, los «nuevos» Vermeers que se había sacado de la manga no habían decepcionado a sus compradores.

—Me cuesta comprender su total aislamiento de la *verdad* de las cosas —dijo Murchison—. El estilo de un artista es su verdad, su honradez. ¿Hay alguien con derecho a copiarla, del mismo modo que se copia la firma de otro? ¿Y con la misma finalidad, aprovecharse de su reputación, de su cuenta bancaria? ¿De una reputación basada de antemano en el talento del otro?

Pescaban de sus platos los últimos pedacitos de lenguado y mantequilla, junto con los restos de las patatas. El lenguado había resultado soberbio, el vino blanco aún lo era. La comida había sido de las que, en distintas circunstancias, hubieran creado una sensación de contento, incluso de felicidad, inspirando a unos amantes la idea de acostarse (quizá después del café), hacer el amor y luego dormirse. Pero la exquisitez del almuerzo se había malogrado para Tom.

—Hablo por mí mismo —dijo Tom—. Es lo que suelo hacer. No pretendo influir en usted. Estoy seguro de que no podría. Pero tiene usted mi autorización para decir a, ¿cómo se llama?, ah, sí, míster Constant, que me siento satisfecho con mi cuadro falso y que quiero conservarlo.

—Se lo diré. Pero ¿no piensa usted en el futuro? Si hay alguien que sigue haciendo esto...

Le llegó el turno al *soufflé* de limón. Tom se debatía. «Él estaba convencido. ¿Por qué no lograba expresar su convencimiento con palabras, hacerlo lo bastante bien para convencer a Murchison?» *Murchison no era un artista.* De lo contrario no hablaría así. Murchison no sabía valorar a Bernard. ¿Qué demonios estaba haciendo Murchison trayendo por los pelos la verdad y las firmas, quizá a la misma policía, en comparación con lo que Bernard estaba realizando en su estudio y que era, innegablemente, la obra de un buen pintor? Como lo había expresado Van Meegeren (¿o ha-

354

bía sido el mismo Tom quien lo había hecho en uno de sus libros de apuntes?), «el artista hace las cosas de modo natural, sin esfuerzo. Alguna fuerza sobrenatural guía su mano. El falsificador tiene que forcejear, y si tiene éxito, su logro es auténtico». Tom se dio cuenta de que la paráfrasis era suya. Pero ¡maldita sea!, ese Murchison estaba muy pagado de sí mismo y convencido de su propia superioridad moral. Al menos Bernard era un hombre con talento, con más talento que Murchison y todas sus tuberías, sus instalaciones y sus sistemas de transporte que, a decir verdad, el mismo Murchison le había confesado que habían sido ideados por un joven ingeniero canadiense.

El café. Ninguno de los dos tomó coñac, aunque la botella estaba a mano.

El rostro de Thomas Murchison, carnoso y un tanto rubicundo, lo mismo hubiese podido ser de piedra por lo que a Tom concernía. Los ojos de Murchison eran brillantes, inteligentes, y contrastaban con él.

Era la una y media. Debían partir para Orly en media hora más o menos. ¿Debería regresar a Londres lo antes posible tras librarse del conde?, se preguntó Tom. ¿Pero qué iba a sacar con ir a Londres? ¡Maldito sea el conde!, pensó Tom. El asunto de Derwatt Ltd. era más importante que la porquería, fuese cual fuese, que transportaba el conde. Tom reparó en que Reeves no le había indicado en qué parte del equipaje del conde debía buscar. Supuso que Reeves le telefonearía por la noche. Tom se sentía desdichado, y no le quedaba más remedio que levantarse, ahora, de la silla donde había estado retorciéndose durante los últimos diez minutos.

—Me gustaría que se llevase una botella de vino de mi bodega —dijo Tom—. ¿Qué le parece si bajamos a echar un vistazo?

La sonrisa de Murchison se hizo más amplia.

—¡Qué idea más maravillosa! Gracias, Tom.

La bodega tenía entrada desde el exterior, descendiendo unos cuantos peldaños de piedra hasta una puerta verde, o entrando a través de un retrete de reserva que había en la planta baja, contiguo al pequeño vestíbulo donde los invitados colgaban sus abrigos. Tom y Heloise habían hecho construir esta entrada para no tener que salir al exterior cuando hacía frío o llovía.

–Me llevaré el vino a los Estados Unidos cuando regrese allí. Sería una lástima despacharlo yo solo en Londres –dijo Murchison.

Tom encendió la luz de la bodega. La habitación era grande, gris y estaba fría como una nevera, o al menos eso parecía viniendo de la casa, con su calefacción central. Había cinco o seis barriles de gran tamaño sobre un tablado (no todos llenos) y un gran número de estanterías repletas de botellas de vino contra la pared. En un rincón se encontraba el enorme tanque donde se almacenaba el combustible para la calefacción, junto a otro tanque lleno de agua caliente.

–Aquí están los claretes –dijo Tom, indicando unas estanterías junto a la pared, llenas hasta la mitad de botellas oscuras y cubiertas de polvo.

Murchison lanzó un silbido de admiración.

Hay que hacerlo aquí abajo, pensó Tom, si es que hay que hacer algo. Y, sin embargo, no tenía nada planeado. Hay que moverse, se dijo, pero no hacía más que ir lentamente de un lado para otro, examinando sus botellas, y tocando una o dos veces la hoja de estaño rojo que envolvía el cuello de las botellas. Extrajo una.

–Margaux. Este le gustó a usted.

–¡Espléndido! –dijo Murchison–. Muchísimas gracias, Tom. Les hablaré a los de casa acerca de la bodega de donde procede.

Murchison cogió la botella con reverencia.

Tom dijo:

–¿No hay posibilidad de que cambie de opinión, siquiera por complacerme, sobre su entrevista con el experto de Londres? Acerca de las falsificaciones...

Murchison lanzó una risita.

–Tom, no puedo. ¡Por complacerle! No alcanzo a comprender aunque me maten por qué se empeña usted en protegerles, a no ser que...

A Murchison se le había ocurrido algo, y Tom sabía qué era ese algo: que Tom Ripley estaba metido en el lío y que de él sacaba alguna ventaja o beneficio.

–Pues sí, tengo un interés personal en ello –dijo Tom rápidamente–. Verá, conozco al joven que habló con usted el otro día en el hotel. Lo sé todo sobre él. Es el falsificador.

–¿*Qué*? Aquel..., aquel...

–Sí, aquel individuo nervioso. Bernard. Él conocía a Derwatt. El asunto comenzó de un modo idealista, verá...

–¿Quiere usted decir que Derwatt está al corriente de todo?

–Derwatt murió. Necesitaban a alguien que le suplantase –confesó Tom, sin reflexionar.

Le daba la sensación de que ya no tenía nada que perder, y quizá sí algo que ganar. Murchison, en cambio, sí tenía algo que perder: la vida; pero Tom no podía decirlo con palabras, palabras sencillas, todavía.

–¿Así que Derwatt murió... y cuándo fue?

–Hace cinco o seis años. Murió realmente en Grecia.

–Conque todos los cuadros...

–De Bernard Tufts. Ya vio qué clase de persona era. Se suicidaría, de hacerse público que estaba falsificando los cuadros de su amigo fallecido. Le aconsejó a usted que no siguiese comprándolos. ¿No basta con eso? La galería le pidió a Bernard que pintase un par de cuadros con el estilo de Derwatt, ¿comprende?

Tom se daba cuenta de que había sido él quien había hecho la sugerencia, pero daba igual. También se daba cuenta de que estaba discutiendo en vano, no solamente porque Murchison se mostraba inexorable, sino porque su propio razonamiento estaba dividido de un modo que conocía muy bien. Veía lo que estaba bien y lo que estaba mal. Y, con todo, era sincero en ambos sentidos: salvar a Bernard, salvar las falsificaciones, salvar al mismo Derwatt: eso era lo que pretendía con sus argumentos. Murchison no lo entendería jamás.

–Bernard quiere dejarlo, lo sé. Me parece que a usted no le gustaría arriesgarse a provocar un suicidio, motivado por la vergüenza, por el mero placer de demostrar que estaba en lo cierto. ¿No es así?

–¡Podía haber pensado en la vergüenza cuando empezó! –dijo Murchison, observando las manos de Tom, luego el rostro, y de nuevo las manos–. ¿Fue *usted* quien se hizo pasar por Derwatt? Sí. Me fijé en las manos de Derwatt. –Murchison sonreía agriamente–. ¡Y pensar que la gente cree que se me escapan los detalles pequeños!

–Es usted muy observador –se apresuró a decir Tom, sintiéndose súbitamente enojado.

—¡Dios! Pude haberlo mencionado ayer. Sí, ayer reparé en ello. En sus manos. Eso no pudo ocultarlo con una barba postiza, ¿verdad?

Tom dijo:

—Déjelos a todos en paz, ¿quiere? ¿Acaso están haciendo tanto daño? Los cuadros de Bernard son buenos, eso no puede negarlo.

—¡Que me ahorquen si voy a tener el pico cerrado! ¡No! ¡Aunque usted o quien sea me ofrezca pagarme mi peso en oro para que no cante!

El rostro de Murchison se había puesto aún más colorado, sus mandíbulas temblaban. Dejó el vino en el suelo, con brusquedad, pero la botella no se rompió.

El desprecio a su vino fue como un ligero insulto, o así se lo parecía a Tom, un minúsculo pero nuevo insulto. Tom recogió la botella casi al instante y golpeó con ella a Murchison, dándole en un lado de la cabeza. Esta vez la botella sí se rompió, el vino se esparció y la base se cayó al suelo. Murchison se tambaleó, chocando con las estanterías que se movieron de arriba abajo, aunque nada más cayó al suelo, a excepción de Murchison, que se desplomó chocando con las botellas pero sin derribar ninguna.

Tom agarró lo primero que le vino a mano (y que resultó ser un cubo vacío de carbón) y lo blandió contra la cabeza de Murchison. Tom le asestó un segundo golpe. La base del cubo era pesada. Murchison sangraba, tendido de lado en el suelo de piedra, con el cuerpo algo retorcido. No se movía.

¿Qué hacer con la sangre? Tom iba de un lado a otro buscando desesperadamente algún trapo viejo, incluso un periódico. Se acercó al tanque de combustible. Debajo había un trapo grande, rígido de viejo y sucio. Regresó con él y trató de limpiar la sangre, pero desistió de su inútil tarea al cabo de un momento, y volvió a mirar a su alrededor. Ponlo debajo de un barril, pensó. Asió a Murchison por los tobillos, pero lo soltó en seguida y le palpó el cuello. No había señal de pulso. Tomó aliento y colocó las manos debajo de los brazos de Murchison. Dando bruscos tirones iba arrastrando el pesado cuerpo hacia el barril. Detrás de este había un rincón oscuro. Los pies de Murchison sobresalían un poco. Tom le dobló las rodillas para que los pies no se viesen. Pero como el barril estaba sobre una plataforma a unos cuarenta centímetros del suelo, Murchison era más o menos visible en el supuesto de que alguien se colocase en medio del sótano y escudriñase aquel rincón. Agachándose, era posible ver todo el cuerpo. ¡Tenía que ser precisamente en este momento, pensó Tom, cuando no encontrase una sábana vieja, un pedazo de tela embreada, un periódico, cualquier cosa que sirviese para cubrir el cuerpo! ¡La culpa la tenían madame Annette y su manía del orden!

Tom arrojó el trapo ensangrentado, que fue a parar a los pies de Murchison. Dio un par de puntapiés a los trozos de cristal de la botella rota que había en el suelo (el vino ya se había mezclado con la sangre) y entonces, rápidamente, recogió el cuello de la botella y con él golpeó la bombilla que colgaba del techo por un cordón. La bombilla se rompió y los cristales tintinearon al chocar contra el suelo.

Entonces, jadeando un poco y esforzándose por recobrar su respiración normal, Tom se movió en la oscuridad hacia la escalera y la subió. Cerró la puerta de la bodega. En el retrete de reserva había un lavabo y en él se lavó las manos rápidamente. La sangre teñía de rosa el agua corriente, y Tom pensó que era la de Murchison, hasta que vio de dónde procedía: se había hecho un corte en la base del dedo pulgar. Sin embargo, el corte no era profundo y podría haber sido peor, por lo que se consideró afortunado. Cogió un poco de papel higiénico del rollo de la pared y se envolvió el pulgar.

Madame Annette estaba ocupada en la cocina en aquellos momentos, lo cual era otra buena muestra de que estaba de suerte. Si salía, pensó Tom, le diría que míster Murchison ya estaba en el coche, suponiendo que madame Annette le preguntase dónde estaba. Ya era hora de irse.

Tom subió corriendo a la habitación de Murchison. Lo único que Murchison había empaquetado era su gabán y los artículos de aseo que había en el lavabo. Tom puso estos en un compartimiento de la maleta de Murchison y la cerró. Luego descendió las escaleras llevando el gabán y la maleta y salió por la puerta de delante. Lo metió todo en el Alfa Romeo, luego volvió a subir corriendo la escalera en busca del *Reloj* de Murchison, que seguía embalado. Murchison tenía tal seguridad en sí mismo que ni siquiera se había preocupado de desenvolver su cuadro para compararlo con *El hombre de la silla.* El orgullo acarrea desgracias, pensó Tom. Cogió el paquete con su *Hombre de la silla* y lo llevó a su habitación, escondiéndolo luego en un rincón de su armario y seguidamente regresó abajo con *El reloj*. Echó mano del impermeable colgado al lado de la puerta del retrete y salió a buscar el coche. Arrancó en dirección a Orly.

El pasaporte y el billete de Murchison estarían en un bolsillo de su americana, pensó Tom. Ya se cuidaría de eso más tarde. Lo mejor sería quemarlos por la mañana, cuando madame Annette hubiese salido, como de costumbre, a hacer sus compras sin demasiada prisa. Recordó también que había olvidado avisar a madame Annette de la llegada del conde. La llamaría desde algún sitio, pero no desde el aeropuerto de Orly, decidió, ya que quería permanecer allí el menor tiempo posible.

Iba bien de tiempo, como si realmente Murchison fuese a coger el avión.

Tom se dirigió a la puerta de «Salidas». Aquí a los coches y a los taxis les estaba permitido pararse unos momentos, siempre que no se entretuviesen, para dejar el equipaje y las personas o para recogerlos. Tom se detuvo, sacó la maleta de Murchison y la dejó sobre la acera, luego apoyó *El reloj* en ella, y colocó el gabán de Murchison encima de todo. Se alejó en el coche. Vio que había otros equipajes en la acera. Dirigió el coche hacia Fontainebleau, e hizo una parada en un café-bar situado al borde del camino, uno de los muchos establecimientos ni muy grandes ni muy pequeños que jalonaban la ruta entre Orly y el inicio de la Autoroute du Sud.

Pidió una cerveza y también una ficha para llamar por teléfono. No hacía falta ficha, así que Tom cogió el teléfono que había en la barra, cerca de la caja registradora, y marcó el número de su casa.

–*Allô!*, soy yo –dijo Tom–. Míster Murchison tuvo que darse prisa en el último momento, así que me pidió que le despidiese de usted y le diese las gracias.

–Oh, ya comprendo.

–*Alors...,* tendremos otro invitado esta noche, un tal conde Bertolozzi, italiano. Iré a buscarlo a Orly y estaremos en casa antes de las seis. Por cierto, ¿puede comprar algo..., quizá hígado de ternera?

–En la carnicería tienen un *gigot* magnífico estos días...

Tom no estaba de humor para comer nada que tuviese hueso.

—Si no es demasiada molestia, me parece que preferiría hígado de ternera.

—¿Y un Margaux? ¿Un Meursault?

—Del vino ya me encargaré yo.

Tom pagó y dijo que había llamado a Sens, que estaba más lejos que su pueblo. Luego salió a buscar su coche. Regresó a Orly conduciendo sin prisas. Pasó por delante de «Llegadas» y «Salidas» y observó que las cosas de Murchison seguían donde él las había dejado. El gabán sería lo primero en desaparecer, pensó Tom, birlado por algún joven emprendedor. Y si el pasaporte de Murchison estaba en el gabán, el ratero sacaría algún partido de ello. Tom sonrió un poco mientras metía el coche en un P-4, uno de los aparcamientos para una hora.

Tom entró caminando lentamente por una de las puertas de cristal que se abrían frente a él, compró un ejemplar del *Neue Züricher Zeitung* en el puesto de periódicos, luego comprobó la hora de llegada del avión de Edoardo. El vuelo no llevaba retraso, y le quedaban algunos minutos de tiempo. Se metió en el bar, atestado como siempre, y al fin consiguió acodarse en la barra y pedir un café. Después del café, compró un billete y se encaminó hacia el sitio donde la gente aguardaba las llegadas.

El conde se tocaba con un sombrero Homburg de color gris. Llevaba un bigote negro, largo y fino, y su abultado abdomen era visible incluso debajo de su gabán desabrochado. Sonrió en cuanto lo vio, con su sonrisa sincera y espontánea de italiano, y agitó la mano para saludarle. El conde estaba enseñando su pasaporte.

En cosa de pocos instantes se daban la mano y un breve abrazo. Tom le ayudó a transportar sus paquetes y maletas. El conde llevaba también una cartera. ¿Qué llevaría el conde, y dónde? La maleta ni siquiera se la abrieron. El aduanero francés se limitó a hacer un gesto para que pasase.

—Si no te importa esperarme aquí un minuto, iré a recoger mi coche —dijo Tom, una vez que alcanzaron la acera—. Está a solo unos metros de aquí.

Tom se alejó al trote y regresó al cabo de cinco minutos.

Tenían que pasar por «Salidas» y se fijó en que la maleta y el cuadro de Murchison seguían en su sitio, pero el gabán ya no estaba. Uno menos, y quedan dos, pensó.

Durante el viaje hacia casa hablaron, sin profundizar demasiado, sobre los acontecimientos políticos en Italia y Francia y el conde preguntó por Heloise. Tom apenas conocía al conde y recordó que esta era la segunda vez que se veían, pero en Milán habían hablado de pintura, por la que el conde sentía un interés apasionado.

—En estos momentos hay una *esposizione* Derwatt en Londres. Estoy impaciente por verla, la semana próxima. ¿Y qué le parece el regreso de Derwatt a Londres? ¡A mí me dejó atónito! ¡Las primeras fotografías suyas desde hace muchos años!

Tom no se había tomado la molestia de comprar ninguno de los periódicos de Londres.

—Una gran sorpresa. No ha cambiado mucho, según dicen.

Tom no tenía intención de mencionar que recientemente había estado en Londres y había visto la exposición.

—Tengo muchas ganas de ver el cuadro que tiene en casa. ¿Cuál es? ¿Aquel con las niñas pequeñas?

—*Las sillas rojas* —dijo Tom, sorprendido de que el conde se acordase.

Sonrió y agarró el volante con más fuerza. A pesar del cadáver en la bodega, a pesar del horrible día, de la exasperante tarde, Tom iba a sentirse contento de volver a casa..., a la escena del crimen, como decían. No tenía la sensación de que hubiese sido un crimen. ¿O es que iba a experimentar una reacción retardada por la mañana, o quizá esa misma noche? Esperaba que no.

—Italia está produciendo *espresso* cada vez peor. En los cafés —anunció el conde con voz solemne de barítono—. Estoy convencido. Probablemente la mafia está en el fondo del asunto. —Meditó durante unos momentos, mirando por la ventanilla, y luego prosiguió—: Y los peluqueros de Italia, ¡Dios bendito! Empiezo a preguntarme si conozco mi propio país. Ahora en mi barbería favorita de siempre, tocando a Via Veneto, tienen unos empleados jóvenes que me preguntan qué clase de champú quiero. Yo les digo: «Solo quiero que me laven el cabello, por favor, ¡lo que queda de él!» «Pero ¿es graso o seco, *signore?* Tenemos tres clases de champú. ¿Tiene usted caspa?» «¡No!», les digo. «¿Es que no hay nadie que tenga el pelo *normal* hoy día, o es que ya no se fabrica champú normal y corriente?»

Al igual que Murchison, el conde elogió la firme simetría de

Belle Ombre. El jardín, aunque apenas quedaba ninguna de las rosas del verano, mostraba su hermoso césped rectangular rodeado de pinos gruesos y formidables. Era el hogar, aunque no precisamente humilde. También en esta ocasión salió madame Annette a recibirles en la entrada, tan útil y obsequiosa como se había mostrado el día anterior, a la llegada de Thomas Murchison. De nuevo Tom acompañó a su invitado al cuarto que le había destinado y que madame Annette ya tenía dispuesto. Era demasiado tarde para el té, así que Tom dijo que estaría abajo y que el conde se reuniese con él cuando lo desease. La cena era a las ocho.

Luego, en su cuarto, Tom desempaquetó *El hombre de la silla*, lo llevó abajo y lo colgó en su sitio de costumbre. Puede que madame Annette se hubiese percatado de la ausencia del cuadro durante unas horas, pero si le preguntaba algo al respecto, Tom pensaba decirle que míster Murchison se lo había llevado a su habitación, la de Tom, para verlo bajo una luz diferente.

Tom apartó las gruesas cortinas rojas de la puerta vidriera y miró al jardín de atrás. Las oscuras sombras verdes empezaban a ennegrecerse con la caída de la noche. Tom se dio cuenta de que estaba de pie justamente en un punto de la habitación que coincidía con el de la bodega donde estaba Murchison, y se apartó. Aunque fuese a última hora de la noche, tenía que bajar al sótano y hacer lo que pudiese para limpiar las manchas de vino y de sangre. Madame Annette tenía un buen motivo para bajar a la bodega, ya que siempre estaba atenta a que no se acabase el combustible. Y entonces ¿qué? ¿Cómo sacar el cadáver de la casa? Había una carretilla de mano en el cobertizo. ¿Podría transportar a Murchison, cubierto con la tela encerada que estaba en el cobertizo también, hasta el bosque, detrás de la casa, y enterrarlo? La solución era primitiva, y el lugar, desagradablemente cercano a la casa, pero puede que fuese la mejor solución.

El conde bajó, ágil y vigoroso a pesar de su corpulencia. Era un hombre bastante alto.

–¡Ajá! ¡Ajá!

Al igual que a Murchison, le había sorprendido *Las sillas rojas,* colgado al otro lado de la habitación. Pero el conde se volvió inmediatamente y dirigió la mirada hacia la chimenea, quedando, al parecer, aún más impresionado por *El hombre de la silla.*

–Hermoso. ¡Delicioso!

Miraba atentamente ambos cuadros.

–No me ha defraudado usted. Es un placer admirarlos. Lo mismo digo de toda su casa. Me refiero al dibujo que hay en mi habitación.

Entró madame Annette con un cubo de hielo y algunos vasos sobre el carrito-bar.

El conde, al ver que había Punt e Mes, dijo que tomaría eso.

–¿Le pidieron de la galería de Londres que prestase sus cuadros para la *esposizione?*

Murchison le había hecho la misma pregunta veinticuatro horas antes, pero refiriéndose a *El hombre de la silla,* y la había hecho por curiosidad, por saber cuál era la actitud de la galería con respecto a cuadros que, forzosamente, sabían que eran falsos. Tom sintió un leve mareo, como si fuese a desmayarse. Había estado inclinado sobre el carrito-bar y se enderezó.

–En efecto, lo hicieron. Pero resulta tan complicado, sabe, todos los trámites para el envío, el seguro... Hace un par de años presté *Las sillas rojas* para una exposición.

–Puede que adquiera un Derwatt –dijo el conde pensativo–. Es decir, si puedo permitírmelo. Con esos precios, tendrá que ser uno de los pequeños.

Tom se sirvió un whisky escocés sin mezclarlo, directamente sobre el hielo.

Se oyó el teléfono.

–Con su permiso –dijo Tom, y descolgó el aparato.

Edoardo paseaba por la habitación, contemplando los demás cuadros de las paredes.

La llamada era de Reeves Minot. Preguntó si el conde había llegado; luego si Tom estaba solo.

–No, no lo estoy.

–Lo encontrarás en...

–No te oigo bien del todo.

–En el *dentífrico* –gritó Reeves.

–¡Ooh!

La exclamación de Tom fue casi un gruñido, de fatiga, de desdén, de aburrimiento incluso. ¿Se trataba de un juego de niños? ¿O el argumento de una película malísima?

–Muy bien. ¿Y la dirección? ¿La misma que la última vez?

Tom tenía anotada una dirección de París, mejor dicho, tres o cuatro, adonde había enviado los encargos de Reeves otras veces.

–Esa irá bien. La última. ¿Va todo bien?

–Sí, me parece que sí, gracias –respondió Tom agradablemente.

Podía haberle sugerido a Reeves que cambiase un par de palabras con el conde, simplemente por amistad, pero probablemente sería mejor que el conde no supiese nada de la llamada de Reeves. Tom se sentía en baja forma, actuando con mal pie.

–Gracias por llamar.

–No hace falta que telefonees si todo sale bien –dijo Reeves, y colgó.

–¿Me disculpará un segundo, Edoardo? –dijo Tom.

Subió corriendo al piso de arriba y entró en la habitación del conde. Una de las maletas permanecía abierta sobre la antigua arca de madera encima de la cual los invitados y madame Annette solían colocar el equipaje, pero Tom miró primero en el lavabo. El conde no había sacado sus artículos de aseo. Tom buscó en la maleta y encontró una bolsa de plástico opaco con cremallera. La abrió y se encontró con que contenía tabaco. Había otra bolsa de plástico con utensilios para afeitarse, un cepillo de dientes y dentífrico. Tom cogió este último. El extremo del tubo aparecía un poco manoseado, pero precintado. Probablemente el agente de Reeves disponía de algún instrumento con el que podía precintar el metal después de abrirlo. Tom apretó el tubo con cuidado y notó un bulto duro cerca del extremo. Movió la cabeza disgustado, se echó el tubo al bolsillo y colocó el estuche de plástico de nuevo en su sitio. Entró en su propia habitación y guardó el dentífrico en la parte trasera del cajón izquierdo, en el que guardaba la cajita de los gemelos y un montón de cuellos almidonados.

Se reunió con el conde en el piso de abajo.

Durante la cena hablaron del sorprendente regreso de Derwatt y de su entrevista, que el conde había leído en la prensa.

–Vive en México, ¿no es así? –preguntó Tom.

–Sí, y se niega a decir dónde. Como B. Traven, ¿sabe? ¡Ja, ja!

El conde alabó la cena y comió con buen apetito. Poseía ese don que tienen los europeos para hablar con la boca llena y que ningún americano logra alcanzar sin parecer o sentirse sumamente grosero.

Después de cenar, al fijarse en el tocadiscos de Tom, el conde manifestó su deseo de oír un poco de música y escogió *Pelléas et Mélisande*. El conde quería el tercer acto: el dúo, un tanto febril, entre la soprano y una profunda voz masculina. Mientras escuchaba, y hasta cantaba, el conde se las arreglaba para hablar.

Tom trataba de prestar atención al conde e ignorar la música, pero siempre le resultaba difícil hacer caso omiso de la música. No estaba de humor para *Pelléas et Mélisande*. Lo que le hacía falta era la música de *El sueño de una noche de verano*, la fabulosa obertura, y ahora, mientras la otra obra seguía sonando con su pesadez dramática, la obertura de Mendelssohn danzaba dentro de su cerebro, nerviosa, cómica, llena de inventiva. Necesitaba desesperadamente estar lleno de inventiva.

Estaban dando buena cuenta del coñac. Tom sugirió que por la mañana diesen un paseo en coche y almorzasen en Moret-sur-Loing. Edoardo le había dicho que deseaba coger el tren para París a primera hora de la tarde. Pero antes quería asegurarse de haber visto todos los tesoros artísticos de Tom, así que este le acompañó en una gira por toda la casa, incluyendo la habitación de Heloise, donde había un Marie Laurencin.

Después se dieron las buenas noches y Edoardo se retiró con un par de libros de arte de Tom.

Una vez en su habitación, Tom sacó del cajón el tubo de dentífrico Vademecum e intentó, en vano, abrirlo por abajo con la uña del pulgar. Penetró en el cuarto donde pintaba y cogió un par de alicates de su mesa de trabajo. De nuevo en su habitación, abrió el tubo, cortándolo, y ahí estaba: un cilindro de color negro. Un microfilm, desde luego. Tom se preguntó si el microfilm resistiría un buen lavado bajo el grifo, decidió no arriesgarse y se limitó a frotarlo con un kleenex. Olía a licor de menta. Dirigió un sobre a:

M. Jean-Marc Cahannier
16, rue de Tison
París IX

Luego colocó el cilindro entre un par de hojas de papel de carta y lo metió todo en el sobre. Se juró a sí mismo librarse de ese estúpido asunto, ya que le resultaba degradante. Se lo podía decir a Reeves sin ofenderle. Reeves tenía la extraña idea de que por cuantas más manos pasaban sus objetos, más seguros estaban. Reeves tenía obsesión por la intriga. Pero seguro que perdía dinero al tener que pagar a tanta gente, aunque les pagase poco. ¿O acaso se lo hacían para devolverle algún favor prestado?

Tom se puso el pijama y la bata, se asomó al vestíbulo y se alegró al ver que no había luz debajo de la puerta de Edoardo. Sin hacer ruido bajó a la cocina. Había dos puertas entre la cocina y el dormitorio de madame Annette, pues había un pequeño vestíbulo con una entrada para el servicio más allá de la cocina; así pues, no era probable que madame Annette le oyese o viese luz en la cocina. Tom cogió un grueso trapo de cocina, de color gris, un paquete de Ajax y de un armario sacó una bombilla que se puso en el bolsillo. Bajó al sótano. Estaba tiritando. Entonces se dio cuenta de que necesitaría una linterna y una silla en la que subirse, por lo que regresó a la cocina y tomó uno de los taburetes de madera que iban con la mesa; de un cajón de la mesita del vestíbulo extrajo una linterna.

Con la linterna debajo del brazo quitó la bombilla rota y en su lugar colocó la nueva. La bodega se iluminó. Los zapatos de Murchison seguían siendo visibles. Entonces, horrorizado, Tom comprendió que las piernas del muerto se habían estirado a causa del *rigor mortis*. ¿O sería que Murchison aún estaba vivo? Tom hizo un esfuerzo para obligarse a sí mismo a comprobarlo, ya que, de no hacerlo, sabía que no conseguiría pegar ojo en toda la noche. Apoyó el dorso de sus dedos en la mano de Murchison. Con eso bastaba. La mano estaba fría y rígida. Tom cubrió los pies de Murchison con el trapo gris.

En un rincón había un fregadero. Tom mojó el trapo y puso manos a la obra. El trapo se tiñó de rojo y tuvo que lavarlo, pero no se apreciaba diferencia alguna en la mancha del suelo, aunque posiblemente se veía más oscura a causa del agua. Bien, si madame Annette hacía alguna pregunta, siempre podría decirle que se le había caído una botella de vino. Recogió los últimos fragmentos de la bombilla y de la botella, enjuagó el trapo bajo el grifo del fregadero con gran cuidado, sacó los pedacitos de cristal del desagüe y se los puso en el bolsillo de la bata. Volvió a restregar el suelo con el trapo. Luego regresó al piso superior y, aprovechando que la luz de la cocina era mejor, se aseguró de que el tinte rojizo del trapo hubiese desaparecido del todo o casi del todo. Extendió el trapo en la tubería de desagüe, debajo del fregadero.

Pero quedaba el maldito cadáver. Tom suspiró y pensó en cerrar el sótano con llave hasta que regresara de despedir a Edoardo, pero a madame Annette le extrañaría encontrar la bodega cerrada en caso de que tuviera que entrar en ella. Además, el ama tenía llave propia, aparte de otra que abría la puerta del exterior, cuya cerradura era distinta. Tom tuvo la precaución de subir una botella de *rosé* y un par de Margaux, que colocó en la mesa de la cocina. Había ocasiones en que tener servicio resultaba un estorbo.

Cuando se acostó, más cansado que la noche anterior, acarició la idea de meter a Murchison en un barril. Pero supuso que haría falta un tonelero para poner los condenados flejes en su lugar. Y, además, sería necesario llenar el barril con algún líquido para evitar que el cadáver de Murchison fuese dando tumbos en su interior. Por otra parte, ¿cómo iba él solo a transportar el peso del barril y de su contenido? Imposible.

Se acordó de la maleta y del *Reloj* de Murchison en Orly. Seguramente ya se los habría llevado alguien. Murchison tendría quizá un libro de direcciones, algún sobre usado, en la maleta. Al día siguiente ya se le podría dar por «desaparecido». O quizá pasado mañana. El hombre de la Tate Gallery le estaría esperando al día siguiente por la mañana. Tom se preguntó si Murchison había informado a alguien de que iba a pasar unos días con Tom Ripley. Confiaba en que no.

7

El viernes hacía un día soleado y fresco, aunque no lo bastante fresco para decir que hacía frío. Tom y Edoardo desayunaron en el cuarto de estar, cerca de las puertas vidrieras por las que penetraba el sol. El conde iba en pijama y bata, aunque no se hubiera presentado de tal modo, según dijo, de haber estado presente una dama; confiaba en que a Tom no le importase.

Poco después de las diez, el conde subió a vestirse y bajó con las maletas, dispuesto a dar un paseo en coche antes del almuerzo.

–Me pregunto si podría prestarme un poco de dentífrico –dijo Edoardo–. Me parece que olvidé el mío en el hotel de Milán. ¡Qué estupidez la mía!

Tom esperaba ya esta pregunta y se alegró de oírla al fin. Se fue a hablar con madame Annette, que estaba en la cocina. Puesto que el estuche de aseo del conde estaba en la maleta, en la planta baja, suponía Tom, lo mejor sería dejarle utilizar el lavabo de reserva. Madame Annette le trajo un tubo de dentífrico.

Llegó el correo y Tom pidió excusas para darle una ojeada. Había una postal de Heloise, que prácticamente no decía nada. Y otra carta de Christopher Greenleaf. Tom rasgó el sobre. La carta decía:

15 de octubre de 19...

Apreciado míster Ripley:

Acabo de enterarme de que puedo tomar un vuelo chárter con destino a París, así que llegaré antes de lo previsto. Espero que esté usted en casa. Haré el viaje con un amigo, Gerald Hayman, de mi misma edad, pero le aseguro que no le traeré conmigo cuando vaya a visitarle, con el fin de evitarle molestias, aunque se trata de un muchacho simpático. Llegaré a París el sábado 19 de octubre y trataré de llamarle por teléfono. Por supuesto pasaré la noche del sábado en algún hotel de París, ya que el avión llega a las siete de la tarde, hora local.

Mientras tanto le mando mis saludos.

Atentamente,

Chris Greenleaf

El sábado era el día siguiente. Al menos Chris no iba a llegar mañana. Dios Santo, pensó Tom, solo me faltaba que apareciese Bernard. Tom tuvo la idea de decirle a madame Annette que no respondiese al teléfono durante los siguientes dos días pero ello hubiera resultado extraño y, lo que es más, hubiera molestado a madame Annette, que, como mínimo, recibía una llamada diaria de alguna de sus amigas, generalmente madame Yvonne, otra ama de llaves del pueblo.

–¿Malas noticias? –preguntó Edoardo.

–Oh, no, nada de eso –contestó Tom.

Tenía que sacar el cuerpo de Murchison. Preferiblemente aquella misma noche. Y siempre cabía la posibilidad de eludir a Chris diciéndole que estaría muy ocupado hasta el martes como mínimo. Tom tuvo una visión en la que la policía francesa irrumpía en su casa al día siguiente, buscando a Murchison, y en cosa de pocos segundos encontraban el cadáver en el sitio más lógico: el sótano.

Tom entró en la cocina para despedirse de madame Annette, que estaba sacando brillo a una enorme salsera de plata y a una gran cantidad de cucharas soperas, todas ellas adornadas con las iniciales de la familia de Heloise: P. F. P.

–Salgo a dar una vuelta. El señor conde se marcha. ¿Necesita que le traiga alguna cosa para la casa?

–Si encuentra usted un poco de perejil que sea realmente fresco, *m'sieur Tome*...

–Me acordaré. *Persil.* Regresaré antes de las cinco, me parece. Cena para mí solo esta noche. Algo sencillo.

–¿Les ayudo con las maletas? –Madame Annette se levantó–. No sé dónde tengo la cabeza hoy.

Tom le aseguró que no era necesario, pero ella salió igualmente a despedirse del conde. El italiano se inclinó cortésmente ante ella y alabó en francés sus habilidades culinarias.

Llegaron en coche a Nemours y visitaron la plaza del mercado con su fuente; luego prosiguieron la marcha hacia el norte, siguiendo el curso del Loing hasta Moret, cuyas calles de dirección única sorteó Tom con gran pericia. La población tenía unas espléndidas torres de piedra gris, las antiguas puertas de la ciudad, a ambos lados del puente que salvaba el río. El conde estaba encantado.

–No hay tanto polvo como en Italia –comentó.

Tom hizo cuanto pudo para ocultar su nerviosismo durante el pausado almuerzo. Miraba frecuentemente por la ventana los sauces llorones de la orilla del río, deseando poseer en su interior el mismo ritmo tranquilo con que se movían las ramas de los árboles impulsados por la brisa. El conde estaba enzarzado narrándole la larguísima historia del segundo matrimonio de su hija, que se ha-

370

bía casado con un joven perteneciente a una linajuda familia boloñesa que lo había repudiado momentáneamente a causa de su enlace con una muchacha que ya había estado casada. Tom apenas seguía el hilo de la narración, pues estaba pensando en cómo librarse del cuerpo de Murchison. ¿Debía arriesgarse a arrojarlo a algún río? ¿Podría levantar él solo el cadáver por encima del parapeto de un puente, sin contar con el peso de las piedras? ¿Y sin ser visto? Suponiendo que se limitase a arrastrarlo hasta la orilla, ¿cómo podría estar seguro de que el cuerpo se hundiría a una profundidad suficiente, aunque le añadiese lastre? Había empezado a lloviznar. Eso haría más fácil la tarea de cavar una fosa, pensó Tom. Bien pensado, los bosques de detrás de la casa serían probablemente la mejor solución.

En la estación de Melun, Edoardo tuvo que esperar solamente diez minutos hasta la salida de su tren para París. Una vez que se hubieron despedido afectuosamente, Tom llevó su coche hasta el *tabac* más cercano y compró sellos, más de los necesarios, para el sobre destinado al agente de Reeves; de este modo ningún chupatintas de correos retendría el sobre por falta de franqueo.

Tom compró perejil para madame Annette. *Persil,* en francés; *petersilie,* en alemán; *prezzemolo,* en italiano. Luego se dirigió a casa. El sol se estaba poniendo. Tom se preguntó si la luz de una linterna o cualquier otro aparato atraería la atención de madame Annette si esta miraba por la ventana de su cuarto de baño, que daba al jardín de atrás. ¿Y si subía a su cuarto para decirle que había visto una luz en el bosque y se encontraba con que él no estaba allí? Que Tom supiese, en el bosque nunca había nadie, ni excursionistas ni buscadores de setas. Tenía intención, no obstante, de adentrarse bastante entre los árboles y quizá madame Annette no se fijaría en la luz.

Al regresar, Tom sintió un impulso irresistible de ponerse los pantalones de trabajo enseguida y sacar la carretilla del cobertizo. La llevó hasta cerca de los peldaños de piedra que descendían del bancal posterior. Entonces, como había aún luz suficiente, atravesó trotando el césped hasta el cobertizo otra vez. Si madame Annette se fijaba en algo, le diría que estaba pensando en hacer un montón de estiércol en el bosque.

Madame Annette tenía la luz encendida en su cuarto de baño,

cuya ventana era de vidrio opaco, y supuso que la señora se estaba dando un baño, como hacía a esa hora siempre que no tuviera demasiado trabajo en la cocina. Tom sacó una horca de cuatro púas del cobertizo y se la llevó al bosque. Buscaba un lugar que pareciese adecuado y esperaba empezar a cavar un agujero que le diese ánimos para terminar la fosa cuando se pusiese a trabajar en serio al día siguiente, a primera hora de la mañana. Encontró un sitio entre varios árboles esbeltos, donde era de esperar que no hubiese demasiadas raíces gruesas que estorbasen su labor. En la semioscuridad creyó que aquel era el mejor lugar, aun cuando distaba solamente poco más de setenta metros del lindero del bosque, donde empezaba su césped. Tom cavaba vigorosamente, dando rienda suelta a la energía acumulada que le había estado fastidiando todo el día.

Seguidamente la basura, pensó; y se detuvo, jadeando y riéndose en alto mientras alzaba el rostro en busca de aire. Quizá debiera sacar ahora mondaduras de patata y corazones de manzana del cubo de la basura, y meterlo todo en el agujero con el cadáver de Murchison, junto con una buena rociada de aquel polvo que servía para acelerar la descomposición. Había un saco lleno en la cocina.

Se había hecho casi de noche.

Tom regresó con la horca, la restituyó a su lugar en el cobertizo y al observar que la luz seguía encendida en el cuarto de baño de madame Annette (no eran más que las siete), descendió al sótano. Ahora se sentía con mayor valor para cargar con el cadáver de Murchison, y metió la mano sin vacilar en el bolsillo interior de la americana del muerto. Sentía curiosidad por el billete de avión y el pasaporte. Encontró solamente un billetero y dos tarjetas comerciales que cayeron al suelo. Tom dudó, luego volvió a meter el billetero, con las tarjetas de nuevo dentro, en el bolsillo. Uno de los bolsillos laterales de la americana contenía una llave y un llavero que Tom dejó en su sitio. El otro bolsillo, el del lado sobre el que estaba tendido el cuerpo, resultó más difícil debido a que Murchison estaba rígido y parecía pesar casi tanto como una estatua. Del bolsillo de la izquierda no obtuvo nada. En los bolsillos de los pantalones había tan solo un poco de calderilla francesa mezclada con otro tanto de inglesa. Tom no tocó nada. Dejó igualmente en su sitio los dos anillos que Murchison llevaba en los dedos. En el caso de que acabasen encontrando el cadáver en su finca, no habría ninguna duda de quién se trataba: madame Annette le había conocido en vida. Tom abandonó el sótano y apagó la luz en lo alto de las escaleras.

Luego, Tom se bañó y justo en el momento en que estaba acabando de hacerlo sonó el teléfono. Se abalanzó hacia el aparato confiado, dando por sentado que sería Jeff, quizá con buenas noticias, aunque ¿en qué podían consistir estas?

–*Allô, Tome!* Soy Jacqueline. ¿Cómo estás?

Era una de sus vecinas, Jacqueline Berthelin, que vivía con su esposo en una ciudad a pocos kilómetros de distancia. Quería que fuese a cenar con ellos el jueves. Había invitado ya a *les Clegg,* un matrimonio inglés de mediana edad a quienes Tom conocía y que vivían cerca de Melun.

–¡Qué mala suerte, querida, precisamente tengo un huésped el jueves! Un joven que viene de América.

–Tráetelo contigo. Será bienvenido.

Tom intentó zafarse pero no lo consiguió del todo. Dijo que llamaría en un par de días para confirmar, ya que no estaba seguro de cuánto tiempo se alojaría con él el americano.

Estaba saliendo de la habitación cuando sonó de nuevo el teléfono.

Esta vez era Jeff, desde el Strand Palace Hotel, según dijo.

–¿Cómo van las cosas por ahí? –preguntó Jeff.

–Oh, muy bien, gracias –respondió Tom sonriendo, mientras se pasaba los dedos por el pelo, como si le importase un comino que hubiese un cadáver en la bodega, el cadáver de un hombre que él, Tom, había matado para proteger a la Derwatt Ltd.

–¿Y a ti, cómo te van?

–¿Dónde está Murchison? ¿Sigue ahí contigo?

–No, se marchó a Londres ayer por la tarde. Pero... me parece que no piensa entrevistarse con..., ya sabes, el hombre de la Tate Gallery. Estoy seguro de ello.

–¿Lograste persuadirle?

–Sí –respondió Tom.

El suspiro o resoplido de alivio de Jeff debió de oírse de uno a otro lado del Canal de la Mancha.

—¡Excelente, Tom! Eres un genio.

—Diles a los demás que se calmen. Especialmente a Bernard.

—Pues... eso es problema nuestro. Claro, se lo diré, con mucho gusto. Está, bueno, está deprimido. Estamos tratando de que se vaya a alguna parte, a Malta, a cualquier condenado lugar, hasta que se clausure la exposición. Siempre se pone así cuando hay una, pero esta vez es peor debido a..., ya sabes.

—¿Qué hace?

—Gimotear por ahí, francamente. Incluso llamamos a Cynthia, pues yo creía que a ella seguía gustándole Bernard. No es que le dijésemos nada..., nada acerca de los motivos —se apresuró a añadir Jeff—. Le pedimos solamente si podía pasar una temporada con Bernard.

—Deduzco que se negó.

—Así fue.

—¿Sabe Bernard que hablasteis con ella?

—Ed se lo dijo. Ya lo sé, Tom, puede que fuese una equivocación.

Tom estaba impaciente.

—¿Me haréis el favor de procurar simplemente que esté tranquilo durante unos cuantos días?

—Le estamos dando sedantes, de los suaves. Esta tarde, sin que él lo notase, le puse uno en el té.

—Dile, por favor, que Murchison ya está... tranquilo, ¿quieres?

Jeff se rió.

—Sí, Tom. ¿Qué piensa hacer en Londres?

—Dijo que tenía unas cuantas cosas que hacer. Luego regresará a los Estados Unidos. Escucha, Jeff, no más llamadas por unos cuantos días, ¿eh? De todos modos, no estoy seguro de que vaya a estar en casa.

Tom creía que podría justificar sus escasas llamadas a Jeff, o las que este le había hecho a él, si a la policía le daba por investigarlas. Les diría que estaba interesado en adquirir *La bañera* y que había hablado de ello con la Buckmaster Gallery.

Aquella misma noche Tom salió y regresó al cobertizo con una tela encerada y una cuerda. Mientras madame Annette se ocupaba de poner orden en la cocina, Tom envolvió el cuerpo de Murchison y ató la cuerda de manera que pudiese asirla con facilidad. El cadáver resultaba difícil de manejar, parecía el tronco de un árbol y pesaba como tal, incluso más, pensó Tom. Lo arrastró hasta los escalones de la bodega. El hecho de que el cadáver estuviese cubierto le hacía sentirse ligeramente mejor, pero ahora su proximidad a la puerta, a los escalones, a la puerta de la calle, hacía que sus nervios volviesen a estar de punta. ¿Qué iba a decir si madame Annette le veía? Si alguno de los que solían llamar a la puerta (gitanos que vendían cestas; Michel, el arreglalotodo del pueblo, en busca de alguna chapuza, algún chico que quisiese vender folletos de la Iglesia) lo hacía ahora, ¿qué iba a decir del monstruoso objeto que estaba a punto de cargar en la carretilla? Puede que el intruso no preguntase nada, pero miraría con curiosidad y haría una típica pregunta francesa en negativo: «No es un peso muy ligero, ¿verdad?»

Y se acordaría de lo visto.

Tom durmió mal y, curiosamente, oyó sus propios ronquidos. No acabó de dormirse por completo, así que no le fue difícil levantarse a las cinco de la mañana.

En el piso inferior, echó a un lado la esterilla de la puerta de la calle y luego bajó al sótano. Subió el cadáver con facilidad hasta la mitad de las escaleras, pero el hacerlo mermó sus energías hasta el punto de que tuvo que pararse. La cuerda le cortaba un poco la mano, y estaba demasiado impaciente para ir corriendo al cobertizo en busca de sus guantes de jardinero. Cogió de nuevo el bulto y consiguió llegar hasta el rellano. La cosa resultó más fácil al atravesar el piso de mármol. Cambió de tarea empujando la carretilla hasta la puerta de la calle y dejándola allí, volcada sobre un lado. Hubiese preferido sacar a Murchison por la puerta vidriera, pero no podía cruzar la sala de estar con el cuerpo sin antes quitar la alfombra. Tom tiraba del alargado bulto por los cuatro o cinco peldaños del exterior. Trató de introducir el cuerpo en la carretilla lo suficiente para que bastase con enderezar esta y la carga quedase bien instalada. Así lo hizo, pero la carretilla dio un vuelco completo, el cadáver cayó por el otro lado y quedó nuevamente en el suelo. Casi había para echarse a reír.

La idea de tener que arrastrar el cuerpo otra vez hasta la bodega resultaba terrible. Impensable. Tom permaneció un momento, treinta segundos, intentando recobrar fuerzas, mirando fijamente el maldito bulto del suelo. Luego se lanzó a la tarea como si se tratase de luchar con un dragón vivo y rugiente, algo sobrenatural, al que debía matar antes de que le matase a él, e izó el cuerpo hasta la carretilla.

La rueda delantera se hundió en la grava. Tom se dio cuenta inmediatamente de que sería inútil empujarla por encima del césped, que ya empezaba a estar reblandecido por los aguaceros del día anterior.

Salió corriendo a abrir la gran verja de la puerta. Entre esta y los peldaños que daban acceso a la puerta de la calle había una serie de losas de tamaño irregular que le fueron muy útiles y pronto se encontró con la carretilla sobre el suelo duro y arenoso de la carretera. Por una vereda a la derecha se llegaba a los bosques de detrás de la casa, una vereda muy estrecha que tenía más de sendero o de camino de carros que de camino para coches, aunque era lo bastante amplia para dar cabida a un automóvil. Tom sorteó con la carretilla los pequeños baches y charcos de agua y finalmente llegó a su bosque (no era suyo, de hecho, pero ahora se sentía como si lo fuese debido a la alegría que le producía poder ocultarse en él).

Empujó la carretilla un trecho y luego se detuvo y buscó el lugar donde había empezado a cavar. No tardó en hallarlo. Había una cuesta desde la vereda hasta el bosque con la que Tom no había contado, por lo que tuvo que descargar el cuerpo sobre el suelo y arrastrarlo pendiente arriba. Luego llevó la carretilla hasta el bosque para que quedase oculta a la vista de quien pudiese transitar por la vereda. Ya había un poco más de luz. Tom se dirigió a paso rápido hacia el cobertizo a recoger la horca. Cogió también una pala herrumbrosa que había dejado el anterior ocupante de la casa. La pala estaba agujereada, pero, así y todo, serviría. Tom regresó y siguió cavando. La herramienta tropezó con unas raíces. Al cabo de quince minutos empezó a ver claro que no podría terminar la cosa aquella mañana. A las ocho y media, madame Annette le subiría el café a su habitación; entre otras cosas.

Se agachó rápidamente al ver aparecer en la vereda a un hombre vestido de azul descolorido que empujaba una carretilla de madera, de fabricación casera, llena de leña. El hombre no miró hacia donde estaba Tom. Caminaba hacia la carretera que pasaba por delante de la casa de Tom. ¿De dónde habría salido? Quizá estuviese robándole madera al Estado, y así estaba tan contento de evitar a Tom como este lo estaba de evitarle a él.

Tom cavó hasta alcanzar unos ciento veinte centímetros de profundidad. Allí la fosa quedaba atravesada por unas raíces que tendrían que cortarse con un serrucho. Tom salió del agujero y miró en torno buscando alguna depresión o repecho del terreno donde pudiese esconder a Murchison provisionalmente. Encontró un sitio a unos cuatro o cinco metros de distancia, y una vez más arrastró el cadáver tirando de la cuerda. Con ramas y hojas caídas cubrió la tela encerada de color gris. Al menos no llamaría la atención de quienes pasasen por la vereda, pensó.

Luego empujó la carretilla, que ahora parecía una pluma, hasta la vereda, y para agotar todas las precauciones la dejó en su sitio en el cobertizo. De este modo evitaría que madame Annette le preguntase qué hacía la carretilla fuera.

Tuvo que entrar por la puerta principal porque las vidrieras estaban cerradas con llave. Tenía la frente empapada de sudor.

En el piso de arriba se enjugó el sudor con una toalla húmeda y caliente, volvió a ponerse el pijama y se fue a la cama. Eran las ocho menos veinte. Había hecho demasiado por Derwatt Ltd., pensó. ¿Se lo merecían? Bernard, curiosamente, sí. Si pudiesen lograr que Bernard superase su *crise...*

Pero no era así como debía enfocarse el asunto. No habría asesinado a nadie simplemente para salvar a Derwatt Ltd. o al mismo Bernard, supuso Tom. Había matado a Murchison porque este se había dado cuenta, en el sótano, de que Tom había suplantado a Derwatt. Tom había matado a Murchison para salvarse él mismo. Y, con todo, Tom trataba de preguntarse a sí mismo si habría matado a Murchison porque así lo había planeado ya cuando los dos bajaron a la bodega. ¿No había tenido intención de matarle? Tom se veía sencillamente incapaz de responder a eso. Aunque, ¿importaba mucho?

Bernard era el único del trío a quien no acababa de comprender del todo y, pese a ello, era quien más simpático le caía. Los motivos de Ed y de Jeff eran sencillos: hacer dinero. Tom dudaba que fuese Cynthia quien había roto con Bernard. No le hubiese sorprendido que Bernard (que indudablemente había estado enamorado de Cynthia en un momento dado) hubiese roto con la muchacha, avergonzado de sus falsificaciones. Resultaría interesante sonsacarle la verdad a Bernard. Sí, en Bernard había un misterio, y era el misterio lo que hacía atractivas a las personas, pensó Tom, lo que las hacía enamorarse, también. A pesar del desagradable bulto envuelto con una tela encerada que había en el bosque detrás de la casa, Tom se estaba dejando llevar por sus propios pensamientos, como si se encontrase sobre una nube. Era extraño, y sumamente agradable, fantasear sobre Bernard, sus motivos, temores, vergüenza y posibles amores. Bernard, al igual que el verdadero Derwatt, tenía algo de santo.

Un par de moscas, alocadas como siempre, estaban molestando a Tom. Se sacudió una del pelo. Las moscas revoloteaban en torno a la mesita de noche. El otoño ya estaba demasiado avanzado para que todavía hubiese moscas, y Tom ya había tenido más que suficientes durante el verano. La campiña francesa era famosa por su gran variedad de moscas, variedad muy superior en número a la de quesos, según Tom había leído en alguna parte. Una de las moscas montó encima de la otra. ¡A la vista de todo el mundo! Rápidamente, Tom encendió una cerilla y la aplicó a los dos desvergonzados insectos. Las alas chisporrotearon. Las patas se extendieron en un último estertor. ¡Ah, *Liebestod,* unidos hasta en la muerte!

«Si ello era posible en Pompeya, ¿por qué no en Belle Ombre?», se dijo.

8

Tom pasó la mañana del domingo haraganeando. Escribió una carta a Heloise a la dirección de la American Express en Atenas, y a las dos y media escuchó un programa cómico por la radio, como solía hacer. A veces, el domingo por la tarde, madame Annette encontraba a Tom revolcándose de risa sobre el sofá amarillo y, de vez en cuando, Heloise le pedía que tradujese algunas frases, aunque gran parte de ellas, y en especial los juegos de palabras, no se prestaban a la traducción. A las cuatro, respondiendo a una invitación que aquel mismo mediodía le habían hecho por teléfono,

Tom se fue a tomar el té con Antoine y Agnès Grais, que vivían al otro extremo de Villeperce, a una distancia que fácilmente podía recorrerse a pie. Antoine era arquitecto y trabajaba en París. Durante la semana vivía en su estudio. Agnès, sosegada y rubia de unos veintiocho años, se quedaba en Villeperce y cuidaba de sus dos hijos, pequeños todavía. Había otros cuatro invitados en casa de los Grais, todos de París.

–¿Qué has estado haciendo últimamente, *Tome?* –preguntó Agnès, al mismo tiempo que, acabado el té, sacaba la especialidad de su marido: una botella de fuerte ginebra holandesa que, al decir de los Grais, debía beberse sin mezcla de ninguna clase.

–Pintando un poco. Paseando por el jardín y limpiando lo que probablemente no tenía que limpiarse.

Los franceses llamaban siempre «limpiar» a la operación de arrancar las malas hierbas.

–¿No te has sentido solo? ¿Cuándo regresa Heloise?

–Puede que dentro de un mes.

La hora y media pasada en casa de los Grais tranquilizó los nervios de Tom. Sus anfitriones no hicieron ningún comentario sobre los huéspedes de Tom, Murchison y el conde Bertolozzi, y puede que ni siquiera se hubiesen fijado en ellos u oído hablar de ellos por medio de madame Annette, que solía chismorrear bastante en las tiendas de comestibles. También les pasó por alto a los Grais el que las manos de Tom tuvieran un color rojizo, casi de sangre, debido al roce de las cuerdas con que había atado el cadáver de Murchison.

Por la tarde, Tom se tumbó sin zapatos sobre el sofá hojeando el *Harrap's Dictionary,* tan grueso y pesado que tenía que apoyárselo sobre las caderas o colocarlo encima de la mesa. Sabía que iban a llamarle por teléfono, aunque no sabía quién, y a las diez y cuarto sucedió lo que esperaba. Era Chris Greenleaf desde París.

–¿Es usted... Tom Ripley?

–Sí. Hola, Chris. ¿Cómo estás?

–Muy bien, gracias. Acabo de llegar con mi amigo. Me alegro muchísimo de encontrarle en casa. No hubo tiempo para que me llegase su carta, si es que la escribió. Bueno... Verá...

–¿Dónde te hospedas?

–En el Hotel Louisiane. ¡Muy recomendable según mi familia! Es mi primera noche en París. Ni siquiera he abierto la maleta. Pero pensé en llamarle antes.

—¿Qué planes tienes? ¿Cuándo te va bien venir por aquí?

—Oh, en cualquier momento. Naturalmente quiero hacer un poco de turismo. Ante todo el Louvre, quizá.

—¿Qué te parece el martes?

—Pues... muy bien, pero había pensado mañana, ya que mi amigo estará ocupado todo el día. Tiene un primo que vive aquí, un señor algo mayor, americano. Así que esperaba que...

Por alguna razón, a Tom no se le ocurría ninguna excusa para impedir la visita del muchacho.

—De acuerdo. Mañana. ¿Por la tarde? Tengo algo que hacer por la mañana.

Tom le explicó que tendría que coger un tren en la Gare de Lyon y apearse en Moret-les-Sablons, y añadió que le volviese a llamar cuando supiese cuál era su tren; de este modo Tom podría acudir a recibirle en la estación.

Estaba claro que Chris se quedaría a pasar la noche, por lo que Tom comprendió que sería necesario terminar la fosa y meter el cuerpo en ella por la mañana. De hecho, puede que por eso hubiese estado de acuerdo en que el muchacho le visitase al día siguiente. La inminencia de la visita le serviría de estímulo para trabajar con mayor ahínco.

Chris le había parecido sincero, pero quizá tuviese los buenos modales de los Greenleaf y no quisiera abusar de su hospitalidad. Tom dio un respingo al pensar eso, ya que él sí se había quedado más tiempo del debido en casa de Dickie, en Mongibello, cuando era todavía joven e inexperto; a la sazón tenía veinticinco años, no veinte como Chris. Tom había venido de América, o, mejor dicho, el padre de Dickie, Herbert Greenleaf, le había mandado en busca de Dickie. Había sucedido lo de siempre. Dickie no quería regresar a los Estados Unidos. Tom todavía se estremecía al pensar cuán ingenuo había sido por aquel entonces. ¡La de cosas que había tenido que aprender! Y luego, bueno, pues Tom Ripley se había quedado en Europa. Había aprendido bastante. Al fin y al cabo, disponía de algún dinero (el de Dickie) y tenía cierto éxito con las chicas; a decir verdad, Tom se sentía perseguido por las muchachas. Heloise Plisson había sido una de sus admiradoras. Y a Tom le parecía que la muchacha era atractiva. Ni él ni Heloise habían hablado de matrimonio. Ese era un capítulo breve y oscuro de su vida. Una vez, cuando estaban en el bungalow que habían alquilado en Cannes, Heloise dijo:

—Ya que vivimos juntos, ¿por qué no nos casamos?... *À propos*, no estoy segura de que papá apruebe (¿cómo había dicho «apruebe» en francés?, se preguntó Tom. Tendré que buscarlo en el diccionario) por más tiempo el que vivamos juntos, mientras que si nos casásemos... *ça serait un fait accompli.*

Tom se había puesto verde durante la boda, aunque se habían casado por lo civil, y no había público en el juzgado. Más tarde, Heloise le dijo riendo:

—Estabas verde.

Cierto. Pero Tom había aguantado la prueba hasta el final. Y, aun cuando comprendía que era absurdo, había esperado que Heloise le elogiase por ello. Era del novio de quien se esperaba que dijese cosas como «Querida, ¡estabas maravillosa!» o «¡Tus mejillas resplandecían de belleza y felicidad!» o alguna imbecilidad semejante. Pues bien, sí se había puesto verde, pero al menos no se había desmayado en medio de la sala, que, en aquel caso, había sido el despacho del juez de paz de algún lugar del sur de Francia, cuyas sillas, vacías, habían sido apartadas a un lado para formar una especie de pasillo. Las bodas deberían hacerse en secreto, pensó Tom, tan en privado como la misma noche de bodas. Lo cual, desde luego, no era decir mucho. Ya que, durante la boda, todo el mundo no pensaba más que en la noche de bodas, ¿por qué la ceremonia se celebraba de forma tan descaradamente pública? Había cierta vulgaridad en ello. Por qué no se podía sorprender a los amigos diciéndoles:

—Oh, ¡pero si ya llevamos casados tres meses!

No era difícil comprender por qué las bodas se celebraban en público en otros tiempos:

—Ya la hemos «colocado», muchacho, y no te vas a librar de ella, ¡pues aquí estamos cincuenta parientes de la novia dispuestos a hervirte en aceite!

Pero ¿por qué en nuestros días?

Tom se fue a la cama.

El lunes por la mañana, de nuevo sobre las cinco, Tom se puso sus tejanos y bajó por la escalera sin hacer ruido.

Esta vez se topó con madame Annette, que abría la puerta de la cocina al vestíbulo justamente cuando Tom estaba a punto de abrir la puerta principal y salir. Madame Annette sostenía un paño blanco contra la mejilla y no había duda de que dentro del pañuelo había sal calentada, del tipo grueso que se emplea para cocinar. En su rostro se pintaba el dolor.

—Madame Annette..., ¿otra vez su muela? —dijo Tom compasivamente.

—No he pegado ojo en toda la noche —dijo madame Annette—. Hoy se ha levantado temprano, *m'sieur Tome.*

—¡Maldito sea ese dentista! —dijo Tom en inglés. Luego, en francés, añadió—: ¡Vaya idea la de que el nervio se *caería* solo! No sabe lo que hace. Hágame caso, madame Annette, me acabo de acordar de que arriba tengo unas píldoras amarillas. Son de París. Especiales para el dolor de muelas. Un segundo.

Tom subió corriendo las escaleras.

Madame Annette se tomó una de las cápsulas, parpadeando mientras se la tragaba. Tenía los ojos de color azul pálido. Sus párpados superiores eran finos y se inclinaban hacia abajo en el rabillo. Parecían nórdicos. Era bretona por parte de padre.

—Si lo desea, la llevaré en coche a Fontainebleau hoy mismo —se ofreció Tom.

Tom y Heloise solían acudir a un dentista de Fontainebleau y Tom suponía que este accedería a visitar a madame Annette sin tener cita previa.

—¿Por qué se ha levantado tan temprano?

Al parecer, la curiosidad de madame Annette era más fuerte que su dolor.

—Voy a trabajar un poco en el jardín y luego volveré a acostarme para dormir una hora más o menos. También a mí me ha sido difícil dormir.

Tom la convenció amablemente para que regresase a su habitación, donde la dejó con el frasco de cápsulas. Cuatro cápsulas en veinticuatro horas era una dosis inofensiva, dijo a la vieja señora.

—No se preocupe por mi desayuno y mi almuerzo, mi querida *madame.* Tómese un buen descanso hoy.

Luego Tom salió a trabajar. Cavaba a un ritmo razonable, o, cuando menos, a él le parecía razonable. La fosa tenía que medir un metro y medio de profundidad, y no valían excusas. Del cobertizo había sacado un serrucho lleno de herrumbre pero todavía útil, y con él atacó el laberinto de raíces entrecruzadas, sin hacer caso de la tierra mojada que se pegaba a los dientes de la herramienta. Iba adelantando. Ya había bastante luz, aunque el sol no había salido, cuando terminó la fosa y salió de ella escalando una de las paredes. Al hacerlo se ensució de barro toda la parte delantera de su jersey, que, por desgracia era de cachemir beige. Echó un vistazo a su alrededor, pero no vio a nadie en el pequeño sendero que atravesaba el bosque. Era una suerte, pensó, que los franceses atasen a sus perros, pues, de no ser así, cualquier perro podía haberse acercado a oler las ramas que ocultaban el cuerpo de Murchison y sus ladridos se hubiesen oído a un kilómetro de distancia. Una vez más Tom tiró de las cuerdas que sujetaban la envoltura del cuerpo. El cadáver cayó en el interior de la fosa con un golpe sordo que a Tom le pareció una música deliciosa. La tarea de echar paletadas de tierra sobre el cuerpo resultó otro placer. Había tierra de sobra y, después de apisonar la tumba, Tom esparció la tierra sobrante en todas direcciones. Entonces echó a andar lentamente, pero con la satisfacción del trabajo terminado, hacia la casa. Atravesó el césped y dio la vuelta para entrar por la puerta principal.

Se lavó el jersey con unas escamas de jabón fino que encontró en el cuarto de baño de Heloise. Después se durmió estupendamente hasta las diez de la mañana.

Se hizo un poco de café en la cocina y seguidamente salió a buscar el *Observer* y el *Sunday Times* en el quiosco del pueblo. Normalmente se quedaba a tomar café en algún sitio mientras hojeaba los dos periódicos (que siempre eran un tesoro para él), pero esta vez deseaba estar solo cuando leyese las reseñas de la exposición Derwatt. Casi se olvidó de comprar el diario para madame Annette, que era la edición local de *Le Parisien,* con sus titulares invariablemente en rojo. El de hoy decía algo sobre el estrangulamiento de un niño de doce años. En el exterior del quiosco, los carteles que anunciaban diversos periódicos resultaban igualmente sensacionalistas, aunque en distinto sentido:

¡JEANNE Y PIERRE YA VUELVEN A BESARSE!

¿Quiénes serían?

¡MARIE FURIOSA CON CLAUDE!

Los franceses nunca se conformaban con enfadarse, se ponían *furieux*.

¡ONASSIS TEME QUE LE ROBEN A JACKY!

¿Es que los franceses no podían dormir pensando en eso?

¡UN BEBÉ PARA NICOLE!

¿*Qué* Nicole, por el amor de Dios? La mayoría de los nombres le eran siempre desconocidos (acaso estrellas de cine, cantantes pop), pero lo cierto es que hacían que los periódicos se vendiesen. Las andanzas de la familia real inglesa resultaban algo increíble. Isabel y Felipe al borde del divorcio tres veces al año, Margaret y Tony escupiéndose en la cara.

Tom dejó el periódico de madame Annette sobre la mesa de la cocina, luego subió a su cuarto. El *Observer* y el *Sunday Times* llevaban ambos una foto suya disfrazado de Philip Derwatt en las páginas dedicadas a la crítica de arte. En una aparecía con la boca abierta al responder a alguna pregunta, abierta entre la asquerosa barba. Tom repasó rápidamente las reseñas, sin desear realmente enterarse de todas las palabras.

El *Observer* decía:

«... interrumpiendo su prolongado retiro con una aparición por sorpresa el miércoles por la tarde en la Buckmaster Gallery, Philip Derwatt, que prefiere ser llamado simplemente Derwatt, se mostró reticente con respecto a su domicilio en México, pero bastante locuaz cuando le preguntaron sobre su obra y la de otros pintores contemporáneos. De Picasso dijo: "Picasso tiene épocas. Yo no."»

En la fotografía del *Sunday Times,* Tom permanecía de pie, gesticulando detrás del escritorio de Jeff, con el puño izquierdo alzado. Tom no recordaba haber hecho semejante gesto. Pero ahí estaba:

«... Vistiendo ropa que sin duda llevaba bastantes años en el armario... resistió los embates de toda una batería de diez periodistas, lo cual, suponemos, debió de ser un calvario después de seis años de aislamiento.»

¿Había una doble intención detrás de aquel «suponemos»? A Tom le pareció que no, ya que el resto del comentario era favorable.

«Los actuales lienzos de Derwatt mantienen su acostumbrado nivel de calidad: son idiosincrásicos, originales, puede que incluso un tanto morbosos... Ninguno de sus cuadros queda sin resolver, terminado a toda prisa. Son fruto de su amoroso trabajo, aunque su técnica dé impresión de rapidez y facilidad. No hay que confundir esa facilidad con la simple destreza del artesano. Derwatt asegura que nunca ha pintado un cuadro en menos de dos semanas...»

¿Eso había dicho?

«... y trabaja cada día, a menudo más de siete horas... Hombres, niñas pequeñas, sillas, mesas, objetos extraños envueltos en llamas, estos siguen siendo los temas favoritos del pintor... La exposición va a constituir un nuevo éxito rotundo.»

Ni una palabra acerca de la desaparición de Derwatt después de la entrevista.

Lástima, pensó Tom, que algunos de estos cumplidos no puedan grabarse en el epitafio de Bernard Tufts cuando llegue su hora. Tom se acordó de «Aquí yace alguien cuyo nombre fue escrito con agua», palabras que le habían llenado los ojos de lágrimas las tres veces que las leyó en el cementerio protestante inglés de Roma, y que, a veces, todavía le emocionaban con solo pensar en ellas. Acaso Bernard, laborioso y artista, llegaría a componer su propio epitafio antes de morir. ¿O quizá su fama quedaría en el anonimato, escondida detrás de un supuesto Derwatt que todavía no había pintado?

Suponiendo que Bernard llegase a pintar otro Derwatt. ¡Cielos!, pensó Tom, ni eso podía darse por seguro. ¿Seguía Bernard pintando sus propias obras, las que podía firmar con su verdadero nombre?

Madame Annette ya se sentía mejor antes del mediodía. Y, como Tom había previsto, gracias a las píldoras calmantes, no quiso que la llevase al dentista de Fontainebleau.

—Madame, esto parece ya una verdadera invasión de *invités*. Es una lástima que madame Heloise no esté aquí. Pero esta noche tenemos otro para la cena, un joven llamado *m'sieur* Christopher, americano. Yo me encargaré de hacer toda la compra en el pueblo... *Non, non,* usted descanse.

Y Tom hizo las compras sin perder tiempo y antes de las dos ya estaba de vuelta en casa. Madame Annette le comunicó que había llamado un americano, pero que como no lograron entenderse, el americano había dicho que llamaría más tarde.

Así fue y quedaron en que Tom le recogería a las seis y media en Moret.

Tom se puso unos viejos pantalones de franela y un jersey de cuello alto, y partió en el Alfa Romeo. El menú de la noche consistiría en *viande hâchée,* la versión francesa de la hamburguesa que era tan roja y deliciosa que podía comerse cruda. En los drugstores de París, Tom había presenciado cómo los americanos casi se desmayaban ante una hamburguesa con cebolla y salsa de tomate, aunque solamente llevasen ausentes de América veinticuatro horas.

Como ya había imaginado, Tom reconoció a Chris Greenleaf en cuanto le puso la vista encima. Aunque varias personas le impedían verle perfectamente, la rubia cabeza de Chris sobresalía por encima de las demás. Sus ojos y sus cejas presentaban la misma expresión ligeramente ceñuda que en tiempos tuvieran los de Dickie. Tom alzó un brazo para saludarle, pero Christopher vaciló en corresponder en tanto sus ojos no se encontraron y Tom le sonrió. La sonrisa del muchacho se parecía a la de Dickie, pero si había una diferencia, esta estaba en los labios, pensó Tom. Los labios de Christopher eran más llenos, con una plenitud desconocida en Dickie y que, sin duda, procedía de la parte materna de la familia de Christopher.

Se dieron un fuerte apretón de manos.

—Realmente, esto es como estar en el campo.

—¿Qué te ha parecido París?

—Oh, pues me gusta. Es más grande de lo que esperaba.

Christopher se fijaba en todo, estirando el cuello para no perder detalle de nada, ni siquiera de los cafés, árboles y casas más corrientes que había a lo largo de la carretera. Christopher le dijo a Tom que su amigo Gerald pasaría probablemente dos o tres días en Estrasburgo.

–Este es el primer pueblo francés que veo en mi vida. Es auténtico, ¿verdad? –preguntó, como si pudiese tratarse de un decorado teatral.

Tom encontraba divertido, curiosamente enervante, el entusiasmo de Chris. Le recordaba su propia sensación de júbilo desbordado al ver por primera vez la torre inclinada de Pisa desde un tren en marcha, o su primera impresión de las luces de la bahía de Cannes, aunque a él le había faltado alguien con quien hablar.

La oscuridad impedía ver Belle Ombre en su totalidad, pero madame Annette había encendido las luces de la entrada principal y era posible adivinar el tamaño de la casa gracias a una luz situada en la esquina izquierda de la fachada, donde estaba la cocina. Tom sonrió al oír los extasiados comentarios de Chris, pese a que se sentía halagado. Algunas veces Tom tenía el deseo de derribar Belle Ombre, y a toda la familia Plisson, a patadas, como si se tratase de un castillo de arena que él podía destruir con el pie. Esto sucedía siempre que se enfurecía a causa de algún ejemplo de mala voluntad por parte de los franceses; como, por ejemplo, su codicia, o una mentira que no era exactamente una mentira, sino una ocultación deliberada de la verdad. Cuando otros alababan Belle Ombre, a Tom le gustaba también. Dejó el coche en el garaje y cogió una de las dos maletas que llevaba Chris. El muchacho afirmó que llevaba todo su equipaje consigo.

Madame Annette abrió la puerta principal.

–Mi fiel ama de llaves, sin la que no podría vivir –dijo Tom–, madame Annette, monsieur Christopher.

–Mucho gusto. *Bonsoir* –dijo Chris.

–*Bonsoir, m'sieur.* La habitación de *m'sieur* está dispuesta.

–Esto es maravilloso –dijo Chris–. ¡Es como un museo!

Había, supuso Tom, una cantidad considerable de raso y de metal dorado.

–La decoración creo que es cosa de mi esposa. Ella no está aquí ahora.

–Vi una fotografía de ella con usted. El tío Herbert me la enseñó en Nueva York hace solo unos días. Es rubia. Se llama Heloise.

Tom dejó a Christopher solo para que pudiese asearse y dijo que estaría en el piso de abajo.

Sus pensamientos empezaban a desviarse hacia Murchison de nuevo. Le echarían en falta al repasar la lista del pasaje de avión.

La policía indagaría en los hoteles de París y comprobaría que Murchison no se había alojado en ninguno de ellos. Los papeles de inmigración les informarían de que Murchison se había hospedado en el Hotel Mandeville los días 14 y 15 de octubre, y que esperaba volver allí el día 17. El nombre y la dirección de Tom constaban también en el libro de registro del Hotel Mandeville correspondiente a la noche del 15 de octubre. Si bien seguramente no sería él el único huésped procedente de Francia que había pasado la noche en aquel hotel. ¿Vendría a interrogarle la policía o no?

Christopher se reunió con él. Se había peinado su ondulado pelo y llevaba todavía pantalones de pana y botas de soldado.

—Espero que no tenga invitados a cenar, de lo contrario me cambiaré de ropa.

—Estamos solos y en el campo, conque puedes vestirte como te plazca.

Christopher contempló los cuadros de Tom, fijándose especialmente en un desnudo de Pascin de tonos rosáceos.

—¿Vive aquí todo el año? Debe de ser muy agradable.

Aceptó un whisky escocés. Una vez más Tom tuvo que explicar cómo pasaba el tiempo y habló de sus trabajos de jardinería y de sus despreocupados estudios de idiomas; aunque, en realidad, se había establecido un programa de estudio mucho más riguroso de lo que parecía. No obstante, Tom tenía en gran aprecio su ocio, como solo un americano era capaz de hacerlo una vez que le hubiese tomado gusto; y había tan pocos... Era algo que no le gustaba explicar a nadie. Había anhelado el ocio y un poco de lujo cuando conoció a Dickie Greenleaf, y ahora que los había conseguido, seguían conservando su encanto para él.

En la mesa, Christopher empezó a hablar de Dickie. Tenía fotografías de Dickie tomadas en Mongibello y Tom aparecía en una de ellas. Christopher hablaba con cierta dificultad al referirse a la muerte de Dickie, a su suicidio, como creía todo el mundo. Chris tenía algo mejor que buenos modales, observó Tom, y ese algo era su sensibilidad. Tom contemplaba fascinado los reflejos de las velas en el iris de los ojos azules de Chris, y pensaba en cuán a menudo había visto el mismo reflejo en los ojos de Dickie en Mongibello, por la noche, o en algún restaurante de Nápoles.

Christopher se había levantado y recorría con la mirada toda la habitación, desde las puertas vidrieras hasta el techo artesonado de color crema.

–Es fabuloso vivir en una casa como esta. Y además tiene usted música... ¡y cuadros!

Tom recordaba los penosos tiempos de cuando él tenía veinte años. La familia de Chris no era pobre, de eso estaba seguro, pero no vivirían en una casa que pudiera compararse con la suya. Mientras tomaban café, Tom puso el disco de *El sueño de una noche de verano*.

Entonces sonó el teléfono. Serían cerca de las diez de la noche.

La telefonista francesa le preguntó si su número era tal o cual, luego le dijo que no colgase porque le llamaban desde Londres.

–*Allô!* Aquí Bernard Tufts –dijo una voz tensa, seguida por una serie de chasquidos.

–*Allô?* Sí. Aquí Tom. ¿Me oyes bien?

–¿Puedes hablar más alto? Te llamo para decirte... –La voz de Bernard se apagó como si se hundiese en el mar.

Tom lanzó una mirada hacia Chris, que estaba leyendo la funda de un disco.

–¿Me oyes mejor ahora? –rugió por el aparato.

Como si quisiera hacerle rabiar, el aparato emitió un ruido semejante a una ventosidad, luego un crujido digno de una montaña partiéndose bajo un rayo. El oído izquierdo de Tom zumbó a causa del estruendo y tuvo que llevarse el aparato a la otra oreja. Podía oír cómo Bernard luchaba y chillaba para hacerse entender, pero, por desgracia, las palabras eran totalmente ininteligibles. Tom entendió solamente la palabra «Murchison».

–¡Está en Londres! –chilló Tom, satisfecho de poder decir algo concreto.

Ahora se oía algo sobre el Mandeville y Tom se preguntó si el hombre de la Tate Gallery habría intentado ponerse en contacto con Murchison a través del hotel y, al no conseguirlo, se había dirigido a la Buckmaster Gallery.

–Bernard, ¡es inútil! –aulló Tom desesperado–. ¿Puedes escribirme?

Tom no sabía si Bernard había colgado o no, pero ahora se oía únicamente un zumbido y supuso que el otro habría desistido, por lo que colgó el teléfono.

–Y pensar que uno paga ciento veinte «pavos» solamente por el aparato en este país –dijo Tom–. Lamento todo este griterío.

–Oh, siempre he oído decir que los teléfonos franceses eran una porquería –dijo Chris–. ¿Se trataba de algo importante? ¿Heloise?

–No, no.

Chris se levantó.

–Me gustaría enseñarle mis guías de turismo. ¿Puedo hacerlo?

Subió la escalera corriendo.

Cuestión de tiempo, pensó Tom, antes de que la policía francesa o la inglesa (puede que hasta la americana) empezasen a interrogarle sobre el paradero de Murchison. Tom esperaba que Chris ya se hubiese marchado para entonces.

Chris bajó con tres libros. Tenía la *Guide Bleu* de Francia, un libro de arte sobre los *châteaux* franceses, y un libro enorme sobre Renania, región que tenía intención de visitar en compañía de Gerald Hayman cuando este regresase de Estrasburgo.

Christopher sorbía con placer su coñac, haciéndolo durar.

–Tengo serias dudas sobre las virtudes de la democracia. Es terrible que esto lo diga un americano, ¿verdad? La democracia depende de la existencia de un nivel mínimo de educación para todo el mundo, y América intenta dárselo a todos, pero la realidad es que no lo tenemos. Ni siquiera es cierto que todo el mundo lo desee...

Tom le escuchaba a medias. Pero los comentarios que hacía de vez en cuando parecían satisfacer a Chris, cuando menos por esa noche.

Volvió a oírse el teléfono. Tom observó que eran las once menos cinco en el pequeño reloj de plata colocado en la mesita del teléfono.

Una voz de hombre dijo en francés que era un agente de policía y se disculpó por llamar a tales horas, preguntando, seguidamente, si monsieur Ripley estaba en casa.

–Buenas noches, *m'sieur*. ¿Conoce usted por casualidad a un americano llamado Thomas Murchison?

–Sí –contestó Tom.

–¿Por casualidad le visitó a usted recientemente? ¿El miércoles? ¿O quizá el jueves?

—En efecto, así fue.

—*Ah, bon!* ¿Está en su casa ahora?

—No, regresó a Londres el jueves.

—Pues no, no lo hizo. Aunque encontramos su maleta en Orly. No subió al avión que debía tomar a las dieciséis horas.

—¿De veras?

—Usted es amigo de monsieur Murchison, ¿verdad, *m'sieur* Ripley?

—Pues no exactamente. Hace poco que le conozco.

—¿Cómo se trasladó desde su casa hasta Orly?

—Yo le llevé en mi coche... el jueves por la tarde, sobre las tres y media.

—¿Conoce usted a algún amigo suyo en París con el que pudiera estar alojado? Porque no está en ningún hotel.

Tom hizo una pausa para pensar.

—No. No me habló de ninguno.

Evidentemente su respuesta había decepcionado al agente.

—¿Estará usted en casa los próximos días, *m'sieur* Ripley?... Puede que deseemos hablar con usted...

Esta vez Christopher mostró curiosidad:

—¿Qué sucede?

Tom sonrió.

—Oh, alguien que preguntaba dónde estaba un amigo. Y yo no lo sé.

¿Quién habría empezado a meter ruido sobre el paradero de Murchison?, se preguntó Tom. ¿El hombre de la Tate Gallery? ¿La policía francesa de servicio en Orly? ¿Habrían sido ellos? ¿Quizá la propia señora Murchison desde América?

—¿Qué tal es Heloise? —preguntó Christopher.

9

Al bajar la mañana siguiente, madame Annette le dijo que monsieur Christopher había salido a dar un paseo. Tom confió en que no fuese por el bosque de detrás de la casa, pero lo más probable era que Chris estuviese echando un vistazo al pueblo. Tom cogió sus periódicos dominicales ingleses, que apenas había podido hojear hasta ese momento, y buscó alguna noticia, por muy breve que fuese, referente a Murchison o a una desaparición en Orly. No encontró nada.

Chris regresó con las mejillas sonrosadas y sonriente. Había adquirido un batidor de alambre, del tipo que en Francia utilizan para batir huevos, en la *droguerie* del pueblo.

—Un pequeño obsequio para mi hermana —dijo—. No pesa mucho en el equipaje. Le diré que procede del pueblo donde vive usted.

Tom le preguntó si quería dar un paseo en coche y almorzar en otra ciudad.

—Tráete la *Guide Bleu.* Iremos siguiendo el curso del Sena.

Tom quería esperar unos minutos hasta que llegase el cartero.

En el correo había solamente una carta cuya dirección estaba escrita con tinta y con letra alargada y esquinada. Tom se dio cuenta al instante de que la carta era de Bernard, aunque no conocía su letra. La abrió y comprobó que no se equivocaba al ver la firma.

127 Copperfield St.
S.E. 1

Querido Tom:

Perdóname esta carta imprevista. Desearía verte. ¿Puedo ir? No es necesario que me hospedes. Me iría muy bien poder hablar un poco contigo, siempre y cuando tú quieras.

Tuyo,

Bernard T.

P. D. Puede que vuelva a probar suerte con el teléfono antes de que la presente llegue a tus manos.

Tendría que mandar un telegrama a Bernard sin perder tiempo. Pero ¿para qué? Una negativa le deprimiría aún más, supuso Tom, pero lo cierto es que no tenía ningunas ganas de verle, no en aquel preciso momento. ¿Quizá pudiese telegrafiar desde la oficina de correos de algún pueblo aquella misma mañana? Daría un apellido y dirección falsos, ya que en Francia era obligatorio consignar el nombre y la dirección del remitente al pie de los impresos de telégrafos. Aunque no le gustase hacerlo, tendría que librarse de Chris cuanto antes.

—¿Nos vamos?

Chris se levantó del sofá donde había estado escribiendo una postal.

—Muy bien.

Tom abrió la puerta principal ante las narices de dos agentes de policía franceses que estaban a punto de llamar. A decir verdad, Tom tuvo que echarse atrás para evitar el puño, enfundado en un guante blanco, que se alzaba ante él.

—*Bonjour, m'sieur Ripley,* ¿no?

—Sí. Entren, por favor.

Serían de Melun, pensó Tom, porque los dos policías de Villeperce le conocían, y él también les conocía, de vista, pero no era así con los dos que tenía delante.

Los agentes entraron pero rehusaron sentarse. Se quitaron la gorra y se la colocaron debajo del brazo. El más joven se sacó un bloc y un lápiz del bolsillo.

—Le telefoneé a usted anoche en relación con un tal monsieur Murchison —dijo el de más edad de los dos agentes, que ostentaba la graduación de *commissaire*—. Hemos hablado con Londres y tras unas cuantas llamadas telefónicas hemos podido establecer que usted y monsieur Murchison llegaron a Orly en el mismo avión el miércoles, y que también se hospedaron en el mismo hotel de Londres, el Mandeville. Así pues... —El *commissaire* sonreía satisfecho—. ¿Dice usted que llevó a monsieur Murchison a Orly a las tres y media el jueves por la tarde?

—Así es.

—¿Y entró con él en la terminal?

—No, porque no podía aparcar el coche allí, ¿sabe?, así que le dejé solo.

—¿Le vio entrar en la terminal?

Tom meditó.

—No miré hacia atrás cuando me alejaba en el coche.

—Es que dejó la maleta sobre la acera y, sencillamente, desapareció. ¿Tenía que encontrarse con alguien en Orly?

—No me dijo nada de eso.

Christopher Greenleaf permanecía de pie a cierta distancia,

escuchándolo todo, aunque Tom estaba seguro de que no entendería casi nada de lo que decían.

—¿Dijo algo acerca de si iba a visitar a algún amigo en Londres?

—No. No que yo recuerde.

—Esta mañana volvimos a llamar al Mandeville, ya que esperábamos encontrarle allí, para preguntar si tenían noticias suyas. Nos dijeron que no, pero que un tal monsieur...

—Monsieur Riemer —informó el más joven de los dos policías.

—Un tal monsieur Riemer había telefoneado al hotel porque estaba citado con monsieur Murchison para el viernes. Por la policía de Londres supimos también que monsieur Murchison está interesado en comprobar la autenticidad de un cuadro que posee. Un Derwatt. ¿Sabe usted algo de esto?

—Pues sí —dijo Tom—. Monsieur Murchison llevaba el cuadro consigo. Deseaba ver los Derwatts que tengo aquí. —Hizo un gesto señalando los cuadros—. Por eso vino conmigo desde Londres.

—Ah, ya comprendo. ¿Cuánto tiempo hace que conoce usted a monsieur Murchison?

—Desde el martes pasado. Le vi en la galería de arte donde se celebra la exposición Derwatt, y más tarde, aquella misma noche, volví a verle en mi hotel, y entablamos conversación. —Tom se volvió y añadió—: Perdóname, Chris, pero esto es importante.

—Oh, siga, siga, por favor. No se preocupe por mí —contestó Chris.

—¿Dónde está el cuadro de monsieur Murchison?

—Se lo llevó consigo —replicó Tom.

—¿Estaba en la maleta? Pues no está en la maleta.

El *commissaire* miró a su colega y en el rostro de ambos hombres se reflejó cierta sorpresa.

Lo habían robado en Orly. ¡Gracias a Dios!, pensó Tom.

—Iba envuelto en papel de embalar. Monsieur Murchison lo llevaba consigo. Espero que no lo hayan robado.

—Bueno, pues eso es lo que sucedió, al parecer. ¿Cómo se titulaba el cuadro? ¿Y era muy grande? ¿Nos lo puede describir?

Tom contestó a todas las preguntas con exactitud.

—Esto resulta complicado para nosotros, y puede que sea asunto de la policía de Londres, pero tenemos que facilitarles toda la información que podamos obtener. ¿*L'Horloge* es la pintura de cuya autenticidad duda monsieur Murchison?

–Sí, efectivamente, dudaba de ella al principio. Él es más entendido que yo –dijo Tom–. Me interesó lo que dijo, ya que yo tengo dos Derwatts también; así que le invité a que viniese a verlos.

–Y...

El *commissaire,* perplejo, frunció el ceño.

–¿Qué dijo de los suyos?

Puede que esta pregunta obedeciese a simple curiosidad.

–Desde luego cree que los míos son auténticos, y yo también lo creo –replicó Tom–. Me parece que empezó a opinar que también el suyo lo era. Dijo que no sería de extrañar que cancelase su cita con monsieur Riemer.

–¡Ajá!

El *commissaire* miró el teléfono, puede que pensando si debía llamar a Melun, pero no pidió permiso para utilizarlo.

–¿Puedo ofrecerles un vaso de vino? –dijo Tom, dirigiendo la pregunta a los dos agentes.

Rehusaron la invitación, pero quisieron ver sus cuadros. Tom se los enseñó complacido. Los dos agentes iban de aquí para allí, murmurando cosas que, a juzgar por la fascinada expresión de sus rostros y los gestos que hacían al contemplar los cuadros y dibujos, parecían denotar un buen conocimiento de la pintura. Se diría que eran dos policías visitando una galería de arte en su tiempo libre.

–Un pintor famoso en Inglaterra, el tal Derwatt –comentó el más joven de los dos.

–Sí –respondió Tom.

La entrevista llegó a su fin. Dieron las gracias a Tom y se despidieron.

Tom se sentía contento de que madame Annette hubiese estado ausente, haciendo sus compras de la mañana.

Christopher se rió un poco cuando Tom cerró la puerta.

–Bien, ¿de qué se trataba? Lo único que puede entender fue «Orly» y «Murchison».

–Parece ser que Thomas Murchison, un americano que me visitó esta semana, no tomó el avión en que debía regresar a Londres desde Orly. Al parecer ha desaparecido. Encontraron su maleta sobre la acera, en Orly, hasta donde yo le había acompañado el jueves.

—¡Desaparecido? ¡Caramba! De eso ya hace cuatro días.

—No supe nada al respecto hasta anoche. Esa fue la llamada que recibí a última hora. Era de la policía.

—Caramba. ¡Qué extraño!

Chris hizo algunas preguntas y Tom contestó a ellas igual que lo había hecho a las de la policía.

—Parece que le hubiese dado un ataque de amnesia... Dejar así el equipaje. ¿Estaba borracho?

Tom se rió.

—No, en absoluto. No acabo de entenderlo.

Pasearon sin rumbo fijo siguiendo el Sena, en el Alfa Romeo y, cerca de Samois, Tom le enseñó a Chris el puente por el que el general Patton había cruzado el río con su ejército, camino de París, en 1944. Chris se apeó para leer la inscripción en la pequeña columna de piedra gris. Regresó con ojos tan lagrimosos como los de Tom después de visitar la tumba de Keats. Almorzaron en Fontainebleau, pues a Tom no le gustaba el principal restaurante de Bas Samois (Chez Bertrand o algo parecido), donde él y Heloise jamás habían recibido una *addition* honrada. Además, la familia que llevaba el establecimiento tenía la maldita costumbre de empezar a fregar el suelo antes de que los clientes hubieran terminado de comer, y arrastraban sobre las baldosas las sillas de patas metálicas, sin preocuparse lo más mínimo por la integridad de los tímpanos de la clientela. Más tarde, Tom no se olvidó de cumplir con los pequeños encargos de madame Annette: *champignons à la grecque, céleri rémoulade* y algunos embutidos de cuyo nombre no lograba acordarse porque no le gustaban demasiado. Todo ello eran cosas que no se encontraban en Villeperce. Las compró en Fontainebleau, junto con unas cuantas pilas para su transistor.

Durante el retorno a casa, Chris se echó a reír y dijo:

—Esta mañana en el bosque me tropecé con algo que parecía una sepultura recién cavada. Muy reciente, ciertamente. Lo encontré curioso después de la visita de la policía. Están buscando a un desaparecido que estuvo en casa de usted, y si llegan a ver aquella «sepultura»...

Estalló en risotadas.

Sí, era curioso, condenadamente curioso. Tom se rió de tan locamente peligroso como resultaba el asunto. Pero no hizo ningún comentario.

10

El día siguiente amaneció nublado y empezó a llover sobre las nueve de la mañana. Madame Annette salió a sujetar un postigo que estaba dando golpes en alguna parte. Acababa de escuchar la radio y advirtió a Tom que se anunciaba un *orage* de muy mal agüero.

El viento ponía muy nervioso a Tom. El turismo, aquella mañana, quedaba completamente descartado para él y Chris. A mediodía la tormenta había empeorado y el viento doblaba la copa de los altos chopos como si se tratase de látigos o espadas. De vez en cuando una rama, probablemente pequeña y seca, era arrancada de uno de los árboles cercanos a la casa, caía sobre el tejado y se la oía repiquetear mientras rodaba hacia abajo.

—Realmente, nunca había visto nada parecido... aquí –dijo Tom durante el almuerzo.

Pero Chris, con la tranquilidad de Dickie, o puede que de toda la familia, sonreía y disfrutaba de la tormenta.

Hubo un apagón de media hora, lo cual, dijo Tom, era normalísimo en la campiña francesa, incluso cuando la tormenta no era fuerte.

Después de comer, Tom subió a la habitación donde pintaba. A veces, se le calmaban los nervios pintando. Pintaba de pie ante la mesa de trabajo, con la tela apoyada en un grueso soporte y en unos cuantos libros de arte y de horticultura. Debajo del lienzo había unos periódicos y un trapo muy grande, resto de una vieja sábana, que empleaba para limpiarse las manos. Inclinado sobre la tela, Tom trabajaba con ardor, dando frecuentes pasos hacia atrás para comprobar el efecto. Se trataba de un retrato de madame Annette pintado, quizá, al estilo de De Kooning, lo cual significaba que madame Annette posiblemente nunca llegaría a reconocerse en el cuadro. Tom no estaba imitando conscientemente a De Kooning, ni había pensado conscientemente en él al comenzar la obra, pero no cabía duda de que el cuadro parecía pintado por De Kooning o por alguien que imitase su estilo. Madame Annette tenía los pálidos labios entreabiertos en una sonrisa de un rosa intenso, y dientes de una blancura decididamente dudosa e irregulares. Llevaba un vestido púrpura claro con un volante blanco al cuello. Todo ello pintado con pinceladas gruesas y largas. El trabajo de preparación que había realizado Tom consistía en varios apuntes de madame Annette tomados a toda prisa en un bloc apoyado en las rodillas, en el cuarto de estar, sin que la mujer se diese cuenta.

Ahora relampagueaba fuera. Tom se irguió y respiró, con el pecho dolorido a causa de la tensión. En el transistor, France Culture estaba haciendo una entrevista a un autor cuyo nombre resultaba difícil de entender:

—Su libro, monsieur Hublot –(¿Heublein?)–, me parece –(crujido)–... una desviación de, como han dicho varios críticos, su anterior «reto» a los conceptos del antisartrismo. Parece como si ahora volviese usted a...

Tom apagó el aparato bruscamente.

Se oyó un chasquido amenazador en el bosque, cerca de la casa y Tom miró por la ventana. Las copas de los pinos y chopos seguían doblándose, pero si algún árbol había caído en el bosque, él no podía verlo desde la ventana debido a la semioscuridad que reinaba fuera. Puede que cayese un árbol, incluso uno pequeño, y tapase la condenada fosa, pensó Tom. Esperaba que así fuese. Tom estaba mezclando un marrón rojizo destinado al pelo de madame Annette (quería terminar el retrato hoy mismo) cuando oyó o le pareció oír voces en la planta baja. Voces de hombre.

Salió al vestíbulo.

Quienesquiera que fuesen hablaban en inglés, pero Tom no oía qué decían. Eran las voces de Chris y de alguien más. «Bernard», pensó Tom. Un acento inglés. ¡Sí, Dios Santo!

Tom dejó cuidadosamente la espátula sobre el recipiente de trementina. Cerró la puerta tras de sí y bajó apresuradamente la escalera.

Era Bernard, de pie, sucio de lodo y empapado, en la esterilla de la entrada principal. A Tom le impresionaron sus ojos negros que se veían aún más hundidos debajo de las cejas negras y rectilíneas. Le pareció que Bernard estaba aterrado. Entonces, en cosa de un segundo, Tom pensó que Bernard se parecía a la misma muerte.

–¡Bernard! –dijo Tom–. ¡Bienvenido!

–Hola –replicó Bernard.

A sus pies una bolsa de viaje de tela gruesa.

–Te presento a Christopher Greenleaf –dijo Tom–. Bernard Tufts. Quizá ya os habéis presentado.

–Así es, en efecto –dijo Chris sonriendo y, al parecer, contento de tener compañía.

–Espero no causar molestias por presentarme tan de improviso –dijo Bernard.

Tom le aseguró que no. Luego entró madame Annette y Tom les presentó.

Madame Annette pidió el abrigo a Bernard.

Tom le dijo en francés:

–Le agradeceré que prepare la habitación pequeña para *m'sieur* Bernard.

Se trataba de un cuarto de reserva para invitados, con una sola cama, que raramente utilizaban. Él y Heloise lo llamaban «el dormitorio pequeño».

–Y *m'sieur* Bernard cenará con nosotros esta noche. –Luego se dirigió a Bernard–: ¿Qué has hecho? ¿Tomar un taxi desde Melun? ¿O Moret?

–Sí. Melun. Busqué la ciudad en un mapa, en Londres.

Flaco y esquinado, como su letra, Bernard seguía de pie, frotándose las manos. Hasta su chaqueta estaba mojada.

–¿Quieres un jersey, Bernard? ¿Qué me dices de un coñac para entrar en calor?

–Oh, no, no, gracias.

–¡Pasa al cuarto de estar! ¿Un poco de té? Le diré a madame Annette que prepare un poco cuando baje. Siéntate, Bernard.

Bernard miraba ansiosamente a Chris, como si esperase a que el muchacho se sentase primero. Pero al cabo de unos minutos Tom se dio cuenta de que Bernard lo miraba todo ansiosamente, incluso el cenicero sobre la mesita de café. La conversación, aun siendo poca, resultaba sumamente embarazosa, y estaba claro que Bernard deseaba que Christopher no estuviese presente. Pero

Tom pudo ver que Chris no parecía darse cuenta de la situación sino que, al contrario, creía que su presencia podía ser útil porque Bernard, evidentemente, estaba muy nervioso. Tartamudeaba y sus manos temblaban.

–No te molestaré mucho rato, de verdad –dijo Bernard.

Tom se rió.

–Pero ¡no irás a marcharte hoy! Nos ha tocado aguantar el peor tiempo que he visto en tres años que llevo aquí. ¿Fue difícil el aterrizaje?

Bernard no se acordaba. Sus ojos se desviaron hacia *El hombre de la silla,* su propia obra, colocada sobre la chimenea, y luego hacia otra parte.

Tom pensaba en el violeta cobalto del cuadro. Ahora era una especie de veneno químico para él. También para Bernard, se figuró Tom.

–No has visto *Las sillas rojas* desde hace mucho –dijo Tom, levantándose.

El cuadro estaba detrás de Bernard.

Bernard se puso en pie y torció el cuerpo hacia atrás, sin apartar las piernas del sofá.

El esfuerzo de Tom se vio recompensado con una sonrisa, débil pero auténtica, en el rostro de Bernard.

–Sí. Es hermoso –dijo Bernard con su voz queda.

–¿Es usted pintor? –preguntó Chris.

–Sí.

Bernard volvió a sentarse.

–Pero no tan bueno como..., como Derwatt.

–Madame Annette –dijo Tom–, ¿podría poner a calentar un poco de agua para el té?

Madame Annette había bajado del piso de arriba y llevaba unas toallas o algo parecido.

–Enseguida, *m'sieur Tome.*

–¿Puede decirme –empezaba a decir Christopher a Bernard– qué es lo que hace que un pintor sea bueno... o no lo sea? Por ejemplo, me parece que actualmente hay varios pintores que pintan como Derwatt. No recuerdo sus nombres así de repente, porque no son tan famosos. Eh, sí Parker Nunnally, ese es uno de ellos. ¿Conoce sus obras? ¿Qué hace que Derwatt sea tan bueno?

Tom trataba también de hallar una respuesta precisa, quizá la «originalidad». Pero la palabra «publicidad» restalló también en su cerebro. Estaba esperando que Bernard hablase.

—Es la personalidad —dijo Bernard cautamente—. Es Derwatt.

—¿Usted le conoce? —preguntó Chris.

Un leve escalofrío recorrió el cuerpo de Tom, una especie de punzada de conmiseración para con Bernard.

Bernard asintió con la cabeza.

—Oh, sí.

Sus manos huesudas se apretaban en torno a las rodillas.

—¿Nota usted esa personalidad cuando se encuentra con él, quiero decir cuando le ve?

—Sí —dijo Bernard con mayor firmeza.

Pero se retorcía, quizá angustiado, a causa de la conversación. Al mismo tiempo, sus ojos oscuros parecían buscar algo más que decir al respecto.

—Probablemente mi pregunta es injusta —dijo Chris—. La mayoría de los artistas buenos no muestran su personalidad ni malgastan su fuego interior en la vida privada, me parece. Por fuera parecen personas perfectamente corrientes.

Les sirvieron el té.

—¿No has traído maleta, Bernard? —preguntó Tom.

Tom sabía que no la había traído y estaba preocupado por que Bernard se sintiese cómodo.

—No, vine casi de un salto, tal como estaba —dijo Bernard.

—No te apures. Tengo todo lo que puedas necesitar.

Tom sentía sobre sí y sobre Bernard los ojos de Chris, probablemente haciendo conjeturas sobre cómo y en qué medida se conocían.

—¿Tienes apetito? —preguntó Tom a Bernard—. A mi ama de llaves le encanta preparar emparedados.

Con el té había solamente unos bizcochos pequeños.

—Se llama Annette. Pídele todo lo que te haga falta.

—No, gracias.

La taza de Bernard produjo tres ruidos claramente audibles al chocar contra el platillo.

Tom se preguntó si Jeff y Ed habrían dado tantos sedantes a Bernard que este necesitaba una dosis en este momento. Bernard

401

acabó su té y Tom le acompañó arriba para mostrarle su habitación.

—Tú y Chris tendréis que compartir el mismo cuarto de baño —dijo Tom—. Atraviesas el vestíbulo de aquí arriba y luego la habitación de mi esposa.

Tom dejó las puertas abiertas.

—Heloise no está aquí, está en Grecia. Espero que puedas descansar un poco aquí, Bernard. Sinceramente, ¿qué te ocurre? ¿Qué es lo que te preocupa?

Habían regresado ya al «pequeño dormitorio» de Bernard, y la puerta estaba cerrada.

Bernard agitó la cabeza.

—Me siento como si estuviese en las últimas. Eso es todo. La exposición fue el final. Es la última exposición que yo puedo pintar. El último cuadro. *La bañera*. Y ahora están tratando de..., ya sabes..., tratando de hacerle resucitar.

«Y yo lo conseguí», podía haber dicho Tom; pero su cara permanecía tan seria como la de Bernard.

—Bueno..., probablemente él *ha estado vivo* los últimos cinco años. Estoy seguro de que no van a obligarte a seguir pintando si tú no quieres, Bernard.

—Oh, lo van a intentar, Jeff y Ed. Pero ya tengo bastante, ¿sabes? Ya estoy harto.

—Me parece que ya lo saben. No te preocupes por eso. Podemos... Mira, Derwatt puede volver a su aislamiento, en México. Digamos que seguirá pintando durante muchos años, pero se negará a mostrar sus obras.

Tom caminaba arriba y abajo mientras hablaba.

—Los años pasan. Cuando Derwatt muera... simularemos que ha quemado sus últimos cuadros, o algo por el estilo, así que nadie llegará a verlos jamás.

Tom sonreía.

Los sombríos ojos de Bernard miraban fijamente el suelo y hacían que a Tom le pareciese haber contado un chiste cuya gracia solo él sabía apreciar. O peor aún, como si hubiese cometido un sacrilegio, contando un chiste malo en una catedral.

—Necesitas un descanso, Bernard. ¿Quieres un sedante? Tengo algo no muy fuerte.

402

—No, gracias.

—¿Quieres asearte? No te preocupes por Chris y por mí. Te dejaremos en paz. La cena es a las ocho, por si quieres unirte a nosotros. Baja antes si deseas tomar una copa.

Justo en aquel momento el viento silbó con gran estruendo y un árbol enorme se dobló. Ambos se volvieron hacia la ventana y lo vieron, en el jardín trasero. A Tom le pareció como si la casa se doblase también, e instintivamente se apuntaló sobre los pies. ¿Cómo podía alguien conservar la calma con un tiempo semejante?

—¿Quieres que corra las cortinas? —preguntó Tom.

—No importa.

Bernard miró a Tom.

—¿Qué dijo Murchison al ver *El hombre de la silla?*

—Dijo que le parecía una falsificación... al principio. Pero le convencí de que no lo era.

—¿Cómo lo lograste? Murchison me dijo lo que pensaba de los lavándulas. Tiene razón. Me equivoqué tres veces, *El hombre de la silla, El reloj* y ahora *La bañera.* No sé cómo sucedió. No sé por qué. Estaba distraído. Murchison tiene razón.

Tom callaba. Luego dijo:

—Naturalmente fue un buen susto para todos. De estar vivo, Derwatt probablemente hubiera conseguido que se olvidase el asunto, pero era el peligro..., el peligro de que su muerte fuese descubierta. Pero ya hemos salvado ese escollo, Bernard.

Se diría que Bernard no había oído ninguna de sus palabras.

—¿Acaso te ofreciste a comprarle *El reloj* o algo así? —preguntó.

—No. Le persuadí de que Derwatt probablemente había empleado en uno o dos cuadros, puede que tres, un lavándula de los que utilizaba antes.

—Murchison me habló incluso de la calidad del cuadro. ¡Oh, Dios!

Bernard se sentó en la cama y se dejó caer hacia atrás.

—¿Y qué está haciendo ahora en Londres?

—No lo sé. Pero lo que sí sé es que no va a ver a un experto, que no va a hacer nada, Bernard..., porque logré que viese las cosas como nosotros —dijo Tom con tono tranquilizador.

—Solo se me ocurre una forma de hacerlo, una forma descabellada.

—¿Qué quieres decir? —preguntó Tom, sonriendo, un poco asustado.

—Le persuadiste de que me dejase en paz. Por lástima, como si yo fuese alguien digno de compasión. Y no quiero que me tengan lástima.

—Nadie habló de ti, naturalmente.

«Estás loco», tenía ganas de decirle Tom. Bernard estaba loco, o al menos sufría un trastorno pasajero. Y, sin embargo, lo que acababa de decir era precisamente lo que Tom había tratado de hacer en el sótano antes de matar a Murchison: convencerle de que dejase tranquilo a Bernard, porque Bernard jamás volvería a pintar más Derwatts. Incluso había intentado hacer que Murchison comprendiese la adoración que Bernard sentía por Derwatt, su ídolo fallecido.

—No creo que a Murchison se le pudiese persuadir —dijo Bernard—. No estarás intentando animarme a base de mentiras, ¿verdad, Tom? Porque ya estoy harto de mentiras.

—No.

Pero Tom se sentía incómodo porque sí le estaba mintiendo. Eran raras las veces en que se sentía incómodo mintiendo. Tom previó que en un momento u otro tendría que decirle a Bernard que Murchison había muerto. Era el único modo de tranquilizarle..., de tranquilizarle en parte, al menos en el asunto de las falsificaciones. Pero no se lo podía decir ahora, con esa tormenta enervante, ni en el estado de excitación en que se hallaba Bernard, pues se exponía a que este enloqueciera del todo.

—Regresaré en un minuto —dijo Tom.

Bernard se levantó de la cama al instante y caminó hacia la ventana, en el momento justo en que el viento arrojaba con fuerza una ráfaga de lluvia contra los cristales.

Tom se encogió al verlo, pero Bernard no. Luego Tom fue a su habitación, cogió un pijama y una bata de Madrás para Bernard, así como unas zapatillas y un cepillo de dientes nuevo, todavía en su estuche de plástico. Colocó el cepillo en el cuarto de baño por si Bernard no tenía ninguno, y llevó las otras cosas al cuarto de Bernard. Le dijo que estaría abajo si necesitaba algo y que iba a dejarle descansar un rato.

Chris se había metido en su habitación ya que la luz estaba

404

encendida. La tormenta había sumergido la casa en una oscuridad poco natural. Tom se trasladó a su cuarto y sacó el dentífrico del fondo del cajón. Enrollando el extremo superior del tubo, este podía aprovecharse, y era mejor utilizarlo que tirarlo a la basura y arriesgarse a que lo viese madame Annette: un despilfarro inexplicable y caprichoso. Cogió su propio tubo de pasta dentífrica y lo dejó en el cuarto de baño que iban a usar Chris y Bernard.

¿Qué diablos iba a hacer con Bernard?, se preguntó Tom. ¿Y si volvía la policía cuando Bernard estuviese presente, como lo había estado Chris? Bernard entendía el francés bastante bien, recordó. Se sentó a escribir una carta a Heloise. El escribir cartas a su mujer surtía siempre un efecto tranquilizante sobre sus nervios. Cuando dudaba de cómo escribir alguna palabra francesa, nunca se molestaba en recurrir al diccionario, porque sus errores divertían a Heloise.

22 de octubre de 19...

Heloise chérie:

Un primo de Dickie Greenleaf, un chico agradable llamado Christopher, ha venido a visitarme durante un par de días. Es su primera visita a París. ¿Te imaginas ver París por vez primera a los veinte años? Está muy asombrado de la extensión de la ciudad. Viene de California.

Hoy tenemos una tormenta terrible. Todo el mundo está con los nervios de punta. Viento y lluvia.

Te echo de menos. ¿Recibiste el bañador rojo? Le dije a madame Annette que te lo enviase por correo aéreo y le di dinero más que suficiente para que lo hiciese, así que si no lo hizo le voy a dar una paliza. Todos me preguntan cuándo vas a regresar a casa. Estuve tomando el té con los Grais. Me siento muy solo sin ti. Vuelve y podremos dormir abrazados.

Tu solitario esposo,

Tom

Tom franqueó la carta y la llevó a la planta baja, donde la dejó sobre la mesita del vestíbulo.

Christopher estaba en el cuarto de estar, leyendo en el sofá. Se levantó de un brinco.

—Oiga... —hablaba quedamente—, ¿qué le pasa a su amigo?

—Ha pasado por una crisis. En Londres. Se siente deprimido acerca de su obra. Y me parece que ha tenido un... Ha roto con su novia, o ella con él. No lo sé.

—¿Le conoce bien?

—No demasiado, no.

—Me estaba preguntando si, ya que él está tan raro, prefiere usted que yo me vaya. Mañana por la mañana. Esta noche incluso.

—Oh, por supuesto que esta noche no, Chris. ¿Con semejante tiempo? No, no me molesta que estés aquí.

—Pero me dio la impresión de que a él sí le molestaba —dijo Chris moviendo bruscamente la cabeza hacia el piso de arriba.

—Bueno, hay suficiente espacio en la casa para que podamos hablar, Bernard y yo solos, si él lo desea así. No te preocupes.

—Muy bien. Si lo dice en serio. Hasta mañana, entonces.

Se metió las manos en los bolsillos y se acercó a las ventanas cristaleras.

En cosa de un momento entraría madame Annette y correría las cortinas, pensó Tom; al menos eso aportaría un poco de calma a todo aquel caos.

—¡Mire! —dijo Chris señalando hacia el césped.

—¿Qué es?

«Habrá caído un árbol», supuso Tom, «algo sin importancia.» Tardó un minuto en ver lo que Chris había visto, tan densa era la oscuridad. Tom distinguió una figura que atravesaba lentamente el césped, y lo primero que se le ocurrió es que se trataba del fantasma de Murchison, y pegó un bote. Pero Tom no creía en fantasmas.

—¡Es Bernard! —exclamó Chris.

Era Bernard, desde luego. Tom abrió la vidriera y salió bajo la lluvia, que ahora era fina, fría, y caía en todas direcciones.

—¡Eh, Bernard! ¿Qué demonios estás haciendo?

Tom vio que Bernard no reaccionaba y seguía andando lentamente, con la cabeza levantada, y salió disparado en pos de él. Tropezó con el primer peldaño de la escalera de piedra y estuvo a punto de bajar rodando por los demás. No recobró el equilibrio hasta llegar abajo, torciéndose un tobillo al mismo tiempo.

—¡Eh, Bernard, ven adentro! —chillaba Tom mientras cojeaba hacia el otro.

Chris corrió a reunirse con Tom.

—¡Se va a calar hasta los huesos! —dijo Chris riendo, e hizo ademán de coger a Bernard por el brazo, aunque evidentemente no se atrevía.

Tom asió firmemente a Bernard por la muñeca.

—Bernard, ¿es que pretendes coger una pulmonía?

Bernard se volvió hacia ellos y sonrió. La lluvia le caía por el pelo negro pegado a su frente.

—Me gusta. De veras. ¡Me siento tan bien así! —dijo alzando los brazos y desasiéndose de Tom.

—Pero ahora vas a entrar, ¿no? Por favor, Bernard.

Bernard sonrió a Tom.

—Oh, está bien —dijo, como si le estuviese siguiendo la corriente.

Los tres echaron a andar juntos hacia la casa, pero despacio, ya que Bernard, al parecer, quería absorber cada una de las gotas de lluvia. Estaba de buen humor e hizo algunas observaciones alegres al quitarse los zapatos antes de entrar, para no estropear la alfombra. También se quitó la americana.

—Tienes que cambiarte, de eso no hay duda —dijo Tom—. Te traeré algo.

Tom se estaba quitando los zapatos también.

—Muy bien, me cambiaré —dijo Bernard con el mismo tono condescendiente de antes.

Y lentamente, con los zapatos en la mano, empezó a subir la escalera.

Chris miraba a Tom y fruncía las cejas con la misma expresión que Dickie.

—¡Ese tío está chiflado! —susurró—. ¡Realmente chiflado!

Tom asintió, extrañamente agitado..., como siempre se sentía ante alguien que verdaderamente estuviese un poco mal de la cabeza. Era una sensación de derrota, y esta vez había aparecido bastante pronto, ya que solía tardar veinticuatro horas. Con cuidado, se apoyó sobre el tobillo torcido y lo enderezó. No sería nada serio, pensó.

—Puede que tengas razón —le dijo a Chris—. Subiré a buscarle ropa seca.

11

Sobre las diez de la noche Tom llamó a la puerta de Bernard.

–Soy yo, Tom.

–Oh, pasa, Tom –dijo Bernard con voz tranquila.

Estaba sentado ante la mesa escritorio, pluma en mano.

–Por favor, no te alarmes porque saliera a pasear bajo la lluvia antes. Me encontré a mí mismo mientras lo hacía. Y eso me es cada vez más difícil.

Tom lo entendía, de sobra.

–¡Siéntate, Tom! Cierra la puerta y ponte cómodo.

Tom se sentó en la cama de Bernard. Venía a verle tal como había prometido durante la cena, en presencia de Chris. Bernard había estado más animado mientras cenaban. Ahora llevaba la bata de Madrás. Encima de la mesa había un par de hojas de papel en las que Bernard había escrito algo con tinta negra, aunque Tom no creía que se tratase de una carta.

–Supongo que muchas veces tienes la impresión de ser Derwatt –dijo Tom.

–A veces. Pero ¿quién podría ser él realmente? No cuando voy por la calle en Londres. Solo algunas veces, cuando pinto, y durante unos segundos, tengo la sensación de ser él. Y ¿sabes?, ahora puedo hablar tranquilamente de ello, y además me gusta, porque voy a dejarlo. Lo he dejado.

Y quizá lo que había sobre la mesa era una confesión, pensó Tom. Una confesión ¿dirigida a quién?

Bernard colocó un brazo sobre el respaldo de la silla.

–Y ¿sabes?, mis engaños, mis falsificaciones, han evolucionado en cuatro o cinco años del mismo modo que probablemente hubieran evolucionado los cuadros de Derwatt. Es curioso, ¿verdad?

Tom no daba con una respuesta correcta, ni siquiera respetuosa.

–Puede que no tenga nada de curioso. Tú comprendías a Derwatt. Y los críticos han dicho lo mismo, que los cuadros, la obra ha evolucionado.

–No puedes imaginarte cuán extraño resulta pintar con... mi auténtica personalidad. Mi obra no ha evolucionado tanto. ¡Es como si ahora estuviese imitando a Tufts, porque pinto las mismas obras que pintaba hace cinco años!

Bernard se rió con sinceridad.

—En cierto modo, tengo que hacer un mayor esfuerzo para ser yo mismo que para suplantar a Derwatt. Y lo hice. Me estaba volviendo loco, sabes. Ya puedes verlo. Quisiera darme a mí mismo una oportunidad, si es que en mí queda algo propio.

Tom comprendía que se refería a darle una oportunidad a Bernard Tufts.

—Tengo la certeza absoluta de que puedes hacerlo. Tendrías que ser tú quien llevase la voz cantante.

Tom se sacó los Gauloises del bolsillo y ofreció uno a Bernard.

—Quiero empezar con las manos limpias. Pienso confesar cuanto he hecho y empezar partiendo de ahí..., o tratar de hacerlo.

—¡Oh, Bernard! Tienes que quitarte eso de la cabeza. Tú no eres el único involucrado. Piensa en lo que les pasaría a Jeff y a Ed. Todos los cuadros que has pintado serían... Francamente, Bernard, confiésate a un sacerdote si quieres, pero no a la prensa. Ni a la policía inglesa.

—Te figuras que estoy loco, lo sé. Bien, a veces lo estoy. Pero solo tengo una vida y casi la he destrozado. No quiero destrozar lo que me queda. Y eso es asunto mío, ¿no es así?

La voz de Bernard temblaba. ¿Era un hombre fuerte o débil?, se preguntaba Tom.

—Te comprendo, de veras —dijo Tom amablemente.

—No es mi propósito armar un drama, pero tengo que comprobar si la gente me acepta o, si lo prefieres así, tengo que ver si me perdonan.

No lo harán, pensó Tom. El mundo se negaría en redondo a ello. ¿Destrozaría a Bernard si se lo decía? Probablemente. Puede que se suicidase en lugar de hacer una confesión. Tom se aclaró la garganta y trató de pensar, pero nada, nada se le ocurría.

—Por otro lado, creo que a Cynthia le gustaría que lo desembuchase todo. Ella me quiere. Yo la quiero también. Sé que no quiso verme hace poco, en Londres. Ed me lo contó. No la culpo. Pensar en Ed y en Jeff presentándome como si fuese un inválido: «Ven a ver a Bernard, ¡te necesita!», dijo Bernard con voz melindrosa. «¿Qué mujer lo haría?»

Bernard miró a Tom y abrió los brazos, sonriendo.

–¿Ves lo bien que me ha ido la lluvia, Tom? Lo ha hecho todo, menos lavar mis pecados.

Volvió a reírse y Tom envidió su tono despreocupado.

–Cynthia es la única mujer a la que he amado. No quiero decir... Bueno, ella ha tenido una aventura o dos después de mí, estoy seguro. Fui yo quien más o menos puso fin a nuestra relación. Estaba tan nervioso, en cierto modo hasta asustado, cuando empecé a imitar a Derwatt...

Bernard tragó saliva.

–Pero sé que todavía me quiere... si yo soy yo. ¿Puedes entenderlo?

–Claro que sí. Por supuesto. ¿Estabas escribiendo a Cynthia ahora?

Bernard movió un brazo hacia las hojas de papel y sonrió.

–No. Estoy escribiendo... a quien sea. Es solo una declaración. Para la prensa o para todo el mundo.

Y eso había que evitarlo. Sin perder la calma, Tom dijo:

–Me gustaría que lo pensaras bien durante unos cuantos días, Bernard.

–¿Acaso no he tenido ya tiempo suficiente para meditarlo?

Tom se esforzaba en encontrar algo más eficaz, más claro para decir a Bernard y detenerle, pero la mitad de su pensamiento estaba ausente, pensando en Murchison, en la posibilidad de que volviese la policía. ¿Se empeñarían mucho en hallar una pista aquí? ¿Inspeccionarían el bosque? La reputación de Tom Ripley ya estaba algo... (¿mancillada acaso?) por el asunto Dickie Greenleaf. Si bien había quedado libre de toda sospecha, lo cierto es que durante un tiempo había sido sospechoso, se habían producido rumores sobre el caso, a pesar de su final feliz. ¿Por qué no se habría llevado a Murchison en la furgoneta a kilómetros de distancia y lo habría enterrado en alguna parte del bosque de Fontainebleau? De haber sido necesario, habría podido acampar mientras terminaba el trabajo.

–Hablaremos de ello mañana, ¿quieres? –dijo Tom–. Puede que veas las cosas de distinto modo, Bernard.

–Claro, podemos hablar de ello en cualquier momento. Pero no voy a cambiar de opinión de aquí a mañana. Quería hablar

contigo antes que nada, porque tú fuiste quien dio con la idea...,
la de resucitar a Derwatt. Quiero empezar por lo primero, ¿sabes?
Tengo mucha lógica.

Había un toque de locura en la forma dogmática con que lo
dijo, y de nuevo Tom volvió a sentirse inquieto, muy inquieto.

Se oyó el teléfono. Había uno en la habitación de Tom y el
timbre se oía claramente desde el vestíbulo de la casa. Tom se levantó de un salto.

—No debes olvidarte de los otros que están involucrados...

—No te comprometeré a ti, Tom.

—El teléfono. Buenas noches, Bernard —dijo Tom apresuradamente, y salió disparado por el vestíbulo hacia su habitación.
Quería evitar que Chris descolgase el aparato en el piso de abajo.

Era otra vez la policía. Se disculparon por llamar tan tarde,
pero...

—Lo siento, *m'sieur,* pero ¿podría llamar más tarde, pongamos
dentro de unos cinco minutos? —dijo Tom—. En este preciso momento estaba...

La voz dijo cortésmente que, por supuesto, podía llamar más
tarde.

Tom colgó y escondió el rostro entre las manos. Estaba sentado al borde de la cama. Se levantó para cerrar la puerta. Los acontecimientos se le estaban adelantando. Había enterrado a Murchison deprisa y corriendo por culpa del maldito conde. ¡Qué
equivocación! Con el Sena y el Loing recorriendo toda la región
con sus sinuosos cursos; con multitud de puentes solitarios, especialmente después de la una de la madrugada. La llamada de la
policía solo podía traerle malas noticias. Seguramente mistress
Murchison (¿Harriet, le había dicho Murchison que se llamaba?)
habría contratado los servicios de un detective americano o inglés
para que localizase a su esposo. Estaba enterada de que la misión
de Murchison era comprobar si el cuadro de un artista importante
era o no una falsificación. ¿Sospecharía algo sucio? Y si interroga-
ban a madame Annette, ¿acaso podría decir que había *visto* personalmente cómo Murchison salía de la casa, el jueves por la tarde?

Si la policía quería verle esta misma noche, puede que Chris
les informase de la supuesta sepultura que había visto en el bosque. Tom se imaginaba a Chris diciendo en inglés:

–¿Por qué no les cuenta lo de la...?

Y de nada serviría que Tom tergiversase la traducción para los policías, porque Chris probablemente insistiría en presenciar la excavación.

El teléfono sonó de nuevo y Tom contestó sin perder la calma.

–*Allô, m'sieur Ripley?* Aquí la prefectura de Melun. Hemos recibido una llamada telefónica desde Londres. Con respecto al asunto de *m'sieur* Murchison, madame Murchison se ha puesto en contacto con la policía metropolitana de Londres, y nos piden que les facilitemos cuanta información podamos esta misma noche. El inspector inglés llegará mañana por la mañana. Ahora, si tiene la bondad, ¿*m'sieur* Murchison hizo alguna llamada desde su casa? Nos gustaría localizar el número de teléfono.

–No recuerdo –dijo Tom– que hiciese ninguna llamada. Pero no estuve dentro de la casa en todo momento.

Tom pensó que podían consultar en su cuenta de la compañía telefónica, pero dejó que se les ocurriese a ellos.

Colgaron al cabo de unos instantes.

Resultaba inquietante que la policía inglesa no le llamase directamente para interrogarle, pensó Tom. Tenía la impresión de que la policía inglesa le consideraba ya sospechoso y, por tanto, prefería obtener la información por cauces oficiales. Por alguna razón, Tom temía más a un detective inglés que a uno francés, aunque la policía francesa quedaba en muy buen lugar en lo que se refería a minuciosidad y tenacidad.

Tenía que hacer dos cosas: sacar el cadáver del bosque y a Chris de la casa. ¿Y Bernard? Casi se le encogía el cerebro al pensar en todo ello.

Descendió a la planta baja.

Chris estaba leyendo, pero bostezó y se puso en pie.

–Estaba a punto de retirarme. ¿Cómo está Bernard? Me parecía que estaba mejor durante la cena.

–Sí, a mí también.

Tom aborrecía lo que tenía que decir, o lo que era peor, insinuar.

–He encontrado una guía de ferrocarriles al lado del teléfono. Hay un tren a las diez menos ocho de la mañana y otro a las once y media. Puedo llamar a un taxi para ir desde aquí a la estación.

412

Tom se sintió aliviado. Había otros trenes más temprano, pero le era imposible proponérselos a Chris.

–El que tú prefieras. Te llevaré a la estación. No sé qué hacer con Bernard, pero me parece que desea estar a solas conmigo durante un par de días.

–Lo único que me preocupa es lo que pueda suceder –dijo Chris con tono sincero–. ¿Sabe?, había pensado en quedarme uno o dos días más para echarle una mano si lo necesitaba.

Chris hablaba quedamente.

–Había un tipo en Alaska, hice allí mi servicio militar, que se volvió majareta, y se comportaba de modo muy parecido a Bernard. Así, repentinamente, se puso violento y empezó a repartir leña a diestro y siniestro.

–Bueno, dudo que Bernard haga algo así. Quizá tú y tu amigo Gerald podáis visitarme cuando Bernard se haya marchado. O cuando regreséis de Renania.

Chris se animó ante esa perspectiva.

Cuando Chris ya se había retirado (quería coger el tren de las diez menos ocho), Tom empezó a andar de un lado a otro de la sala de estar. Faltaban cinco minutos para la medianoche. Era preciso hacer algo con el cadáver de Murchison antes del día siguiente. Menudo trabajo para una persona sola sacarlo de la fosa en plena noche, colocarlo en la furgoneta y tirarlo... ¿dónde? Quizá desde algún puentecillo. Tom reflexionó sobre si debía pedir a Bernard que le ayudase. Bernard, ¿acabaría de hundirse o, encarándose con el hecho consumado, le ayudaría? Tom presentía que no lograría persuadir a Bernard de que no confesase, tal como estaban las cosas. Aunque, ¿quizá al conocer la existencia de un cadáver, el shock le haría darse cuenta de la gravedad de la situación?

¡Menudo interrogante!

¿Daría Bernard un salto hacia la fe?, como decía Kierkegaard. Tom sonrió ante la ocurrencia. Pero él sí había dado el salto al trasladarse precipitadamente a Londres para hacerse pasar por Derwatt. Y había salido bien. Luego había dado un nuevo salto al asesinar a Murchison. ¡Al diablo! Sin riesgo no hay ganancia.

Tom se encaminó hacia las escaleras, pero tuvo que aminorar sus pasos debido al dolor del tobillo. De hecho, se detuvo con el pie torcido sobre el primer peldaño y con la mano apoyada en el ángel

413

dorado que hacía las veces de pilar de la barandilla. Se le había ocurrido que si Bernard le fallaba aquella noche, sería necesario deshacerse de Bernard también. Asesinarle. La idea le ponía enfermo. Tom no deseaba matar a Bernard. Puede que ni fuese capaz de hacerlo. Así que, si Bernard se negaba a ayudarle, e incluía a Murchison en su confesión...

Subió las escaleras.

El vestíbulo estaba a oscuras a excepción de un poco de luz que salía de la habitación de Tom. Bernard tenía la luz apagada, y, al parecer, Chris también, pero eso no quería decir que Chris estuviese dormido. A Tom no le resultaba fácil levantar la mano y llamar a la puerta de Bernard. La golpeó con suavidad, ya que la habitación de Chris estaba a un par escaso de metros y no quería que el muchacho se pusiera a escuchar detrás de la puerta para protegerle de un posible ataque por parte de Bernard.

12

Bernard no contestaba, por lo que Tom abrió la puerta y, una vez en la habitación, la cerró tras de sí.

—¿Bernard?

—¿Hum?... ¿Tom?

—Sí. Perdóname. ¿Puedo encender la luz?

—Desde luego.

Bernard parecía tranquilo y él mismo encendió la luz de la cabecera.

—¿Qué sucede?

—Oh, nada. Es decir, solo que tengo que hablar contigo, y sin hacer ruido, porque no quiero que Chris nos oiga.

Tom acercó la silla recta a la cama de Bernard y se sentó.

—Bernard, estoy en un apuro, y quisiera que me echaras una mano, si quieres.

Bernard, con el ceño fruncido, le escuchaba atentamente. Alargó la mano en busca del paquete de Capstan y prendió uno.

—¿Qué clase de apuro?

—Murchison está muerto —dijo Tom suavemente—. Por eso no tienes que preocuparte por él.

414

—¿Muerto? —dijo Bernard frunciendo aún más el ceño—. ¿Por qué no me lo dijiste?

—Porque... yo lo maté. Aquí, en la bodega.

Bernard dio un respingo.

—¿*Tú?* ¡No hablas en serio, Tom!

—¡Chis!

Era extraño, pero a Tom le parecía que Bernard estaba más cuerdo que él en aquel momento. Ello le hacía las cosas aún más difíciles, ya que había previsto una reacción más violenta por parte de Bernard.

—Tuve que matarle... aquí... y ahora está enterrado en el bosque detrás de la casa. El problema es que tengo que llevármelo esta noche. La policía ya me está telefoneando, ¿comprendes? Y puede que mañana se presenten aquí y empiecen a husmear por todas partes.

—¿Le mataste? —dijo Bernard, todavía incrédulo—. Pero ¿por qué?

Tom se estremeció y lanzó un suspiro.

—En primer lugar, ¿es necesario que lo diga?, iba a destapar a Derwatt, quiero decir a Derwatt Ltd. En segundo lugar, lo que es peor, me reconoció abajo en el sótano. Reconoció mis manos. Me dijo: «Usted se hizo pasar por Derwatt en Londres.» Así, de repente, todo quedaba en el aire. No tenía intención de matarle cuando lo traje aquí conmigo.

—Muerto —repitió Bernard, aturdido.

Tom se impacientaba a medida que iban transcurriendo los minutos.

—Créeme, hice cuanto pude para que dejase las cosas como estaban. Llegué a decirle que tú eras el falsificador, tú, el individuo con quien había hablado en el bar del Mandeville. Sí, os vi allí —dijo Tom antes de que Bernard pudiese hablar—. Le dije que no querías seguir pintando más Derwatts. Le pedí que te dejase en paz. Murchison se negó. Así que... ¿me ayudarás a sacar el cadáver de mi propiedad?

Tom echó un vistazo a la puerta. Seguía cerrada y en el vestíbulo no se oía ningún ruido.

Bernard salió lentamente de la cama.

—¿Y qué quieres que haga?

Tom se levantó.

–Dentro de unos veinte minutos, te agradecería que me echases una mano. Quisiera llevármelo en la furgoneta. Será mucho más fácil si somos dos. De veras que yo solo no puedo. Pesa mucho.

Tom se sentía mejor porque estaba hablando del mismo modo en que solía pensar.

–Si no quieres ayudarme, muy bien, entonces trataré de hacerlo yo solo, pero...

–Muy bien, te ayudaré.

Bernard hablaba con tono resignado, como dispuesto a ayudarle, y, con todo, Tom desconfiaba. ¿Iba a reaccionar Bernard imprevisiblemente, más tarde, dentro de una media hora? Su tono había sido el de un santo que dijera a..., bueno, a quien estuviese por encima de los santos: «Os seguiré adondequiera que me llevéis.»

–Vístete, ¿quieres? Ponte los pantalones que te di antes. Procura no hacer ruido. Chris no debe oírnos.

–Bien.

–¿Podrás estar abajo, en la escalera de la entrada principal, dentro de quince minutos? –preguntó Tom y, mirando el reloj, añadió–: Las doce y veintisiete ahora.

–Sí.

Tom bajó y descorrió el cerrojo de la puerta principal que madame Annette se encargaba de correr todas las noches. Luego subió corriendo las escaleras hasta su habitación, donde se quitó las zapatillas y se puso zapatos y una chaqueta. Regresó al piso de abajo y recogió las llaves del coche de la mesita del vestíbulo. Apagó las luces del cuarto de estar salvo una. A menudo dejaba una lámpara encendida toda la noche. Luego cogió un impermeable y sobre los zapatos se puso unas botas de caucho que había en el lavabo de reserva. Sacó una linterna del cajón de la mesita del vestíbulo y cogió también un farol que guardaba en el lavabo de reserva, y que podía dejarse apoyado en el suelo.

Sacó la furgoneta Renault y la dejó en la vereda que conducía al bosque. Encendió únicamente las luces de posición y al llegar al punto que le parecía el indicado, las apagó también. Se adentró en el bosque con la linterna hasta dar con la sepultura. Entonces, sosteniendo la linterna de modo que la luz quedara lo más oculta posible, fue tanteando el camino hasta el cobertizo, de donde sacó la pala y la horca. Regresó con ambas herramientas a la mancha de barro que señalaba la tumba de Murchison. Seguidamente, con paso tranquilo para no desperdiciar energías, volvió a la casa por el sendero. Esperaba que Bernard se retrasara, e incluso no se hubiera sorprendido de que Bernard ni siquiera apareciese.

Bernard ya estaba allí, de pie como una estatua en el vestíbulo a oscuras. Llevaba su propio traje, el que unas horas antes estaba empapado. Lo había tendido sobre el radiador de su habitación. Tom se había fijado en ello.

Hizo un gesto y Bernard le siguió.

En el sendero Tom observó que la luz de Chris seguía apagada. Solo la de Bernard estaba encendida.

—No está lejos. ¡Ese es el problema! —dijo Tom, súbitamente presa de una extraña alegría. Entregó la horca a Bernard y él se quedó con la pala porque le parecía que el trabajo de excavar sería el más duro—. Lamento tener que decirte que está bastante hondo.

Bernard emprendió su faena con su extraño aire de resignación, pero clavaba la horca en la tierra con fuerza y eficacia. Bernard lanzaba la tierra hacia fuera, pero al poco rato no hacía más que ahuecarla, mientras Tom, de pie sobre la fosa, lanzaba paletadas hacia fuera con toda la rapidez de que era capaz.

—Me tomaré un respiro —dijo Tom finalmente.

Pero el respiro consistió en acarrear dos piedras enormes, cada una de las cuales pesaría más de trece kilos, hasta el coche. Abrió el portaequipajes y a empujones metió las dos piedras dentro.

Bernard había llegado hasta donde se encontraba el cuerpo. Tom se metió en el hoyo y trató de alzar el cadáver utilizando la pala a guisa de palanca, pero la fosa era demasiado estrecha. Entre ambos, con un pie a cada lado del cadáver, tiraron de la cuerda. La de Tom se rompió o se deshizo. Lanzó una maldición y volvió a atarla, mientras Bernard le iluminaba con la linterna. Parecía que algo hubiese tirado del cuerpo de Murchison hacia abajo. Era como una especie de fuerza que luchase contra ellos. Las manos de Tom estaban llenas de barro y ampollas, quizá sangraban.

—¡Cómo pesa! —dijo Bernard.

—Sí. Será mejor que contemos hasta tres y le demos un buen tirón.

—Sí.

–Uno... dos... –estaban preparados– ¡y tres! ¡*Arriba!*

El cuerpo subió hasta el nivel del suelo. Bernard había soportado el extremo más pesado, los hombros.

–El resto tiene que ser fácil –dijo Tom, solo por decir algo.

Metieron el cuerpo en el coche. De la tela encerada seguían desprendiéndose pellas de barro, y la parte delantera del impermeable de Tom estaba hecha una porquería.

–Hay que volver a meter la tierra en la fosa –dijo Tom con voz ronca a causa del agotamiento.

También esta vez fue la parte más fácil de la tarea. Para completar la obra Tom extendió sobre la fosa un par de ramas arrancadas por el viento. Con gesto descuidado, Bernard dejó caer la horca al suelo y Tom dijo:

–Coloquemos las herramientas en el coche.

Así lo hicieron. Entonces Tom y Bernard se metieron en el vehículo y Tom dio marcha atrás, maldiciendo el ruido del motor, hacia la carretera. En el sendero no había suficiente espacio para girar. Entonces, horrorizado, Tom observó que la luz de Chris se encendía, justo en el momento en que el coche reculaba en la carretera a punto de arrancar hacia delante. Tom acababa de echar una ojeada a la ventana (Chris tenía una ventana lateral también) y en aquel momento la luz se encendió, como si le saludase. No le dijo nada a Bernard. No había faroles por allí y Tom confiaba en que Chris no alcanzase a distinguir el color del coche (verde oscuro), aunque las luces de posición estaban encendidas, forzosamente.

–¿Adónde vamos? –preguntó Bernard.

–Conozco un lugar a ocho kilómetros de aquí. Un puente...

No se veía ningún otro coche por la carretera, lo que no era extraño a las dos menos diez de la madrugada. Tom lo sabía perfectamente porque muchas veces, de regreso de alguna cena, había pasado por allí a aquella hora.

–Gracias, Bernard. Todo va saliendo bien –dijo Tom.

Bernard callaba.

Llegaron al lugar que Tom tenía pensado. Estaba al lado de un pueblo llamado Voisy, nombre al que Tom no había prestado demasiada atención hasta aquella noche. Ahora habían tenido que atravesar la población para llegar hasta el lugar escogido y, por el camino, pasaron por delante del mojón con el nombre del pueblo.

Tom sabía que el puente estaba sobre el río Loing, afluente del Sena. Aunque no era de esperar que Murchison llegase flotando muy lejos con las piedras que llevaba encima. A este lado del puente había un farol débil, de luz macilenta, pero ninguno al otro lado, que permanecía sumido en la oscuridad. Tom condujo el coche hasta ese lado y lo dejó unos cuantos metros más allá del extremo del puente. En la oscuridad, con la escasa luz que les daba la linterna de Tom, metieron las piedras dentro de la tela encerada y ataron de nuevo las ligaduras.

—Ahora hay que tirarlo al río —dijo Tom en voz baja.

Bernard se movía con tranquila eficacia, y parecía saber exactamente lo que tenía que hacer. Entre los dos transportaron el cuerpo con bastante facilidad a pesar de las piedras. El pretil de madera del puente tenía un metro veinte de altura. Tom andaba hacia atrás y miraba a su alrededor, hacia el pueblo a oscuras detrás de él, donde solo se distinguían un par de faroles, y hacia delante, donde el puente se perdía en la oscuridad.

—Me parece que podemos arriesgarnos a hacerlo desde la mitad —dijo Tom.

Así que se dirigieron hasta la mitad del puente y dejaron el cadáver en el suelo unos instantes, mientras hacían acopio de fuerza. Después se agacharon y levantaron el cuerpo y, haciendo un esfuerzo conjunto, lo lanzaron por encima del pretil.

El ruido del cuerpo al chocar con el agua fue tremendo y, en medio del silencio reinante, sonó como un cañonazo capaz de despertar a toda la población, seguido del ruido causado por las salpicaduras. Regresaron al coche.

—No corras —dijo Tom, puede que sin que hiciese falta. ¿Acaso les quedaban energías?

Se metieron en el coche y arrancaron, sin que Tom supiese ni le importase adónde iban.

—¡Se acabó! —dijo Tom—. Ya nos hemos librado del maldito estorbo.

Se sentía lleno de una maravillosa felicidad, ligero y libre.

—Me parece que no te lo había contado —dijo Tom, con tono alegre, sin ni siquiera notar la garganta reseca—. Le he dicho a la policía que dejé a Murchison en Orly el jueves. De hecho, allí dejé su equipaje. Así que, si Murchison no tomó su avión, la culpa no es mía, ¿verdad? ¡Ja! —Tom reía como solía reírse cuando estaba solo, con la sensación de alivio que se experimentaba tras pasar por un mal trago—. Por cierto, *El reloj* fue robado en Orly. Murchison lo llevaba junto con su maleta. Me imagino que si el ladrón se fija en la firma de Derwatt, no irá contando por ahí que tiene el cuadro en su poder.

¿Pero le estaba escuchando Bernard? Cuando menos no decía ni palabra.

¡Empezaba a llover de nuevo! Tom sintió ganas de dar vítores. La lluvia probablemente, mejor dicho, seguramente, borraría las huellas de los neumáticos del sendero cercano a la casa, y ciertamente mejoraría el aspecto de la fosa, ahora vacía.

—Tengo que salir —dijo Bernard, alargando la mano hacia el tirador de la portezuela.

—¿Qué?

—Tengo ganas de vomitar.

En cuanto pudo, Tom se arrimó al borde de la carretera y detuvo el coche. Bernard se apeó.

—¿Quieres que vaya contigo? —preguntó Tom solícitamente.

—No, gracias.

Bernard se alejó un par de metros hacia la derecha, donde se alzaba un talud en la oscuridad. Se dobló sobre sí mismo.

Tom sintió pena por él. Ahí estaban, él, alegre y dichoso, mientras a Bernard se le revolvía el estómago. Bernard tardaba, dos minutos, tres, cuatro, pensaba Tom.

Un coche se les estaba acercando por detrás, circulando a velocidad moderada. Tom sintió el impulso de apagar los faros, pero los dejó tal como estaban, los faros delanteros encendidos sin llegar al tope de intensidad. Al doblar por la curva de la carretera, los faros del otro coche iluminaron la figura de Bernard durante un segundo. Un coche de la policía, ¡válgame Dios! En el techo llevaba un faro azul. El coche patrulla pasó por el lado del de Tom y prosiguió su camino, con la misma velocidad. Tom respiró. Gracias a Dios. Sin duda habrían pensado que Bernard se había apeado para hacer pis, y en Francia eso no iba contra la ley si se hacía al borde de la carretera, aunque fuese a plena luz y a la vista de todo el mundo. Bernard no dijo nada del coche al regresar, y tampoco lo hizo Tom.

Una vez en casa, Tom condujo sin hacer ruido y dejó el coche en el garaje. Sacó la pala y la horca y las dejó apoyadas en la pared, después limpió con un trapo la parte trasera del coche. Bajó la cubierta del portaequipajes hasta que quedó cerrado a medias, pues no quería armar ruido cerrándola de un golpe. Bernard le estaba esperando. Tom hizo un gesto y salieron del garaje. Suavemente, Tom cerró las puertas con el cerrojo.

En la puerta principal se quitaron los zapatos y los llevaron en la mano. Al acercarse a la casa con el coche, Tom había observado que la luz de Chris estaba apagada. Subieron las escaleras iluminándose con la linterna de Tom. Tom le hizo una señal a Bernard para que se metiese en su habitación y por señas también le dijo que se reuniría con él al cabo de un rato.

Tom vació los bolsillos de su impermeable y tiró la prenda a la bañera. Limpió sus botas bajo el grifo de la bañera y las escondió en un armario pequeño. Más tarde podría lavar el impermeable y colgarlo también en el ropero, así madame Annette no lo vería por la mañana.

Luego, en pijama y zapatillas, se dirigió silenciosamente a la habitación de Bernard.

Bernard estaba de pie, descalzo, y fumaba un cigarrillo. Sobre una silla estaba su chaqueta sucia de barro.

—A ese traje ya no le puede pasar nada nuevo —comentó Tom—. Yo me ocuparé de él.

Bernard se movía lentamente, pero se movía. Se quitó los pantalones y se los entregó a Tom, que se los llevó a su cuarto junto con la americana. Más tarde se encargaría de quitar el barro y de mandarlos a una tintorería rápida. El traje no era muy bueno, lo cual era típico en Bernard. Jeff o Ed le habían dicho que Bernard no aceptaba todo el dinero que ellos pretendían darle del producto de la Derwatt Ltd. Regresó al cuarto de Bernard. Era la primera vez que Tom se fijaba en la solidez de su parquet, que no hizo ni un crujido.

—¿Quieres que te traiga una copa? Me parece que te sentaría muy bien.

Ahora no importaba que le viesen en el piso de abajo, pensó Tom, madame Annette o el mismo Chris. Incluso podía decirles que él y Bernard habían tenido un capricho y acababan de dar un corto paseo en automóvil.

421

—No, gracias —contestó Bernard.

Tom se preguntaba si Bernard lograría conciliar el sueño, pero no se atrevía a sugerirle ninguna otra cosa, un sedante, por ejemplo, ni siquiera una simple taza de chocolate caliente. Preveía un nuevo «No, gracias» por parte de Bernard. Con un susurro, Tom dijo:

—Siento haberte metido en este embrollo. Puedes dormir hasta tarde si te apetece. Chris se marcha por la mañana.

—Muy bien.

El rostro de Bernard estaba de color aceitunado pálido. No miraba a Tom. Sus labios dibujaban una línea firme, como unos labios que raras veces se abriesen para sonreír o hablar. En su boca se veía una expresión de desengaño.

Tiene aspecto de haber sido engañado, pensó Tom.

—Me ocuparé de tus zapatos también —dijo Tom, recogiéndolos.

En el cuarto de baño (con la puerta cerrada igual que la de la habitación, posiblemente para que no entrase Chris), Tom lavó el impermeable y pasó una esponja por el traje de Bernard. Puso las botas de Bernard debajo del grifo y después las colocó cerca del radiador del retrete, sobre un periódico. Aunque por la mañana le traía el café y le hacía la cama, madame Annette no entraba en el cuarto de baño más que una vez por semana, y lo hacía solo para poner un poco de orden. La mujer que se encargaba del grueso de la limpieza, una tal madame Clusot, venía una vez a la semana y le tocaba hacerlo aquella misma tarde.

Finalmente le tocó el turno a las manos y Tom se dio cuenta que no estaban en tan mal estado como había pensado. Se puso crema. Tenía la extraña impresión de haber soñado todo lo sucedido en las últimas una o dos horas, de haberse lastimado las manos al hacerlo y de que nada de ello era real.

El teléfono emitió un ruidito que presagiaba una llamada y Tom, dando un salto, tuvo tiempo de descolgarlo al primer repique, que le sonó como una campana.

Eran casi las tres de la madrugada.

El aparato produjo una serie de ruidos extraños.

Parece un submarino, pensó Tom. ¿De dónde vendrá la llamada?

—*Vous êtes... ne quittez pas... Athènes vous appelle...!*

Heloise.

—*Allô, Tome!... Tome!*

Durante unos desesperantes segundos eso es todo lo que Tom lograba entender.

—¿Puedes hablar más alto? —dijo en francés.

Apenas lograba deducir que Heloise le estaba diciendo cuán desgraciada y aburrida se sentía, *terriblement ennuyée.* Había algo más, o ¿era alguien más?, que resultaba también absolutamente insoportable.

—... esta mujer que se llama Norita... —¿Sería Lolita?

—Regresa a casa, querida. ¡Te echo de menos! —chilló Tom en inglés—. ¡Al diablo con todos esos estúpidos!

—No sé qué debo hacer. —Esto se oyó perfectamente—. He estado intentando comunicar contigo durante dos horas. Ni siquiera el teléfono funciona aquí.

—En ninguna parte se espera que funcione. Se trata de un simple truco para robar el dinero.

Tom se alegró al oírla reírse un poco, como una sirena en el fondo del mar.

—¿Me quieres?

—¡Claro que te quiero!

Justo en el momento en que empezaba a oírse mejor, les cortaron la comunicación. Tom estaba seguro de que Heloise no había colgado.

El teléfono no volvió a sonar. Serían las cinco de la mañana en Grecia, se figuró Tom. ¿Heloise le habría llamado desde un hotel de Atenas? ¿Desde el yate de los demonios? Tenía grandes deseos de verla. Había llegado a acostumbrarse a ella y ahora la echaba de menos. ¿Era eso amar a alguien? ¿Un matrimonio? Pero antes quería terminar de librarse de lo que tenía entre manos. Heloise era bastante amoral, pero no podría aceptar nada de lo sucedido. Además, no sabía nada del asunto de las falsificaciones.

13

Tom despertó medio atontado al oír llamar a madame Annette, que le traía su taza de café solo.

—¡Buenos días, *m'sieur Tome!* Hace un día hermoso hoy.

En efecto, el sol brillaba con fuerza, en marcado contraste con el día anterior. Tom sorbió su café, dejando que su magia negra fuese invadiendo su cuerpo paulatinamente. Luego se levantó y se vistió.

Llamó a la puerta de Chris. Quedaba tiempo suficiente para tomar el tren de las diez menos ocho.

Chris estaba en la cama, con un enorme mapa apoyado en las rodillas.

—He decidido tomar el tren de las once treinta... si no hay inconveniente. Me gusta remolonear en la cama.

—Claro que no hay inconveniente —dijo Tom—. Deberías haberle pedido a madame Annette que te subiese un poco de café.

—Oh, eso sería demasiado —dijo Chris, saliendo de la cama de un salto—. Me parece que voy a dar un paseo.

—Muy bien. Te veré más tarde, entonces.

Tom se fue abajo. Recalentó el café y se sirvió otra taza en la cocina. Se quedó mirando por la ventana mientras se lo bebía. Vio a Chris salir de la casa y abrir la gran verja del jardín. Torció a la izquierda, en dirección al pueblo. Probablemente se tomaría un *café au lait* y un croissant en un café-bar, como hacían los franceses.

Evidentemente, Bernard seguía durmiendo. Tanto mejor.

A las nueve y diez, sonó el teléfono. Una voz inglesa, pausadamente, dijo:

—Al habla el inspector Webster de la policía metropolitana de Londres. ¿Está míster Ripley en casa?

Esa pregunta, ¿se habría convertido en una especie de acompañamiento musical de su existencia?, se preguntó Tom.

—Al aparato.

—Le llamo desde Orly. Me gustaría mucho verle esta mañana, si es posible.

Tom quería responder que le iría mejor por la tarde, pero su acostumbrada osadía le abandonó y, además, pensó que el inspector podría sospechar que emplearía la mañana en ocultar algo.

—Pues sí, esta mañana me va bien. ¿Viene usted en tren?

—Pensaba tomar un taxi —dijo la voz con acento despreocupado—. No creo que haya mucha distancia. ¿Cuánto tardaría en taxi?

—Cerca de una hora.

—Le veré dentro de una hora, entonces.

Chris estaría allí todavía. Tom llenó otra taza de café y se la subió a Bernard. Hubiera preferido que el inspector no se enterase de la presencia de Bernard, pero, en vista de las circunstancias, y sin saber, además, lo que Chris podía decir de sopetón, Tom creyó más prudente no tratar de ocultar a Bernard.

Este estaba despierto, tumbado de espaldas, con la cabeza apoyada en dos almohadas y los dedos entrelazados debajo de la barbilla. Por su aspecto hubiérase dicho que se hallaba en plena meditación matutina.

—Buenos días, Bernard. ¿Un poco de café?

—Sí, gracias.

—Vendrá alguien de la policía de Londres dentro de una hora. Puede que quiera hablar contigo. Se trata de Murchison, claro.

—Sí —dijo Bernard.

Tom esperó a que Bernard se hubiera tomado uno o dos sorbos de café.

—No le he puesto azúcar. No sabía con certeza si te gustaba.

—Es igual. ¡Excelente café!

—Mira, Bernard, está claro que lo mejor será que niegues haber conocido a Murchison, decir que nunca le has visto. Jamás has hablado con él en el bar del Mandeville. ¿Comprendes? —Tom confiaba en que así fuese.

—Sí.

—Y, además, que ni tan solo has *oído* hablar de él, ni siquiera a Jeff o a Ed. Como bien sabes, nadie supone que seas amigo íntimo de Jeff y de Ed. Os conocéis, cierto, pero no hasta el extremo de que ellos se sintiesen obligados a informarte de que había un americano que... sospechaba de la autenticidad de *El reloj*.

—Sí —dijo Bernard—. Sí, claro.

—Y... lo más fácil de recordar porque es cierto —prosiguió Tom como si estuviese hablando a unos alumnos que no le prestaban demasiada atención—, tú llegaste aquí ayer por la tarde, unas veinticinco horas después de la partida de Murchison para Londres. Naturalmente, ni le has visto ni has hablado con él en ningún momento. ¿Está claro, Bernard?

—Muy claro —respondió Bernard, apoyado en uno de sus codos.

–¿Quieres algo de comer? ¿Unos huevos? Puedo subirte un croissant. Madame Annette compró unos cuantos en el pueblo.

–No, gracias.

Tom se fue abajo.

Madame Annette salía de la cocina.

–*M'sieur Tome*, mire.

Le estaba mostrando la primera página de su periódico.

–¿No es aquel señor, *m'sieur* Murchison, que nos visitó el jueves? Dice que lo están buscando.

«*À la recherche de M. Murchison...*» Tom echó un vistazo a la fotografía a dos columnas de Murchison, rostro lleno, sonrisa débil, que aparecía en una esquina, la de la izquierda, de *Le Parisien. Édition Seine-et-Marne.*

–En efecto, es él –dijo Tom.

La noticia decía:

«Thomas F. Murchison, 52 años, americano, ha sido dado por desaparecido desde el pasado jueves 17 de octubre por la tarde. Su maleta fue hallada ante la puerta de "Salidas" del aeropuerto de Orly, pero no embarcó en el avión que debía llevarle a Londres. El señor Murchison es un ejecutivo de Nueva York y acababa de pasar unos días con un amigo en la región de Melun. Su esposa Harriet, que se halla en América, trata de dar con su paradero con el auxilio de las policías francesa y británica.»

Tom se sintió agradecido al ver que no citaban su nombre.

Chris entró por la puerta principal con un par de revistas en la mano, pero sin ningún periódico.

–¡Hola, Tom! *Madame!* Hace un hermoso día.

Tom le saludó y luego le dijo a madame Annette:

–Creí que a estas alturas ya lo habrían encontrado. Aunque, de hecho..., esta mañana vendrá un inglés a hacerme algunas preguntas.

–¿Ah, sí? ¿Esta mañana?

–Dentro de media hora más o menos.

–¡Menudo misterio! –dijo ella.

–¿De qué misterio hablan? –preguntó Chris a Tom.

–Murchison. Hay una fotografía suya en el periódico de hoy.

Chris miró con interés la fotografía, y lentamente, en voz alta, leyó algunas de las frases que había debajo, traduciéndolas.

—¡Diantre! Sigue sin aparecer.

—Madame Annette —dijo Tom—, no estoy seguro de si el inglés se quedará a comer. ¿Podrá arreglárselas si somos cuatro?

—Claro, *m'sieur Tome*.

Se alejó en dirección a la cocina.

—¿De qué inglés se trata? —preguntó Chris—. ¿Otro más?

El francés de Chris estaba haciendo grandes progresos, pensó Tom.

—Sí. Viene a indagar sobre Murchison. Por cierto..., si quieres coger el tren de las once y media...

—Bueno, ¿puedo quedarme? Hay otro tren poco después de las doce, y, claro, unos cuantos más por la tarde. Siento curiosidad por Murchison, por lo que hayan averiguado. Naturalmente... no me quedaré en el cuarto de estar mientras usted hable con él, si prefiere hacerlo a solas.

A Tom le fastidiaba la idea, pero dijo:

—¿Y por qué no? Nada de secretos.

El inspector llegó en un taxi sobre las diez y media. Tom se había olvidado de decirle cómo se llegaba a la casa, pero él dijo que había preguntado en la estafeta de correos por el domicilio de monsieur Ripley.

—¡Hermosa casa la suya! —comentó el inspector alegremente. Tendría unos cuarenta y cinco años e iba de paisano. Su pelo era negro y escaso, tenía un asomo de barriga y usaba gafas con montura negra detrás de las cuales sus ojos lo escrutaban todo con mirada alerta y cortés. Su sonrisa era agradable y, al parecer, invariable—. ¿Lleva muchos años viviendo aquí?

—Tres —contestó Tom—. ¿No quiere sentarse?

Tom le había abierto la puerta, ya que la llegada del taxi había pasado inadvertida a madame Annette, y ahora se estaba haciendo cargo del abrigo del inspector.

Este llevaba una maleta negra, en buen estado y no muy grande, de las que tienen cabida para un traje, y se la llevó consigo al sofá, como si no estuviese acostumbrado a separarse de ella.

—Pues bien, lo primero ante todo. ¿Cuándo vio a míster Murchison por última vez?

Tom se hallaba sentado en una silla recta.

—El pasado jueves. Sobre las tres y media de la tarde. Le acompañé hasta Orly. Se iba a Londres.

—Lo sé.

Webster abrió la maleta negra un poco y de ella sacó un bloc de notas, luego se sacó una pluma del bolsillo. Tomó unas cuantas notas durante unos segundos.

—¿Estaba de buen humor? —preguntó, sonriendo.

Sacó un cigarrillo del bolsillo de la americana y lo encendió rápidamente.

—Sí.

Tom iba a relatar que le había regalado una botella de Margaux, pero se contuvo a tiempo. No deseaba hacer mención de su bodega.

—¿Y llevaba el cuadro consigo? *El reloj*, me parece que se llama.

—Así es. Envuelto con papel de embalar.

—Al parecer fue robado en Orly. ¿Ese es el cuadro que míster Murchison sospecha que es falso?

—Dijo que lo sospechaba... al principio.

—¿Conoce usted bien a míster Murchison? ¿Desde hace mucho?

Tom se lo explicó.

—Recordaba haberle visto entrar en la oficina de la galería, donde estaba Derwatt, según me han dicho. Así que, cuando por la tarde vi a míster Murchison en el bar de mi hotel, me puse a hablar con él. Quería preguntarle cómo era Derwatt.

—Comprendo. ¿Y después?

—Nos tomamos una copa juntos, y Murchison me informó de su sospecha de que estaban falsificando unos cuantos Derwatts desde hacía un tiempo. Le dije que tenía un par de Derwatts en mi casa de Francia y le pedí que se viniera conmigo para echarles un vistazo. Así pues, nos vinimos los dos juntos para aquí, el miércoles por la tarde, y él se quedó a pasar la noche.

El inspector iba tomando algunas notas.

—¿Fue usted a Londres especialmente para la exposición Derwatt?

—Oh, no —dijo Tom, sonriendo ligeramente—. Fui por dos motivos. En parte por la exposición, lo admito, y en parte porque mi esposa cumple años en noviembre, y a ella le gustan cosas de Inglaterra. Carnaby Street. Compré algo en Burlington Arcade...

Tom dirigió una mirada hacia la escalera y estuvo a punto de subir a por sus compras (el broche con forma de mono), pero se dominó.

—No compré ningún Derwatt esta vez, pero tenía pensado comprar *La bañera.* Poco más o menos el último que queda por vender.

—¿Invitó usted a míster Murchison quizá porque pensaba que sus cuadros tampoco eran auténticos?

Tom dudó unos instantes.

—Reconozco que sentía curiosidad. Pero ni por un momento dudé de los míos. Y después de ver los dos que tengo aquí, míster Murchison quedó convencido de que eran auténticos.

Tom no pensaba ni mucho menos ponerse a hablar de la teoría de Murchison con respecto al color lavándula. Ni el inspector demostraba mucho interés por los Derwatts de Tom, limitándose a girar la cabeza para echar un rápido vistazo a *Las sillas rojas,* detrás de él, y luego a *El hombre de la silla,* colgado en la pared de enfrente.

—La pintura moderna no es mi fuerte, me temo. ¿Vive solo, míster Ripley? ¿Usted y su esposa?

—Sí, con excepción de madame Annette, el ama de llaves. Mi esposa está en Grecia ahora.

—Me gustaría hablar con el ama de llaves —manifestó el inspector, sin perder su sonrisa.

Tom se encaminaba ya hacia la cocina en busca de madame Annette cuando Chris apareció al pie de la escalera.

—Ah, Chris. Este es el inspector Webster, de Londres. Mi huésped, Christopher Greenleaf.

—Mucho gusto —dijo Chris tendiendo la mano y, al parecer, impresionado al serle presentado un miembro de la policía de Londres.

—El gusto es mío —dijo Webster amablemente, inclinándose hacia delante para estrechar la mano de Chris—. Greenleaf. Richard Greenleaf. ¿Era amigo suyo, verdad, míster Ripley?

—En efecto. Y Chris es su primo.

Webster forzosamente tenía que haber mirado en su archivo hacía poco, pensó Tom, ahondando en él para ver si Tom tenía antecedentes. De lo contrario, Tom no lograba imaginarse que alguien fuese capaz de acordarse del nombre de Dickie al cabo de seis años.

—Si me lo permiten, iré a buscar a madame Annette.

Madame Annette estaba pelando algo en el fregadero. Tom le preguntó si podía hablar un momento con el caballero de Londres.

—Probablemente hablará francés.

Entonces, cuando Tom regresaba al cuarto de estar, Bernard bajó del piso de arriba. Llevaba unos pantalones de Tom y un jersey sin camisa. Tom se lo presentó a Webster.

—Míster Tufts es pintor. De Londres.

—Oh —exclamó Webster—. ¿Conoció a míster Murchison mientras usted se hallaba aquí?

—No —respondió Bernard, sentándose en una de las sillas rectas tapizadas de amarillo—. Yo no llegué hasta ayer.

Madame Annette entró en la habitación.

El inspector Webster se puso en pie, sonrió y dijo:

—*Enchanté, madame.*

Prosiguió hablando en un francés perfecto aunque con un marcado acento británico:

—He venido a investigar sobre míster Thomas Murchison, que ha desaparecido.

—¡Ah, sí! Lo leí en el periódico de esta mañana —dijo madame Annette—. ¿No lo han encontrado?

—No, *madame.* —De nuevo una sonrisa, como si estuviese hablando de algo mucho más divertido—. Parece ser que usted y monsieur Ripley fueron las últimas personas que le vieron. O ¿estaba usted aquí, míster Greenleaf? —preguntó a Chris en inglés.

Chris balbuceó, pero su respuesta fue indudablemente sincera:

—Nunca he visto a míster Murchison, no.

—¿A qué hora se fue de esta casa monsieur Murchison el pasado jueves, madame Annette? ¿Lo recuerda?

—Oh, puede que... Justo después de comer. Les preparé la comida un poco antes de lo acostumbrado. Digamos que se fue a las dos y media.

Tom permanecía en silencio. Madame Annette no se equivocaba.

El inspector le dijo a Tom:

430

—¿Habló de algún amigo suyo en París? Perdóneme, *madame,* sería mejor que hablase en francés.

Pero la conversación prosiguió en ambos idiomas. A veces Tom, otras el inspector, se encargaban de traducirla para madame Annette. Al inspector le interesaba lo que esta pudiera aportar, si es que podía aportar algo.

Murchison no había hablado de nadie que viviese en París, y Tom dijo que no le parecía que Murchison tuviera intención de encontrarse con alguien en Orly.

—Verán, la desaparición de míster Murchison y la del cuadro... podrían estar relacionadas —dijo el inspector Webster.

(Tom le explicó a madame Annette que el cuadro que Murchison llevaba consigo había sido robado en Orly y, por suerte, ella recordaba haberlo visto apoyado en la maleta, en el vestíbulo, antes de que se fuesen. No pudo haberlo visto más que unos instantes, supuso Tom, pero no dejaba de ser una suerte. Webster podía sospechar que él, Tom, lo había destruido.)

—La Compañía Derwatt, creo que tengo buenas razones para llamarla así —prosiguió el inspector—, es una gran empresa. No todo termina en Derwatt, el pintor. Los amigos de Derwatt, Constant y Banbury, son los propietarios de la Buckmaster Gallery, que viene a ser una especie de complemento de su verdadera profesión: el periodismo y la fotografía, respectivamente. Luego está la compañía que vende artículos de dibujo con la marca Derwatt. Y también la Escuela de Arte Derwatt en Perusa. ¡Si a todo eso le añadimos unas gotas de falsificación, nos encontramos con una combinación bastante importante!

Se volvió hacia Bernard.

—Tengo entendido que conoce usted a míster Constant y a míster Banbury, ¿no es así, míster Tufts?

Tom sintió un nuevo aguijonazo de alarma, ya que, para dar con eso, Webster tenía que haber investigado muy a fondo. Hacía años que Ed Banbury, en sus artículos, no citaba el nombre de Bernard entre el grupo de antiguos amigos de Derwatt.

—Sí, les conozco —reconoció Bernard, un poco aturdido aunque, afortunadamente, sin perder la serenidad.

—¿Habló usted con Derwatt en Londres? —preguntó Tom al inspector.

—¡No hay modo de dar con él! —replicó el inspector Webster, su sonrisa habitual convertida ahora en una expresión de radiante buen humor—. No es que tuviera especial interés en encontrarle, pero uno de mis colegas trató de localizarle... a raíz de la desaparición de Murchison. Lo que resulta aún más curioso... —al llegar aquí, recurrió al francés para que le entendiese madame Annette— es que no hay constancia de que Derwatt entrase en Inglaterra últimamente, procedente de México o de donde fuera. No me refiero únicamente a los últimos días, cuando supuestamente llegó a Inglaterra, sino que hemos investigado en los archivos de muchos años. En efecto, las últimas noticias que constan en el Departamento de Inmigración indican que Philip Derwatt salió del país hace seis años con destino a Grecia. No tenemos constancia de que haya regresado. Como probablemente sabrán ustedes, se cree que Derwatt pereció ahogado o se suicidó en Grecia.

Bernard estaba sentado con el torso inclinado hacia delante y los antebrazos apoyados en las rodillas. ¿Estaría reaccionando ante el desafío o a punto de echarlo todo a rodar con una inesperada confesión?

—Sí. Eso he oído —dijo Tom, y luego a madame Annette—: Hablamos de Derwatt, el pintor..., de su supuesto suicidio.

—En efecto, *madame* —corroboró cortésmente Webster—. Nos perdonará unos momentos. Cualquier cosa de importancia la diré en francés. —Entonces se dirigió a Tom—: En resumen, que Derwatt entró en Inglaterra, y puede incluso que saliera, como Pimpinela Escarlata o un fantasma —dijo el inspector riendo entre dientes—. Pero usted, míster Tufts, usted conocía a Derwatt de los viejos tiempos, según tengo entendido. ¿Le vio en Londres?

—No, no le vi.

—Pero estuvo en la exposición, me imagino, ¿no?

La sonrisa de Webster contrastaba radicalmente con el abatimiento de Bernard.

—No. Puede que vaya más adelante —dijo Bernard con tono solemne—. Me afecta mucho todo lo que tiene que ver con Derwatt.

Pareció que Webster miraba a Bernard con nuevos ojos.

—¿Por qué?

—Siento..., siento un gran aprecio por él. Sé que no le gusta la

432

publicidad. Pensé que, bueno, que cuando se hayan calmado las cosas le visitaría antes de que regresara a México.

Webster se rió y se dio una palmada en el muslo.

—Bien, pues si logra dar con él, no deje de comunicarnos dónde está. Nos gustaría hablar con él sobre este asunto de las posibles falsificaciones. Ya he hablado con míster Banbury y míster Constant. Vieron *El reloj* y me dijeron que era auténtico, pero, por supuesto, no podían decir otra cosa, si me permiten la observación —añadió el inspector lanzando una mirada irónica hacia Tom—, porque, al fin y al cabo, son ellos quienes vendieron el cuadro. También me dijeron que Derwatt lo había identificado sin lugar a dudas como una de sus obras. Pero, bien mirado, cuento solamente..., de momento..., con la palabra de míster Banbury y de míster Constant, ya que no puedo encontrar ni a Derwatt ni a míster Murchison. Sería interesante que Derwatt no hubiese reconocido el cuadro como propio, o que tuviese alguna duda, y..., ¡oh, caramba, no intento escribir ninguna novela de misterio, ni siquiera en mi imaginación! —Webster se rió de buena gana y parecía a punto de revolcarse sobre el sofá. Su risa resultaba contagiosa y atractiva, a pesar de que sus dientes eran desmesuradamente grandes y estaban algo manchados.

Tom sabía lo que Webster había estado a punto de decir: que los propietarios de la Buckmaster Gallery probablemente habían creído que lo más prudente era hacer callar a Derwatt, quizá hacerle desaparecer como por encanto. Y hacer callar a Murchison, también.

Tom dijo:

—Pero si míster Murchison me habló de su conversación con Derwatt... Y me dijo que el pintor había reconocido su cuadro. Lo que preocupaba a míster Murchison era la idea de que Derwatt se hubiese olvidado de haberlo pintado o, si lo prefieren, de *no* haberlo pintado. Pero al parecer se acordaba de ello.

Ahora era Tom quien se reía.

El inspector Webster miró a Tom y pestañeó mientras mantenía un silencio que a Tom le pareció de cortesía. Era igual que si dijese. «Ahora cuento con *su* palabra también, y puede que no valga mucho.»

Finalmente, Webster dijo:

—Estoy casi convencido de que alguien, por alguna razón, creyó que valía la pena librarse de Thomas Murchison. ¿Qué otra cosa puedo pensar, si no?

Cortésmente tradujo a madame Annette lo que acababa de decir.

Madame Annette exclamó:

—*Tiens!*

Y Tom, aunque no la estaba mirando, pudo notar su *frisson* de horror.

Tom se alegraba de que Webster ignorase que él conocía a Jeff y a Ed, siquiera superficialmente. Resultaba curioso que Webster no le hubiese preguntado directamente si los conocía, pensó Tom. ¿O acaso Jeff y Ed ya le habían dicho al inspector que conocían ligeramente a Tom Ripley porque les había comprado dos cuadros?

—Madame Annette, creo que un poco de café nos iría bien. ¿Puedo ofrecerle un poco de café, inspector, o prefiere una copa?

—Veo que tiene usted Dubonnet. Me gustaría tomar un poco con hielo, no mucho, y una rodaja de limón, si no es demasiada molestia.

Tom se lo tradujo a madame Annette.

Nadie quería café. Chris, recostado en el respaldo de una silla cerca de la puerta vidriera, no quiso nada. Parecía absorto en lo que se estaba desarrollando ante sus ojos.

Webster dijo:

—¿Exactamente por qué le parecía a míster Murchison que su cuadro no era auténtico?

Tom lanzó un suspiro y permaneció pensativo. La pregunta iba dirigida a él.

—Me habló del espíritu del cuadro. También dijo algo de las pinceladas —respondió Tom vagamente.

—Estoy completamente seguro —intervino Bernard— de que Derwatt no toleraría ninguna falsificación de su obra. Eso está fuera de lugar. De haber creído que *El reloj* no era auténtico, lo hubiera afirmado antes que nadie. Se hubiera dirigido inmediatamente a..., no sé..., la policía, supongo.

—O a los de la Buckmaster Gallery —comentó el inspector.

—Sí —dijo Bernard firmemente y, de súbito, se puso en pie—. ¿Me disculparán un minuto?

Se dirigió a la escalera.

Madame Annette sirvió al inspector su bebida.

Bernard regresó con un grueso cuaderno de notas, con tapas color marrón y muy gastado, en el que trataba de encontrar algo mientras cruzaba la habitación.

—Si desean saber unas cuantas cosas sobre Derwatt, tengo copiados aquí algunos fragmentos de sus diarios. Se los dejó dentro de una maleta en Londres al partir para Grecia. Los tuve en mi poder durante algún tiempo. Sus diarios tratan principalmente de pintura, de las dificultades con que se enfrentaba cada día, pero hay una anotación..., sí, aquí está. Es de hace siete años. Este es el verdadero Derwatt, ¿puedo leérsela?

—Sí, se lo ruego —dijo Webster.

Bernard empezó a leer:

«Para el artista no existe más depresión que la causada por un regreso al Yo.»

»Escribe "yo" con mayúscula.

»El Yo es una lupa tímida, vanagloriosa, egocéntrica y consciente a la que nunca deberíamos mirar y con la que no deberíamos observar nada. A veces nos es dado atisbarlo a medio camino, y entonces resulta horroroso, o entre un cuadro y el siguiente, o bien cuando estamos de vacaciones, lo cual no deberíamos hacer jamás.»

Bernard se rió un poco.

—«Semejante depresión consiste, aparte de en sentirnos derrotados, en hacernos preguntas inútiles sobre el significado de todo. En exclamar: "¡Cuán corto me he quedado!" Y, aún peor, en descubrir lo que debí comprender hace mucho tiempo: que no puedo confiar en aquellos que dicen ser mis amigos en un momento en que les necesito. Uno no les necesita cuando las cosas, nuestras obras, van bien. Debo permanecer oculto en este momento de flaqueza. Si no, más adelante me lo echarían en cara, como una muleta que debería haber arrojado al fuego... esta noche. Que el recuerdo de las noches de desesperanza viva solamente en mí.» Punto y aparte —dijo Bernard reverentemente—. «La gente que realmente es capaz de comunicarse sin miedo a las recriminaciones, ¿les está reservada a ellos la felicidad, la perfección en el matrimonio? ¿Adónde han ido a parar la ternura y el perdón en este mundo? Los encuentro con mayor abundancia en los rostros de los niños que posan para mí, que me miran fijamente, con sus grandes ojos llenos de inocencia, sin juzgarme. ¿Y los amigos? En el momento de enfrentarse al eterno enemigo, la Muerte, el que va a suicidarse recurre a ellos. Uno tras otro, ninguno está en casa, el teléfono no contesta o, si lo hace, dicen que están ocupados esta noche, que es algo muy importante que no pueden aplazar... y uno es demasiado orgulloso para mostrarles su desesperación y decirles: "¡Tengo que verte esta misma noche, de lo contrario...!" Es el último esfuerzo por comunicarse. Cuán digno de lástima, cuán humano, cuán noble..., porque ¿qué otra cosa existe que sea más digna de dioses que la comunicación? El suicida sabe bien que su fuerza, la de la comunicación, es sobrenatural, mágica.»

Bernard cerró el libro de notas.

—Por supuesto, era bastante joven cuando escribió eso. Aún no había cumplido los treinta.

—Muy conmovedor —dijo Webster—. ¿Y cuándo dice usted que escribió eso?

—Hace siete años. En noviembre —respondió Bernard—. En octubre había intentado suicidarse en Londres. Eso lo escribió al recuperarse. No fue un... arrebato. Somníferos.

Tom escuchaba con inquietud. No tenía noticia del intento de suicidio de Derwatt.

—Quizá le parezca melodramático —dijo Bernard al inspector—. No escribía sus diarios con la intención de que se hiciesen públicos. Los demás están en poder de la Buckmaster Gallery. A no ser que Derwatt los reclamase.

A Bernard empezaba a trabársele la lengua, y se le veía nervioso, probablemente porque trataba de mentir sin que se le notase.

—¿Así que es propenso al suicidio? —preguntó Webster.

—¡Oh, no! Solo que tiene altibajos. Eso es perfectamente normal, quiero decir tratándose de un pintor. Al escribir esto se hallaba en la ruina. Había perdido un encargo para pintar un mural, y lo malo es que ya lo tenía terminado. Los jueces se lo rechazaron porque en él aparecían un par de desnudos. Iba destinado a la estafeta postal de no sé dónde.

Bernard se rió como si todo ello ya no tuviera importancia.

Y, curiosamente, el rostro de Webster permanecía serio y pensativo.

—He leído esto porque quería demostrar que Derwatt es un hombre honrado —prosiguió Bernard, impávido—. Nadie que no fuese honrado podría escribir esto, o las otras cosas sobre pintura, o sencillamente, sobre la vida, que se dicen en los diarios.

Bernard dio unos golpecitos con los nudillos en el cuaderno.

—Yo fui uno de los que estaban demasiado ocupados para escribirle cuando él me necesitaba. No podía sospechar que estuviese tan desesperado, ¿sabe? Nadie podía. Hasta necesitaba dinero, pero era demasiado orgulloso para pedirlo. Un hombre así no roba, ni comete..., quiero decir, permite que se cometa un engaño.

Tom creyó que el inspector, con el tono solemne propio de la ocasión, diría que se hacía cargo. Pero se limitó a seguir sentado, con las rodillas separadas y una mano sobre el muslo, sumido en sus meditaciones.

—Me parece magnífico lo que acaba de leer —dijo Chris tras un largo silencio. Al ver que nadie decía nada, Chris agachó la cabeza y la volvió a levantar, como si se aprestase a defender su opinión.

—¿Alguna otra anotación más reciente? —preguntó Webster—. Me parece muy interesante lo que nos ha leído, pero...

—Una o dos —dijo Bernard, hojeando el cuaderno de notas—. Pero también datan de hace seis años. Por ejemplo: «El eterno fracasar, no lograr comunicar todo cuanto se lleva dentro, es la única cosa que quita el miedo del acto creador.» Derwatt siempre ha sentido respeto por su talento. Me resulta muy difícil expresarlo con palabras.

—Me parece que ya lo entiendo —dijo Webster.

Casi al instante Tom se dio cuenta del serio, casi personal, desengaño que sentía Bernard. Lanzó una mirada hacia madame Annette, que, discretamente, se hallaba de pie entre el vano de la puerta y el sofá.

—¿Habló con Derwatt o no, en Londres, aunque fuese por teléfono? —preguntó Webster a Bernard.

—No.

—¿O con Banbury o Constant, mientras Derwatt se hallaba allí?

—No. No les veo a menudo.

Nadie, pensó Tom, sospecharía que Bernard mentía. Parecía la personificación de la probidad.

—¿Pero está en buenas relaciones con ellos? —preguntó Webster, inclinando un poco la cabeza, como si pidiera disculpas por la pregunta—. Tengo entendido que les conoció hace años, cuando Derwatt vivía en Londres, ¿no es así?

—En efecto. ¿Y por qué no? Pero no salgo mucho cuando estoy en Londres.

—¿Sabe usted si Derwatt tiene amigos —prosiguió preguntando el inspector con su amable voz— que posean un helicóptero o alguna embarcación? Quiero decir gente que pueda haberlo introducido y sacado del país en secreto, como si fuese un gato siamés o un paquistaní.

—No lo sé. Yo ciertamente no sé de ninguno.

—Otra pregunta, por fuerza debió usted escribir a Derwatt cuando se enteró de que vivía en México, de que no había muerto. ¿Me equivoco?

—No, no le escribí —respondió Bernard, tragando saliva, y la nuez de su garganta parecía estar en apuros—. Como dije, mantengo escasas relaciones con... Jeff y Ed, de la Buckmaster Gallery. Y ellos no saben en qué pueblo vive Derwatt, me consta, porque los cuadros los reciben desde Veracruz por vía marítima. Pensé que Derwatt me escribiría si quería. Como no fue así, no me atreví a hacerlo yo. Me pareció que...

—¿Sí? ¿Qué le pareció?

—Que Derwatt ya había sufrido mucho. Espiritualmente hablando. Puede que en Grecia o antes de ir allí. Creí que ello le habría hecho cambiar, puede que hasta lo indispusiera con sus antiguos amigos, así que, si él no deseaba comunicarse conmigo... Así era su manera de hacer las cosas, de verlas.

A Tom le habría costado poco llorar por Bernard, que, penosamente, hacía cuanto podía. Bernard lo estaba pasando tan mal como cualquier otra persona ajena al teatro que intentase actuar en escena y detestase profundamente el tener que hacerlo.

El inspector Webster miró a Tom y luego a Bernard.

—¡Qué raro! ¿Quiere usted decir que Derwatt se hallaba tan...?

—Quiero decir que me parece que Derwatt estaba realmente hasta las narices —Bernard se interrumpió—, harto de la gente cuando se marchó a México. Si lo que buscaba era la soledad, yo no tenía la menor intención de impedírselo. Pude haberme marchado a México y buscarlo eternamente, hasta encontrarlo, supongo.

Tom casi creía las palabras que acababa de oír. Tenía que creérselas, se dijo a sí mismo. Así que empezó a creérselas. Entonces se dirigió hacia el mueble bar para llenar de nuevo el vaso de Webster con más Dubonnet.

–Ya veo. Y ahora, cuando Derwatt vuelva a partir para México, suponiendo que no lo haya hecho ya, ¿usted no sabrá adónde escribirle? –preguntó Webster.

–Ciertamente que no. Todo lo que sabré es que estará pintando y, supongo, que será feliz.

–Y la Buckmaster Gallery, ¿tampoco ellos sabrán dónde localizarle?

Bernard negó con la cabeza por segunda vez.

–Por lo que yo sé, así es.

–¿Dónde mandan el dinero que producen sus cuadros?

–No estoy seguro. Me parece que a un banco mexicano que se encarga de hacerlo llegar a Derwatt.

Gracias por tan lógica respuesta, pensó Tom, mientras se inclinaba para verter el Dubonnet en un vaso. Dejó sitio en el vaso para poner hielo y cogió el recipiente de los cubitos.

–Inspector, ¿se quedará a comer con nosotros? Le he dicho a mi ama de llaves que así lo esperaba.

Madame Annette ya había desaparecido hacia la cocina.

–No, no, muchísimas gracias –respondió el inspector Webster con una sonrisa–. Tengo una cita para almorzar con la policía de Melun. Me parece que es la única oportunidad de hablar tranquilamente con ellos. Eso es muy francés, ¿verdad? Me esperan en Melun a la una menos cuarto, así que lo que debería hacer ahora es llamar para que me envíen un taxi.

Tom se encargó de llamar al servicio de taxis de Melun para que mandasen uno.

–Me gustaría dar una vuelta por su finca –dijo el inspector–. ¡Parece tan bonita!

Esto podría significar un cambio de talante, pensó Tom, como ese invitado a tomar el té que solicita ver las rosas del jardín para, de esa manera, zafarse del tedio que la conversación le produce. Pero a Tom no le parecía que así fuera.

A Chris no le hubiera costado nada ir tras ellos, tal era su fascinación por la policía británica, pero Tom le detuvo con una mirada y salió solo con el inspector. Descendieron por los peldaños de piedra donde el día anterior, tan solo el día anterior, Tom había estado a punto de caerse al ir en pos del empapado Bernard. El sol brillaba sin gran convicción, la hierba estaba casi seca. El inspector se metió las manos en los bolsillos de sus holgados pantalones. Puede que Webster no tuviera ningún motivo concreto para sospechar de él, pensó Tom, pero notaba que no acababa de estar libre de toda sospecha. «Le he causado al Estado algún perjuicio y ellos lo saben.» Extraña mañana para tener citas de Shakespeare en la cabeza.

—Manzanos, melocotoneros. Me imagino que se lo debe pasar muy bien aquí. ¿Tiene usted alguna profesión, míster Ripley?

La pregunta resultaba tan cortante como la de un inspector de inmigración, pero Tom ya estaba acostumbrado.

—Cuido del jardín, pinto un poco y estudio lo que me place. No tengo ninguna ocupación, si con ello se entiende el tener que trasladarme a París cada día, ni siquiera cada semana. Raramente me dejo caer por allí.

Tom recogió una piedra que echaba a perder el efecto del césped y con ella apuntó al tronco de un árbol. La piedra hizo «toc» al dar contra el tronco y Tom sintió una punzada en el tobillo torcido.

—Y los bosques. ¿Son suyos?

—No. Por lo que yo sé, son de propiedad pública. O del Estado. A veces saco un poco de leña de ellos, leña menuda de los árboles ya caídos. ¿Quiere dar un paseíto? —propuso Tom señalando el sendero.

El inspector Webster dio cinco o seis pasos adentrándose en el sendero, pero, después de recorrerlo con la mirada, se detuvo.

—Ahora no, gracias. Me parece que sería mejor que estuviese atento a la llegada de mi taxi.

El taxi ya esperaba delante de la entrada cuando regresaron.

Tom se despidió del inspector, y Chris también. Tom le deseó *bon appétit*.

—¡Es fascinante! —dijo Chris—. ¡En serio! ¿Le enseñó al inspector la tumba del bosque? No quise espiarles desde la ventana porque me pareció de muy mala educación.

Tom sonrió.

—No. Iba a hacerlo, pero pensé que sería una idiotez empezar a sembrar falsas pistas.

Chris se rió. Incluso sus dientes se parecían a los de Dickie, afilados los colmillos, bastante apretados los demás.

—¡Imagínese al inspector excavando allí en busca de Murchison! —insistió Chris.

Tom se rió también.

—Sí, pero si yo le dejé en Orly, ¿cómo iba a regresar aquí?

—¿Quién le asesinó? —preguntó Chris.

—No creo que haya muerto —repuso Tom.

—¿Secuestrado?

—Ni idea. Puede ser. Junto con el cuadro. No sé qué pensar. ¿Dónde se ha metido Bernard?

—Se ha ido arriba.

Tom subió a verle. La puerta de su habitación estaba cerrada. Tom llamó y oyó un gruñido por respuesta.

Bernard estaba sentado al borde de la cama con las manos entrelazadas. Su aspecto era de derrota y agotamiento.

—Todo ha salido bien. *Tout va bien* —dijo Tom con voz tan alegre como pudo o como se atrevía.

—He fracasado —respondió Bernard, con una mirada de desesperación en los ojos.

—¿Qué diablos dices? ¡Has estado maravilloso!

—He fracasado. Por eso me ha hecho todas esas preguntas sobre Derwatt, sobre cómo encontrarle en México. Derwatt fracasó y yo también.

14

El almuerzo resultó uno de los peores que Tom había aguantado, casi tanto como el que él y Heloise tomaron con los padres de ella poco después de decirles que ya se habían casado. Pero, al menos, el de hoy no había durado tanto. Bernard era víctima de la irremediable depresión, se figuró Tom, que sentiría cualquier actor que acabase de llevar a cabo una representación atrozmente mala. Así que de nada iban a servir las palabras de consuelo. Tom conocía por experiencia la clase de agotamiento que se había apoderado de Bernard: el del intérprete que ha dado todo cuanto puede dar de sí.

–¿Saben? Anoche –dijo Chris, al tiempo que apuraba el vaso de leche que alternaba con el de vino– vi un coche que salía del bosque haciendo marcha atrás. Sería sobre la una. No creo que sea importante. El coche reculaba llevando encendidas las luces más imprescindibles únicamente, como haría alguien que no quisiera ser visto.

Tom dijo:

–Probablemente... una pareja de novios.

Temía que Bernard reaccionase de algún modo (pero ¿cuál?) ante las palabras de Chris, pero ni siquiera pareció haberlas oído.

Bernard se levantó después de disculparse.

–Caramba, es una lástima que esté tan trastornado –dijo Chris cuando Bernard ya no podía oírle–. Me iré ahora mismo. Espero no haberme quedado demasiado tiempo.

Tom quería ver qué trenes había por la tarde, pero Chris tenía otra idea. Prefería hacer autoestop hasta París. No hubo forma de disuadirle, ya que estaba convencido de que sería una aventura. La alternativa consistía en coger un tren que, Tom sabía, salía a las cinco. Chris bajó con sus maletas y entró en la cocina para despedirse de madame Annette.

Luego los dos salieron hacia el garaje.

–Por favor –dijo Chris–, despídame de Bernard, ¿quiere? Tenía la puerta cerrada y me dio la impresión de que no desea ser molestado, pero no quiero que me tome por un mal educado.

Tom le aseguró que le haría quedar bien con Bernard. Se fueron en el Alfa Romeo.

–Me puede dejar en cualquier parte, en serio –dijo Chris.

Tom opinaba que el mejor sitio para hacer autoestop era Fontainebleau, la carretera que iba hasta París. Chris aparentaba lo que en realidad era, un joven americano de elevada estatura que se hallaba de vacaciones, ni rico ni pobre, y a Tom le pareció que no le sería difícil hallar quien se ofreciese a llevarle en coche hasta París.

–¿Le parece bien que le llame dentro de un par de días? –preguntó Chris–. Me gustaría saber cómo van las cosas, aunque, por supuesto, pienso leerlo en la prensa.

–Claro –respondió Tom–. Ya te llamaré yo. Hotel Louisiane, rue de Seine, ¿no es así?

–En efecto. No puede imaginarse qué contento estoy de haber podido ver una casa francesa por dentro.

Sí, sí, podía imaginárselo. Al menos no hacía falta que lo dijese, pensó Tom. Camino de casa, Tom condujo más deprisa que de costumbre. Se sentía muy preocupado, pero sin saber exactamente por qué tenía que preocuparse. También se sentía aislado de Jeff y de Ed, pero hubiera sido una imprudencia tratar de establecer comunicación con ellos, o viceversa. Decidió que lo mejor sería tratar de que Bernard se quedase más tiempo, aunque no iba a ser tarea fácil. Pero el regreso a Londres significaría que Bernard volvería a encontrarse con la exposición Derwatt, las calles llenas de carteles, y puede que incluso notase que Jeff y Ed también estaban asustados y sin saber con certeza qué debían hacer. Tras dejar el coche en el garaje, Tom subió directamente a la habitación de Bernard y llamó a la puerta.

No hubo respuesta.

Tom abrió la puerta. La cama estaba tal como Tom la había visto por la mañana, cuando Bernard estaba sentado en ella, y en el cobertor se notaba una ligera cavidad causada por Bernard al sentarse. Pero ni rastro de Bernard, de su bolsa de viaje y de su arrugado traje, que Tom había colgado en el ropero. Tom echó una ojeada a su propia habitación, pero tampoco estaba allí. No encontró ninguna nota. Madame Clusot estaba pasando la aspiradora por la habitación y Tom le dijo:

–*Bonjour, madame.*

Tom descendió a la planta baja.

–¡Madame Annette!

El ama de llaves no estaba en la cocina. Se había retirado a su habitación. Tom llamó a la puerta y, al obtener respuesta, la abrió. Madame Annette estaba recostada en la cama, tapada con una colcha de punto color malva, leyendo el *Marie-Claire*.

–¡No se moleste, madame! –dijo Tom–. Solo quería preguntarle dónde estaba *m'sieur* Bernard.

—¿No está en su habitación? A lo mejor ha salido a dar un paseo.

Tom no quería decirle que al parecer Bernard había cogido sus bártulos y se había marchado.

—¿No le ha dicho nada?

—No, *m'sieur*.

Tom consiguió esbozar una sonrisa.

—Bueno..., no hay que preocuparse. ¿Alguna llamada telefónica?

—No, *m'sieur*. Por cierto, ¿cuántos van a cenar esta noche?

—Dos, me parece. Gracias, madame Annette —respondió Tom, creyendo que posiblemente Bernard ya estaría de vuelta.

Salió y cerró la puerta.

Dios mío, pensó Tom, necesito tranquilizarme con un par de poemas de Goethe. *Der Abschied* o algo parecido. Un poco de solidez germánica, del sentido de la superioridad de Goethe y puede que un poco de genialidad también. Eso es lo que le hacía falta. Sacó el libro *(Goethes Gedichte)* de la estantería y lo abrió al azar por la página correspondiente a *Der Abschied*. Tom se lo sabía casi de memoria, aunque jamás se hubiera atrevido a recitarlo ante nadie por temor a que su acento no resultase perfecto. Las primeras estrofas le trastornaron:

> *Lass mein Aug' den Abschied sagen,*
> *Den mein Mund nicht nehmen kann!*
> (Que mis ojos digan el adiós que mi boca no puede decir.)
> *Schwer, wie schwer ist er zu tragen!*
> *Und ich bin...*

Se sobresaltó al oír el golpe de la portezuela de un coche al cerrarse. Alguien acababa de llegar. Bernard habrá regresado en taxi, pensó Tom.

Pero no, era Heloise.

La encontró erguida, sin sombrero, con su largo pelo rubio agitado por la brisa, rebuscando en su monedero.

Tom dio un brinco hacia la puerta y la abrió de un tirón.

—¡Heloise!

—*Ah, Tome!*

Se abrazaron.

–Ah, Tome, ah, Tome!

Tom ya se había acostumbrado a que le llamasen así, incluso le gustaba cuando era Heloise quien lo hacía.

–¡Estás muy tostada por el sol! –dijo Tom en inglés, aunque quería decir «bronceada»–. Déjame que despache a este tipo. ¿Cuánto es?

–Ciento cuarenta francos.

–¡Hijo de...! ¡Solo desde Orly! Es un...

Tom se contuvo, aunque hablaba en inglés, y no dijo lo que iba a decir. Pagó el importe del viaje. El taxista no les ayudó a bajar del equipaje.

Tom lo entró todo en la casa.

–¡Ah, qué agradable estar en casa! –dijo Heloise estirando los brazos. Arrojó sobre el sofá amarillo un enorme bolso, hecho en Grecia, que parecía un tapiz. Llevaba sandalias de cuero marrón, unos pantalones acampanados de color rosa y un chaquetón de marinero americano.

Tom se preguntó cómo y dónde el chaquetón habría ido a parar a manos de Heloise.

–Todo va bien. Madame Annette está descansando en su cuarto –dijo Tom, volviendo al francés.

–¡Qué vacaciones más terribles he pasado!

Heloise se dejó caer en el sofá y encendió un cigarrillo. Tardaría varios minutos en calmarse, así que Tom empezó a subir las maletas al piso de arriba. Heloise gritó al verle coger una que contenía algo que iba destinado a la planta baja. Tom la dejó y cogió otra.

–¿Es imprescindible que seas tan americano y tan eficiente?

Y ¿qué podía hacer?, se preguntó Tom. ¿Quedarse de pie en espera de que ella se calmase?

–Sí –respondió, trasladando el resto del equipaje a la habitación de Heloise.

Cuando bajó de nuevo, madame Annette estaba en el cuarto de estar, hablando con Heloise de Grecia, del yate, de la casa de Grecia (que evidentemente estaba en un pueblecito de pescadores). Pero Tom observó que todavía no hablaban de Murchison. Madame Annette sentía afecto por Heloise, porque a madame Annette le gustaba servir a los demás y a Heloise, por su parte, le gustaba que la sirviesen. Heloise no quiso nada de momento, aunque, ante la insistencia de madame Annette, aceptó una taza de té.

Luego Heloise le contó cosas de sus vacaciones en el *Princesse de Grèce,* el yate de aquel estúpido llamado Zeppo, nombre que hacía pensar a Tom en los hermanos Marx. Tom había visto fotografías de esa bestia peluda, cuya presunción no tenía nada que envidiar a la de los más ricos armadores griegos, y ello a pesar de que Zeppo no era más que el hijo de un «tiburón» de poca monta dedicado a la especulación de bienes raíces. Un hombre de negocios que explotaba a sus propios compatriotas y, a su vez, era explotado por los coroneles fascistas que gobernaban su país (según palabras de Zeppo y de Heloise) pero que, pese a todo, ganaba tanto dinero que su hijo podía permitirse el lujo de pasarse la vida de crucero en su yate, echando caviar a los peces y llenando de champán la piscina de a bordo, que luego calentaban para poder nadar.

–Zeppo tenía que esconder el champán, así que lo metió en la piscina –decía Heloise a modo de explicación.

–¿Y quién se acostaba con Zeppo? Confío en que no fuese la esposa del presidente de los Estados Unidos.

–Oh, cualquiera –dijo Heloise en inglés, con acento despreciativo, mientras lanzaba una bocanada de humo.

Tom estaba seguro de que Heloise no lo haría. A Heloise le gustaba provocar a los hombres, aunque no muy a menudo, pero Tom tenía la seguridad de que, desde su matrimonio, no se había acostado con nadie que no fuera él. Gracias a Dios, no con Zeppo, que era un gorila. Heloise jamás lo consentiría. La forma que Zeppo tenía de tratar a las mujeres era repelente, pero en este sentido Tom pensaba (aunque nunca se había atrevido a decírselo a una mujer) que si una mujer, desde buen principio, consentía tal tratamiento con el objeto de ganarse un brazalete de diamantes o una villa en el sur de Francia, ¿por qué diablos se quejaba luego? Al parecer, la irritación de Heloise era debida principalmente a los celos de otra mujer, llamada Norita, al ver las atenciones que había tenido uno de los pasajeros del yate para con Heloise. Tom apenas prestaba atención a todos esos chismorreos de revista del corazón, porque su mente estaba ocupada en buscar el modo de contarle a Heloise lo sucedido en su ausencia sin que ella se asustase.

Además, no había perdido del todo las esperanzas de ver aparecer la desvaída figura de Bernard por la puerta principal de un momento a otro. Paseaba lentamente arriba y abajo por la habitación, lanzando una mirada apresurada a la puerta principal cada vez que volvía sobre sí mismo.

—Fui a Londres.

—¿Ah, sí? ¿Qué tal te fue?

—Te he traído algo.

Tom subió corriendo al piso de arriba (su tobillo ya estaba mucho mejor) y regresó con los pantalones de Carnaby Street. Heloise se los puso en el comedor. Le caían bien.

—¡Me encantan! —dijo Heloise, y le premió con un abrazo y un beso en la mejilla.

—Volví con un hombre llamado Thomas Murchison —dijo Tom, y procedió a contarle lo sucedido.

Heloise no sabía nada de su desaparición. Tom le contó las sospechas de Murchison acerca de la autenticidad de su *Reloj*, añadiendo que él estaba convencido de que nadie estaba falsificando los cuadros de Derwatt, por lo que, al igual que la policía, no se explicaba la desaparición de Murchison. Del mismo modo que ignoraba el asunto de las falsificaciones, Heloise no sabía nada sobre los ingresos que Tom obtenía de la Derwatt Ltd. y que ascendían a unos doce mil dólares al año, casi tanto como el dividendo que producían las acciones que Tom había heredado de Dickie Greenleaf. Heloise daba importancia al dinero, pero no tenía ningún interés especial por averiguar de dónde procedía. Sabía que el mantenimiento de su tren de vida dependía tanto del dinero de su familia como del de Tom, pero jamás se lo había echado en cara, y Tom sabía que este detalle le tenía completamente sin cuidado, otra de las cualidades que apreciaba en Heloise. Tom le había explicado que Derwatt Ltd. insistía en pasarle un pequeño porcentaje de los beneficios, ya que, hacía años, antes de conocerla, él les había ayudado a organizar el negocio. Los ingresos de Derwatt Ltd. los recibía a través de la compañía de Nueva York que se encargaba de distribuir los productos Derwatt. Parte del dinero lo invertía en Nueva York, y el resto se lo hacía remitir a Francia, donde lo convertía en francos. El director de la compañía de suministros artísticos Derwatt (casualmente, otro griego) estaba enterado de que Derwatt no existía y de que se estaban falsificando los cuadros.

Tom prosiguió.

–Otro hombre, llamado Bernard Tufts, no creo que le conozcas, vino a visitarme hace un par de días y justamente esta tarde parece ser que ha salido a pasear llevándose todos sus bártulos. No sé si va a volver o no.

–¿Bernard Tufts? *Un Anglais?*

–Sí. No le conozco bien. Es amigo de unos amigos míos. Es pintor y lo está pasando mal a causa de una chica. Probablemente se habrá largado a París. Creí conveniente decírtelo, por si volvía.

Tom se rió. Cada vez estaba más convencido de que Bernard no regresaría. ¿Acaso había tomado un taxi hasta Orly y embarcado en el primer avión que le llevase a Londres?

–Y las otras novedades son que mañana estamos invitados a cenar con los Berthelin. ¡Estarán encantados de que hayas regresado! Oh, casi me olvidaba. Quedaba otro huésped, un tal Christopher Greenleaf, primo de Dickie. Pasó dos noches aquí. ¿No recibiste la carta en que te lo contaba?

No la había recibido, porque solo hacía unos días que la había mandado, el martes.

–¡Dios mío, sí que has estado ocupado! –dijo Heloise en inglés, con un divertido tono de celos en su voz–. ¿Me has echado de menos, *Tome?*

Tom la rodeó con sus brazos.

–Te he echado de menos, claro que sí.

El objeto que Heloise se había traído para el piso de abajo consistía en un jarrón, bajo y macizo, con dos asas y decorado con dos toros negros enfrentándose el uno al otro con la cabeza baja. Resultaba atractivo y Tom no preguntó si era valioso, muy antiguo o cualquier otra cosa, en aquel momento no le importaba saberlo. Puso *Las cuatro estaciones,* de Vivaldi. Heloise estaba en el piso de arriba deshaciendo el equipaje, tras lo cual había dicho que tomaría un baño.

A las seis y media Bernard no había regresado. Tom tenía el presentimiento de que estaría en París, no en Londres, pero no era más que un presentimiento, algo de lo que no podía fiarse. Durante la cena, que tomaron en casa, madame Annette charló con

Heloise sobre el señor inglés que se había presentado por la mañana preguntando por *m'sieur* Murchison. Heloise mostraba interés, aunque superficial, y desde luego no parecía preocupada, por lo que Tom pudo ver. Bernard parecía interesarle más.

—¿Esperas que vuelva? ¿Esta noche?

—En realidad..., ya no —respondió Tom.

La mañana del jueves transcurrió con toda tranquilidad, sin ni siquiera una llamada telefónica, si bien Heloise hizo tres o cuatro llamadas a París, incluyendo una a la oficina de su padre. Heloise llevaba unos tejanos descoloridos y andaba descalza por la casa. En *Le Parisien* de madame Annette no había nada sobre Murchison. Durante la ausencia de madame Annette por la tarde (aparentemente había salido a hacer la compra, pero lo más probable es que visitara a su amiga madame Yvonne para ponerla al corriente de la vuelta de Heloise y de la visita de un *agent* de la policía londinense), Tom se tumbó en el sofá con Heloise, amodorrado, con la cabeza recostada en el pecho de su mujer. Habían hecho el amor por la mañana. Asombroso. Todo el mundo creía que se trataba de algo dramático. Pero para Tom no revestía tanta importancia como el haberse dormido la noche antes teniendo a Heloise en sus brazos. A menudo, Heloise le decía:

—Es agradable dormir contigo, porque cuando te das la vuelta no armas un pequeño terremoto en la cama. De hecho, ni me doy cuenta de que te das la vuelta.

A Tom le agradaba oírlo. Y nunca se había preocupado de preguntar quiénes habían armado un terremoto en la cama de Heloise. Heloise existía. Tom lo encontraba curioso. No lograba descubrir qué objetivos tenía ella en la vida. Heloise era como un cuadro en la pared. Era posible que alguna vez quisiera tener hijos, decía ella. Mientras tanto, existía. No es que Tom pudiera alardear de tener algún objetivo, una vez alcanzado su actual nivel de vida, pero sí experimentaba cierto placer en procurarse los gustos que ahora estaban a su alcance, mientras que Heloise, por el contrario, parecía no sentir entusiasmo por nada, posiblemente porque lo había tenido todo el mismo día de su nacimiento. A veces, cuando hacían el amor, Tom sentía algo raro, una especie de alejamiento, como si su placer emanase de algo inanimado, irreal, de un cuerpo sin identidad. ¿Quizá la causa fuese cierta timidez o puritanismo por su parte? ¿O puede que el temor de darse por completo mentalmente? Como si se dijese a sí mismo:

–Si no poseyera, si perdiera a Heloise, no podría seguir existiendo.

Tom se sabía capaz de creer eso, aun en lo tocante a Heloise, pero no le gustaba ni se hubiera permitido confesárselo a sí mismo y, ciertamente, jamás se lo había dicho a Heloise, ya que, tal como estaban las cosas ahora, hubiera sido una mentira. El depender completamente de ella era simplemente una posibilidad que a veces presentía. Tenía poca relación con el sexo, pensaba Tom, con cualquier tipo de subordinación en tal sentido. Heloise solía mostrarse irrespetuosa con las mismas cosas que Tom. Era una compañera, en cierto modo, pero una compañera pasiva. Con un muchacho u otro hombre, Tom se hubiera reído más; puede que ahí estuviera la principal diferencia. Pero Tom recordaba cierta ocasión en que, delante de los padres de Heloise, él había dicho:

–Estoy seguro de que no hay ningún mafioso que no haya sido bautizado; y ¿de qué les sirve?

Y Heloise se había reído. Pero sus padres, no. De algún modo se las habían arreglado para arrancarle a Tom la confesión de que no le habían bautizado en los Estados Unidos. El mismo Tom no estaba completamente seguro de ello, pero recordaba perfectamente que su tía Dottie nunca le había hablado de su bautismo. Sus padres murieron ahogados cuando él era aún muy pequeño, por lo que tampoco de ellos había podido obtener información al respecto. Resultaba imposible explicarles a los Plisson, que eran católicos, el hecho de que en los Estados Unidos el bautismo y la misa, la confesión y las orejas perforadas, el infierno y la mafia eran, por decirlo de algún modo, cosa de católicos, y no de protestantes. Y no es que Tom fuese una u otra cosa. Pero si de algo estaba seguro, es de que no era católico.

Las veces en que Heloise le parecía más viva era cuando sufría un arrebato de cólera. Heloise tenía diversas clases de rabietas. Tom no contaba con las que se producían cuando de París tardaban en cumplir un encargo. Entonces Heloise juraba (en falso) que jamás volvería a poner los pies en tal o cual tienda. Los arrebatos más graves los sufría a causa del aburrimiento o de algún ligero ultraje a su ego; por ejemplo cuando un invitado la contrade-

450

cía con éxito durante la conversación de sobremesa. Heloise se dominaba hasta después de la partida del invitado o invitados, lo cual era ya algo, pero tan pronto se quedaban los dos solos, empezaba a ir de un lado a otro, enfurecida, lanzando cojines contra las paredes y gritando cosas como *«Fous-moi la paix! Salauds!»* (¡Iros al infierno! ¡Cochinos!), ante su único público, Tom. Él acostumbraba a decirle algo tranquilizador, ajeno al caso, y Heloise se ablandaba, las lágrimas aparecían en sus ojos y en cuestión de unos instantes ya volvía a reírse. Tom se figuraba que ello era típico del temperamento latino. Desde luego no era inglés.

Tom se pasó cerca de una hora trabajando en el jardín, luego leyó un poco de *Las armas secretas,* de Julio Cortázar. Después subió y dio los últimos toques al retrato de madame Annette. Era jueves y ella tenía el día libre.

A las seis de la tarde le pidió a Heloise que entrase a dar un vistazo al retrato.

—No está mal, ¿sabes? No lo has trabajado demasiado. Eso me gusta.

El comentario agradó a Tom.

—No le digas nada a madame Annette.

Colocó el cuadro en un rincón, de cara a la pared, para que se secase.

Luego se arreglaron para ir a casa de los Berthelin. No era necesario vestirse de ceremonia y con los tejanos bastaría. Vincent era otro de los maridos que trabajaban en París y pasaban el fin de semana en su casa de campo.

—¿Qué te ha dicho tu padre? —preguntó Tom.

—Está contento de que haya regresado a Francia.

Tom sabía que no gustaba mucho al padre de ella, pero este tenía la vaga impresión de que Heloise le tenía un poco abandonado. La virtud burguesa se hallaba en guerra con un buen olfato para el carácter, se figuraba Tom.

—¿Y Noëlle?

Noëlle era una de las mejores amigas de Heloise y vivía en París.

—Oh, como siempre. Aburrida, según dice. Nunca le ha gustado el otoño.

Aunque eran bastante ricos, los Berthelin vivían de un modo premeditadamente incómodo en el campo. Tenían el retrete fuera de la casa y en la cocina no había agua caliente. El agua caliente la obtenían colocando una olla sobre la estufa, que funcionaba a base de leña. Los otros invitados eran los Clegg, un matrimonio inglés de unos cincuenta años, los mismos que los Berthelin. Al hijo de Vincent Berthelin, Tom no le conocía. Se trataba de un muchacho de pelo negro y veintidós años (Vincent le había dicho la edad del muchacho a Tom mientras ambos se tomaban unos Ricards en la cocina y el primero preparaba la cena), que vivía con una chica en París, y estaba en un tris de mandar a paseo sus estudios de arquitectura en Beaux Arts, lo cual ponía furioso a Vincent.

–¡Por esa chica no vale la pena! –tronaba Vincent ante Tom–. Eso es por culpa de la influencia inglesa, ¿sabes?

Vincent era gaullista.

La cena, excelente, consistió en pollo, arroz, ensalada, queso y una tarta de manzana preparada por Jacqueline. Tom tenía el pensamiento en otras cosas. Pero se encontraba a gusto, hasta el punto de sonreír, ya que Heloise estaba de buen humor y narraba sus aventuras en Grecia. Al final todos probaron el ouzo que Heloise había traído.

–¡Vaya sabor más desagradable, el del dichoso ouzo! ¡Es peor que el Pernod! –dijo Heloise de vuelta en casa, mientras se cepillaba los dientes en su cuarto de baño. Se había puesto ya el camisón de dormir, corto y de color azul.

En su habitación, Tom se estaba poniendo el nuevo pijama comprado en Londres.

–Voy abajo a por un poco de champán –anunció Heloise.

–Ya iré yo –respondió Tom poniéndose las zapatillas a toda prisa.

–Tengo que quitarme este mal sabor. Además, tengo ganas de beber champán. Se diría que los Berthelin están en la miseria, a juzgar por las cosas que sirven como bebida. *Vin ordinaire!*

Heloise bajaba por las escaleras.

Tom la interceptó.

–Yo me cuidaré del champán –dijo Heloise–. Ve tú a por el hielo.

Sin saber exactamente por qué, a Tom no le hacía gracia que ella bajase al sótano. Pero entró en la cocina y acababa de sacar la bandeja del hielo cuando oyó un chillido amortiguado por la distancia, pero, sin lugar a dudas, proferido por Heloise. Tom atravesó corriendo el vestíbulo principal.

Se oyó un segundo chillido y Tom chocó con Heloise en el retrete de reserva.

–*Mon Dieu!* ¡Alguien se ha colgado ahí abajo!

–¡Oh, Dios mío!

Tom sostenía a medias a Heloise mientras la conducía escaleras arriba.

–No bajes, *Tome.* ¡Es horrible!

Sería Bernard, sin duda. Tom temblaba al subir las escaleras con ella, que hablaba en francés mientras él lo hacía en inglés.

–¡Prométeme que no bajarás! ¡Llama a la policía, *Tome!*

–Muy bien, llamaré a la policía.

–¿Quién es?

–No lo sé.

Entraron en el dormitorio de Heloise.

–¡Quédate aquí! –dijo Tom.

–No, ¡no me dejes!

–¡Insisto! –dijo Tom en francés.

Salió corriendo escaleras abajo. Un whisky solo será lo más indicado, pensó Tom. Heloise apenas bebía licores, por lo que el whisky causaría efecto casi al instante. Después un sedante. Tom regresó corriendo al piso de arriba con la botella y un vaso que había cogido del carrito-bar. Llenó el vaso a medias y, al ver que Heloise vacilaba en tomárselo, bebió un poco él mismo y luego le puso el vaso entre los labios. Los dientes de Heloise castañeteaban.

–¿Llamarás a la policía?

–¡Claro!

Al menos esto era un suicidio, pensó Tom. No sería difícil probarlo. No había sido un asesinato. Suspiró, temblando casi tanto como Heloise, que estaba sentada al borde de la cama.

–¿Qué hay del champán? Mucho champán.

–Sí. *Non!* ¡No quiero que bajes ahí! ¡Telefonea a la policía!

–Sí.

Tom se fue al piso de abajo.

Entró en el retrete de reserva, dudó unos instantes ante la

puerta abierta (la luz de la bodega seguía encendida) y luego empezó a bajar los peldaños. Sintió un estremecimiento por todo el cuerpo al divisar la figura colgada, oscura y con la cabeza ladeada. La soga era corta. Tom parpadeó. No había rastro de los pies. Se acercó un poco más.

Era un maniquí.

Tom sonrió y luego se echó a reír. Dio un manotazo a las fláccidas piernas, que no era otra cosa que unos pantalones vacíos, los pantalones de Bernard Tufts.

–¡Heloise! –gritó, corriendo de nuevo escalera arriba, sin importarle que madame Annette pudiera despertarse–. ¡Heloise, es un maniquí! –dijo en inglés–. ¡No es de verdad! *C'est un mannequin!* No debes tener miedo.

Le costó varios segundos convencerla. Se trataba de una broma que quizá le habría gastado Bernard, puede que el mismo Christopher, añadió Tom. Sea como fuere, había palpado las piernas del muñeco y estaba seguro.

Poco a poco, Heloise iba encolerizándose, lo cual era síntoma de que se estaba sobreponiendo.

–¡Qué bromas más estúpidas gastan estos ingleses! ¡Estúpidas! ¡Imbéciles!

Tom se sentía aliviado.

–Voy abajo a por el champán. ¡Y el hielo!

Volvió a bajar. El maniquí colgaba de un cinturón que Tom reconoció como suyo. La chaqueta estaba colgada en una percha y los pantalones estaban abrochados a uno de los botones de la chaqueta; un trapo gris, atado al cuello con un cordel, hacía las veces de cabeza. Sin perder tiempo, Tom se hizo con una silla de la cocina (por suerte, madame Annette no se había despertado con tanto ruido) y regresó al sótano a descolgar el muñeco. El cinturón colgaba de un clavo introducido en una de las vigas. Tom dejó caer al suelo las prendas. Luego, rápidamente, eligió un champán. Sacó la percha de la americana y también se llevó el cinturón. Se las ingenió para coger también el cubo de hielo de la cocina y apagar la luz. Entonces se dirigió al piso de arriba.

454

15

Tom se despertó justo antes de dar las siete. Heloise dormía profundamente. Tom se levantó con cuidado y cogió su bata, colgada en el dormitorio de Heloise.

Probablemente, madame Annette ya estaría levantada. Tom bajó la escalera sin hacer ruido. Quería sacar el traje de Bernard del sótano antes de que madame Annette lo encontrase. Pudo comprobar que la mancha de vino y sangre de Murchison no era muy visible. Sin duda, un experto que buscase indicios de sangre los encontraría, pero Tom era lo bastante optimista para creer que eso no iba a suceder.

Al coger los pantalones un papel blanco cayó revoloteando hasta sus pies. Era una nota de Bernard escrita con su letra larga y angulosa:

Voy a colgarme en efigie en tu casa. Es a Bernard Tufts a quien ahorco, no a Derwatt. Por D. hago penitencia del único modo que sé: matando al ser que he sido durante los últimos cinco años. Ahora voy a seguir tratando de hacer mi obra honradamente durante lo que me quede de vida.

B. T.

Tom sintió el impulso de estrujar la nota y destruirla. Pero la dobló y se la metió en el bolsillo de la bata. Puede que la necesitase. ¿Quién sabe? ¿Quién sabía dónde estaría Bernard y lo que estaría haciendo? Sacudió el arrugado traje de Bernard y arrojó el trapo a un rincón. Mandaría el traje a la tintorería. No era peligroso hacerlo. Se lo llevaba ya a su habitación cuando, pensándolo mejor, lo dejó en la mesita del vestíbulo para que madame Annette se encargase de mandarlo lavar.

—*Bonjour, m'sieur Tome!* —dijo madame Annette desde la cocina—. Vuelve a madrugar, ¿eh? ¿Madame Heloise también? ¿Querrá que le suba el té?

Tom se dirigió a la cocina.

—Me parece que mi mujer quiere dormir esta mañana. Que duerma todo lo que quiera. Pero yo sí que me tomaría un poco de café ahora, por favor.

Madame Annette dijo que se lo subiría. Tom volvió arriba y

se vistió. Quería echar una ojeada a la sepultura del bosque. Puede que Bernard hubiese hecho alguna cosa rara (tratar de excavarla o Dios sabe qué), ¡incluso enterrarse él mismo en ella!

Después de tomar el café, se fue abajo. El sol estaba brumoso y apenas acababa de salir, la hierba, mojada de rocío. Tom se entretuvo examinando sus plantas, ya que no quería ir en línea recta hacia donde estaba la fosa, por si Heloise o madame Annette le estaban mirando desde la casa. No volvió la vista atrás porque creía que la mirada de una persona atraía la de otra.

La fosa estaba tal cual él y Bernard la habían dejado.

Heloise no se despertó hasta pasadas las diez. Madame Annette le dijo a Tom, que entonces se encontraba en su taller, que madame Heloise deseaba verle. Tom entró en la alcoba de Heloise y se la encontró tomando el té en la cama.

Sin dejar de masticar su pomelo, Heloise dijo:

–No me gustan las bromas de tus amigos.

–No volverá a suceder. Ya quité las prendas del sótano. No pienses más en ello. ¿Te gustaría ir a comer a algún sitio agradable? ¿Algún restaurante a la orilla del Sena? ¿Una especie de almuerzo-merienda?

A ella le gustó la idea.

Encontraron un restaurante desconocido para ellos en una ciudad pequeña hacia el sur, que, casualmente, no estaba a orillas del Sena.

–¿Qué te parece si nos vamos a alguna parte? ¿Ibiza? –preguntó Heloise.

Tom titubeó. Le hubiera encantado ir a alguna parte en barco, llevándose todo el equipaje que quisiera, libros, un tocadiscos, pinturas y blocs. Pero parecería una fuga, presintió, a los ojos de Bernard, Jeff y Ed, y la policía, aunque supiesen adónde iba.

–Me lo pensaré. Puede que sí.

–Grecia me dejó mal sabor, al igual que el ouzo –comentó Heloise.

Tom tenía ganas de echar una buena siestecita después de comer. Heloise también. Dormirían en la cama de Heloise, dijo ella, hasta que se despertasen, o hasta la hora de cenar. Antes desconectarían el teléfono de la habitación de Tom para que sonase solamente el de abajo. Madame Annette se cuidaría de atenderlo. Era en momentos como estos, pensaba Tom mientras conducía sin prisas por la carretera del bosque, camino de Villeperce, cuando más disfrutaba del estar desocupado, en bastante buena posición económica y casado.

Ciertamente no estaba preparado para lo que vio tan pronto como hubo abierto la puerta principal con su llave. Bernard estaba sentado en una de las sillas amarillas, de cara a la puerta.

Heloise no vio a Bernard en el acto y dijo:

—*Tome, chéri,* ¿me traes un poco de Perrin con hielo? ¡Oh, estoy muerta de sueño!

Se dejó caer en brazos de Tom y se llevó una sorpresa al ver que este estaba rígido.

—Bernard está aquí. Ya sabes, el inglés de quien te hablé.

Tom penetró en la sala de estar.

—Hola, Bernard. ¿Cómo estás?

Tom no se decidía a tenderle la mano, pero trataba de sonreír. Madame Annette llegó procedente de la cocina.

—¡Ah, *m'sieur Tome!* ¡Madame Heloise! No he oído el coche. Debo de estar volviéndome sorda. *M'sieur* Bernard ha vuelto.

Madame Annette parecía algo confusa.

Con toda la calma de que era capaz, Tom dijo:

—Así es. Muy bien. Le estaba esperando.

Aunque, de hecho, Tom recordaba haberle dicho a madame Annette que no sabía con certeza si Bernard volvería.

Bernard se puso en pie. Le hacía falta un afeitado.

—Perdóname por regresar sin avisar antes.

—Heloise, te presento a Bernard Tufts, que es pintor y vive en Londres. Esta es mi esposa, Heloise.

—Encantado —dijo Bernard.

Heloise no se movió de donde estaba.

—Mucho gusto —replicó en inglés.

—Mi esposa está algo cansada —dijo Tom acercándose a ella—. ¿Quieres subir o prefieres quedarte con nosotros?

Con un gesto de cabeza, Heloise le indicó a Tom que fuese con ella.

—Vuelvo enseguida, Bernard —dijo Tom, siguiendo a Heloise.

—¿Es este el que nos gastó la bromita? —preguntó Heloise una vez en su alcoba.

—Eso me temo. Es bastante excéntrico.

—¿Qué hace aquí? No me gusta. ¿Quién es? Nunca me habías hablado de él. ¿Y lleva tu ropa?

Tom se encogió de hombros.

—Es amigo de unos amigos que tengo en Londres. Estoy seguro de que lograré que se marche esta tarde. Probablemente le hace falta un poco más de dinero. O de ropa. Se lo preguntaré.

Tom la besó en la mejilla.

—Acuéstate, cariño. Volveré pronto.

Tom se fue a la cocina a decirle a madame Annette que subiese el Perrin a Heloise.

—¿*M'sieur* Bernard se quedará a cenar? —preguntó ella.

—No lo creo. Pero nosotros sí. Algo sencillo. Hemos almorzado fuerte.

Tom se reunió con Bernard.

—¿Estuviste en París?

—Sí, París.

Bernard seguía de pie.

Tom no sabía qué rumbo dar a la conversación.

—Encontré tu efigie abajo. Mi mujer se llevó un buen susto. No deberías gastar esas bromas cuando hay mujeres en la casa.

Tom sonreía.

—A propósito, el ama de llaves se llevó tu traje para que lo limpiasen y ya me cuidaré de que lo recibas en Londres, o donde estés. Siéntate.

Tom tomó asiento en el sofá.

—¿Qué planes tienes?

Tom pensó que era como preguntarle a un loco cómo se sentía. Tom no estaba tranquilo, y aún se sintió peor al notar que su corazón latía bastante deprisa.

Bernard se sentó.

—Oh... —una larga pausa.

—¿No regresas a Londres?

Sin saber qué hacer, Tom cogió un cigarro de la caja que había sobre la mesita para el café. De momento bastaría para no tener que hablar, aunque ¿qué importaba?

—He venido para hablar contigo.

—Muy bien. ¿De qué?

Otro silencio, y Tom no se atrevía a romperlo. Puede que Bernard se hubiera pasado los últimos días andando a tientas entre nubes, unas nubes infinitas nacidas de su propio cerebro. Era como tratar de localizar una ovejita entre un inmenso rebaño, se figuró Tom.

—Dispongo de todo el tiempo que quieras. Estás entre amigos, Bernard.

—Es muy sencillo. Debo empezar mi vida de nuevo. Limpiamente.

—Sí, lo sé. Bueno, nada te lo impide.

—Tu esposa, ¿está enterada de... de mis falsificaciones?

Tom recibió con agrado una pregunta tan lógica.

—No, claro que no. Nadie lo sabe. Nadie en Francia.

—¿Y de Murchison?

—Le dije que Murchison había desaparecido y que yo le había acompañado a Orly.

Tom hablaba en voz baja por si Heloise estaba en el vestíbulo de arriba, escuchándoles. Aunque sabía que desde la sala de estar las voces no llegaban al piso de arriba con claridad a causa de la curva de la escalera.

Bernard dijo algo con tono irritado:

—Realmente, no puedo hablar estando otros presentes en la casa. Tu esposa en este caso. O el ama de llaves.

—Bueno, podemos ir a alguna parte.

—No.

—Bueno, difícilmente puedo ordenarle a madame Annette que se largue. Ella lleva esta casa. ¿Quieres dar un paseo? Hay un café tranquilo...

—No, gracias.

Tom se recostó en el sofá con el cigarro en la boca. El cigarro despedía ahora un olor como si toda una casa se estuviese quemando. Generalmente, a Tom le gustaba ese olor.

—Por cierto, no he tenido noticias del inspector inglés desde que te vi por última vez. Tampoco de la policía francesa.

Bernard no se inmutó. Entonces dijo:

—Muy bien, demos un paseo.

Se levantó y echó una mirada a la puerta vidriera.

—Salgamos por detrás, quizá.

Salieron al césped. Ninguno de los dos se había puesto el abrigo y hacía bastante frío. Tom dejó que Bernard se encaminase hacia donde le pareciese y Bernard echó a andar sin rumbo fijo, en dirección al bosque, al sendero. Caminaba lentamente, con paso no muy firme. ¿Estaría débil de no comer?, se preguntó Tom. No tardaron en pasar por donde había estado el cadáver de Murchison. Tom sintió temor, un temor que le hacía sentir una picazón en el cogote y detrás de las orejas. Se dio cuenta de que no era temor a aquel lugar, sino temor a Bernard. Tom mantenía libres las manos y andaba un poco apartado de Bernard.

Entonces Bernard aminoró el paso y dio media vuelta. Emprendieron el regreso a casa.

–¿Qué te preocupa? –preguntó Tom.

–Oh, pues es que no sé cómo va a acabar esto. Ya ha causado la muerte de un hombre.

–Sí, desgraciadamente así es. De acuerdo. Pero, en realidad, no tiene nada que ver contigo, ¿no es cierto? Puesto que ya no pintas más Derwatts, el nuevo Bernard Tufts puede hacer borrón y cuenta nueva... limpiamente.

No hubo respuesta de Bernard.

–¿Llamaste a Jeff o a Ed desde París?

–No.

Tom no se había preocupado de comprar periódicos ingleses, y quizá Bernard tampoco. Las inquietudes de Bernard provenían de dentro de él mismo.

–Si quieres, puedes llamar a Cynthia desde casa. Puedes hacerlo desde mi cuarto.

–La llamé desde París. No quiere verme.

–Oh.

Conque ese era el problema, lo que faltaba, pensó Tom.

–Bueno, siempre te queda el recurso de escribirle. Puede que así sea mejor. O ir a verla cuando hayas vuelto a Londres. ¡Echa su puerta abajo! –dijo Tom riendo.

–Dijo que no.

Silencio.

Cynthia querría mantenerse al margen del asunto, se figuró Tom. No es que desconfiase de la intención de Bernard a negarse a seguir engañando (nadie podía dudar de Bernard cuando anun-

460

ciaba un propósito), pero ya estaría harta. El daño de Bernard escapaba a la comprensión de Tom, de momento. Estaba de pie en la terraza, a la que daba la puerta vidriera.

—Tengo que entrar, Bernard. Me estoy helando. Ven conmigo.

Tom abrió la puerta.

Bernard entró también.

Tom se apresuró a subir a ver a Heloise. Seguía rígido de frío o de miedo. Heloise estaba en su habitación, sentada en la cama, poniendo en orden unas fotografías y postales.

—¿Cuándo se marcha?

—Querida..., se trata de su chica, en Londres. La llamó desde París y ella se niega a verle. Se siente desgraciado y, simplemente, no puedo pedirle que se marche. No sé lo que va a hacer. Cariño, ¿te gustaría ir a ver a tus padres unos cuantos días?

—*Non!*

—Él quiere hablar conmigo. Lo único que espero es que se decida pronto.

—¿Y por qué no puedes ponerle de patitas en la calle? No es amigo tuyo. Además está chiflado.

Bernard se quedó.

Aún no habían terminado de cenar cuando sonó el timbre de la puerta principal. Madame Annette acudió a abrirla y regresó para decir a Tom:

—Son dos *agents* de policía, *m'sieur Tome.* Quieren hablar con usted.

Heloise lanzó un suspiro de impaciencia y dejó la servilleta sobre la mesa con un gesto brusco. La cena le había resultado detestable y se levantó.

—Una nueva intrusión —dijo en francés.

Tom se había puesto en pie también.

Solo Bernard aparecía imperturbable.

Tom entró en la sala de estar. Se trataba de la misma pareja de agentes que le habían visitado el lunes.

—Lamentamos molestarle, *m'sieur* —dijo el de más edad—, pero su teléfono no funciona. Ya hemos dado parte.

—¿De veras?

Que los teléfonos no funcionasen era algo que, de hecho, sucedía cada seis semanas aproximadamente, inexplicablemente, pero esta vez Tom se preguntó si Bernard habría hecho alguna cosa rara como, por ejemplo, cortar los hilos.

–No lo sabía. Gracias.

–Hemos estado en contacto con el investigador inglés. Mejor dicho, él es quien nos ha llamado a nosotros.

Entró Heloise, llevada, se imaginó Tom, tanto por la curiosidad como por su enojo. Tom la presentó y los agentes repitieron sus nombres, *commissaire* Delaunay el uno, y un nombre que se le escapó a Tom el otro.

Delaunay dijo:

–Ahora no es solamente monsieur Murchison, sino también el pintor Derwatt quien ha desaparecido. El investigador inglés Webster, que, por cierto, también intentó llamarle esta tarde, quisiera saber si ha tenido usted noticias de alguno de los dos.

Tom sonrió, pues lo encontraba gracioso de verdad.

–Jamás he conocido a Derwatt, y ciertamente él no me conoce a mí –afirmó Tom en el preciso momento en que Bernard entraba en la sala–. Y, lamento decirles, tampoco he tenido noticias de *m'sieur* Murchison. ¿Me permiten que les presente a Bernard Tufts, un amigo inglés? Bernard, aquí dos agentes del cuerpo de policía.

Bernard masculló un saludo.

Tom reparó en que el nombre de Bernard no les decía nada a los policías franceses.

–Ni siquiera los propietarios de la galería donde se está celebrando una exposición Derwatt tienen idea de dónde se halla el pintor –dijo Delaunay–. Esto es pasmoso.

En verdad que era raro, pero Tom no podía ayudarles en absoluto.

–¿Por casualidad conoce usted al americano, *m'sieur* Murchison? –preguntó Delaunay a Bernard.

–No –respondió Bernard.

–¿Y usted, madame?

–Tampoco –contestó Heloise.

Tom les explicó que su esposa acababa de regresar de Grecia, pero que él le había hablado de la visita de *m'sieur* Murchison y de su posterior desaparición.

462

Los agentes daban la impresión de no saber qué paso debían dar a continuación. Delaunay dijo:

–Dadas las circunstancias, *m'sieur* Ripley, el inspector Webster nos ha pedido que llevásemos a cabo un registro de su casa. Se trata de una formalidad, ¿comprende?, pero es necesario. Pudiera ser que encontrásemos una pista, referente a *m'sieur* Murchison, claro. ¡Tenemos que ayudar a nuestros *confrères* ingleses tanto como podamos!

–¡No faltaría más! ¿Desean empezar ahora mismo?

Ya estaba bastante oscuro, al menos en el exterior, pero los policías dijeron que empezarían inmediatamente y seguirían a la mañana siguiente. Ambos agentes se hallaban en la terraza mirando (a Tom le pareció que con añoranza) hacia el jardín oscuro y los bosques del otro lado.

Revisaron toda la casa guiados por Tom. Primeramente se interesaron por el dormitorio de Murchison, el mismo que luego había sido ocupado por Chris. Madame Annette ya había vaciado la papelera. Los agentes miraron en los cajones, todos los cuales estaban vacíos a excepción de los dos de abajo de una cómoda (o *commode* como decían los franceses) que contenían unos cubrecamas y un par de mantas. No había rastro de nada perteneciente a Murchison o a Chris. Fisgonearon también en la alcoba de Heloise (que Tom sabía, estaba abajo, reprimiendo su furia). Pasaron luego al taller de Tom e incluso cogieron uno de sus serruchos. Había un desván. La bombilla se había fundido y Tom tuvo que bajar a por una nueva y una linterna. El desván estaba lleno de polvo. Debajo de unas envolturas había sillas y un sofá viejo dejado en la casa por alguno de sus anteriores ocupantes. Los policías miraron también detrás de todo, iluminándose con sus propias linternas. Estarían buscando algo de más bulto que una simple pista, pensó Tom, por absurda que fuese la idea de que él fuera a dejar un cadáver detrás del sofá.

Entonces le tocó el turno a la bodega. Tom se la mostró con igual naturalidad, de pie sobre la misma mancha, iluminando los rincones con su linterna, aunque la luz del sótano bastaba. Tom tenía un poco de miedo de que Murchison hubiese derramado sangre sobre el piso de cemento detrás de la cuba de vino. Se había olvidado de examinar aquel lugar con suficiente detenimiento.

Pero si había sangre, los agentes no la vieron y se limitaron a echar una ojeada al piso. Esto no quería decir, se le ocurrió a Tom, que al día siguiente no hicieran una inspección más concienzuda.

Dijeron que volverían a las ocho de la mañana, siempre y cuando no fuera demasiado temprano para Tom, este les dijo que a las ocho le iba perfectamente bien.

—Lo siento —dijo Tom a Heloise y a Bernard tan pronto hubo cerrado la puerta principal.

Tenía la impresión de que Heloise y Bernard se habían pasado todo el rato callados, sentados ante el café.

—¿Por qué quieren registrar la casa? —preguntó Heloise con tono perentorio.

—Porque ese americano, como se llame, Murchison, eso es, sigue sin aparecer —respondió Tom.

Heloise se puso en pie.

—¿Puedo hablar contigo arriba, *Tome?*

Tom pidió disculpas a Bernard y se fue con ella.

Heloise entró en su habitación.

—¡Si no echas de casa a ese *fou,* me iré esta misma noche!

Tom se enfrentaba con un dilema. Quería que Heloise se quedase, y, sin embargo, si ella accedía, Tom estaba seguro de que no lograría adelantar nada con respecto a Bernard. Y, al igual que le sucedía a Bernard, le resultaba imposible pensar bajo la penetrante mirada de indignación de Heloise.

—Trataré otra vez de librarme de él —dijo Tom.

Besó a Heloise en la mejilla. Al menos eso le estaba permitido.

Tom regresó a la planta baja.

—Bernard, Heloise está muy trastornada. ¿Te importaría volver a París esta misma noche? Podría llevarte en coche hasta... ¿por qué no Fontainebleau? Hay un par de buenos hoteles allí. Si quieres hablar conmigo, yo podría ir a Fontainebleau mañana...

—No.

Tom suspiró.

—Entonces es ella quien se irá esta noche. Subiré a decírselo.

Tom subió de nuevo para informar a Heloise.

—¿Pero qué es esto, otro Dickie Greenleaf? ¿Es que no puedes decirle que se vaya de tu casa?

—Nunca... Dickie no estaba en *mi* casa.

Tom se interrumpió, falto de palabras. Heloise estaba lo bastante enojada para echar a Bernard ella misma, pero no lo lograría, se figuró Tom, porque la tozudez de Bernard estaba más allá de todo convencionalismo o etiqueta.

Heloise bajó una pequeña maleta de cuero de la parte superior del ropero y empezó a llenarla. Era inútil decirle que él se sentía responsable de Bernard, pensó Tom. Heloise se preguntaría por qué motivo.

—Heloise, cariño, lo lamento. ¿Te llevas el coche o prefieres que te acompañe hasta la estación?

—Me llevo el Alfa hasta Chantilly. A propósito, no le pasa nada al teléfono. Acabo de comprobarlo en tu dormitorio.

—Puede que se arreglase solo, al oír a los *flics*.

—Puede que no nos dijesen la verdad, que quisieran cogernos desprevenidos.

Heloise se detuvo a medio colocar una blusa en la maleta.

—¿Qué es lo que has hecho, *Tome*? ¿Le hiciste algo a ese tal Murchison?

—¡No! —repuso Tom, sobresaltado.

—Bien, como sabrás, mi padre no va a aguantar más tonterías, más escándalos.

Se refería al asunto Greenleaf. Tom había sido absuelto, ciertamente, pero siempre quedaban las sospechas. A los latinos les gustaban los chismorreos disparatados que curiosamente acababan por creer a pies juntillas ellos mismos. Tom pudo haber asesinado a Dickie. Y todo el mundo sabía que la muerte de Dickie le había reportado algún dinero, a pesar de los esfuerzos que Tom había hecho para ocultar eso. Heloise sabía que Tom recibía dinero de Dickie, y también lo sabía el padre de Heloise. No es que las manos del padre de Heloise estuvieran completamente inmaculadas en sus negocios, pero las de Tom estaban quizá manchadas de sangre. *Non olet pecunia, sed sanguis...*

—No habrá más escándalos —afirmó Tom—. Si supieras... Estoy haciendo lo imposible para evitar el escándalo. Ese es mi objetivo.

Heloise cerró la maleta.

—Nunca sé lo que estás haciendo.

Tom cogió la maleta. Luego la dejó en el suelo y se abrazaron.

—Me gustaría estar contigo esta noche.

A Heloise le hubiera gustado también, no hacía falta que lo dijese con palabras. ¡Esa era la otra cara de su *fous-moi-le-camp!* Ahora se iba. Las francesas no podían pasarse sin salir de una habitación, o de una casa, o bien sin ordenar a otra persona que se cambiara de habitación o se fuera a otra parte. Y cuantas más molestias causaban a la otra persona, más disfrutaban ellas. Aunque, de todos modos, peor hubiera sido que se echaran a gritar. Tom había bautizado esa manía con el nombre de «la ley francesa de la separación».

—¿Has avisado a tu familia? —preguntó Tom.

—Si ellos no están, los sirvientes sí estarán en casa.

Tardaría casi un par de horas de coche en llegar.

—¿Me llamarás cuando llegues?

—*Au revoir, Bernard!* —gritó Heloise desde la puerta principal.

Luego, dirigiéndose a Tom, que había salido con ella, dijo:

—*Non!*

Tom se quedó contemplando amargamente cómo las luces rojas del Alfa Romeo viraban hacia la izquierda al llegar a la verja y luego desaparecían.

Bernard permanecía sentado fumando un cigarrillo. De la cocina llegaba débilmente el ruido de la tapadera del cubo de la basura. Tom recogió su linterna de la mesita del vestíbulo y penetró en el retrete de reserva. Bajó al sótano y miró detrás de la cuba de vino donde había dejado a Murchison. Por suerte, no había manchas de sangre allí. Tom salió del sótano.

—¿Sabes, Bernard? Puedes quedarte tranquilamente esta noche, pero mañana por la mañana viene la policía para examinar la casa con mayor detenimiento.

Súbitamente se le ocurrió que también registrarían el bosque.

—Puede que te hagan algunas preguntas. Solo servirá para causarte molestias, así que, si quieres, puedes irte antes de que lleguen, ¿las ocho?

—Posiblemente, posiblemente.

Eran casi las diez. Madame Annette vino a preguntarles si querían más café. Tom y Bernard dijeron que no.

—¿Madame Heloise se ha marchado? —dijo madame Annette.

—Decidió ir a ver a sus padres —dijo Tom.

—¡A estas horas! ¡Ah, madame Heloise!

Recogió el servicio de café.

Tom sospechaba que madame Annette no sentía simpatía por Bernard, o que desconfiaba de él, igual que Heloise. Era una lástima, pensó Tom, que el verdadero carácter de Bernard no se trasluciera, que para los demás quedase oculto bajo su poco atractiva superficie. Tom se daba cuenta de que ni Heloise ni madame Annette podían sentir simpatía por Bernard, simplemente porque, en realidad, nada sabían de él, de su devoción por Derwatt, que, por otra parte, probablemente confundirían con un aprovecharse de Derwatt. Por encima de todo, ni Heloise ni madame Annette, pese a la radical diferencia de su extracción social, lograrían entender jamás la subida de Bernard Tufts desde unos orígenes más bien proletarios (según afirmaban Jeff y Ed) hasta lo que bien podría denominarse «el borde de la grandeza» y en virtud de su talento artístico, aunque firmase sus obras con el nombre de otro. A Bernard no le importaba siquiera el aspecto económico del asunto, lo cual también hubiera resultado incomprensible a ojos de madame Annette y de Heloise. Madame Annette abandonó la habitación de modo bastante precipitado y con una expresión de enojo que Tom se figuró que era la máxima que se atrevía a adoptar.

–Hay algo que me gustaría decirte –dijo Bernard–. La noche después de morir Derwatt (nos enteramos todos de su muerte al cabo de veinticuatro horas de que se hubiese producido en Grecia) se... se me apareció en mi habitación. La luz de la luna penetraba por la ventana. Había cancelado una cita con Cynthia, recuerdo, porque deseaba estar solo. Pude ver a Derwatt allí y sentir su presencia. Incluso sonreía. Me dijo: «No te alarmes, Bernard. No estoy maltrecho. No siento ningún dolor.» ¿Puedes imaginarte a Derwatt diciendo algo tan convencional como eso? Y pese a ello, le oí.

Bernard se habría oído a sí mismo. Tom siguió escuchándole respetuosamente.

–Me incorporé en la cama y le estuve contemplando durante un minuto, quizá. Derwatt se movía de un lado a otro de mi habitación, la habitación donde pinto a veces... y donde duermo.

Bernard quería decir donde pintaba Tufts, no Derwatt.

Bernard prosiguió:

–Me dijo: «Sigue adelante, Bernard. No lo lamento.» Saqué la

467

conclusión de que el «no lo lamento» se refería a que no lamentaba haberse suicidado. Quería decir que siguiese viviendo. Es decir...

Bernard miró a Tom por primera vez desde que había empezado a hablar.

—... viviendo todo el tiempo que a uno le toca vivir. Eso es algo que no depende de nosotros, ¿verdad? El destino se encarga de decidir por cuenta nuestra.

Tom titubeaba.

—Derwatt tenía sentido del humor. Jeff dice que a lo mejor hubiese sabido valorar el éxito que has tenido falsificando sus obras.

Gracias a Dios sus palabras no cayeron mal.

—Hasta cierto punto. Sí, puede que se lo hubiese tomado como una broma entre colegas. Pero a Derwatt no le hubiese gustado la parte lucrativa del asunto. Probablemente el dinero le hubiese inducido a suicidarse con la misma facilidad con que lo había hecho el estar arruinado.

Tom presentía que los pensamientos de Bernard empezaban a cambiar de tono otra vez, de forma desorganizada y hostil, hostil hacia él, Tom. ¿Puede que tuviese que tomar la iniciativa y poner punto final a la conversación? ¿Pero quizá a Bernard le parecería un insulto?

—Los condenados *flics* llegarán tan temprano que me parece que me voy a acostar.

Bernard inclinó el cuerpo hacia delante.

—No entendiste lo que quería decir el otro día cuando dije que había fracasado. Ante aquel detective de Londres, cuando trataba de explicarle cómo era Derwatt.

—Porque no fracasaste. Mira, Chris sabía lo que querías decir. Webster dijo que era conmovedor, lo recuerdo.

—Webster no se había quitado de la cabeza la posibilidad de que existiese una falsificación, de que Derwatt la consintiese. Ni siquiera logré transmitir el carácter de Derwatt. Hice cuanto pude y fracasé.

Tratando desesperadamente de encarrilar de nuevo los pensamientos de Bernard, Tom dijo:

—Webster está buscando a Murchison. Esa es su misión. Derwatt no le incumbe en absoluto. Me voy arriba.

Tom entró en su habitación y se puso el pijama. Dejó la ventana un poco abierta por la parte superior y se metió en la cama, que madame Annette no había vuelto a hacer aquella noche. Pero estaba nervioso y sintió un impulso de echar la llave de la puerta. ¿Era una tontería? ¿Era sensato? Parecía cobarde. No cerró la puerta con llave. Había leído hasta la mitad *English Social History*, de Trevelyan, y estuvo a punto de reemprender la lectura, pero en su lugar cogió el *Harrap's Dictionary*. «Falsificar.» Del francés antiguo *forge*, forja. *Faber* artífice, trabajador. *Forge* en francés se decía solamente del taller donde se trabajaba el metal. El equivalente francés de «falsificación» era *falsification* o *contrefaire*. Tom ya lo sabía. Cerró el libro.

Permaneció acostado durante una hora sin dormirse. A intervalos cortos oía zumbar la sangre en sus oídos, con un *crescendo* lo bastante fuerte como para sobresaltarle, y, al mismo tiempo, tenía la sensación de caerse desde un lugar muy elevado.

Las manecillas fluorescentes de su reloj de pulsera señalaban las doce y media. ¿Debía llamar a Heloise? Quería hacerlo, pero no deseaba aumentar la desaprobación de su padre llamando a hora tan avanzada. ¡Malditos sean los demás!

Entonces Tom sintió que le cogían por los hombros, le obligaban a darse la vuelta y unas manos se aferraban a su garganta. A patadas se desembarazó de la ropa de cama. Trataba sin éxito de apartar los brazos de Bernard para librarse del ahogo y, finalmente, logró apoyar un pie en el cuerpo de Bernard y empujarle. Las manos se soltaron de su cuello. Bernard cayó al suelo con un ruido sordo, y allí quedó jadeando. Tom casi derribó la lámpara al tratar de encenderla, y derramó el vaso de agua sobre la alfombra oriental de color azul.

Penosamente, Bernard iba recobrando la respiración.

Tom también, en cierto sentido.

—¡Por Dios, Bernard! —exclamó Tom.

Bernard no dijo nada, quizá no podía. Se quedó sentado en el suelo, apoyado en un brazo, en una postura que recordaba la estatua del *Galo moribundo*. ¿Volvería a atacarle tan pronto hubiese recobrado fuerzas?, se preguntó Tom. Se levantó de la cama y encendió un Gauloises.

—¡Francamente, Bernard, has cometido una estupidez!

Tom estalló en carcajadas y tosió por culpa del humo.

—¡No tenías ninguna probabilidad! ¡Ni siquiera tratando de huir! Madame Annette sabe que estás aquí, y también lo sabe la policía.

Tom vigilaba a Bernard mientras este se ponía en pie. Pensaba que no era frecuente que una víctima frustrada pudiese fumarse un cigarrillo y andar por ahí descalzo, sonriendo a quien acababa de intentar asesinar.

—No deberías intentarlo otra vez.

Tom era consciente de que sus palabras resultaban absurdas. A Bernard no le importaba lo que le sucediese.

—¿Es que no vas a decir nada?

—Sí —respondió Bernard—. Te detesto... porque tú tienes la culpa de todo. Jamás debí acceder a ello, cierto. Pero tú eres el principal causante.

Tom lo sabía. Él era una especie de origen místico de todos los males.

—Todos estamos tratando de liquidar el asunto, no de continuar explotándolo.

—Y yo estoy acabado. Cynthia...

Tom dio unas chupadas a su cigarrillo.

—Dijiste que a veces, cuando pintas, te sientes como Derwatt. ¡Piensa en cuánto has hecho por su reputación! Porque no era nada famoso cuando murió.

—La han corrompido —dijo Bernard con una voz que parecía la del juicio final o la del mismísimo infierno. Se dirigió hacia la puerta y salió, con gesto más decidido que de costumbre.

¿Adónde iría?, se preguntó Tom. Bernard seguía vestido aunque eran ya más de las tres de la madrugada. ¿Saldría a vagar por la noche? ¿O bajaría a pegar fuego a la casa?

Tom dio vuelta a la llave de su puerta. Si Bernard volvía se vería forzado a aporrearla para entrar y, por supuesto, Tom le dejaría entrar, pero no estaba de más tomar alguna precaución.

La presencia de Bernard no iba a resultar ninguna ventaja al día siguiente, cuando llegase la policía.

470

16

A las nueve y cuarto de la mañana del sábado 26 de octubre, Tom se hallaba de pie ante la puerta vidriera, mirando hacia el bosque, donde la policía ya había comenzado a excavar en lo que había sido la sepultura de Murchison. Detrás de Tom, Bernard paseaba de un lado a otro de la habitación, silencioso e inquieto. En la mano Tom tenía una carta oficial de Jeffrey Constant preguntándole, por cuenta de la Buckmaster Gallery, si conocía el paradero de Thomas Murchison, porque ellos lo ignoraban.

Aquella mañana se habían presentado tres agentes de policía, dos de ellos desconocidos para Tom, y el tercero, el *commissaire* Delaunay, que, suponía Tom, no iba a tomar parte activa en la tarea de excavar.

—¿Sabe usted qué hay en ese lugar del bosque donde alguien ha abierto un agujero recientemente? —le habían preguntado.

Tom dijo no saber nada de ello. El bosque no le pertenecía. El gendarme había cruzado el césped para conferenciar con sus compañeros. También registraron toda la casa otra vez.

Había llegado asimismo una carta de Chris Greenleaf que todavía estaba por abrir.

La policía llevaba ya casi diez minutos cavando.

Tom leyó la carta de Jeff con mayor detenimiento. Jeff la había escrito con la impresión de que el correo de Tom era objeto de vigilancia o bien porque Jeff tenía ganas de hacerse el gracioso, aunque Tom creía más bien en lo primero.

The Buckmaster Gallery
Bond Street W1
24 de octubre de 19...

Thomas P. Ripley, Esq.
Belle Ombre
Villeperce 77

Apreciado míster Ripley:

Hemos sido informados de que el inspector Webster le visitó a usted recientemente en relación con míster Thomas Murchison, quien le acompañó a usted a Francia el pasado miércoles. La presente tiene por objeto poner en su conocimiento que no hemos sabido nada de míster Murchison desde el jueves 15 de los corrientes, fecha en que visitó nuestra galería.

Sabemos que míster Murchison deseaba ver a Derwatt antes de regresar a los Estados Unidos. En este momento no sabemos en qué lugar de Inglaterra se encuentra Derwatt, pero esperamos que se ponga en contacto con nosotros antes de volver a México. Puede ser que Derwatt haya concertado una entrevista con míster Murchison de la que nosotros no tenemos noticia. [*Un té en el otro mundo, pensó Tom.*]

Nosotros, al igual que la policía, estamos preocupados por la desaparición del cuadro de Derwatt titulado *El reloj*.

Le rogamos que nos llame por teléfono (los gastos irán por nuestra cuenta) en el caso de que pueda facilitarnos información.

Atentamente,

Jeffrey Constant

Tom se volvió, ya de buen humor y con talante altanero, al menos de momento. Sea como fuere, empezaba a estar harto de la actitud taciturna de Bernard. Tenía ganas de decirle: «Oye, majadero, puede saberse qué diablos pretendes rondando por aquí, ¿eh?» Pero Tom sabía perfectamente qué estaba haciendo Bernard: esperar la oportunidad de volver a lanzarse sobre él. Así pues, se limitó a contener la respiración, sin dejar de sonreír a Bernard, que ni siquiera le estaba mirando, y se puso a escuchar los gorjeos de unos pájaros en torno a un poco de sebo que madame Annette había dejado para ellos colgado de un árbol. Se oía también, débilmente, el transistor de madame Annette desde la cocina, y el ruido metálico que hacía la pala de uno de los policías, lejos, en el bosque.

Con la misma frialdad inexpresiva de la carta de Jeff, Tom dijo:

—Bueno, no van a encontrar ni rastro de Murchison ahí fuera.

—Que draguen el río —replicó Bernard.

—¿Es que les vas a decir que hagan eso?

—No.

—De todos modos, ¿qué río? Ni tan solo recuerdo de qué río se trataba.

472

Tom estaba seguro de que Bernard tampoco se acordaba.

Tom esperaba que la policía volviese del bosque para decirle que no habían encontrado nada. Puede que no se molestasen en decírselo, que no dijesen nada. Acaso se adentrasen más en el bosque, registrándolo. La búsqueda podía durar todo el día. En un día hermoso como aquel, no era una mala manera de matar el tiempo para la policía. Almorzar en el pueblo, o en alguno de los pueblos cercanos, o, lo más probable, en sus propios domicilios, para regresar luego al bosque.

Tom abrió la carta de Chris.

24 de octubre de 19...

Apreciado Tom:

Gracias una vez más por los excelentes días que pasé con usted. El contraste es tremendo si los comparo con la sordidez de mi actual morada, aunque, en cierto modo, me gusta estar aquí. La pasada noche tuve una aventura. Conocí a una chica llamada Valerie en un café de Saint-Germain-des-Prés. Le propuse que viniese a mi hotel a tomar un vaso de vino (¡ejem!). Accedió. Yo estaba con Gerald, pero él, con mucho tacto, se esfumó como el caballero que de vez en cuando sabe ser. Valerie subió unos minutos después de mí. La idea había sido suya, aunque no creo que los de recepción presten mucha atención a estos casos. Me preguntó si podía lavarse. Le dije que no tenía cuarto de baño, solo un lavabo, así que me ofrecí a salir de la habitación mientras ella se lavaba. Cuando volví a llamar a la puerta, me preguntó si por allí había algún baño con bañera. Le dije que naturalmente lo había, pero que tendría que pedir la llave. Así lo hice. Bueno, se encerró en el cuarto de baño durante quince minutos por lo menos. Luego regresó y de nuevo quiso que saliese mientras se lavaba. Muy bien, así lo hice, pero para entonces ya me estaba preguntando qué diablos era lo que tardaba tanto en quedar limpio. Esperé abajo, en la acera. Cuando volví a mi cuarto, se había marchado, la habitación estaba vacía. Busqué por los rellanos, por todas partes. ¡Ni rastro! Me dije: «Mira por dónde se ha lavado tanto que se ha borrado a sí misma del mapa, y de tu vida. Puede que cometieses alguna equivocación. No sé. ¡Ojalá tengas mejor suerte la próxima vez, Chris!»

Seguramente me iré a Roma con Gerald...

473

Tom se asomó a la ventana.

—Me pregunto cuándo van a terminar. ¡Ah, ahí vienen! ¡Mira! Llevan las palas vacías.

Bernard no miró.

Tom se sentó cómodamente en el sofá amarillo.

Los policías llamaron a las ventanas de atrás, y Tom les hizo gesto de que entrasen, y se levantó de un salto para abrirles las ventanas.

—Nada en la fosa excepto esto —dijo el *commissaire* Delaunay, mostrando una moneda pequeña, de veinte céntimos, color dorado—. Lleva fecha de 1965 —añadió sonriendo.

Tom le devolvió la sonrisa.

—Es gracioso que hayan encontrado eso.

—Nuestro tesoro de hoy —dijo Delaunay, embolsándose la moneda—. Pues sí, la fosa es reciente. Muy extraño. La medida es la justa para un cadáver, pero no hay cadáver. ¿No vio a nadie cavar por ahí recientemente?

—Con toda seguridad que no. Aunque no se ve aquel lugar desde la casa. Los árboles lo ocultan.

Tom se fue a la cocina para hablar con madame Annette, pero no la encontró allí. Probablemente había salido a la compra y tardaría más de lo acostumbrado, porque se entretendría contándoles a sus conocidos la noticia de la llegada de la policía, que registró la casa en busca de míster Murchison, cuya fotografía estaba en el periódico. Tom puso unas cervezas frescas y una botella de vino en una bandeja, y se la llevó al cuarto de estar. El agente de policía estaba charlando con Bernard. Hablaban de pintura.

—¿Quién se sirve de esos bosques? —preguntó Delaunay.

—Oh, de vez en cuando, algunos agricultores, creo —respondió Tom—, que recogen leña. Raras veces veo a alguien en ese sendero.

—¿Y últimamente?

Tom reflexionó.

—No recuerdo a nadie.

Los tres agentes se fueron. Habían descubierto varios puntos: su teléfono funcionaba; su *femme de ménage* estaba haciendo la compra (Tom les dijo que probablemente la encontrarían en el pueblo, si es que deseaban hablar con ella); Heloise se había ido a visitar a sus padres en Chantilly. Delaunay no se había molestado en tomar su dirección.

474

—Quiero abrir las ventanas —dijo Tom cuando hubieron salido. Y así lo hizo, la puerta principal y las puertas vidriera.

A Bernard no le molestaba el frío.

—Me voy a ver qué han hecho ahí fuera —dijo Tom y echó a andar atravesando el césped en dirección al bosque. ¡Qué alivio tener a los representantes de la ley fuera de casa!

Habían rellenado el agujero. La tierra, de un marrón rojizo, sobresalía un poco, pero en general habían hecho un trabajo bastante limpio. Tom regresó a la casa. Santo Dios, pensó, ¿cuántas más discusiones, repeticiones, sería capaz de aguantar? Había algo, quizá, por lo que debería sentirse agradecido. Bernard no se estaba compadeciendo de sí mismo, sino que ahora le acusaba a él. Al menos eso era algo positivo y concreto.

—Bueno —dijo Tom al entrar en la sala de estar—, lo han dejado todo muy ordenado. Y solo veinte céntimos por tantas molestias. ¿Por qué no nos largamos antes de...?

En aquel preciso instante madame Annette abría la puerta de la cocina que daba a la sala (Tom la oyó sin verla) y Tom dio un paso al frente para hablar con ella.

—Pues bien, madame Annette, los agentes se han marchado. Sin pistas, me temo.

No tenía intención de mencionar la fosa del bosque.

—Es muy raro, ¿no? —respondió ella rápidamente, lo cual, en los franceses, solía anunciar alguna afirmación de mayor importancia—. Aquí hay algún misterio, ¿verdad?

—Será en Orly o en París, pero no aquí —respondió Tom.

—Usted y *m'sieur* Bernard, ¿comerán en casa?

—Hoy no —dijo Tom—. Saldremos a alguna parte. Y en cuanto a esta noche, no se preocupe. Si madame Heloise llama, haga el favor de decirle que yo la llamaré esta noche, ¿quiere? A decir verdad... —Tom titubeó— la llamaré sin falta antes de las cinco de la tarde. En cualquier caso, ¿por qué no se toma un descanso en lo que queda del día?

—Compré unas cuantas chuletas por si acaso. Pues sí, tengo una cita con madame Yvonne a las...

—¡Así me gusta! —la interrumpió Tom, y entonces se volvió hacia Bernard—: ¿Nos vamos a algún sitio?

Pero no podían salir enseguida. Bernard quería hacer alguna

cosa en su habitación, dijo. Madame Annette abandonó la casa, posiblemente, pensó Tom, para comer en Villeperce con una amiga. Al cabo de un rato Tom llamó a la puerta de Bernard.

Bernard estaba escribiendo en la mesa de su cuarto.

—Si quieres que te deje solo...

—Pues no, en realidad no —respondió Bernard, levantándose con bastante presteza.

Tom se sentía intrigado. Sentía también ganas de preguntarle de qué quería hablar, por qué estaba allí. Pero no se decidía a formular estas preguntas.

—Bajemos.

Bernard le acompañó.

Tom quería llamar a Heloise. Ya eran las doce y media y aún no estaría comiendo. En casa de su mujer se comía puntualmente a la una. Sonó el teléfono cuando Tom y Bernard entraban en la sala de estar.

—Puede que sea Heloise —dijo Tom, y descolgó el aparato.

—*Vous êtes...* —Se oyó un ruido—... *Ne quittez pas. Londres vous appelle...*

Entonces se oyó la voz de Jeff:

—*Allô*, Tom. Te llamo desde una estafeta de correos. ¿Alguna posibilidad de que vuelvas a venir por aquí?

—Bernard está aquí —dijo.

—Ya nos lo imaginábamos. ¿Cómo está?

—Pues... tomándoselo con calma —replicó Tom.

A Tom le parecía que Bernard, que estaba mirando por la puerta vidriera, ni siquiera se molestaba en escucharle, pero no estaba seguro.

—Bueno, no puedo ahora mismo —añadió.

¿Acaso no se daban cuenta de que, al fin y al cabo, era él quien había asesinado a Murchison?, se preguntó Tom.

—¿No puedes pensártelo..., por favor?

—Pero es que tengo unas cuantas obligaciones aquí, ¿sabes? ¿Qué sucede?

—El inspector estuvo aquí. Quería saber dónde estaba Derwatt. Y también quería examinar nuestros libros.

Jeff tragó saliva, su voz había bajado de tono (puede que en un esfuerzo inconsciente para no ser oído), pero, al mismo tiem-

476

po, su acento reflejaba tal desesperación que acaso no le hubiese importado que alguien le oyese o entendiese.

–Ed y yo... hicimos unas cuantas listas, hace poco. Dijimos que siempre habíamos llevado las cosas sin demasiadas formalidades, pero que nunca se nos había perdido un cuadro. Creo que eso se lo tragó fácilmente. Pero la policía siente curiosidad por el mismo Derwatt, y si tú puedes echarnos un cable otra vez...

–No creo que sea prudente –le dijo Tom interrumpiéndole.

–Si pudieras corroborar nuestros libros...

¡Malditos sean sus libros!, pensó Tom. ¡Y maldito sea su dinero! Y del asesinato de Murchison ¿qué? ¿Acaso era él el único responsable? ¿Y Bernard y su vida? Por un momento, sin ni tan solo pensar en ello, por la imaginación de Tom cruzó la idea de que Bernard iba a matarse, de que iba a suicidarse. ¡Y mientras, Jeff y Ed preocupándose por sus ingresos, por su reputación, y por el riesgo de dar con sus huesos en la cárcel!

–Tengo ciertas responsabilidades aquí. Me es imposible ir a Londres.

Aprovechando el decepcionado silencio de Jeff, Tom preguntó:

–¿Sabes si mistress Murchison va a venir por aquí?

–No hemos oído nada al respecto.

–Que Derwatt se quede donde sea que se halle. Puede que tenga un amigo propietario de una avioneta particular, ¿quién sabe?

Tom se echó a reír.

–Por cierto –dijo Jeff, algo más animado–, ¿qué le sucedió a *El reloj?* ¿Es cierto que lo robaron?

–En efecto. Sorprendente, ¿verdad? Me pregunto quién estará disfrutando ahora de semejante tesoro.

Jeff seguía decepcionado cuando colgó el teléfono: Tom no iba a ir.

–Vamos a dar un paseo –dijo Bernard.

Mi llamada a Heloise..., pensó Tom. Iba a preguntar si podían esperar diez minutos, mientras llamaba a Heloise desde su habitación, pero lo pensó mejor y para complacer a Bernard dijo:

–Voy por una chaqueta.

Pasearon por el pueblo. Bernard no quiso un café, ni un vaso de vino ni almorzar. Anduvieron casi un kilómetro por dos de las carreteras que partían de Villeperce, luego regresaron, echándose a un lado de vez en cuando para que pasasen los amplios vehículos de los granjeros y algunos carros tirados por percherones. Bernard hablaba de Van Gogh y de Arles, donde había estado dos veces.

–... Vincent, como todos los demás, vivió todo el tiempo que le había sido asignado y nada más. ¿Cabe imaginarse a Mozart viviendo hasta los ochenta? Me gustaría volver a ver Salzburgo. Hay un local allí, el Tomaselli. Maravilloso café... ¿Puedes imaginarte a Bach muriendo a los veintiséis años, por ejemplo? Todo eso demuestra que un hombre consiste en su obra, nada más y nada menos. Nunca es del hombre de quien hablamos, sino de su obra...

Amenazaba lluvia. Tom llevaba el cuello de la chaqueta subido desde hacía rato.

–... Derwatt dispuso de un determinado período de vida, ¿comprendes? Fue absurdo que yo lo prolongase. Aunque, por supuesto, no lo hice. Todo eso puede enmendarse –dijo Bernard como un juez que dictase sentencia, una sabia sentencia, a juicio del juez mismo.

Tom se sacó las manos de los bolsillos, les echó el aliento y las volvió a embutir en ellos.

De vuelta en casa, Tom preparó el té y sacó el whisky y el coñac. Una de dos, o la bebida calmaría a Bernard o le enfurecería, con lo cual se produciría una crisis y algo sucedería.

–Tengo que llamar a mi esposa –anunció Tom–. Sírvete lo que te apetezca.

Tom subió volando al piso de arriba. Aunque siguiese enfadada, Heloise representaría para él oír de nuevo la voz de la cordura.

Indicó el número de Chantilly a la telefonista. Empezaba a caer la lluvia, golpeando suavemente los cristales de las ventanas. El viento había cesado por completo. Tom suspiró.

–Hola, Heloise. –Había logrado comunicar–. Sí, estoy bien. Quería llamarte ayer por la tarde, pero no tuve tiempo... Oh, simplemente salí a pasear. –Ella había tratado de comunicar con él–. Sí, con Bernard... Sí, sigue aquí, pero creo que se marcha esta tarde, puede que esta noche. ¿Cuándo vas a venir?

–¡Cuando te libres de ese *fou*!

–Heloise, *je t'aime*. Puede que vaya a París, con Bernard, porque creo que así se decidirá a marcharse.

478

–¿Por qué estás tan nervioso? ¿Qué sucede?

–¡Nada!

–¿Me lo dirás cuando vengas a París?

Tom regresó abajo y puso un poco de música. Eligió un disco de jazz, ni bueno ni malo. Como ya había observado en otros momentos cruciales de su vida, el jazz no le satisfacía. Solo la música clásica lograba causar efecto en él: le sosegaba o le aburría, le daba confianza o se la quitaba por completo. Y era porque la música clásica tenía un orden, que uno aceptaba o rechazaba. Tom echó mucho azúcar en su té, ya frío, y lo apuró. Bernard no se había afeitado en dos días, al parecer. ¿Acaso tenía intención de dejarse una barba como la de Derwatt?

Pocos minutos después, los dos paseaban por el césped de atrás. Bernard llevaba sueltos los cordones de un zapato. Iba calzado con botas tipo militar, maltrechas por el uso y con las suelas levantadas hacia arriba por los lados, lo que les daba un curioso aspecto de calzado antiguo. ¿Iba o no a atarse los cordones?

–La otra noche –dijo Tom–, intenté componer una quintilla:

Hubo una vez un matrimonio por computadora.
Un cero se casó con la nada.
Díjole la nada al cero:
«Yo no soy lo que debería,
pero nuestra descendencia será aún más discutible.»[1]

»Lo malo es que me salió una quintilla decente. Aunque tal vez se te ocurre algo mejor para el último verso.

Tom tenía dos versiones para la parte media y para el último verso, pero ¿le estaba escuchando Bernard?

Se estaban adentrando en el sendero, hacia el bosque. Había cesado de llover y ahora solamente caían gotas.

–¡Mira qué ranita! –dijo Tom, agachándose para recogerla en el hueco de la mano, ya que había estado a punto de pisarla.

Era un animalito no mayor que la uña del pulgar.

1. There once was a match by computer. / A nought was wed to a neuter. / Said the neuter to nought, / «I'm not what I ought, / But our offspring will be even mooter».

El golpe le dio en la parte posterior de la cabeza, y probablemente Bernard se lo había dado con el puño. Tom oyó la voz de Bernard que decía algo, sintió el contacto de la hierba mojada, luego el de una piedra contra su cara y seguidamente perdió el conocimiento casi por completo, si bien notó un segundo golpe en un lado de la cabeza. Esto ya es demasiado, pensó Tom. Se imaginaba sus manos vacías tanteando estúpidamente el suelo, pero sabía que se hallaba inmovilizado.

Luego le estaban haciendo dar más y más vueltas sobre sí mismo. Todo estaba en silencio, a excepción del zumbido en sus oídos. Trató de moverse y no pudo. ¿Estaría boca abajo o boca arriba? Estaba pensando, en cierto modo, aunque no podía ver nada. Parpadeó y sintió que sus ojos estaban llenos de tierra. Empezaba a darse cuenta, a creer, que algo muy pesado estaba descendiendo sobre su espina dorsal y sobre sus piernas. A través del zumbido de sus oídos le llegó el chirriar de una pala al hundirse en la tierra. Bernard le estaba enterrando. Tom estaba seguro ahora de que sus ojos estaban abiertos. ¿Sería muy profundo el agujero? Era la tumba de Murchison, de eso no tenía duda. ¿Cuánto tiempo habría transcurrido?

¡Santo Dios!, pensó Tom, no podía permitir que Bernard le enterrase a un metro bajo tierra, o jamás lograría salir. Confusamente, incluso con cierto humor, Tom pensó que su empeño en apaciguar a Bernard tenía un límite, y ese límite era su propia vida. «¡Oye! ¡De acuerdo!», se imaginó, creyó haber chillado Tom, pero no lo había hecho.

−... no es el primero −dijo la voz de Bernard, débil, amortiguada por la tierra que rodeaba a Tom.

¿Qué significaba aquello? ¿Lo habría oído en realidad? Tom consiguió mover un poco la cabeza y comprobó que se hallaba boca abajo. Podía mover la cabeza, aunque muy poco.

Y el peso había dejado de caer sobre él. Tom concentró toda su energía en respirar, utilizando en parte la boca. Tenía la boca seca y escupió un poco de tierra arenosa. Si permanecía quieto, Bernard se marcharía. Ya estaba lo bastante consciente para comprender que Bernard habría cogido la pala del cobertizo, mientras él estaba tendido sin conocimiento. Sintió que algo cálido le cosquilleaba la nuca. Probablemente era sangre.

Pasaron dos, quizá cinco minutos y Tom ansiaba moverse, al menos intentarlo, pero ¿estaría Bernard vigilándole?

Imposible oír nada, pisadas, por ejemplo. Quizá Bernard ya se habría ido hacía unos minutos. Y, sea como fuere, ¿acaso Bernard volvería a atacarle si le veía luchar por salir de la fosa? En cierto modo, resultaba gracioso. Después, si es que había un después, se reiría, pensó Tom.

Decidió arriesgarse. Movió las rodillas. Colocó las manos de modo que le sirvieran para impulsar el cuerpo hacia arriba y entonces se encontró con que no tenía fuerzas. Así que empezó a cavar hacia la superficie utilizando los dedos, como un topo. Logró abrir un hueco para el rostro y se puso a excavar un túnel hacia arriba, en busca de aire. La tierra estaba mojada y suelta, pero se pegaba a su cuerpo. La presión sobre su espina dorsal era terrible. Empezó a abrirse camino con los pies, las manos y los brazos, como alguien que intentase nadar en cemento líquido. No podía haber más de un metro de tierra por encima de él, pensó Tom con optimismo, puede que ni eso. Hacía falta mucho tiempo para excavar un metro de tierra aunque fuese blanda como aquella, y seguramente Bernard no había estado trabajando tanto rato. Tom tenía la certeza de que ya estaba llegando a la superficie y si Bernard estaba allí, sin reaccionar, sin arrojarle más tierra o sacarle de un tirón para darle un nuevo golpe en la cabeza, podía permitirse un breve descanso después de hacer un gran esfuerzo. Así lo hizo y ganó más espacio para respirar. Tomó unas veinte inhalaciones de aire húmedo, sepulcral, y luego se lanzó de nuevo a la tarea.

Al cabo de dos minutos, se hallaba ya de pie, bamboleándose como un borracho, al lado de la tumba de Murchison, que ahora había sido la suya, cubierto de pies a cabeza con barro y pellas de tierra.

Estaba oscureciendo. Tom pudo comprobar al avanzar tambaleante por el sendero que no se veían luces en la casa. Automáticamente, se le ocurrió pensar en cómo había quedado la fosa, en que sería conveniente cubrirla y se preguntó dónde estaría la pala que había utilizado Bernard, luego, súbitamente, pensó que al diablo con todo ello. Aún se estaba quitando tierra de los ojos y de las orejas.

Quizá se encontraría a Bernard sentado en la semioscuridad de la sala de estar, y en tal caso le diría: «¡Bu!»

Bernard le había gastado una broma bastante pesada. Se quitó los zapatos antes de entrar y los dejó en la terraza. La puerta vidriera estaba entreabierta.

–¡Bernard! –llamó Tom.

Realmente no estaba en condiciones de resistir otro asalto.

No hubo respuesta.

Entró en la sala de estar, luego dio media vuelta y, aturdido, salió de nuevo a la terraza, donde dejó caer su embarrada chaqueta y también sus pantalones. En calzoncillos, encendió la luz y subió al cuarto de baño. El baño le refrescó. Se puso una toalla alrededor del cuello. Sangraba por el corte de la cabeza. Se lo había tocado una sola vez, con la esponja, para lavarse, para quitar el barro, y luego había tratado de olvidarse de él porque, estando solo, no podía hacer nada para remediarlo. Se enfundó la bata y bajó a la cocina, donde se preparó un bocadillo de jamón y se sirvió un gran vaso de leche. Lo liquidó todo en la mesa de la cocina. Después colgó la chaqueta y los pantalones en el baño.

–Habrá que cepillarlos y mandarlos a la lavandería –diría la formidable madame Annette.

Resultaba una gran bendición que el ama estuviese ausente, aunque regresaría antes de las diez, puede que las once y media si habían ido a uno de los cines de Fontainebleau o de Melun. De todos modos, mejor era no confiarse demasiado. Ya eran las ocho menos diez.

¿Qué hará Bernard ahora?, se preguntó Tom, ¿irse a París? Por alguna razón, Tom no lograba imaginarse a Bernard regresando a Londres, por lo que desechó tal posibilidad. Pero Bernard había llegado a tal grado de perturbación mental que era realmente imposible prever cuál iba a ser su siguiente paso. ¿Les diría, por ejemplo, a Jeff y a Ed que había matado a Tom Ripley? Tanto daba si se ponía a proclamarlo a los cuatro vientos. De hecho, lo que Bernard iba a hacer era suicidarse, y Tom lo presentía del mismo modo en que podía haber presentido un asesinato, porque, al fin y al cabo, el suicidio no era más que una variante del asesinato. Y para que Bernard llevase a cabo sus intenciones, fuesen cuales fueran, Tom sabía que él debía seguir muerto.

¡Y vaya lata le iba a resultar fingirse muerto teniendo en cuenta a madame Annette, Heloise, sus vecinos, la policía! ¿Cómo iba a hacer que todos le creyesen muerto?

Se puso los tejanos y se dirigió al sendero, con la linterna del retrete de reserva. Efectivamente, la pala estaba tirada en el suelo a medio camino entre la tumba, tan usada ya, y el sendero. Tom la empleó para rellenar la fosa. Pensó que algún día un hermoso árbol crecería fácilmente en aquel lugar de tan mullida como estaba la tierra. Incluso arrastró hasta allí algunas de las ramas y de la hojarasca que en su día había utilizado para cubrir a Murchison.

R.I.P. Tom Ripley, pensó.

Otro pasaporte le sería de utilidad y ¿quién sino Reeves Minot era el más indicado para proporcionárselo? Ya iba siendo hora de que Reeves le hiciese un pequeño favor.

Con su máquina de escribir redactó una nota para Reeves y, para mayor seguridad, incluyó en el sobre dos fotografías recientes para el pasaporte. Aquella misma noche llamaría a Reeves desde París, ya que había decidido irse a París, donde podría esconderse durante unas horas y pensar. Así pues, llevó al desván los zapatos y las prendas sucias de barro, ya que no era probable que madame Annette subiera hasta allí. Se cambió de ropa una vez más y cogió la furgoneta hasta la estación de ferrocarril de Melun.

A las once menos cuarto ya estaba en París y echaba la nota para Reeves en un buzón de la Gare de Lyon. Entonces se fue al Hotel Ritz, donde alquiló una habitación a nombre de Daniel Stevens, dando un número ficticio de pasaporte americano con la excusa de no llevarlo consigo. La dirección: 14 rue du Docteur Cavet, Rouen, pues, que Tom supiese, no existía tal calle.

17

Tom telefoneó a Heloise desde su habitación. No estaba en casa. La doncella le dijo que había salido a cenar con sus padres. Entonces, puso una conferencia a Reeves en Hamburgo. Se la dieron en veinte minutos, y Reeves estaba en casa.

–Hola, Reeves. Soy Tom. Estoy en París. ¿Cómo va todo?... ¿Me puedes facilitar un pasaporte *tout de suite*? Las fotografías ya te las he mandado.

Reeves parecía desconcertado. Santo Dios, ¿le estaba pidiendo algo en serio al fin? ¿Un pasaporte? Sí, una de esas cositas tan útiles y que constantemente eran birladas en todas partes. Tom tuvo la delicadeza de preguntarle a Reeves cuánto iba a cobrarle por ello.

Reeves no podía contestarle de momento.

—Cárgamelo en cuenta —dijo Tom con desparpajo—. Lo importante es que llegue a mis manos enseguida. Si recibes las fotos el lunes por la mañana, ¿podrás tenerlo preparado el lunes por la noche?... Sí, es urgente. ¿Sabes de alguien que vuele a París a última hora del lunes, por ejemplo?

«Si no es así, búscalo», se dijo Tom mentalmente.

Reeves respondió que sí, que alguien podía llevárselo a París. Tom insistió en que no fuese otro mensajero involuntario (o huésped), porque le iba a ser imposible registrarle los bolsillos o la maleta.

—Cualquier nombre americano —dijo Tom—. Es preferible un pasaporte americano, aunque uno británico servirá. Hasta entonces estaré en el Ritz. Place Vendôme... Daniel Stevens.

Tom le dio el número de teléfono del Ritz para mayor comodidad de Reeves, y añadió que iría a recibir al mensajero personalmente, tan pronto como supiese la hora en que este llegaría a Orly.

Para entonces, Heloise ya estaba de regreso en Chantilly, y Tom habló con ella.

—Sí, estoy en París. ¿Quieres venir esta noche?

Heloise accedió y se sintió muy contento. La veía ya con él, al cabo de una hora más o menos, sentados el uno frente al otro y bebiendo champán, si es que Heloise tenía ganas de beberlo, y así era normalmente.

Tom se quedó de pie en la acera gris, mirando al círculo de la Place Vendôme. Los círculos le molestaban. ¿En qué dirección debía encaminarse? ¿Hacia la izquierda, en dirección a la Opéra, o hacia la rue de Rivoli, situada a la derecha? Tom prefería pensar en cuadrados o rectángulos. ¿Dónde estaba Bernard? ¿Por qué quieres un pasaporte?, se preguntó a sí mismo. ¿Para tener un tiro en la recámara? ¿Como una medida más de conservar la libertad? «No sé dibujar como Derwatt», había dicho Bernard aquella tarde. «Sencillamente, ya no dibujo..., raras veces para mí mismo, siquiera.» En aquel momento, ¿estaría Bernard en algún hotel de

París, abriéndose las venas en el lavabo?, ¿o contemplando el Sena desde alguno de los puentes de la ciudad, a punto de lanzarse al río, sin hacer ruido, cuando nadie le mirase?

Tom anduvo en línea recta hacia la rue de Rivoli. Las calles estaban sombrías y oscuras a esas horas de la noche, y los escaparates estaban cerrados con barras y cadenas de acero que impedían el robo de las porquerías engaña-turistas que en ellos se exhibían, pañuelos de seda con la palabra «París» estampada en ellos, corbatas y camisas, igualmente de seda, marcadas con precios exagerados. Pensó en coger un taxi hasta el sexto *arrondissement,* pasear un poco por aquel ambiente más animado y luego tomarse una cerveza en Lippe's. Pero no quería arriesgarse a toparse con Chris. Regresó al hotel y pidió una conferencia con el estudio de Jeff.

Esa llamada (le informó la telefonista) tardaría tres cuartos de hora, pues las líneas estaban sobrecargadas, pero se la dieron al cabo de media hora solamente.

–*Allô...?* ¿París? –se oía decir a Jeff con voz parecida a la de un delfín que se estuviera ahogando.

–¡Soy Tom, desde París! ¿Me oyes?

–¡Muy mal!

Pero no lo bastante mal para que Tom probase suerte con una segunda llamada. Prosiguió:

–No tengo idea de dónde está Bernard. ¿Has tenido noticias suyas?

–¿Por qué está en París?

Imposible contestarle, con lo mal que se oía. Tom consiguió entender, no obstante, que Jeff y Ed no sabían nada de Bernard. Luego Jeff dijo:

–Están tratando de localizar a Derwatt... –Siguieron unas maldiciones mascalladas en inglés–. Cielos, si no puedo oírte a ti, dudo que alguien más pueda entender una maldita...

–*D'accord!* –respondió Tom–. Dime todo lo que te sucede.

–Es posible que la esposa de Murchison...

–¿Qué?

¡Demonios! El teléfono resultaba un artefacto para volverse loco. La gente debería volver a utilizar la pluma, el papel y el buque correo.

–¡No oigo ni una puñetera palabra!

—Vendimos *La bañera*... Están preguntando por... ¡Derwatt! ¡Tom, si al menos...!

De repente se cortó la comunicación.

Tom colgó el teléfono de un golpe, malhumorado, luego lo cogió y se lo acercó a la oreja, dispuesto a fulminar a la telefonista de abajo si la oía. Pero volvió a dejarlo en su sitio. No era culpa de la muchacha. No era culpa de nadie, de nadie a quien pudiera localizarse.

Bien, así que mistress Murchison vendría a Europa, como ya había previsto. Además, puede que estuviese enterada de la teoría del color lavándula. Y ¿a quién habían vendido *La bañera?* Y Bernard, ¿dónde estaba? ¿En Atenas? ¿Acaso iba a repetir la acción de Derwatt y ahogarse frente a una de las islas griegas? Tom ya se veía de viaje a Grecia. ¿Cuál era la isla de Derwatt? ¿Icaria? ¿Dónde estaba? Lo buscaría por la mañana en una agencia de viajes.

Se sentó ante la mesa de despacho y escribió rápidamente una nota:

Apreciado Jeff:

En caso de que veas a Bernard, debo pasar por muerto. Bernard cree haberme matado. Te lo explicaré más tarde. Que nadie sepa esto; te lo digo solamente en caso de que veas a Bernard y él te diga que me ha asesinado. Finge que le crees y no hagas nada. Por favor, mantén a Bernard a raya.

Saludos,

Tom

Tom bajó al vestíbulo y franqueó la carta con un sello de setenta céntimos adquirido en el mostrador. Probablemente Jeff no la recibiría hasta el martes. Pero no se trataba de un mensaje que se atreviese a mandar por cable. ¿O quizá sí? «Debo ocultarme incluso bajo tierra ref. Bernard.» No, eso no iba a resultar lo bastante claro. Seguía reflexionando cuando llegó Heloise. Tom se alegró al ver que traía consigo su maleta Gucci.

—Buenas noches, madame Stevens —dijo Tom en francés—. Esta noche serás madame Stevens.

Tom pensó en conducirla hasta recepción para que se inscribiera, pero decidió que no valía la pena y la acompañó hasta el ascensor.

486

Tres pares de ojos se fueron tras ellos. ¿Sería realmente su esposa?

—¡Tom, estás pálido!

—He tenido un día muy agitado.

—Ah, ¿Qué es ese...?

—¡Chis!

Se refería a la parte posterior de la cabeza. Heloise se fijaba en todo. Tom pensó que podía contarle unas cuantas cosas, pero no todo. La tumba no, eso sería demasiado horrible. Además, Bernard quedaría como un asesino, y no lo era. Tom dio una propina al ascensorista, que insistió en llevar la maleta de Heloise.

—¿Qué te pasó en la cabeza?

Tom se quitó la bufanda de color verde y azul oscuro que se había puesto en torno al cuello para recoger la sangre.

—Bernard me golpeó. Vamos, no te apures, cariño. Quítate los zapatos y la ropa. Ponte cómoda. ¿Te apetecería un poco de champán?

—Pues sí, ¿y por qué no?

Tom lo encargó por teléfono. Se sentía mareado, como si tuviese fiebre, pero sabía que era debido solamente a la fatiga y a la pérdida de sangre. ¿Habría comprobado si en la casa había dejado un rastro de sangre? Sí, recordaba haber subido al piso superior en el último minuto especialmente para ver si había sangre en alguna parte.

—¿Dónde está Bernard?

Heloise se había quitado los zapatos e iba descalza.

—Francamente, no lo sé. Puede que en París.

—¿Os peleasteis porque no quería irse?

—Oh, fue una pelea sin importancia. Está muy nervioso estos días. No es nada serio, nada.

—Pero ¿por qué has venido a París? ¿Es que sigue en casa?

Eso era una posibilidad, comprendió Tom, aunque los efectos de Bernard habían desaparecido de la casa. Tom lo había comprobado. Y Bernard no podía penetrar en ella sin antes forzar una de las puertas vidrieras.

—No está en casa, no.

—Quiero examinarte la herida de la cabeza. Ven al cuarto de baño, allí hay más luz.

Llamaron a la puerta. Realmente se daban prisa con el champán. El camarero, de porte majestuoso y pelo gris, sonrió al producirse el taponazo. La botella emitió un agradable crujido al hundirse en el cubo con hielo.

–*Merci, m'sieur* –dijo el camarero, cogiendo el billete que le tendía Tom.

Tom y Heloise levantaron sus copas, Heloise con cierto temblor, y bebieron. Tenía que examinarle la herida. Tom se resignó. Se quitó la camisa y, con los ojos cerrados, dobló el cuerpo para que Heloise pudiera lavarle la herida en el lavabo, con una toalla. Hizo oídos sordos, o trató de hacerlos, cuando Heloise prorrumpió en las exclamaciones que ya había previsto.

–El corte no es grande; de lo contrario no hubiese dejado de sangrar –dijo Tom.

El lavado hacía que, naturalmente, sangrase de nuevo.

–Coge otra toalla..., coge lo que sea –dijo Tom, y regresó al dormitorio, donde suavemente se desplomó en el suelo. No había perdido el conocimiento, empero, así que se arrastró hasta el baño, cuyo suelo era de baldosas.

Heloise estaba diciendo algo acerca del esparadrapo.

Tom se desmayó durante un minuto, pero se lo calló. Se arrastró hasta el retrete y vomitó levemente. Se enjuagó el rostro y la frente con algunas de las toallas mojadas de Heloise. Luego, un par de minutos más tarde, se hallaba apoyado en el lavabo, sorbiendo champán mientras Heloise hacía trizas un pañuelito blanco para convertirlo en vendas.

–¿Para qué llevas esparadrapo contigo? –preguntó Tom.

–Lo uso para las uñas.

¿Cómo?, se preguntó Tom, mientras sostenía la cinta para que Heloise la cortase.

–El esparadrapo rosa –decía Tom– es un signo de discriminación racial. El Poder Negro, en los Estados Unidos, debería meterse con eso y prohibirlo.

Heloise no le entendía. Tom había hablado en inglés.

–Te lo explicaré mañana, quizá.

Al poco estaban en la cama, en la amplia y lujosa cama con cuatro gruesos almohadones. Heloise había cedido su pijama para que Tom se lo colocase debajo de la cabeza por si volvía a sangrar, si bien la hemorragia, al parecer, casi había cesado. Heloise estaba desnuda, y el contacto de su piel era increíblemente suave, como el del mármol pulido, solo que, por supuesto, en ella no había rigidez, sino calor. La noche no era la más propicia para hacer el amor, pero Tom se sentía muy feliz, y sin rastro de preocupación por el mañana, lo cual, probablemente, era una imprudencia. Pero aquella noche, o mejor dicho, en aquellas primeras horas de la madrugada, se permitió algunas concesiones. Oyó en la oscuridad el siseo de las burbujas de champán mientras Heloise sorbía su copa, y luego el tintineo del cristal sobre la mesita de noche. En un momento su mejilla reposaba sobre el seno de Heloise. Tom tenía deseos de decirle que ella era la única mujer del mundo que había logrado hacerle pensar en el *ahora,* pero estaba demasiado cansado, y, probablemente, la observación no tenía importancia.

Por la mañana, tuvo que darle algunas explicaciones a Heloise, y tuvo que hacerlo sutilmente. Le dijo que Bernard Tufts estaba consternado a causa de su novia inglesa, que podía suicidarse y que Tom quería encontrarle. Puede que estuviese en Atenas. Y, dado que la policía no deseaba perder de vista a Tom debido a la desaparición de Murchison, lo mejor era que la policía le creyese en París, pasando unos días con unos amigos. Tom le explicó que estaba esperando un pasaporte que, en el mejor de los casos, no llegaría hasta última hora del lunes. Tom y Heloise se hallaban desayunando en la cama.

—No entiendo por qué te preocupas por ese *fou* que incluso te ha golpeado.

—La amistad —respondió Tom—. Vamos, cariño, ¿por qué no regresas a Belle Ombre y le haces compañía a madame Annette? O bien... podemos llamarla y así te quedas aquí conmigo hasta mañana —dijo Tom más animado—. Aunque, lo mejor será cambiar de hotel hoy; así estaremos más seguros.

—¡Oh, *Tome...!*

Pero Tom sabía que el tono de desilusión de Heloise era fingido. A ella le gustaba hacer cosas que fuesen un poco furtivas, mantener el secreto cuando no había necesidad de hacerlo. Las historias que le había contado a Tom sobre sus intrigas de adolescente con compañeras de colegio, y también con chicos, para escapar a la vigilancia de sus padres, no tenían nada que envidiar a las inventadas por Cocteau.

—Hoy usaremos otro nombre. ¿Cuál te gustaría? Tiene que ser americano o inglés, por mí. Tú serás mi esposa francesa, ¿comprendes? —Tom hablaba en inglés.

—Mmmm. ¿Gladstone?

Tom se echó a reír.

—¿Qué tiene de gracioso el nombre de Gladstone?

Hasta qué punto odiaba Heloise el idioma inglés, al parecerle lleno de palabras con doble sentido, indecentes, que a ella se le escapaban...

—Nada, solo que Gladstone inventó una maleta.[1]

—¿Que inventó la maleta? ¡No te creo! ¿Quién iba a inventar una maleta? Es demasiado sencillo. ¡De veras, *Tome!*

Se mudaron al Hotel Ambassadeur, en el boulevard Haussmann, en el noveno *arrondissement.* Conservador y respetable. Tom se inscribió con el nombre de William Tenyck y su esposa Mireille. Luego hizo una segunda llamada a Reeves, y dejó su nuevo nombre, dirección y número de teléfono, PRO 72-21, al individuo de acento alemán que con frecuencia atendía las llamadas por cuenta de Reeves.

Tom y Heloise se fueron al cine por la tarde, y regresaron al hotel a las seis. Todavía no había llegado ningún mensaje de Reeves. A indicación de Tom, Heloise llamó a madame Annette. Tom habló con ella también.

—Sí, estamos en París —dijo Tom—. Lamento no haberle dejado una nota... Quizá madame Heloise vuelva mañana por la noche, un poco tarde, pero no estoy seguro.

Le pasó el teléfono a Heloise.

Era evidente que Bernard no había hecho acto de presencia en Belle Ombre, ya que, de lo contrario, madame Annette se hubiera referido a él.

Se acostaron temprano. Tom había probado en vano de convencer a Heloise para que le quitase aquellas estúpidas tiras de esparadrapo que llevaba en la cabeza, pero ella incluso había com-

---

1. «Gladstone» es a la vez el nombre de un primer ministro británico de la época victoriana y la denominación de una bolsa de viaje. *(N. del T.)*

prado un antiséptico francés, de color lavándula, con el que había empapado el vendaje. La noche anterior, en el Ritz, había enjuagado con agua la bufanda de Tom, y por la mañana ya estaba seca. Justo antes de medianoche, llamaron por teléfono. Era Reeves. Le dijo que un amigo le traería lo que le hacía falta el día siguiente, lunes, por la noche, en el vuelo 311 de la Lufthansa, cuya llegada a Orly estaba prevista para las doce y cuarto de la noche.

—¿Y cómo se llama? —preguntó Tom.

—Se trata de una mujer. Gerda Schneider. Sabrá cómo reconocerte.

—Muy bien —repuso Tom, muy contento con el servicio, especialmente al tener en cuenta que Reeves aún no tenía las fotografías.

—¿Quieres venirte conmigo a Orly mañana por la noche? —preguntó a Heloise tras colgar el aparato.

—Te llevaré en el coche. Quiero estar segura de que no te sucede nada.

Tom le dijo que la furgoneta estaba en la estación de Melun. No le costaría que André, el jardinero que a veces trabajaba para ellos, la acompañase a buscarla.

Decidieron quedarse una noche más en el Ambassadeur por si había alguna pega con el pasaporte el lunes por la noche. Tom estudió la posibilidad de coger un vuelo nocturno a Grecia a primeras horas del martes, pero no podía decidir nada en concreto en tanto no tuviese el pasaporte en la mano. Quedaba, además, la necesidad de familiarizarse con la firma que constase en el documento. Y todo, pensó Tom, por salvar la vida de Bernard. Deseaba poder compartir sus pensamientos, sus sentimientos con Heloise, pero temía que no lo entendiera. ¿Le comprendería si estuviese enterada de las falsificaciones? Sí, probablemente sí le entendería desde el punto de vista intelectual, suponiendo que pudiera utilizar semejante palabra. Pero Heloise le diría: «¿Y por qué debes llevar tú todo el peso del asunto? ¿Es que Jeff y Ed no son capaces de cuidar de su amigo..., de su mina de oro?»

Tom optó por no decirle nada. Era mejor arreglárselas solo, sin trabas para actuar, siquiera estas fuesen la comprensión y el cariño de Heloise.

Y todo salió como una seda. Tom y Heloise llegaron a Orly el lunes a medianoche, el vuelo llegó puntualmente, y Gerda Schneider (o la mujer que utilizaba ese nombre) abordó a Tom en la puerta donde este la esperaba.

–¿Tom Ripley? –preguntó con una sonrisa.

–Así es. ¿Frau Schneider?

La mujer tendría unos treinta años, rubia, bastante guapa y con aspecto de inteligente. No llevaba ni asomo de maquillaje, como si acabara de lavarse la cara con agua fría y después se hubiese vestido.

–Míster Ripley, me siento en verdad muy honrada de conocerle –dijo la mujer en inglés–. He oído hablar tanto de usted.

Tom lanzó una carcajada al oír el tono cortés y divertido de la mujer. Le sorprendía que Reeves fuese capaz de rodearse de colaboradores tan interesantes.

–He venido con mi esposa. Está abajo. ¿Piensa pasar la noche en París?

Así era. Hasta había reservado habitación en el Pont-Royal, en la rue Montalembert. Tom se la presentó a Heloise, y mientras las dos mujeres le esperaban, no lejos de donde días antes había dejado la maleta de Murchison, fue en busca de su coche. Fueron directamente hasta París, y no fue hasta llegar delante del Pont-Royal cuando Frau Schneider dijo:

–Le entregaré el paquete aquí.

Seguían dentro del coche. Gerda Schneider abrió su voluminoso bolso y extrajo un sobre blanco bastante grueso.

Tom había estacionado el coche y estaba bastante oscuro. Sacó del sobre el pasaporte americano, de tapas verdes, y se lo metió en un bolsillo de la americana. El documento había estado envuelto en unas hojas de papel en blanco.

–Gracias –dijo Tom–. Ya hablaré con Reeves. ¿Cómo está?...

Pocos minutos después, Tom y Heloise se dirigían en el coche al Hotel Ambassadeur.

–Es bastante bonita para ser alemana –comentó Heloise.

Ya en la habitación, Tom dio un vistazo al pasaporte. El documento estaba muy manoseado y Reeves había frotado su fotografía para que hiciera juego con el resto del mismo. «Robert Fiedler Mackay» se llamaba ahora Tom; edad 31 años; nacido en Salt Lake City, Utah; ocupación: ingeniero; sin personas a su cargo. La firma estaba escrita con letra delgada y larga, con trazo ininterrumpido, un tipo de letra que a Tom le recordaba a un par de pesados, americanos los dos, que había conocido tiempo antes.

–Cariño... Heloise... Ahora me llamo Robert –dijo Tom en francés–. Si me lo permites, tengo que practicar un poco mi nueva firma.

Heloise estaba reclinada en la *commode,* contemplándole.

–¡Oh, querido! ¡No te preocupes!

Tom la rodeó con sus brazos.

–Vamos a tomarnos unas copas de champán. ¡Todo va bien!

El martes a las dos de la tarde Tom ya se hallaba en Atenas, una Atenas más moderna, más limpia que la ciudad que había visto por última vez cinco o seis años antes. Después de inscribirse en el Hotel Grande Bretagne, se aseó un poco en su habitación, que daba a la Plaza de la Constitución. Luego salió a curiosear un poco y a preguntar por Bernard Tufts en unos cuantos hoteles. No cabía pensar en que Bernard se hubiese alojado en el Grande Bretagne, el hotel más caro de Atenas. Es más, Tom estaba seguro en un sesenta por ciento de que Bernard *ni siquiera* se encontraba en Atenas, sino que se había largado a la isla de Derwatt, o a cualquier otra isla. Pese a ello, Tom creyó que sería una estupidez no preguntar en unos cuantos hoteles.

Su historia consistía en que se había visto separado de un amigo a quien deseaba encontrar de nuevo, un tal Bernard Tufts. No, su propio nombre no venía al caso, pero, cuando se lo preguntaban, lo daba: Robert Mackay.

–¿Cómo están las comunicaciones con las islas? –preguntó Tom en un hotel de apariencia pasablemente decente y donde creyó que estarían al tanto de lo que interesaba a los turistas.

Tom hablaba en francés con el empleado, si bien en otros hoteles hablaban un inglés bastante curioso.

–Me interesa Icaria especialmente.

–¿Icaria? –Sorpresa en el empleado.

La isla estaba muy hacia el este y era una de las situadas más hacia el norte de entre las pertenecientes al Dodecaneso. No había aeropuerto. Había, sin embargo, servicio marítimo, pero el hombre del hotel no estaba seguro de la frecuencia de las salidas.

Tom llegó allí el miércoles. Tuvo que alquilar una canoa automóvil cuyo patrón era de Miconos. Icaria, después del breve e instantáneo optimismo que sobre ella había sentido Tom, resultó terriblemente decepcionante. La ciudad de Armemisti (o algo así) parecía dormida y Tom no vio en ella a ningún occidental, solo a pescadores que remendaban sus redes y a gentes de la localidad que pasaban el rato en los minúsculos cafés. Tras preguntar si habían visto a un inglés llamado Bernard Tufts, pelo oscuro, delgado, etc., Tom llamó por teléfono a otra población de la isla llamada Agios Kirycos. En uno de los hoteles le dijeron que lo mirarían y que le llamarían después de preguntar en otro establecimiento. No lo hicieron y Tom desistió. Una aguja en un pajar, pensó Tom. Puede que Bernard hubiese escogido otra isla.

Con todo, *esta* isla, dado que había sido el escenario del suicidio de Derwatt, ejercía una débil e imprecisa atracción sobre Tom. En alguna de aquellas playas, entre blancas y amarillentas, Philip Derwatt se había adentrado andando en el mar y jamás había regresado. Tom dudaba de que cualquiera de los habitantes de Icaria reaccionara ante el nombre de Derwatt, pero quiso cerciorarse con el propietario del café, sin resultado. Derwatt no había permanecido allí más de un mes, pensó Tom, y de eso hacía ya seis largos años. Tom recobró fuerzas en un pequeño restaurante con un plato de cordero estofado con arroz y tomate, luego sacó como pudo al patrón de la canoa de otro restaurante donde este le había dicho que podría encontrarle hasta las cuatro en caso de que le necesitase.

Regresaron a gran velocidad hasta Miconos, donde el patrón tenía establecida su base de operaciones. Tom llevaba la maleta consigo. Se sentía inquieto, agotado y frustrado. Decidió regresar a Atenas aquella misma noche. Se sentó en un café y, desalentado, se bebió una taza de café azucarado. Entonces volvió al muelle donde había conocido al griego propietario de la canoa, al que encontró en su casa, cenando.

–¿Cuánto quiere por llevarme a El Pireo esta noche? –preguntó Tom.

Conservaba todavía algunos cheques de viaje americanos.

Tras muchos aspavientos y una larga enumeración de las dificultades, todo se resolvió con dinero. Tom durmió durante parte del viaje, atado a un banco de madera del diminuto camarote de la embarcación. Serían las cinco de la mañana cuando llegaron a El Pireo. Antinou, el patrón, estaba atolondrado a causa de la alegría, o del dinero o de la fatiga, o puede que debido al ouzo. Tom no estaba seguro de la causa. Antinou dijo que tenía amigos en El Pireo que iban a alegrarse mucho de verle.

El frío de la madrugada era cortante. Tom intimidó verbalmente a un taxista, ofreciéndole dinero a puñados, para que le llevase a la Plaza de la Constitución, en Atenas, al Hotel Grande Bretagne.

Le dieron habitación, pero no la misma de antes. La anterior no habían terminado de limpiarla aún, le informó el portero de noche en un alarde de sinceridad. Tom escribió el número de teléfono de Jeff en un pedazo de papel y le pidió al portero que le pusiera una conferencia con Londres.

Entonces subió a su habitación y se bañó, alerta en todo momento a la llamada del teléfono. Eran ya las ocho menos cuarto cuando recibió la conferencia.

–Tom al aparato, desde Atenas –dijo Tom. Casi se había quedado dormido en la cama.

–¿Atenas?

–¿Alguna noticia de Bernard?

–No, ninguna. ¿Qué estás...?

–Voy a ir a Londres. Antes de esta noche, quiero decir. Ten preparado el maquillaje. ¿De acuerdo?

18

El jueves por la tarde Tom tuvo el impulso de comprarse en Atenas un impermeable de color verde. La prenda era de un estilo que a él mismo, es decir a Tom Ripley, jamás le había atraído, ni lo habría tocado. Estaba lleno de piezas y correas, algunas sujetas mediante anillas dobles, como si el impermeable hubiese sido diseñado para que de él colgasen partes militares, cantimploras, cartucheras, una caja con los utensilios para la mesa, la bayoneta y uno o dos bastones de mando. Era de muy mal gusto y Tom creyó que le sería de utilidad al llegar a Londres en el caso de que alguno de los inspectores de inmigración recordase cómo era Thomas Ripley. Asimismo, se peinó la raya a la derecha en vez de a la izquierda, aunque la raya no se veía en la fotografía de frente. Por suerte, su maleta no llevaba iniciales. Ahora el problema era el dinero, ya que solamente tenía cheques de viaje a nombre de Ripley, que en Londres no podría utilizar como había hecho en Grecia para pagar el alquiler de la canoa. Pero tenía suficientes dracmas (comprados con francos franceses de Heloise) para pagar el pasaje hasta Londres, y, una vez allí, Jeff y Ed podrían ayudarle económicamente. Sacó de su billetero cuantas tarjetas u otros papeles pudieran identificarle, y lo metió en el bolsillo posterior de los pantalones, que estaba provisto de un botón. Aunque en realidad no era de prever un registro.

Pasó sano y salvo por el control de inmigración de Heathrow.

—¿Cuánto tiempo va a quedarse en el país?

—No más de cuatro días, creo.

—¿Viaje de negocios?

—Sí.

—¿Dónde se alojará?

—En el Londoner Hotel, Welbeck Street.

De nuevo el viaje en autobús hasta la terminal de Londres. Luego Tom se dirigió a una cabina y llamó al estudio de Jeff. Eran las diez y cuarto de la noche.

Contestó una mujer.

—¿Está míster Constant en casa? —preguntó Tom—. ¿O míster Banbury?

—Los dos acaban de salir un momento. ¿Quién llama, por favor?

—Robert... Robert Mackay.

Ninguna reacción, ya que Tom no le había dado a Jeff su nuevo nombre. Tom estaba seguro de que Jeff y Ed habrían dejado a alguien, alguien de confianza, en el estudio para que esperase a Tom Ripley.

—¿Eres Cynthia?

—Sí —respondió con voz algo aguda su interlocutora.

Tom decidió arriesgarse.

—Soy Tom —dijo—. ¿Cuándo va a regresar Jeff?

—¡Oh, Tom! No estaba segura de que fueses tú. Regresarán en cosa de media hora. ¿Puedes venir aquí?

Tom cogió un taxi hasta el estudio de St. John's Wood.

Cynthia Gradnor le abrió la puerta.

—Tom..., ¿qué tal?

Tom casi se había olvidado de cómo era ella: de estatura mediana, pelo castaño y liso que le caía sobre los hombros, ojos grises más bien grandes. Parecía más delgada de lo que recordaba. Y estaba ya casi en los treinta. Parecía un poco nerviosa.

—¿Viste a Bernard?

—Sí, pero no sé adónde se fue.

Tom sonrió. Daba por seguro que Jeff (y Ed) le habrían obedecido y no habrían contado a nadie el intento homicida de Bernard.

—Probablemente estará en París.

—¡Pero siéntate, Tom! ¿Quieres tomar algo?

Tom sonrió y le ofreció el paquete que había adquirido en el aeropuerto de Atenas. Una botella de White Horse. Cynthia se mostraba bastante amistosa... aparentemente. Tom se alegró.

—Bernard siempre está raro cuando hay una exposición —dijo Cynthia, preparando las bebidas—. Al menos eso me han dicho. No le he visto mucho últimamente. Como probablemente ya sabrás.

Decididamente, Tom no pensaba decirle que Bernard ya le había contado que Cynthia le había dado calabazas, que no quería verle. Puede que Cynthia no hablase en serio. No había forma de adivinarlo.

—Pues bien —dijo Tom alegremente—. Dice que ya no va a pintar más Derwatts. Eso le hará bien, estoy seguro. Dice que siempre ha odiado el asunto.

Cynthia le entregó el vaso.

—Es un asunto desagradable. ¡Muy desagradable!

Lo era. Tom lo sabía. Desagradable. El visible estremecimiento de Cynthia se lo hizo comprender. Un asesinato, mentiras, fraude... Sí, era un asunto muy feo.

—Bueno, por desgracia ha llegado hasta aquí —dijo Tom—, pero no irá mucho más lejos. Esta va a ser la última aparición de Derwatt, podría decirse. A no ser que Jeff y Ed hayan decidido que, bueno, que no quieren que vuelva a hacer mi papel. Ni siquiera ahora, quiero decir.

Cynthia no pareció prestar atención a sus palabras. Resultaba extraño. Tom se había sentado, pero la muchacha paseaba lentamente arriba y abajo por la habitación, y se diría que estaba atenta a la escalera por si se oían los pasos de Jeff y de Ed.

–¿Qué le sucedió al individuo que se llama Murchison? Su esposa llega mañana, me parece. Jeff y Ed así lo creen.

–No lo sé. No puedo ayudarte –dijo Tom con toda la calma, pues no podía permitir que las preguntas de Cynthia le trastornasen. Tenía un trabajo que hacer. ¡Dios Santo, la esposa llegaba mañana!

–Murchison sabe que están falsificando los cuadros. ¿En qué se basó, exactamente?

–En su opinión –contestó Tom encogiéndose de hombros–. Oh, habló del espíritu de un cuadro, de la personalidad... pero, dudo que pudiera haber convencido a un perito de Londres. Francamente, ¿quién sabe dónde se halla la línea que separa a Derwatt de Bernard a estas alturas? Unos pesados, estos hijos de perra que se autocalifican de críticos de arte. Escucharles resulta casi tan divertido como leer sus comentarios de arte: conceptos espaciales, valores plásticos y demás monsergas.

Tom se rió.

–Murchison vio los míos, uno auténtico y el otro falso, pintado por Bernard. Naturalmente, traté de disuadirle y, modestia aparte, creo que lo conseguí. No creo que pensara acudir a la cita con el hombre de la Tate Gallery.

–Pero ¿dónde se ha esfumado?

Tom titubeó.

–Es un misterio. ¿Dónde se ha esfumado Bernard? No lo sé. Puede que Murchison tuviese sus propios planes al respecto, razones personales para evaporarse. De lo contrario, puede que lo secuestrasen en Orly.

Tom estaba nervioso y odiaba hablar de aquello.

–Eso no nos simplifica las cosas. Parece como si le hubieran eliminado o algo parecido, por haberse enterado de las falsificaciones.

–Esa es precisamente la impresión que intento borrar. Luego saludaré y me iré entre bastidores. La falsificación no ha sido probada. Tienes razón, Cynthia, es un juego sucio, pero, ya que hemos llegado hasta aquí, hay que seguirlo hasta el fin.

—Bernard dijo que quería confesarlo todo... a la policía. Puede que lo esté haciendo ahora.

Esa era una posibilidad horrible, ciertamente, y Tom sintió un leve estremecimiento al pensar en ella. Se bebió el whisky de un trago. Sí, si la policía británica irrumpía en la sala al día siguiente, sonriendo con ironía, y le pescaban en medio de su segunda actuación en el papel de Derwatt, iba a resultar una catástrofe.

—No creo que Bernard esté haciendo eso —dijo Tom, pero no estaba seguro de lo que decía.

Cynthia le miró.

—¿Trataste de persuadir a Bernard también?

Súbitamente, Tom se sintió herido por su hostilidad, una hostilidad que venía de hacía tiempo, de eso estaba seguro. Él era el creador de todo aquel lío.

—Lo hice —afirmó—, por dos razones. Una, sería el fin de la carrera de Bernard, y dos...

—Me parece que la carrera de Bernard ya está acabada, si es que te refieres a Bernard Tufts, el pintor.

—Y en segundo lugar —dijo Tom con toda la amabilidad de que era capaz—, Bernard no es el único involucrado, por desgracia. Sería igualmente la ruina de Jeff y de Ed, de quien sea que fabrica los artículos de arte, a no ser que negasen tener conocimiento del fraude, y dudo que pudiesen convencer a la policía. La escuela de arte en Italia...

Cynthia lanzó un suspiro tenso. Parecía incapaz de hablar. Quizá no quería decir nada más. Reemprendió sus paseos, por la cuadrada habitación, contemplando la fotografía ampliada de un canguro que Jeff había dejado apoyada en la pared.

—Hacía dos años que no veía esta habitación. Jeff cada vez se vuelve más señorito.

Tom permaneció en silencio. Aliviado, oyó un débil ruido de pasos y voces masculinas.

Alguien llamó.

—¿Cynthia? Somos nosotros —exclamó Ed.

Cynthia abrió la puerta.

–¡Bien, *Tom!* –chilló Ed, apresurándose a estrecharle la mano.

–¡Tom! Saludos –dijo Jeff, tan alegre como Ed.

Jeff llevaba una pequeña maleta negra que contenía el maquillaje.

–Tuvimos que recurrir a nuestro amigo del Soho otra vez –dijo Jeff–. ¿Cómo estás, Tom? ¿Qué tal Atenas?

–Triste –respondió Tom–. Tomad algo, muchachos. Los coroneles, ya se sabe. No pude oír los *bouzoukis* por ninguna parte. Oye, espero que no tengamos función esta noche.

Jeff ya estaba abriendo la maleta.

–No, solo miraba si estaba todo. ¿Has tenido noticias de Bernard?

–¡Vaya pregunta! –contestó Tom–. Pues no.

Inquieto, desvió la mirada hacia Cynthia, que estaba apoyada, con los brazos cruzados, en una vitrina al otro lado de la habitación. «¿Estaría enterada de que él había ido a Grecia a propósito para buscar a Bernard? ¿Daba igual que se lo dijera? No.»

–¿Y de Murchison? –preguntó Ed por encima del hombro, mientras se servía una copa.

–No –replicó Tom–. Tengo entendido que mistress Murchison llega mañana, ¿es cierto?

–Puede ser –replicó Jeff–. Webster nos llamó hoy para decírnoslo. Ya sabes, el inspector Webster.

A Tom le era sencillamente imposible hablar en presencia de Cynthia. Se calló. Quería decir algo intrascendente, algo como: «¿Quién adquirió *La bañera?*» Pero ni siquiera de eso era capaz. Cynthia les era hostil. Probablemente no les traicionaría, pero estaba en contra de ellos.

–A propósito, Tom –dijo Ed, dándole un vaso a Jeff; Cynthia tenía todavía el suyo–, puedes quedarte aquí esta noche. Esperamos que lo hagas.

–Encantado –respondió Tom.

–Y mañana por la mañana, habíamos pensado, Jeff y yo, llamar a Webster sobre la diez y media y, si no estaba, dejarle el recado de que tú habías llegado a Londres en tren esta mañana y nos habías telefoneado. Has estado visitando a unos amigos cerca de Bury St. Edmunds, algo por el estilo, y no habías... ¿eh?

–No creíste que el motivo por el que te buscaban era lo sufi-

cientemente serio como para informar a la policía de tu paradero
—intervino Jeff, como si estuviese recitando un verso infantil—. A
decir verdad, no estaban rastreando las calles en tu busca. Solamente nos preguntaron dónde estaba Derwatt un par de veces, y
les contestamos que probablemente estarías con unos amigos en el
campo.

—*D'accord* —dijo Tom.

—Creo que es mejor que me marche —dijo Cynthia.

—Oh, Cynthia, ¿no quieres una copa para el camino? —preguntó Jeff.

—No.

Se estaba poniendo el abrigo ayudada por Ed.

—En realidad, solo quería saber si había noticias de Bernard,
¿sabes?

—Gracias, Cynthia, por defendernos la trinchera —dijo Jeff.

Una desafortunada metáfora, pensó Tom, poniéndose en pie.

—Si recibo noticias me ocuparé de que tú las sepas, Cynthia.
Regresaré pronto a París, puede que mañana mismo.

Desde la puerta llegaron murmullos de despedida a cargo de
Cynthia, Jeff y Ed. Jeff y Ed regresaron.

—¿Sigue enamorada de él? —preguntó Tom—. Creía que no.
Bernard dijo que...

La expresión en los rostros de Jeff y Ed era vagamente afligida.

—¿Bernard dijo qué...? —preguntó Jeff.

—Que la llamó desde París la semana pasada y ella le dijo que
no quería verle. O quizá Bernard exageró, no lo sé.

—Nosotros tampoco —dijo Ed, echándose hacia atrás sus lacios
cabellos rubios.

Fue a por otra copa.

—Creí que Cynthia tenía novio —dijo Tom.

—Oh, es el mismo —dijo Ed con voz de aburrimiento desde la
cocina.

—Stephen No Sé Qué —dijo Jeff—. No ha logrado inflamar su
corazón.

—¡No es precisamente una bola de fuego! —dijo Ed riendo.

—Sigue en el mismo oficio —prosiguió Jeff—. Se gana dinero
con él y es la preferida de algún pez gordo.

—Bueno, dejémoslo —intervino Ed con tono perentorio—. Ahora, ¿dónde está Bernard, y qué querías decir con eso de que él debía darte por muerto?

Tom se lo explicó, concisamente. También les contó la escena del entierro, lográndole dar un tono divertido que cautivaba a Jeff y a Ed, posiblemente por su morbosidad, al mismo tiempo que les hacía reír.

—Un simple golpecito en la cabeza —dijo Tom.

Había robado las tijeras de Heloise y en el lavabo del avión que le conducía a Atenas se había desembarazado del esparadrapo.

—¡Déjame tocarte! —dijo Ed, agarrando a Tom por un hombro—. ¡He aquí a un hombre que ha salido de la tumba, Jeff!

—Es más de lo que haremos nosotros, de lo que haré yo —comentó Jeff.

Tom se quitó la chaqueta y se instaló más cómodamente en el diván color rojizo de Jeff.

—¿Supongo que habréis adivinado que Murchison ha muerto? —dijo Tom.

—Nos lo imaginábamos, en efecto —dijo Jeff solemnemente—. ¿Qué sucedió?

—Yo lo maté. En mi bodega..., con una botella de vino.

En aquel extraño momento a Tom se le ocurrió que podría, que debería mandar unas flores a Cynthia. Que las tirara a la basura o al fuego si quería. Tom se reprochó por haberse mostrado descortés con Cynthia.

Jeff y Ed seguían estupefactos, recobrándose de lo que acababa de decirles.

—¿Dónde está el cadáver? —preguntó Jeff.

—En el fondo de algún río, cerca de donde vivo. Creo que en el Loing —dijo Tom. (¿Era conveniente decirles que Bernard le había ayudado? No. ¿Para qué molestarse?) Tom se frotó la frente. Estaba cansado y se apoyaba en uno de sus codos.

—¡Dios mío! —dijo Ed—. ¿Entonces tú llevaste sus trastos a Orly?

—Sus trastos, en efecto.

—Pero ¿no tenías un ama de llaves? —preguntó Jeff.

—Sí. Tuve que hacerlo todo en secreto, sin que ella me viera —contestó Tom—. Ya sabes, a primera hora de la mañana y todas esas cosas.

–Pero dijiste algo de una fosa en el bosque, la que utilizó Bernard –dijo Ed.

–Sí. Primero enterré a Murchison en el bosque, luego se presentó la policía para investigar, así que antes de que empezasen a husmear en el bosque, decidí que lo más prudente era sacar el cadáver de allí, por lo que...

Tom hizo un gesto que recordaba vagamente la acción de arrojar algo. No, era mejor no decirles que Bernard le había ayudado. Si Bernard quería (¿Qué quería Bernard? ¿Redimirse?) cuanta menor fuese su complicidad, la de Bernard, tanto mejor.

–Caramba –dijo Ed–. ¡Dios mío!, ¿eres capaz de encararte con su mujer?

–¡Chis! –dijo Jeff con rapidez, sonriendo nerviosamente.

–Por supuesto –contestó Tom–. Me vi obligado a hacerlo. A decir verdad, Murchison se me echó encima, allá abajo; en la bodega. Comprendió que yo me había hecho pasar por Derwatt en Londres. Así que todo iba a quedar al descubierto si yo no me libraba de él. ¿Comprendéis?

Tom andaba de un lado para otro tratando de combatir el sueño.

Comprendieron y quedaron impresionados. Al mismo tiempo, Tom casi oía chirriarles el cerebro, haciendo conjeturas: «Tom Ripley ya había matado antes. Dickie Greenleaf, ¿no? Y puede que también al otro individuo, el llamado Freddie No Sé Qué. Era solamente una sospecha, pero ¿acaso no era cierta? Y este asesinato, ¿se lo estaría tomando muy en serio Tom? ¿Esperaría que Derwatt Ltd. le mostrase mucha gratitud? ¿Gratitud, lealtad, dinero? ¿Es que todo se reducía a lo mismo? Tom era lo bastante idealista para creer que no, para confiar en que no. Esperaba que Jeff Constant y Ed Banbury demostrasen un mayor calibre. Después de todo, habían sido amigos del gran Derwatt, incluso sus mejores amigos. ¿Cuán grande había sido Derwatt? Tom rehuyó la pregunta. ¿Cuán grande era Bernard? Pues, bastante grande como pintor, a decir verdad.» Tom se mostró más convencional, a causa de Bernard (que durante años había evitado la amistad de Jeff y de Ed), y dijo:

–Bien, amigos, ¿qué os parece si me preparáis para mañana? ¿Quién más va a venir? Confieso que estoy cansado y que no me importaría acostarme temprano.

Ed estaba de pie frente a él.

–¿Alguna pista en contra tuya con respecto a Murchison, Tom?

–No, que yo sepa. –Tom sonrió–. Nada a excepción de los hechos.

–¿Es verdad que robaron *El reloj?*

–El cuadro estaba junto a la maleta de Murchison, en Orly, embalado aparte. Alguien lo cogió, eso está claro –dijo Tom–. Me pregunto quién lo tendrá ahora colgado en casa. ¿Sabrá lo que tiene entre manos? Si es así, puede que no lo haya colgado. Sigamos con las instrucciones, ¿eh? ¿Qué os parece un poco de música?

Con los briosos compases de Radio Luxemburgo, Tom se sometió a un ensayo casi general. La barba, con su gasa, seguía intacta y se la probaron, aunque sin pegarla. Bernard no se había llevado el viejo traje azul oscuro de Derwatt, y Tom se puso la americana.

–¿Sabes algo sobre mistress Murchison? –preguntó Tom.

Nada, en realidad, aunque le facilitaron algunos detalles inconexos que la mostraron, por lo que Tom pudo ver, como una mujer ni agresiva ni tímida, ni inteligente ni estúpida. Cada uno de los datos anulaba el precedente. Jeff había hablado con ella por teléfono desde la Buckmaster Gallery, adonde ella había llamado después de anunciar la conferencia por cable.

–Es un milagro que no me llamase a mí –comentó Tom.

–Oh, le dijimos que no sabíamos tu número de teléfono –dijo Ed–, y, teniendo en cuenta que se trataba de Francia, supongo que la hicimos dudar.

–¿Os importa que llame a casa esta noche? –preguntó Tom, imitando la voz de Derwatt–. Por cierto, estoy sin blanca.

Jeff y Ed no podían mostrarse más complacientes. Disponían de abundante dinero en efectivo a mano. Jeff pidió la conferencia con Belle Ombre enseguida. Ed preparó un café bien cargado para Tom, como este le había pedido. Tom se duchó y se puso el pijama. Así se sentía mejor. Llevaba, además, unas zapatillas de Jeff. Pasaría la noche en el diván del estudio.

–Confío en que haya quedado bien claro –dijo Tom– que Bernard quiere mandar el asunto a paseo. Derwatt se retirará definitivamente y... puede que le devoren las hormigas en México o que perezca en un incendio, probablemente junto con los cuadros que pinte a partir de ahora.

504

Jeff asintió con la cabeza, empezó a mordisquearse una uña y bruscamente se quitó el dedo de la boca.

–¿Qué le has contado a tu mujer?

–Nada –respondió Tom–. Nada importante, en realidad.

El teléfono sonó.

Jeff hizo señas para que Ed fuese con él a su dormitorio.

–¡Hola, cariño, soy yo! –dijo Tom–. No, estoy en Londres... Bueno, cambié de parecer...

¿Cuándo regresaría a casa?... Por cierto, a madame Annette le dolía la muela otra vez.

–¡Dale las señas del dentista de Fontainebleau! –dijo Tom.

Resultaba sorprendente cuán reconfortante podía ser una llamada telefónica en circunstancias como aquellas en las que se encontraba. Casi hizo que Tom sintiese cariño por el teléfono.

19

–¿Está el inspector Webster, por favor? –preguntó Jeff–. Jeffrey Constant, de la Buckmaster Gallery–. ¿Me hará el favor de decirle al inspector que esta mañana he recibido una llamada de Derwatt, y que esperamos verle hoy en la galería...? No estoy seguro de la hora, pero será antes de las doce.

Eran las diez menos cuarto.

Tom se hallaba delante del espejo alargado otra vez, examinando el efecto de su barba y de sus cejas reforzadas. Ed le estaba examinando el rostro bajo uno de los focos más potentes de Jeff, cuya luz caía de lleno en los ojos de Tom. Su pelo era más claro que la barba, pero más oscuro que el suyo propio, como antes. Ed había ido con cuidado con el corte de la parte posterior de la cabeza y, por suerte, la hemorragia había cesado.

–Jeff, muchacho –dijo Tom con la severa voz de Derwatt–, ¿por qué no quitas esa música y pones otra cosa?

–¿Qué te gustaría?

–*El sueño de una noche de verano.* ¿Tienes el disco?

–Pues no –respondió Jeff.

–¿Puedes conseguirlo? Eso es lo que tengo ganas de oír. Me inspira, y necesito inspiración.

Aquella mañana no bastaba con imaginarse la música.

Jeff ni siquiera sabía de nadie que, con toda certeza, poseyera ese disco.

—¿No puedes salir a comprarlo, Jeff? Tiene que haber alguna tienda de discos entre aquí y St. John's Wood Road, ¿no es así?

Jeff salió corriendo.

—Tú no hablaste con mistress Murchison, supongo —dijo Tom, tomándose unos momentos de descanso para fumarse un Gauloises—. Tengo que comprar cigarrillos ingleses. No quiero abusar de mi buena estrella fumándome estos Gauloises.

—Coge estos. Si se te acaban, la gente te invitará a fumar —se apresuró a decir Ed, metiendo un paquete de cigarrillos en el bolsillo de Tom—. Pues no, no hablé con ella. Al menos no ha mandado a un detective americano. Lo pasaríamos bastante mal si lo hiciese.

Puede que ahora esté volando con uno, pensó Tom. Se quitó los dos anillos. Naturalmente, no llevaba puesto el anillo mexicano. Cogió un bolígrafo y trató de copiar exactamente la firma de Derwatt que aparecía, impresa en una goma de borrar azul, sobre el escritorio de Jeff. Tom escribió la firma tres veces, entonces estrujó la hoja de papel y la arrojó a la papelera.

Llegó Jeff, jadeando como si hubiese venido corriendo.

—Ponlo fuerte, si puedes —dijo Tom.

La música empezó, bastante fuerte. Tom sonrió. Era *su* música.

Osada idea, pero aquel era el momento de la osadía. Más alegre, Tom se irguió, entonces recordó que Derwatt no se erguía.

—Jeff, ¿puedo pedirte otro favor? Llama a una floristería y haz que manden flores a Cynthia. Ponlas en mi cuenta.

—¿De qué cuenta me estás hablando? Flores... para Cynthia. Muy bien. ¿De qué clase?

—Oh, gladiolos, si tienen. Si no, dos docenas de rosas.

—Flores, flores, floristerías... —Jeff iba diciendo mientras miraba en la guía telefónica—. ¿De parte de quién? ¿Basta con firmar «Tom»?

—«De Tom con cariño» —contestó Tom, y se quedó muy quieto para que Ed pudiera repasarle el labio superior con un lápiz de labios color rosa pálido. Derwatt tenía más lleno el labio superior.

Abandonaron el estudio de Jeff mientras seguía tocando la primera cara del disco. Jeff dijo que se pararía automáticamente.

Jeff se marchó solo en el primer taxi. Tom se sentía lo bastante seguro como para no necesitar que le acompañasen, pero presintió que Ed no quería arriesgarse, o no quería separarse de él. Fueron juntos en taxi y se apearon una calle antes de Bond Street.

—Si alguien pregunta, nos hemos encontrado por casualidad camino de la Buckmaster —indicó Ed.

—¡Tranquilízate! Saldremos adelante.

Una vez más, Tom penetró por la puerta posterior pintada de rojo. El despacho estaba vacío a excepción de Jeff, que hablaba por teléfono. Les hizo señas de que se sentaran.

—¿Me la pondrá cuanto antes? —dijo Jeff, y colgó—: Estoy haciendo una llamada de cortesía a Francia. A la policía de Melun. Es para decirles que Derwatt ha vuelto a aparecer. Nos habían llamado, ¿sabes... Derwatt?, y les prometí tenerles al corriente si tú te comunicabas con nosotros.

—Ya veo —dijo Tom—. Supongo que no habrás dicho nada a los periódicos, ¿eh?

—No, ni veo por qué tenía que hacerlo. ¿Tú qué crees?

—Nada, déjalo estar.

Leonard, el espíritu burlón que oficialmente dirigía la galería, asomó la cabeza por la puerta.

—¡Hola! ¿Puedo entrar?

—¡Noo! —susurró Jeff, en broma.

Leonard entró y cerró la puerta, dirigiendo una sonrisa resplandeciente a la segunda resurrección de Derwatt.

—¡Si no lo veo no lo creo! ¿A quién esperamos esta mañana?

—Al inspector Webster de la policía metropolitana, para empezar —le contestó Ed.

—¿Debo permitir la entrada a todo el mundo...?

—No, no a todo el mundo —dijo Jeff—. Primero llama, yo abriré la puerta, aunque hoy no echaremos la llave. ¡Ahora, esfúmate!

Leonard se esfumó.

Tom estaba semihundido en el sillón cuando llegó el inspector Webster.

Webster sonreía como un conejo satisfecho, mostrando sus grandes y manchados dientes.

—¿Cómo está usted, míster Derwatt? ¡Caramba! Nunca creí que tendría el placer de conocerle.

—El placer es mío, inspector.

Tom no se puso en pie del todo. «No olvides», se dijo a sí mismo, «que eres algo más viejo, pesado y lento, y más encorvado que Tom Ripley.»

—Lamento —dijo Tom tranquilamente, como si no lo lamentase mucho y, ciertamente, no estuviese turbado— que tuviera usted que preguntarse dónde estaba yo. Estuve con unos amigos en Suffolk.

—Eso me han dicho —respondió el inspector, cogiendo una silla que se hallaba a unos dos metros de Tom.

Tom se había fijado en que la persiana de la ventana estaba echada en sus tres cuartas partes, casi cerrada. La luz era suficiente, hasta para escribir una carta, pero no excesiva.

—Bueno, su paradero, a mi juicio, estaba en consonancia con el de Thomas Murchison —dijo Webster sonriendo—. Es mi deber encontrarle.

—Leí algo o... Jeff me contó lo de su desaparición en Francia.

—En efecto, y uno de sus cuadros desapareció con él. *El reloj*.

—Sí. Probablemente no es el primer... robo —dijo Tom filosóficamente—. Tengo entendido que su esposa vendrá a Londres, ¿no?

—De hecho ya está aquí. —Webster consultó su reloj—. El avión llega a las doce de la mañana. Después de un vuelo nocturno, me figuro que querrá descansar un par de horas. ¿Estará usted aquí por la tarde, míster Derwatt? ¿Le es posible?

Tom sabía que por cortesía tenía que decir que sí. Con solo un leve asomo de contrariedad dijo que por supuesto le era posible.

—¿Sobre qué hora? Tengo que hacer algunos encargos esta tarde. Webster se levantó con ademán de hombre atareado.

—¿Digamos a las tres y media? Si hay alguna variación, se lo haré saber mediante la galería.

Se volvió hacia Jeff y Ed.

—Muchísimas gracias por informarme sobre Derwatt. Adiós, señores.

—Adiós, inspector —dijo Jeff abriéndole la puerta.

Ed miró a Tom y sonrió con expresión satisfecha, con los labios cerrados.

—Un poco más de animación esta tarde. Derwatt era un poco más enérgico, por así decirlo. Energía nerviosa.

—Tengo mis motivos —replicó Tom.

Juntó las puntas de los dedos y se quedó mirando fijamente al espacio, a la manera de Sherlock Holmes reflexionando, un gesto inconsciente quizá porque había estado pensando en cierto relato de Sherlock Holmes que se asemejaba a la situación presente. Tom esperaba que su disfraz no resultase tan inútil como el del relato. De todos modos, era mejor que algunos de los desacreditados por sir Arthur... cuando, por ejemplo, un noble se olvidaba de quitarse el anillo de diamantes o algo parecido.

—¿Y cuáles son? —preguntó Jeff.

Tom se puso en pie de un salto.

—Te lo diré más tarde. Ahora me iría bien un whisky.

Almorzaron en Norughe's, un restaurante italiano de Edgware Road. Tom tenía hambre y el restaurante era precisamente a su gusto: tranquilo, agradable y la pasta era excelente. Tom tomó gnocchi con una deliciosa salsa de queso, y se bebieron dos botellas de Verdicchio. Una de las mesas próximas estaba ocupada por algunas celebridades del Royal Ballet, que evidentemente reconocieron a Derwatt del mismo modo que Tom les había reconocido a ellos, pero como es norma en Inglaterra, el intercambio de miradas duró poco.

—Preferiría llegar yo solo a la galería esta tarde, y entrar por la puerta principal —dijo Tom.

Todos fumaron cigarros y tomaron coñac. Tom se sentía con ánimo para todo, incluso para mistress Murchison.

—Dejadme aquí —dijo Tom en el taxi—. Tengo ganas de caminar.

Hablaba con la voz de Derwatt, al igual que había hecho durante toda la comida.

—Ya sé que hay un buen trecho, pero al menos no hay tantas cuestas como en México. ¡Ejem!

Oxford Street presentaba un aspecto concurrido y atractivo. Tom se dio cuenta de que había olvidado preguntar a Jeff o a Ed si habían inventado más recibos de cuadros. Puede que Webster no volviera a pedirlos. Puede que mistress Murchison sí lo hiciera. ¿Quién sabe? Algunas de las numerosas personas que transitaban por Oxford Street le miraron dos veces, quizá por haberle reconocido (aunque Tom lo dudaba mucho) o quizá les llamase la atención la barba y la intensa mirada de sus ojos. Tom supuso que su intensa mirada era debida a las cejas, y también porque Derwatt solía fruncir el ceño, aunque esto no era por tener mal genio, le había asegurado Ed.

Esta tarde sería o bien un éxito o un fracaso, pensó Tom. Sería un éxito, tenía que serlo. Empezó a imaginarse lo que sucedería si fracasaba, y su imaginación se detuvo al llegar a Heloise y a su familia. Sería el fin de todo, el fin de Belle Ombre. De los amables servicios de madame Annette. Para decirlo con franqueza, iría a parar a la cárcel, ya que quedaría bien claro que él había eliminado a Murchison. Ni pensar en ir a la cárcel.

Tom se encontró de frente con el viejo que anunciaba las fotos para pasaporte. Como si se tratase de un ciego, el viejo no se apartó a un lado. Tom tuvo que hacerlo. Luego corrió hasta adelantarse al individuo.

–¿Me recuerda? ¡Saludos!

–¿Eh? ¿Mmm?

Un cigarrillo apagado, a medio consumir, colgaba de los labios del individuo igual que la otra vez.

–Aquí tiene, ¡para que le traiga suerte! –le dijo Tom, metiendo en el bolsillo de su viejo abrigo de tweed lo que quedaba de su paquete de cigarrillos.

Tom entró tranquilamente en la Buckmaster Gallery, donde todos los cuadros de Derwatt, excepto los cedidos en préstamo, aparecían adornados con una estrellita roja. Leonard le dedicó una sonrisa y una inclinación de cabeza que era casi una reverencia. Había cinco personas en la sala, una pareja joven (la muchacha andaba descalza por la alfombra beige), un caballero de edad avanzada y dos hombres. Mientras se dirigía hacia la puerta roja situada en la parte trasera de la galería, Tom sintió que todos los ojos se volvían para seguirle, hasta que desapareció de la vista.

Jeff abrió la puerta.

–Derwatt, hola. Entra. Te presento a mistress Murchison... Philip Derwatt.

Tom hizo una leve reverencia ante la mujer sentada en la butaca.

–Encantado, mistress Murchison.

Saludó también con la cabeza al inspector Webster, que estaba sentado en una silla.

510

Mistress Murchison aparentaba unos cincuenta años, pelo corto, cortado a navaja y de color rojizo, ojos azules y brillantes, boca más bien ancha, en resumen, un rostro, pensó Tom, que en otras circunstancias posiblemente hubiese estado animado. Llevaba un traje de buen tweed, de corte elegante, un collar de jade y un jersey verde pálido.

Jeff se había colocado detrás de su escritorio, pero no estaba sentado.

—Usted vio a mi esposo en Londres. Aquí —dijo mistress Murchison a Tom.

—Sí, durante unos breves minutos. Quizá diez.

Tom se movía hacia la silla que Ed le estaba ofreciendo. Sintió los ojos de mistress Murchison clavados en sus zapatos, los zapatos casi destrozados que verdaderamente habían pertenecido a Derwatt. Se sentó con precaución, como si padeciese de reumatismo o de algo peor. Ahora se hallaba aproximadamente a un metro y medio de distancia de mistress Murchison, que tenía que torcer la cabeza ligeramente hacia la derecha para poder verle.

—Iba a visitar a un tal míster Ripley en Francia. Me lo comunicó por carta —dijo mistress Murchison—. ¿Concertó alguna entrevista con usted para más adelante?

—No —respondió Tom.

—Por casualidad ¿conoce usted a míster Ripley? Tengo entendido que posee algunos cuadros suyos.

—Me suena su nombre, pero nunca le he visto —dijo Tom.

—Voy a tratar de verle. Bien pensado, a lo mejor mi marido sigue en Francia. Lo que me gustaría saber, míster Derwatt, es si usted cree que existe algún negocio sucio en torno a sus cuadros. Me resulta difícil expresarlo. ¿Alguien a quien pudiera parecerle conveniente quitar de en medio a mi esposo para evitar que denunciase una supuesta falsificación? ¿O quizá varias falsificaciones?

Tom agitó la cabeza lentamente.

—No, que yo sepa.

—Pero usted ha estado en México.

—He hablado con... —Tom levantó la vista hacia Jeff, luego hacia Ed, que estaba reclinado en el escritorio—. Esta galería no tiene conocimiento de ningún grupo o banda y lo que es más, no saben nada de falsificaciones. Yo vi el cuadro que su esposo se trajo consigo, ¿sabe?, *El reloj.*

–Y que ha sido robado.

–Sí, eso me han dicho. Pero lo que importa es que es uno de mis cuadros.

–Mi esposo iba a enseñárselo a míster Ripley.

–Lo hizo –intervino Webster–. Míster Ripley me habló de su conversación...

–Ya lo sé, ya lo sé. Mi esposo tenía su teoría –dijo mistress Murchison con aire de orgullo o valor–. Puede que estuviera equivocado. Reconozco que yo no tengo tanto de experta como mi esposo. Pero suponiendo que *sí* tenga razón...

Esperaba una respuesta, de quien fuese.

Tom confiaba en que ella ignorase la teoría de su esposo, o que no la entendiera.

–¿Qué teoría es esa, mistress Murchison? –preguntó Webster con expresión ansiosa.

–Algo relacionado con los matices púrpuras en los cuadros más recientes de Derwatt, en algunos de ellos. Seguro que habló de ello con usted, míster Derwatt, ¿no?

–Sí –respondió Tom–. Dijo que en mis primeros cuadros esos matices eran más oscuros. Puede que así sea. –Tom sonrió levemente–. No me había dado cuenta. Si ahora son más claros, me parece que habrá más de ellos. Por ejemplo, *La bañera,* ahí fuera.

Sin pensarlo, Tom había citado un cuadro que Murchison consideraba tan claramente falso como *El reloj;* en ambas pinturas los púrpuras eran de un violeta cobalto puro, como antaño.

Sus palabras no provocaron ninguna reacción.

–Por cierto –dijo Tom a Jeff–, esta mañana estabas tratando de llamar a la policía francesa para comunicarles mi regreso a Londres. ¿Has logrado comunicar con ellos?

Jeff se sobresaltó.

–Pues no. No, por cierto, no he conseguido hablar con ellos.

Mistress Murchison dijo:

–Mi marido, ¿habló de alguien, aparte de míster Ripley, a quien pensase visitar en Francia, míster Derwatt?

Tom reflexionó. «¿Le digo la verdad o empiezo una pista falsa?» Con toda honradez respondió:

–No que yo recuerde. No me habló ni de míster Ripley, para ser exactos.

–¿Puedo ofrecerle un poco de té, mistress Murchison? –preguntó Ed amablemente.

–Oh, no, gracias.

–¿Alguien quiere té? ¿Un poco de jerez, quizá? –preguntó Ed. Nadie quería o se atrevía a aceptar nada.

Pareció una contraseña, de hecho, ya que mistress Murchison se despidió. Deseaba llamar a míster Ripley (el inspector le había proporcionado el número de teléfono) y fijar una fecha para visitarle.

Con una serenidad que nada tenía que envidiar a la del mismo Tom, Jeff preguntó (indicando el teléfono de su escritorio):

–¿Quiere llamarle desde aquí, mistress Murchison?

–No, muchísimas gracias, pero lo haré desde el hotel.

Tom se levantó al marcharse mistress Murchison.

–¿Dónde se hospeda en Londres, míster Derwatt? –preguntó el inspector Webster.

–En el estudio de míster Constant.

–¿Me permite preguntarle cómo llegó a Inglaterra? –Una amplia sonrisa–. Los del Control de Inmigración no tienen constancia de su entrada.

Tom adoptó premeditadamente un aire impreciso y pensativo.

–Tengo pasaporte mexicano ahora. Además, en México utilizo otro nombre.

Ya esperaba esa pregunta.

–¿Vino en avión?

–En barco –dijo Tom–. No siento gran afición por los aviones.

Tom esperaba que Webster le preguntase si había desembarcado en Southampton o en otra parte, pero el inspector se limitó a decir:

–Gracias, míster Derwatt. Adiós.

Si comprobara este punto, pensó Tom, ¿qué averiguaría? ¿Cuántas personas habían llegado a Londres desde México hacía una semana? Probablemente no muchas.

Jeff cerró la puerta una vez más. Hubo unos segundos de silencio mientras los visitantes se alejaban y quedaban fuera del alcance de sus palabras. Jeff y Ed habían oído lo último que habían dicho Tom y el inspector.

–Si pretende comprobar este dato –dijo Tom–, ya me inventaré otra cosa.

–¿Qué? –preguntó Ed.

–Oh..., un pasaporte mexicano, por ejemplo –replicó Tom–. Ya lo sabía..., que tendría que volver corriendo a Francia. –Hablaba como Derwatt, pero casi susurrando.

–No esta noche, ¿crees? –dijo Ed–. Seguro que no.

–No. Porque dije que estaría en casa de Jeff. ¿No te has enterado?

–¡Santo Dios! –dijo Jeff, aliviado, pero se enjugó la nuca con el pañuelo.

–Lo hemos logrado –dijo Ed, fingiendo solemnidad y pasándose una mano por delante del rostro.

–¡Por Cristo que ojalá pudiéramos celebrarlo! –dijo Tom súbitamente–. Pero ¿cómo puedo celebrarlo con esta maldita barba? Si ya me ha costado trabajo no llenármela de salsa de queso este mediodía. ¡Y tengo que llevarla toda la noche!

–¡Y dormir con ella! –exclamó Ed, partiéndose de risa por toda la habitación.

–Caballeros...

Tom se irguió, pero rápidamente recobró su postura encogida.

–Debo arriesgarme, debido a la necesidad, a hacer una llamada a Heloise. ¿Me lo permites, Jeff? Usaré el Servicio Internacional para Abonados, de modo que no creo que esta conferencia se note mucho en tu factura. Si es así, mala pata, porque creo que me es imprescindible hacerla.

Tom cogió el aparato.

Jeff preparó el té y añadió a la bandeja una botella de whisky a modo de refuerzo.

Madame Annette contestó, en contra de lo que Tom esperaba. Fingió voz de mujer y en un francés aún peor que el suyo preguntó por madame Ripley.

–¡Chis! –les dijo a Jeff y a Ed porque se estaban riendo–. Hola, Heloise. –Tom hablaba en francés–. Tengo que ser breve, cariño. Si llama alguien para hablar conmigo, dile que estoy en París con unos amigos... Es más que probable que llame una mujer, una mujer que solo habla inglés, pero no lo sé con certeza. Debes darle un número falso de París... Inventa uno... Gracias, cariño... Creo que mañana por la tarde, pero no debes decírselo a la americana... Y no le digas a madame Annette que estoy en Londres.

Después de colgar el aparato, Tom le preguntó a Jeff si podía echar una ojeada a los libros que, según Jeff, había preparado, y Jeff los sacó. Se trataba de dos libros de contabilidad, uno un poco usado, el otro más nuevo. Tom permaneció inclinado sobre ellos durante unos minutos, leyendo el título de las telas y las fechas. Jeff se había mostrado generoso con el espacio y los Derwatts no predominaban, ya que la Buckmaster Gallery trataba con otros pintores. Jeff había anotado algunos títulos con distinta tinta al lado de la fecha, pues Derwatt no siempre daba título a sus cuadros.

—Me gusta esta página con la mancha de té —comentó Tom.

Jeff resplandecía de satisfacción.

—Es obra de Ed. Dos días de antigüedad.

—Hablando de celebrarlo —dijo Ed, juntando las manos con un golpe seco—, ¿qué hay de la fiesta de Michael esta noche? A las diez y media, dijo. Holland Park Road.

—Nos lo pensaremos —dijo Jeff.

—¿Y si nos asomáramos por allí veinte minutos? —dijo Ed esperanzado.

Tom pudo comprobar que *La bañera* aparecía correctamente anotada entre las obras más recientes; probablemente había resultado imposible evitarlo. Los libros estaban llenos principalmente de nombres y direcciones de compradores, los precios que habían pagado, las compras eran auténticas, las fechas de llegada eran falsas a veces, supuso Tom, pero, en conjunto, le pareció que Jeff y Ed habían hecho un excelente trabajo.

—¿De modo que el inspector los examinó?

—Oh, sí —respondió Jeff.

—No expresó ninguna duda, ¿verdad, Jeff? —dijo Ed.

—No.

Veracruz... Veracruz... Southampton... Veracruz.

Si había pasado el examen, entonces ya estaba, se figuró Tom.

Se despidieron de Leonard (aunque casi era la hora de cerrar, de todos modos) y fueron al estudio de Jeff en taxi. A Tom le daba la impresión de que ambos le estaban mirando como si fuese algún personaje mágico. Ello le hacía gracia, pero, en cierto modo, no le gustaba. Se diría que le consideraban un santo, capaz de curar una planta moribunda con solo tocarla, capaz de aliviar un dolor de cabeza agitando una mano, capaz de andar sobre el agua. Pero Derwatt no había sido capaz de andar sobre el agua, o quizá no había querido hacerlo. Y, con todo, Tom era Derwatt ahora.

–Quiero llamar a Cynthia –dijo Tom.

–Trabaja hasta las siete. Es una oficina muy rara –le informó Jeff.

Tom telefoneó primero a Air France y reservó plaza para el vuelo de la una del mediodía siguiente. El billete lo recogería en la terminal. Había decidido pasar en Londres la mañana por si surgía alguna dificultad. Convenía evitar la impresión de que Derwatt volvía a escurrir el bulto a toda prisa.

Tom bebía té azucarado y se hallaba tendido en el diván de Jeff, sin chaqueta ni corbata, pero conservando todavía la engorrosa barba.

–Ojalá fuese capaz de hacer que Cynthia aceptase otra vez a Bernard –dijo Tom meditabundo, como si fuese Dios en un momento de debilidad.

–¿Y por qué? –preguntó Ed.

–Temo que Bernard se destruya a sí mismo. Ojalá supiese dónde está.

–¿Lo dices en serio? ¿Suicidarse? –preguntó Jeff.

–Sí –afirmó Tom–. Ya te lo había dicho, me parece. No se lo dije a Cynthia. No me pareció justo. Hubiera sido una especie de chantaje, para forzarla a aceptarle. Y no creo que a Bernard le gustase eso.

–¿Quieres decir que se suicide en alguna parte? –dijo Jeff.

–Sí, a eso me refiero.

Tom no tenía intención de contarles el fingido suicidio de Bernard en su casa, pero pensó: ¿Y por qué no? A veces la verdad, por peligrosa que fuese, podía resultar beneficiosa para revelar algo nuevo, algo ignorado hasta el momento.

–Ya se ahorcó en mi sótano... en efigie. Debería decir que «se colgó», ya que utilizó unas cuantas cuerdas. Les puso un rótulo que rezaba «Bernard Tufts». El viejo Bernard, ya veis, el falsificador. O quizá el auténtico Bernard. Los dos se confunden en su cerebro.

—¡Caramba! Está mal de la cabeza, ¿eh? —dijo Ed mirando a Jeff.

Tanto Jeff como Ed tenían los ojos muy abiertos, Jeff más a su modo calculador. ¿Es que hasta ahora no se daban cuenta de que Bernard Tufts ya no les iba a pintar más Derwatts?

Tom dijo:

—No son más que conjeturas. No sirve de nada perder la cabeza antes de que suceda. Pero ya veis...

Tom se puso en pie. Iba a decir: «Lo que importa es que Bernard cree haberme matado», pero se preguntó si era en efecto importante. Y, si lo era, ¿en qué sentido? Comprendió que había sido una suerte que ningún periodista hubiese estado presente para, mañana, escribir «Derwatt ha vuelto», pues si Bernard lo leía en el periódico, sabría que Tom ya no estaba en la tumba, por algún motivo, que seguía con vida. Eso, en cierto modo, podía beneficiar a Bernard, ya que probablemente se sentiría menos inclinado al suicidio si pensaba que no había asesinado a Tom Ripley. Aunque, ¿contaría realmente este detalle en el aturdido cerebro de Bernard? ¿Dónde estaba el bien y dónde el mal?

Pasadas las siete, Tom llamó a Cynthia a un número de Bayswater.

—Cynthia..., antes de irme, quería decirte... en caso de que vea a Bernard de nuevo, en alguna parte, ¿puedo decirle una cosita, que...?

—¿Que qué? —preguntó Cynthia, brusca, mucho más a la defensiva que Tom, o, cuando menos, tratando de protegerse.

—Que accedes a verle otra vez. En Londres. Sería maravilloso, ¿comprendes?, que yo pudiera decirle algo positivo como eso a él. Está muy deprimido.

—Pero no alcanzo a ver de qué sirve recibirle de nuevo —dijo Cynthia.

En la voz de la muchacha Tom oyó ecos de los baluartes de los castillos, de las iglesias, de la clase media. Piedras grises y beige, inexpugnables. El comportamiento decente.

—En ninguna circunstancia, ¿simplemente no quieres volver a verle?

—Me temo que así sea. Resultará mucho más fácil si no alargo el asunto. Más fácil para Bernard, también.

Aquello era definitivo. Denotaba una gran firmeza de carácter y demás zarandajas. Pero resultaba también mezquino, cochinamente mezquino. Al menos Tom comprendía dónde estaba ahora. Una muchacha había sido descuidada, la habían dejado plantada, rechazada, abandonada (hacía tres años). Había sido Bernard quien había roto. Pues que fuese Bernard, en las mejores circunstancias, quien tratase de arreglarlo.

–Como quieras, Cynthia.

Le haría algún bien a su orgullo, pensó Tom, saber que Bernard se colgaría otra vez por ella.

Jeff y Ed habían estado hablando en la alcoba del primero, y no habían oído la conversación, pero le preguntaron a Tom qué había dicho Cynthia.

–No quiere volver a ver a Bernard –les dijo Tom.

Ni Jeff ni Ed parecieron comprender las consecuencias de eso. Para dar por terminado el asunto, Tom añadió:

–Naturalmente, puede ser que ni yo vuelva a ver a Bernard.

20

Asistieron a la fiesta de Michael («¿Quién sería el tal Michael?»). Llegaron alrededor de la medianoche. La mitad de los invitados ya estaban achispados, y Tom no distinguió a nadie que le pareciese importante, al menos en lo que a él se refería. Se sentó en una silla, casi debajo de una lámpara, con un vaso de whisky con agua en la mano. Estuvo charlando con unas cuantas personas que parecían algo impresionadas, o, al menos, respetuosas, ante él.

La estancia estaba decorada de color rosa y llena de enormes bolas. Las sillas parecían merengues de color blanco. Las chicas llevaban unas faldas tan cortas que a Tom (no acostumbrado a semejante atavío) se le iban los ojos detrás de las complicadas costuras de leotardos de múltiples colores, aunque no tardaba en apartar la mirada. Chifladas, pensó, absolutamente chifladas. ¿O quizá las estaba viendo como las vería Derwatt? ¿Es que había alguien capaz de imaginarse que había una carne apetecible debajo de aquellos leotardos que no enseñaban otra cosa que costuras reforzadas y, en algunos casos, bragas debajo? Los senos se hacían visibles cuando las chicas se inclinaban para coger un cigarrillo. ¿A qué mitad de la chica se esperaba que mirase uno? Tom alzó la mirada y se llevó un sobresalto al encontrarse frente a unos ojos rodeados de color marrón. La boca incolora que había debajo de aquellos ojos dijo:

–Derwatt, ¿puede decirme en qué parte de México vive? No espero una respuesta sincera, pero bastará con una verdad a medias.

Tom la contemplaba perplejo desde detrás de sus gafas de cristales no graduados, como si estuviese empleando la mitad de su ilustre cerebro en atender a la pregunta de la chica, aunque, en realidad, lo que estaba era aburrido. ¡Cómo prefería, pensaba Tom, las faldas de Heloise justo encima de la rodilla, su total ausencia de maquillaje, y sus pestañas que no se parecían a un puñado de lanzas a punto de atravesarle!

–Ah, pues –dijo Tom, sin pensar en nada–, al sur de Durango.

–Durango, ¿por dónde cae eso?

–Al norte de México capital. No, claro que no puedo decirle cómo se llama el pueblo. Es un nombre azteca muy largo. ¡Ja, ja, ja!

–Nosotros estamos buscando algún lugar que no haya sido estropeado. Al decir «nosotros» me refiero a mi marido Zach y a los pequeños que tenemos.

–¿Por qué no prueba en Puerto Vallarta? –dijo Tom, viéndose salvado, o al menos llamado, por Ed Banbury, que le hacía señas desde lejos–. Con permiso –dijo Tom levantándose trabajosamente de su merengue blanco.

A Ed le parecía que ya había llegado la hora de escurrir el bulto. A Tom también. Jeff se movía suavemente de grupo en grupo, sin abandonar su tranquila sonrisa, charlando. Muy loable, pensó Tom. Algunos jóvenes, también algunos mayores, miraban a Tom, quizá sin atreverse a abordarle, quizá sin querer hacerlo.

–¿Nos largamos? –dijo Tom al reunírseles Jeff.

Tom insistió en buscar a su anfitrión, a quien no le habían presentado ni había visto durante la hora que había pasado allí. Michael, el anfitrión, era el individuo que llevaba un chaquetón negro de piel de oso, con la capucha echada a la espalda. No era muy alto y tenía el pelo negro, muy corto.

–Derwatt, ¡esta noche has sido la joya de mi collar! No puedo decirte cuán contento y cuán agradecido estoy a estos viejos...

El resto se perdió en el ruido.

Unos apretones de mano, y por fin la puerta se cerró tras ellos.

—Bien —dijo Jeff por encima del hombro, una vez llegados un tramo de escalones más abajo. El resto lo dijo susurrando—: El único motivo por el que asistimos a la fiesta es porque los invitados no eran importantes.

—Y con todo, sí lo son, bien mirado —dijo Ed—. No dejan de ser gente. ¡Otro éxito para esta noche!

Tom lo dejó correr. Era cierto, nadie le había arrancado la barba.

Cogieron un taxi y dejaron a Ed en algún lugar.

Por la mañana, Tom desayunó en la cama, lo cual era una idea que se le había ocurrido a Jeff a modo de compensación por tener que comer con la barba puesta. Luego Jeff salió a buscar algo en una tienda de artículos de fotografía, y dijo que volvería antes de las diez y media, aunque, por supuesto, no podría acompañar a Tom hasta la terminal de West Kensington. Dieron las once. Tom entró en el baño y con cuidado empezó a quitarse la gasa de la barba.

Sonó el teléfono.

Lo primero que se le ocurrió a Tom fue no contestarlo. Pero eso parecería algo extraño. Puede que incluso evasivo, ¿no?

Tom se dispuso a hacer frente a Webster y contestó al teléfono, empleando la voz de Derwatt:

—¿Diga?

—¿Está míster Constant en casa?... O, es usted Derwatt, ¿no?... ¡Estupendo! El inspector Webster al habla. ¿Cuáles son sus planes, Derwatt? —preguntó Webster con su agradable voz habitual.

Tom no tenía planes, para el inspector Webster.

—Pues, espero marcharme esta mañana. De vuelta a las salinas —dijo Tom riendo entre dientes—, y a la tranquilidad.

—¿Le importaría darme un telefonazo antes de marcharse, míster Derwatt?

Webster le dio su número y el de una extensión, y Tom los anotó.

Regresó Jeff. Tom ya casi tenía la maleta en la mano, tal era su ansia por marcharse. Su despedida fue breve, formularia incluso la de Tom, aunque sabían, los dos, que su bienestar dependía de ambos.

–Adiós, ¡que Dios te bendiga!

–Adiós.

Al diablo con Webster.

No tardó Tom en hallarse en el capullo de seda del avión, en el ambiente sintético, atenazante, poblado de azafatas sonrientes, estúpidas, fichas amarillas y blancas que había que rellenar, la molesta proximidad de los codos de sus vecinos de asiento que le hacían contraer los suyos. Deseó haber comprado un pasaje de primera clase.

¿Tendría que decirle a alguien dónde había estado en París, bajo su propia identidad? Cuando menos la noche pasada, por ejemplo, Tom tenía un amigo que respondería por él, pero no quería meter a otra persona en el lío, porque ya eran bastantes los involucrados.

El avión despegó. Qué aburrido, pensó Tom, volar a varios centenares de kilómetros por hora, oyendo muy poco, y dejando que los desgraciados que vivían debajo sufriesen el estruendo. Solo los trenes le estimulaban. Los trenes directos procedentes de París que circulaban, rápidos como cohetes, por los lisos raíles de la estación de Melun, trenes tan veloces que resultaba imposible leer los nombres franceses e italianos pintados en los vagones. Una vez, Tom había estado a punto de cruzar la vía por un lugar donde estaba prohibido. Los raíles estaban desiertos, la estación silenciosa. Tom decidió no arriesgarse, y quince segundos después dos expresos rutilantes se cruzaban allí a una velocidad de mil demonios, y Tom se imaginaba a sí mismo emparedado entre los dos, su cuerpo y su maleta desparramada a metros de distancia en ambas direcciones, irreconocibles. Tom se acordaba de ello ahora y se sintió sobrecogido dentro del avión a reacción. Se alegró de que, al menos, mistress Murchison no se hallase entre los pasajeros. Incluso había mirado si estaba al subir al aparato.

21

Ya sobrevolaban Francia, y a medida que el avión descendía, las copas de los árboles cobraban aspecto de lazos verdes y marrones bordados en un tapiz, o se parecían a las ranas bordadas como adorno en la bata que Tom tenía en casa. Tom permanecía sentado, ataviado con su feo impermeable nuevo. En Orly, el funcionario dio una ojeada a Tom y a la foto que había en el pasaporte a nombre de Mackay, pero no selló nada, como tampoco lo habían hecho a su partida de Orly a Londres. Al parecer, solo los inspectores de Londres utilizaban la estampilla. Tom salió por el pasillo señalado como «nada que declarar» y se metió corriendo en un taxi hacia casa.

Llegaba a Belle Ombre justo antes de las tres de la tarde. En el taxi se había hecho la raya del pelo en el lugar acostumbrado, y ahora llevaba el impermeable al brazo.

Heloise estaba en casa. La calefacción funcionaba. Los muebles y el suelo resplandecían de cera. Madame Annette se llevó su bolsa arriba, entonces él y Heloise se besaron.

—¿Qué hiciste en Grecia? —preguntó ella con cierta ansiedad—. ¿Y luego en Londres?

—Curiosear por ahí —dijo. Tom sonriendo.

—Buscando a ese *fou*. ¿Le viste? ¿Cómo está tu cabeza?

Heloise le hizo dar media vuelta cogiéndolo por los hombros.

Apenas le dolía ya. Tom vio con alivio que Bernard no había aparecido por allí alarmando a Heloise.

—¿Ha llamado la norteamericana?

—Ah, sí. Madame Murchison. Habla un poco el francés, pero de un modo muy gracioso. Ha llamado esta mañana desde Londres. Llegará a Orly esta tarde a las tres y quiere verte. *Ah, merde!* ¿Quiénes *son* esas personas?

Tom consultó su reloj de pulsera. El avión de mistress Murchison debería tomar tierra en unos diez minutos.

—Cariño, ¿quieres una taza de té?

Heloise le condujo hasta el sofá amarillo.

—¿Has visto a ese Bernard en alguna parte?

—No. Quiero lavarme las manos. Es solo un minuto.

Tom entró en el lavabo de la planta baja y se lavó las manos y la cara. Tenía la esperanza de que mistress Murchison no quisiera venir a Belle Ombre, que se daría por satisfecha con verle en París, aunque aborrecía la idea de tener que ir a París hoy mismo.

Madame Annette bajaba cuando Tom entró en la sala de estar.

—Madame, ¿cómo va su famosa muela? Mejor, espero.

—Sí, *m'sieur Tome*. Fui al dentista de Fontainebleau esta mañana y me extrajo el nervio. Lo extrajo de veras. Tengo que volver el lunes.

—¡Ojalá a todos nos pudiesen extraer los nervios! Todos sin excepción. Se acabó el dolor, puede estar segura.

Tom apenas se daba cuenta de lo que estaba diciendo. ¿Tendría que haber telefoneado a Webster? Le había parecido mejor no llamarle antes de irse, porque, de hacerlo, hubiese parecido demasiado ansioso de obedecer las órdenes de la policía. Un hombre inocente no habría llamado, había sido su razonamiento.

Tom y Heloise tomaron el té.

—Noëlle quiere saber si podemos asistir a una fiesta el martes por la noche —dijo Heloise—. El martes es su cumpleaños.

Noëlle Hassler, la mejor amiga que Heloise tenía en París, daba unas fiestas deliciosas. Pero Tom había estado pensando en Salzburgo, en irse allí enseguida, porque había llegado a la conclusión de que Bernard probablemente habría decidido marcharse a Salzburgo, la cuna de Mozart, otro artista que había muerto joven.

—Querida, no debes faltar. Yo no sé seguro si podré ir.

—¿Por qué?

—Pues..., porque es posible que ahora tenga que ir a Salzburgo.

—¿Austria? ¿No será para buscar a ese *fou* otra vez? ¡Pronto será China!

Tom miraba nerviosamente el teléfono. Mistress Murchison iba a llamar. Pero ¿cuándo?

—¿Le has dado a mistress Murchison un número de teléfono en París donde pudiera llamarme?

—Sí —respondió Heloise—. Un número inventado.

Seguía hablando en francés y se estaba enfadando un poco con él.

Tom se preguntaba hasta qué punto se atrevería a contarle la verdad a Heloise.

—Y le has dicho que yo estaría en casa... ¿a qué hora?

—Le he dicho que no lo sabía.

Sonó el teléfono. Si era mistress Murchison, estaría llamando desde Orly.

Tom se levantó.

—Lo importante —dijo rápidamente en inglés, ya que madame

Annette estaba entrando– es que yo no he estado en Londres. Muy importante, cariño. He estado solo en París. No menciones Londres, si tenemos que ver a mistress Murchison.

–¿Va a venir *aquí?*

–Espero que no. –Tom descolgó el aparato–. *Allô...* Sí... ¿Cómo está usted, mistress Murchison? –Deseaba verle–. No hay inconveniente, por supuesto. Pero ¿no sería más sencillo que yo fuese a París?... Sí, hay *cierta* distancia, mayor que desde Orly a París...

No había suerte. Podía haberla desanimado dándole unas instrucciones muy difíciles, pero no quería causar más molestias a la desgraciada mujer.

–Entonces lo más fácil será que tome un taxi –dijo Tom, y le indicó cómo llegar hasta su casa.

Tom trató de explicarse ante Heloise. Mistress Murchison llegaría dentro de una hora y desearía hablar con él sobre su esposo. Madame Annette había salido de la estancia, de modo que Tom pudo hablar en francés con Heloise, aunque le importaba un pimiento que madame Annette le oyese. Antes de la llamada de mistress Murchison, se le había ocurrido contarle a Heloise por qué había ido a Londres, explicarle que se había hecho pasar por Derwatt un par de veces, Derwatt, el pintor fallecido. Pero ahora no era el momento de soltarle todo aquello. Que la visita de mistress Murchison transcurriese sin contratiempos, eso era todo lo que Tom podía exigir de Heloise.

–Pero ¿qué le pasó a su esposo? –preguntó Heloise.

–No lo sé, cariño. Pero ella ha venido a Francia y naturalmente quiere hablar con... –Tom no quería decir con la última persona que había visto a su marido–. Quiere ver la casa, porque es el último lugar donde estuvo su marido. Yo le llevé a Orly desde aquí.

Heloise se levantó con un gesto de impaciencia. Pero no era tan estúpida como para hacer una escena. No iba a mostrarse incontrolable, irrazonable. Eso puede que viniese más tarde.

–Ya sé lo que vas a decir. No quieres que se quede esta noche. Muy bien. No la invitaré a cenar. Podemos decirle que tenemos un compromiso. Pero por fuerza debo ofrecerle un poco de té, o una copa, o bien ambas cosas. Calculo que no se quedará más de una hora, y llevaré la entrevista con toda cortesía y corrección.

524

Heloise se apaciguó.

Tom subió a su habitación. Madame Annette había vaciado su maleta y guardado sus efectos, pero algunas cosas no acababan de estar en su sitio acostumbrado, de modo que Tom las colocó donde solían estar cuando se quedaba en Belle Ombre varias semanas seguidas. Tom se duchó, luego se puso unos pantalones de franela gris, una camisa y un jersey y sacó una americana de tweed del ropero por si a mistress Murchison se le ocurría salir a pasear por el césped.

Llegó mistress Murchison.

Tom fue a recibirla a la puerta principal y se aseguró de que el taxista le cobrase el importe debido. Mistress Murchison llevaba moneda francesa y se excedió con la propina, pero Tom no dijo nada.

—Mi esposa, Heloise —dijo Tom—. Mistress Murchison, de América.

—Mucho gusto.

—Encantada —respondió Heloise.

Mistress Murchison aceptó una taza de té.

—Espero que me disculpen por haberme invitado tan precipitadamente —dijo a Tom y a Heloise—, pero es una cuestión de importancia... y deseaba verles lo antes posible.

Se habían sentado, mistress Murchison en el sofá amarillo, Tom, al igual que Heloise, en una silla. Heloise representaba maravillosamente el papel de no sentir gran interés por la situación, pero de ser lo bastante cortés como para estar presente. Pero lo cierto es que sí estaba interesada. Tom lo sabía.

—Mi esposo...

—Tom... Él me pidió que le llamase así —dijo Tom sonriendo, al tiempo que se ponía en pie—. Estuvo mirando estos cuadros. Aquí, a mi derecha, *El hombre de la silla*. Detrás de usted, *Las sillas rojas*. Es de una época anterior.

Tom hablaba con atrevimiento. Adelante, pase lo que pase, y al diablo con el decoro, la ética, la amabilidad, la verdad, la ley y el mismo destino, es decir, el porvenir. O le salía bien ahora, o no le salía. Si mistress Murchison quería darse una vuelta por toda la casa, por él que no se olvidasen del sótano ni siquiera. Tom estaba a la espera de que mistress Murchison preguntase qué había dicho su esposo sobre la autenticidad de los cuadros.

–¿Compró estos en la Buckmaster? –preguntó mistress Murchison.

–Sí, los dos. –Tom lanzó una mirada hacia Heloise, que estaba, cosa rara, fumándose un Gitanes–. Mi esposa entiende el inglés –añadió.

–¿Estaba usted aquí cuando la visita de mi esposo?

–No, estaba en Grecia –contestó Heloise–. No conocí a su esposo.

Mistress Murchison se levantó y examinó los cuadros. Tom encendió dos lámparas más para que ella pudiera verlos mejor.

–*El hombre de la silla* es el que más me gusta –comentó Tom–. Por eso lo tengo encima de la chimenea.

A mistress Murchison parecía gustarle también.

Tom esperaba que ella dijese algo sobre la teoría de su esposo según la cual estaban falsificando los cuadros de Derwatt. Pero no lo hizo. No hizo ningún comentario sobre los lavándulas y los púrpuras de ninguno de los dos cuadros. Mistress Murchison hizo las mismas preguntas que había hecho el inspector Webster: si su esposo se sentía bien al marcharse, si tenía alguna cita con alguien.

–Se le veía muy animado –dijo Tom–, y no mencionó ninguna cita, como ya le dije al inspector Webster. Lo que me extraña es que robasen la pintura de su esposo. La llevaba consigo en Orly, muy bien envuelta.

–Sí, lo sé. –Mistress Murchison fumaba uno de sus Chesterfield–. El cuadro no ha aparecido, pero tampoco se ha encontrado a mi esposo ni su pasaporte.

Sonrió. Su rostro era agradable: amable, un poco lleno, lo que retrasaba la aparición de las arrugas de la edad.

Tom le sirvió otra taza de té. Mistress Murchison estaba mirando a Heloise. ¿Estudiándola? ¿Preguntándose qué pensaba Heloise de todo aquello? ¿Preguntándose cuánto sabría Heloise? ¿Preguntándose si habría algo oculto, efectivamente? ¿O de qué parte estaría Heloise si su marido resultaba ser culpable de algo?

–El inspector Webster me dijo que usted era amigo de Dickie Greenleaf, que fue asesinado en Italia –dijo mistress Murchison.

–Sí –contestó Tom–. Pero no fue asesinado. Se suicidó. Le conocía desde hacía cinco meses, quizá seis.

—Si no se suicidó, y creo que el inspector Webster tiene algunas dudas al respecto, entonces ¿quién pudo haberlo matado? ¿Y por qué? —preguntó mistress Murchison—. ¿Acaso tiene usted alguna idea sobre ello?

Tom estaba de pie y apoyó firmemente los pies en el suelo, mientras sorbía su té.

—No tengo ni la menor idea. Dickie se mató. No creo que se abriera paso... como pintor, ni por supuesto en el negocio de su padre. Construcciones navales. Dickie tenía amigos a montones, pero no eran amigos siniestros.

Tom hizo una pausa, al igual que todos los demás.

—Dickie no tenía motivos para crearse enemigos —añadió.

—Mi marido tampoco, a no ser que exista alguna banda dedicada a falsificar Derwatts.

—Bien..., viviendo aquí, no tengo conocimiento de que así sea.

—Puede que exista alguna organización. —Mistress Murchison miró a Heloise—. Confío en que entienda lo que estamos diciendo, madame Ripley.

Tom se dirigió a Heloise en francés:

—Madame Murchison se pregunta si existe un *gang* de malhechores... en relación con los cuadros de Derwatt.

—Comprendo —dijo Heloise.

Tom sabía que Heloise tenía sus dudas sobre el asunto Dickie. Pero sabía que podía contar con ella. Heloise era también un poco bribona a su manera. Sea como fuere, delante de un extraño, nunca pondría en duda las palabras de Tom.

—¿Le gustaría ver el piso superior de la casa? —preguntó Tom a mistress Murchison—. ¿O el jardín, antes de que se haga de noche?

Mistress Murchison dijo que le gustaría.

Ella y Tom subieron al piso superior. Mistress Murchison llevaba un vestido de lana gris claro. Tenía buena figura (probablemente montaría a caballo o jugaría al golf), robusta, aunque nadie hubiese podido tacharla de gorda. La gente nunca llamaba gordas a estas fornidas deportistas, aunque ¿qué eran si no? Heloise había rehusado subir con ellos. Tom le enseñó a mistress Murchison el cuarto de los huéspedes, abriendo la puerta de par en par y encendiendo la luz. Después, con despreocupación, le enseñó el resto de las habitaciones, incluyendo la de Heloise, cuya puerta abrió pero sin encender la luz, ya que a mistress Murchison no parecía interesarle mucho.

—Se lo agradezco —dijo mistress Murchison, y regresaron al piso de abajo.

Tom sentía pena por ella. Lamentaba haber matado a su esposo. Pero, se recordó a sí mismo, no podía permitirse el lujo de andarse con reproches en aquellos momentos; de hacerlo, se comportaría exactamente como Bernard, que quería confesarlo todo a expensas de varias personas más.

—¿Vio usted a Derwatt en Londres?

—Le vi, en efecto —dijo mistress Murchison, sentándose otra vez en el sofá, si bien casi al borde del mismo.

—¿Cómo es? Estuve a dos dedos de conocerle el día de la inauguración.

—Oh, pues lleva barba... Es bastante simpático, pero no muy hablador —acabó de decir ella, pues no le interesaba Derwatt—. Me dijo que no creía en la existencia de unos falsificadores de su obra, y que así se lo había comunicado a Tommy.

—Sí, me parece que su esposo me dijo algo de eso también. ¿Y usted cree a Derwatt?

—Me parece que sí. Creo que es sincero. ¿Qué más puede decirse?

Se retrepó en el sofá.

Tom dio un paso al frente.

—¿Un poco de té? ¿Qué me dice de un whisky?

—Creo que me apetecería un whisky, gracias.

Tom se fue a la cocina a por hielo. Heloise se reunió con él para ayudarle.

—¿Qué es todo esto sobre Dickie? —preguntó Heloise.

—Nada —respondió Tom—. Te lo diría si hubiese algo. Ella sabe que yo era amigo de Dickie. ¿Quieres un poco de vino blanco?

—Sí.

Llevaron el hielo y los vasos a la sala. Mistress Murchison quería un taxi para ir a Melun. Pidió disculpas por pedírselo en aquel momento, pero no sabía cuánto tardaría.

—Puedo llevarla en mi coche hasta Melun —se ofreció Tom—, si desea coger el tren de París.

—No, quería ir a Melun para hablar con la policía local. Les llamé desde Orly.

528

—Entonces la llevaré —dijo Tom—. ¿Qué tal es su francés? El mío no es perfecto, pero...

—Oh, creo que puedo arreglármelas. Muchísimas gracias.

Sonrió levemente.

«Quiere hablar con la policía sin estar yo presente», se figuró Tom.

—¿Había alguien más en la casa durante la visita de mi marido? —preguntó mistress Murchison.

—Solamente nuestra ama de llaves, madame Annette. ¿Dónde está madame Annette, Heloise?

Puede que estuviese en su habitación, o quizá había salido para hacer algunas compras de última hora, pensaba Heloise, y Tom fue a su habitación y llamó. Madame Annette estaba cosiendo algo. Tom le pidió que fuese un momento con él para conocer a mistress Murchison.

Madame Annette lo hizo así al cabo de unos instantes, y en su rostro se reflejaba el interés que sentía por ser madame Murchison la esposa del hombre que había desaparecido.

—La última vez que le vi —dijo madame Annette—, *m'sieur* estaba almorzando y luego se fue con *m'sieur Tome*.

Evidentemente, madame Annette había olvidado, pensó Tom, que, de hecho, no había visto cómo Murchison abandonaba la casa.

—¿Desea usted alguna cosa, *m'sieur Tome?* —preguntó madame Annette.

Pero no necesitaban nada, y, al parecer, a mistress Murchison ya se le habían terminado las preguntas. Madame Annette, un poco a desgana, salió de la habitación.

—¿Qué cree usted que le sucedió a mi esposo? —preguntó mistress Murchison mirando a Heloise, y luego a Tom de nuevo.

—Si tuviera que hacer alguna conjetura —dijo Tom—, diría que alguien se había enterado de que llevaba una pintura valiosa. No un cuadro muy valioso, por supuesto, pero un Derwatt al fin y al cabo. Me imagino que hablaría de ello con unas cuantas personas en Londres. Si alguien trató de secuestrarle a él y al cuadro, es posible que fuesen demasiado lejos y le matasen. Entonces se verían obligados a esconder el cadáver en alguna parte. De otro modo... es que lo retienen vivo Dios sabe dónde.

—Pero eso parece darle la razón a mi esposo cuando afirma que *El reloj* no es auténtico. Como usted dice, el cuadro no era muy valioso, puede que por no ser muy grande. Pero es posible que intenten echar tierra sobre los rumores de que alguien está falsificando la obra de Derwatt.

—Pero yo no creo que el cuadro de su esposo fuese falso. Él mismo no estaba seguro cuando se fue. Tal como le dije a Webster, no creo que Tommy fuese a tomarse la molestia de mostrarle *El reloj* a un perito en Londres. No se lo pregunté, que yo recuerde, pero saqué la impresión de que lo había pensado mejor después de ver mis dos cuadros. Puede que me equivoque.

Se hizo un silencio. Mistress Murchison se estaba preguntando qué decir o preguntar a continuación. Lo único que importaba era la gente que se movía en torno a la Buckmaster Gallery, se figuró Tom. ¿Y cómo iba ella a preguntarle sobre esa gente a él?

Llegó el taxi.

—Gracias, míster Ripley —dijo mistress Murchison—. Y a usted. Puede que vuelva a verles si...

—Cuando guste —dijo Tom, acompañándola al taxi.

Cuando regresó a la sala de estar, Tom anduvo lentamente hasta el sofá y se hundió en él. La policía de Melun no podría decirle nada nuevo a mistress Murchison, de lo contrario no había duda de que ya le habrían dicho algo a él, se imaginaba Tom. Heloise le había dicho que no habían llamado durante su ausencia. Si la policía hubiese hallado el cadáver de Murchison en el Loing o donde fuese...

—*Chéri*, estás muy nervioso —observó Heloise—. Tómate una copa.

—No me vendría mal —dijo Tom sirviéndosela.

No había nada en los periódicos ingleses que Tom había leído en el avión en referencia a la súbita reaparición de Derwatt en Londres. Estaba claro que los ingleses no concedían importancia al asunto. Tom se alegró, pues no quería que Bernard, dondequiera que estuviese, se enterase de que él se las había ingeniado para salir de la tumba. Exactamente el porqué de que no desease que Bernard lo averiguase no estaba claro en la mente de Tom. Pero tenía algo que ver con lo que Tom presentía como el destino de Bernard.

—Sabes, *Tome,* los Berthelin quieren que vayamos a tomar el aperitivo con ellos esta noche, a las siete. Te sentaría bien. Les dije que probablemente estarías en casa esta noche.

Los Berthelin vivían en una población a siete kilómetros de distancia.

—¿Puedo...?

El teléfono interrumpió a Tom. Hizo señas a Heloise para que contestase ella.

—¿Debo decir a quien llame que estás aquí?

Él sonrió, contento, al notar su interés.

—Sí. Y puede que sea Noëlle pidiéndote consejo sobre qué debe ponerse el martes.

—*Oui.* Sí. *Bonjour.* —Heloise sonrió a Tom—. Un momento. —Le entregó el aparato—. Es un inglés que trata de hablar en francés.

—Hola, Tom. Jeff al habla. ¿Estás bien?

—Oh, perfectamente.

Jeff no acababa de estarlo. Volvía a tartamudear y hablaba a trompicones, en voz baja. Tom tuvo que pedirle que hablase más alto.

—Digo que Webster ya está preguntando otra vez por Derwatt, dónde está, si se ha marchado.

—¿Y tú qué le has dicho?

—Le he dicho que ignorábamos si se había ido o no.

—Podrías decir a Webster que... parecía deprimido y que probablemente desearía estar a solas durante un tiempo.

—Me da la impresión de que Webster querrá verte de nuevo. Va a cruzar el Canal para reunirse con mistress Murchison. Por eso te llamo.

Tom suspiró.

—¿Cuándo?

—Puede que hoy mismo. No acabo de ver qué pretende...

Después de colgar, Tom se sentía aturdido, y también enfadado, o irritado. Enfrentarse otra vez con Webster, ¿para qué? Tom prefería largarse de casa.

—*Chéri,* ¿qué pasa?

—No puedo ir a casa de los Berthelin —dijo Tom, y se echó a reír. Los Berthelin eran el más insignificante de sus problemas—. Querida, tengo que irme a París esta noche, y a Salzburgo maña-

531

na, quizá esta misma noche si hay un vuelo. Es posible que Webster, el inspector inglés, llame esta noche. Dile que he ido a París por un asunto de negocios, a hablar con mi administrador, lo que sea. No sabes dónde me hospedo. En algún hotel, pero tú no sabes cuál.

—Pero ¿de qué huyes, *Tome?*

Tom dio un respingo. ¿Huir? ¿Huir de algo? ¿Huir hacia algo?

—No lo sé.

Empezaba a sudar. Le hacía falta otra ducha, pero temía entretenerse.

—Dile a madame Annette también que he tenido que ir a París precipitadamente.

Tom se fue al piso de arriba y sacó la maleta del armario. Volvería a ponerse el feo impermeable nuevo, a cambiar de sitio la raya del pelo y a adoptar la personalidad de Robert Mackay. Heloise entró para ayudarle.

—Me gustaría darme una ducha —dijo Tom.

Y en aquel preciso instante oyó que Heloise abría la ducha del cuarto de baño. Tom se desnudó en un santiamén y se metió de un salto bajo la ducha, que estaba tibia, a la temperatura ideal.

—¿Puedo ir contigo?

¡Cuánto le hubiera gustado...!

—Querida, es por el pasaporte. No puede ser que madame Ripley cruce la frontera franco-alemana, o la austríaca, con Robert Mackay. Mackay, ¡ese puerco!

Tom salió de la ducha.

—¿El inspector inglés viene a causa de Murchison? ¿Le mataste, *Tome?*

Heloise le estaba mirando con el ceño fruncido, ansiosa, pero, según pudo comprobar, muy lejos de la histeria.

Estaba enterada de lo de Dickie, comprendió Tom. Heloise nunca se lo había dicho francamente, pero lo sabía. Casi sería mejor decírselo, pensó Tom, porque ella podía serle útil y, en todo caso, la situación era tan desesperada que si perdía, o si cometía algún desliz, todo quedaría patas arriba, incluido su matrimonio. Se preguntó si podría ir a Salzburgo con su propia identidad, llevándose a Heloise. Pero, pese a lo mucho que le hubiese gustado, aún no sabía qué tendría que hacer en Salzburgo, ni adónde tendría que ir después. De todos modos, lo mejor sería coger los dos pasaportes, el suyo y el de Mackay.

—¿Tú le mataste, *Tome?* ¿Aquí?

—Tuve que hacerlo para salvar a muchas otras personas.

—¿Los de Derwatt? ¿Por qué? —Ella empezó a hablar en francés—. ¿Por qué son tan importantes esas personas?

—Es Derwatt quien murió... hace años —dijo Tom—. Murchison iba a... a hacer público ese hecho.

—¿Él está muerto?

—Sí, y yo me he hecho pasar por él dos veces en Londres —dijo Tom.

En francés la palabra sonaba tan inocente y trivial. Había *représenté* a Derwatt dos veces en Londres.

—Ahora están buscando a Derwatt, puede que todavía no lo hagan desesperadamente. Pero nada encaja todavía.

—¿No habrás estado falsificando sus cuadros también?

—Heloise, me halagas —dijo Tom riendo—. Es Bernard, el *fou*, quien ha hecho las falsificaciones. Ahora quiere dejarlo. ¡Oh, es muy complicado y difícil de explicar!

—¿Y para qué tienes que buscar al *fou?* Oh, Tom, no te metas en este lío...

Tom no escuchó el resto de lo que ella dijo. De repente comprendió por qué tenía que encontrar a Bernard. Fue una revelación súbita. Cogió la maleta.

—Adiós, ángel mío. ¿Puedes llevarme hasta Melun? Y, por favor, evita la comisaría.

Abajo, madame Annette estaba en la cocina, y Tom le dijo adiós apresuradamente desde el vestíbulo principal, apartando la cabeza para que ella no pudiera darse cuenta de que llevaba la raya al otro lado. Sobre el brazo llevaba el impermeable, feo pero quizá útil.

Tom prometió mantenerse en contacto con Heloise, aunque dijo que firmaría con otro nombre cuantos telegramas mandase. Se despidieron con un beso en el Alfa Romeo, y Tom abandonó los reconfortantes brazos de Heloise para subir a un coche de primera clase con destino a París.

Una vez en París averiguó que no había vuelos directos para Salzburgo y que podía utilizar solamente un vuelo diario que obligaba a hacer transbordo en Frankfurt para llegar a Salzburgo. El avión de Frankfurt salía todos los días a las tres menos diez. Tom se alojó en un hotel próximo a la Gare de Lyon. Poco antes de la medianoche se arriesgó a llamar por teléfono a Heloise. No podía soportar la idea de Heloise sola en casa, probablemente enfrentándose con Webster, sin saber dónde estaba él. Le había dicho que no pensaba ir a casa de los Berthelin.

–Cariño, hola. Si Webster está ahí, di que me he equivocado de número y cuelga –dijo Tom.

–*M'sieur,* me temo que se ha equivocado de número –oyó decir a Heloise, y colgaron el teléfono.

Tom sintió que se le iban los ánimos, que las rodillas le flaqueaban, y se sentó sobre la cama del hotel. Se reprochaba el haberla llamado. Era mejor trabajar solo, siempre. Seguramente Webster comprendería, o sospecharía, que era él quien había llamado.

¿Por qué apuros estaría pasando Heloise en aquellos momentos? ¿Era mejor haberle dicho la verdad, o no?

22

Por la mañana, Tom compró el pasaje para el avión, y a las dos y veinte del mediodía estaba en Orly. Si Bernard no estaba en Salzburgo, ¿dónde estaría entonces? ¿En Roma? Tom esperaba que no. Resultaría difícil localizar a alguien en Roma. Tom mantenía la cabeza baja y no anduvo curioseando por el aeropuerto, ya que era posible que Webster se hubiese traído a alguien de Londres para que lo buscase. Eso dependía de cómo estuvieran las cosas, y Tom lo ignoraba. ¿Para qué le iba a visitar Webster otra vez? ¿Sospechaba Webster que él había representado el papel de Derwatt? Si así era, no cabía duda de que se había apuntado un tanto al utilizar otro pasaporte para entrar y salir de Inglaterra la segunda vez. Al menos Tom Ripley no habría estado en Londres durante la segunda representación.

Hubo una hora de espera en la terminal de Frankfurt, luego Tom embarcó en un cuatrimotor de las Líneas Aéreas Austríacas que llevaba el encantador nombre de Johann Strauss pintado en el fuselaje. Al llegar a la terminal de Salzburgo empezó a sentirse más a salvo. Tom se trasladó en autobús a Mirabeleplatz y, como tenía intención de hospedarse en el Goldener Hirsch, pensó que lo más prudente sería avisar por teléfono, ya que se trataba del mejor hotel y a menudo estaba lleno. Le ofrecieron una habitación con baño. Tom dio el nombre de Thomas Ripley. Decidió ir andando hasta el hotel, ya que la distancia era corta. Ya había estado dos veces en Salzburgo, una de ellas con Heloise. En las aceras se veía a algunos hombres ataviados con *Lederhosen* y sombreros tiroleses, con todo el traje nacional, sin olvidar los cuchillos de caza en las medias hasta la rodilla. Algunos viejos hoteles, bastante grandes, que Tom recordaba vagamente de sus anteriores viajes, exponían sus menús en grandes letreros colocados al lado de la entrada principal: comidas de diversos platos, entre los que predominaba el llamado *Wienerschnitzel* a veinticinco y treinta schillings.

Luego estaba el río Salzach y el puente principal (llamado Staatsbrücke, ¿no?) y otro par de puentes de menor importancia. Tom optó por el puente principal. Permanecía atento por si veía la delgada, y probablemente encogida, figura de Bernard. Las grises aguas del río discurrían velozmente, y en ambas orillas, cubiertas de verdor, las aguas producían espuma al pasar por encima de unas rocas de tamaño respetable. Anochecía poco después de las seis. Empezaban a encenderse algunas luces al otro lado, ya próximo, del puente, luces que parecían ascender como constelaciones hacia la gran montaña de la Feste Hohensalzburg y hacia la Mönchsberg. Tom penetró en una calle estrecha y corta que conducía a la Getreidegasse.

La habitación de Tom tenía vistas a la Sigmundsplatz, en la parte posterior del hotel. A la derecha estaba la fuente de los caballos, respaldada por un pequeño risco rocoso, y delante había un pozo recargado de adornos. Allí, por la mañana, vendían frutas y verduras en carretillas de mano, recordaba Tom. Tom se tomó unos minutos de respiro, abrió la maleta y anduvo sin zapatos sobre el suelo de madera de pino, inmaculadamente pulida, de su habitación. En el mobiliario predominaba el color verde, las paredes eran blancas, las ventanas de doble cristal y alféizar hundido. ¡Ah, Austria! Ahora bajaría y se tomaría un *Doppelespresso* en el Café Tomaselli, a solo unos pasos de distancia. Y quizá fuese buena idea, ya que el establecimiento era muy grande y puede que Bernard estuviese allí.

Pero Tom se tomó un *Slivovitz* en vez de ello, porque no era la hora del café. Bernard no estaba allí. De unos soportes giratorios colgaban periódicos de varios países, y Tom hojeó el *Times* de Londres y el *Herald Tribune* de París, sin encontrar nada sobre Bernard (si bien no esperaba encontrar nada en el *Herald Tribune*) o acerca de Thomas Murchison o la visita de su esposa a Londres y a Francia. ¡Magnífico!

Tom salió a pasear, cruzó otra vez el Staatsbrücke y subió por la Linzergasse, la calle principal que de él partía. Eran ya más de las nueve de la noche. Bernard, si estaba en la ciudad, se alojaría en un hotel de categoría media, se figuró Tom, y era tan probable que fuese a un lado del Salzach como al otro. Llevaría ya dos o tres días en Salzburgo. ¿Quién sabe? Tom contemplaba escaparates donde se exponían cuchillos de monte, ristras de ajos, afeitadoras eléctricas, y escaparates llenos de prendas tirolesas (blusas blancas con volantes fruncidos, faldas campesinas). Todas las tiendas estaban cerradas. Tom probó en las callejuelas. Algunas no eran exactamente callejuelas, sino estrechos callejones sin iluminar, con portales cerrados a uno y otro lado. Hacia las diez Tom empezó a sentir hambre y entró en un restaurante situado a la derecha de la Linzergasse. Después regresó andando por una ruta distinta hasta el Café Tomaselli, donde tenía intención de permanecer una hora. En la calle de su hotel, la Getreidegasse, se hallaba también la casa donde nació Mozart. Quizá Bernard, si se había quedado en Salzburgo, frecuentase aquella zona. Tom decidió concederse veinticuatro horas para buscarle.

No hubo suerte en el Tomaselli. La clientela parecía ahora compuesta por los habituales, los habitantes de Salzburgo, familias que saboreaban enormes pedazos de pastel con cafés expreso con crema o vasos de *Himbeersaft* rosado. Tom estaba impaciente, aburrido de los periódicos, frustrado por no hallar a Bernard, enfadado por sentirse fatigado. Regresó a su hotel.

A las nueve y media de la mañana ya estaba otra vez en la calle, y en la «orilla derecha» de Salzburgo, la parte más moderna. Callejeaba en zigzag, atento por si veía a Bernard, parándose de vez en cuando para ver los escaparates. Emprendió el regreso hacia el río con el propósito de visitar el museo Mozart en la calle del hotel. Atravesó la Dreifaltigkeitsgasse hasta alcanzar la Linzergasse, y, al acercarse al Staatsbrücke, divisó a Bernard que bajaba del puente al otro lado de la calle.

Bernard caminaba con la cabeza gacha y casi le atropelló un coche. Tom quería seguirle, tuvo que esperar largo rato ante un semáforo, pero no le importó, ya que podía ver a Bernard perfectamente. El impermeable de Bernard estaba aún más sucio, y el cinturón le colgaba por un lado, casi tocando el suelo. Parecía un mendigo. Tom cruzó la calle, manteniendo siempre unos diez metros entre él y Bernard, dispuesto a echar a correr si este doblaba alguna esquina, pues quería evitar que Bernard desapareciese en el interior de algún hotelito en una callejuela donde quizá hubiese más de uno.

—¿Estás ocupado esta mañana? —le preguntó en inglés una voz femenina.

Sobresaltado, Tom se halló frente a una rubia pintarrajeada que se hallaba en un portal. Aceleró el paso. Dios mío, pensó, ¿tan desesperado, o pervertido, parecía con aquel impermeable verde? ¡A las diez de la mañana!

Bernard seguía andando Linzergasse arriba. Luego cruzó la calle y media manzana más allá entró en un portal sobre el cual un letrero anunciaba *Zimmer und Pension*. Un portal vulgar. Tom se detuvo en la acera de enfrente. Der Blaue No Sé Qué, se llamaba el lugar. El letrero estaba gastado. Al menos, Tom sabía dónde se hospedaba Bernard. ¡Y estaba en lo cierto! ¡Bernard se hallaba en Salzburgo! Tom se felicitó por su intuición. O ¿estaría Bernard reservando habitación en aquel preciso momento?

No, evidentemente se alojaba allí, en el Blaue No Sé Qué, pues transcurrieron varios minutos sin que apareciese de nuevo y, además, no llevaba consigo la bolsa de viaje. Tom esperó fuera, y la espera le resultó pesada, pues no había ningún café por allí desde el que pudiera vigilar el portal. Al mismo tiempo, tenía que ocultarse por si Bernard se asomaba a una ventana de la calle y le veía. Aunque, por alguna razón, la gente con el aspecto de Bernard nunca conseguía habitaciones con vistas a la calle. Pese a todo, Tom se escondió y tuvo que esperar hasta casi las once.

Entonces salió Bernard, ahora afeitado, y torció hacia la derecha, como si fuese a un punto determinado.

Tom le siguió discretamente y encendió un Gauloises. Otra

vez cruzaron el puente. Luego la calle por la que Tom había pasado la noche antes, y entonces Bernard torció a la derecha y se metió en la Getreidegasse. Tom pudo ver brevemente su afilado y bien parecido perfil, su boca de expresión firme y el hueco que producía una sombra en su mejilla aceitunada. Sus botas del ejército estaban destrozadas. Bernard entraba en el museo Mozart. Entrada doce schillings. Tom se subió el cuello del impermeable y entró también.

La entrada se pagaba en una habitación situada en lo alto del primer tramo de escalones. Había vitrinas de cristal llenas de manuscritos y programas de ópera. Tom buscó a Bernard en la sala principal y, al no verle, dio por seguro que se hallaría en el piso superior, donde, recordaba Tom, había estado la vivienda de la familia Mozart. Tom subió el segundo tramo.

Bernard estaba inclinado sobre el teclado del clavicordio de Mozart, teclado protegido por un cristal que evitaba que nadie tuviese la tentación de apretar una de las teclas. ¿Cuántas veces lo habría contemplado Bernard?, se preguntó Tom.

Había solamente cinco o seis personas curioseando en el museo, o al menos en aquel piso, así que Tom tuvo que andarse con cuidado. De hecho, una vez tuvo que esconderse apresuradamente tras el quicio de una puerta, para que Bernard no le viese si miraba hacia él. En realidad, se dijo Tom, lo que deseaba era observar a Bernard para ver cuál era su estado de ánimo. O bien, Tom trató de ser honrado consigo mismo, quizá por simple curiosidad, por diversión, pues por breves momentos se le ofrecía la oportunidad de observar a alguien a quien conocía ligeramente, alguien que estaba atravesando una crisis y que ignoraba que le estaban espiando. Bernard siguió vagando y penetró en una de las habitaciones delanteras del mismo piso.

Al poco rato, Tom siguió a Bernard por el último tramo de la escalera. Más vitrinas de cristal. (En la sala del clavicordio había visto el lugar, señalado con una placa, donde había estado la cuna de Mozart, pero sin la cuna. Lástima que no hubiesen colocado una copia exacta al menos.) La escalera tenía unas barandillas de hierro más bien delgadas. Había algunas ventanas en ángulo y Tom, impresionado como siempre por Mozart, se preguntó qué habrían visto desde ellas los Mozart. Con toda seguridad no habría sido la cornisa de otro edificio a escasos metros de distancia. Las maquetas teatrales en miniatura *(Idomeneo* ad infinitum, *Così fan tutte)* eran poco interesantes y chapuceras, pero Bernard pasó ante ellas, contemplándolas atentamente.

Inesperadamente, Bernard volvió la cabeza hacia Tom, que se quedó quieto en el vano de una puerta. Se miraron fijamente. Entonces Tom dio un paso atrás y se movió hacia la derecha, quedando detrás de la puerta, en otra habitación, una de las delanteras. Tom recobró la respiración. El instante había sido raro, porque el rostro de Bernard...

Tom no osó detenerse a pensar y se fue escaleras abajo sin perder tiempo. No se sintió tranquilo (y aun entonces tampoco demasiado) hasta alcanzar la concurrida Getreidegasse, al aire libre. Cogió la callejuela corta hacia el río. Bernard ¿trataría de seguirle? Bajó la cabeza rápidamente y aceleró el paso.

La expresión de Bernard había sido de incredulidad y luego, en una fracción de segundo, de terror, como si acabase de ver un fantasma.

Tom comprendió que era eso exactamente lo que Bernard había creído ver: un fantasma. El fantasma de Tom Ripley, el hombre al que él había asesinado.

De repente, Tom dio media vuelta y echó a andar hacia la Mozarthaus. Acababa de ocurrírsele que acaso Bernard quisiera abandonar la ciudad, y Tom no quería que esto sucediera sin saber adónde iba. ¿Debería llamarle si le veía en la acera? Tom esperó unos minutos al otro lado de la calle, frente al Museo Mozart, y al no ver aparecer a Bernard, se encaminó a la pensión de este. No vio a Bernard por el camino, y luego, al acercarse a la pensión, le vio andar rápidamente por la otra acera, la de la pensión de la Linzergasse. Bernard se metió en su hotel-pensión. Durante casi media hora, Tom esperó, y entonces llegó a la conclusión de que Bernard no saldría de momento. O quizá Tom tuviese ganas de arriesgarse a que Bernard se marchara. El mismo Tom no estaba seguro. Le apetecía mucho un café. Entró en un hotel con cafetería. Tomó también una decisión, y al salir de la cafetería se dirigió directamente a la pensión de Bernard con la intención de pedir al conserje que le dijese a Herr Tufts que Tom Ripley le esperaba abajo y quería hablar con él.

Pero no fue capaz de atravesar la modesta y vulgar entrada. Ya tenía un pie en el umbral, entonces retrocedió hasta la acera, sintiéndose mareado durante un instante. «Es la indecisión», se dijo. «Nada más.» Pero regresó a su hotel de la otra orilla. Penetró en el cómodo vestíbulo del Goldener Hirsch, donde el conserje, con su uniforme verde y gris, se dio prisa en entregarle la llave. Cogió el ascensor hasta la tercera planta y se metió en su habitación. Se libró del horroroso impermeable y se vació los bolsillos: cigarrillos, cerillas, monedas austríacas mezcladas con francesas. Las separó y echó las francesas en un compartimiento de la maleta. Entonces se quitó la ropa y se echó en la cama. No se había dado cuenta de lo cansado que estaba.

Al despertarse ya eran más de las dos del mediodía y el sol brillaba con fuerza. Salió a dar un paseo. No buscaba a Bernard y se dedicó a callejear por la ciudad como un turista más o, mejor dicho, no como un turista, pues él no tenía objetivo. ¿Qué estaría haciendo aquí Bernard? ¿Cuánto tiempo iba a quedarse? Tom se sentía ya completamente despejado, pero no sabía qué debía hacer. ¿Abordar a Bernard y tratar de decirle que Cynthia quería verle? ¿Debía hablar con Bernard y probar de persuadirle? Pero ¿de qué?

Entre las cuatro y las cinco de la tarde Tom sufrió una depresión. Se había tomado un café y un *Steinhäger* en algún lugar. Se hallaba bastante río arriba, más allá de Hohensalzburg, pero todavía en el muelle de la ciudad vieja. Pensaba en los cambios experimentados por Jeff, Ed y ahora Bernard después del fraude Derwatt. Y a Cynthia la habían hecho desgraciada, habían desviado el curso de su vida por culpa de Derwatt Ltd., y a Tom eso le parecía más importante que las vidas de los tres hombres involucrados. A estas alturas Cynthia ya se habría casado con Bernard y puede que tuviesen un par de críos, aunque, como Bernard hubiese estado involucrado igualmente, Tom no lograba explicarse por qué el cambio en la vida de Cynthia le parecía más serio que en la de Bernard. Solo Jeff y Ed lo estaban pasando bien, forrándose de dinero, sus vidas cambiadas externamente, pero en sentido positivo. Bernard parecía agotado. A los treinta y tres o treinta y cuatro años.

Tom había pensado cenar en el restaurante del hotel, que era tenido también por el mejor restaurante de Salzburgo, pero no estaba de humor para manjares exquisitos ni ambientes elegantes, de modo que siguió deambulando Getreidegasse arriba, pasó por la Bürgerspitalplatz (según rezaba un letrero) y atravesó la Gstättentor, un antiguo y estrecho arco lo bastante ancho para permitir el paso del tráfico en una sola dirección, una de las antiguas puertas de la ciudad al pie de la Mönchsberg, que se vislumbraba sombría al lado. La calle del otro lado era casi tan estrecha y bastante oscura. Algún pequeño restaurante habría, pensó Tom. Vio dos establecimientos con un menú casi idéntico en el tablero: veintiséis schillings por una sopa del día, *Wiener Schnitzel* con patatas, ensalada y postre. Tom entró en el segundo, de cuya fachada colgaba un rótulo con forma de farol, el Café Eigler o algo parecido.

Dos camareras negras con uniforme rojo estaban sentadas a una mesa con unos clientes masculinos. Había una máquina de discos en marcha y la luz era escasa. ¿Sería un burdel, una casa de citas o simplemente un restaurante barato? Apenas había dado un paso al interior, cuando Tom vio a Bernard, solo en una de las mesas, inclinado sobre su tazón de sopa. Tom titubeó.

Bernard alzó la vista hacia él.

Tom había recobrado su aspecto habitual. Llevaba una americana de tweed y una bufanda al cuello para combatir el frío, la misma que Heloise había lavado en el hotel de París para borrar las manchas de sangre. Tom estaba a punto de acercarse, de tenderle la mano, sonriente, cuando Bernard se levantó a medias con una expresión de terror en la cara.

Las dos camareras negras y regordetas miraban de Bernard a Tom. Una de ellas se puso en pie con una lentitud que a Tom le pareció la encarnación de la indolencia de África, evidentemente con el propósito de acercarse a Bernard y preguntarle, cuando llegase hasta él, si le ocurría alguna cosa, ya que Bernard parecía haberse tragado algo que iba a acabar con él.

Rápidamente, Bernard hizo un gesto negativo con la mano. (¿Dirigido a la camarera o a Tom?, se preguntó este.)

Tom dio media vuelta y atravesó la puerta interior (el local tenía una cancela), luego salió a la acera. Se metió las manos en los bolsillos y agachó la cabeza, como solía hacer Bernard, mientras rehacía el camino por la Gstättentor, hacia la parte más iluminada de la ciudad. ¿Habría cometido un error?, se preguntó. Quizá hubiera sido mejor ignorar el gesto de Bernard y dirigirse hacia él. Pero le había dado la impresión de que Bernard se habría puesto a gritar.

Pasó por delante de su hotel y llegó a la primera esquina, donde torció a la derecha. El Tomaselli estaba a unos cuantos pasos. Si Bernard le estaba siguiendo (y Tom estaba seguro de que Bernard iba a salir del restaurante), si Bernard deseaba reunirse con él allí, pues muy bien. Pero Tom sabía que se trataba de algo distinto. Que en realidad Bernard creía haber visto un aparecido. De modo que se sentó en una mesa bien visible, encargó un bocadillo y una botella de vino blanco y leyó un par de periódicos.

Bernard no se presentó.

En el vano de madera de la amplia puerta había una barra arqueada de metal que sostenía una cortina verde, y cada vez que la cortina se movía, Tom alzaba la vista, pero la persona que entraba nunca era Bernard.

Si efectivamente Bernard entraba y se le acercaba, sería porque desearía asegurarse de que Tom era real. Era lo lógico. (Lo malo es que Bernard, probablemente, no hacía nada con lógica.) Tom le diría:

–Siéntate y toma un poco de vino conmigo. No soy ningún fantasma, ¿ves? Hablé con Cynthia. Tiene ganas de verte otra vez.

«Saca a Bernard del embrollo», se dijo Tom.

Pero dudaba de que fuese capaz de hacerlo.

23

Al llegar el día siguiente, martes, Tom había tomado otra decisión: tenía que hablar con Bernard de un modo u otro, aunque se viese forzado a amarrarle. También trataría de hacerle regresar a Londres. Por fuerza tendría algunos amigos allí, aparte de Jeff y de Ed, y probablemente a estos los esquivaría. ¿No vivía en Londres la madre de Bernard? Tom no estaba seguro. Pero sentía que tenía que hacer algo, porque el aire de sufrimiento de Bernard era lamentable. Cada vez que le veía, Tom se veía asaltado por una extraña inquietud: era como si viese a alguien ya en plena agonía y, pese a ello, andando de un lado a otro.

Así, pues, a las once Tom se encaminó al Blaue No Sé Qué, y habló con una mujer cincuentona, de pelo negro, que se encargaba del mostrador de recepción.

—Disculpe, hay un individuo llamado Bernard Tufts, *ein Englischer*, alojado aquí, ¿verdad? —preguntó Tom en alemán.

La mujer abrió aún más los ojos.

—Sí, pero acaba de pagar la cuenta y marcharse. Hará como una hora.

—¿Dijo adónde iba?

Bernard no había dicho nada. Tom le dio las gracias, y sintió que los ojos de la mujer le seguían al abandonar el hotel, clavándose en él como si fuese un tipo tan raro como el mismo Bernard, sencillamente porque le conocía.

Tom se dirigió en taxi a la estación de ferrocarril. Seguramente habría pocos vuelos desde el aeropuerto de Salzburgo, pues era pequeño. Además, los trenes eran más baratos que los aviones. No vio a Bernard en la estación. Miró por los andenes y en el restaurante. Luego regresó andando hacia el río y el centro de la ciudad, con ojos atentos a la posible aparición de Bernard, del hombre vestido con un viejo impermeable beige y portador de una bolsa de viaje. Alrededor de las dos de la tarde, Tom tomó otro taxi hasta el aeropuerto, por si Bernard se iba en avión a Frankfurt. No hubo suerte allí tampoco.

Acababan de dar las tres cuando le vio. Bernard se hallaba en uno de los puentes que cruzaban el río, uno de los más pequeños, con barandilla y tráfico en una sola dirección. Estaba apoyado sobre los antebrazos, mirando fijamente hacia abajo. La bolsa de viaje estaba a sus pies. Tom todavía no había llegado al puente. Había divisado a Bernard desde bastante lejos. ¿Estaría pensando en arrojarse al río? El cabello de Bernard se levantaba y caía sobre su frente a causa del viento. Iba a matarse, comprendió Tom. Puede que no en aquel preciso instante. Quizá deambulase un poco por la ciudad y regresara más tarde, al cabo de una o dos horas. Acaso al caer la tarde. Dos mujeres pasaron al lado de Bernard y le miraron con curiosidad pasajera. Tom dejó que pasaran de largo y entonces echó a andar hacia Bernard, con paso ni rápido ni lento. Abajo, el río discurría velozmente cubriendo de espuma las rocas de la orilla. Tom no recordaba haber visto jamás embarcaciones en el río. Quizá el Salzach era poco profundo. Tom estaba ya a unos cuatro metros de Bernard, a punto de llamarle por su nombre, cuando Bernard volvió la cabeza hacia la izquierda y le vio.

Bernard se irguió súbitamente, y a Tom le pareció que su expresión de hipnotizado no cambiaba al verle, pero recogió la bolsa.

–¡Bernard! –gritó Tom, justo en el momento en que una estruendosa motocicleta pasaba junto a él arrastrando un remolque, y haciéndole temer que Bernard no le hubiese oído–. ¡Bernard!

Bernard se alejó corriendo.

–¡Bernard!

Tom chocó con una mujer y la habría derribado de no ser porque ella se agarró al pasamanos.

–¡Oh, lo siento muchísimo! –dijo Tom.

Lo repitió en alemán mientras recogió un paquete que se le había caído a la mujer.

Ella le contestó algo, algo referente a un futbolista.

Tom siguió corriendo. Bernard seguía a la vista. Tom fruncía el ceño, azorado y enojado. Sentía un repentino odio hacia Bernard. Por un momento su odio fue intenso, luego desapareció. Bernard caminaba a buen paso, sin mirar tras de sí. Había algo de locura en la forma de caminar de Bernard, a zancadas nerviosas aunque regulares que Tom le creía capaz de mantener durante horas hasta desplomarse. ¿Pero se desplomaría sin más alguna vez?, se preguntó Tom. Resultaba curioso que a él Bernard le pareciese tan fantasma como él le parecía a Bernard.

Bernard empezaba a vagar en zigzag por las calles, sin rumbo fijo, pero siempre manteniéndose bastante cerca del río. Anduvieron durante media hora, y ya habían dejado tras de sí la ciudad propiamente dicha. Las calles eran ya escasas, con alguna que otra floristería, bosquecillos, jardines, alguna residencia, alguna pequeña *Konditorei* con la terraza, ahora desierta, mirando al río. Finalmente Bernard se metió en una de estas.

Tom aflojó el paso. No estaba cansado ni sin aliento después de tanto caminar. Sentía una extraña sensación. Solo el agradable frescor de la brisa sobre su frente le recordaba que seguía en el mundo de los vivos.

Las paredes del pequeño café eran de cristal, y Tom pudo ver a Bernard sentado en una mesa con un vaso de vino tinto delante.

El establecimiento estaba vacío, a excepción de una delgada camarera, de cierta edad, vestida con un uniforme negro y un delantal blanco. Tom sonrió aliviado y, sin pensar ni reflexionar en nada, abrió la puerta y entró. Bernard le miró como si estuviese un poco sorprendido, perplejo (fruncía el ceño), pero sin su anterior mirada de terror.

Tom sonrió levemente y le saludó con la cabeza. No sabía por qué lo hacía. ¿Era un saludo? ¿Una afirmación? En cuyo caso, ¿afirmación de qué? Tom se imaginó a sí mismo acercándose una silla, sentándose junto a Bernard y diciéndole:

—Bernard, no soy ningún fantasma. No había mucha tierra sobre mí y me abrí paso al exterior. Es gracioso, ¿eh? He estado en Londres y vi a Cynthia. Me dijo...

Y se vio también alzando una copa de vino, y dando una palmada al brazo de Bernard y este comprendería que no se trataba de un aparecido. Pero nada de eso estaba sucediendo. La expresión de Bernard se tiñó de cansancio y, pensó Tom, de hostilidad. Tom volvió a sentir una leve punzada de ira. Se irguió, abrió la puerta tras de sí y salió quedamente, con gesto airoso, solo que andando hacia atrás.

Se dio cuenta de que lo había hecho premeditadamente.

La camarera del uniforme negro no le había mirado, seguramente porque no le había visto. Estaba en el mostrador de la derecha, haciendo alguna cosa.

Tom cruzó la calle, alejándose del café donde estaba Bernard, y alejándose aún más de Salzburgo. El café estaba en el lado de tierra de la calle, no en la margen del río, de modo que Tom se hallaba ahora bastante cerca del río y de su malecón. Había una cabina telefónica con muchos paneles de cristal cerca del bordillo, y Tom se refugió detrás de ella. Encendió un cigarrillo francés.

Bernard salió del café, y Tom dio lentamente la vuelta a la cabina, procurando que esta se hallase entre él y Bernard. Bernard le estaba buscando, pero su mirada parecía simplemente nerviosa, como si en realidad no esperase verle. De todos modos, Bernard no le vio y siguió andando bastante aprisa, en dirección contraria a la ciudad de Salzburgo y por el lado de tierra de la calle. Al cabo de un instante Tom le siguió.

Las montañas se alzaban delante, cortadas por el Salzach,

montañas pobladas de árboles verde oscuro, pinos principalmente. Seguían andando sobre la acera, pero Tom podía ver dónde esta terminaba, más allá, y se transformaba en un camino vecinal de doble dirección. ¿Acaso iba Bernard a subir andando una de las montañas con su enloquecida energía? Bernard echó la vista atrás una o dos veces, por lo que Tom tuvo que ocultarse. A juzgar por el comportamiento de Bernard, comprendió que no le había visto.

Debían de estar a unos ocho kilómetros de Salzburgo, se figuró Tom, deteniéndose a secarse la frente y aflojarse la corbata por debajo de la bufanda. Bernard desapareció por un recodo del camino y Tom reemprendió la marcha. De hecho se puso a correr, temiendo, como había temido en Salzburgo, que Bernard doblase a la derecha o a la izquierda y se esfumase por algún sitio, sin que él pudiera localizarle.

De nuevo dio con él. Bernard miraba hacia atrás en aquel instante, de modo que Tom se detuvo y abrió los brazos para que le viese mejor. Pero Bernard dio media vuelta con la misma rapidez que había hecho ya varias veces, y Tom se quedó con la duda: ¿le habría visto o no? Aunque, ¿qué más daba? Siguió caminando. Bernard se había perdido de vista tras un recodo otra vez, y de nuevo Tom aceleró el paso. Al llegar al siguiente trecho recto del camino, no se veía a Bernard, así que Tom se paró para escuchar, por si acaso se había metido en el bosque. Todo lo que pudo oír fueron los trinos de los pájaros y, desde lejos, las campanas de una iglesia.

Entonces, a su izquierda, Tom oyó un débil crujir de ramas que no tardó en cesar. Tom se adentró un poco en el bosque y escuchó.

—¡Bernard! –gritó Tom, con voz enronquecida.

Por fuerza tenía que haberle oído.

El silencio parecía total. ¿Estaría Bernard titubeando?

Entonces se oyó un lejano golpe sordo. ¿O era producto de su imaginación?

Tom se adentró más en el bosque. A unos dieciocho metros más hacia dentro, el terreno se inclinaba hacia el río, y un poco más allá había un acantilado de rocas grises que caía sobre el río desde una altura de treinta o cuarenta metros, puede que más. Sobre el acantilado estaba la bolsa de viaje de Bernard, y Tom comprendió inmediatamente lo que había sucedido. Se acercó, con el oído atento, pero hasta los pájaros parecían enmudecidos ahora. Al llegar al borde del precipicio, Tom se asomó. No era escarpado y Bernard había tenido que andar un poco, o dejarse caer por la pendiente, antes de saltar o, simplemente, de venirse abajo.

—¿Bernard?

Tom se trasladó a la izquierda, desde donde podía asomarse con menor riesgo. Aferrándose a un arbolito, y con otro árbol delante por si resbalaba y tenía que agarrarse para no despeñarse, Tom miró hacia abajo y divisó una forma gris, alargada, sobre las piedras de abajo, con un brazo extendido. La caída equivaldría a unos cuatro pisos, y sobre rocas. Bernard no se movía. Tom regresó a un terreno más seguro.

Recogió la bolsa de viaje, penosamente ligera de peso.

Pasaron unos momentos antes de que Tom pudiese hilvanar alguna idea. Seguía sujetando la bolsa.

¿Encontrarían a Bernard? ¿Era visible desde el río? ¿Pero quién pasaba por aquel río? No parecía probable que alguien le viese o diese con él, al menos pronto. Tom no se veía con ánimos de acercarse a Bernard todavía, ni de mirarle. Sabía que estaba muerto.

Había sido un curioso asesinato.

Tom regresó caminando por la carretera, ahora cuesta abajo, hacia Salzburgo. No se cruzó con nadie. En alguna parte, ya cerca de la ciudad, vio un autobús y le hizo señal de que parase. No tenía una idea muy clara de dónde estaba, pero el autobús parecía dirigirse hacia Salzburgo.

El conductor le preguntó si iba a cierto lugar, cuyo nombre Tom no logró entender.

—Más cerca de Salzburgo —contestó Tom.

El conductor mismo cogió el importe del viaje.

Tom se apeó tan pronto como divisó algo conocido. Entonces prosiguió su camino a pie. Finalmente se halló caminando fatigosamente por la Residenzplatz, que cruzó metiéndose en la Getreidegasse, con la bolsa de viaje en la mano todavía.

Entró en el Goldener Hirsch, respirando súbitamente el agradable perfume de la cera para muebles, el aroma de la comodidad y de la tranquilidad.

—Buenas noches, señor —le dijo el portero, y le entregó la llave.

24

Tom despertó de una pesadilla en la que unas ocho personas (solo una de las cuales, Jeff Constant, le era conocida), situadas en una casa, se burlaban de él porque nada le salía bien, se le hacía tarde para algo, tenía dificultades para pagar una factura que debía, estaba en calzoncillos cuando debería haber llevado los pantalones puestos, se había olvidado de un compromiso importante. La depresión provocada por el sueño le duró unos minutos después de haberse incorporado en la cama. Tom alargó la mano y tocó la gruesa y pulida madera de la mesita de noche.

Entonces encargó un *Kaffee Komplett*.

Los primeros sorbos de café le aliviaron. Había estado dudando sobre si hacer algo con respecto a Bernard (¿pero qué?) o llamar a Jeff y a Ed para contarles lo sucedido. Jeff probablemente reaccionaría con mayor coherencia, pero Tom dudaba de que entre uno y otro pudieran aportarle alguna idea sobre lo que debía hacer seguidamente. Estaba inquieto, con el tipo de inquietud que nunca le conducía a ninguna parte. El objeto de que quisiera hablar con Jeff y con Ed era sencillamente que estaba asustado y solo.

Para evitar la espera en una oficina de correos llena de ruido y de público, descolgó el aparato y pidió comunicación con Jeff en Londres. La media hora más o menos que tuvo que esperar, antes no le dieron la conferencia, transcurrió en un curioso pero no desagradable limbo. Empezaba a comprender que había deseado el suicidio de Bernard, aunque, al mismo tiempo, no podía acusarse de haberlo provocado, de haberle forzado a suicidarse, ya que sabía que esa era la intención de Bernard. Al contrario, Tom había demostrado que seguía vivo (y varias veces) sin lugar a dudas, a no ser que Bernard hubiese preferido verle como un fantasma. Asimismo, el suicidio de Bernard poco, quizá nada, tenía que ver con que Tom creyese haberle asesinado. ¿Acaso Bernard no se había ahorcado en efigie en la bodega de Tom, días antes de atacarle en el bosque?

Tom se daba cuenta también de que necesitaba el cadáver de Bernard, y que eso lo había llevado en el fondo del pensamiento. Suponiendo que hiciese pasar el cadáver por el de Derwatt, quedaría aún por esclarecer qué le había sucedido a Bernard Tufts. Eso lo arreglaría más adelante, pensó Tom.

Sonó el teléfono y Tom corrió a descolgarlo. Era Jeff.

—Soy Tom, desde Salzburgo. ¿Me oyes bien?

La comunicación era excelente.

—Bernard... Bernard ha muerto. Por un acantilado. Saltó.

—No lo dirás en serio. ¿Se ha suicidado?

—Sí. Yo le vi. ¿Qué tal va por Londres?

—Están... La policía está buscando a Derwatt. No saben en qué parte de la ciudad se halla... o si está en otra parte —dijo Jeff tartamudeando.

—Tenemos que poner fin al asunto Derwatt —dijo Tom—, y esta es una buena ocasión para hacerlo. No le digas a la policía nada sobre la muerte de Bernard.

Jeff no comprendía.

La conversación se hizo difícil, ya que Tom no podía decirle a Jeff cuál era su intención. Logró comunicarle que, de algún modo, sacaría de Austria los restos de Bernard y posiblemente los llevaría a Francia.

—¿Quieres decir...? ¿Dónde está? ¿Sigue tirado allí?

—Nadie le ha visto. No me quedará más remedio que hacerlo —dijo Tom, haciendo acopio de paciencia para responder a las preguntas, demasiado directas o inacabadas, de Jeff—, como si se incinerase o quisiera que le incinerasen. No hay otra salida, ¿eh?

No la había si, una vez más, trataba de ayudar a Derwatt Ltd.

—No, en efecto.

«Tan útil como siempre, este Jeff.»

—Dentro de poco daré aviso a la policía francesa, y a Webster si sigue por ahí —dijo Tom con mayor firmeza.

—Oh, Webster ha regresado. Están buscando a Derwatt aquí y un tipo, un agente de paisano, insinuó ayer que alguien pudo haberle suplantado.

—¿Sospechan que fui yo? —preguntó Tom ansiosamente, pero con un repentino arranque de desafío.

—No, no, Tom. No creo. Pero alguien..., no estoy seguro de que fuese Webster..., dijo que sentían curiosidad por saber dónde estabas en París y —añadió Jeff— creo que han hecho indagaciones en los hoteles de París.

—En estos momentos —dijo Tom—, tú no sabes dónde estoy, naturalmente, y debes decir que Derwatt parecía deprimido. No tienes idea de adónde puede haber ido.

Colgaron al cabo de unos segundos. Si, más adelante, la policía investigaba las andanzas de Tom en Salzburgo, y daban con esta llamada en su cuenta, Tom les diría que la había hecho a causa de Derwatt. Tendría que inventar el cuento de que había seguido a Derwatt hasta Salzburgo, por alguna razón. Bernard tendría que figurar en el cuento también. Si Derwatt por ejemplo...

Supongamos que Derwatt, deprimido y turbado por la desaparición y posible muerte de Murchison, le había llamado a él a Belle Ombre. Probablemente, Derwatt se habría enterado, por Jeff y Ed, de la visita de Bernard a Belle Ombre. Derwatt le habría propuesto un encuentro en Salzburgo, adonde tenía intención de ir (aunque la sugerencia podía atribuírsela a Bernard). Tom diría haber visto a Derwatt dos o tres veces como mínimo en Salzburgo, probablemente en compañía de Bernard. Derwatt parecía deprimido. ¿Motivo concreto? Bien, Derwatt no se lo había contado todo a Tom. Habría hablado poco de México, pero sí le habría preguntado por Murchison, afirmando que su viaje a Londres había sido una equivocación. En Salzburgo, Derwatt había insistido en frecuentar lugares poco concurridos, para tomar café, un plato de *Gulyassuppe,* o una botella de Grinzing. Fiel a su modo de hacer las cosas, Derwatt no le habría dicho a Tom en qué lugar de Salzburgo se hospedaba, y siempre se habían ido cada uno por su lado al despedirse. Tom sospecharía que Derwatt se alojaba en alguna parte bajo un nombre falso.

Tom diría que ni tan solo a Heloise había querido decirle que se iba a Salzburgo a ver a Derwatt.

La historia, hasta ahí, empezaba a encajar.

Tom abrió la ventana a la Sigmundplatz, ahora llena de carretillas en las que se exponían enormes rábanos blancos, lustrosas naranjas y manzanas. Había personas que bañaban en mostaza largas salchichas, en platos de papel.

Quizá ahora ya se atrevería a enfrentarse con la bolsa de viaje de Bernard. Se arrodilló en el suelo y abrió la cremallera. Encima de todo había una camisa sucia. Debajo, unos calzoncillos y una camiseta. Tom lo arrojó todo al suelo. Entonces cerró la puerta con llave, aunque las doncellas del hotel (a diferencia de las de muchos otros hoteles) nunca irrumpían en las habitaciones sin llamar antes. Tom prosiguió su tarea. Un *Salzburger Nachrichten* de dos días antes, un *Times* de Londres de la misma fecha. Un cepillo de dientes, afeitadora, un cepillo para el pelo muy usado, un par de pantalones enrollados de color beige, y en el fondo, la gastada libreta de tapas marrones que Bernard había leído en Belle Ombre. Debajo de esto había un bloc de dibujo encuadernado en espiral, sobre su tapa la firma de Derwatt que servía de marca registrada a la compañía de materiales artísticos. Tom lo abrió. Iglesias barrocas y torres de Salzburgo, algunas un poco inclinadas, embellecidas con curvas de más. Pájaros parecidos a murciélagos volaban sobre algunas de ellas. Aquí y allí, las sombras habían sido trazadas pasando el pulgar humedecido por encima del papel. En uno de los esbozos había unas gruesas tachaduras. En un rincón de la bolsa halló un tintero de tinta china, con el tapón roto por arriba pero todavía en su sitio, junto con un haz de plumas de dibujo y un par de pinceles unidos por medio de una gomita. Tom se atrevió a abrir la libreta marrón para ver si había anotaciones recientes. Nada desde el 5 de octubre de aquel mismo año, pero Tom no podía entretenerse leyendo. Detestaba leer las cartas y los papeles personales de los demás. Reconoció, sin embargo, el papel de escribir de Belle Ombre, dos hojas dobladas. Era lo que Bernard había escrito la primera noche que pasó en casa de Tom, y un vistazo le bastó para comprender que se trataba de una declaración de las actividades de Bernard como falsificador, empezando seis años antes. Tom no quiso leerla y rompió las dos hojas en pedacitos que echó a la papelera. Volvió a meterlo todo en la bolsa, cerró la cremallera y la guardó en el ropero.

¿Cómo iba a comprar gasolina para quemar el cadáver?

Podría decir que su coche se había quedado seco. Desde luego no podría hacerlo todo en un día, porque el único avión de París salía a las tres menos diez de la tarde. Su billete era de ida y vuelta. Naturalmente podía ir en tren, pero quizá la inspección de equipajes fuese más severa en tal caso. Tom no quería que un aduanero le abriese la maleta y se encontrase un paquete lleno de cenizas.

Un cadáver al aire libre, ¿ardería lo suficiente para convertirse en cenizas? ¿No era necesario emplear un horno? ¿Aumentar el calor?

Abandonó el hotel poco antes del mediodía. Ya al otro lado del río, compró una maleta pequeña de piel de cerdo en una tienda de la Schwarzstrasse, y adquirió también varios periódicos que puso en la maleta. El día era frío y ventoso, aunque brillaba el sol. Tomó un autobús que seguía el curso del río hacia arriba por la ciudad vieja, en dirección a Mariaplain y Bergheim, dos ciudades que había localizado en el mapa. Se apeó en un lugar que le pareció el indicado y empezó a buscar una gasolinera. Tardó veinte minutos en dar con una. Antes de acercarse a ella escondió la nueva maleta entre los árboles.

El empleado se ofreció cortésmente a llevarle en coche hasta el suyo, pero Tom le dijo que no estaba muy lejos y le preguntó si podía comprar también el recipiente, ya que quería evitarse el regresar a devolverlo. Compró diez litros. No volvió la vista atrás al alejarse carretera arriba. Recogió la maleta. Al menos no se había equivocado de carretera, pero había un largo trecho y en dos ocasiones se metió en el bosque creyendo haber dado con el lugar que estaba buscando.

Al final encontró el sitio. Vio las rocas grises delante de él. Dejó la maleta y, con la lata de gasolina, descendió dando un rodeo. La sangre había dejado unos regueros irregulares a derecha e izquierda del cadáver de Bernard. Tom inspeccionó los alrededores. Necesitaba una cueva, un hueco, algo que formase un saliente que contribuyese a incrementar el calor. Haría falta mucha leña. Recordaba fotografías de piras funerarias en la India, instaladas en elevados *ghats*. Al parecer aquello requería mucha leña. Debajo de un acantilado encontró un lugar idóneo, una especie de cavidad entre las rocas. Lo más fácil iba a ser bajar el cuerpo rodando.

Primero quitó el único anillo que llevaba Bernard. Era de oro y llevaba algo parecido a una cresta gastada. Estuvo a punto de arrojarlo entre los árboles, pero reflexionó que siempre habría la posibilidad de que lo encontrasen, de modo que se lo echó al bolsillo con intención de tirarlo al Salzach desde un puente. Seguidamente los bolsillos. No había más que unas escasas monedas austríacas en el impermeable, cigarrillos en un bolsillo de la americana, y allí se quedaron, y un billetero en los pantalones. Tom sacó su contenido y lo arrugó, billetes y papeles, guardándoselo para encender el fuego con ello o simplemente lanzarlo a las llamas. Entonces levantó el pesado cuerpo y lo hizo rodar. Cayó dando tumbos entre las rocas. Tom bajó tras él y lo arrastró hacia el hueco que había encontrado.

Entonces, contento de poder volver la espalda al cadáver, empezó a recoger leña con gran energía. Hizo al menos seis viajes hasta la pequeña cripta que había hallado. Evitaba mirar hacia el rostro y la cabeza de Bernard, ambos de color oscuro ya. Finalmente recogió puñados de hojas y ramitas secas, tantas como pudo encontrar, y entre ellas metió los papeles y billetes del billetero de Bernard. Luego arrastró el cuerpo hasta dejarlo encima de la pira, conteniendo la respiración mientras empujaba las piernas, y apretaba un brazo con el pie para dejarlo bien colocado. El cadáver estaba rígido, con uno de los brazos extendidos. Tom cogió la gasolina y vertió la mitad sobre el impermeable, empapándolo. Decidió buscar más leña para colocarla encima antes de prender fuego a la pira.

Encendió una cerilla y la arrojó desde lejos.

Las llamas se alzaron al instante, amarillas y blancas, Tom, con los ojos entornados, buscó un lugar adonde no llegase el humo. La crepitación era enorme. Tom no miraba.

No había signos de vida a la vista, ni tan solo un pájaro volando.

Recogió más leña. Nunca habría demasiada, pensó. El humo era pálido pero abundante.

Un coche pasó de largo por la carretera, un camión, a juzgar por el ruido del motor. Tom no podía verlo a causa de los árboles. El sonido se desvaneció y Tom confió en que no se hubiese detenido para investigar. Pero pasaron tres o cuatro minutos sin novedad y Tom supuso que el conductor habría proseguido su camino. Sin mirar los restos de Bernard, Tom hurgaba en la hoguera para que las ramas estuvieran más cerca de las llamas. Se valía de un largo palo. Tenía la impresión de estar haciendo las cosas torpemente, de que el fuego no daba suficiente calor, que no era ni con mucho el calor intenso que se necesitaba para incinerar un cadáver como es debido. Lo único que podía hacer, por consiguiente, era mantener el fuego todo el tiempo posible. Eran las dos y diecisiete minutos. De la hoguera se desprendía bastante calor, a causa del saliente, y, finalmente, Tom se vio obligado a lanzar las ramas desde cierta distancia. Siguió lanzándolas sin parar durante varios minutos. Cuando las llamas disminuyesen un poco, podría acercarse al fuego, recoger las ramas a medio quemar y tirarlas de nuevo a la hoguera. Todavía le quedaba la mitad de la lata de gasolina.

Con cierto método en sus actos, Tom recogió aún más leña, adentrándose más en el bosque, para el esfuerzo final. Cuando hubo reunido un buen montón, arrojó la lata de gasolina sobre el cuerpo, que conservaba todavía una descorazonadora apariencia humana. El impermeable y los pantalones se habían quemado, pero no así los zapatos, y la carne, lo que podía ver de ella, estaba ennegrecida, pero no quemada, evidentemente ahumada tan solo. La lata de gasolina retumbó como un tambor, pero no fue una explosión. Tom se mantenía constantemente alerta por si se oían pisadas, o crujidos de ramas, en el bosque. Era posible que acudiera alguien a causa del humo. Por último, Tom se apartó unos cuantos metros, se quitó el impermeable y se lo colgó al brazo, sentándose en el suelo, de espaldas a la fogata. Que pasaran unos buenos veinte minutos, pensó. Los huesos no arderían, ni se desintegrarían, eso lo sabía. Sería necesaria otra fosa. Tendría que procurarse una pala en algún sitio. ¿Comprarla? Sería más prudente robar una.

Al volver la vista a la pira, la halló negra, rodeada de rojas ascuas. Las atizó hacia el centro. El cuerpo seguía siendo un cuerpo. Como incineración, había sido un fracaso, comprendió Tom. Deliberó sobre si convenía acabar la tarea hoy mismo o dejarlo para el día siguiente, y optó por lo primero, si había suficiente luz para ver lo que estaba haciendo. Lo que le hacía falta era algo para cavar. Hurgó en el cuerpo con el mismo palo de antes y lo notó blando como la gelatina. Dejó la maleta tumbada de lado entre un pequeño grupo de árboles.

Entonces subió casi corriendo hasta la carretera. El olor del humo era horrible, y, de hecho, se había pasado varios minutos sin respirar apenas. Pensó que podía tomarse una hora para buscar la pala, si es que tardaba tanto. Se alegró de tener un plan, el que fuese, porque en aquellos momentos se sentía completamente perdido e inexperto. Se fue carretera abajo, sin la maleta, con las manos vacías. Al cabo de unos minutos, llegó a un grupo de casas bastante dispersas, no lejos del café donde Bernard se había tomado un vaso de vino tinto. Vio unos cuantos jardines bien cuidados, con invernáculos de cristal, pero no había ninguna pala convenientemente apoyada en los ladrillos de las paredes.

–*Grüss Gott!* –le dijo un hombre que estaba cavando en su jardín con una pala estrecha y afilada, justo la que le hubiese ido bien a Tom.

Tom le devolvió el saludo con aire tranquilo.

Entonces reparó en una parada de autobús que no había visto el día anterior. Una joven, quizá una mujer, se dirigía hacia ella, hacia Tom. Seguramente el autobús no tardaría. Tom tenía ganas de cogerlo cuando viniese, de olvidarse del cadáver y de la maleta. Pasó por el lado de la muchacha sin mirarla, confiando en que ella no le recordaría. Entonces vio una carretilla de metal, llena de hojas, al lado del bordillo, y sobre la carretilla había una pala. No podía creerlo. Un regalo del cielo, solo que la pala no tenía filo. Tom aflojó el paso y echó un vistazo hacia el bosque, pensando en que posiblemente el obrero propietario de la pala se habría ocultado discretamente unos momentos.

Llegó el autobús. La muchacha subió en él, y el vehículo se alejó.

Tom cogió la pala y rehízo su camino con la misma tranquilidad con que había venido. Transportaba la pala con el mismo ademán indolente con que habría llevado un paraguas, solo que tenía que llevarla en posición horizontal.

Llegado a su destino, Tom dejó la pala y fue a por más leña. El tiempo apremiaba y, mientras aún había suficiente luz para ver bien, Tom se aventuró más hacia el interior del bosque, en busca de leña. Tendría que destruir el cráneo, comprendió, y sobre todo, desembarazarse de la dentadura, y no quería regresar al día siguiente. Atizó el fuego una vez más, luego cogió la pala y empezó a cavar en un lugar cubierto de hojas húmedas. No era tan fácil como haciéndolo con una horca. Aunque, por otro lado, los restos de Bernard no llamarían la atención de ningún animal vagabundo, de modo que no era necesario cavar una fosa muy honda. Cuando se sintió cansado, regresó a la fogata y sin detenerse ni un instante descargó la pala sobre el cráneo. Comprendió que no iba a lograr nada. Pero con un par de golpes más consiguió desprender la mandíbula, que sacó arrastrándola con la herramienta. Echó más leña cerca del cráneo.

Después se acercó a la maleta y desplegó los periódicos en el interior. Haría falta coger alguna parte del cuerpo. Se sobrecogió con repugnancia ante la idea de coger una mano o un pie. Algún pedazo del tronco, quizá. La carne era la carne, y esta era humana e imposible confundirla con la de una vaca, por ejemplo, supuso Tom. Le dio un ataque momentáneo de náuseas y se agazapó, apoyándose en un árbol. Luego se encaminó directamente hacia la pira con la pala y raspó la cintura de Bernard para arrancar un pedazo de carne. La sustancia estaba oscura y un poco húmeda. Tom la transportó en la pala hasta la maleta y la dejó caer en ella. Dejó la maleta abierta. Entonces se tumbó en el suelo, agotado.

Pasó quizá una hora. Tom no dormía. Era consciente de que el crepúsculo se cernía sobre él, y se dio cuenta de que no llevaba linterna. Se puso en pie. Un nuevo intento con la pala contra la cabeza no dio resultado. Tampoco lograría nada pisoteándola, estaba seguro. Tendría que ser una piedra. Buscó una roca y la hizo rodar hasta el fuego. La levantó con una energía desconocida hasta el momento, y quizá fugaz, y la dejó caer sobre el cráneo. La roca quedó allí, sobre el cráneo aplastado. Apartó la roca con la pala, dando unos pasos hacia atrás rápidamente para evitar el calor de las brasas. Hurgó un poco y extrajo un raro amasijo de huesos y lo que debió de haber sido la mitad superior de la dentadura.

Esta actividad le procuró cierto sosiego, y Tom empezó entonces a poner un poco de orden. Más optimista, le parecía que la forma alargada no tenía ninguna semejanza con un despojo humano. Volvió a cavar la fosa. Era estrecha y pronto alcanzó casi un metro de profundidad. Utilizando la pala hizo rodar la humeante forma hacia la fosa que acababa de cavar. De vez en cuando apagaba a golpes de pala las llamitas que prendían en el suelo. Antes de enterrar el esqueleto comprobó que no se hubiese olvidado de separar de él la parte superior de la dentadura. Enterró los restos y los cubrió de tierra. Algunas espirales de humo surgieron de entre las hojas que esparció sobre la fosa como última medida de camuflaje. Con unas hojas de periódico arrancadas de la maleta envolvió el fragmento de hueso que contenía los dientes superiores, luego recogió la mandíbula inferior y la metió dentro también.

Hizo un montón con las ramas y demás componentes de la fogata, asegurándose en lo posible de que las brasas no fuesen a

556

saltar del montón e iniciasen un incendio en el bosque. Para mayor seguridad rastrilló las hojas que había en la hoguera. Pero no podía permanecer más tiempo allí, debido a la creciente oscuridad. Con los periódicos de la maleta envolvió el paquetito y emprendió la subida hacia la carretera, llevando la maleta y la pala.

Cuando llegó a la parada del autobús, la carretilla de mano ya no estaba donde la había encontrado. Dejó la pala junto al bordillo, de todos modos.

En la siguiente parada del autobús, a un buen trecho de la otra, se puso a esperar. Una mujer se unió a la espera. Tom no la miró.

Mientras el autobús iba dando tumbos por la carretera, parándose de vez en cuando para que se apeara algún pasajero, Tom trataba de pensar, y, como de costumbre, su cerebro funcionaba desordenadamente, a trompicones. ¿Qué tal resultaría decir que todos ellos, Bernard, Derwatt y él mismo habían coincidido en Salzburgo y hablado en diversas ocasiones? Derwatt había hablado de suicidio. Y había manifestado su deseo de ser incinerado, pero no en un horno crematorio, sino al aire libre. Les había pedido a Bernard y a él que se encargasen de hacerlo. Él había intentado aliviar la depresión que aquejaba a los otros dos, pero la de Bernard era por causa de Cynthia (Jeff y Ed atestiguarían este punto), y la de Derwatt...

Tom se apeó del autobús sin importarle dónde estaba, pues quería pensar mientras caminaba.

–¿Su maleta, señor?

Era el botones del Goldener Hirsch.

–Oh, es muy ligera –dijo Tom–. Gracias.

Subió a su habitación.

Tom se lavó la cara y las manos, luego se desnudó y se bañó. Se imaginaba conversaciones sostenidas con Bernard y Derwatt en varios *Bier und Weinstube* de Salzburgo. Había sido la primera vez que Bernard veía a Derwatt desde que este se marchase de Grecia, hacía cinco o más años, ya que Bernard había evitado a Derwatt cuando este regresó a Londres, ni estaba en dicha ciudad cuando Derwatt hizo su segunda y breve aparición. Bernard ya había estado en Salzburgo. Le había hablado a Tom de la ciudad (lo cual era cierto) durante su estancia en Belle Ombre, y cuando Derwatt había llamado a Heloise en Belle Ombre, ella le había dicho que Tom se había ido a Salzburgo para ver a Bernard o tratar de localizarle y, por tanto, Derwatt se había ido allí también. ¿Qué nombre habría utilizado Derwatt? Bien, eso tendría que permanecer en el misterio. ¿Quién sabía el nombre que Derwatt utilizaba en México, por ejemplo? Le quedaba decirle a Heloise (pero solo si alguien se lo preguntaba) que Derwatt había llamado a Belle Ombre.

Puede que la historia no fuese perfecta, que quedasen algunos cabos sueltos todavía, pero era un principio.

Por segunda vez se enfrentó con la bolsa de viaje de Bernard, y esta vez lo que buscaba eran notas que Bernard hubiese escrito recientemente. La del 5 de octubre decía:

«A veces tengo la impresión de haber muerto ya. Curiosamente, queda lo bastante de mí para darme cuenta de que mi identidad, mi ser se ha desintegrado y, de un modo u otro, se ha desvanecido. Jamás fui Derwatt, ahora, ¿soy realmente Bernard Tufts?»

Tom no podía dejar que las últimas dos frases quedasen allí, de modo que arrancó toda la página.

En algunos de los dibujos había anotaciones. Unas cuantas se referían a los colores, los verdes de las edificaciones de Salzburgo.

Otra decía:

«La ruidosa casa museo de Mozart. Ni un retrato suyo que valga la pena.»

Y más abajo:

«A menudo me paro a contemplar el río. Su curso es rápido, y eso me gusta. Quizá sea esta la mejor forma de acabar, desde un puente, por la noche, cuando es de esperar que haya poca gente y nadie pueda gritar "¡Sálvenlo!".»

Eso era lo que a Tom le hacía falta. Cerró rápidamente el bloc de dibujo y lo colocó de nuevo en la bolsa de viaje.

¿Habría alguna anotación que le mencionase a él? Tom volvió a examinar el bloc, buscando su nombre o sus iniciales. Después abrió la libreta marrón. La mayor parte del contenido la componían los extractos copiados del diario de Derwatt, y las últimas anotaciones, hechas por Bernard, llevaban fecha, todas, y correspondían a los días en que Bernard había estado en Londres. Nada sobre Tom Ripley.

Tom bajó al restaurante del hotel. Ya era tarde, pero todavía podría encargar algo de comer. Después de unos cuantos bocados, empezó a sentirse mejor. El vino blanco, fresco y ligero, le inspiraba. Podía permitirse el tomar el avión del día siguiente al mediodía. Si le hacían preguntas sobre la llamada telefónica a Jeff el día anterior, diría que la había hecho por propia iniciativa, para informar a Jeff de que Derwatt estaba en Salzburgo y que él, Tom, estaba preocupado por él. También tendría que decir que le había pedido a Jeff que no dijese a nadie dónde estaba, y menos que a nadie «al público». ¿Y Bernard? ¿Por qué no decir que también había informado a Jeff de la presencia de Bernard en Salzburgo? La policía no estaba buscando a Bernard Tufts. Y su desaparición, seguramente un suicidio y, probablemente, en el río Salzach, debió de haberse producido la noche del día en que Tom y Bernard incineraron el cadáver de Derwatt. Era mejor decir que Bernard le había ayudado en la incineración.

Tom previó que le censurarían el haber consentido y colaborado en un suicidio. ¿Qué hacían con los que cometían semejante delito? Derwatt había insistido en tomarse una dosis masiva de somníferos, diría Tom. Los tres habían pasado la mañana en el bosque, paseando. Derwatt ya se había tomado unas cuantas píldoras antes de reunirse con los demás. Les había resultado imposible prever que Derwatt se tomaría el resto del tubo (eso tendría que confesarlo). Tom no había querido obstaculizar algo que Derwatt deseaba con tanta insistencia. Y Bernard tampoco.

Regresó a su habitación y abrió la ventana, entonces abrió la maleta de piel de cerdo. Sacó el pequeño bulto envuelto con periódicos y lo reforzó con más papel impreso. El bulto, pese a todo, apenas era mayor que un pomelo. Después cerró la maleta por si entraba alguna doncella del hotel (aunque la cama ya estaba preparada), dejó la ventana ligeramente abierta, y bajó al vestíbulo con el paquetito. Torció por el puente hacia la derecha, el puente de la barandilla, el mismo en que el día anterior había visto a Bernard mirando el río. Tom se apoyó en la barandilla del mismo modo. Y cuando no pasaba nadie abrió las manos y dejó caer el bulto. Cayó fácilmente y pronto se perdió de vista en la oscuridad. Tom llevaba también consigo el anillo de Bernard y lo dejó caer de igual manera.

A la mañana siguiente, Tom reservó plaza para el avión y luego salió a comprar algunas cosillas, principalmente para Heloise.

Compró un chaleco verde para ella y un *Wolljanker* azul claro como el color de los paquetes de Gauloises, una blusa blanca con volantes fruncidos y para él mismo se compró otro chaleco verde, más oscuro, y un par de cuchillos de monte.

El pequeño avión llevaba esta vez el nombre de *Ludwig Van Beethoven*.

A las ocho ya estaba en Orly. Presentó su auténtico pasaporte. Una mirada a él y a la fotografía y le dejaron pasar sin sellar nada. Tomó un taxi hasta Villeperce. Temía que Heloise tuviese invitados y, al ver el Citroën rojo estacionado delante de la casa, comprendió que así era. El coche era el de los Grais.

Estaban acabando de cenar. En la chimenea ardía un fuego acogedor.

—¿Por qué no has telefoneado? —se quejó Heloise, aunque se alegraba de verle.

—No os interrumpáis por mí —dijo Tom.

—¡Pero si ya hemos terminado! —dijo Agnès Grais.

Era cierto. Estaban a punto de tomar el café en la sala de estar.

—¿Ha cenado usted, *m'sieur Tome?* —preguntó madame Annette.

Tom respondió que sí, pero le gustaría tomar un poco de café. Hablando con toda normalidad, pensó él, les dijo a los Grais que había estado en París visitando a un amigo que tenía problemas de índole personal. Los Grais no parecían dispuestos a fisgonear. Tom preguntó a qué se debía que Antoine, el atareado arquitecto, estuviese en casa, en Villeperce, un jueves por la noche.

—Al sibaritismo —contestó Antoine—. Hace buen tiempo, me convenzo a mí mismo de que estoy tomando notas para un nuevo edificio y, lo más importante de todo, estoy diseñando una nueva chimenea para la habitación de los huéspedes de casa.

Se echó a reír.

Solo Heloise, se figuró Tom, parecía darse cuenta de que él no estaba normal.

—¿Qué tal fue la fiesta de Noëlle el martes? —preguntó Tom.

—Muy divertida —dijo Agnès—. ¡Te echamos de menos!

—¿Qué me dices del misterioso Murchison? —preguntó Antoine—. ¿Qué se sabe?

—Bueno... Todavía no han dado con él. Mistress Murchison vino a verme..., como probablemente ya os habrá contado Heloise.

–Pues no, no lo ha hecho –dijo Agnès.

–No pude ayudarla mucho –dijo Tom–. El cuadro de su marido, uno de los de Derwatt, también fue robado en Orly.

Tom pensó que no era arriesgado decirlo, ya que era cierto y, además, lo habían publicado los periódicos.

Tras tomarse un café, Tom se disculpó diciendo que quería deshacer la maleta y que regresaría en un momento. Le fastidió el que madame Annette ya le hubiese subido las maletas, sin hacer caso de su indicación de que las dejase en el piso de abajo. Ya arriba, se tranquilizó al comprobar que no había abierto ninguna de las dos maletas, probablemente porque ya tenía bastante trabajo en el piso inferior. Colocó la maleta nueva en un ropero y abrió la otra, que había llenado con sus compras. Luego se fue con los demás.

Los Grais eran madrugadores y se marcharon antes de las once.

–¿Ha vuelto a llamar Webster? –preguntó Tom a Heloise.

–No –respondió ella suavemente, en inglés–, ¿pasa algo si madame Annette sabe que estuviste en Salzburgo?

Tom sonrió, aliviado al comprobar lo eficiente que era Heloise.

–Pues no. A decir verdad, debes decir que estuve allí.

Tom quería explicar lo sucedido, pero aquella noche no podía decirle a Heloise nada sobre los restos de Bernard, y quizá ninguna otra noche tampoco. Las cenizas de Derwatt-Bernard.

–Te lo explicaré más adelante. Pero ahora tengo que llamar a Londres.

Cogió el teléfono y pidió conferencia con el estudio de Jeff.

–¿Qué sucedió en Salzburgo? ¿Viste al *fou?* –preguntó Heloise, más preocupada por Tom que enfadada con Bernard.

Tom echó una mirada hacia la cocina, pero madame Annette ya se había despedido y la puerta estaba cerrada.

–El *fou* ha muerto. Se ha suicidado.

–*Vraiment!* ¿No estarás bromeando, *Tome?*

Pero Heloise sabía que no era una broma.

–Lo que importa, lo que hay que decir a todo el mundo, es que fui a Salzburgo.

Tom se arrodilló en el suelo al lado de la silla de Heloise, descansó la cabeza en su regazo durante un instante, entonces se levantó y la besó en ambas mejillas.

–Cariño, tengo que decir que Derwatt ha muerto también, en

Salzburgo. Y... en caso de que te pregunten, Derwatt llamó a Belle Ombre desde Londres y preguntó si podía visitarme. Así que tú le dijiste que yo me había ido a Salzburgo. ¿De acuerdo? Es fácil de recordar, porque es la verdad.

Heloise le miró de soslayo, algo maliciosamente.

–¿Qué es cierto y qué es falso?

Su voz tenía un extraño tono filosófico. Verdaderamente era una pregunta propia para filósofos, y ¿por qué tenían que preocuparse ellos dos de hallar la respuesta?

–Ven conmigo arriba y te demostraré que vengo de Salzburgo.

Cogió a Heloise y la hizo levantarse de la silla.

Subieron a la habitación de Tom y miraron las cosas que había en la maleta. Heloise se probó el chaleco verde y estrechó la chaqueta azul entre sus brazos. Se la probó también y le iba bien.

–¡Y has comprado una maleta nueva! –dijo al ver la maleta de piel de cerdo en el ropero.

–Es una maleta corriente –respondió Tom en francés, en el momento en que sonaba el teléfono.

Hizo señas a Heloise para que se apartase de la maleta. Le dijeron que el teléfono de Jeff no contestaba, y Tom pidió a la telefonista que insistiese. Se estaba acercando la medianoche.

Se duchó mientras Heloise hablaba con él.

–¿Bernard ha muerto? –preguntó ella.

Tom se estaba quitando la espuma de jabón y se sentía más que feliz de estar en casa y sentir bajo sus pies su propia bañera. Se puso un pijama de seda. No sabía por dónde comenzar la explicación. Volvió a oírse el teléfono.

–Si prestas atención –dijo Tom–, comprenderás.

–*Allô?* –dijo Jeff.

Tom se irguió, tenso, y su voz adquirió un tono serio.

–Hola. Soy Tom. Te llamo para decirte que Derwatt ha muerto... Murió en Salzburgo...

Jeff tartamudeaba, como si su teléfono estuviese interceptado, y Tom siguió hablando como lo haría cualquier ciudadano corriente y honrado.

–Todavía no he dado parte a la policía. La muerte... se produjo en circunstancias que no me gustaría relatar por teléfono.

–¿V-vas a... venir a Londres?

–No, no, pero quisiera que hablases con Webster. Dile que te llamé, que estuve en Salzburgo buscando a Bernard... Bueno, Bernard no importa ahora, a no ser por algo que sí es importante. ¿Puedes entrar en su estudio y hacer desaparecer todo vestigio de Derwatt?

Jeff comprendió. Él y Ed conocían al administrador y pedirían la llave. Podían decirle que Bernard necesitaba alguna cosa. Y eso explicaría el hecho de que se llevaran algunos bosquejos, posiblemente algunos lienzos sin terminar.

–No os olvidéis de nada –dijo Tom–. Ahora, sigamos. Figura que Derwatt llamó a mi mujer hace unos días. Ella le dijo que yo me había marchado a Salzburgo.

–Sí, pero ¿por qué...?

Por qué Derwatt quiso ir a Salzburgo, supuso Tom que Jeff iba a preguntar.

–Me parece que lo importante es que estoy dispuesto para ver a Webster aquí. De hecho, quiero verle. Tengo noticias.

Tom colgó y se volvió hacia Heloise. Sonreía de modo algo forzado. Y, con todo, ¿no iba a salirse con la suya?

–¿Qué quieres decir? –preguntó Heloise en inglés–. ¿Que Derwatt murió en Salzburgo? Pero si tú me dijiste que murió hace años en Grecia...

–Hay que probar que ha muerto. ¿Sabes, querida? Hice todo esto para proteger... el honor de Philip Derwatt.

–Pero ¿cómo se puede matar a un hombre que ya ha muerto?

–Eso déjamelo a mí, ¿quieres?

Tom consultó su reloj de pulsera, que estaba sobre la mesita de noche.

–Tengo trabajo que hacer esta noche, unos treinta minutos, y después me gustaría reunirme contigo para...

–¿Trabajo?

–Unas cositas que debo hacer. –Cielos, si una mujer no era capaz de entender eso, ¿quién lo era?–. Obligaciones; nada importante.

–¿No puedes dejarlo para mañana?

–Puede que el inspector Webster llegue mañana. Quizá incluso a primera hora. Y en lo que tardes en desnudarte, casi, estaré contigo.

La hizo levantarse, y ella se puso en pie de buen grado, lo que le hizo comprender que estaba de buen humor.

–¿Hay noticias de tu padre?

Heloise no pudo más: se puso a hablar en francés y dijo algo así como:

–¡Al diablo con papá... en semejante noche!... ¡Dos cadáveres en Salzburgo! Querrás decir uno solo, *chéri*, o ni tan solo uno, ¿eh?

Tom se echó a reír, encantado de la irrespetuosa actitud de Heloise, pues se parecía a la de él mismo. El sentido del decoro de Heloise no era sino pura apariencia, lo sabía muy bien, pues de lo contrario nunca se habría casado con él.

Cuando Heloise se fue, Tom se dirigió a la maleta y extrajo la libreta marrón y el bloc de dibujo de Bernard. Colocó ambas cosas cuidadosamente sobre el escritorio. Se había desembarazado de los pantalones y de la camisa de Bernard arrojándolos a un cubo de la basura en Salzburgo, y en otro cubo había tirado la misma bolsa de viaje. Tom diría que Bernard le había pedido que le guardase la bolsa mientras él salía en busca de otro hotel. Bernard no había regresado, y Tom había conservado únicamente los objetos de valor. Entonces, de la cajita de los gemelos, sacó el anillo mexicano que había llevado en Londres la primera vez que se hizo pasar por Derwatt. Se lo llevó al piso de abajo, descalzo, sin hacer ruido y lo colocó en el centro de las brasas de la chimenea. Seguramente se fundiría y quedaría convertido en una bola, se imaginó, pues la plata mexicana era pura y blanca. Algo quedaría, algo que él añadiría a las cenizas de Derwatt, mejor dicho, de Bernard. Tendría que levantarse temprano por la mañana, antes de que madame Annette limpiase las cenizas de la chimenea.

Heloise estaba acostada, fumando un cigarrillo. A Tom no le gustaba fumar los cigarrillos rubios de Heloise, pero le gustaba el aroma que despedía el humo cuando ella los fumaba. Tom la estrechó con fuerza después de apagar la luz. Lástima no haber tirado también al fuego el pasaporte de Robert Mackay. ¿Tendría un momento de paz alguna vez?

25

Tom se soltó de la dormida Heloise, retirando un brazo de debajo del cuello de la mujer, e incluso se atrevió a darle la vuelta y besarle un seno antes de salir sigilosamente de la cama. Ella no se había despertado apenas, y probablemente pensaría que iba al lavabo. Caminó descalzo hasta su habitación y sacó el pasaporte de Mackay de un bolsillo de su americana.

Bajó al primer piso. Las siete menos cuarto según el reloj cercano al teléfono. En la chimenea parecía haber solamente cenizas blanquecinas, pero sin duda todavía estaba caliente. Con una ramita escarbó en busca del anillo de plata, al mismo tiempo que se disponía a esconder el pasaporte verde en la mano (lo había doblado por la mitad) si entraba madame Annette. Encontró el anillo, ennegrecido y algo deformado, pero no tan desfigurado como había creído hallarlo. Lo dejó en la repisa para que se enfriase, atizó las brasas e hizo pedazos el pasaporte, al que aplicó una cerilla para que quemase más rápidamente. Se quedó mirando cómo el fuego lo consumía. Después subió con el anillo y lo colocó junto al indescriptible amasijo rojinegro que había en la maleta de Salzburgo.

Sonó el teléfono y Tom lo descolgó casi al instante.

—Oh, inspector Webster, ¿qué tal?... No importa, estaba levantado.

—Si he entendido bien a míster Constant... ¿Derwatt ha muerto?

Tom titubeó un instante y Webster lo aprovechó para añadir que míster Constant le había llamado a su oficina la noche antes, a última hora, y había dejado un recado.

—Se suicidó en Salzburgo —dijo Tom—. Precisamente yo estaba allí.

—Quisiera verle a usted, míster Ripley, y le llamo a hora tan temprana porque sé que puedo tomar un avión a las nueve. ¿Puedo pasar a verle esta mañana sobre las once?

Tom se apresuró a decir que sí.

Luego regresó a la alcoba de Heloise. Se despertarían (si Tom volvía a dormirse) al cabo de otra hora, al entrar madame Annette con el té de Heloise y su café. Madame Annette estaba acostumbrada a encontrarlos a los dos en la alcoba de uno de ellos. No se

565

durmió, pero un poco de reposo, como el que había logrado junto a Heloise, le resultó igualmente reparador.

Madame Annette llegó alrededor de las ocho y media, y Tom le indicó por señas que se tomaría el café, pero que Heloise preferiría dormir más. Tom sorbía su café y pensaba en lo que debía hacer a continuación, en cómo debía comportarse. Con honradez ante todo, pensó, y mentalmente repasó la historia. Derwatt llamando porque le afligía la desaparición de Murchison (le afligía exageradamente, por curioso que fuese, y esa era precisamente la clase de reacción ilógica que parecería verdadera) y preguntando si podía visitar a Tom. Y Heloise contestándole que Tom se había ido a Salzburgo a localizar a Bernard Tufts. Sí, lo mejor sería que Heloise le hablase de Bernard a Webster. Para Derwatt, Bernard Tufts era un viejo amigo cuyo nombre le habría hecho reaccionar inmediatamente. Ya en Salzburgo, Tom y Derwatt se habían ocupado más de Bernard que de Murchison.

Cuando Heloise empezó a dar señales de vida, Tom salió de la cama y bajó a pedirle a madame Annette que preparase té. Eran cerca de las nueve y media.

Tom salió a ver la antigua sepultura de Murchison. Había llovido un poco desde la última vez que la vio. Dejó tal como estaban las escasas ramas que había sobre la fosa, ya que su apariencia era de naturalidad y no hacían sospechar que alguien había tratado de ocultar la fosa. Además, sea como fuese, Tom no tenía por qué ocultar las huellas de las excavaciones hechas por la policía.

Alrededor de las diez, madame Annette salió a la compra.

Tom le dijo a Heloise que el inspector Webster iba a visitarles y que él, Tom, quería que ella estuviese presente.

—Puedes decirle con toda franqueza que fui a Salzburgo para tratar de dar con Bernard.

—¿Es que monsieur Webster va a acusarte de algo?

—¿Cómo iba a hacerlo? —replicó Tom sonriendo.

Webster llegó a las once menos cuarto. Llevaba su cartera negra y tenía el mismo aire de eficiencia de un médico.

—Mi esposa..., a quien ya conoce —dijo Tom.

Se hizo cargo del abrigo de Webster y le pidió que se sentase.

El inspector se sentó en el sofá. Primero hizo un detenido examen de fechas y horarios, tomando algunas notas. ¿Cuándo había recibido Tom noticias de Derwatt? El 3 de noviembre, domingo, pensó Tom.

—Mi esposa habló con él cuando llamó —dijo Tom—. Yo estaba en Salzburgo.

—¿Usted habló con Derwatt? —preguntó Webster a Heloise.

—En efecto. Él quería hablar con *Tome,* pero yo le dije que *Tome* estaba en Salzburgo..., buscando a Bernard.

—Mmm. ¿En qué hotel se alojó usted? —preguntó Webster a Tom.

El inspector ostentaba su habitual sonrisa y, a juzgar por su alegre expresión, se habría dicho que no había ninguna muerte de por medio.

—En el Goldener Hirsch —respondió Tom—. Primero fui a París, por una corazonada, a buscar a Bernard Tufts, luego me fui a Salzburgo, porque Bernard había mencionado esa ciudad. No es que dijese que iría allí, pero dijo que le gustaría volver a ver Salzburgo. La ciudad es pequeña y no resulta difícil dar con alguien a quien se esté buscando. Sea como fuere, el caso es que le encontré al segundo día de mi llegada.

—¿A quién vio primero, a Bernard o a Derwatt?

—Oh, a Bernard, porque era a él a quien buscaba. No sabía que Derwatt estuviera en Salzburgo.

—Y... siga —dijo Webster.

Tom se inclinó hacia delante en la silla.

—Bien... Hablé con Bernard a solas una o dos veces, supongo. Igual con Derwatt. Luego nos reunimos los tres unas cuantas veces. Ellos eran amigos desde hacía tiempo. Me pareció que Bernard era el que estaba más deprimido. Su amiga de Londres, Cynthia, no quiere volver a verle. ¿Es que Derwatt no...?

Tom titubeó.

—Derwatt parecía más preocupado por Bernard que por sí mismo. Tengo, por cierto, un par de libretas de Bernard que creo que debería enseñarle a usted.

Tom se puso en pie, pero Webster dijo:

—Antes quiero cerciorarme de algunos hechos. Bernard se suicidó, ¿cómo lo hizo?

—Se esfumó. Eso fue justo después de la muerte de Derwatt. Por lo que escribió en la libreta, me inclino a pensar que se ahogó en el río de Salzburgo. Pero no estaba lo bastante seguro como para dar parte a la policía local. Antes deseaba hablar con usted.

Webster parecía un poco perplejo, incluso atontado, lo cual no sorprendía a Tom.

—Me interesa muchísimo ver las libretas de Bernard, pero Derwatt... ¿Qué sucedió allí?

Tom miró de soslayo a Heloise.

—Bueno, el martes teníamos que encontrarnos los tres alrededor de las diez de la mañana. Derwatt había tomado unos sedantes, según nos dijo. Antes ya había hablado de suicidarse y de que quería ser incinerado... por nosotros, Bernard y yo. Yo al menos no me lo había tomado muy en serio hasta que el martes se presentó con muy mal aspecto y comportándose de forma muy rara. Tomó más píldoras durante el paseo. A petición suya habíamos ido al bosque.

Tom se dirigió a Heloise:

—Si no quieres oír esto, querida, será mejor que vayas arriba. Tengo que contarlo tal como sucedió.

—Me quedaré.

Heloise ocultó el rostro en las manos un momento, luego bajó las manos y se levantó.

—Le diré a madame Annette que prepare un poco de té. ¿De acuerdo, *Tome?*

—Buena idea —dijo Tom, y luego prosiguió hablando con Webster—: Derwatt saltó desde lo alto de un acantilado. Podría decirse que se mató de tres maneras: mediante las píldoras, despeñándose y haciéndose incinerar, aunque indudablemente estaba muerto cuando lo incineramos. Murió a causa de la caída. Bernard y yo volvimos al lugar, el día siguiente. Quemamos lo que pudimos, y el resto lo enterramos.

Heloise regresó.

Webster, sin dejar de escribir, dijo:

—El día siguiente. Seis de noviembre, miércoles.

«¿Dónde se había hospedado Bernard?» Tom pudo decirle que en Der Blaue No Sé Qué, en la Linzergasse. Pero después del miércoles, no lo sabía con seguridad. «¿Dónde y cuándo habían comprado la gasolina?» Tom se mostró impreciso con respecto al lugar, pero había sido el miércoles al mediodía. «¿Dónde se había alojado Derwatt?» Tom dijo que no había tratado de averiguarlo.

—Bernard y yo habíamos quedado en encontrarnos el jueves por la mañana, alrededor de las nueve y media, en el Alter Markt. El miércoles por la noche Bernard me dio su bolsa de viaje para que se la guardase mientras él buscaba otro hotel aquella misma noche. Le pedí que se quedara en el mío, pero no quiso. Luego..., no acudió a la cita del jueves. Le esperé una hora más o menos. No volví a verle. No había dejado ningún recado en mi hotel. Presentí que Bernard no quería acudir a la cita, que probablemente se habría suicidado..., seguramente tirándose al río. Regresé a casa.

Webster encendió un cigarrillo, más lentamente que de costumbre.

—¿Usted tenía que guardarle la bolsa toda la noche del miércoles?

—No forzosamente. Él sabía dónde estaba yo, y creí más bien que pasaría a recogerla por la noche, un poco más tarde. De hecho, le dije: «Si no nos vemos esta noche, nos encontraremos mañana por la mañana.»

—¿Preguntó en los hoteles para dar con él ayer por la mañana?

—No, no lo hice. Creo que había perdido toda esperanza. Me sentía trastornado y sin ánimos.

Madame Annette entró a servir el té y cambió un *Bonjour* con el inspector Webster.

Tom dijo:

—Bernard colgó un muñeco abajo, en nuestro sótano, hace unos días. Su intención había sido ahorcarse en efigie. Mi esposa se lo encontró y se llevó un buen susto. Los pantalones y la americana de Bernard colgando del techo por medio de un cinturón y con una nota prendida a ellos.

Tom miró a Heloise.

—Lo siento, Heloise.

Heloise se mordió los labios y se encogió de hombros. Su reacción fue indiscutiblemente sincera. Lo que Tom había dicho que había sucedido era cierto, y a ella no le gustaba recordarlo.

—¿Tiene usted la nota que él escribió? —preguntó Webster.

—Sí. Debe de estar en el bolsillo de mi bata todavía. ¿Voy por ella?

—Dentro de un momento.

Webster casi sonreía otra vez, pero no acababa de hacerlo.

—¿Puedo preguntarle exactamente para qué fue usted a Salzburgo?

—Estaba preocupado por Bernard. Él me había hablado de que deseaba visitar Salzburgo. Tenía la impresión de que se suicidaría. Y me preguntaba por qué, después de todo, me habría visitado a mí. Él sabía que yo poseo dos cuadros de Derwatt, es cierto, pero no me conocía a mí. Y, pese a ello, durante su primera visita habló con mucho desparpajo. Creí que quizá podría ayudarle. Después resultó que ambos, Derwatt y Bernard, se suicidaron, Derwatt el primero. Por alguna razón, uno no quiere entrometerse con un hombre como Derwatt, de todos modos. Uno tiene la sensación de estar metiendo la pata. Bueno, en realidad no es *eso* lo que quiero decir, sino que decirle a alguien que no se suicide cuando sabemos que no nos va a hacer caso porque ya está decidido a matarse... Eso es lo que quiero decir. Es una equivocación y no sirve de nada, y ¿por qué iban a reprocharle a uno el *no* haber dicho algo, cuando ya se sabe que sería inútil decirlo?

Tom hizo una pausa.

Webster escuchaba atentamente.

—Bernard se fue, probablemente a París, después de su simulacro de suicidio en la bodega. Luego volvió. Fue entonces cuando Heloise le conoció.

Webster quería saber la fecha en que Bernard Tufts había regresado a Belle Ombre. Tom lo hizo lo mejor que pudo. Le parecía que había sido el 25 de octubre.

—Traté de ayudar a Bernard diciéndole que su chica, Cynthia, posiblemente volvería a recibirle. Aunque creo que no habría sido así, al menos a juzgar por lo que Bernard me dijo. Lo único que hacía era intentar sacarle de su depresión. Me parece que Derwatt se esforzó aún más. Estoy seguro de que se vieron a solas unas cuantas veces en Salzburgo. Derwatt sentía afecto por Bernard.

Tom preguntó a Heloise.

—¿Entiendes lo que estoy diciendo, cariño?

Heloise afirmó con la cabeza.

Probablemente era cierto que lo entendía todo.

—¿Por qué estaba Derwatt tan deprimido?

Tom reflexionó un instante.

—Por todo. Le deprimía el mundo. La vida. Ignoro si había algún motivo personal, en México, que contribuyera a ello. Me habló de una muchacha mexicana que se había casado y luego marchado. No sé qué importancia pudo tener para él. También parecía turbado por haber vuelto a Londres. Dijo que había sido una equivocación.

Webster dejó por fin de tomar notas.

–¿Le parece que subamos? –dijo.

Tom acompañó a Webster a su habitación y fue a buscar la maleta del ropero.

–No quiero que mi esposa vea esto –dijo Tom, abriendo la maleta, agachado junto a ella con el inspector.

Los restos, menudos, estaban envueltos en periódicos austríacos y alemanes que Tom había comprado. Tom observó que Webster se fijaba en la fecha de los periódicos antes de extraer el bulto y colocarlo sobre la alfombrilla. Puso más periódicos debajo del paquete, aunque Tom sabía que no estaba húmedo. Webster lo abrió.

–Mmm. ¡Válgame Dios! ¿Qué quería Derwatt que hiciese usted con esto?

Tom balbuceó, con la frente arrugada.

–Nada.

Tom se acercó a la ventana y la entreabrió ligeramente.

–No sé por qué lo recogí. Estaba trastornado. Y Bernard también. Si Bernard dijo que debíamos llevarnos algo a Inglaterra, no me acuerdo. Pero recogí eso. Habíamos creído que serían cenizas. Pero no fue así.

Webster hurgaba en el amasijo con el extremo de su bolígrafo. Tropezó con el anillo y lo extrajo cuidadosamente con el otro extremo.

–Un anillo de plata.

–Eso lo cogí a propósito.

Tom sabía que las dos serpientes del anillo eran aún visibles.

–Me llevaré esto a Londres –dijo Webster, incorporándose–. Si tiene usted una caja, quizá...

–Sí, no faltaría más –dijo Tom, empezando a moverse hacia la puerta.

–Me dijo algo de las libretas de Bernard Tufts.

–Así es.

Tom se volvió señalando la libreta y el bloc de dibujo en un ángulo de su escritorio.

–Aquí las tiene. Y la nota que escribió...

Tom se fue al cuarto de baño, donde su bata colgaba de un gancho. La nota estaba en el bolsillo todavía. «Voy a colgarme en efigie...» Tom se la entregó a Webster y descendió la escalera.

Madame Annette guardaba las cajas, y siempre las había de diversos tamaños.

–¿Para qué es? –preguntó, tratando de ayudarle.

–Esta servirá –dijo Tom.

Las cajas estaban sobre el armario ropero de madame Annette, y Tom bajó una. Contenía algunos restos de lana para hacer media, cuidadosamente enrollados, que entregó a madame Annette con una sonrisa.

–Gracias. ¡Es usted un tesoro!

Webster ya había bajado y hablaba en inglés por teléfono. Heloise quizá habría subido a su habitación. Tom llevó la caja al piso de arriba y metió dentro de ella el pequeño bulto, acabando de llenar la caja con más periódicos. Cogió un poco de cordel de su taller y la ató. Era una caja de zapatos. Tom bajó con ella.

Webster seguía al teléfono.

Tom se dirigió al bar y se sirvió un whisky sin mezcla, y decidió esperar por si Webster quería un Dubonnet.

–¿... los de la Buckmaster Gallery? ¿No puedes esperar hasta que esté ahí?

Tom cambió de pensamiento y se fue a la cocina a buscar hielo para preparar el Dubonnet de Webster. Cogió el hielo y, al reparar en madame Annette, le pidió a ella que acabase de preparar la bebida, sin olvidarse de la corteza de limón.

Webster estaba diciendo:

–Volveré a llamarte dentro de una hora aproximadamente, de modo que no salgas a almorzar... No, ni una palabra a nadie de momento... No lo sé aún.

Tom se sentía intranquilo. Vio que Heloise estaba en el césped y salió a hablar con ella, aunque hubiese preferido quedarse en la sala de estar.

–Creo que deberíamos ofrecerle al inspector un almuerzo o unos emparedados, o algo por el estilo. ¿Qué te parece, querida?

—¿Le diste las cenizas?

Tom parpadeó.

—Una insignificancia. Metidas en una caja —dijo torpemente—. Están envueltas. No pienses en ello.

Tom la cogió de la mano y la condujo hacia la casa.

—Resulta lo apropiado que Bernard ceda sus restos para que pasen por los de Derwatt.

Puede que ella le entendiera. Heloise comprendía lo que había pasado, pero Tom no esperaba que se hiciese cargo de la adoración que Bernard sentía por Derwatt. Tom le preguntó a madame Annette si querría prepararles unos emparedados de langosta en conserva y cosas así. Heloise se fue a ayudarla y Tom se reunió con el inspector.

—Cuestión de puro trámite, míster Ripley, ¿podría echar un vistazo a su pasaporte? —preguntó Webster.

—¡Desde luego!

Tom subió y en unos segundos regresó con el pasaporte.

Webster ya tenía su Dubonnet. Examinó parsimoniosamente todas las hojas del documento, al parecer tan interesado por las fechas de hacía meses como por las más recientes.

—Austria. Sí. Hum.

Tom recordó con alivio que no había estado en Londres como él mismo, Tom Ripley, la segunda vez que Derwatt se había dejado ver. Fatigado, se sentó en una de las sillas. Tenía que demostrar su cansancio y depresión a causa de los acontecimientos del día anterior.

—¿Qué se ha hecho de las cosas de Derwatt?

—¿Cosas?

—Su maleta, por ejemplo.

—No logré averiguar dónde se alojaba. Tampoco lo logró Bernard, porque se lo pregunté... después de... de que muriese Derwatt.

—¿Cree usted que abandonó sus cosas en el hotel, sin más?

—No —dijo Tom, negando con la cabeza—. Derwatt no haría eso. Bernard me dijo que lo más probable es que hubiese borrado todo vestigio de sí mismo, saliera del hotel y... Bueno, ¿qué hay que hacer para desembarazarse de una maleta? Tirar el contenido en varios cubos de basura o... quizá tirarlo todo al río. Eso es muy fácil en Salzburgo. Especialmente si Derwatt lo hizo la noche antes, en la oscuridad.

Webster se puso a cavilar.

—¿Se le ocurrió a usted que Bernard pudo haber regresado al bosque para tirarse por el mismo acantilado?

—Sí —respondió Tom, pues, extrañamente, la misma idea le había pasado por la imaginación—. Pero no tuve valor para regresar allí ayer por la mañana. Quizá debí hacerlo. Quizá debí pasar más tiempo buscando a Bernard por las calles. Pero presentía que había muerto..., por alguna razón, en algún lugar, y que jamás le encontraría.

—Pero, por lo que veo, Bernard Tufts podría seguir con vida.

—Muy cierto.

—¿Tenía suficiente dinero?

—Lo dudo. Le ofrecí prestarle un poco, hace tres días, pero se negó.

—¿Qué le dijo Derwatt a usted con respecto a la desaparición de Murchison?

Tom meditó un instante.

—Le deprimía. En cuanto a lo que dijo... Dijo algo sobre el peso de la fama. Le disgustaba ser famoso. Le hacía sentir que por ello había muerto un hombre... Murchison.

—¿Estuvo Derwatt amistoso con usted?

—Sí. Al menos en ningún momento noté síntomas de hostilidad. Mis conversaciones a solas con él duraron poco. Y solamente fueron una o dos, me parece.

—¿Estaba enterado de su relación con Richard Greenleaf?

Tom sintió que su cuerpo se estremecía, y confió que ello no fuese visible. Se encogió de hombros.

—Si lo estaba, jamás me habló de ello.

—¿Y Bernard? ¿Tampoco lo mencionó?

—No —respondió Tom.

—Verá, resulta extraño, tiene que reconocerlo, que tres hombres desaparezcan o mueran en torno a usted... Murchison, Derwatt y Bernard Tufts. Y también desapareció Richard Greenleaf..., su cuerpo nunca fue hallado, me parece. Y ¿cómo se llamaba su amigo? ¿Fred? ¿Fred No Sé Qué?

—Miles, creo —dijo Tom—. Pero no puede decirse que Murchison fuese muy allegado a mí. Apenas le conocía. Y otro tanto sucedía con Freddie Miles.

Al menos Webster no reparaba todavía en la posibilidad de que Tom se hubiese hecho pasar por Derwatt, pensó Tom.

Entraron Heloise y madame Annette, esta empujando un carrito sobre el que había una bandeja con emparedados y una botella de vino en un cubo de hielo.

–¡Ah, un tentempié! –dijo Tom–. No le pregunté si estaba comprometido para el almuerzo, inspector, pero este pequeño...

–Pues, sí, lo estoy. Con la policía de Melun –dijo Webster con una fugaz sonrisa–. Tengo que telefonearles dentro de poco. Y, a propósito, ya le reembolsaré el importe de todas estas llamadas.

Tom agitó una mano en señal de protesta.

–Gracias, *madame* –dijo a madame Annette.

Heloise ofreció al inspector Webster un plato y una servilleta, luego le presentó los emparedados.

–Langosta y cangrejo. La langosta está en estos –dijo señalándolos.

–¿Cómo podría resistirme? –dijo el inspector, aceptando uno de cada. Pero Webster seguía con su tema–. Tengo que alertar a la policía de Salzburgo, vía Londres porque no hablo alemán, para que busquen a Bernard Tufts. Y quizá mañana podamos reunirnos en Salzburgo. ¿Está libre mañana, míster Ripley?

–Sí, podría estarlo, por supuesto.

–Tiene que conducirnos hasta ese lugar del bosque. Tenemos que excavar la..., ya sabe. Derwatt era súbdito británico. ¿O quizá no lo era?

Webster sonrió con la boca llena.

–Aunque con toda seguridad no iba a adoptar la ciudadanía mexicana.

–Eso es algo que jamás le pregunté –dijo Tom.

–Será interesante localizar el pueblo mexicano donde vivía –comentó Webster–, ese pueblo remoto y sin nombre. ¿De qué ciudad está cerca, lo sabe usted?

Tom sonrió.

–Derwatt nunca soltaba prenda.

–Me pregunto si su casa estará abandonada, o bien si habrá algún sirviente o algún abogado con suficiente autoridad para liquidar sus asuntos allí, una vez que se sepa que ha muerto.

Webster hizo una pausa.

Tom no decía nada. ¿Estaría Webster lanzando sondas, con la esperanza de que Tom soltase alguna información? Fingiéndose Derwatt, en Londres, Tom le había dicho a Webster que Derwatt tenía pasaporte mexicano y vivía en México con otro nombre.

Webster dijo:

—¿Supone usted que Derwatt entró en Inglaterra, y se trasladó por el país, con nombre falso? Un pasaporte británico es posible, ¿pero un nombre falso?

Tranquilamente, Tom respondió:

—Del mismo modo que probablemente vivía bajo un nombre falso en México también.

—Es probable. No había caído en eso.

—Y envió sus lienzos desde México utilizando el mismo nombre inventado.

Tom se interrumpió, como si el tema no le interesara mucho.

—La Buckmaster Gallery debería saberlo.

Heloise volvió a presentar los emparedados, pero el inspector rehusó.

—Estoy seguro de que no nos lo dirán —dijo Webster—. Y puede que ni siquiera sepan el nombre, suponiendo que, por ejemplo, Derwatt hiciese los envíos utilizando su verdadero nombre. Pero tiene que haber entrado en Inglaterra con otro nombre, porque no nos queda constancia de sus idas y venidas. ¿Puedo llamar a la policía de Melun ahora?

—Claro, no faltaría más —dijo Tom—. ¿Prefiere hacerlo desde el piso de arriba?

Webster dijo que el teléfono de abajo le iba bien. Consultó su agenda, y procedió a hablar con la telefonista en correcto francés. Preguntó por el *commissaire*.

Tom sirvió vino blanco en los dos vasos de la bandeja. El de Heloise seguía lleno.

Webster le estaba preguntando al *commissaire* de Melun si tenían noticias sobre Thomas Murchison. Tom dedujo que no. Webster dijo que mistress Murchison estaba en Londres, en el Connaught Hotel, por unos días, ansiosa por recibir información, y añadió que tuvieran la amabilidad de transmitirla por mediación de la oficina de Webster. Webster preguntó también por el cuadro desaparecido, L'Horloge. Nada.

Cuando hubo colgado, Tom se moría de ganas de preguntarle qué tal iba la búsqueda de Murchison, pero no quería que se notase que había estado atento a las palabras de Webster por teléfono.

Webster insistió en dejar un billete de cincuenta francos por las llamadas que había hecho. Dio las gracias a Tom por ofrecerle otro Dubonnet, que rechazó, pero sí probó el vino.

Tom podía ver cómo Webster, allí de pie, hacía conjeturas sobre cuánto trataría de ocultar Tom, en *qué* punto sería culpable, de qué modo lo sería, y en qué medida o de qué modo Tom Ripley iba a salir beneficiado. Pero resultaba evidente, pensaba Tom, que ninguna persona habría asesinado a otras dos, quizá tres incluso, Murchison, Derwatt y Bernard Tufts, solo para proteger el valor de los dos cuadros de Derwatt que tenía colgados en las paredes. Y si Webster iba tan lejos como para investigar a la Derwatt Art Supply Company, a través de cuyo banco recibía Tom sus ingresos mensuales, esos ingresos eran enviados anónimamente a una cuenta numerada en Suiza.

Sin embargo, todavía quedaba el viaje a Austria el día siguiente, y Tom tendría que acompañar a la policía.

—¿Puedo pedirle que me llame un taxi, míster Ripley? Usted conoce el número mejor que yo.

Tom cogió el teléfono y llamó a un servicio de taxis de Villeperce. Llegaría inmediatamente, dijeron.

—Tendrá noticias mías esta noche —dijo Webster a Tom—, sobre el viaje a Salzburgo de mañana. ¿Es difícil llegar allí?

Tom le explicó el cambio de avión que debía hacerse en Frankfurt, y añadió que le habían dicho que, si se aterrizaba en Múnich, resultaba más rápido ir en autobús desde allí a Salzburgo que esperar el avión de Austria en Frankfurt. Pero eso habría que coordinarlo por teléfono, una vez que Webster hubiese averiguado la hora de salida del vuelo Londres-Múnich. Viajaría con un colega.

Después, el inspector Webster dio las gracias a Heloise y Tom le acompañó hasta la puerta cuando llegó el taxi. Webster reparó en la caja de zapatos sobre la mesa del vestíbulo antes de que Tom pudiese cogerla, y la tomó.

—Tengo la nota de Bernard, junto con sus dos libretas, en la maleta —le dijo Webster a Tom.

Tom y Heloise permanecieron en las escaleras de la entrada al alejarse el taxi que conducía a Webster, mostrándoles su sonrisa de conejo por la ventanilla. Después entraron de nuevo en la casa.

Reinaba un sosegado silencio. No de paz, Tom lo sabía, pero al menos era silencio.

—Esta noche, hoy, ¿no podríamos quedarnos sin hacer nada? ¿Viendo la televisión por la noche?

Por la tarde Tom tenía ganas de trabajar en el jardín. Eso siempre le calmaba los nervios.

Así pues, trabajó en el jardín. Y por la noche, en pijama, se tumbaron en la cama de Heloise y vieron la televisión mientras sorbían el té. El teléfono llamó justo antes de las diez y Tom contestó desde su habitación. Estaba dispuesto para hablar con Webster, y tenía la pluma en la mano para tomar nota del programa del día siguiente, pero era Chris Greenleaf desde París. Había regresado de Renania y preguntaba si podía visitarles acompañado por su amigo Gerald.

Tom, al terminar de hablar, regresó al cuarto de Heloise y dijo:

—Era Chris, el primo de Dickie Greenleaf. Quiere venir a vernos el lunes y traerse a su amigo Gerald Hayman. Le dije que sí. Espero que no te importe, querida, ¿eh? Se quedarán solo una noche, probablemente. Será un agradable cambio: un poco de turismo, buenos almuerzos. ¿Sí? Tranquilidad.

—¿Cuándo vuelves de Salzburgo?

—Oh, debería estar de vuelta el domingo. No veo razón por la que ese asunto deba durar más de un día..., mañana y parte del domingo. Lo único que quieren es que les enseñe el lugar en el bosque. Y el hotel de Bernard.

—Mmm. *Très bien* —murmuró Heloise, recostada en los almohadones—. Ellos llegan el lunes.

—Llamarán otra vez. Les diré que por la tarde, a última hora.

Tom volvió a meterse en la cama. Heloise sentía curiosidad por Chris, él lo sabía. Los muchachos como Chris y su amigo le hacían gracia, por algún tiempo. Tom se sentía complacido con sus disposiciones. Miraba la vieja película francesa que iba pasando ante ellos por la pantalla del televisor. Luis Jouvet, vestido de miembro de la Guardia Suiza del Vaticano, estaba amenazando a alguien con una alabarda. Tom pensó que debía comportarse solemnemente y sin dar rodeos el día siguiente en Salzburgo. La policía austríaca tendría un automóvil, por supuesto, y él les conduciría directamente al lugar en el bosque, mientras todavía fuese claro, y el mismo día por la noche irían directamente al Der Blaue No Sé Qué en la Linzergasse. La mujer de pelo negro de detrás del mostrador se acordaría de Bernard Tufts, y de que Tom había preguntado por él una vez. Tom se sentía seguro. Cuando empezaba a seguir el soporífero diálogo de la pantalla, sonó el teléfono.

—Sin duda ese es Webster —dijo Tom, y salió otra vez de la cama.

La mano de Tom se detuvo en el momento en que iba a coger el aparato, solo durante un segundo, pero durante aquel segundo Tom experimentó la derrota de antemano y le pareció sufrirla. El desenmascaramiento. La vergüenza. Sin miedo, como antes, pensó. La función aún no había terminado. ¡Valor! Descolgó el teléfono.

ÍNDICE